BASTEI LÜBBE

Alan Savage im Bastei-Lübbe-Taschenbuch:

13661: Die Söhne des Sahib
13761: Die Gesandten des Sultans
13875: Die weiße Lotosblüte
13909: Die Königin von Neapel
14142: Die Herrscherin der Verbotenen Stadt

Alan Savage

DIE KÖNIGIN DER Löwen

Historischer Roman

BASTEI LÜBBE

BASTEI-LÜBBE-TASCHENBUCH
Band 14 239

Erste Auflage: Oktober 1999

Deutsche Erstveröffentlichung / Originalausgabe

Originaltitel: QUEEN OF LIONS
Originalverlag: Little, Brown

Lektorat: Mona Gabriel / Marco Schneiders
Einbandgestaltung: K. K. K.
Titelbild: Archiv für Kunst und Geschichte, Berlin
Satz: KCS GmbH, Buchholz / Hamburg
Druck und Verarbeitung: Ebner Ulm
Printed in Germany
ISBN 3-404-14239-X

Ich war eine Königin. Und ich bin noch immer eine Königin, denn wie könnte blankes Unglück meinen Rang beeinträchtigen?
Wenn mir nur ein einziger Wunsch offenstünde, so lautete er, daß ich den Vater meines Mannes geheiratet hätte. Wäre uns nicht die Welt zu Füßen gelegen?
Ich muß die Geschichte niederschreiben, und sei es nur um meines eigenen Seelenfriedens willen. Ich werde niemanden schonen, nicht einmal mich selbst.
Sie nannten mich die Wölfin. Doch um mein Banner scharten sich Löwen.

1

Komm schnell«, sagte meine Mutter. »Der Graf erwartet dich.«

»Warum sollte ein Graf nicht auf eine Prinzessin warten, Mama?« fragte ich. »Erst recht, wenn er ein Emporkömmling ist?«

»Dieser ist kein gewöhnlicher Emporkömmling«, erklärte Mama. »Er steht in der Gunst König Heinrichs. Und die Verbindung wird von Onkel Karl befürwortet. Es ist ihm sehr wichtig.«

Zweifellos war es meinem Onkel Karl – er war mit der Schwester meiner Mutter verheiratet – sehr wichtig, und zwar nicht nur die Verbindung. Onkel Karl war an allem interessiert, was mit seiner »kleinen Margarete« zu tun hatte. Manchmal konnte sein Interesse sogar recht lästig werden. Man wußte nie, wann er sich plötzlich seltsam aufführen würde. Es war eine Familienschwäche.

Doch ich selbst freute mich weit mehr auf die bevorstehende Vermählung, als es selbst meine Mutter vermutete. Ich war vierzehn Jahre alt und im Begriff, die Gattin des größten Königs der gesamten christlichen Welt zu werden. So sagte man jedenfalls. Eine Verlobung, die, wie es schien, von der Zustimmung dieses Kaufmannsenkels abhing! Aber ich habe meinen Lebenszielen niemals pessimistisch gegenübergestanden. Wenn ich mit Hilfe der Dienste eines Händlers zu Ruhm kommen würde, so war ich bereit, auch das zu akzeptieren.

Ich winkte meine Hofdamen zu mir und ging mit ihnen durch die Tür, Mama an meinem Arm, meine Schwester Jolante hinter uns. Und so traten wir ein in den Empfangsraum, wo dieser William de la Pole, der Graf von Suffolk, mich erwartete. Ich wußte nicht, was mir bevorstand; im Laufe meiner Erziehung waren mir Engländer immer als Schurken dargestellt worden, die französische Herrenhäuser niederbrannten und die weiblichen Bewohner vergewaltigten. Daß ich vielleicht eines Tages ihren König heiraten sollte, war eine Frage der Politik, und ich war gleichermaßen dazu erzogen worden, meine eigenen Gefühle in bezug auf das Ehebett den Belangen des Staates vollkommen unterzuordnen.

Auch, muß ich gestehen, war ich keineswegs besonders neugierig auf den Botschafter. Ich hatte gerade erfahren, daß der Graf von Suffolk im Mai dieses Jahres 1444 vierundvierzig Jahre alt geworden war, was bedeutete, daß er gerade alt genug war, um mein Großvater zu sein, hätte er früh genug begonnen. Junge Mädchen sind nicht besonders an Großvätern interessiert, noch nicht mal an ihren eigenen.

Deshalb war ich äußerst überrascht. Der Graf verbeugte sich bei meinem Eintritt mit Schwung und Eleganz. Er war in prächtige Farben gekleidet: ein leuchtendrotes Gewand mit braunem Pelzbesatz und graublauen Wamsärmeln, die zu seinen spitzen Schuhen und seiner goldenen Krone paßten. Doch es war der Mann selbst, der mir den Atem nahm. Er war groß und kräftig gebaut, so ganz anders als die Höflinge an Onkel Karls Hof, mit rotgoldenem Haar und Bart und strahlend blauen Augen. Sein Gesicht erinnerte an einen Adler, edel und hochmütig, und sein Auftreten war weitaus königlicher als das meines Onkels, der, obwohl er ein König war, zu einer gebeugten Haltung neigte, so als ob er gerade eine schlechte Nachricht erhalten hätte. Nun gut, er hatte in seinem Leben tatsächlich genug schlechte Nachrichten erhalten. Doch der Graf von Suffolk hatte sicher stets nur gute gehört.

Um es kurz zu machen: Hier stand der bestaussehende Mann, den ich je gesehen hatte oder jemals sehen würde – mit einer Ausnahme, und diese Ausnahme war und bleibt (das schwöre ich bei Gott) mein unerbittlichster Feind.

Doch ich schweife vom Thema ab. Meine Reaktion auf den Anblick des Grafen von Suffolk war die Überlegung, daß ich, wenn er ein typischer Engländer sei – und warum sollte er es nicht sein? – die glücklichste aller Frauen sein mußte. War mir nicht oft genug gesagt worden, daß Heinrich VI. von England ganz und gar der Sohn seines berühmten Vaters war: Heinrichs V., des großartigsten Mannes seiner Zeit?

Ich übertreibe keineswegs, wenn ich behaupte, daß der Graf von mir kaum weniger beeindruckt war. In der Tat wandte er seinen Kopf zu einem seiner Diener, der an seiner Seite stand, und bemerkte, offenbar in der Annahme, ich verstünde kein Englisch: »Gottverdammt, Mann, sie ist wirklich eine Schönheit.«

Zwar war ich in der englischen Sprache unterrichtet worden, doch nahm ich keinen Anstoß an seinen Worten, denn ich war auch dahingehend unterrichtet worden, daß die Engländer unfähig waren, auch nur einen einzigen Satz zu äußern, ohne darin einen Fluch oder ein Schimpfwort unterzubringen, und dies in einem Maße, daß die Menschen in Frankreich nicht von ihnen als »Engländer« sprachen, sondern als »Gottverdammte«.

Die Äußerung des Grafen bezog sich natürlich nur auf mein Gesicht, denn dies war der einzige Teil meiner Person, den er sehen konnte, und was er sagte, war keine Lüge. Er war nicht der erste Mensch, der mich als Schönheit bezeichnet hatte, und auch ich kannte den Beweis durch den Spiegel. Ich bin von kleiner Statur. Als ich vierzehn Jahre alt war, maß ich vom Scheitel bis zur Sohle nur hundertzweiundfünfzig Zentimeter, und selbst mit zunehmender Reife wuchs ich nur noch drei oder vier Zentimeter. Daher sind auch meine Gesichtszüge klein, doch von einer wahrlich vorteilhaften Gleichmäßigkeit, und dennoch in ihrer Schlichtheit besänftigt durch mein rundes Kinn, meine kleine, leicht nach oben gerichtete Nase, meine hohe Stirn, meinen lächelnden Mund – wenn ich es für passend halte, zu lächeln – und vor allem meine grünen Augen, die groß sind und (ebenfalls, wenn mir danach ist) einen besonderen Glanz haben. Vielleicht glänzten sie auch in diesem Moment vor Freude.

Er konnte natürlich auch mein Haar bewundern, das in langen Wellen herabfiel, dunkelbraun, doch mit rötlichen Strähnen darin, auf dem auch ich eine kleine, goldene Krone trug (mit mehr Berechtigung, meine ich, als er). Meine übrige Gestalt war vollständig durch mein kobaltblaues Kleid verhüllt, das mir bis zum Hals reichte und beim Gehen über den Boden schleifte. Das Kleid war mit zinnoberroten Sternen geschmückt. Es war eines meiner Lieblingskleider. Aber was den Grafen anbelangte, so betrachtete er ein unreifes Mädchen.

Und doch war er gekommen, um eine Königin auszuwählen. »Mylady«, sagte er und verbeugte sich erneut, diesmal vor meiner Mutter.

»Mylord«, erwiderte ich, und als meine Mutter Platz genommen hatte, wies ich ihm einen Stuhl und setzte mich.

»Ihr erweist mir eine große Ehre, Mylady«, sagte er. »Daß Ihr eigens nach Tours gereist seid, um mich zu treffen.«

»Es war der Wunsch Seiner Hoheit, Mylord.«

»Ah.« Es war zu jener Zeit natürlich ein strittiger Punkt, ob sein König oder mein Onkel der wahre Regent Frankreichs seien, doch er war gekommen, um die Mauern zu kitten, und nicht um sie zu zerstören. »Seine Hoheit, König Heinrich, sendet Euch einige Geschenke …« Er drehte sich um und gab seinen Leuten, die sich in einem Halbkreis gruppiert hatten, einen Wink. Sie brachten eine ganze Reihe von Gegenständen wie Nippes, Spiegeln, Seide und ähnlichem zum Vorschein, Dinge, von denen ich bereits ausreichend besaß. Offensichtlich hatten die Engländer nicht vor, etwas wirklich Wertvolles anzubieten, solange sie sich nicht entschieden hatten, ob ich zu ihnen gehören sollte.

»Und ich habe nichts, daß ich Euch geben könnte«, sagte ich und schenkte ihm ein Lächeln.

»Ganz im Gegenteil, Mylady, Seine Hoheit ersucht Euch um die größte aller Gaben, Eure Hand.«

»Solltet Ihr meine Person für passend befinden, Mylord.«

Ich hatte ihn überrascht. Er errötete und schien etwas verunsichert, doch der Klang einer Trompete erlöste ihn aus seiner Verlegenheit. Mein Onkel war im Begriff, uns mit seiner Anwesenheit zu beglücken.

Alle erhoben sich und richteten den Blick auf die Tür. Die Männer verneigten sich, und wir Damen sanken in einen tiefen Hofknicks, als Onkel Karl eintrat.

Onkel Karl, der siebte dieses Namens, der das Königreich Frankreich regierte, wurde seit jeher allgemein als einer der größten Stümper der Geschichte betrachtet. Nun gut, seine Mutter war kaum besser als eine Hure, und sein Vater war verrückt. Er war noch vor seinem zwanzigsten Lebensjahr von seinen Eltern enterbt worden und mußte mit ansehen, wie sein Land überrannt wurde von den Armeen des Mannes, der an seiner Stelle das Erbe des französischen Thrones erhalten hatte: Heinrich V. von England. Während eines Aufenthaltes in Bordeaux war direkt vor seinen Augen ein Gebäude zusammengebrochen, und sein ganzes Leben begleitete ihn das Mißtrauen bezüglich der Stabilität seiner

Umgebung. Aus den Tiefen der Verzweiflung war er durch die Initiative eines Bauernmädchens emporgetragen worden, das Visionen hatte und die Armeen zum Sieg inspirieren konnte – die Meinungen darüber, ob sie eine Heilige oder eine Hexe war, gingen noch immer auseinander. Und dieses Mädchen stand an seiner Seite, als er, allen Abkommen seines Vaters zum Trotz, in der Kathedrale von Reims gekrönt wurde. Dennoch hatte er keinen Finger gerührt, um die junge Johanna davor zu bewahren, bei lebendigem Leibe verbrannt zu werden, was seinen Ruf dauerhaft geschädigt hatte.

Andererseits hatte mein Onkel seit dem frühen Tod Heinrichs V. (der einen neun Monate alten Jungen – Karls eigenen Neffen und nun meinen künftigen Gatten – laut Kontrakt den Thronerben Englands und Frankreichs, hinterlassen hatte) langsam und vorsichtig und mit bewundernswerter Ausdauer daran gearbeitet, sowohl den Kern seines Erbes als auch die Würde seines Namens wiederherzustellen. Und da er mit der Schwester meiner Mutter verheiratet war, war er zu mir stets freundlich gewesen, obwohl ich der Ansicht war, daß der Sohn eines verrückten Vaters nicht mit Gewißheit für gesund gehalten werden kann.

Wie ich schon erwähnt habe, ging Onkel Karl, obgleich er nur knapp über vierzig Jahre alt war, immer in gebückter Haltung und warf dabei ängstliche Blicke in alle Richtungen, als fürchte er das Messer eines Attentäters, obwohl er immer von schwerbewaffneten Wachen umgeben war. Tatsächlich hatte er wahrscheinlich größere Angst vor seinem Sohn, meinem Cousin Ludwig, einem kleinen, kränklich dreinblickenden Halunken, der direkt hinter ihm ging. Der Dauphin hatte sich bereits bei mehr als einer Gelegenheit gegen seinen Vater verschworen, und auch ihre momentane Versöhnung schien nicht von Dauer zu sein.

Im Vergleich zu den englischen Herrschaften war Ludwig sehr nüchtern gekleidet. Allerdings war seine Aufmachung immer noch erheblich besser als die seines Vaters. Die Kleider von Onkel Karl waren geschmacklos und so zerknittert, als hätte er in ihnen geschlafen – was er tatsächlich oft genug auch tat –, und obwohl er keinen Bart trug, hatte er sich heute offenbar nicht rasiert.

Man hätte sich keinen stärkeren Kontrast denken können als zwischen dem König und dem stattlichen Grafen, der gerade meine Vorstellung von gutem männlichen Aussehen erschüttert hatte.

Doch trotz seines nachlässigen Äußeren hatte Onkel Karl einen Blick für Schönheit, und ich spreche nicht nur von mir oder meiner Tante oder sogar seiner Geliebten, einer Frau namens Agnes Sorel, die er über alle Maßen liebte. Das großartige Schloß außerhalb der Stadt Tours, in das Mama und ich geladen worden waren – Papa hatte man einige Monate zuvor bereits gebeten, sich dort mit dem englischen Botschafter zu treffen, doch er war bei jener Gelegenheit indisponiert gewesen – war eigentlich von einem anderem gebaut worden, doch Karl hatte es mit viel Mühe verschönert und es in eine prächtige Wohnstatt verwandelt. Er liebte es, den größten Teil seiner Zeit hier zu verbringen statt in dem schmutzigen und lärmerfüllten Käfig Paris, den Frankreich erst kürzlich zurückgewonnen hatte.

Jetzt zeigte er sich von seiner freundlichsten Seite. Er umarmte meine Mutter und dann meine Schwester Jolante; dann nahm er auch mich in den Arm, wobei er seine Finger auf meinem Rückgrat auf- und ablaufen ließ. Da ich inmitten des berauschenden Ränkespiels des französischen Hofes aufgewachsen war, hegte ich keinerlei Zweifel daran, daß mein guter Onkel nur zu gerne Mademoiselle Sorel in seinem Bett durch Mademoiselle Margarete von Anjou ausgetauscht hätte, hätte er nicht gewußt, daß ein solch inzestuöser Akt die Verurteilung durch die Kirche und das Ende seiner Hoffnungen auf ein profitables Abkommen mit England mit sich gebracht hätte.

»Nun, Mylord«, fragte er Suffolk. »Was haltet Ihr von unserer kleinen Rose von Anjou?«

»Ich denke, Euer Hoheit, Eure Beschreibung ist sowohl treffend als auch detailliert.«

»Gut, gut.« Der König setzte sich und lächelte die versammelte Gesellschaft an. »Dann haben wir etwas zu besprechen, nicht wahr?«

»Nachdem ich Seiner Hoheit Bericht erstattet habe.«

»Hm.« Er winkte mit der Hand, und die Konversation wandte sich allgemeinen Dingen zu, während der Wein serviert wurde.

Suffolk und mir als den Hauptpersonen kam es zu, gemeinsam unsere Gläser zu erheben.

»Und was genau werdet Ihr Seiner Hoheit berichten, Mylord?« fragte ich.

»Nun, daß ich das wunderbarste Wesen getroffen habe ...«

»Wesen, Mylord?«

Zum ersten Mal sah er, daß meine Augen wie Stahl aufblitzen konnten, und er war entsprechend überrascht. »Das war als Kompliment gemeint, Mylady.«

»Dann werde ich es auch als solches verstehen«, räumte ich großmütig ein. »Fahrt nur fort.«

»Deren Wangen wie Äpfel sind, deren Mund ausgesprochen küssenswert ist ...«

Ich hob die Augenbrauen. »Das sind bloße Vermutungen, Mylord.«

»Deren Gebaren majestätisch und doch gleichzeitig weitaus reifer ist, als ihr Alter es ahnen läßt«, fuhr er fort. »Natürlich wird es mir ewig leid tun, daß ich nicht persönlich über die Aspekte Eurer Schönheit berichten kann, die gebührend verhüllt sind ...«

Wir blickten einander in die Augen.

»Könnte dieses Wissen Eure Entscheidung beeinflussen, Mylord?« fragte ich. Ich war über seine Direktheit nicht im geringsten verärgert. Ganz im Gegenteil, ich mochte sie, da er doch ein so gutaussehender Mann war.

»Ich denke, es würde die Angelegenheit besiegeln, Mylady.«

Mein Entschluß stand fest. Ich wollte diesen König heiraten. Diesen König, der Frankreich beanspruchte und dessen Vorfahren dem Land, das ich das meine nannte, seit über hundert Jahren so schwer zugesetzt hatten. Wenn ich meine Ziele erreichen konnte, wäre ich dann nicht in der Lage, den Lauf der Geschichte zu verändern?

»Dann steht beizeiten auf, Mylord«, sagte ich. »Man sagt, der Fluß sei im Morgengrauen am schönsten. Aber nähert Euch heimlich, ich bitte Euch, oder Ihr werdet Schaden nehmen.«

Ich bin mir durchaus bewußt, daß in der medizinischen Wissenschaft ausgebildete Männer behaupten, Baden sei der Gesundheit nicht zuträglich, und ein Übermaß davon könne den Menschen früh ins Grab bringen. Ich selbst bin das beste Beispiel dafür, daß das ein Irrtum ist.

All diese Professoren stammen aus nördlichen Gegenden, wo es in der Tat zu Husten, Erkältungen und Leberschmerzen kommen kann, wenn man sich wahllos der Nässe aussetzt. Doch bis zu diesem Zeitpunkt hatte ich mein Leben in einem milden Klima verbracht, und solange ich mich erinnern kann, war ich von der Mutter meines Vaters, Jolante von Aragon, die leider kürzlich verstorben war, dazu ermutigt worden, mich zu waschen. Meine Mutter teilte diesen Genuß mit mir, genau wie ihre Schwägerin, und sobald die Winterwinde nicht mehr wehten, war es den Damen des französischen Hofes eine liebe Gewohnheit, frühmorgens zur Loire hinunterzusteigen und sich dort zu vergnügen. Wir brachten es sogar fertig, im Winter zu baden, indem wir uns eine riesige Wanne teilten, die mitten in Tante Maries Boudoir aufgestellt wurde, und auch später in England gelang es mir – zum Entsetzen meiner Bediensteten – meine Gewohnheit beizubehalten. In England badete offensichtlich selbst die königliche Familie nur viermal im Jahr. Das gemeine Volk badete überhaupt nicht.

Doch ich schweife wieder ab. Wir hatten unsere größte Freude am Fluß. Niemand sollte denken, daß diese königlichen Damen und ihre Dienerinnen sich ungebührlich lasziv benahmen. Nun, aber eigentlich waren sie es doch. Das galt natürlich nicht für meine Schwester Jolante und mich. Obwohl wir über einen beträchtlichen Erfahrungsschatz an mitternächtlichen Verabredungen mit diskretem Poussieren auf leeren Galerien verfügten, galten wir als zu jung, um an solcherlei freudvollen Vergnügungen teilzuhaben – es galt, unsere Jungfräulichkeit zu wahren. Doch wir beobachteten, horchten und lernten, und vor allem beneideten wir die schöne Agnes, die mit unbedeckten Brüsten im Palast umherzugehen pflegte und sich an ihrer Schönheit weidete. Selbst wenn Mama uns erlaubt hätte, ihrem Beispiel zu folgen, so waren Jolante und ich noch nicht ausreichend ausgestattet, um solcherart männliche Aufmerksamkeit wecken zu können. Doch im Wasser hatten wir genausoviel Freude wie alle anderen. Unsere Privatsphäre war gesichert, da unsere Gewohnheit bekannt war und die Wachen gaffende Bauerntölpel von uns fernhielten. Wie es Mylord von Suffolk erreichen sollte, an uns heranzukommen, war also ihm überlassen.

Dennoch war ich gespannt darauf, zu sehen, *ob* es ihm gelingen würde. Ich wußte, daß er niemals nahe genug herankommen könnte, um mehr als einen kurzen Eindruck zu erhaschen. Aber würde er den Versuch wagen? Das würde mir mehr über den Grafen – und vielleicht über die Engländer allgemein – sagen als etwas, das er durch einen hastigen Blick auf meinen nackten Körper erfahren konnte.

Am folgenden Morgen badeten wir also. Wir erfüllten die Luft mit fröhlichen Schreien und übergossen uns gegenseitig mit Wasser, während ich nach irgendwelchen Passanten Ausschau hielt – und gerade wollte ich aufgeben, als ich ein Boot erspähte, das offensichtlich steuerlos und ohne Ruder den Strom herab auf uns zuschwamm.

Ein großes Geschrei ertönte vom fernen Ufer und auch vom Felsvorsprung über uns. Doch die Wachen näherten sich nicht, denn wenn der Ruderer tatsächlich einen Krebs gefangen und seine Ruder verloren hatte, so war er doch nur ein unschuldiger Eindringling, auf den mit der Armbrust zu schießen kaum als nachsichtig gelten konnte – vor allem, da jeder erkennen konnte, daß der Pechvogel kein Geringerer war als der englische Botschafter.

Ich war überwältigt vor Bewunderung. Ich wußte, daß der Graf mit Auszeichnung unter Heinrich V. gekämpft hatte, doch hier bewies er einen solch feinen Sinn für Strategie und Taktik, wie es nur ein echtes Genie zustande bringt. Natürlich äußerten meine Begleiterinnen beim Anblick des Bootes, das mit Gewißheit nahe an uns vorbeitreiben würde, laute Schreie vorgetäuschten Entsetzens und sanken dann so weit unter das Wasser, daß nur noch ihre Augen zu sehen waren, während der Graf in höchst überzeugender Weise gestikulierte und um Hilfe rief. Doch meine jungfräulichen Schreckensschreie waren deutlich lauter als die der anderen, und schließlich verlor ich vollständig den Kopf, rannte, statt mich verborgen zu halten, vom Fluß fort und kletterte mit einer Gänsehaut ans Ufer, um meine Kleider zu erreichen – ein Vorgang, der einige Minuten dauerte. Ich war anschließend völlig erschöpft, und zweifellos ging es dem Grafen ebenso, denn er hörte auf, um Hilfe zu rufen, und brach auf dem Boden des Bootes zusammen. In dieser Lage trieb er um die nächste Flußbiegung und war bald außer Sicht.

»Du bist wirklich schlimm«, bemerkte Onkel Karl. »Hältst du mich etwa für einen Dummkopf?«

Tatsächlich, das tat ich. Aber das konnte ich ihm natürlich nicht sagen.

Er hatte sich angewöhnt, mich nach dem Abendessen für eine halbe Stunde auf seinem Schoß sitzen zu lassen, wobei er mit der einen Hand Muster auf meinem Rücken und mit der anderen Muster auf meiner Brust zeichnete. Er war immerhin der König und außerdem mein Onkel, und niemand hätte es gewagt, ihn zurechtzuweisen. Mama und Tante Marie verfielen zwar jedesmal in mädchenhaftes Kichern, wenn er sich an mich heranmachte, und bemerkten laut, wie sehr Seine Hoheit doch seine süße Margarete liebte. Es ist natürlich möglich, daß er nur eine Schwäche für den Namen Margarete hatte, da er häufig eine ähnliche Zuneigung zu seiner Schwiegertochter zeigte, der Dauphine, einer schottischen Prinzessin gleichen Namens, die – unglücklich, wie man munkelte – mit meinem Cousin Ludwig verheiratet war.

Nur Mademoiselle Sorel sah mich an, als sei ich eine Schlange. Nicht daß sie sich über irgend etwas hätte Sorgen machen müssen. Ich fand die Zärtlichkeiten meines Onkels Karl ziemlich widerlich und konnte nicht verstehen, wie sie sich dem des Nachts nackt aussetzen konnte. Aber er war die Quelle unseres Wohlstandes, und so war es notwendig, daß ich seine Wange küßte und mich an ihn schmiegte, was im übrigen bei seinem kratzigen Kinn meinem Teint nicht gerade guttat.

»Selbst ich hätte mir ein derartiges Manöver nicht ausdenken können«, flüsterte er mir ins Ohr. »Sag mir die Wahrheit, Margarete: Hast du den Gauner etwa dazu aufgefordert?«

»Lieber Himmel, Hoheit«, protestierte ich. »Ich wäre beinahe ohnmächtig geworden, als ich ihn sah.«

Eine der ersten Künste, die eine Prinzessin lernen muß, ist natürlich die der Verstellung.

»Aber was ist aus dem Grafen geworden, Euer Hoheit?« fragte ich. »Ist er bis aufs Meer hinausgetrieben?«

Das waren immerhin einige hundert Meilen.

»Nein, nein, er wurde von seinen Leuten gerettet. Sie sagen, er sei von seinem unglückseligen Abenteuer reichlich mitgenommen.«

»Das kann ich mir denken«, erwiderte ich.

Mein Plan funktionierte perfekt. Am folgenden Tag, dem 22. Mai, sprach Suffolk in der Abtei Beaumont-les-Tours vor, in der wir uns aufhielten – noch nicht einmal Mama würde Jolante und mich auf Dauer der lockeren Moral des französischen Hofes aussetzen.

Es war noch früh am Morgen, und wir waren alle noch nicht angekleidet. Doch als wir die Nachricht erhielten, der Graf habe eine Information von größter Wichtigkeit für uns, versammelten wir uns in angemessener Begleitung einiger Schwestern in der Empfangshalle.

Der Graf war allein, da seinen Dienern der Zutritt verwehrt worden war. Er machte seine übliche Verbeugung, während er mich mit seinen Blicken verschlang, denn über meinem Nachthemd trug ich nur einen dünnen Umhang.

»Euer Hoheit«, sagte er und richtete somit das Wort an meine Mutter als Königin von Neapel. »Ich habe die Ehre,

Euch die Ehe zwischen Eurer Tochter Margarete und meinem obersten Herrn, Heinrich, dem sechsten dieses Namens, König von England und Frankreich, anzutragen.«

Mama starrte ihn an, wie sie es immer tat, wenn sie überrascht war.

Ich war schneller zu einer Antwort bereit, selbst wenn auch ich kaum meinen Ohren trauen konnte. »War es nicht Eure Absicht gewesen, Mylord, nach England zurückzukehren und Seiner Hoheit Bericht zu erstatten?«

»Das wird nicht mehr nötig sein. Ich kam mit allen Vollmachten nach Frankreich, so zu handeln, wie ich es für richtig erachte.«

Diese Kanaille! Er hatte diese Tatsache wohlweislich verschwiegen.

»Nun«, sagte Mama. »Ich weiß nicht, was ich sagen soll. Ich muß das mit meinem Gatten und mit dem König besprechen.«

»Seine Hoheit, König Karl« – Suffolk konnte sich offenbar nicht dazu überwinden, die Worte »der König von Frankreich« zu äußern – »und Seine Hoheit, der König von Neapel, haben bereits ihre Zustimmung zu einer solchen Verbindung kundgetan, Euer Hoheit.«

»Nun«, sagte Mama wieder.

»Dann ist es entschieden«, sagte ich.

Zwei Tage später wurde die Verlobung in der Kirche St. Martin in Tours feierlich bekanntgegeben. Der päpstliche Legat, Peter de Monte, der einige Tage zuvor, nur für den Fall, daß seine Dienste benötigt würden, nach Tours bestellt worden war, waltete seines Amtes, und Suffolk agierte stellvertretend für seinen König. So kam es, daß ich meine Hand in die seine legte und er seine Finger um meine schloß, mir tief in die Augen sah und schwor, mich zu lieben und zu ehren, bis daß der Tod uns scheide, und ich ihm dasselbe sagte. Meine Gefühle waren mächtig in Aufruhr. Immerhin war ich gerade erst vierzehn – mein Geburtstag ist der 23. März –, und hier stand ich und versprach dem bestaussehenden Mann, den ich je gesehen hatte, die Ehe. Zu diesem Zeitpunkt war ich jedoch fest davon überzeugt, daß, so überwältigt ich auch von der Anwesenheit des Botschafters war, ein einziger Blick auf den König den Grafen von Suffolk für immer aus meinen Gedanken vertreiben würde.

Die Verlobung wurde der Welt mit fröhlichem Glockengeläut bekanntgegeben. Danach gingen wir zur Abtei St. Julian, wo Onkel Karl, der die Messe besucht hatte, ein großartiges Fest für uns ausrichten ließ. Hier wurde ich zum ersten Mal ganz und gar wie eine Königin behandelt. Ich saß am Kopfende der Tafel, zwischen Karl und Suffolk, selbst Mama zählte zu den Untergebenen, und vier Gräfinnen bedienten mich. Sie zerteilten mir das Fleisch, hielten meinen Weinkelch und reinigten mir nach jedem Bissen die Finger mit in Rosenwasser getränkten Servietten. Ich hatte größtmögliche Bedeutung erlangt.

In dieser Nacht wurde ein Ball gegeben, auf dem ich bis vier Uhr morgens tanzte, und das die meiste Zeit über mit dem Grafen als meinem Partner. Wie hätte es auch anders sein sollen, da er doch für diese Zeit mein versprochener Ehemann war?

An den beiden folgenden Tagen fand vor den Toren von Tours ein Volksfest und ein Waffenturnier statt, bei dem die französischen Ritter versuchten, die Engländer im Speerkampf zu besiegen, wie es ihnen in Agincourt verwehrt worden war. Ich saß zusammen mit meinem Onkel Karl, meiner Mutter, der Königin von Frankreich, und meinem lieben Papa, dessen Gesundheit inzwischen wiederhergestellt war, in der mittleren Loge. So manch kühner Bursche wurde im Laufe des gewaltigen Waffengeklirrs abgeworfen, doch der Graf von Suffolk siegte über alle Angreifer und nahm somit in meinen Augen nahezu den Status eines Halbgottes an.

Aber Schaukämpfe waren nicht das einzige, was Onkel Karl für uns organisiert hatte. Es gab eine Reihe seltsamer Erscheinungen, die die Menge in Schrecken versetzen und uns Damen dazu bringen sollte, konsternierte Ohnmacht vorzutäuschen. Sie reichten von Riesenmenschen, die Bäume in ihren Händen tragen konnten – und einiges Herzklopfen auslösten, da die Damen hinter ihren Fächern die Wahrscheinlichkeit erörterten, daß ein mehr als zwei Meter großer Mann doch überall an seinem ganzen Körper entsprechend groß sein mußte – bis zu Kämpfen zwischen bewaffneten Männern auf Kamelen. Diese letzteren waren urkomisch anzusehen, denn obwohl es sich bald herausstellte, daß ein Kamel über eine kurze Strecke fast genauso schnell laufen kann wie ein Pferd, waren sie weitaus weniger zugänglich, und sie waren auch viel schwieriger zu reiten. So fanden sich die tapferen Ritter oft genug auf dem Boden wieder, wo sie um ihr Leben zu kämpfen hatten, jedoch nicht gegen ihre menschlichen Angreifer, sondern gegen ihre Reittiere, die scheinbar großen Spaß daran hatten, sie zu beißen.

Nie zuvor war ich so glücklich gewesen.

An dieser Stelle sollte ich klarstellen, daß mir Heiratspläne keineswegs fremd waren. Prinzessinnen sind schließlich immer gefragt.

Der erste, der an meine Tür geklopft hatte, war der Graf von St. Pol, der für seinen Sohn um meine Hand anhielt, als ich noch nicht einmal vier Jahre alt war. Es war eine komplizierte Angelegenheit, denn mein Vater hatte zwei Jahre zuvor – als ich ein knappes Jahr alt war – durch meine Mutter einen Anspruch auf das Herzogtum Lothringen geerbt und war auf der Stelle losmarschiert, um seine Position zu festigen. Kurz darauf war er besiegt und gefangengenommen worden. Als St. Pol sich bei uns meldete, war er immer noch in Gefangenschaft. Er wurde vorübergehend freigelassen, um sich darum zu kümmern. Es wurde aber nichts daraus, und er kam wieder ins Gefängnis.

Zwei Jahre später verbesserte sich Papas Position, da er durch den Tod der Königin Johanna II. von Neapel einen Anspruch sowohl auf die Krone als auch auf die Herrschaft über Menorca und Mallorca erhielt. Außerdem besaß er bereits einen Rechtsanspruch auf das Königreich Jerusalem. Natürlich schmachtete Papa noch immer im Gefängnis, doch Mama machte sich tapfer daran, die neapolitanische Sache zu einem ruhmreichen Ende zu bringen. Währenddessen wurde ich zur Mutter meines Vaters Anjou geschickt.

Eine Zeitlang schienen die Pläne meiner Eltern zu gelingen, und so wurde ich zu einem Objekt von einiger Bedeutung. Niemand Geringeres als Herzog Philipp von Burgund wünschte eine Heirat zwischen mir und seinem ältesten Sohn Karl, dem Grafen von Charolais. Ich muß wohl nicht erst erwähnen, daß ich den jungen Mann gar nicht kannte und ihn in meinem zarten Alter von fünf Jahren wohl auch kaum gemocht hätte. Ich kann nur darüber spekulieren, was für ein Paar wir wohl geworden wären, denn er erlangte später den Beinamen »der Kühne« und wurde ein berühmter Krieger, und obwohl er oft auf der Seite meiner Gegner stand, vergaß er niemals, daß wir einmal beinahe Mann und Frau geworden wären. Erst vor kurzem nahm er ein verfrühtes Ende auf den Piken der Schweizer Bauernschaft, und doch ist ein solches Schicksal immer noch wesentlich besser als das, das meinen tatsächlichen Ehemann treffen sollte.

Die Bedingungen des Herzogs Philipp für eine Verbindung waren für Papa inakzeptabel – obwohl das Abkommen auch seine Freiheit gesichert hätte –, und wieder wurde nichts aus der Verlobung.

Im Jahre 1442 war es wieder Herzog Philipp, der mich verheiraten wollte, und zwar mit dem Grafen von Nevers. Doch nun war die Angelegenheit mit Lothringen bereits geregelt und Papa aus der Gefangenschaft befreit, und obwohl sich auch alle seine Hoffnungen zerschlagen hatten, blieb ich bis auf weiteres ohne Verlobung.

Tatsache war, daß, auch wenn ich zweifellos eine Prinzessin war, denn schließlich war mein Vater ja ein König, es ihm und mir an materiellen Gütern fehlte. Die meisten künftigen Schwiegerväter möchten ihren Söhnen mehr als ein hübsches Gesicht garantieren, selbst dann, wenn zu diesem Gesicht ein wohlgeformter und williger Körper gehört. Papa war als »König René der Gute« bekannt; seine gesamten Titel lauteten in der Reihenfolge der Ernennung König von Jerusalem, König von Neapel, Herzog von Anjou und Herzog von Bar, Graf von Guise, Herzog von Lothringen, Graf von Provence und Marquis von Pont-à-Mousson. Tatsächlich wurde ich in Pont-à-Mousson geboren, und sowohl dieser Ort als auch Guise waren die beiden einzigen, die er zu jener Zeit besaß.

Was den Rest anbelangt: das Königreich von Jerusalem war ihm von irgendeinem fernen Vorfahren vererbt worden; seit dem Ende der Kreuzzüge hatte es nur auf ganz bestimmten alten Landkarten existiert. Papa war niemals dort gewesen und würde es mit Sicherheit auch niemals sein, denn die einzige Macht der Erde, die in der Lage schien, den Sarazenen die Macht über ihr Besitztum, das Heilige Land, zu nehmen, waren die osmanischen Türken, die zu jener Zeit aber gerade mit der Eroberung des Balkans beschäftigt waren.

Papas Anspruch auf Neapel war gleichermaßen berechtigt und legal wie auch unwahrscheinlich durchzusetzen. Die Anjous von Neapel, wie sie genannt wurden, waren, obwohl enge Verwandte von uns, in ihrem Charakter sehr extrem. Von Johanna I. von Neapel erzählte man sich, sie habe ihren ersten Ehemann ermordet und danach drei weitere Male geheiratet. Ich bin in bezug auf ihre Schönheit oft mit dieser bemerkenswerten Dame verglichen worden, denn sie war die schönste Frau ihrer Zeit. Das war sehr schmeichelhaft für mich, und was den Mord anbelangt, so habe ich bald erfahren, daß Königinnen, wenn sie Königinnen bleiben wollen, nur zu häufig gezwungen sind, zu solch verzweifelten Mitteln zu greifen.

Die zweite Johanna, deren Tod meinem Vater weitere Ansprüche bescherte, wurde, soweit ich weiß, niemals des Mordes angeklagt. Jedoch steht sie in dem Ruf, mit jedem Manne ihres Königreiches im Bett gewesen zu sein. Das ist natürlich eine Verleumdung, da es allein schon physisch unmöglich ist. Meine eigenen Erfahrungen haben mich gelehrt, daß Königinnen ihre Gunst weit verteilen müssen, um ihre Macht zu erhalten. Trotzdem war Johanna II. mit Sicherheit eine triebhafte Hure.

Es liegt auf der Hand, daß diese Neapolitaner eine wilde Bande waren und es Papa schlechterdings nicht möglich war, mit seinen diversen Ansprüchen gegen sie anzukommen, und auch Mamas Bemühungen auf diesem Gebiet waren fehlgeschlagen. Und dann gab es noch Lothringen, auf das die Rechte meines Papas selbst vom Kaiser anerkannt worden waren, obwohl es ihm verwehrt blieb, das Herzogtum in Besitz zu nehmen. Was er schließlich sein eigen nannte, waren Anjou und die Provence. Anjou (wo ich den größten Teil meiner Kindheit verbrachte, entweder in Angers oder in Saumur) befand sich ganz in der Nähe der englischen Besitztümer in Frankreich und hatte mehr als einmal den Durchmarsch marodierender Armeen über sich ergehen lassen müssen. Das war den Finanzen des Herzogtums überhaupt nicht gut bekommen. Dasselbe galt für Bar, und Guise und Pont-à-Mousson waren sehr klein. Nur die sonnenbeschienene Provence verschaffte dem lieben Papa ein angemessenes Einkommen.

Leider war Papa jedoch kein solch abgebrühter, ehrgeiziger Soldat, der seine ererbte Position um jeden Preis erringen wollte, ganz gleich, wen er dabei aus dem Weg räumen mußte. Wäre er ein solcher Mensch gewesen, dann hätte man ihn kaum »den Guten« genannt. Er besaß noch einen weiteren Spitznamen, nämlich »der letzte Troubadour«, und tatsächlich hätte es ihm weit mehr gelegen, gefällige Liedchen zu komponieren als in den Kampf zu ziehen. Er förderte jede Art von Kunst und überzog dafür bei weitem seine Mittel, und so kam es, daß wir mein ganzes Leben lang stets kurz vor dem Bankrott standen und ganz und gar vom Wohlwollen Onkel Karls abhängig waren – und um *dessen* Finanzen war es für gewöhnlich auch nicht besonders gut bestellt!

Meine Zukunftsaussichten für einen Ehemann waren also, je nach dem aktuellen Stand von Papas Chancen, eine seiner Erbschaften erfolgreich übernehmen zu können, immer abwechselnd gefallen und gestiegen, und mein Optimismus in bezug auf den Heiratsmarkt allmählich immer weiter gesunken – bis zur Ankunft des Botschafters des Königs von England.

Nun mag einem dies etwas rätselhaft vorkommen: Wenn doch Prinzessin Margarete von Anjou, die Tochter eines armen Königs, nicht gut genug war, um die Gattin des Grafen von St. Pol, des Erben von Burgund oder des Grafen von

Nevers zu sein, wie konnte sie dann so plötzlich die Auserwählte des mächtigsten Prinzen der gesamten Christenheit werden?

Wie ich bereits erwähnt habe, war meine einzige Erklärung dafür, daß die Verbindung sowohl von meinem Vater als auch, was noch viel wichtiger war, von meinem Onkel aus politischen Gründen erwünscht war. Daß sie jedoch auch den Engländern aus politischen Gründen erstrebenswert erschien, kam mir nicht in den Sinn.

Wie ich jedoch alsbald feststellen sollte, standen die Dinge für die Engländer nicht zum besten. Diese hatten nach dem frühen Tod Heinrichs V. ein Chaos vorgefunden, das etwa dreizehn Jahre lang dank der Fähigkeiten eines Bruders Heinrichs V., Johann, des Herzogs von Bedford, sorgfältig vor der Welt verborgen gehalten wurde. Er war ein Mann, der seinem berühmteren Bruder weder an Statur noch im militärischen Rang nachstand. Bedfords Reputation war durch die von ihm veranlaßte Verbrennung der Jungfrau Johanna schwer beschädigt, doch gibt es keinen Grund daran zu zweifeln, daß er sie tatsächlich für eine Hexe hielt.

Johannas kurzes Erscheinen und das darauffolgende Wiederaufleben des französischen Nationalismus hatten in England eine Krise ausgelöst. Mein lieber stellvertretender Verlobter, Suffolk, war genau derjenige, der die Belagerung von Orléans beenden mußte, doch auch dies war vom großen Bedford vollständig verschleiert worden. Bedfords Tod im Jahre 1435 ließ die mächtige englische Kriegsmaschinerie jedoch in schlechtem Zustand zurück.

Als unsere Heirat angekündigt wurde, war der junge König, genau wie ich, vierzehn Jahre alt. Zweifellos gibt es Jungen, die bereits in diesem zarten Alter an der Spitze ihrer Truppen in den Krieg zogen – in seiner Familiengeschichte waren genügend Beispiele vorhanden. Er jedoch hatte nichts dergleichen getan. Das Königreich lag in den Händen eines Hohen Rates. Humphrey, der Herzog von Gloucester, Bruder von Heinrich V. und Johann von Bedford und daher auch der Onkel meines künftigen Gatten, und Kardinal Heinrich Beaufort, der Großonkel des jungen Königs, stritten um die Vormundschaft des jungen Königs. Später sollte ich diese beiden Herren noch kennenlernen. Im Moment genügt die Feststellung, daß sie zwei vollkommen verschiedene Standpunkte vertraten. Der »gute« Herzog Humphrey, wie er vom gemeinen Volk genannt wurde – einen Grund dafür habe ich nie entdecken können – wollte den Krieg mit Frankreich ausdehnen; der Kardinal dagegen wollte ihn beenden und strebte für beide Seiten einen ehrenvollen Frieden an.

Zahlreich waren die Machenschaften dieser beiden Herren gewesen, mit denen sie nach Bedfords Tod ihre Ziele zu erreichen versuchten. Der Plan des Kardinals war schlicht und einfach: den jungen König mit einer französischen Prinzessin zu verheiraten und damit den Kampf, der beide Seiten so teuer zu stehen kam, zu beenden. Zu diesem Zweck wurde schon damals, im Jahre 1439, in aller Heimlichkeit eine Botschaft an Onkel Karl gesandt, doch der Kardinal war mit einem Problem konfrontiert worden: es stand keine französische Prinzessin zur Verfügung. Obwohl aber Onkel Karl halb verrückt war und kaum über gesunden Menschenverstand verfügte, wie ich es immer vermutet habe, so besaß er doch immerhin ein gewisses Maß an Gerissenheit. Er hatte *doch* eine Prinzessin zu bieten, die von ihrer Erziehung und ihren Zukunftsaussichten her genauso französisch war wie jede andere, und die zwar nicht seine Tochter, aber doch wenigstens seine Nichte war – und obendrein eine Schönheit.

Und nun begannen seine Pläne, Früchte zu tragen. Das dachte ich zumindest.

Ich hatte die etwas naive Vorstellung, daß man mich nun stehenden Fußes nach England schicken würde, damit ich dort einem großen und gutaussehenden König und Liebhaber meine Jungfräulichkeit schenken konnte – und nichts wünschte ich mir sehnlicher als das –, doch diese Hoffnung wurde bald zerstreut. Onkel Karl befand sich mitten im Krieg. Nun, wann war er das nicht? In diesem Falle handelte es sich um einen Streit mit der Reichsstadt Metz, der lediglich für die Dauer des Winters aufgeschoben worden war. Seine Reise nach Tours, um meine Angelegenheit zu regeln, war eigentlich nur ein Auftakt gewesen, den Kampf jetzt, da der Winter vorbei war, wiederaufzunehmen. Er rief auch Papa für die Belagerung von Metz zu Hilfe, und da Onkel Karl unseren Lebensunterhalt sicherte, folgte Papa seinem Ruf. Meine Abreise nach England mußte so lange verschoben werden, bis der Kampf vorüber war, eine Frage von einigen Monaten also.

Dies schien auch für Suffolk eine zufriedenstellende Situation zu sein, denn er, der eine solch kühne Entscheidung getroffen hatte, ohne irgend jemand in England zu Rate zu ziehen, mußte nun heimkehren und den englischen König und dessen Magnaten über das Geschehen in Kenntnis setzen. Und er hatte noch mehr zu tun als das, denn königliche Hochzeiten sind niemals nur eine Frage von Versprechen und Gelöbnissen. Sie sind stets auch mit politischen Interessen verbunden, und Onkel Karl hatte, als er meiner Verlobung zustimmte, dem Grafen gewisse Bedingungen abgerungen, die dieser akzeptiert hatte. Ich wußte zu dem Zeitpunkt nicht, um was für Bedingungen es sich handelte, sonst hätte ich keineswegs mehr so zuversichtlich in die Zukunft geblickt.

Suffolk selbst war sich seiner Sache offenbar vollkommen sicher. Als mein stellvertretender Ehemann suchte er mich vor seiner Abreise auf, um mir Lebewohl zu sagen. »Ich werde noch vor Ende des Jahres zurückkehren«, versicherte er mir, »zusammen mit einem angemessenen Gefolge, um Euer Hoheit nach England zu geleiten.«

»Wird mein Gatte nicht selber kommen, Mylord?« fragte ich.

»Das bezweifle ich. Er kann kaum anders nach Frankreich einreisen als an der Spitze einer Armee, und das möchten wir doch alle vermeiden. Seid unbesorgt, Euer Hoheit, er wird Euch mit aller Ungeduld seines jugendlichen Herzens in England erwarten.«

Ich ergriff seine Hand. »Erzählt mir von ihm, Mylord. Ist er groß?«

»Er ist groß, Euer Hoheit.«

»So groß wie Ihr, Mylord?«

»Nun, nicht ganz, Euer Hoheit.«

»Ist er kräftig?«

»So kräftig, wie ein Mann es sein sollte, Euer Hoheit.«

»Ist er so kräftig wie Ihr, Mylord?«

»Nun, nein, Euer Hoheit. Aber er ist ja auch erst halb so alt wie ich.«

»Ist sein Haar von goldener Farbe?«

»Es enthält sehr viel Rot.«

»So wie Eures?«

»O ja, Euer Hoheit.«

»Und trägt er einen Bart?«

»Zur Zeit nicht, Euer Hoheit.«

Ich war enttäuscht. Ich fand Suffolks Bart äußerst attraktiv. »Erzählt mir von seinen Fähigkeiten«, bat ich. »Ist er ein mächtiger Mann mit Lanze und Schwert?«

»Äh …« Er blickte verlegen drein. »Seine Rüstung ist die schönste in der gesamten christlichen Welt.«

»Und reitet er wie ein König?«

»Seine Hoheit reitet sehr gut, Euer Hoheit.«

»Nimmt er an vielen Turnieren teil?«

»Äh ...« Er sah noch verlegener aus. »Seine Hoheit ist äußerst begabt«, sagte er.

»Geht er häufig auf die Jagd? Hier in Frankreich gehen wir auf die Jagd, wann immer es möglich ist.«

»Äh ... Seine Hoheit ist auch sehr fromm.«

Ich ließ seine Worte auf mich wirken, und dann stellte ich die entscheidende Frage: »Werde ich ihn so lieben, Mylord, wie ich –« Ich biß mir auf die Lippen und errötete. Beinahe hätte ich mich verraten.

Auch Suffolk hatte es bemerkt. Doch er war ein Mann, der sich keine Gelegenheit entgehen ließ, seiner Eitelkeit zu schmeicheln, so gering sie auch sein mochte. »So sehr, Euer Hoheit, wie ...?«

»Es gibt viele Männer, die ich lieben könnte, Mylord«, sagte ich. »Wenn es in meinen Sternen stünde.«

Er warf rasch einen Blick nach links und rechts, um sich zu vergewissern, daß wir allein waren, und küßte dann meine Finger. »Süße Margarete, es gibt nur eine Frau, die ich lieben würde oder lieben könnte, ob es nun in meinen Sternen steht oder nicht.«

Er hob den Kopf und starrte mich an. Er war dreimal so alt wie ich. Er war verheiratet und Vater. Aber was soll man sagen? Ich war vierzehn, und ich war verliebt. Vierzehnjährige Mädchen verlieben sich noch voller Inbrunst, und mit der gleichen Inbrunst schwindet ihre Liebe, oft innerhalb einiger Wochen oder gar Tage. Aber solange sie lieben, ist ihr ganzes Sein von der Sehnsucht nach dem Objekt ihrer Verehrung erfüllt. Glücklicherweise befindet sich dieses Objekt in den meisten Fällen auf der anderen Seite einer hohen Mauer und kann nur gelegentlich aus der Ferne erblickt werden, was jedoch immer noch genug Anlaß für tiefe Seufzer oder sogar Ohnmachtsanfälle bietet.

Ich hatte nicht soviel Glück. Das Objekt meiner Verehrung war bei mir, wir waren allein, er hielt meine Hand und zog mich langsam, aber unerbittlich näher zu sich heran. »Oh, meine Margarete«, sagte er. »Ich vergötterte Euch vom ersten Moment, als ich Euer Gesicht erblickte. Und Euch am nächsten Tag im Fluß zu sehen, Euren schimmernden Körper, Eure ...«

Es gab nur eine Möglichkeit, ihn davon abzuhalten, eine Katastrophe auszulösen, und die bestand darin, ihm den Mund zu schließen. Und das tat ich nun mit dem meinen.

Vielleicht zog er mich an sich, während er noch sprach. Ich weiß es nicht mehr genau. Was ich weiß, ist, daß sich unsere Zungen ein paar Sekunden lang umeinander wanden und seine Hände an meinem Kleid entlangglitten – es gab keine Möglichkeit, darunter zu gelangen, es sei denn, man fing bei den Knöcheln an, und die waren glücklicherweise ein gutes Stück entfernt. All dies löste in mir angenehme Empfindungen aus.

Dann gab er mich frei und trat zurück. Sein Gesicht wurde aschgrau ob der Erkenntnis dessen, was er getan hatte. »Hoheit ...« Er fiel auf die Knie.

Es dauerte ein paar Sekunden, bis ich sprechen konnte. Mein Instinkt befahl mir, mich wieder in seine Arme zu werfen, doch jetzt eilte mir mein Verstand zu Hilfe. Suffolk kniete immer noch mit gebeugtem Haupt vor mir und erwartete offensichtlich, daß ich meine Diener herbeirufen und ihn ins Gefängnis schaffen und dort exekutieren lassen würde. Ich legte meine Hand auf seine Schulter, und sein Kopf schoß nach oben. »Es wäre das beste, wenn wir diese letzten fünf Minuten vergessen würden, Mylord«, sagte ich.

»Ja«, murmelte er, und seine Blicke verschlangen mich aufs neue. »Ja.«

»Und Ihr dürft mit niemandem darüber sprechen.«

»Nein, Hoheit. Das schwöre ich.«

»Dann küßt mir die Hand und geht, und kommt zurück, wenn der König bereit ist, mich zu empfangen.«

Er ergriff meine Hand. »Margarete ...«

»Geht«, sagte ich wieder. »Ihr müßt gehen, Mylord.«

Einen Moment lang schlossen sich seine Finger fest um die meinen, dann ließ er mich los und verneigte sich. »Ich werde die Sekunden zählen, bis wir uns wiedersehen, Hoheit.«

Ich hätte ihn gerne noch in die Vorhalle begleitet und ihm nachgewinkt, bis er außer Sichtweite war, aber damit hätte ich nur eine Katastrophe an die nächste gereiht. Was ich am nötigsten brauchte, waren ein paar Minuten in Einsamkeit, damit mein Herzschlag und meine Gesichtsfarbe wieder in ihren Normalzustand zurückkehren konnten.

Doch es sollte mir nicht gewährt werden. Bevor ich auch nur Atem holen konnte, war Mama bei mir. »Was hat er gesagt?« fragte sie.

»Adieu, Mama.«

Mama starrte mich an. »Sonst nichts?«

»Was sollte er sonst noch sagen, Mama?«

Ihr Blick ruhte weiter auf mir, und ihr Mund verzog sich mal so und mal so, wie er es zu tun pflegte, wenn sie unentschlossen war. Aber wir hatten uns nie nahegestanden. Während sie tapfer all ihre Energie darauf verwendet hatte, die Angelegenheit ihres Mannes voranzutreiben, war ich weitgehend in der Obhut meiner Großmutter geblieben. Ich hatte bis zu ihrem Tode vor achtzehn Monaten mit dieser lieben, alten spanischen Dame abgeschottet von der Außenwelt gelebt. Sie war schon ziemlich alt gewesen, aber dennoch hatte sie sich bis zu ihrem Ende ihren jugendlichen Geist und Scharfsinn erhalten.

Viele Geschichten hatte sie mir vom wilden Aragon

erzählt, mit seinen Bergen und seinem felsigen Meeresufer, seinen Wäldern und seinen schönen Menschen. Von Kämpfen gegen die Mauren – nicht daß sie jemals einen zu Gesicht bekommen hätte; zu der Zeit, als Großmama geboren worden war, war die Reconquista nahezu beendet gewesen, und die Mauren hatten sich, sofern sie überhaupt noch da waren, in das kleine Königreich Granada im Südosten der Iberischen Halbinsel zurückgezogen. Aber sie erzählte es so, als sei sie bei all den Kämpfen, die sich über einige hundert Jahre hinzogen, persönlich dabeigewesen.

Ich liebte meine Großmutter, und als sie starb, war ich von Trauer überwältigt. Doch ich war zwölf Jahre alt, schon eine Frau, und verstand bereits, mich wie eine Frau zu benehmen. Als Mama zu mir zurückkehrte, um mich in meiner Trauer zu trösten und ihren eigentlichen Platz wieder einzunehmen, war ich ihr fremd geworden. Wir taten unser Bestes, doch ich war ernsthaft und am politischen Geschehen interessiert, während Mama leichtfertig war und kaum an etwas anderes dachte als an ihren nächsten Flirt. Wie viele von ihnen in Anbetracht der Moral des französischen Hofes tatsächlich nur *Flirts* waren, kann ich nur vermuten. Tatsache ist, daß es zwischen uns keine innere Bindung gab, und ich vermute, sie hatte sogar ein wenig Angst vor mir, ganz gewiß jedenfalls vor meinen plötzlichen Temperamentsausbrüchen.

Und nun, da sie mich vor dem Ausbruch meines inneren Begehrens zu warnen versuchte, fand sie keine Worte. Statt dessen sagte sie: »Der Graf ist ohne Zweifel ein ehrenwerter Mann, der es verdient, einem so großen Herrn zu dienen. Ich hoffe, du weißt dein Glück zu schätzen, Margarete.«

»Das weiß ich gewiß, Mama«, versicherte ich ihr.

In der Abgeschiedenheit meiner Kammer konnte ich endlich über das nachdenken, was geschehen war. Ich war noch nie zuvor geküßt worden, jedenfalls nicht auf diese Art. Noch nicht einmal Onkel Karl, der mich ständig begrapschte, hatte es gewagt, meine Zunge mit der seinen zu berühren. Es schien, als hätten Suffolk und ich um ein Haar meiner Jungfräulichkeit ein Ende gesetzt, wenn ich nicht dafür gesorgt hätte, daß wir uns trennten.

Ich wußte natürlich bestens darüber Bescheid, wie es zwischen Mann und Frau im Bett zugeht; Großmama hatte dafür gesorgt. Und wie die meisten jungen Mädchen war ich äußerst erpicht darauf, möglichst bald eigene Erfahrungen zu sammeln, doch zunächst einmal mußte es ja mit einem Ehemann passieren, wenn man nicht riskieren wollte, daß der eigene Ruf unwiederbringlich ruiniert war.

Auch war mir klar, daß Ehebruch mit einer Königin als Verrat galt und für alle Beteiligten äußerst unerfreuliche Todesfälle mit sich brachte. Es gab einen solchen Skandal in unserer eigenen königlichen Familie. Nur hundert Jahre vor meiner Geburt heiratete König Ludwig X. eine ungarische Dame mit Namen Klementine, die *in flagrante delicto* mit einem ihrer Pagen erwischt wurde. Der arme Kerl wurde von vier Pferden in Stücke gerissen, wohingegen Klementine, die zu jener Zeit schwanger war, noch gestattet wurde, das Kind zu gebären, bevor man sie in einem Verließ erdrosselte. Niemand fragte genauer nach der Vaterschaft des Kindes, das, wie sich herausstellte, noch nicht einmal ein Jahr alt wurde, doch war es zumindest eine Zeitlang offiziell der König von Frankreich.

Auch war mir bewußt, daß eine Verlobung dieselben Verpflichtungen mit sich brachte wie eine Heirat. In den Augen der Welt war ich die Königin von England, und kein Mensch konnte daran etwas ändern oder hat jemals etwas daran geändert, auch wenn Gott weiß, daß eine ganze Reihe es versucht haben.

Diese Betrachtungen beschäftigten mich eine geraume Zeit. Immerhin war ich verliebt. Eher wollte ich aufhören zu atmen, als diese Tatsache von mir weisen. Und mein Liebster würde zurückkommen und im Namen eines anderen um meine Hand anhalten, noch bevor das Jahr zu Ende war. Ist es verwunderlich, daß mir ein paarmal die Hitze ins Gesicht stieg, während ich über das Für und Wider dieser Angelegenheit nachsann?

Es gab natürlich eine Lösung für mein Problem, die Frage war nur, wie ich sie herbeiführen sollte. Wieder mußte ich meiner lieben Großmama für meine Erziehung danken. Als sie festgestellt hatte, daß ich als kleines Kind eine Schwäche für Honig entwickelte, hatte sie meine Leidenschaft auf die einfachste Weise dadurch geheilt, daß sie mich zwang, eine Woche lang zu jeder Mahlzeit Honig zu essen. Am Ende jener Phase war mir von der klebrigen Masse so abgrundtief übel, daß es einige Jahre dauerte, bis ich mich dazu bringen konnte, sie wieder anzurühren. Selbstverständlich konnte ich dieses Heilmittel nicht in der gleichen Weise in Suffolks Fall anwenden. Selbst wenn dies meinem Leben kein katastrophales Ende bereitet hätte, so war er doch ganz einfach nicht in der Nähe. In meinen Gedanken war er es allerdings schon. Und so gewöhnte ich mir an, den ganzen eintönigen Sommer hindurch jeden Tag von früh bis spät von ihm zu träumen. Wenn ich verreiste, dann stellte ich mir vor, er reiste an meiner Seite. Wenn ich aß, stellte ich mir vor, er würde mich bedienen. Wenn ich in der Kirche niederkniete – die Heilige Mutter möge mir vergeben –, stellte ich mir vor, er knie neben mir.

Und wenn ich des Nachts in meinem Bett lag … dies war das Schwierigste von allem. Großmama hatte mir gesagt, was ich von einem Mann zu erwarten hatte, doch es war ihr nicht ganz gelungen, ihre Aussagen bildlich zu beschreiben. Und obwohl ich gelegentlich bis zu dem Teil vorgedrungen war, an der man seinen Zustand bestenfalls als *déshabillé* bezeichnen konnte, wurde das Objekt, das ich bewundert und, wenn möglich, gerne näher untersucht hätte, stets erschrocken fortgepackt.

Doch immerhin besaß ich eine ausgereifte Phantasie, und am Ende konnte ich mir gratulieren, denn bis zu dem Zeitpunkt, als die Armeen wieder ihre Winterquartiere aufsuchten, hatte ich mir den Grafen gründlich ausgetrieben.

Man sollte nun aber nicht denken, daß ich in jenem Sommer nichts anderes zu tun gehabt hätte, als von Suffolk zu träumen. Es war eine sehr hektische Zeit. Meine Aussteuer mußte vorbereitet werden, große Mengen von Houppelandes und Surcots, letztere mit einem beträchtlichen Dekolleté, was am französischen Hof der letzte Schrei war. Diese Kleider wurden, je nach Jahreszeit, aus Samt, Brokat oder Seide gefertigt, und die Stoffe waren ein schillerndes Farbenmeer. Es gab Pelzbesätze, Manschetten und Säume, netzartige Gebilde als Kopfschmuck und kirchturmförmige Hennins, die äußerst schwierig zu tragen waren und ein ständiges Hindernis darstellten, wenn man versuchte, durch Türen oder bei Wind zu gehen. Es gab goldene Haarnetze, die unter diesen Extravaganzen getragen wurden, und zu alledem wurde eine Fülle von Schmuck benötigt, doch vieles davon wurde mir in Form von Geschenken überbracht: goldene Hals- und Hüftketten, Colliers, Broschen, Brustkreuze und natürlich Ringe in allen Formen und Größen.

Es gab noch Hunderte andere Geschenke, doch meine Lieblingsgabe, nicht zuletzt, weil es sowohl unerwartet als auch ungewöhnlich war, war ein Löwenjunges, das mir von niemand Geringerem als dem Herzog von Burgund gesandt wurde. Vielleicht war dies ein Versuch, geistreich zu sein, doch da meine Wesensart bis jetzt noch niemandem bekannt war – noch nicht einmal mir selbst –, ist es wahrscheinlicher, daß er sich einfach von allen anderen abheben wollte. Ich liebte den verspielten kleinen Racker und nannte in Albion, da dies einer der Namen war, unter dem das Land, das ich nun bald meine Heimat nennen sollte, einmal bekannt gewesen war.

Zur Entspannung ging ich meinen beiden Lieblingsbeschäftigungen nach: der Jagd, wann immer es möglich war, und wenn nicht, dann machte ich es mir mit einem guten Buch – das heißt natürlich den diversen Geschichten von Boccaccio – in einer Ecke bequem. Ich muß seine wunderbaren Worte wohl mehr als hundertmal gelesen haben.

Ich bemühte mich auch, über alle Neuigkeiten auf dem laufenden zu sein. Das war zwar im Moment nicht viel, aber man wußte ja nie, wann eine besonders pikante Geschichte den Weg zu uns finden würde.

Nur vier Jahre zuvor war beispielsweise einer der edelsten und angesehensten Männer Frankreichs, Gilles de Rais mit Namen, als Hexer auf dem Scheiterhaufen verbrannt worden. Sein Verbrechen bestand angeblich darin, daß er kleine Kinder beiderlei Geschlechts in sein Schloß gelockt, sich an ihnen vergangen und sie dann getötet habe. Er soll sich sogar noch an ihnen vergriffen haben, als sie schon tot waren.

So kam und ging der Sommer, und ungeduldig wartete ich auf die herbstlichen Regenfälle. Doch erneut wurden meine mädchenhaften Träume von Ereignissen zerstreut, die außerhalb meiner Kontrolle lagen. In diesem Jahr blieben die Herbstregen aus, und so wurden die Kämpfe weit über die normale Saison hinaus fortgesetzt. für mich war dies ein Ärgernis, für die Reichsstadt Metz dagegen war es eine Katastrophe, denn sie hatte ihre Stellung den Sommer über nur mit Mühe halten können und sehnte den Rückzug der königlichen Armee herbei, um seine Speisekammern und Munitionsvorräte wieder aufzufüllen und sich auf ein weiteres Jahr der Belagerung vorzubereiten.

Onkel Karl (oder besser gesagt, seine militärischen Berater, denn er selbst war kein Soldat) bemerkte also, wie geschwächt die Stadt war, und beschloß, den Vorteil des schönen Wetters zu nutzen und, in der Erwartung, die Angelegenheit ein für allemal zu regeln, den Feldzug fortzusetzen.

Diese Tatsache an sich hätte meine Stimmung nicht sonderlich beeinträchtigt, doch als der Graf von Suffolk im Dezember wieder den Kanal überquerte und bis zu den englischen Stellungen in Frankreich vordrang, setzte er, statt sich nach Süden zu wenden, um mich in Saumur zu treffen oder mich zu einem Treffen in Tours einzuladen, seine Reise weiter durch den Norden Frankreichs bis nach Nancy fort, wo Onkel Karl sein Hauptquartier und seinen Hof eingerichtet hatte. Daraufhin wartete ich auf eine Einladung in jene Stadt, die jedoch nicht kam, und so blieb mir nichts anderes übrig, als in Saumur zu verweilen und Däumchen zu drehen. Es schien, als würde jetzt, da mein Teil des Geschäfts geregelt war, nichts anderes mehr zählen als die harten Verhandlungen beider Parteien über die Mitgift, und jede Seite versuchte aus meiner Heirat den größtmöglichen Nutzen zu ziehen.

Es war eine äußerst unerfreuliche Zeit, vor allem als die Nachricht von der Herrlichkeit des Gefolges des Grafen nach Saumur drang, von den gutaussehenden Rittern und den schönen Damen, die an seiner Seite ritten, und den herrlichen Bällen und Turnieren, die sie feierten. Noch unbefriedigender war die Neuigkeit, daß Suffolk dieses Mal von seiner

Frau begleitet wurde! Ich empfand sofort starke Abneigung gegen die Glückliche.

Weihnachten war ein sehr einsames Fest in Saumur.

Doch dann, im Februar, kam endlich die Einladung. Die Verhandlungen waren abgeschlossen, und Mama und ich wurden in Nancy erwartet, um dort mit Papa zusammenzutreffen.

Inzwischen war der Winter gekommen, und es war eine schwierige Reise, doch ich spürte nur Vorfreude und Glück. Endlich würden sich meine Träume erfüllen.

Und so war es tatsächlich. Wir erreichten Nancy gegen Ende des Monats und erfuhren, daß Metz sich gerade ergeben hatte. Nie zuvor hatte ich so ausgelassen gefeiert, und selbst das war nur ein Vorgeschmack auf alles, was noch kommen würde, denn bald sollte meine Hochzeit stattfinden.

Die Trauung wurde eine Woche später in der Kathedrale von Nancy von Louis de Herancourt, dem Bischof von Toul, feierlich zelebriert, und eine riesige und berühmte Gesellschaft wohnte ihr bei. Sogar mein ältester Bruder Johann war gekommen und ebenso meine anderen Geschwister. Johann trat als Herzog von Kalabrien auf, obwohl er natürlich noch nie in Süditalien gewesen war; es war lediglich das Recht des ältesten Sohnes und Erben des Thrones von Neapel, diesen Titel zu tragen, ähnlich wie der englische Thronerbe der Prinz von Wales ist – daß Papa den Thron von Neapel nicht wirklich innehatte, war nicht von Bedeutung.

Ich hatte Johann immer für den besten aller Männer gehalten und seinen Status bewundert. Wie sich doch in nur einem Jahr die Dinge ändern können! Jetzt war ich das wichtigste Mitglied unserer Familie.

Der Marquis von Suffolk – er war zur Belohnung für seine

Mühen in einen höheren Stand versetzt worden – und ich hatten vor der Zeremonie keine Zeit füreinander; nur aus der Entfernung hatten wir einen kurzen Blick miteinander getauscht. In der Kathedrale jedoch stand er neben mir und hielt meine Hand in der seinen, während er als Stellvertreter für meinen Ehemann agierte, den ich noch immer nicht gesehen hatte. Ich glaube, wir zitterten beide, als wir einander berührten, er mir den Ring an den Finger steckte und im Anschluß an die Zeremonie seinen Kopf neigte, um mir den ehelichen Kuß auf die Wange zu geben. Aber vielleicht hatte er sich genauso darum bemüht, mich aus seinem Kopfe zu vertreiben, wie ich mich meinerseits darum bemüht hatte, und so konnten wir uns wenigstens in diesem Moment zurückhalten.

Dennoch war es schwer, die Rolle durchzuhalten, denn nun begann eine ganze Woche voller Turniere, Feste und Bälle. Es wurde von der Königin von England erwartet, daß sie vor jedem Kampf ihren Schal um die Lanze ihres »Gatten« band, und ebenso wurde es von der Königin von England erwartet, jeden Tanz an seiner Seite zu beginnen. So kamen wir uns Tag für Tag näher. Ich lächelte ihn an, wenn er seine Lanze präsentierte, krampfte meine Finger vor Sorge zusammen, wenn er sein Schlachtroß bestieg, und lehnte mich zitternd an ihn, wenn wir uns auf dem Tanzboden drehten.

Es war, man erinnere sich, Anfang März und vielleicht die kälteste Zeit des Jahres. Deshalb waren die Turnierkämpfe keine ungefährliche Sache, und sogar der Marquis wurde einige Male vom Pferd geworfen, wenn sein Reittier auf dem matschigen Rasen ausrutschte; dennoch ging er als *Victor ludorum* daraus hervor.

Obwohl in jedem Kamin des Schlosses, in dem wir wohnten, ein Feuer brannte, sind Schlösser an sich immer zugige

Orte, und man schwitzte und zitterte abwechselnd, je nachdem, wie weit man von den Flammen entfernt war. Ich verzichtete während unseres Aufenthaltes in Nancy sogar auf mein morgendliches Bad. Doch das Vergnügen, wieder in den Armen des Marquis zu liegen, war himmlisch. Diese Woche war eine der erinnerungswürdigsten meines Lebens und blieb in jeder Hinsicht ungetrübt. Er versuchte nicht, mir einen geheimen Besuch abzustatten, und ich konnte mich mit Warten zufriedengeben. Schon bald würde ich die Reise nach England zu meinem Ehemann antreten, meiner französischen Familie Adieu sagen und den Marquis von Suffolk an meiner Seite haben.

2

Wie ich schon erwähnte, wurde Suffolk diesmal von seiner Frau begleitet. Ich vermutete, sie sollte angesichts meines zarten Alters die Führung meiner Person und meines Haushaltes von Mama übernehmen, und mir *in loco parentis* bis zu dem Zeitpunkt zur Verfügung stehen, an dem ich schließlich der Obhut meines Mannes übergeben würde.

Schon als ich zum ersten Male von der Existenz dieser Dame hörte, hatte ich eine spontane Abneigung gegen sie empfunden, eine Empfindung, die schlichtweg von Eifersucht ausgelöst wurde, da sie das besaß, was ich mir so brennend ersehnte. Die Entdeckung, daß ich ihr im Laufe des kommenden Monats nahezu ausgeliefert sein würde, steigerte meine Abneigung zu reinster Abscheu.

Natürlich waren wir ihr bei unserer Ankunft in Nancy vorgestellt worden, doch sie blieb zunächst nur ein Schatten für mich. Das änderte sich erst nach der Hochzeit mit dem Stellvertreter des Königs, als sie, da nun die Zeit für meine Abreise nach England gekommen war, in meine Gemächer zog, um das Einpacken meiner Besitztümer zu überwachen. Nun wurden meine ohnehin recht konfusen Empfindungen Suffolk gegenüber noch verwirrender.

Alice de la Pole war eine große, schöne Frau von ruhigem Gemüt und mit einem beständigen Lächeln. Auch war sie keineswegs eine gewöhnliche Hausfrau, die nur durch die Erhebung der Familie ihres Mannes in den Adelsstand aufgestiegen war. Ganz im Gegenteil. Ihr Mädchenname war Chaucer und ihr Großvater ein wohlbekannter Erzähler am Hofe König Eduard III. gewesen. Der Dichter war ursprünglich Zollbeamter gewesen, was nicht gerade eine vielversprechende Ausgangsposition ist, doch sein Sohn Thomas, Alices Vater, hatte es verstanden, seine Möglichkeiten zu nutzen. Aus der Position eines Butlers König Richards II. heraus hatte er die Gunst von König Heinrich IV. und dessen Sohn gewonnen, und so waren ihm einige Landgüter und verantwortungsvolle Posten übergeben worden, die ihn zu einem wohlhabenden Mann gemacht hatten. Noch wichtiger allerdings war, daß er durch die Linie seiner Mutter ein Cousin der Beauforts war, dieses zwar zugegebenermaßen zu einer Zeit, als die Familie lediglich aus den Bastarden Johann von Gents bestand, doch genau dadurch wurde Alice eine entfernte Cousine des Königshauses.

Meine Abneigung verflog in dem Moment, als ich die Dame kennenlernte. Wir wurden Freundinnen und blieben es auch durch einige sehr schwierige Phasen hindurch, bis sie, wie so viele Leute, des Kämpfens müde wurde und ihren Frieden mit dem Monster, Edward von York, schloß. Doch im Jahre 1445 waren diese Ereignisse noch viele Jahre entfernt.

Unsere Freundschaft war um so bemerkenswerter, da meine erste Krise als Königin von England bereits eintrat, bevor ich Nancy verlassen hatte, um meine Reise in das neue Land anzutreten. Am Tage vor meiner Abreise kam Mama wutentbrannt in unsere Gemächer gestürmt und warf ein Stück Pergament auf meinen Tisch.

»Dieser Suffolk!« erklärte sie. »Er hat die Unverschämtheit, zu behaupten, deine Dienerschaft sei zu umfangreich. Sie solle um zwei Drittel verringert werden. Zwei Drittel!«

Ich war in der vergangenen Woche so sehr damit beschäftigt gewesen, mich zu amüsieren, daß ich meinem Personal nur wenige Gedanken gewidmet hatte. Natürlich hatte ich im Laufe des Sommers gesehen, daß Listen vorbereitet und geeignete Personen befragt wurden, aber da ich noch nie zuvor über eine eigene Dienerschaft verfügt hatte, hatte ich mich damit zufriedengegeben, die ganze Angelegenheit Mama zu überlassen. Jetzt nahm ich das Pergament in die Hand, und ich muß zugeben, daß mich die Länge der Liste überraschte.

Mama meinte, ich bräuchte sechs Hofdamen für meine persönlichen Belange, vier Herren als persönliche Diener, vier Hofdamen für das Schlafzimmer, sechs Zimmermädchen, zwölf Näherinnen, sechs Wäscherinnen, vier Dienerinnen und vier männliche Diener, vier Chefköche, zwei Konditoren, sechs Bäcker, sechs Küchenmägde, sechs Küchenjungen, vier Falkner und sechs Hundewärter.

Dazu kamen mein Kammerherr, Louis d'Heristal, mein Beichtvater, Pater Joseph, vier weitere Priester und zwei Wächter für den königlichen Löwen – mein Haustier Albion.

»Nun, Mama«, wagte ich einzuwenden, »ich bin sicher, die Engländer können uns mit Küchenmädchen, Küchenjungen und Wäscherinnen versorgen. Und auch mit Hundewärtern.«

»Was für ein Unsinn!« erklärte Mama. »Das kann ich so nicht akzeptieren.«

Doch sie mußte es akzeptieren. Suffolk blieb unnachgiebig, und schließlich verließ ich Nancy mit einer weitgehend reduzierten Reisegesellschaft.

Nicht daß man dies sofort erkannt hätte, denn Papa und mein Bruder Johann begleiteten uns so weit, wie es angemessen war – Onkel Karl hatte selbstverständlich nicht die Absicht, dem englischen Boden zu nahe zu kommen, nur für den Fall, die Gottverdammten würden sich entschließen, die Frage, wer nun tatsächlich König von Frankreich sei, dadurch zu klären, daß sie ihn einluden, für den Rest seines Lebens bei ihnen zu bleiben. Aber er und sein Hofstaat geleiteten mich durch die Tore von Nancy, und dort sagte er Lebewohl und nahm mich fest in die Arme, während ihm die Tränen über die Wangen strömten. »Oh, meine kleine Margarete«, murmelte er in mein Ohr. »Bin ich nicht immer gut zu dir gewesen?«

»Immer, liebster Onkel«, stimmte ich ihm zu.

»Dann wirst du mich ja gewiß stets als Wohltäter in Erinnerung behalten!«

Ich verstand natürlich, daß er hinter all den Krokodilstränen weniger an unsere persönliche Beziehung dachte als an den Nutzen, den er erlangen würde, wenn die Königin von England und der König von Frankreich enge Freunde, wenn nicht sogar enge Vertraute bleiben würden. »Ich werde an dich denken, Onkel«, versprach ich, und erinnerte mich daran, daß für mich als Königin die Pflichten gegenüber meiner neuen Heimat stets den Vorrang vor allen anderen Pflichten haben mußten.

So sagten wir uns adieu und waren beide davon überzeugt, daß wir einander niemals wiedersehen würden. Wir sahen uns tatsächlich nicht wieder. Hätte ich auch meinen Cousin Ludwig, den Dauphin, niemals wiedergesehen, so wäre mein Leben glücklicher verlaufen. Auch ohne ihren König entschieden sich viele der Ritter und Damen des französischen Hofes, mich noch ein Stück zu begleiten, denn offiziell unterstand ich der Verantwortung des Herzogs von Orleans, des Bruders des Königs, und so bewegte sich ein stattliches Gefolge über die winterlichen Straßen von Nancy nach Chalons. Mama begleitete mich nicht; sie kehrte mit

Jolante nach Angers zurück. Wie Onkel Karl meinten sicherlich auch sie, daß sie mich zum letzten Mal gesehen hätten.

Papa kam noch bis Bar-le-Duc mit, wo es einen weiteren tränenreichen Abschied gab, dann setzte der Rest meiner Reisegesellschaft ihren Weg nach Chalons fort. Dort sollte der Heiratsvertrag aufgesetzt und ich wie geplant in Empfang genommen und weiterbefördert werden.

Prinzessinnen werden oft wie bewegliche Güter behandelt, was sie leider ja auch sind, sogar dann, wenn sie Königinnen werden sollen.

Doch wir waren eine fröhliche Gesellschaft auf der Straße nach Chalons, und nur die Rolle des Marquis von Suffolk gab mir Anlaß zum Kummer, bis wir die Stadt erreichten und der Vertrag mit den Unterschriften versehen war. Als ich mich an diesem Abend zurückzog, wartete eine ganze Schar von Männern und Frauen darauf, mir Lebewohl zu sagen, viele von ihnen mit Tränen in den Augen. Unter ihnen war sogar Pierre de Brezé. Dieser Mann war der erste Minister meines Onkels und als solcher der mächtigste Mann im Land. Er leitete sowohl die Armee meines Onkels als auch den Hofstaat; er hatte seine Position dadurch gefestigt, daß er dem König Mademoiselle Sorel als Bettgefährtin zugeführt hatte.

Er sah auch gut aus, war von gefälliger Statur und noch nicht alt – erst Mitte dreißig –, dennoch hatte er sich mir gegenüber stets wie ein erfahrener Staatsmann verhalten. Jetzt kniete er vor mir und hielt meine Hand, nachdem er sie geküßt hatte, einen Moment länger, als es die Etikette erlaubte.

»Schöne Königin«, sagte er, »unser Frankreich wird nie wieder dasselbe sein, jetzt, da Ihr uns verlaßt.«

»Ach, schon gut«, erwiderte ich. »Ihr werdet mich bald ganz und gar vergessen haben.«

»Ich? Niemals, Euer Hoheit. Ich, Pierre de Brezé, schwöre, daß ich für den Rest meines Lebens Euer Bild in mir tragen werde. Wenn Ihr mir ein Erinnerungsstück gewähren könntet …«

Ich bemühte mich, ihn streng anzublicken, doch es fiel mir schwer; ich war einfach zu erstaunt. Natürlich wußte ich, daß er Onkel Karl gegenüber dieselbe Position einnahm wie Mylord Suffolk gegenüber König Heinrich VI., und daß jede seiner Handlungen wahrscheinlich eher ein politischer Akt war als einer wahren Gefühlsregung entsprang … Andererseits *war* er ein hübscher Kerl, wenn auch völlig anders als der Graf – er war klein, dunkel und auch jünger –, und ich kannte ihn nicht nur als einen wohlhabenden Mann, sondern auch als jemanden, der zumindest vorübergehend Macht innehatte.

Und außerdem, welche Frau kann schon einer Liebeserklärung widerstehen, selbst wenn sie an ihrer Echtheit zweifeln muß, besonders wenn sie weiß, daß diese Liebe niemals erwidert werden kann? Ich gab ihm also einen seidenen Schal, den er an seine Wange drückte, bevor er ihn in seinem Gürtel verstaute. Oh, hätte ich doch nur in die Zukunft sehen können!

Von Chalons gingen wir nach Paris. Als ich diese Königin aller Städte zum ersten Mal sah, war ich, um ehrlich zu sein, etwas enttäuscht. Es war natürlich immer noch mitten im Winter, und nachdem der Schnee geschmolzen war, begann es eintönig und anhaltend zu regnen. »Sogar der Himmel weint, weil Ihr Frankreich verlaßt, Euer Hoheit«, sagte Louis d'Heristal.

Ich übertönte seinen Ausspruch; meine romantische Ader wich bereits einer realistischeren Sichtweise des Lebens. So kam es, daß ich Paris weniger als die berühmteste Stadt Frankreichs betrachtete, sondern eher als eine schmutzige

Ansammlung von Hütten nördlich des Flusses, und obwohl auf der Insel selbst ein paar großartige Gebäude standen, waren diese so eng aneinandergedrängt, daß man kaum atmen konnte.

»Hervorragend für eine Verteidigung geeignet«, kommentierte Suffolk, der ewige Soldat, als er den rasch fließenden Strom der Seine auf beiden Seiten sah, und in der Tat betonen die Geschichtsschreiber, daß die ersten Pariser sich auf die Île de la Cité geflüchtet hatten, um den plündernden Horden von der anderen Seite des Rheins zu entkommen.

Die Kathedrale von Notre-Dame war jedoch gegen jede Kritik gefeit. Sie war mit Abstand das schönste Gebäude, das ich jemals erblickt hatte oder jemals erblicken würde. An diesem geheiligten Ort wurde ich am 16. März 1445 mit allen Ehren, die einer Königin würdig waren, empfangen: mit einer Hörnerfanfare, dem Jubelgeschrei des Volkes, sich verneigenden Prinzen und Priestern und sogar einer Salve der Artillerie aus sicherer Entfernung hinter den Mauern. Tauben wurden freigelassen und flatterten zum Himmel auf, und es wurde ein feierlicher Dankgottesdienst für mein Wohlergehen gehalten.

Am Ende dieses Tages war ich sehr erschöpft.

Es war soviel passiert, und ich war so beschäftigt, daß ich noch kein Wort mit dem Grafen hatte wechseln können. Obwohl seine Frau die meiste Zeit abwesend war und ich ihre Gesellschaft durchaus genoß, mußte ich, da er nun mein Untertan war, ihn wissen lassen, daß ich über die Frage meines Haushaltes verärgert war.

Seine Anwesenheit bedeutete mir immer noch sehr viel, und trotzdem gönnte ich ihm nicht mehr als ein herablassendes Lächeln. Seine Rolle als Stellvertreter meines Gatten bedeutete zwangsläufig, daß er in der Öffentlichkeit stets an meiner Seite war und meine Hand in der seinen ruhen mußte. In diesen Momenten versuchte ich mit allen Mitteln, meine Gefühlsregungen zu verbergen.

An diesem Abend in Paris, nachdem ich mich beizeiten zurückgezogen hatte (wie bereits erwähnt, war ich recht erschöpft von den anstrengenden Ereignissen des Tages), kam Madame Bailly, meine erste Hofdame, zu mir und sagte, der Graf von Suffolk bäte um ein privates Gespräch. »Soll ich ihn fortschicken, Hoheit?« fragte die gute Dame.

Ich überlegte. Doch die Dame Alice hatte sich bereits zurückgezogen, ich war noch in meinen Kleidern, und zumindest ein Teil meines Unmutes war darauf zurückzuführen, daß *er* seit seiner Rückkehr nach Frankreich kein großes Interesse gezeigt hatte, allein mit *mir* zu sein. »Nein«, sagte ich. »Führt ihn hinein. Und Ihr, liebe Bailly, haltet Euch außer Hörweite, doch bleibt nahe genug, daß ich Euch rufen kann, falls ich das möchte.«

Sie gehorchte, und einen Moment später verneigte sich der Graf vor mir und warf dabei einen etwas ängstlichen Blick auf Albion, der sich, wie es seine Gewohnheit war, an meinen Stuhl lehnte und kleine, gutturale Laute aus der Tiefe seiner Kehle ausstieß, was er immer tat, wenn irgendeine andere Person als meine Hofdamen in meine Kammer trat. »Ich dachte schon, Ihr hättet vergessen, daß ich existiere, es sei denn als Königin, Mylord«, bemerkte ich. »Bitte setzt Euch. Dort.« Ich deutete auf einen Stuhl, der ein Stückchen von mir entfernt stand, da er Anstalten machte, vor mir zu Boden zu sinken.

Er setzte sich und starrte mich durchdringend an. »Ihr wißt, daß ich Euch liebe«, sagte er.

Ich fühlte, wie mir die Hitze in die Wangen stieg, doch ich antwortete so ruhig, wie ich nur konnte. »Ich hege die Hoffnung, daß jeder Mann meines Königreiches mich lieben wird, Mylord.«

Er zog es vor, meine Versuche, die Konversation in einen Austausch von Oberflächlichkeiten zu verwandeln, zu ignorieren. »Daß ich Eure Nähe bislang gemieden habe, liegt daran, daß Ihr stets von Eurer Familie und einer Horde französischer Rüpel umgeben wart.«

Ich hob die Augenbrauen. Rüpel, also wirklich! »Ganz zu schweigen von Eurer Gattin, Mylord.«

»Stört Sie Euch?«

»Keineswegs. Ich finde sie wunderbar.«

Er dachte ein paar Sekunden darüber nach, dann kam er auf sein eigentliches Thema zurück. »Doch jetzt sind wir die Franzosen los. Morgen, Hoheit, werden wir auf englischem Boden sein.«

»Ich zähle bereits die Minuten, Mylord.«

»Und dort werdet Ihr der Obhut des Gouverneurs der Normandie, dem Herzog von York, übergeben.«

»Nicht der meines Gatten?«

»Nein, Euer Hoheit, König Heinrich wird England nicht verlassen. Der Herzog ist ein Cousin des Königs.«

»Das ist mir bekannt, Mylord.«

»Außerdem ist er ein erbitterter Feind von mir«, fügte Suffolk hinzu.

»Tatsächlich, Mylord?«

»Deshalb ...« Er glitt von seinem Stuhl auf ein Knie und ließ seinen Blick über mich wandern. »Meine süße Margarete, ich hoffe, Ihr seid mit dem, was ich vollbracht habe, zufrieden?«

»Ihr wißt, daß ich es bin, Mylord.«

»Dann bitte ich Euch, daß Ihr Euch stets daran erinnern mögt, was für Probleme auch immer Euch belasten mögen.«

»Probleme, Mylord?«

»Ihr wißt nichts von diesem England, in das Ihr reisen werdet.« Dann erzählte er mir von den Rivalitäten von Gloucester und Beaufort, die England in zwei Hälften spalten, und sagte mir, er gehöre zur Partei des Kardinal Beaufort. Dann verstummte er.

»Nun, habt Ihr dann nicht einen bemerkenswerten Triumph erzielt, Mylord?« fragte ich. »Nun, da die Ehe geschlossen ist? Gewiß weiß ganz England davon. Probleme, sagt Ihr? Ich bin die Königin von England. Kein Mann würde es wagen, mich aus dem Wege zu drängen.«

»Kein Mann, das ist wahr, Hoheit«, sagte er, »doch es gibt Mittel und Wege, sogar einer Königin Schaden zuzufügen, zum Beispiel durch ihre Diener.«

Ich runzelte die Stirn. »Ihr solltet Euch klarer ausdrücken, Mylord.«

»Euer Hoheit werden, wenn ich so sagen darf, von vielen Menschen in England nicht als die passende Gemahlin für unseren König angesehen.«

»Heißt das, ich würde in Mißkredit gebracht werden?«

»Ihr steht in dem Rufe, die schönste aller Frauen zu sein, Euer Hoheit.«

Ich lächelte ihn an. Wenn er so zu mir sprach, konnte ich ihm stundenlang zuhören. »Fehlt es mir also an königlichem Blut?«

»Ich vermute, Eure königliche Abstammung geht weiter in die Geschichte zurück als die des Königs, Hoheit.«

»Was haben sie dann gegen mich einzuwenden? Nur daß ich Französin bin? Hat nicht beinahe jeder englische König im Laufe der letzten zweihundert Jahre sich mit einer französischen Prinzessin vermählt?« Ich lachte. »Und die Plantagenets waren sogar selbst Franzosen.«

Er holte tief Luft. »Worüber sich die Leute ereifern, ist, daß Euer Hoheit ohne Vermögen in unser Land kommen.«

Mein Lächeln verwandelte sich wieder in Stirnrunzeln. »Ich nehme an, auch dies ist eine weithin bekannte Tatsache,

Mylord. Das mag ein schwacher Punkt sein, der gegen mich spricht.«

»In der Tat, Hoheit. Schon vor langer Zeit wurde vereinbart, daß keine Mitgift erwartet würde.«

»Worin also besteht dann das Problem?«

Er stand auf, und ich erwog, nach Bailly zu rufen, doch er hatte mir immer noch nicht gesagt, was ihn beunruhigte. Als Albion wieder zu knurren begann, trat er nicht auf mich zu, sondern ging nur ein- oder zweimal im Raum auf und ab. Es war offensichtlich, daß er mit sich rang. »Hoheit, ich kam als generalbevollmächtigter Minister für den König von England nach Frankreich. Mein Auftrag beinhaltet zwei Punkte: der eine war, dem König eine Braut auszusuchen, der andere, den Krieg mit Frankreich zu beenden. Ich rechnete nicht damit, daß es in einem dieser Punkte Komplikationen geben würde.«

Ich wartete ab, das Kinn in den Händen gestützt; dies war meine erste Konfrontation mit der internationalen Diplomatie.

»Es geschah jedoch zu meinem eigenen Unglück, daß ich meine Augen auf Euch richtete und Euch unbekleidet erblickte ...«

»Mylord«, unterbrach ich ihn, »dieses Thema ist abgeschlossen.«

»Ich muß noch ein letztes Mal davon sprechen, Hoheit. Als ich Euch sah, selbst vor der Angelegenheit am Fluß, da wußte ich, daß niemand außer Euch die Königin von England sein könnte. Wie Ihr wißt, verliebte ich mich in Euch. Hört mich an, ich bitte Euch«, sagte er, da ich erneut im Begriff war, ihn zu unterbrechen. »Ich hatte angenommen, daß meine Gefühle nur Euch bekannt wären und allen anderen verborgen bleiben würden. Darin habe ich mich getäuscht.«

»Mylord!«

»Habt keine Angst. Euch wird deswegen nichts geschehen. Außerdem hatte ich angenommen, Euer Onkel sei ein Einfaltspinsel.«

Er hielt inne, als erwarte er einen weiteren Tadel, doch soweit es mich anging, *war* Onkel Karl ein Einfaltspinsel.

»Unglücklicherweise«, fuhr der Graf fort, »ist dies nicht der Fall. Er ist in der Tat ein sehr raffinierter Mann, um nicht zu sagen, gerissen. Er war es, der meine Bewunderung für Euch bemerkte und beschloß, sie zu seinem eigenen Vorteil zu verwenden. Er gestattete mir, nach England zurückzukehren und dort meine glühende Empfehlung für diese Verbindung vorzutragen. Als ich ihn in Nancy besuchte, enthüllte er seine wahre Haltung. Er sagte mir, er würde erlauben, daß die Ehe geschlossen würde, doch nur zu seinen Bedingungen. Es wird keinen Frieden zwischen England und Frankreich geben, sondern nur einen Waffenstillstand von zwei Jahren. Nach dieser Zeit wird der Waffenstillstand in einen dauerhaften Friedensvertrag umgewandelt. Dabei wird England die Grafschaft Maine und die von unseren Truppen besetzten Teile des Herzogtums von Anjou an Frankreich übergeben – sie sollen, so wie ich es verstanden habe, an Euren Vater zurückfallen, damit er sich als König erhalten kann.«

»Und warum sollte dies ein Fehler sein?« fragte ich. »Maine ist ein Teil des Patrimoniums meines Vaters; Anjou *ist* sein Patrimonium. Die englische Besetzung dieser Gebiete ist illegal.«

Er ließ den Kopf hängen. »Leider, Euer Hoheit, akzeptieren die Menschen in England keineswegs die Rückgabe auch nur eines einzigen Fußes des von England besetzten Bodens an Frankreich. Und sie werden sagen, daß König Karl in Wirklichkeit niemals Eurem Vater erlauben wird, sein Land wiederzuerlangen, sondern es für sich behalten wird.« Er hob den Kopf. »Aber was sollte ich tun? Die einzige Alternative war, Euch zu verlieren. König Karl war unnachgiebig.«

Er schmeichelte mir wieder. Doch alles, was ich sah, war die Monstrosität dessen, was er getan hatte. »Mylord, Ihr meint, in den Augen der Engländer habt Ihr englischen Boden verkauft? Das wäre eine umgekehrte Mitgift, wenn Ihr so wollt. Wer in England weiß von dieser Sache?«

»Bis jetzt noch niemand, Hoheit.«

»Und was ist Euer Schicksal, wenn man es entdeckt?«

»Ich stehe unter Immunität, Euer Hoheit. Zumindest was diese Unternehmung betrifft. Bevor ich diese Mission unternahm, erhielt ich vom Parlament die Zusicherung der freien Handhabe in den Verhandlungen über die Ehe.«

»Aber Ihr habt Eurem Parlament nicht gesagt, was Ihr vorhattet.«

»Ich hatte damals nicht vor, die Grafschaft herauszugeben, Euer Hoheit, da ich die Pläne Eures Onkels nicht kannte.«

»Und Ihr fürchtet, daß sie sich nun nicht an ihr Versprechen halten werden?«

Er trat auf mich zu und fiel auf die Knie. Er war so aufgewühlt, daß ich nicht umhinkam, ihn zurückzuweisen. Auch Albion erhob und streckte sich, wobei er sehr feindselig dreinblickte, doch ich tätschelte ihm den Kopf, und so schlich er in eine Ecke, ohne allerdings den Grafen aus den Augen zu lassen. »Sie können mir nichts antun, weil ich Maine und Anjou abgegeben habe, Hoheit. Doch sie werden es mir niemals vergeben. Sie werden den rechten Augenblick abwarten und mich dann wegen irgendeines anderen Fehlers zu Fall bringen, wenn sie die Gelegenheit für günstig halten. Ohne Eure Hilfe bin ich ein toter Mann.«

»Meine Hilfe, Mylord?« Einem Mädchen, das erst kurz vor seinem fünfzehnten Geburtstag stand, kann man es gewiß verzeihen, wenn es sich angesichts einer solchen Verantwortung etwas unbehaglich fühlte.

»Ihr seid die Königin von England. Wenn Ihr etwas bestimmt, dann kann sich Euch niemand entgegenstellen.«

»Bis auf meinen Gemahl, Mylord. Solltet Ihr Euch nicht lieber an ihn wenden?«

»König Heinrich ist ein ehrenwerter Mann, Hoheit. Sehr ehrenwert. Aber ... ich bezweifle, daß er mich so wirksam in Schutz nehmen kann wie Ihr.«

Ich verstand nicht genau, was er meinte, und nahm an, er wolle mir nur ein weiteres Kompliment machen.

Da ich nicht sofort antwortete, ergriff er meine Finger. »Mein Leben liegt in diesen Händen, Euer Hoheit. Ich flehe Euch an, Euch immer daran zu erinnern und auch daran, daß ich alles, was ich getan habe, aus Liebe zu Euch getan habe.«

»Lieber Suffolk«, sagte ich, und schon lag ich in seinen Armen, rutschte vom Stuhl und kniete an ihn gelehnt, während unsere Lippen einander suchten und seine Hände über meinen Rücken und meine Schultern glitten und sogar unter meine Taille, um mich dort jenseits aller Schicklichkeit zu berühren. Es mag vielleicht etwas Geschmackloses an dem Anblick eines verheirateten Mannes in reifen Jahren sein, der eine so wilde Leidenschaft zu einem dreißig Jahre jüngeren Mädchen entdeckt. Wenn ich jetzt, da ich selbst ein gewisses Alter erreicht habe, daran zurückdenke, finde ich die Episode tatsächlich reichlich geschmacklos.

Doch damals war ich sehr unreif, und gerade in jenem Moment bar allen Verstandes und Vorsicht. Der Himmel weiß, was geschehen wäre, denn kein Parlament der Erde kann einen Menschen für die Entjungferung seiner Königin in Schutz nehmen, wenn nicht Albion zu meiner Rettung erschienen wäre. Er erhob sich auf die Hinterbeine und gab – angesichts der Tatsache, daß er noch ein junges Kerlchen war – ein äußerst beeindruckendes Gebrüll von sich, das das Gebälk erschütterte und Bailly und einige andere Frauen in mein Zimmer führte.

Inzwischen hatte ich mich aus Suffolks Armen gelöst und saß auf meinem Stuhl. Der Marquis war wieder aufgestanden, und ich hatte meine Beherrschung zurückerlangt.

»Was soll die Unterbrechung?« fragte ich. »Ich habe nicht gerufen.«

»Das Tier, Euer Hoheit ...«, protestierte Bailly.

»Ist zweifellos hungrig. Bringt Albion hinaus und gebt ihm Futter.«

Und so geschah es, wenn die Damen auch beim Verlassen des Raumes mißtrauische Blicke auf den Marquis warfen.

»Bleibt Ihr bitte hier, liebe Bailly«, sagte ich. »Ich möchte jetzt schlafen gehen. Ich habe Eure Worte verstanden, Mylord«, sagte ich zum Marquis. »Und seid versichert, daß ich mich dessen immer erinnern werde. Und nun, gute Nacht.«

Er zögerte, warf einen Blick auf Bailly, dann auf mich, verneigte sich und verließ das Zimmer. Zweifellos hat er sich in jener Nacht noch lange im Bett herumgewälzt. Ich tat das jedenfalls.

Und das keinesfalls aus Sorge um die Zukunft. Der Marquis würde es nicht wagen, irgend etwas preiszugeben, was zwischen uns geschehen war. Er hatte das Schafott zu fürchten. Außerdem liebte er mich, und ich glaube, so blieb es bis zum Augenblick seines Todes.

Auf jeden Fall hatte ich in diesem Moment wichtigere Dinge zu bedenken, denn der nächste Morgen sollte der wichtigste Tag meines Lebens werden. Die Herzöge von Orléans und Kalabrien begleiteten mich bis zur englischen Grenze in Poissy und verabschiedeten sich dort von mir.

»Du wirst Größe erlangen, Schwester«, sagte Johann. »Möge dein Glück stetig wachsen.«

»Und das deine, lieber Bruder«, erwiderte ich.

Niemals waren zwei Wünsche so unerfüllbar.

So kam ich mit meinem Gefolge in die Stadt. Dieses unterstand nun vollständig dem Kommando des Marquis von Suffolk, wenn auch nicht für lange Zeit. Eine große Menge bewaffneter Männer stand bereit, mich zu empfangen. Unter ihnen befanden sich sowohl Ritter als auch Bogenschützen, die der französischen Kavallerie über die Jahre hinweg so viel Schaden zugefügt hatten.

Auch junge Mädchen waren da, die Blumen auf meinen Weg streuten und aufschrien beim Anblick von Albion, der unter der Aufsicht seines Wärters an einer dicken Leine neben mir ging. Außerdem gab es mehrere Trompetenspieler, gar nicht zu reden von einem Priester, der mich segnen sollte, einem Chor, der zu meinen Ehren Lobgesänge anstimmte, und, zusammen mit einem sehr kleinen Jungen auf einem Pferd, in einiger Entfernung von der Menschenmenge, der Herzog von York.

Es war alles sehr eindrucksvoll, ganz besonders der Herzog, der dem Marquis von Suffolk in vielerlei Hinsicht sehr ähnlich sah und durch die Aura des königlichen Blutes und mit dem nach französischer Mode glattrasierten Gesicht sogar noch großartiger wirkte. Ich bin nicht etwa so wankelmütig, daß man annehmen könnte, ich hätte ihm dasselbe Maß an Zuneigung gewährt wie Suffolk. Tatsächlich war es so, daß ich beim ersten Blick in seine Augen trotz seiner perfekten Verbeugung wußte, daß er kein Freund war. Der Grund war, daß viele Leute glaubten, der Herzog von York habe weit mehr Anspruch auf den englischen Thron als mein eigener Mann.

Diese Haltung bedarf einer Erklärung. Der große König Eduard III., der etwa siebzig Jahre vor Beginn meiner Geschichte gestorben war, hatte mehrere Söhne. Zwei von ihnen waren bereits als Kinder gestorben. Von denen, die das Erwachsenenalter erreichten, war der älteste, Eduard der Schwarze Prinz, der Frankreich noch übler verwüstet hat als sein Vater, der beliebteste. Er starb jedoch, bevor er die Regierung übernehmen konnte, so daß England in die Hände seines Sohnes Richard II. fiel, einem rücksichtslosen Jungen.

Richards Regentschaft nahm schließlich so fürchterliche Formen an, daß er von seinem Cousin Heinrich von Lancaster abgesetzt wurde, welcher daraufhin als Heinrich IV. von England den Thron übernahm. Dieser Heinrich also, der Großvater *meines* Heinrichs, war der Sohn des dritten Sohnes Eduards des Großen, Johann von Gent, dem Herzog von Lancaster. Zweifellos hätte der Thron eigentlich seinem Cousin Richard zugestanden, doch Richard hatte keine Söhne und hatte sich zudem noch als regierungsunfähig erwiesen. Nachdem er sicher aus dem Weg geräumt war, erhob sich im ganzen Königreich kaum eine Stimme gegen die Übernahme der königlichen Vorrechte durch das Haus Lancaster. Sogar seine anderen Cousins verhielten sich ruhig. Unter ihnen befand sich Prinzessin Philippa, die Tochter von Lionel, dem Herzog von Clarence und ein weiterer Sohn Eduards III. Da die Engländer nicht die *lex salica* anwenden, nach der Frauen das Thronerbe versagt bleibt, hatte sie einen legalen Anspruch auf den Thron.

Hätte Philippa jedoch tatsächlich ihre Ansicht hierüber kundgetan, so wäre sie unbeachtet geblieben. Sie war eine Frau, und obwohl sie dem Gesetz nach nicht von der Thronfolge ausgeschlossen war, hatten die Engländer doch kein Interesse daran, in solch schwierigen Zeiten von einer Frau regiert zu werden. Deshalb heiratete Philippa einen Adligen namens Mortimer und wurde der Einfachheit halber vergessen.

Ihr legitimes Anrecht auf den Thron geriet ebenfalls für zwei Generationen in Vergessenheit. In diesen Jahren erlebte England eine Blütenzeit, und als Heinrich IV. an irgendeiner üblen Krankheit starb, die er sich in seinen jungen Jahren während der Kreuzzüge geholt hatte, gedieh es unter seinem Sohn, Heinrich V., sogar noch mehr. Doch nun war dieser fünfte Heinrich schon seit dreiundzwanzig Jahren tot, und, wie ich bereits zuvor bemerkte, Englands Blüte ebenso wie die Erfolge im Krieg gegen Frankreich allmählich vorüber. Die Menschen begannen zu tuscheln, von einem widerrechtlich übernommenen Thron könne nichts Gutes kommen, vergeßlich, wie Menschen nun einmal sind, angesichts der Wohltaten, die ihnen diese trübe Quelle bereits gebracht hatte.

Philippas Enkeltochter, Anne Mortimer, hatte einen entfernten Cousin geheiratet: Richard, den Grafen von Cambridge. Er war der jüngere Sohn von Edmund, dem Herzog von York, dem fünften Sohn Eduards III. Dieser Richard verursachte den Vorfahren meines lieben Gatten kaum anderes als vorübergehenden Verdruß, *sein* Sohn jedoch, ebenfalls Richard mit Namen, wurde Herzog von York. Wie der Sohn von Anne Mortimer stammte er in direkter Linie von Lionel von Clarence ab, dem älteren Bruder Johann von Gents. Er war der Mann, der mich nun mit kühler Verachtung, wenngleich mit aller einer Königin gebührenden Ehrerbietung, begrüßte.

Bei ihm befand sich ein kleiner, nur drei Jahre alter Junge, ein wirklich hübscher, stämmiger Bursche, der trotz seines zarten Alters bereits mit einem Brustharnisch angetan war und ein kleines Schwert an der Seite trug. »Mein ältester Sohn, Euer Hoheit«, sagte der Herzog. »Eduard, der Graf von March.«

Hätte ich in die Zukunft blicken können, so hätte ich Albion auf der Stelle daran erinnert, daß das beste Frühstück für einen Löwen ein dreijähriger Junge sei. Da mir diese Gabe jedoch fehlte, tätschelte ich diesem schrecklichen Monster den Kopf und sagte: »Was für ein hübsches Kind.«

»Er kommt nach seiner Mutter, Euer Hoheit«, sagte der Herzog galant.

Eine merkwürdige Situation. Denn hätte der Herzog in die Zukunft sehen können, so hätte er die kommenden Wochen, in denen ich vollständig unter seiner Obhut stand, dazu genutzt, einen Unfall zu arrangieren, der seinen König zum Witwer gemacht hätte, noch bevor die Ehe überhaupt vollzogen worden war. Doch da waren wir nun, vom Schicksal dazu bestimmt, die erbittertsten und rachsüchtigsten Feinde zu werden, die die Erde jemals gesehen hat.

Eigentlich kann man es dem Herzog nicht verübeln, daß er seiner neuen Königin bei unserer ersten Begegnung keine große Bedeutung zumaß. Ich hatte seit meiner Ankunft in Nancy zwei anstrengende Wochen durchlebt, und selbst davor hatte ich die winterliche Reise quer durch Frankreich als eine außerordentliche Herausforderung empfunden. Ich war über einen langen Zeitraum hinweg jeden Abend zu lange aufgeblieben, hatte zuviel getanzt und mich mit Sicherheit auch zu sehr an Speisen und Wein gelabt. Zudem nagte eine gewisse emotionale Unsicherheit an mir, die Mylord von Suffolk bei mir ausgelöst hatte. All diese Umstände trugen dazu bei, daß die Rosen auf meinen Wangen erblaßt, der Glanz aus meinen Augen erloschen und sogar meine Schönheit nur noch eine Vermutung war.

An diesem Abend begann ich zu schniefen, sehr zur Besorgnis von Madame Bailly und der Dame Alice und zum Ärger der englischen Damen, die nach Frankreich gekommen waren, um mir aufzuwarten und sich nun ständig um mich scharten. »Euer Hoheit haben sich in diesem schrecklichen französischen Wetter einen Schnupfen geholt«, bemerkte die Gräfin von Salisbury.

Mit diesen Worten machte sie sich nicht gerade beliebt bei mir, und tatsächlich war sie eine Frau, die zur Dominanz neigte. Ich stellte fest, daß sie durch den Herzog von York eine angeheiratete Verwandte war. Denn dieser ohnehin hochgestellte Mann hatte seine Position noch verbessert, indem er keine Geringere als Cecily Neville geehelicht hatte, die Schwester des Grafen von Salisbury, also ihre Schwägerin. Dieser Mann war einer der wohlhabendsten Grundbesitzer im ganzen Königreich, und sein Bruder, der Graf von Westmoreland, war kaum weniger begütert. Auf den erbärmlichen Sohn des Grafen von Salisbury, der, obwohl er auch der »Königmacher« genannt wurde, all meine Hoffnungen zerstören sollte, werde ich noch zu sprechen kommen.

Fürs erste genügt der Hinweis, daß Mylady von Salisbury nicht zu der Sorte Menschen gehörte, die all die sorgfältig ausgearbeiteten Pläne für meine diversen Empfänge von einer gemeinen Erkältung durchkreuzen lassen würden. Und so kam es, daß wir trotz der Einwände der Gräfin von Suffolk – die der Gräfin von Salisbury an gebieterischer Arroganz leider weit unterlegen war, da die Salisburys eine weitaus reichere Familie waren – am nächsten Tag nach Mantes abreisten, wo wir einige Boote für die Fahrt flußabwärts nach Rouen bestiegen. Beide Gräfinnen befanden sich in meinem Boot, zusammen mit dem Grafen, dem Herzog und dessen Sohn, doch zu meinem Verdruß war Albion nicht bei uns. »Ich werde nicht zusammen mit einem solchen Monster in einem Boot reisen«, hatte die Gräfin von Salisbury erklärt.

Nun war ich zwar die Königin, und niemand konnte sich mir widersetzen, wenn ich es mir in den Kopf gesetzt hatte, die Sache aufzubauschen. Doch das tat ich nicht, vor allem deshalb, weil ich mich halbtot fühlte und entsetzlich fror. Als wir am 22. März (einen Tag vor meinem fünfzehnten Geburtstag) schließlich Rouen erreichten, lag ich am ganzen Körper zitternd und mit laufender Nase in der Koje des Bootes.

Inzwischen waren sogar meine überheblichen Begleiterinnen besorgt. Sie hielten im Flüsterton ihre Konferenz ab, und als wir auf der Höhe unseres Landeplatzes, wo eine riesige Menschenmenge wartete, anlangten und eines der anderen Boote gerufen wurde, mit uns aufzuschließen, gab es eine weitere geflüsterte Unterhaltung. Dann kam die Gräfin von Salisbury herein und setzte sich zu mir. »Euer Hoheit sind nicht wohlauf«, bemerkte sie.

Ich nahm an, es handelte sich um eine Art englischen Witz.

»Wir haben die Angelegenheit und Eure Symptome besprochen, Euer Hoheit, und haben an Land nach einem Arzt geschickt. Doch für den Augenblick sind wir der Meinung, daß Ihr nicht an Land gehen solltet.«

»Ich soll in Rouen einen Staatsempfang geben«, murmelte ich.

»Ich weiß. Dies ist wirklich ein sehr unglücklicher Zufall. Es wurde sehr viel Geld für die Vorbereitungen auf Euren Empfang ausgegeben, und die Leute sind von weither in die Stadt gekommen, um ihre Königin zu feiern. Sie werden aufs äußerste verärgert sein, wenn die Festivitäten abgesagt werden. Der Herzog hat deshalb mich gebeten, Euren Part zu übernehmen, da ja ...« So unverfroren sie auch war, mußte sie an dieser Stelle doch zögern, um meine Antwort abzuwarten, und in der Tat gelang es mir, mich aufzurichten. »Nur für einen Tag, Euer Hoheit«, beeilte sie sich zu sagen.

Ich stöhnte und fiel in meine Kissen zurück. »Ich bin nur erkältet, Mylady«, sagte ich. »Wird es morgen nicht schon bessergehen?«

»Leider, Euer Hoheit, befürchten wir, daß es mehr als nur eine Erkältung ist.«

Meine Augen waren zugefallen, doch jetzt riß ich sie auf. »Was ist es?«

»Euer Hoheit …« Sie sah aus, als wollte sie in Tränen ausbrechen, doch ich konnte erkennen, daß sie lediglich spielte, und das auch noch sehr gut. »Wir befürchten, es könnten die Pocken sein.«

Ich wurde ohnmächtig. Nun, wenigstens beinahe. Tatsächlich wurde ich nur einmal in meinem Leben richtig ohnmächtig, und das war bei einem furchtbaren Vorfall, von dem an passender Stelle berichtet werden soll. Doch meine Augen schlossen sich, und meine Gedanken begannen im Kreise herumzuwirbeln. Mir war natürlich klar, daß sie nicht von der Krankheit sprach, die ein Verhängnis des Geschlechtslebens und kaum bei einer Jungfrau anzutreffen ist.* Doch wir Sterblichen sind einer ganzen Reihe von anderen unangenehmen Krankheiten ausgesetzt, die, wie man sagt, von bösartigen Dämpfen in der Luft, die wir einatmen, ausgelöst werden. Die weitaus schlimmste von allen ist der geheimnisvolle Schwarze Tod, der hundert Jahre zuvor die Bevölkerung Europas um ein Drittel reduziert hatte und sogar heute noch von Zeit zu Zeit wieder auftaucht und überall, wo er erscheint, Tod und Schrecken mit sich bringt.

Aber nur wenig besser als dieses furchtbare Schicksal ist es, an Pocken zu erkranken. Diese Krankheit ist beinahe so verheerend wie der Schwarze Tod; ein Anzeichen der Infektion ist der Ausbruch ekliger Pusteln am ganzen Körper und vor allem im Gesicht. Selbst wenn ein Kranker überlebt,

* Die englische Bezeichnung für Pocken – pox – wird umgangssprachlich auch für Syphilis verwendet (Anm. d. Übers.)

behält er oft genug die schrecklichen Narben auf der Haut. Sollte dies mein Schicksal sein? Gerade erst fünfzehn Jahre alt, von allen Seiten ob meiner Schönheit gerühmt und kurz davor, zum ersten Mal meine Gatten zu sehen, der mich nur aus Erzählungen kannte? Ist es ein Wunder, daß ich in Tränen ausbrach?

Und tatsächlich, obwohl ich sie bisher nicht bemerkt hatte, erschienen diese furchtbaren kleinen Blasen bereits auf meinem Rücken, wodurch meine Damen alarmiert worden waren.

Eine Stunde später wurde der Arzt zu meinem Boot hinausgerudert. Hier waren die Vorhänge zugezogen, denn keiner der Zuschauer am Ufer sollte von der Katastrophe erfahren, die über ihre Königin hereingebrochen war. In der Zwischenzeit hatte die Gräfin von Salisbury eines meiner Kleider angezogen – mit einigen Schwierigkeiten und sich dehnenden Nähten, da sie eine erwachsene Frau war und ich erst ein unreifes Mädchen – und wurde an Land gerudert, um meine Rolle zu spielen und in einem Triumphzug in die Hauptstadt der Normandie geleitet zu werden. Mit schwerem Herzen hörte ich aus der Ferne die Jubelrufe und die Kanonensalven. Kein Zweifel: Für mich waren solche Herrlichkeiten vorbei, für immer.

Der Arzt, Robert von Rouen mit Namen, war ein kleiner Mann mit verhärmtem Gesicht. Er musterte mich ein Weilchen, bevor er mich berührte, wobei er äußerst disharmonisch vor sich hin summte. Dann legte er zwei Finger auf meinen Hals und summte noch etwas, bevor er Bailly bat, das Mieder meines Kleides zu öffnen. Sie tat es mit zitternden Fingern und gab mich damit dem Blick des Mediziners preis. Auch wenn ich erst fünfzehn war, so waren meine Brüste doch wohlgeformt, wenn sie ihre volle Größe auch bei weitem noch nicht erreicht hatten.

Ich habe sagen hören, daß sich junge Mädchen in ihrer frühen Phase der geschlechtlichen Entwicklung oft in ihren ersten Doktor verlieben, ganz einfach deshalb, weil diese Herren ihnen so nahe kommen, wie es keinem anderen Mann vorher gestattet wurde. Ich kann nur sagen, die meisten dieser Mädchen können entweder nicht ganz richtig im Kopf sein oder müssen mit ihrem Doktor viel mehr Glück gehabt haben als ich. Selbst wenn mein Herz und mein Geist nicht noch ganz und gar von der letzten Umarmung Suffolks erfüllt gewesen wären, so hätte ich nichts als Widerwillen gegen diesen wieselartigen Kerl empfunden, der ununterbrochen in sich hineingrunzte, während er sein Ohr zwischen meine zarten Hügel legte. Warum er das tat, weiß ich nicht – es sei denn, er war ein lüsterner Rohling. Er tat es gewiß nicht, um sich zu vergewissern, daß mein Herz noch schlug – mein schwerer Atem sollte ihn davon überzeugt haben. Ich hatte gerade entdeckt, daß sich auch auf meiner Brust Pusteln befanden.

Nachdem er seinen Angriff auf meine Weiblichkeit beendet hatte, bog er meinen Kopf zurück, um in meine Nasenlöcher zu starren, und steckte sogar einen widerwärtigen Finger in meinen Hals, was bei mir einen Hustenanfall auslöste.

Andererseits sollte er mir nun die beste Nachricht mitteilen, die ich in meinem kurzen Leben erhalten hatte, obwohl ich es nicht sofort zu schätzen wußte. Er zog die Träger meines Kleides eigenhändig wieder fest und sagte: »Ich glaube nicht, daß Euer Hoheit an Pocken leiden.« Ich wagte es kaum, meinen Ohren zu trauen, als er das sagte. »Es gibt noch eine Variante dieser Krankheit«, erklärte er. »Sie wird gemeinhin als ›Windpocken‹ bezeichnet. Sie ist nicht so bösartig.«

»Wie könnt Ihr diese Krankheiten voneinander unterscheiden?« fragte ich.

»Das ist nicht immer einfach, Euer Hoheit. Aber es gibt bestimmte Anzeichen. Das Auftreten dieser Pusteln ist für beide Krankheiten charakteristisch, doch während sie im Falle der Windpocken auf Gesicht und Körper beschränkt bleiben, befallen sie bei den Pocken auch die Nasenlöcher. Es gibt keinerlei Anzeichen auf einen derartigen Befall Eurer Nasenlöcher, Hoheit.«

Das hatte er also getan. Ich war fast bereit, ihm zu vergeben. »Ihr meint, ich werde nicht sterben?«

»Ich denke, daß ist unwahrscheinlich. Hoheit sind jung und stark.«

»Und ich werde nichts zurückbehalten?«

»Oh, es tut mir leid, aber das kann ich nicht mit Gewißheit sagen.« Er sah, wie sich mein Gesichtsausdruck von Erleichterung in Bestürzung verwandelte. »Aber wenn es euch gelingt, dem Juckreiz nicht nachzugeben und Ihr die Pusteln unangetastet laßt, dann dürft Ihr sicher sein, daß sie verschwinden und Eure Schönheit ungetrübt lassen.«

Ich war noch nicht vollkommen beruhigt. »Und wie lange wird sich der Verlauf dieser Krankheit hinziehen?«

»Nun, in etwa zwei Wochen werden Euer Hoheit so gesund sein wie eh und je. Aber bis dahin braucht Ihr absolute Ruhe.«

Dann floh er hastig aus dem Raum, da ich einen Schuh nach ihm warf.

Natürlich war ich erleichtert, daß ich nicht die Pocken hatte, aber diese Wind-Variante schien keine große Verbesserung zu sein, außer vielleicht, was den nicht tödlichen Ausgang anbelangte – und eine fünfzehnjährige Braut, deren gesamte Aussteuer in ihrer Schönheit liegt, ist geneigt, den Tod einer ruinierten Haut vorzuziehen. Was noch wesentlich zu meinem Kummer beitrug, war die Ankündigung, daß ich mich weitere vierzehn Tage lang nicht rühren durfte, während mein Ehemann, wie ich in meiner romantischen Vorstellung vermutete, in England bereits vor Sehnsucht verging, mich in seine Arme zu schließen.

Der Herzog und seine Kumpane waren kaum weniger verärgert über die Verzögerung, und sie brachten ihren Groll deutlich zum Ausdruck. Doch es war, wie es war. Einem Doktor mußte man gehorchen. Und so ärgerte ich mich, und sie ärgerten sich ebenfalls. Am Tage nach dem Besuch des Mediziners war ich vollkommen übersät mit den schrecklichen kleinen Wasserbläschen, die jeden Zentimeter meines Körpers zu bedecken schienen. Da ich lag, platzten die an meinem Rücken und Po natürlich auf, und alle zusammen, ob geplatzt oder nicht, juckten ganz fürchterlich. Doch obwohl ich oft vor Unbehagen in Tränen ausbrach, zwang ich mich, nicht eine von ihnen anzurühren, und entdeckte so meine eigene Charakterstärke, die mir in der Zukunft noch häufig zustatten kommen sollte.

Daß ich nicht die Frau war, mit der man seine Spielchen treiben konnte, hätte sowohl der Gräfin als auch dem Herzog auffallen müssen, doch sie waren zu dumm, um die angemessenen Rückschlüsse daraus zu ziehen. Hätten sie es getan, so wäre die Geschichte ihrer Nation anders verlaufen. Auf jeden Fall lehnte ich es ab, den Herzog oder irgendeinen anderen Mann, und vor allem Suffolk, zu empfangen, solange ich mich in einem so schlimmen Zustand befand. Robert, der Arzt, war natürlich eine Ausnahme und er besuchte mich jeden Tag – doch ihn sah ich nicht wirklich als Mann.

Er beglückwünschte mich zu meiner Courage, und seine Voraussage erwies sich als richtig, als nach etwa zehn der unangenehmsten Tage meines Lebens die Pusteln zu verschwinden begannen. Voll ängstlicher Besorgnis sah ich in den Spiegel, und mit welcher Erleichterung betrachtete ich mein Spiegelbild. Es war kaum noch eine Spur von der Krankheit zu sehen. Dennoch kam ich nicht vollkommen unversehrt davon: Wie ich feststellte, waren ein paar kleine Vertiefungen auf meinem Rücken und meinem Po zurückgeblieben, und eine befand sich sogar in meinem Gesicht, doch sie lag direkt über meiner linken Augenbraue und war deshalb kaum zu sehen. Tatsächlich war ich oft der Meinung, daß sie eher zu meinem guten Aussehen beitrug, als es zu beeinträchtigen.

Jetzt, da es mir besserging, wurde mir gesagt, es sei nun äußerst unwahrscheinlich, daß ich mir *jemals* die gefährlichere Form dieser Krankheit zuziehen würde.

Am 7. April wurde ich für kräftig genug erklärt, um die Reise fortzusetzen, und so nahm ich Abschied von Robert und wies Alice an, ihm einige Goldmünzen zu geben. Ich bezweifle, daß sie meiner Anordnung Folge leistete. Die Gründe hierfür sollten bald offensichtlich werden.

Ich war natürlich in den Genuß vieler guter Wünsche für meine schnelle Genesung gekommen sowie von Gebeten, die an den beiden Sonntagen meiner Krankheit in der Kathedrale von Rouen und, wie mir gesagt wurde, in allen Kirchen Englands gesprochen wurden. Das war sehr erfreulich, aber das schönste von allem war ein Brief von meinem eigenen lieben Gemahl. Es war das erste Mal, daß ich etwas aus seiner Hand erblickte, und vor allem war es das erste Mal, daß er sich mir direkt zuwandte.

Seine Handschrift war ein ziemliches Gekrakel und schwer zu entziffern, doch ich schloß daraus, daß auch er die Tage zählte, bis wir zusammen sein würden. Wenn er mir gegenüber auch keinerlei Empfindungen von Liebe äußerte, so dachte ich immerhin, daß es eine üble Heuchelei gewesen wäre, einer Person seine Liebe zu gestehen, die er noch niemals gesehen hatte. Wichtig war, daß er die *Bereitschaft* zeigte, zu lieben. Genauso wie ich.

So befand ich mich also in bester Stimmung, als ich schließlich meine Reise fortsetzte und die Flotte der Boote mich und mein Gefolge den breiten Strom der Seine flußabwärts trug, und das trotz des Risikos, unterhalb von Rouen auf eine *mascaret* oder eine Flutwelle zu treffen. Das ist nichts Geringeres als eine große Welle, die durch das Aufeinandertreffen der einfließenden See mit dem ins Meer mündenden Fluß ausgelöst wird und bei Flut sehr gefährlich sein kann, ja sogar Boote von ihren Tauen reißen und hölzerne Piers und Docks zerstören kann, da sie sich sehr schnell vorwärts bewegt.

Wir erreichten jedoch Honfleur, ohne uns einer solchen Katastrophe ausgesetzt zu sehen, und dort sah ich zum ersten Mal in meinem Leben den Ärmelkanal. Und was ich sah, gefiel mir überhaupt nicht. Eine starke Brise blies aus Südwesten, der Himmel war grau und nieselig, und die See war noch grauer, außer an den schäumenden weißen Stellen, an denen sie vom Wind durchbrochen wurde.

»Wann werden wir überfahren können?« fragte ich.

»Wir laufen heute abend aus, Euer Hoheit«, eröffnete mir der Herzog.

»In diesem Sturm? Ist das vernünftig?«

»Pah, Hoheit, dies ist doch kein Sturm. Es ist nur eine leichte Brise und außerdem noch aus der richtigen Richtung. Wir werden uns ganz einfach treiben lassen und in Portsmouth ankommen, bevor Ihr es merkt.«

Seit unserer ersten Begegnung hatte ich eine Abneigung gegen diesen Mann empfunden. Und es war sinnlos, mir etwas vorzumachen: Ich verabscheute ihn. Doch in diesem Moment konnte ich nur hoffen, daß er recht behielt.

Und so war es dann auch. Die Engländer sind ein Inselvolk und verbringen viel Zeit auf dem Wasser – hauptsächlich, um ihrem liebsten Zeitvertreib nachzugehen: der Invasion Frankreichs. So sind sie also wohlvertraut mit den besonderen Eigenarten von Wind und Gezeiten. Die gesamte Reisegesellschaft schien nicht im geringsten daran zu zweifeln, daß es richtig sei, in See zu stechen, und so verging der Rest des Tages damit, daß mein Gefolge und ich an Bord der kleinen Flotte gebracht wurden.

Das Schiff, auf dem ich und meine Hofdamen reisen sollten, war die *John of Cherbourg*. Es hatte hohe Seitenwände, zwei Masten, sein Deck war an Bug und Heck erhöht, und es war sehr breit. Unter dem Achterdeck befand sich eine geräumige Kabine, in der ich untergebracht wurde, zusammen mit Bailly, den beiden Gräfinnen und den diversen anderen Frauen. Bei dieser Gelegenheit machte ich Gebrauch von meiner Autorität und bestand darauf, daß Albion bei uns blieb. Er wurde zum Schrecken der Seeleute an Deck angekettet.

Auch Suffolk und York gingen an Bord des robusten Schiffes, so daß dem Kapitän die Bemerkung entfuhr: »Bei Gott, Mylords, sollten wir an einen Felsen stoßen oder auf Piraten treffen, dann sind die Königin und die vornehmsten Herren des Landes auf einen Streich hinüber.«

Dies brachte ihm einen Stoß von Suffolk ein, trug jedoch keineswegs dazu bei, daß ich mich sicher fühlte. Trotzdem nahmen wir an Deck ein herzhaftes Mahl ein, da in der Kabine nicht genügend Platz dafür war. Die Herren würden im Freien schlafen müssen, wenn sie überhaupt schlafen konnten. Ich fand den Wind sehr stark, doch die Engländer straften ihn mit Verachtung, und ich war gezwungen, es ihnen gleichzutun.

Ich blieb an Deck, hielt mir den Hut über den Ohren fest

und sah zu, wie die Leinen gelöst wurden. Ein Segel war bereits gesetzt worden, und unter diesem trieben wir vom Hafen fort, während der Kapitän seine Befehle schrie, Männer hin- und herhasteten, Albion brüllte – einer der Seeleute war ihm versehentlich auf den Schwanz getreten –, die anderen Segel am Mast gehißt wurden, und wir begannen, wie die Seeleute sagen, fröhlich über die Wellen zu tanzen.

Diese Beschreibung ist nur die halbe Wahrheit. Zwar tanzten wir von dem Moment an, in dem wir den Hafen verließen, tatsächlich über die Wellen, doch es war keine Fröhlichkeit dabei, wenigstens nicht für mich. Der Regen hatte aufgehört, und es war eine wunderbare Nacht, in der der Vollmond die sich hebenden und senkenden Wogen beschien. Ich hätte es lieber gehabt, wenn es stockfinster gewesen wäre. Die Bewegungen des Meeres übertrugen sich beinahe augenblicklich auf meinen Magen, ich gab mein Abendessen von mir, und dann erbrach ich Dinge, von denen ich nicht einmal geahnt hatte, daß mein Magen sie enthielt.

Meine Hofdamen brachten mich zu Bett, doch das war denkbar unbequem. Es bestand lediglich aus einer dünnen Matratze über nackten Brettern. Sie umhätschelten mich, brachten mir diverse Dinge zu essen und zu trinken und beteten in Wirklichkeit um jenen Fels oder jene Piraten, von denen der Kapitän im Scherz gesprochen hatte. Doch nichts davon tauchte auf, und nach einiger Zeit fiel ich vor Erschöpfung in Schlaf.

Als ich erwachte, war es taghell, und das Meer hatte sich offenbar beruhigt. Die Gräfin von Salisbury saß neben mir. »Sind wir da, Mylady?« fragte ich, optimistisch wie immer.

»Nein, noch nicht, Hoheit. Aber wir sind im Solent und werden zum Abendessen in Portsmouth sein. Wollt Ihr Euch Euer neues Königreich nicht ansehen?«

Ermutigt durch ihre Worte gestattete ich, daß man mich wusch und ankleidete. Dann erschien ich an Deck und sah, wie das Schiff friedlich einen breiten Streifen völlig von Land umgebenen Wassers hinauffuhr. Zu unserer Rechten befand sich eine hoch aufragende Insel, die uns hervorragend vor Wind und Wellen schützte; zu unserer Linken war das Land flach und schien sumpfig zu sein, doch dies war nun tatsächlich England.

In meiner Unwissenheit ging ich davon aus, daß meine Reise nun zu Ende wäre. Wie schon zuvor, war ich auch jetzt übertrieben optimistisch. Dieser Solent, das Gewässer neben der Isle of Wight, ist viel größer, als man annehmen mag. Wenn man die vielen Sandbänke in Betracht zieht, die sich darin befinden und die es einem Schiff unmöglich machen, einen direkten Kurs zu fahren, ist er über dreißig Kilometer lang. Portsmouth, der Hafen, den wir ansteuerten, lag an seinem östlichen Ende. Um den schlimmsten Auswirkungen des Wetters zu entgehen, waren wir an der Westseite hineingefahren, entlang einem Gebilde aus seltsam geformten Felsen, die als die »Needles« bezeichnet werden.

Wir hatten den Kanal an einer Stelle durchquert, wo er fast hundert Kilometer breit ist, und hatten dafür nur eine einzige Nacht gebraucht. Um eine zwanzig Meilen lange Reise zurückzulegen, hätten wir deshalb weniger als die Hälfte dieser Zeit benötigen sollen. Aber daran war nicht zu denken. Langsam erfuhr ich mehr über die Besonderheiten einer Seereise, und sie wurde mir mit jeder Minute unsympathischer. Unser Problem lag hauptsächlich in der Bewältigung dieser schrecklichen Gezeiten. Im Kanal verlaufen sie in einer Ost-West-Richtung, also quer – um es mit dem nautischen Begriff zu sagen – zu unserer Überfahrt, die ja nach Norden ging. Wenn wir also innerhalb von sechs Stunden um einige Kilometer von unserem Kurs abkamen, trieb uns nach dem Gezeitenwechsel das Wasser innerhalb derselben Zeit wieder auf unseren richtigen Kurs zu. Auch im Solent verliefen die Gezeiten in der Ost-West-Richtung, doch leider hatten wir nun Kurs nach Osten, und nachdem wir einige Stunden lang in unsere Richtung getrieben worden waren, brachte uns der nächste Gezeitenwechsel beinahe zum Ausgangspunkt zurück.

Wo war nun der Wind, der uns mit dem nötigen Antrieb versorgen sollte, um die Gezeiten zu überwinden? Leider sah es so aus, als ob es auf See entweder sehr viel Wind und demzufolge einige Gefahren für Masten und Leben – und Mägen – gab oder aber nicht genug davon, was wiederum zu einem sehr unbefriedigenden Ergebnis führte. Es *gab* zwar eine Brise, und sie blies auch nach wie vor aus Südwesten und trieb uns demnach auf unser Ziel zu, aber sie war nach dem nächtlichen Sturm abgeflaut, und außerdem befanden wir uns nun im Windschatten der Isle of Wight. Nachdem wir bei ostwärts strömendem Wasser mit etwa vier Knoten in den Solent hineingefahren waren (es wäre unmöglich gewesen, die enge Needles-Passage gegen den Strom zu nehmen) und selber etwa zwei Knoten fuhren, schafften wir in den nächsten drei Stunden etwa fünfundzwanzig Kilometer. Wir konnten bereits die Kirchtürme unseres Zielortes ausmachen. Doch kaum hatte die Strömung gewechselt und verlief – ebenfalls bei etwa vier Knoten – in entgegengesetzter Richtung, da verloren wir ganze neunzehn Kilometer. Es schien die ganze Zeit, als segelten wir über einen großen Teich. So waren wir nur wenig von unserem Ausgangspunkt vorangekommen, und da es bereits dunkel wurde, beschloß unser Kapitän, an der Nordseite der Insel, im Schutze einer Bucht mit dem kuriosen Namen »Yarmouth«, Anker zu werfen, um sicherzugehen, daß wir nicht bei dem Versuch einer nächtlichen Durchfahrt auf Grund laufen würden. »Im übrigen«, gab er uns zu verstehen, »wenn wir morgen direkt eine günstige Strömung erwischen, dann bleibt sie uns für sechs Stunden erhalten, und wir kommen sicher in unserem Hafen an.«

Ich wollte ihm nicht glauben, obwohl meine Begleiter mit der Situation sehr zufrieden zu sein schienen. Doch dieses Mal sollte ich recht behalten. Nach einer bemerkenswert angenehmen Nacht – denn die Bewegungen eines ankernden Schiffes in einer gemütlichen Bucht sind sehr schlafför-dernd – nahmen wir zeitig im Morgengrauen unsere Fahrt auf, wieder bei leichtem Wind und jetzt auch mit sechs Stunden günstiger Strömung. Leider waren sowohl der Wind als auch die Flut geringer als am vorangegangenen Tag. Statt also Portsmouth zu erreichen, wie unser Kapitän so zuversichtlich vorausgesagt hatte, waren wir bis auf nur noch anderthalb Kilometer an den Hafen herangekommen, als der Wind sich vollkommen legte, die Strömung wechselte und wir uns gezwungen sahen, für eine weitere Nacht vor Anker zu gehen.

Inzwischen war der Aufenthalt auf der *John of Cherbourg*, überfüllt wie sie war, unerträglich geworden. Die Situation wurde durch Albion nicht gerade erleichtert, denn er entleerte nicht nur mehrmals am Tag seinen Darm, so daß einer der Seeleute ständig mit einer Schaufel und einem Eimer hinter ihm stand, sondern griff diesen ehrenvollen Mann mit seinen Gerätschaften jedesmal an, wenn er zu nahe kam. Ich schwöre, wir standen kurz vor einer Meuterei, als wir schließlich in den Hafen einliefen.

Hier hatte ich eigentlich damit gerechnet, von meinem Gatten in Empfang genommen zu werden, doch er war nicht da. Statt dessen mußten wir an Land gehen und unsere Reise auf dem Landweg zurück nach Westen fortsetzen, um nach Southampton zu gelangen, wo, wie mir gesagt wurde, der

König mich erwartete. Offenbar waren wir dort auf unserem Weg nach Portsmouth vorbeigekommen, denn die Stadt liegt landeinwärts an einem schmalen Meeresarm der Solent, doch ist sie wegen der vorgelagerten Sandbänke und wegen der Gezeiten schwer von See aus zu erreichen.

Des Hin- und Herfahrens überdrüssig geworden, machte ich mich also auf den Weg. Es hätte eine überaus erfreuliche Reise werden können, denn die Landschaft war sehr reizvoll, und die Leute schienen trotz Suffolks Warnungen darüber erfreut, mich zu sehen, und jubelten mir in jedem Dorf, durch das wir kamen, begeistert zu. Unglücklicherweise regnete es ununterbrochen, und obendrein waren wir gezwungen, einige reißende Flüsse zu durchqueren, so daß wir auch von unten naß wurden. Nichtsdestotrotz kam ich endlich am 14. April in Southampton an. Man gab mir keine Gelegenheit, auch nur die Kleider zu wechseln, sondern brachte mich eilends in die örtliche Abtei und stellte mich dort meinem Gatten vor.

Wie oft hatte ich an diesen Moment gedacht, hatte mich darauf gefreut, hatte davon geträumt! Ich hatte sogar mein Gewissen bezüglich meiner diversen Zusammenkünfte mit Suffolk mit dem Gedanken erleichtert, daß mein Benehmen sich einzig und allein aus der Ungeduld erklären ließ, endlich mit meinem Ehemann zusammenzusein, was mich ermutigt hatte, mit dem Stellvertreter meines Ehemanns zu leichtfertig umzugehen. Jetzt war der Moment gekommen.

Mein erster Eindruck war sehr erfreulich. Der König war zu diesem Zeitpunkt dreiundzwanzig Jahre alt. Er war hoch gewachsen, und wenn er auch ein wenig dünn war, so konnte dies auf seine Jugend zurückgeführt werden. Er war glatt rasiert und hatte ein langes Gesicht mit einem etwas melancholischen Ausdruck, doch er war keinesfalls unattraktiv. Und als ich auf ihn zuging und vor ihm in einem tiefen Hofknicks niedersank, lächelte er, was sein Aussehen noch erheblich verbesserte.

Allerdings hatte ich sofort bemerkt, daß Heinrich VI. von allen anwesenden Männern – eingeschlossen dem von der Reise verschmutzten Herzog und den Grafen, die an meiner Seite standen – am allerwenigsten wie ein König aussah. Er war weit davon entfernt, der bestgekleidete Mann zu sein, ja seine Kleider waren sogar die schlechtesten. Er trug ein schwarzes Wams und eine schwarze Hose, den schlichtesten Kragen, den man sich denken kann, und nicht die Spur eines Schmuckes war zu sehen. Seine Schuhe sahen aus wie die Stiefel eines Arbeiters und waren auch kaum häufiger geputzt worden – ganz anders als die eleganten Spitzen an den Füßen der Männer, die ihn umgaben.

Ich hatte eine solche Einstellung bereits bei Onkel Karl erlebt – wenn ich auch niemals davon geträumt hätte, ihn zu heiraten –, aber was mich noch viel mehr störte, war, daß in Heinrichs Augen kein Feuer brannte, da war kein Stolz in seiner Haltung, kein sichtbarer Beweis dafür, daß hier der Sohn von Heinrich dem Großen stand. Tatsächlich erinnerte er mich auch in diesem Punkt an meinen Onkel Karl, der natürlich auch sein Onkel war. Vielleicht war mir diese Tatsache nicht genügend bewußt gewesen. Jetzt löste sie bei mir große Besorgnis aus.

Doch wenigstens konnte keiner der Anwesenden bezweifeln, daß ich eine Königin war, und zwar ihre Königin. Trotz des schlechten Wetters hatte ich große Sorgfalt darauf verwendet, mich für die letzte Etappe meiner Reise so gut es ging zu kleiden. Obwohl meine Schuhe und der Saum meines Houppeland mit Dreck beschmutzt waren, war das Kleid immerhin aus goldenem Tuch. Ich trug alles an Schmuck, was ich besaß, und mein Hennin, der vom Wetter ein wenig feucht geworden war, streifte den Sturz der Tür, durch die ich gerade gekommen war. Ich trug mein Haar offen, wie es einer Jungfrau angemessen war, und es lag wie ein Schal über meinen Schultern.

Jetzt gab mir der König die Hand, und ich küßte seine Finger und wurde dann mit einer Geste gebeten, mich wieder aufzurichten. »Bezaubernd, Madame«, bemerkte er. »Ihr seid bezaubernd. Suffolk, Ihr seid wahrlich ein aufrichtiger Mann.« Daraufhin erhob sich Gelächter bei den Männern auf beiden Seiten, und vielleicht war es auch dem Grafen selber ein wenig peinlich, der zweifellos daran dachte, wie wenig aufrichtig sein Benehmen gegenüber der Gattin seines Regenten gewesen war.

Meine Hand immer noch in der seinen haltend, drehte der König sich nun um, um die Adligen und die Damen hinter ihm anzublicken. »Madame«, sagte er. »Ich möchte Euch meinen Onkeln vorstellen. Kardinal Beaufort ...«

Der Kardinal, ein großer, kräftiger Mann mit gerötetem Gesicht (wie bei so vielen Prälaten), zwischen sechzig und siebzig Jahren, küßte meine freie Hand und strahlte mich hocherfreut an.

»Humphrey, der Herzog von Gloucester ...«

Der Herzog, der jüngste und letzte noch lebende Bruder Heinrichs des Großen, war über fünfzig Jahre alt. Wie sein Stiefvater war auch er übergewichtig, doch seine Farben waren zu kräftig und sein Mund zu schmal, was auf sein allseits gefürchtetes cholerisches Temperament hinwies. Im Gegensatz zum Kardinal strahlte er seine neue Nichte nicht an, sondern setzte mich einem stechenden Blick aus, als sei er geneigt, eher meine schlechten als meine guten Eigenschaften zu erkennen. Doch ich begegnete ihm mit einem Lächeln.

Ich hatte mich natürlich während der letzten Monate über den aktuellen Zustand der englischen Politik informiert, und

Suffolk hatte, wie ich bereits erwähnte, mich dabei unterstützt. Deshalb wußte ich nicht nur, daß diese beiden Beinahe-Verwandten einander tödliche Rivalen waren, die sich gegenseitig haßten, sondern auch, warum das so war.

Die Gründe für ihre gegenseitige Feindseligkeit lagen weit tiefer als die Frage, nach wessen Meinung sich der König, und damit Englands Außenpolitik, richten sollte. Johann von Gent, der Vater Heinrichs IV., der Großvater Heinrichs V., Johanns von Bedford und Humphreys von Gloucester und damit auch der Urgroßvater meines lieben Mannes, war weder bereit gewesen, sich auf seinen wohlverdienten Lorbeeren als Vater auszuruhen, noch hatte er offensichtlich ausreichend Trost in den Armen seiner beiden rechtmäßigen Gattinnen gefunden. Im Laufe der Zeit hatte er ein Auge auf Catherine Swynford geworfen, eine wahre Schönheit, wie es hieß. Nun, vermutlich mußte sie das auch sein, um einen solchen Namen wieder wettzumachen. Diese Frau holte der Urgroßvater meines Mannes in seinen späteren Jahren mehr oder weniger regelmäßig in sein Bett und erwies sich dabei trotz seines hohen Alters als ausgesprochen zeugungsfähig. Catherine gebar zuerst einen Sohn namens Johann und dann einen namens Heinrich; es gab noch weitere Kinder, doch diese beiden sind die einzigen, die in meiner Geschichte eine Rolle spielen. Nachdem er sich in dieser Form betätigt hatte und fühlte, daß seine Tage gezählt waren, erklärte er die erwähnten Nachkommen für legitim und verlieh ihnen den Namen Beaufort, nach dem Namen des Schlosses, in dem sie lebten. Johann Beaufort wurde von seinem Halbbruder, König Heinrich IV., zum Grafen von Somerset und später zum Herzog ernannt, und Heinrich Beaufort, der sich der Kirche zuwandte, verfolgte eine Reihe von hochtrabenden Plänen, die ihn sogar in die engere Wahl für das Amt des Papstes brachten. Die Mächte, die im Vatikan gegen ihn arbeiteten, erwiesen sich als zu stark, doch durch sein diplomatisches Geschick hatte er sich den roten Hut gesichert und war nun, deutlich für alle zu sehen, von allen Ministern derjenige, der seinem Halbgroßneffen am nächsten stand.

All dies hatte in der letzten Zeit um so mehr an Bedeutung gewonnen, denn – einmal abgesehen von den unverschämten Ansprüchen dieses Schurken York – durch den Tod Bedfords und der Kinderlosigkeit des Königs war nun Humphrey der Erbe des Thrones. Und zwar der *einzige* Erbe, denn als Johann von Gent die Brut seiner Geliebten legitimierte, hatte er ausdrücklich verfügt, daß keiner von ihnen jemals den Thron besteigen könne.

Man sollte meinen, daß die Angelegenheit hierdurch ein für allemal geregelt worden sei. Aber Gent war tot. Desgleichen sein Sohn, Heinrich IV., und sein Enkel, Heinrich V. Und Kardinal Beaufort war noch am Leben. Er hatte im Laufe der Jahre sorgfältig ein Vermögen für sich angehäuft und stand nun in dem Ruf, der reichste Mann des ganzen Landes zu sein. Es hieß, er habe den König bereits mehrere Male vor dem Bankrott gerettet, indem er ihm rechtzeitig eine großzügige Spende zukommen ließ. Die genaue Bedeutung dieser Tatsache konnte ich noch nicht einschätzen, doch es war weithin bekannt, daß der Kardinal der Lieblingsverwandte des Königs war, und in den Tavernen flüsterte man über die Möglichkeit, Heinrich könne es in Betracht ziehen, das Edikt seines Urgroßvaters zu annullieren und es mit einem einzigen Federstrich den Beauforts ermöglichen, die Krone zu übernehmen.

Den Kardinal würde das aber sicher nicht betreffen. Doch schon wurden mir noch mehr Anwesende vorgestellt.

»Edmund, Graf von Somerset.«

Dies war der Neffe des Bischof Beaufort und damit ein

Cousin des Königs. Ich hatte schon viel von ihm und seinem Vater Johann, dem ersten Herzog von Somerset, und seinem Bruder, dem zweiten Herzog, der erst kürzlich gestorben war, gehört. Als der älteste überlebende Sohn des Erstgeborenen war Edmund eigentlich der Vorstand des Hauses Beaufort. Sein Vater war ein großer Soldat gewesen, und Edmund hatte es sich in den Kopf gesetzt, in seine Fußstapfen zu treten, doch leider war er hierbei nicht besonders erfolgreich, was die Engländer in Frankreich teuer zu stehen kam, bis er durch den Herzog von York als Gouverneur der Normandie ersetzt wurde.

Doch dies war der Mann, der, sollte die Beaufort'sche Linie als Thronerbe eingesetzt werden, nach Humphrey von Gloucester der nächste mögliche Anwärter auf den Thron war! Zu der Zeit, als ich ihn kennenlernte, war er jedoch in erster Linie damit beschäftigt, sich den Rang eines königlichen Herzogs zu verdienen, der seinem Vater und seinem älteren Bruder bereits zugesprochen worden war, ihm jedoch noch vorenthalten wurde. Daß er nach wie vor ein potentieller Rivale für den Thron war, konnte jedoch niemand bezweifeln.

Man mag sich fragen, weshalb Herzog Humphrey niemals Schritte unternommen hatte, um die Situation zu entschärfen. Er war der Haupterbe, und seine Rechte würden vollständig auf seinen Sohn übertragen werden, sollte er denn einen bekommen. Nun, gewiß hatte er es versucht, doch ohne jeden Erfolg. Tatsächlich war seine Auswahl an Ehefrauen erstaunlich, aber offensichtlich hatte er dabei Schönheit den Vorzug vor Reichtum oder – was noch wichtiger war – der Fruchtbarkeit gegeben. Dies wurde, wie ich weiß, auch über die Auswahl meiner Person als Königin gesagt, doch ich bin immerhin die Tochter eines Königs – und ich bin, oder war, Mutter. Das kann man von Humphreys Bettgespielinnen nicht gerade behaupten. Er nahm zuerst die Hand einer Gräfin, Jalcobine von Hennegau – der Witwe eines Bruders Onkel Karls – in der Absicht, sich den Grundbesitz und den unbestreitbaren Wohlstand sowie die angenehme Gesellschaft der Dame zu sichern. Hierdurch zog er sich jedoch den Unmut ihres Lehnsherren, meines alten Bewunderers, des Herzogs von Burgund, zu, und es folgte ein langer, erbitterter Kampf. Am Ende wurde die Ehe annulliert, und Burgund beendete seine Allianz mit England. Vermutlich gab es im Laufe dieser Auseinandersetzung nur wenig Zeit, um ein Kind zu zeugen.

Ermüdet von der unbefriedigenden Lage, beendete Humphrey seine holländische Liaison und heiratete statt dessen seine Geliebte, eine Bürgerliche mit dem Namen Eleanor Cobham. Soweit ich weiß, war auch sie eine große Schönheit – ich habe keine der Damen jemals gesehen und kann mir daher kein eigenes Urteil bilden –, doch sie fand ein tragisches Ende. Es wird gesagt, sie habe zusammen mit einigen Komplizen den Tod meines eigenen lieben Heinrich geplant, indem sie ein wächsernes Abbild von ihm herstellte und es den Flammen aussetzte, um es zerfließen zu sehen. Man ging davon aus, daß den lebendigen Mann ein ähnliches Schicksal ereilen würde, in welchem Falle Herzog Humphrey erfolgreich gewesen und die Dame Eleanor Königin geworden wäre.

Was für ein Bild wurde da heraufbeschworen!

Die Pläne der Herzogin wurden jedoch verraten, und ein männliches Mitglied des Hexenzirkels namens Bolingbroke gestand, zweifellos nachdem man ihn gefoltert hatte. Er und die weibliche Komplizin, die die Hexe von Eye genannt wurde, bekamen beide die ganze Härte des Gesetzes zu spüren. Die Hexe wurde bei lebendigem Leibe verbrannt; der Hexer wurde wegen Landesverrats nach englischem Brauch exekutiert: gehängt, noch lebend wieder vom Seil geschnitten, kastriert, aufgeschlitzt, geköpft und gevierteilt. Ein dritter Komplize, Southwell, ein Mann der Kirche, starb im Gefängnis.

Der Dame Eleanor als der Gattin eines königlichen Herzogs blieb ein solch schauerliches Schicksal erspart. Doch sie wurde gezwungen, als reuige Sünderin, barfuß und nur mit einem Hemd bekleidet, eine brennende Kerze vor sich tragend, durch die Straßen von London zu gehen, anschließend zu lebenslanger Haft verurteilt und für den Rest ihres unglücklichen Lebens von einem Schloß zum anderen gebracht.

All diese Vorfälle hatten sich nur drei Jahre vor meiner Heirat zugetragen und in keiner Weise dazu beigetragen, Humphreys heftiges Temperament zu bändigen. Man hatte ihn gezwungen zuzusehen, wie seine geliebte Frau mißhandelt wurde, ohne einen Finger rühren und ihr helfen zu können, aus Angst, er selber könne in das Verfahren mit einbezogen werden.

Diese kurze Beschreibung der wichtigsten Höflinge, die mich in den weiteren Jahren umgeben sollten, liefert ein düsteres Bild des englischen Hofes zu jener Zeit. Doch ich kümmerte mich nicht im geringsten um die privaten Ambitionen oder Sorgen meiner Nächsten. Ich hatte nur Augen für den König, meinen Herrn und Gatten. Ihm hatte ich meinen hohen Status zu verdanken, und gemeinsam mit ihm glaubte ich fest, noch höher aufzusteigen, wenn wir zusammen den Pfad von Ruhm und Ehre, von Liebe und Elternschaft beschreiten würden.

Nun, ich denke, daß ich wenigstens berühmt geworden bin.

3

Seit meiner Abreise von Tours im vergangenen Jahr hatte ich einen langen Weg zurückgelegt, und aus der Prinzessin Margarete von Anjou war die Königin Margarete von England geworden. Ich hatte fälschlicherweise angenommen, meine Reise sei nun vorbei, da ich meinem Gatten gegenüberstand. Doch es lag noch ein weiter Weg vor mir.

Zunächst einmal war da meine Hochzeit. Sie sollte erst am 23. April, das heißt neun Tage nach meiner ersten Begegnung mit dem König stattfinden. Während dieser Zeit sah ich Seine Hoheit nur flüchtig, und lediglich einmal absichtlich, wovon ich noch berichten werde. Obwohl ich sehr ungeduldig war, die Gattin des mächtigsten Königs der christlichen Welt zu werden – wie es mir unaufhörlich von jedem, der mit mir in Kontakt trat, vorgegeben wurde –, war ich über die Verzögerung nicht besonders enttäuscht. Zuerst einmal brauchte ich Zeit, um mich vollständig von den Anstrengungen der Seereise zu erholen, die ich immerhin gleich nach meiner Windpocken-Erkrankung angetreten hatte. Zweitens dachte ich, daß so die königlichen Näherinnen ausreichend Zeit haben würden, mir ein noch großartigeres Kleid anzufertigen als das, das ich in Nancy oder in Notre-Dame getragen hatte. Und drittens hatte ich den dringenden Wunsch, meine Lage zu erkunden und mir eine fundierte Meinung von dem Mann und der Gesellschaft zu bilden, in der ich nun den Rest meines Lebens verbringen sollte.

Mein erster Wunsch wurde mir voll und ganz erfüllt. Die anderthalb Wochen in Southampton erlaubten mir, mich so gut zu erholen, daß es mir besser ging denn je.

Meinem zweiten Wunsch wurde eine schroffe Abfuhr erteilt: »Euer Hoheit werden natürlich dasselbe Kleid tragen wie bei Eurer vorläufigen Hochzeit«, erklärte die Herzogin von Salisbury. Sie hatte nun Verstärkung durch einige weitere Verwandte bekommen, zu denen auch die prominente Herzogin von York gehörte, die selbst unter ihren Freunden als die stolze Cis bekannt und ein noch dominanterer Charakter war als ihre Schwägerin.

Sie war, wie ich bereits erwähnt habe, ein Mitglied der Familie Neville. Ihre beiden Brüder waren zwei an der Spitze der Gesellschaft stehende Grafen: der eine von Westmoreland, der andere von Salisbury. Der mächtigere der beiden war Richard Neville, der Graf von Salisbury. Ich hatte ihn bei meiner Ankunft in Southampton kurz getroffen, doch da er der Ehemann meiner ersten *bête noire* war, lehnte ich ihn bereits ab, noch bevor ich ihn zum ersten Mal gesehen hatte, und auch später sah ich keinen Anlaß mehr, meine Ansicht über ihn zu ändern. Diese beiden Brüder jedenfalls waren durch den Grundbesitz, den ihre Vorfahren im Laufe der Zeit beständig vergrößert hatten, die reichsten Männer des Königreiches, mit Ausnahme des Kardinals (und überraschenderweise auch Salisburys eigenem Sohn, auf den ich später noch zu sprechen kommen werde). Doch sie waren getreue Anhänger ihres Schwagers, des Herzogs von York.

Es war die stolze Cis, die meinen Protestversuchen gegen das geplante Hochzeitskleid den *coup-de-grâce* versetzte. »Es ist kein Geld da, Euer Hoheit«, sagte sie. »Es wurde alles dafür ausgegeben, Euch hierherzuholen. Euer erstes Kleid wird genügen müssen.«

Das war, um es milde auszudrücken, eine unangenehme

Überraschung. Ich war in Verhältnissen groß geworden, die man am besten mit »vornehmer Armut« bezeichnen kann. Mein Vater war ein König ohne Königreich, und der größte Teil seiner Besitztümer war von den Engländern überrannt worden. Und mir war immer gesagt worden, Onkel Karl sei kaum besser dran, denn er besaß zwar ein Königreich, doch dies war ebenfalls weitgehend von den schrecklichen Gottverdammten besetzt worden, über die zu regieren nun mein Los war. Doch ich wußte auch, daß, wann immer Onkel Karl meinen Vater nur knapp von der Armutsgrenze entfernt sah, die königliche Geldbörse zu unserer Rettung weit geöffnet wurde, und ich wußte auch, daß es Onkel Karl gewesen war, der, ob nun finanziell knapp bemessen oder nicht, für die wunderbaren Vergnüglichkeiten bezahlt hatte, mit denen meine vorläufige Hochzeit gefeiert worden war.

Wenn es jedoch eine Sache gab, derer sich jeder an Onkel Karls Hof sicher war, dann war es das Wissen, daß der König von England reich wie Krösus sei und ich so abrupt von Armut zu Wohlstand überwechseln würde, wie ich es mir selbst in meinen wildesten Träumen kaum hätte vorstellen können. Nun, ich darf bemerken, daß meine Träume so wild gar nicht waren, doch war ich auf jeden Fall davon ausgegangen, mir nie mehr Sorgen über Umfang, Art oder Zeitpunkt meiner Ausgaben machen zu müssen. Und nun wurde mir auf einmal gesagt, es befände sich nicht genug Geld im königlichen Geldsäckel, um mich mit einem neuen Hochzeitskleid auszustatten?

Ich glaube, man kann mir nicht verübeln, daß ich dachte, es handle sich um ein Komplott dieser Damen (die, wie ich schon sagte, sehr von sich eingenommen waren, was später als typische Eigenschaft der Yorks bekannt werden würde – ganz im Gegensatz zum Hause Lancaster). Eine Verschwörung mit dem Ziel, mir mangelnde Eleganz und die Unfähigkeit, mich meines neuen Status entsprechend zu kleiden, anzudichten. Aber als ich die gute Alice um Hilfe bat, bestätigte sie mir die schreckliche Wahrheit. Die englische Regierung befand sich aufgrund des andauernden Streites zwischen dem Kardinal und Herzog Humphrey in einem erbärmlichen Zustand, und es waren keine angemessenen Steuern eingetrieben worden. Um es kurz zu machen: Meinem künftigen Ehemann waren die Hände gebunden.

Ich flüchtete mich für kurze Zeit in Tränen – nicht aus Selbstmitleid, wie irgendein Milchmädchen, sondern eher aus Wut – und betrat dann den einzigen Weg, der mir offenstand, der mich jedoch – daran hatte ich keinen Zweifel – über alle Hindernisse hinwegtragen würde. »Ich wünsche, den König zu sprechen«, sagte ich.

»Den König?« Sie wechselten einen Blick.

»Meinen Gatten«, erinnerte ich sie.

»Er ist es noch nicht ganz, Hoheit«, wies mich die Gräfin von Salisbury zurecht.

»Mylady, seid vorsichtig, daß Ihr Eure Worte nicht eines Tages bedauert«, fuhr ich sie an. Ich war jetzt etwas aus dem Konzept geraten, denn es schien mir, als erlaubten sie und die anderen sich einen Scherz auf meine Kosten. »Ich werde mit Seiner Hoheit sprechen. Und zwar jetzt!«

»Euer Hoheit ...« Die stolze Cis machte einen erstklassigen Hofknicks. »Das ist im Moment nicht möglich. Seine Hoheit ist beim Gebet.«

Ich sah aus dem Fenster. Die Sonne stand kurz vor dem Zenit. »Nun gut«, überlegte ich. »Dann werde ich ihn kurz vor dem Mittagessen sprechen. Es ist ohnehin besser, wenn ich das Essen mit ihm einnehme.«

»Hoheit, der König pflegt immer allein zu speisen. Und seine Gebete dauern an, bis die Mahlzeit bereitet ist.«

Das wird sich gleich als erstes ändern müssen, beschloß

ich bei mir. An Onkel Karls Hof war das Mittagessen stets ein Anlaß zu fröhlicher Geselligkeit gewesen. »Dann werde ich ihn nach dem Mittagessen sehen.«

»Nach dem Essen, Hoheit, kehrt der König zu seinen Gebeten zurück.«

»Madame«, sagte ich, »ich finde Eure Versuche, zu scherzen, sehr unschicklich.«

Sie sah mich überrascht an. »Ich versichere Euch, es ist wahr, Euer Hoheit. Seine Hoheit verbringt sehr viel Zeit im Gebet. Und in dieser Woche mehr Zeit denn je.« Sie warf einen Blick auf ihre Begleiterinnen, die ein Kichern nicht unterdrücken konnten. »Er tut das, um sich auf die schwere Prüfung der Ehe vorzubereiten.«

Ich starrte sie an, dann raffte ich meine Röcke und verließ das Zimmer. Draußen traf ich die Mutter Oberin, die sich mit Bailly unterhielt. »Bringt mich zum König«, verlangte ich.

Sie war konsterniert! Die gute Alice rang vor Bestürzung die Hände. Die stolze Cis und ihre Freundinnen rannten hinter mir her und sagten, das sei ganz unmöglich, und die Nonnen rannten hin und her und wußten nicht, *was* sie tun sollten, und Bailly bestellte mir in ruhigem Tonfall ein Pferd. Dies bestieg ich, ohne mir vorher etwas überzuziehen, nicht einmal einen Houppeland, um den Regen abzuhalten. Mein Hut war glücklicherweise ein Filzhut mit Federn statt eines Hennin und daher leicht zu tragen.

Dieses Mal regnete es allerdings nicht, was, wie ich festgestellt hatte, eine bemerkenswerte Abwechslung zu dem üblichen Wetter in diesem gottverlassenen Land war. Meine Knechte eilten hinter mir her – meine französischen Begleiter waren in Rouen entlassen worden, so daß mir jegliche männliche Begleitung fehlte, bis auf diese rauhen englischen Kerle, die sich eindeutig allesamt auf den ersten Blick in mich verliebt hatten –, und ich machte mich auf den Weg zur Abtei.

Meine Ankunft löste genausoviel Bestürzung aus wie mein Aufbruch aus dem Kloster. Die Wachen präsentierten ihre Hellebarden, die Knappen eilten davon, um ihre diversen Herren von meiner Ankunft zu benachrichtigen, die Hunde bellten, die Mönche kratzten sich an den Tonsuren – und ich rauschte an ihnen vorbei und fragte jeden Mann, der mir begegnete, wo sich der König aufhielte.

Es stellte sich heraus, daß Heinrich gerade seine Gebete beendet hatte und sich in Vorbereitung auf das Mittagessen die Hände wusch. Nun, es war schon einige Zeit her, daß ich mir die Hände gewaschen hatte. »Bringt mir eine Schüssel und ein Handtuch«, befahl ich den zitternden Mönchen. »Und führt mich in das Eßzimmer des Königs.«

Es handelte sich dabei um die Gemeinschaftshalle der Mönche, einen Raum mit hohen Wänden, der nicht gerade häßlich war, wenn er nur andere Möbel enthalten hätte als die Bänke und die Tische aus Brettern. Als ich mich darin umsah und meine Finger in die Zinnschüssel tauchte, die von den eifrigen Brüdern herbeigeschafft worden war, betraten die Grafen von Suffolk und Somerset den Raum, beide nicht eben gut gekleidet und sehr erhitzt und aufgeregt.

Doch sie waren immer noch zwei sehr gutaussehende Männer. »Hoheit!« Sie verneigten sich gleichzeitig. »Fehlt es Euch an etwas?«

»Ich hoffe, nicht, Mylords«, antwortete ich. »Ich wünsche nur, meinen Gatten zu sprechen. Doch wie mir scheint, hat sich das gesamte Königreich dazu verschworen, uns voneinander fernzuhalten.«

Sie wußten offensichtlich nicht, was sie darauf antworten sollten, doch die Ankunft von Heinrich höchstpersönlich, in Begleitung des Kardinals und verschiedener anderer Lords, erlöste sie von weiteren Peinlichkeiten. »Madame!« rief mein Gatte erstaunt aus. »Potztausend!«

Ich sollte noch erfahren, daß dieser ziemlich harmlose Ausspruch der einzige Fluch war, den er sich jemals erlaubte.

Ich sank vor ihm auf die Knie, und er nahm meine Hände und half mir auf. »Es ist etwas nicht nach Euren Wünschen«, stellte er fest.

»Ich wollte nichts anderes, als mit meinem Gemahl sprechen, Sire.«

»Aber bis jetzt habt Ihr noch keinen Gemahl, Madame.«

Wenn das so war, dann war es immerhin sehr rücksichtslos von ihm, mich anstelle von »Mademoiselle« »Madame« zu nennen, was er beharrlich tat!

»Dem Gesetz nach seid Ihr das, Sire«, erinnerte ich ihn.

»Doch nicht in den Augen der Kirche, Madame. Es gibt eine Macht, die höher steht als alle Gesetze, die die Menschen erlassen mögen. Es ist unziemlich für Euch, mir auf diese Weise aufzuwarten, solange die Kirche unserer Verbindung nicht ihren Segen gegeben hat. War eine solche Dringlichkeit vonnöten?«

Inzwischen war ich kurz davor, die Beherrschung zu verlieren. Man sollte annehmen, daß jeder Mann, in dessen Adern rotes Blut fließt, sich über den Besuch einer schönen Frau freuen würde, erst recht, da sie in wenigen Tagen sein Bett zieren würde. Doch ich brachte ein Lächeln zustande und hielt meine Stimme süßer und verführerischer als je zuvor. »Ich wollte nur Euren Rat einholen für das Kleid, das ich auf unserer Hochzeit tragen soll.«

»Aber Madame, das ist doch Frauensache. Es gibt wirklich dringendere Angelegenheiten.« Dann wurde sein Tonfall weicher. »Ihr würdet mir selbst dann gefallen, wenn Ihr in Sackleinen gekleidet ginget. Vielleicht wäre das tatsächlich das Angemessenste für uns beide, da wir doch Sünder vor unserem Herrn sind.«

So einfach wollte ich nicht nachgeben. »Ihr schmeichelt mir, Sire. Aber bedenkt, welchen Eindruck dies auf das Volk machen würde. Die Königin von England muß schließlich auch aussehen, wie es sich für die Königin von England ziemt.«

Er runzelte einen Moment lang die Stirn, dann lächelte er. »Natürlich habt Ihr recht, meine Liebe. Es soll für alles gesorgt werden. Ihr müßt jetzt gehen. – Meine Herren ...«

Beide Grafen traten vor, doch es war Suffolk, der als erster bei mir stand und mich durch die Tür geleitete.

»Diese eingebildeten Damen werden sich noch wundern«, bemerkte ich.

»Ihr seid sehr zielstrebig«, stellte der Graf fest.

»Ich gefalle Seiner Hoheit. Das ist alles, was zählt.«

»Ihr werdet ihm immer gefallen, süße Meg.« Er war der erste, der mich mit meinem englischen Kosenamen anredete. Dann drückte er meinen Arm. »Ihr solltet Euch daran erinnern, daß die weltlichen Dinge Seiner Hoheit weitaus weniger bedeuten als die geistigen.«

Er begleitete mich zum Kloster zurück, doch da wir uns in Gesellschaft all meiner Knechte und der meisten meiner Hofdamen befanden – letztere hatten mich inzwischen eingeholt, und unter ihnen befand sich natürlich auch seine Frau –, hatte er keine Zeit mehr, mir Trost zu spenden. Und wie es schien, hatte ich die Herrschsucht der stolzen Cis wenigstens noch für ein paar Tage hinzunehmen; ihre starke Persönlichkeit dominierte bei weitem über die der lieben Alice. Doch zu ihrem offensichtlichen Ärger empfing Cis nun ihre Anweisungen und mußte sich fügen. Am nächsten Tag kam eine Näherin namens Margarete Chamberlayne, die beste des Reiches, wie mir gesagt wurde. Sie machte sich ohne weitere Umstände an die Arbeit, während ich mit Albion schmuste.

Als der große Tag gekommen war und ich zur Titchfield-Abtei geleitet wurde, wo Bischof Ayscough von Salisbury die Zeremonie halten sollte, war ich prächtig anzusehen in einem tiefblauen Rock mit gelbem Mieder, beide mit Hermelin verziert. Mein Umhang war ebenfalls tiefblau und mit Hermelin besetzt. Mein Kopfschmuck war in Gelb und Gold gehalten, und er und mein Kragen waren mit so vielen Schmuckstücken verziert, wie es meine Hofdamen erlaubt hatten.

Eine große Menge hochrangiger Damen und Herren hatte sich versammelt. Sie standen zitternd im Nieselregen, doch alle verneigten sich, und allen stockte der Atem vor meiner Schönheit, als ich an ihnen vorüberging. Was mich anging, so war ich entzückt darüber, Heinrich zum ersten Mal an meiner Seite zu haben. Er war mit seinem roten Rock und den blauen Hosen wie ein König gekleidet, und auf seiner Brust prangten in Gold die englischen Leoparden und die französische Lilie. Er sah von Kopf bis Fuß wie ein König aus – und wie ein Mann.

Bei ihm standen drei Männer, oder besser gesagt, ein Mann und zwei Jungen, die etwas jünger waren als ich und die ich zum ersten Male sah. Zu meiner Überraschung stellte sich heraus, daß sie der Stiefvater und die beiden Halbbrüder des Königs waren! Dies drückt es vielleicht etwas besser aus als die ganze Wahrheit. Denn hier offenbarten sich mir ein paar weitere merkwürdige Fakten über die Familie, in die ich eingeheiratet hatte. König Richard II., der den Menschen wenig ruhmreich in Erinnerung geblieben ist, hatte, wie man sich vielleicht erinnert, Prinzessin Isabella, die Schwester meines Onkels Karl, zu einer zweiten Frau genommen. Damals war Isabella gerade erst zwölf Jahre alt, und Richard war, nach allem was man hört, nicht nur recht unbeholfen als Ehemann – es gelang ihm nie, einen Erben zu zeugen –, sondern auch auf morbide Weise in seine verstorbene erste Frau Anne verliebt. Dies alles hatte Isabella nicht davon abgehalten, sich in ihn zu verlieben. Und sich diese Liebe selbst dann noch zu bewahren, als man ihn bereits abgesetzt und getötet hatte, wie es die Engländer so gerne mit ihren Königen tun. Sie ging schließlich nach Frankreich zurück, heiratete Karl von Orléans, den Grafen von Angoulême, der das Recht für sich in Anspruch nahm, ein Poet zu sein, und starb im jungen Alter von nur zwanzig Jahren. Selbst in dieser so kurzen Spanne ihres Lebens war sie noch als Frau für den Sohn Heinrichs IV., des Prinzen von Wales, der wie Heinrich V. König werden sollte, in Betracht gezogen worden. Isabella wies ihn ohne zu zögern ab. Schließlich war er der Sohn des Thronräubers, der ihren eigenen geliebten Richard vernichtet hatte.

Trotzdem versuchte Heinrich, Isabellas Schwester zu bekommen, doch auch sie lehnte ab. Doch noch vor der absoluten Niederlage der Franzosen in Agincourt im Jahre 1415 und der darauffolgenden Kapitulation der französischen Monarchie wurden Heinrichs Ehewünsche erfüllt. Mit dem niederträchtigen Plan, daß Heinrich dem verrückten Karl VI. auf dem französischen Thron nachfolgen sollte, wurde es vereinbart: Karl hatte eine Tochter mit Namen Katharina und diese Tante von mir konnte es sich in ihrer Situation nicht leisten abzulehnen, als der Eroberer ihrer Nation um ihre Hand anhielt. Deshalb wurde Tante Katharina die Mutter meines eigenen geliebten Heinrichs.

Wie jedoch alle Welt weiß, starb Heinrich der Große nur sechs Jahre später, und während seiner ununterbrochenen Kämpfe hatte er gerade genug Zeit gefunden, um mit seiner Frau ein Kind zu zeugen, und so ließ er das Baby im zarten Alter von neun Monaten zurück. Dies war eine ernste Lage für eine Königinmutter, die zudem noch eine Ausländerin war. Verständlicherweise glaubte sie, als einzige in der Lage zu sein, ihren Sohn während der gefährlichen ersten fünf Jahre seines Lebens zu betreuen. Dies war jedoch nicht im Sinne der Brüder des Königs, Bedford und Gloucester. Sie sahen ihre Aufgabe darin, den Krieg weiterzuführen und den Anspruch Heinrichs des Großen auf den französischen Thron einzulösen, was sie auch taten, indem sie meinen künftigen Ehemann in derselben Kathedrale Notre-Dame zum König krönten, in der auch ich später als Königin geehrt wurde und die sich zu jener Zeit in den Händen der Engländer befand. Dies war lediglich eine Geste. Französische Könige wurden in der Kathedrale von Reims gekrönt. Doch dorthin konnten die Engländer nicht kommen, und so gaben sie sich mit der nächstbesten Möglichkeit zufrieden.

Der wesentliche Punkt war, daß, während sie das Kind Heinrich zum König von England und Frankreich erklärten, Onkel Karl den Vertrag, den sein Vater unterzeichnet hatte, einfach ignorierte und sich selber zum König von Frankreich krönen ließ – und zwar in Reims. Es gab also keine Möglichkeit für die englischen königlichen Verwandten, die Regentschaft und somit auch die Kriegsführung und den Thronanspruch in den Händen einer Frau zu belassen, die Onkel Karls Schwester war.

Tante Katharina hat man also auf höfliche Weise aus dem Wege geräumt. Man gab ihr ein angemessenes Zuhause und Einkommen und bat sie, sich nicht einzumischen. Doch sie war ein temperamentvolles und leider auch etwas unausgeglichenes Mädchen von einundzwanzig Jahren. Was also sollte man von ihr erwarten? Unfähig, eine Rolle auf der großen Bühne zu spielen, die ihre Bestimmung hätte sein sollen, wandte sie ihre Aufmerksamkeit der kleineren Bühne zu, die ihr neues Zuhause war, und wählte aus ihrer vielfältigen

Dienerschaft einen gewissen walisischen Knappen mit Namen Owen Tudor als ihren Günstling.

Und schon bald wärmte dieser ihr das Bett. Owen selbst bestand stets darauf, daß er rechtmäßig mit Katharina verheiratet gewesen sei, doch das entspricht offensichtlich nicht der Wahrheit. Selbst wenn sie sich in der Kirche hätten trauen lassen, wäre es immer noch ungesetzlich gewesen, denn keine Exkönigin darf ohne die Einwilligung ihres Sohnes und seiner Regenten, wenn es welche gibt, heiraten. Katharina stellte keinen derartigen Antrag an die königlichen Brüder; ihr Sohn war noch zu jung, um sich damit zu befassen. Als allerdings Bedford und Gloucester die Wahrheit herausbekamen – was zwangsläufig der Fall war, als der Leib meiner guten Tante zu schwellen begann –, gab es ein großes Geschrei. Owen wurde in den Londoner Tower gebracht; der Richtblock blieb ihm allerdings erspart.

Doch der Sturm legte sich, und im Laufe der folgenden Jahre gebar Katharina ihrem Geliebten nicht weniger als drei Söhne, ganz zu schweigen von den vielen Töchtern. Etwa acht Jahre vor meiner Hochzeit starb sie im frühen Alter von sechsunddreißig Jahren, zweifellos verbraucht durch ihre amourösen Vergnügungen und deren Folgen. Bedauerlicherweise habe ich sie nie kennengelernt. Doch hier stand ihr Mann, Owen Tudor, der von seinem Stiefsohn aus der Dunkelheit gerettet worden war, dem man eine Leibrente gewährt hatte und der bei Hofe willkommen geheißen wurde. Die beiden Jungen, seine überlebenden Söhne, waren Edmund und Jasper. Edmund war im gleichen Alter wie ich, fünfzehn, Jasper war ein Jahr jünger. Genau wie ich waren sie ziemlich klein, doch lebhaft und nicht häßlich anzuschauen, obwohl ihre Haare von einer kräftigen Karottenfarbe waren und sich eine Menge unvorteilhafter Sommersprossen über ihre Gesichter ausbreitete.

Ich mochte sie auf den ersten Blick, und unsere Freundschaft sollte andauern.

Die lächelnden Tudors, der finster dreinblickende Herzog Humphrey, die zynische Cis, ja sogar der gutaussehende, nervöse Suffolk und der gleichermaßen gutaussehende, aber gewandtere Somerset erschienen mir als recht unbedeutend an diesem Tag, an dem ich meine kleine weiße Hand in die größere meines Mannes legte. In einer gebührenden Zeremonie wurden wir für gute und für schlechte Zeiten zusammengegeben. Wie viele Bräute, frage ich mich, mögen ein so einseitiges Geschäft erwirkt haben?

In diesem Moment jedoch war ich vollkommen glücklich, die Krönung aller freudvollen Gefühle überkam mich, als ich meinen Ehering sah. Er erstrahlte im Glanz von rotem Rubin. Wie ich später erfuhr, war dies ursprünglich ein Geschenk von Kardinal Beaufort an den König gewesen, das man später in einen Ring für mich umgearbeitet hatte. Ich hatte noch nie etwas so Wertvolles besessen, und ich spürte, wie ich ebenso zu glühen begann wie der Stein.

Nun erfüllte sich endlich das, worauf ich so lange gewartet hatte. Mich störte noch nicht einmal das Fehlen angemessener Feierlichkeiten anläßlich dieses bedeutsamen Ereignisses: Diese, so wurde mir versichert, würden im Anschluß an die Krönung stattfinden, die Ende Mai in der Westminster Abbey begangen werden sollte. Bis dahin würde ich die Flitterwochen genießen.

Was diesen Punkt anbelangte, so hatte ich im Laufe meines kurzen Erdendaseins festgestellt, daß Könige sich um keinen Deut von anderen Männern unterscheiden. Zwar war ich bisher erst zweien begegnet. Mein lieber Papa war durch Umstände, die außerhalb seines Einflusses lagen, dazu gezwungen, einen Großteil seines Lebens weit fort vom Bett seiner geliebten Frau zu verbringen. Doch wann immer er kam, verschwand das Paar hinter den verschlossenen Türen seiner Bettkammer, um einige Stunden später zerzaust und glücklich wieder daraus hervorzutreten. Onkel Karl konnte seine Hände von keinem einzigen weiblichen Wesen, sei es Madame oder Mademoiselle, lassen, das er zufällig anziehend fand. In anderen Worten: Könige waren meiner Erfahrung nach zu jener Zeit genauso lüstern wie jeder andere Mann und hatten zudem mehr Gelegenheiten, um in der Liebe erfolgreich zu sein. Denn wer besäße schon die Kühnheit, einen König zurückzuweisen?

Nun war ich immerhin von meiner Mama und sogar in noch größerem Maße von meiner Tante Marie und meiner Großmama Jolante von Aragon erzogen worden und glaubte deshalb keineswegs, daß sich Lüsternheit nur auf das männliche Geschlecht beschränke – das galt natürlich nur, wenn die Umstände weibliche Lüsternheit in angemessener Weise erlaubten. Seit der Pubertät hatte man mich dazu ermutigt, mich auf meine Hochzeit und mehr noch auf meine Hochzeitsnacht zu freuen. Daß mein Ehemann ein König sein sollte, daß er groß, gut aussehend und natürlich von bester körperlicher Gesundheit war, war, soweit es mich anging, lediglich der Zuckerguß, wenn es um Liebesdinge ging. Und so hatten meine Hofdamen mich also unter reichlichen Scherzen und derben Späßen entkleidet und in einen voluminösen Morgenrock gehüllt. An den Füßen trug ich Seidenpantoffeln, mein loses Haar fiel mir über den Rücken bis zum Po, und so lief ich den Korridor entlang zur Bettkammer des Königs, während die Damen hinter mir herhuschten.

Man muß bedenken, daß wir uns in einer Abtei befanden. Dennoch war ich erschrocken über das kleine, armselig möblierte Zimmer, das eher zu einem Mönch gepaßt hätte –

dem es wahrscheinlich in unserer Abwesenheit auch gehörte – als zu einem König und einer Königin. Doch selbst das konnte mein Verlangen nicht mindern. Und auch nicht die Tatsache, daß das Zimmer voller Männer war. Die stolze Cis verlangte natürlich, daß man ihr den Weg freimachte, doch es ließ sich trotzdem nicht vermeiden, an einer reichlich lüsternen Menschenmenge vorbeizugehen, und in diesen wenigen Minuten bekam ich mehr heimliche Berührungen zu spüren als in meinem gesamten bisherigen Leben. Doch auch hier konnte mich nichts von meinem Ziel abbringen, und so dachte ich mir lediglich, daß die Gelegenheit, einer Königin in den Po zu kneifen, dem glücklichen Burschen eine lebenslange Erinnerung sein würde. Ich erreichte das Bett noch vor meinem Gatten, der, genau wie ich, in ein schweres Gewand gehüllt war. Er trug zu meiner Überraschung eine Nachtmütze, deren Quaste an seinem Ohr herabhing und ihn so merkwürdig wie einen Hofnarren aussehen ließ (eine der wenigen Einrichtungen, die diesem Hof fehlte, wie mir auffiel).

Ich schob den Gedanken beiseite und konzentrierte mich auf die Gegenwart. »Sire«, sagte ich und sank auf ein Knie nieder.

»Eheweib«, erwiderte er und hob mich wieder auf. Da er zu zögern schien, küßte ich ihn auf die Wange. Es war das erste Mal, daß andere Körperteile als unsere Hände sich berührten.

Die Lords und die Damen jubelten, und der König sah beschämt drein. Nun wurde uns, wie es üblich war, eine Schüssel mit Pflaumenbrötchen gereicht, die in würziges Bier getaucht waren, was uns die Röte in die Wangen trieb und den König noch beschämter aussehen ließ. Er setzte die Schüssel ab und klatschte in die Hände. »Meine Damen, meine Herren«, sagte er, »ich fürchte, Ihr müßt uns nun verlassen.« Das war gewiß eine sonderbare Art, sich auszudrücken. Doch sie verließen unter zahlreichen guten Wünschen des Glücks und der Freude den Raum.

Schließlich schloß sich die Tür, und wir waren allein. »Es sind gute Menschen«, bemerkte Heinrich. »Es ist bedauerlich, daß so viele von ihnen mich hassen.«

»Euch hassen, Sire?« fragte ich erschrocken.

»Vielleicht ist es das Los der Könige, gehaßt zu werden«, sagte er ohne sichtbaren Groll.

»Aber wer haßt Euch denn, Sire?«

Er zuckte die Achseln. »Meine Lords, weil ich sie nicht in Frankreich in die Schlacht führe.«

»Aber Lord Suffolk doch sicher nicht?«

»Nein, nein. Er ist ein guter Mann. Dasselbe kann man auch von Somerset sagen, denn er ist mein Cousin. Aber York ...«

»Der ebenfalls Euer Cousin ist, Sire.«

»Ja«, sagte er düster. »Ja.« Und dann sah er mich an. »Aber dies ist kein Thema für unsere Hochzeitsnacht. Kommt, kniet mit mir nieder.«

»Aber gerne, Sire.« Einen Moment lang war ich unsicher, ob dies vielleicht eine Art englisches Liebesspiel war, das mir nicht vertraut war. Doch mein Mann wollte nur beten. Nun, ich hatte nichts dagegen. Als jedoch einige Minuten vergangen waren und er fortfuhr, vor sich hinzumurmeln, während ich den Herrn lediglich um eine erfolgreiche Hochzeitsnacht gebeten hatte, begannen meine Knie zu schmerzen. Ich blieb trotzdem noch ein paar Minuten in dieser Stellung, doch dann konnte ich es nicht mehr aushalten und stand schwankend auf. Meine Bewegung schien den König nicht zu stören, und so stieg ich ins Bett. Dabei entledigte ich mich meines Kleides, denn im Kamin prasselte ein kräftiges Feuer, und es war sehr warm im Zimmer. Im Bett wären die Kleider ohnehin unnötig.

Der König hob den Kopf und blickte mich bestürzt an. Wie ich erfahren sollte, war mein Körper der erste nackte weibliche Körper, den er je gesehen hatte. Der König schien jedoch über diesen Anblick alles andere als erfreut zu sein. »Meg!« tadelte er mich. »Ihr seid obszön. Wo ist Euer Nachthemd?«

»Ich habe keines«, sagte ich.

»Dann wickelt Euch in die Decken und verbergt Eure Scham.«

Etwas verlegen gehorchte ich und sah ihm aus dem Schutze der Laken zu, wie er seinen Morgenrock auszog. Was darunter zum Vorschein kam, machte keinen großen Unterschied zu vorher, denn auch unter dem Gewand war er in ein dickes Nachthemd gekleidet. Zweifellos, sagte ich mir, ist das ein englischer Brauch. Aber mein Optimismus wurde gedämpft, als er sich neben mich legte und auf den Betthimmel über unseren Köpfen starrte, ohne mich eines Blickes zu würdigen. Auch dies ertrug ich einige Minuten lang, bis ich ungeduldig wurde und mich auf den Ellbogen stützte. »Ich habe Euch verärgert, Sire.«

Endlich sah er mich an. »Verärgert? Nein, nein, Meg. Ihr seid jung. Und Französin.«

Es klang wie ein Fluch. Aber ich wehrte mich dagegen, die Beherrschung zu verlieren. »Ich möchte Euch nur gefallen, Mylord.«

»Ich bin sicher, das werdet Ihr, liebe Meg. Wir werden morgen darüber sprechen.« Daraufhin setzte er sich auf, aber nicht etwa, um mich in seine Arme zu schließen. Statt dessen blies er die Kerze aus und legte sich dann mit dem Rücken zu mir wieder hin!

Wieder herrschte einige Minuten lang Schweigen. Doch ich war nicht bereit, in diesem kritischen Augenblick den Mut zu verlieren. Ich widerstand der Versuchung, ihm in die

Rippen zu stoßen, und setzte mich auf. »Sire«, sagte ich. »Wir sind nicht Mann und Frau.«

Das brachte ihn in Bewegung. Er rollte sich herum und setzte sich mit solcher Heftigkeit auf, daß ich beinahe aus dem Bett fiel. »Potztausend! Wurde unsere Verbindung nicht vom Bischof in der Kapelle gesegnet?«

»Das ist wahr, Sire. Aber keine Ehe gilt vor Gott oder den Menschen, bevor sie vollzogen wurde. Dieses Gesetz gilt in der ganzen Welt, und es wird von Kirche und Staat gleichermaßen anerkannt.«

Er schwieg für ein paar Sekunden, dann stieß er einen schweren Seufzer aus. »Ihr habt natürlich recht. Ich hatte bei einem so jungen Mädchen keine Gesetzeskenntnisse erwartet.«

»Gesetzeskenntnisse?« schrie ich und vergaß meine guten Manieren. »Ich bin Eure Frau.«

»Französin«, murmelte er. »Französin«, als ob er gerade entdeckt hätte, daß er mit einer Hexe im Bett läge. Er legte sich wieder hin. »Liebe Meg. Ich verstehe einfach nichts davon.«

Es dauerte ein paar Sekunden, bis ich sprechen konnte. Ich konnte mir nicht vorstellen, daß ein erwachsener Mann von dreiundzwanzig Jahren, der nicht gerade ein Mönch war, noch Jungfrau sein konnte. Und als König ... Aber erneut ermahnte ich mich zur Selbstbeherrschung. Vielleicht würde die Situation mir zugute kommen, denn wenn er noch nie eine andere Frau gehabt hatte, so würde er vielleicht nie eine andere wollen. Die beiden Könige, die ich kannte, hatten sich mit ihren Geliebten vergnügt, und ich sah stets das traurige Schicksal Tante Maries vor mir, die von Mademoiselle Sorel geradezu aus dem königlichen Bett gestoßen worden war. »Wenn das so ist, Sire«, sagte ich so gewinnend wie möglich, »werden wir einander unterrichten müssen.«

Wie kann der Blinde den Blinden führen? Ich bin sicher, daß meine Instinkte richtig gelagert waren, doch die seinen waren es nicht. Ich mußte alles selber tun, und, um die Wahrheit zu sagen, war ich bei dieser ersten Gelegenheit nicht besonders erfolgreich. Wir schliefen beide schwer und erschöpft ein, und am nächsten Morgen, kaum daß die Hofdamen jedem von uns einen stärkenden Trank gebracht hatten, verließ er eilig das Zimmer, um zu beten.

Die stolze Cis inspizierte höhnisch die Laken. »Ihr seid noch keine Königin, Euer Hoheit«, bemerkte sie.

Doch Ausdauer war schon immer eine meiner Stärken gewesen, wie diese verabscheuungswürdige Frau in späteren Jahre noch am eigenen Leib erfahren würde, und noch bevor wir nach London aufbrachen, war ich wahrhaftig Königin von England, sowohl den Tatsachen als auch dem Namen nach. Das Ereignis selber erschreckte Heinrich zutiefst, da ich mich nicht enthalten konnte, zu schreien, als er schließlich genug Männlichkeit besaß, um mich zu nehmen, und er dachte, er habe mir eine tödliche Verletzung zugefügt.

Tatsache war, daß, da er noch im Kindesalter von seiner Mutter getrennt worden und ausschließlich von Männern aufgezogen worden war, die ihre Erziehungsmethoden mit militärischer Tapferkeit zu kombinieren suchten, niemand auch nur das geringste Interesse daran gezeigt hatte, den armen Mann in Dingen der Liebe zu unterrichten. Als er in das Alter kam, in dem er Überlegungen darüber hätte anstellen sollen, was sich unter den Röcken der Damen an seinem Hofe befand, hatte er sich bereits der Kirche zugewandt, und diese Neigung hatte sich inzwischen in ein Laster verwandelt.

Ein starkes Wort. Denn er betrachtete die Geschlechtlichkeit als eine Sünde, der man, wie die Kirche es lehrte, nur zum Zwecke der Zeugung nachgeben durfte. Das bedeutete, daß der Vollzug niemals vom Geist der Freude oder – Gott bewahre – der Lust getragen werden durfte. Vergeblich bemühte ich mich darum, ihn davon zu überzeugen, daß ein gewisses Maß an Vorspiel erforderlich war, um uns beide auf den Höhepunkt vorzubereiten. Er hielt es immer noch für nötig, nach jedem Akt um Vergebung zu beten.

Und doch geschah es noch während unserer Flitterwochen, daß er sich in mich verliebte. Tag für Tag wurden die Beweise seiner Zuneigung deutlicher. Obwohl er immer ein zögernder Liebhaber blieb, begann er, mehr Zeit in meiner Gesellschaft und dafür weniger bei seinen Gebeten zu verbringen. Und als er entdeckte, daß die Blume, die ich als mein Symbol erwählt hatte, das gemeine Gänseblümchen war, nahm er es prompt auch als das seine an und ließ fast alle seine Kleidungsstücke sowie Kleinigkeiten wie Salzfäßchen und Besteck damit versehen.

Ich habe geschworen, in diesen Darlegungen absolut ehrlich zu sein – auch wenn sie niemals jemand lesen wird –, und so muß ich zugeben, daß mir jeden Tag, den ich in Heinrichs Gesellschaft verbrachte, klarer wurde, daß das Schicksal mir ein armseliges Los zugedacht hatte. Ich war davon ausgegangen, daß ich in großen Wohlstand einheiratete. Der Vorfall mit meinem Kleid war eine Sache, aber bald wurde mir bewußt, daß der König, der den großartigsten Hof des Landes haben mußte, über ein erheblich geringeres Vermögen verfügte als Leute wie die Nevilles oder die Beauforts.

Ich war davon ausgegangen, daß ich den Sohn Heinrichs des Großen heiraten würde. Nun, das hatte ich auch, doch einen Sohn, der seinem Vater weniger ähnelte – zumindest soweit es die Reputation Heinrichs des Großen betraf –, konnte man sich gar nicht vorstellen. Ich hatte übersehen, daß ich auch den Enkelsohn von Tante Catherine und daher den Enkelsohn des verrückten Karls heiratete. Und welche Katastrophe hieraus erwachsen sollte, hätte ich mir nicht träumen lassen.

Ich hatte angenommen, daß ich einen großen Krieger heiratete. Doch bis zum Zeitpunkt unserer Heirat war Heinrich noch niemals auf nur hundert Meilen einer Schlacht nahe gekommen, noch hatte er jemals im Kampf eine Lanze geführt.

Ich hatte geglaubt, daß ich einen Mann und König und einen großen Liebhaber heiratete. Aber hiervon habe ich ja bereits gesprochen.

Aber was das Schlimmste von allem war, ich dachte, es sei mein Schicksal, die Mutter einer großen Nachkommenschaft zu sein, die England zur Ehre gereichen würde. Nun, ich war nicht so naiv zu glauben, dies würde bereits in meinen Flitterwochen geschehen, doch in der Tat drang Heinrich nur so flüchtig in mich ein, daß ich bezweifelte, ob er jemals in der Lage sein würde, mich zu befruchten. Aber an der Tatsache, daß ich die Königin von England war, konnte kein Mann und keine Frau etwas ändern.

Ich glaube, meine Ankunft in London werde ich niemals vergessen. Sie fand am 28. Mai statt, und wie groß die Enttäuschungen der vergangenen Monate auch gewesen sein mochten, so war dies doch der großartigste Tag meines bisherigen Lebens.

Nicht daß die Stadt in irgendeiner Weise anziehend war, London war nicht einmal halb so groß wie Paris, und abgesehen von der riesigen Festung, die als Tower bekannt war und deren Anblick die Stadt beherrschte, war sie ein schäbiger und häßlicher Ort. Und doch war sie das Herz des Königreiches.

Ich muß zugeben, ich war ziemlich nervös. Man hatte

mich von allen Seiten davor gewarnt, daß die Bewohner Londons der zügelloseste, unlenkbarste, unvernünftigste und aufrührerischste Pöbel der ganzen Welt seien. Sie unterstanden eigentlich ihren eigenen Gesetzen; sogar der König mußte um die Erlaubnis bitten, in die Stadt eingelassen zu werden, und nicht einmal dem König wurde garantiert, daß er im Falle einer Mißstimmung gegenüber fliegenden Steinbrocken gefeit war. Auch hatte man mich davor gewarnt, daß sie vehemente Gegner Frankreichs seien. So war ich mir tatsächlich nicht sicher, ob dies der letzte Tag meines Lebens werden sollte, und überlegte, wie es sich wohl anfühlen mochte, in Stücke gerissen zu werden.

Ich hätte mir keine Sorgen machen müssen. Das Ereignis wurde natürlich so großartig begangen, wie es nur möglich war, und ausnahmsweise wurden wir in unseren Bemühungen zu gefallen, sogar von den Elementen unterstützt: Nicht eine Wolke war am Himmel zu sehen, und die Sonne strahlte auf uns herab. Gleichermaßen hatten vor unserer Ankunft die Wasserleitungen seit vierundzwanzig Stunden Wein statt Wasser geführt. Dies ist eine Angelegenheit, die präzise berechnet werden muß. Ein nüchterner Londoner ist zwar unberechenbar, aber im großen und ganzen gutmütig; ein betrunkener Londoner ist gutmütig, doch wenn man ihn ärgert, kann er zum wilden Tier werden; und ein völlig betrunkener Londoner kann nur noch tief und fest schlafen. Die Menge an Wein, die bei dieser Gelegenheit ausgegeben wurde, muß gerade richtig gewesen sein, um die Bevölkerung in ausgezeichneter Stimmung und gleichzeitig wach zu halten.

Außerdem liebt der Londoner Prozessionen, und dies war eine Prozession, wie sie großartiger nicht sein konnte. Zuerst kam eine Kapelle aus Trompetern und Trommlern, die der Bevölkerung mit ihren Fanfaren und ihrem gemessenen

Trommelschlag ankündigten, daß wir ihnen folgten. Sie nahmen ihre Position neben der Guildhall ein, um den weiteren Verlauf mit ihrem Getöse zu begleiten. Dann gab es eine Schar schöner Jungfrauen – das behauptete man jedenfalls –, die umhertanzten und dabei Blütenblätter nach links und rechts streuten. Ihre Kleidung war so durchsichtig, daß sie diesen Status wohl kaum für lange Zeit beibehalten haben können, vorausgesetzt, sie starben nicht an Lungenentzündung, denn obwohl die Sonne schien, war es doch keinesfalls warm. Als nächstes kam eine Einheit von Männern in voller Rüstung mit aufgestellten Waffen und geöffneten Visieren, die stolz ihre Pferde durch das Gedränge führten und sogar, wie es ihnen befohlen war, den Gassenjungen zulächelten, die zwischen ihren Hufen umherrannten.

Ihnen folgte eine Abteilung der gefürchteten walisischen Bogenschützen, beliebte Burschen, die die Bürger als die Bezwinger der Franzosen hochschätzten. Dann kam eine Schar von Lords und Damen in ihren schönsten Kleidern, die dem ungewaschenen Pöbel zulächelten und zuwinkten. Unter ihnen befanden sich, wie ich glücklich feststellte, die Herzogin von York und die Gräfin von Salisbury, die sich endlich auf ihren angemessenen Plätzen befanden.

Dann kam Albion, der von seinem Wächter an einer Leine geführt wurde. Sein Erscheinen sorgte für ein enormes Aufsehen.

Wir kamen als nächste. Unser Baldachin wurde von den Herzögen von Gloucester, Buckingham und York, den Grafen von Suffolk und Somerset, Salisbury und Westmoreland getragen, und uns direkt voran ging Kardinal Beaufort.

Heinrich, der in voller Rüstung steckte und die Krone auf seinem Helm trug, ritt auf einem großen Kriegsroß, was mir etwas Sorgen machte, da es hin und wieder zu tänzeln begann. Ich ritt auf einem weißen Pferd.

Es ging eine frische Frühjahrsbrise, und so trug ich unter meinem Umhang mein erstes Hochzeitskleid, und darüber einen großen Hennin in Gold und Silber mit Unmengen weißer Gaze, die an der Spitze und am Rand befestigt war und hinter mir herschwebte. Mein Haar hing lose herab und gesellte sich in das allgemeine Geflatter, während das Sonnenlicht bei jedem Gruß an das Volk wieder und wieder meinen Rubin aufblitzen ließ.

Die Zuschauer schrien sich heiser. Es war das erste und leider auch das letzte Mal, daß die Bewohner Londons so viel Begeisterung für ihre Königin zeigten. Oder auch ihre Königin für sie.

Die Prozession endete mit einem großartigen Bankett in der Guildhall und war erst am späten Nachmittag zu Ende. Dann verließen wir mit gutgefüllten Mägen wieder die Stadt und fuhren mit dem Boot ein kleines Stück flußaufwärts bis nach Westminster. Hier, an den Ufern der Themse, befand sich der königliche Palast.

Ich war angenehm überrascht angesichts meines neuen Heims, denn ich sah ein großes Haus mit vielen Türmen, das nicht im geringsten den grimmigen Abwehrcharakter zeigte, der all den Häusern zu eigen gewesen war, in denen ich bislang residiert hatte. Selbst Onkel Karl hatte sein Leben damit verbracht, von einer Festung zur nächsten zu reisen, da dies die einzigen Orte waren, in denen er sich annähernd sicher fühlte, nicht nur vor den marodierenden Engländern sondern auch vor den Machenschaften von Cousin Ludwig. Doch in England schien es keine derartigen Befürchtungen zu geben. Hier hat man den Vorteil, auf einer Insel zu leben, wo eine fremdländische Invasion ein schwieriges Unterfangen ist und somit reichlich Zeit für das Ergreifen von Verteidigungsmaßnahmen oder Flucht läßt. Die einzigen Feinde, die England angreifen konnten, ohne Wasser überqueren zu müssen, waren die Schotten, einige hundert Kilometer nördlich von uns.

Das Innere des Palastes von Westminster war nicht so schön wie die Außenansicht. Mit seinen überdimensionalen Räumen, den zugigen Fluren, den trampelnden Wachen und einem beinahe vollkommenen Mangel an Privatsphäre war er den Schlössern, in denen ich meine Kindheit verbracht hatte, sehr ähnlich. Außerdem befand er sich exakt gegenüber von der nur wenige hundert Meter entfernten Westminster Abbey, der großen Kirche, die etwa vierhundert Jahre zuvor von König Eduard dem Bekenner erbaut worden war. Mein Mann hielt dies für eine wunderbare Annehmlichkeit. Er betrachtete Eduard den Bekenner als den größten Monarchen, der je auf dem englischen Thron gesessen hatte, wie beleidigend diese Vorstellung auch immer für seinen berühmten Vater und seinen noch berühmteren Ururgroßvater, den mächtigen Eduard III., gewesen sein mag, denn der Bekenner hatte niemals zur Verteidigung seines Königreiches oder zur Eroberung eines anderen Königreiches zum Schwert gegriffen.

Die Nähe zur Kirche bedeutete, daß ein großer Teil eines jeden Tages von Glockengeläut oder Chorgesängen begleitet wurde. Niemand konnte mich jemals beschuldigen, nicht religiös zu sein, doch alles hat seine Grenzen. Ich ging viel lieber auf der dem Fluß zugewandten Terrasse umher und sah auf den rasch fließenden Strom und die zahlreichen Wasserfahrzeuge, die auf ihm verkehrten, hinaus, denn die Themse war die wichtigste Verbindung zwischen dem Meer und der Stadt.

Nur bei einer Gelegenheit erwies sich unsere Nähe zur Abtei ein wenig vorteilhaft: Als ich zwei Tage später zur Königin gekrönt wurde, mußte ich lediglich ein paar Schritte gehen. Die Krönung wird natürlich als Höhepunkt im Leben eines jeden Monarchen angesehen. Bis zu diesem magischen Moment kann er oder sie das Recht besitzen, die Herrschaft zu erben, sie gesetzmäßig zugesprochen zu bekommen oder sie sogar – soll ich wagen, es auszusprechen – an sich zu reißen. Im Falle einer Heirat kann sie, wie in meinem Falle, bereits mit einem König verheiratet gewesen sein und deshalb von allen als ihre Königin anerkannt werden. Und doch ist sie, bis sie vor der versammelten Bevölkerung gesalbt und im Namen des Vaters, des Sohnes und des Heiligen Geistes zur Königin ausgerufen wird, ein unbeschriebenes Blatt. Sollte der Tod sie noch vor jenem magischen Moment ereilen, so wird sie lediglich ein einfacher Eintrag in den Amtsbüchern erwähnen.

Im Falle einer Ausländerin wie mir war es um so wichtiger, daß meine Ausstattung mit den königlichen Ehren von allen gesehen und akzeptiert wurde. Hierbei denke ich weniger an das gemeine Volk als an die Lords und ihre Damen; nur eine Handvoll von ihnen, das war mir bewußt, hatte eine leise Ahnung vom Inhalt meines Ehevertrages. All diese Faktoren zusammen machten mich allmählich immer nervöser. Dazu kommt, daß allein der Vorgang, gesalbt und gekrönt zu werden, eine erschütternde Erfahrung ist, vor allem für ein junges Mädchen, das, auch wenn es schon eine Braut war, immer noch angemessen schlicht und bescheiden war.

Ich zitterte also von Kopf bis Fuß, als Heinrich mir seinen Arm bot, und wir den Palast verließen. Ich trug mein zweites Hochzeitskleid, da dies im geeigneten Moment einfacher zu öffnen war, und wir wurden von unserer üblichen Eskorte reinblütiger Prinzen und ihrer Damen begleitet. Wieder einmal hatte sich eine riesige Menschenmenge versammelt, und wie schon so oft, zog meine Schönheit alle

Blicke auf sich, und bei dieser Gelegenheit gab es allen Grund dazu.

Ich wurde die Stufen der Abtei hinaufgeleitet und von Erzbischof Stafford von Canterbury, dem ersten Prälaten des Landes, begrüßt. Dieser Mann war nicht etwa verwandt mit dem Cousin des Königs, Humphrey Stafford, dem Herzog von Buckingham, der neben mir stand. Wäre er selbstbewußter in seinem Auftreten gewesen, so hätte er nach dem König der zweitwichtigste Mann im Land sein müssen. Er war jedoch sehr zurückhaltend – wodurch er sich bei meinem Gatten großer Beliebtheit erfreute – und überließ dem Bischof von Winchester, Kardinal Beaufort, die Schau.

Bei dieser Gelegenheit müssen ihm seine Pflichten als etwas sehr Angenehmes erschienen sein. Ich wurde auf den Thron gesetzt und, nachdem einige Gebete gesprochen worden waren, entkleidet. Das heißt, meine Damen nahmen mir meinen Umhang ab und öffneten dann mein Kleid, um mich von der Hüfte aufwärts nackt den begierigen Blicken der Menge vor den Stufen preiszugeben.

Dies war ein aufregender Augenblick, denn auch wenn die Menge der einfachen Leute sich in beträchtlicher Entfernung von mir befand und sicherlich nicht mehr erhaschen konnte als einen Schimmer hellbraunen Haares auf weißer Haut, so waren die Mitglieder des Hofstaates doch ein ganzes Stück näher. Sie scharten sich zu meinen Seiten zusammen, und ein oder zwei von ihnen standen sogar direkt neben mir, alle darum bemüht, dieses Mädchen, das nun ihre Königin war, genauer zu begutachten.

Mir blieb nichts anderes übrig, als mich hoch aufzurichten, tief Luft zu holen und mir zu wünschen, ich hätte mehr zu bieten, während ich mir ausmalte, wie sehr die stolze Cis und ihre Gespielinnen angesichts soviel blühender Frische das Schwinden ihrer eigenen Schönheit beklagen mußten.

Doch leider verdarb ich den ganzen Effekt, weil mich ein Zittern überfiel, als das Öl schließlich über meine Schultern gegossen wurde – diese idiotischen Priester hatten vergessen, es anzuwärmen!

Dennoch wurde mir die Krone auf das Haupt gesetzt, Schultern und Busen mit meinem Mantel bedeckt, und ich stand auf, um vor das jubelnde Volk zu treten.

Als ich zum Palast zurückkehrte, warteten dort die Lords und ihre Damen, um mir ihre Aufwartung zu machen. Herzog Humphrey von Gloucester und Herzog Richard von York hatte ich natürlich schon getroffen, ebenso wie den Grafen Edmund von Somerset. Sie alle waren reinblütige Prinzen, ebenso wie Humphrey Stafford, der Herzog von Buckingham. Wie ich bereits sagte, spielte er bei meiner Trauung eine wichtige Rolle. Er war dreiundvierzig Jahre alt, ein kräftiger, gutaussehender Mann, ein Plantagenet durch und durch, mit seinem goldenen Haar und dem kräftigen Gesicht. Ich mochte ihn sofort und mochte sogar seine Frau, trotz der Tatsache, daß sie vor ihrer Ehe Anne Neville gewesen war. Anders ausgedrückt: Sie war die Schwester der stolzen Cis, und die königlichen Cousins, Richard von York und Humphrey von Buckingham, waren Schwäger.

Bei ihnen befanden sich ihre Söhne. Den jungen Eduard, den Grafen von March, hatte ich bereits in Frankreich getroffen. Er war erst drei Jahre alt und so hübsch und altklug wie immer. Humphrey Stafford junior war wesentlich älter und offenbar bis über beide Ohren in seine Königin verliebt, was für jeden deutlich zu erkennen war. Heinrich Beaufort, Cousin Edmunds ältester Sohn, litt offensichtlich unter derselben Krankheit, obwohl er noch nicht einmal zehn Jahre alt war.

Hinter den königlichen Herzögen kamen die mächtigen Lords, deren dominierendste Persönlichkeiten die beiden Brüder, die Grafen von Salisbury und Westmoreland, waren.

Der Ältere der beiden, Richard Neville, der Graf von Salisbury, galt als einer der wohlhabendsten Männer des Königreichs und stand als der Bruder von Cis und Anne Heinrichs möglichen Nachfolgern am nächsten. Zumindest war das vor meinem Erscheinen und der Aussicht auf einen königlichen Erben so gewesen.

Auch er hatte mehrere Söhne, die größtenteils im Alter zwischen zehn und zwanzig Jahren waren. Bei diesem Anlaß sah ich auch zum ersten Mal von Angesicht zu Angesicht Salisburys Erben, der ebenfalls Richard hieß. Als der siebzehnjährige Junge, der er zu jenem Zeitpunkt war, befand er sich gerade im richtigen Alter, um das Auge eines fünfzehnjährigen Mädchens auf sich zu lenken, das gerade seine Königin geworden war. Und in der Tat gab es da einiges, auf dem der Blick ruhen konnte. Ich erblickte einen hochgewachsenen, hellhäutigen Jungen, der sehr aufrecht stand und bereits ein sehr gebieterisches Auftreten hatte. Er trug sehr schöne Kleider und eine Kappe aus bestem Samt, und als er sich niederbeugte, um meine Hand zu küssen, brachte er es beinahe fertig, den Eindruck zu vermitteln, daß *er mir* einen Gefallen täte.

Ich hatte ihn zuvor noch nicht genügend zur Kenntnis genommen, obwohl Suffolk und Alice mich mit der Biographie eines jeden der Anwesenden vertraut gemacht hatten. In jedem Fall war dieser Junge dazu bestimmt, eine wichtige Rolle in der Regierung des Landes zu spielen. Doch seine schlauen Eltern hatten eine noch großartigere Zukunft für ihren Sohn vorgesehen, indem sie kurz vor unserem ersten Zusammentreffen die Pläne für seine Verheiratung mit Anne Beauchamp getroffen hatten. Anne Beauchamps Vater, Richard, der Graf von Warwick, war ein Günstling Heinrichs V. und zudem mit der Erziehung meines Gemahls betraut gewesen. Außerdem war er ehemals der reichste

Graf Englands. Er war sechs Jahre zuvor gestorben, und Anne war seine einzige Nachfolgerin. Deshalb würde Richard Neville, der Jüngere, durch die Heirat mit ihr im Alter von einundzwanzig Jahren sowohl Graf von Warwick als auch der reichste Adelige von ganz England werden. Selbst wenn ich nicht schon eine Abneigung gegen seine Mutter und seine Schwester entwickelt hätte, ganz zu schweigen von seinem Vater und seinem Onkel, so gab es immer noch genügend Gründe für mich, *ihn* abzulehnen. Als er sich jetzt aufrichtete, sah ich ihm zum ersten Mal in die Augen und fühlte, wie mir ein Schauer über den Rücken lief. Vielleicht litt ich noch immer unter der Entblößung und dem Begießen mit geweihtem Öl, und doch fühlte ich, daß ich an diesem sonnendurchfluteten Nachmittag einen Blick auf die Seele eines Jungen erhascht hatte, der wenig später danach trachten würde, die Welt zu beherrschen.

Wenn ich heute daran denke, daß ich auf der Höhe meiner Macht und meines Ruhms mit meinen beiden größten Feinden zusammensaß, dem künftigen König Eduard IV. und dem Königmacher Warwick, der eine von ihnen noch ein Kind und der andere ein Grünschnabel, und ich nicht auf der Stelle ihre Köpfe forderte!

Die nächsten drei Tage wurden mit Tanz und Festivitäten, Turnieren und Theatervorführungen verbracht. Es herrschte große Freude und Fröhlichkeit, und alle, selbst die Yorks und die Nevilles, waren von untadeliger Freundlichkeit und Höflichkeit. Doch die Feierlichkeiten waren auch sehr anstrengend, und in den kurzen Ruhepausen fielen Heinrich und ich nur noch erschöpft in unser Bett. So entzog sich die unglückliche Wirklichkeit unserer Ehe meinem Bewußtsein, und obwohl Heinrich über die Zeit- und Geldverschwendung murrte und sich jeden Tag, unabhängig davon, wie wenig Schlaf er bekommen hatte, früh erhob, um über den Hof in die Abtei zu gehen, war dies eigentlich eine Erleichterung für mich. Er bestand nicht darauf, daß ich ihn begleitete, und sobald ich mir selbst überlassen war, konnte ich mich des Nachthemdes entledigen, das ich seit unserer ersten gemeinsamen Nacht auf seinen Willen hin tragen mußte, mich im Bett ausbreiten, Arme und Beine von mir strecken so weit es nur ging und mir denken: Ich bin die Königin von England! Ich bin die erste Königin von ganz Europa. Und das bedeutete, die erste Königin der ganzen Welt!

Ein Teil der Feierlichkeiten bestand darin, daß die ehrwürdigen Lords mir Geschenke überreichten, was sie gemäß ihren Mitteln und ihren Vorstellungen von dem, was mir gefallen mochte, auch taten. Ich erhielt neben verschiedenen Ziergegenständen eine Menge Tafelsilber und Schmuck, was mir später noch zustatten kommen sollte. Doch mein liebstes Geschenk von allen war relativ wertlos, zumindest wenn man es unter dem Aspekt des Geldwertes betrachtet. Es handelte sich um ein wunderbar illustriertes Buch französischer Liebesgeschichten, das ich von Talbot, dem Grafen von Shrewsbury, erhielt. Die Erzählungen selbst waren natürlich nicht mit denen meines geliebten Boccaccio zu vergleichen, doch ich verbrachte später Stunde um Stunde mit der Betrachtung der Bilder.

Ganz nach meinem Geschmack war auch, daß ich gebeten wurde, mich mit dem Kardinal und den Bediensteten des Schatzamtes zusammenzusetzen, um meine finanzielle Position zu bestimmen. Ich nahm an dem Streit nicht teil, da er nicht in allen Punkten ehrenhaft war, sondern zog es vor, solch weltliche Angelegenheiten den äußerst fähigen Händen des Kardinals zu überlassen, dessen Loyalität ich mir sicher war. Was für mich dabei herauskam, war ein jährliches Einkommen von viertausendsechshundertundsechsundsechzig Pfund Sterling, dreizehn Shilling und vier Pence. Diese Pfund Sterling waren die Währung, in der die Engländer rechneten, und gingen auf ihre Beziehungen zur Hanse zurück. Sie transportierte Geldmittel als »easterlings« oder Pfenniggewichte von einem Ort zum anderen, und diese Pfenniggewichte galten als Garantie für eine solide Währung und sofortige Bezahlung. Die Engländer, die selber eifrig Handel trieben, hatten diese Methode der Übertragungsgeschäfte übernommen, wobei im Laufe der Zeit die erste Silbe verlorengegangen war. Was die stabile Währung und die sofortige Bezahlung angeht, so war dies eine andere Sache, aber für ein junges Mädchen, das in seinem ganzen bisherigen Leben noch nie zwei Sous besessen hatte, erschienen mir meine Bezüge eine enorme Summe zu sein, vor allem, da zu alledem noch Ländereien im Wert von zweitausend Pfund hinzugefügt wurden!

Ich glaube, die erste Woche meines Ehelebens war die glücklichste Woche, die ich je erlebte. Oder erleben sollte. Mir sollten in der Zukunft noch mehrere kurze, überwältigend glückliche Phasen vergönnt sein, doch diese würden gestohlene Momente sein, die nur zu oft von Schuld überdeckt waren.

Doch zu jenem Zeitpunkt deutete nichts darauf hin, daß sich mein Status jemals ändern würde, es sei denn zum Besseren. Diese letztere Möglichkeit lag voll und ganz in den Händen meines lieben Gatten, und jung und begeistert wie ich war, zweifelte ich nicht daran, daß dies lediglich eine Frage der Zeit sei.

Zunächst einmal mußte natürlich viel getan werden, um den Hof und die Regierung nach Beendigung der Feiern anläßlich meiner Krönung wieder in die normale Ordnung zurückzuführen. Die großen Herren, ihre Gattinnen und ihr Gefolge reisten ab, wobei jeder von ihnen noch im Palast vorbeischaute und sich bis zum nächsten Wiedersehen von mir verabschiedete, und dies mit allen Anzeichen der Loyalität. »Euer Hoheit ist wie eine rote, rote Rose«, schmeichelte der Herzog von York. »Möge sie für immer blühen.«

»Ich bete für Euer Glück«, stimmte die stolze Cis zu. »Würdet Ihr mir jetzt einen Kuß für unseren Sohn gewähren?«

Der junge Eduard wurde mir entgegengehoben, und ich umarmte ihn herzlich, da ich damals Kindern sehr zugetan war. Dann bat sie mich, ihre übrigen Kinder zu wiegen, was ich ebenfalls tat.

»Ein immerwährender Sommer ist in England eingezogen, Euer Hoheit«, sagte der Graf von Salisbury.

»Ihr müßt nichts anderes tun, als den kleinen Finger zu krümmen, und das ganze Land wird Euch zu Füßen liegen«, erklärte sein Sohn Richard. »Und ich an ihrer Spitze.«

Welche Heuchelei!

Doch dann waren sie fort, und Westminster wurde ein stiller Ort.

»Wie sehr habe ich davon geträumt, Heinrich«, sagte ich und kuschelte mich an ihn.

»Ja, sie sind schon eine Plage«, stimmte er mir zu; immerhin kannte er sie wesentlich besser als ich.

»Was sollen wir heute tun?« fragte ich und sprang aus dem Bett. »Ich weiß! Laßt uns auf die Jagd reiten.« Ich hatte seit meiner Abreise aus Frankreich nicht mehr gejagt.

»Die Jagd?«

»Jagt Ihr etwa nicht?« fragte ich, und fühlte, wie mir das Herz sank. »Alle Könige gehen doch auf die Jagd. Und ihre Frauen auch.«

»Oh, Meg, Meg, Ihr seid schließlich erst ein Mädchen, deshalb mag man Euch alles verzeihen.« Er drückte mich zärtlich, doch sehr keusch an sich. »Die Jagd ist eine Verschwendung von Zeit und Energie, und zudem eine üble Qual für das unglückliche Wild. Ich muß mich meinen Gebeten widmen. Ich habe sie in den vergangenen Wochen sehr vernachlässigt.« Und das sagte mir ein Mann, der in all den Wochen, seit ich ihn kennengelernt hatte, mindestens sechs Stunden am Tag auf den Knien verbracht hatte!

Ich sah ihm nach, als er ging, und spielte dann ein wenig mit Albion, doch die meiste Zeit war ich ziemlich gereizt – was einige Besorgnis bei den Hofdamen und gang besonders bei Alice Suffolk auslöste. Doch man muß bedenken: Ich war jung, ich war begierig darauf, zu leben, ich war voller Energie, und ich war die Königin von England. Ich mußte etwas *tun*. Und doch wurde von mir verlangt, daß ich meine Tage damit verbrachte, dem trägen Geschwätz über Leute, die ich nicht wirklich kannte und die mich zu jener Zeit kein bißchen interessierten, zu lauschen, während ich mich mit meiner Handarbeit beschäftigte. Wenn ich beschloß, den Palast mitsamt seinen Küchen einer gründlichen Inspektion zu unterziehen, dann gab es ein großes Getue, doch dies war kaum mit der Aufregung zu vergleichen, die ich auslöste, als ich verkündete, ich wolle ausreiten. Ganze Kompanien von Wachen mußten herbeigeholt werden, Signalhörner ertönten, Pferdeknechte huschten umher und die Hofdamen wurden beinahe ohnmächtig. Ich merkte, daß ich, sollte ich darauf bestehen, das zu tun, was ich tatsächlich tun wollte, nämlich auf die Jagd gehen, den Anlaß zu einigen Herzanfällen bieten würde, und beschloß deshalb, den Gedanken für das erste ruhen zu lassen.

Doch dies war nicht das einzige Kreuz, das ich zu tragen hatte. Nur einen Monat, nachdem ich Heinrichs Frau geworden war, wurde mir gesagt, es sei für eine englische Königin nicht schicklich, einen französischen Kammerherrn zu haben. Man ging sogar so weit, mir zu sagen, es sei nicht angemessen, eine Französin als erste Hofdame meiner Bettkammer zu haben. Mich von Bailly zu trennen, lehnte ich rundweg ab, doch hielt ich es für ratsam, in Monsieur d'Heristals Rückkehr nach Frankreich einzuwilligen. Ich war immer noch von dem Vorsatz beherrscht, so englisch zu werden wie jeder andere. Dem armen d'Heristal brach das Herz, doch in Wahrheit war er von den englischen Umgangsformen genauso verwirrt wie ich und fühlte sich als mein Kammerherr als fünftes Rad am Wagen.

Er wurde durch einen englischen Ritter, Sir John Wenlock, einen Mann von mittleren Jahren und nüchternem Wesen ersetzt. Er hatte als sehr junger Bursche in Agincourt gekämpft und dafür von Heinrich V. etwas Land in der Normandie erhalten. Nun hielt er es offenbar für angebracht, sich mir gegenüber von Zeit zu Zeit als Vater aufzuspielen. Ich setzte mich dagegen zur Wehr und warf manchmal Sachen nach ihm. Nichtsdestotrotz lernte ich im Laufe der Zeit seinen wahren Wert zu schätzen und mir wurde klar, daß er, da er sich einmal vorgenommen hatte, mir zu dienen, dies auch bis zu seinem Tode tun würde. Keine Frau kann mehr von einem Mann verlangen, und so wurden wir Freunde, obwohl unsere Beziehung im Laufe der folgenden fünfundzwanzig Jahre noch erheblichen Veränderungen ausgesetzt war.

Wie allseits bekannt ist, besteht der ideale Zustand für eine Jungvermählte, vor allem, wenn sie auch noch Königin ist, in der Schwangerschaft. Ich könnte eine ganze Reihe guter Prinzessinnen aufzählen, die sich vor lauter Eifer, einen Thronerben in die Welt zu setzen, durch ihre zahlreichen

Geburten ein frühes Grab geschaufelt haben, und ich war voll und ganz bereit, mein Glück in dieser Richtung zu versuchen. Unglücklicherweise handelt Gott nicht immer so, wie es dem Menschen lieb wäre.

Nun weiß ich so gut wie jeder andere, daß niemand wirklich die Geheimnisse der Zeugung durchschaut. Viele gelehrte Männer haben unzählige Theorien hervorgebracht, von denen die meisten offensichtlich Unsinn sind. Eine der Theorien besagt sogar, daß die Schwangerschaft etwas mit der Flüssigkeit zu tun habe, die der Mann auf dem Höhepunkt seiner Leidenschaft vergießt. Selbst wenn es nicht vollkommen absurd wäre, daß die Lebenskraft in einer klebrigen Flüssigkeit enthalten sein soll, so ist diese Theorie doch gegen die Vernunft, denn auch die Frau ist in diesen Momenten selten ganz trocken, und wer hat jemals davon gehört, daß ein Mann schwanger geworden wäre?

Gleichwohl gibt es die, die behaupten, daß die schlichte Tatsache der Heirat, die kirchliche Weihe und das Zusammenfügen zweier Körper und – was zweifellos noch wichtiger ist – zweier Seelen durch Gott, für den Fortbestand der menschlichen Rasse ausreichen, und daß dies ohnehin der einzige Grund sei, weshalb die Institution der Ehe geschaffen wurde. Das mag so sein. Doch diese Theorie erklärt nicht, weshalb so viele verheiratete Paare kinderlos bleiben – außer denen, die sagen, daß sie gesündigt hätten, obwohl diese unglücklichen Leute normalerweise die unschuldigsten aller Menschen sind. Und noch weniger erklärt es die zahlreichen Bastarde, von denen es in dieser Welt nur so wimmelt!

Nein, nein. Der offensichtlichste Grund für die Schwangerschaft ist das Eindringen des Mannes in die Frau, wenn auch niemand erklären kann, warum es so ist. Meine eigene Theorie – und darüber wird man sich noch streiten müssen – ist, daß die Frau sich ständig in einem Zustand latenter

Schwangerschaft befindet und, wenn sie angemessen stimuliert wird, ihre Pflicht tut. Dies allein kann meine eigenen Erfahrungen erklären und meine Unfähigkeit, vom König schwanger zu werden.

Heinrich liebte mich von ganzem Herzen. Dessen bin ich mir absolut sicher. Aber es war die Liebe eines Jungen zu einem Spielzeug oder seinem Lieblingstier. Er liebte es, mich im Arm zu halten und mein Haar zu streicheln – doch niemals meine Brüste oder meinen Po, aus Angst, dabei unzüchtige Gedanken zu entwickeln. Aus demselben Grund blickte er mich nach unserer ersten Nacht nie wieder an, wenn ich nackt war. Traurigerweise habe ich ebenfalls die Erfahrung gemacht, daß es für einen Mann sehr schwer ist, in den Zustand zu geraten, in dem er in eine Frau eindringen kann, wenn er *nicht* von einigen sehr unzüchtigen Gedanken, vorzugsweise natürlich über sie, erfüllt ist. Aber über irgend jemand oder irgend etwas ist immer noch besser als über gar nichts. Diese Schilderung Heinrichs verdeutlicht, daß er selten in einen Zustand geriet, in dem er mir gerecht werden konnte.

Und wenn er dann doch in einem solchen Zustand war, wurde die ganze Angelegenheit so flüchtig durchgeführt, daß er absolut keine Chance hatte, meine Weiblichkeit so zu reizen, um eine Schwangerschaft herbeizuführen.

Es war enttäuschend. Und äußerst ärgerlich obendrein, denn neben allen anderen Pflichten besteht die oberste Pflicht einer Königin darin, einen Erben hervorzubringen. Doch ich blieb optimistisch. Ich war jung. Heinrich war jung. Es war immer noch alles möglich. Was nicht heißen soll, daß ich nicht jeden möglichen Ausweg aus meiner Langeweile ergriffen hätte. Doch es gab keinen, wenigstens keinen, der einem fünfzehnjährigen Mädchen gerecht wurde, das mit den Idealen von Ehre und Treue und der Heiligkeit des Ehegelübdes aufgewachsen war.

Ich war davon ausgegangen, daß ich gelegentlich in den Genuß von Suffolks Gesellschaft kommen würde, vor allem, da Alice in meiner Nähe blieb. Das wichtigste Ereignis nach Beendigung der Krönungsfeierlichkeiten war jedoch die Bestellung des Parlamentes. Dies ist eine äußerst seltsame englische und in Frankreich völlig unbekannte Institution, bei der der König vor eine Versammlung von Menschen tritt, die hierzu aus allen Teilen des Landes angereist sind. Die großen Adeligen gehören zwar dazu, doch im wesentlichen besteht das Parlament aus Menschen aus dem gemeinen Volk, und der König bittet sie um Geld in Form von verschiedenen Steuern.

Natürlich haben wir auch in Frankreich unsere Parlamente, aber dort gehören sie zu den einzelnen Städten und Distrikten und repräsentieren nicht das Land als Ganzes. Der König von Frankreich kann, wenn er es für nötig hält, eine Generalversammlung einberufen, eine Gruppe von Adligen, einfachen Leuten und Kirchenmännern aus dem ganzen Land – Onkel Karl hat das, soweit mir bekannt ist, nie getan –, aber wenn diese Leute jemals zusammenkommen, dann einzig und allein, um zu hören, was der König wünscht, und nicht etwa, damit *er* herausfinde, was seine Untertanen ihm zu geben bereit sind. Aber in finanziellen Angelegenheiten, wie in so vielen anderen, folgen die Engländer ihren eigenen merkwürdigen Bräuchen. Es wird inzwischen deutlich geworden sein, daß es niemand gab, der dringender Geld gebraucht hätte als der gute Heinrich, aber die Vorstellung, daß er mit der Mütze in der Hand zu den Menschen gehen und sie darum bitten sollte, erschien mir als Gipfel der Erniedrigung.

Ich wäre allerdings die erste, die zugeben würde, daß ich vom Finanzwesen eines Königreiches herzlich wenig verstehe. Bisher habe ich noch keinen König getroffen, der genug Geld hatte. Aber Königreiche werden entweder durch königliche Erlasse oder durch den königlichen Willen in anderen Belangen finanziert, seien dies Darlehen oder Eroberungen. England ist das einzige Land, von dem ich je gehört habe, in dem die Finanzfrage eine Frage des Argumentierens und Handelns zwischen König und Untertanen ist. Und die daraus resultierenden Abmachungen können viele verschiedene Formen annehmen. Aber im großen und ganzen ist es das gemeine Volk, das zum König sagt: »Gegen die Erfüllung bestimmter Bedingungen werden wir dir das Geld geben, das du verlangst.« Wenn man nur einen Moment darüber nachdenkt, weiß man schon, wohin eine solche absurde Vorgehensweise führen könnte. Und was noch schlimmer war, diese »Commons«, wie sie sich selber stolz nannten, hielten es für ihr gutes Recht, sich in jeden Regierungsaspekt einzumischen, abgesehen vielleicht vom Kommando der Armee im Krieg. Doch da Heinrich nicht die Absicht hegte, jemals eine Armee zu befehligen, kam dieser Punkt auch gar nicht erst zur Sprache.

So kam es, daß mein geliebter Suffolk nach mehreren von den Adligen und den Commons geforderten Reisen nach Frankreich und langwierigen Verhandlungen, als deren Ergebnis er mich als Braut für seinen König gewonnen und außerdem einen Waffenstillstand mit Frankreich erwirkt hatte, daß also dieser ehrenhafte Suffolk nun vor das dreiste Parlament treten sollte, um seine Handlungsweise zu verteidigen!

Der Hauptanlaß zur Kritik an seiner Auftragsausführung war, daß ich keine Mitgift mitgebracht hatte. Daß Suffolk, um mich zu bekommen, auch noch Land abgetreten hatte, das die Engländer für das ihre hielten, blieb ein Geheimnis. Er verteidigte sich sehr geistreich, indem er fragte, was für eine größere Mitgift man verlangen könne als einen Waffenstillstand, der wenigstens für einen begrenzten Zeitraum das

Vergießen englischen Blutes und das Verschleudern englischen Geldes unterbrechen würde. Das kam bei der Kriegspartei, die von Gloucester angeführt wurde, nicht gut an. Doch zu dieser Zeit waren sie in der Minderheit, da die Commons nicht bereit waren, mehr Geld als nötig für den Fortbestand der Regierung zu bewilligen, und ein Händler namens William Burley, der der gewählte Kopf dieser Commons war und als Sprecher fungierte, verlangte eine Dankesbotschaft an den guten Marquis für die großen Taten, die er im Namen des Vaterlandes vollbracht hatte. Dieser Antrag wurde mit so viel Beifall quittiert, daß sogar Gloucester gezwungen war, ihn zu unterstützen.

Suffolk ergriff die Gelegenheit, um seine Position zu stärken, denn er war sich bewußt, daß dunkle Wolken am Horizont heraufzogen, Wolken, die bislang jedermann verborgen geblieben waren, und so verlangte er eine erneute Erklärung der Immunität, die ihm vor seiner ersten Reise nach Frankreich gewährt worden war und die ihn von jeglicher Schuld oder Bestrafung für irgend etwas, was er bei seiner Tätigkeit als Botschafter getan oder womit er sich einverstanden erklärt haben könnte, freisprach. Auch dies wurde mit Beifall bedacht.

Ich hatte die Absicht, eine eigene Forderung einzubringen, und ergriff die Gelegenheit dazu, als Heinrich verkündete, wie zufrieden er mit dem Ergebnis der Debatte sei. »Ich glaube nicht, daß der Marquis für das, was er getan hat, wirklich angemessen belohnt worden ist«, bemerkte ich.

»Nun, es gibt kaum mehr, was ich ihm anbieten kann, mein Schatz. Er ist bereits jetzt viel reicher als ich, und ich habe kaum etwas übrig.«

»Geld ist für einen Mann wie Suffolk nicht so wichtig«, sagte ich. »Er braucht eine Anerkennung dessen, was er ist: der Vornehmste Eures Reiches, mein Lieber.«

Heinrich strich sich über das Kinn. Er vermied gewöhnlich jeden Streit, außer bei rein akademischen Themen, doch ich merkte ihm an, daß er nicht mit mir übereinstimmte und zweifellos an seine Onkel dachte.

»Was ihm am meisten gefallen würde und desgleichen auch mir, mein Lieber«, sagte ich, »wäre es, den Grafen von Suffolk in den Stand eines Herzog zu erheben.«

Heinrich war überrascht. »In den Stand eines Herzogs? Meine Liebe, Suffolk hat kein königliches Blut. Das könnte nur gestattet werden, wenn er der Krone einige ganz außergewöhnliche Dienste leistete.«

Ich hob die Augenbrauen. »Würdet Ihr nicht sagen, daß Suffolks Dienste ganz außergewöhnlich waren, mein Herz? Ohne seine Bemühungen wäre ich jetzt nicht hier.«

Heinrich konnte mir wirklich nichts abschlagen, und so wurde es beschlossen. Pole sollte Herzog von Suffolk werden. Er war hoch erfreut, als wir es ihm sagten, und auch Alice war überwältigt.

Doch noch bevor es offiziell verkündet werden konnte, erreichten uns Nachrichten aus Paris: Eine französische Delegation war auf dem Weg zu uns, um die Übergabe von Maine und der Stadt Le Mans zu besprechen, wie es von Suffolk vereinbart worden war.

4

Zu sagen, daß wir überrascht gewesen wären, wäre wohl eine deutliche Untertreibung, und ich war sogar richtiggehend wütend. Ich hatte Onkel Karl immer als einen verschlagenen, lüsternen Schurken gekannt, während Cousin Ludwig, wenn auch nicht lüstern, sogar noch hinterhältiger war als sein Vater. Aber ich hatte nicht gedacht, daß sie mit meiner Stellung in England so unbedacht umgehen und so bald schon den Ehehandel in den Vordergrund der nationalen Politik rücken würden.

Wir konnten jedoch nichts anderes tun, als uns für den heraufziehenden Sturm zu wappnen, und in der Tat gab es, wie ich später entdeckte, sogar eine Erklärung für Onkel Karls Handlungsweise. Er war in diesem Sommer nicht ganz er selbst. Man mag sich gewiß fragen, wann er je er selbst war, oder was er jemals war, doch neigte er zu einer extravaganten Lebensweise, und Extravaganz kann sich nur allzuschnell in Kummer verwandeln. Margarete von Schottland, Cousin Ludwigs Braut und Onkel Karls Lieblingsspielzeug (nach Mademoiselle Sorel und mir), starb ungewöhnlich jung. Sie war nicht wesentlich älter als ich.

Wie man hörte, war sie auf der Jagd gewesen und hatte sich bei ihrer Rückkehr nach Hause so erhitzt gefühlt, daß sie sich nackt ausgezogen und vor das Fenster gestellt hatte. Noch bevor irgend jemand reagieren konnte, hatte sie sich bereits eine Erkältung zugezogen, die zu einem Lungenstau führte, wodurch ihr das Atmen unmöglich wurde. Onkel Karl war augenscheinlich am Boden zerstört, weit mehr noch als Margaretes kalter Fisch von einem Ehemann, Cousin Ludwig. Mein Herz blutete für ihn – aber dennoch war ich immer noch äußerst ungehalten darüber, daß er Heinrich und mich in diese unangenehme Lage gebracht hatte, von dem armen Suffolk gar nicht zu reden.

Die Delegation, die am 14. Juli bei uns ankam, wurde vom Erzbischof von Reims und dem Grafen von Vendôme angeführt. Diese beiden Herren waren mir natürlich wohlbekannt. Und sie waren die Höflichkeit in Person. Sie begannen damit, Heinrich zu einer Zusammenkunft mit Onkel Karl, der natürlich auch *sein* Onkel war, nach Frankreich einzuladen, damit dort die Frage der englisch-französischen Beziehungen diskutiert werden könne. Dies schien mir ein ausgezeichneter Plan zu sein, da ich ohne Zweifel meinen Gatten begleiten und so in der Lage sein würde, mit allen Würden einer regierenden Königin an die Orte meiner Kindheit zurückzukehren.

Ich glaube auch, daß ein solches Treffen sehr viele positive Ergebnisse für uns gezeitigt und uns somit geholfen hätte, einige der furchtbaren Katastrophen zu vermeiden, die schon bald über uns hereinbrechen sollten.

Doch die englischen Lords sprachen sich dagegen aus, und die Idee wurde ad acta gelegt, obwohl die Franzosen im Laufe der folgenden Jahre immer wieder darauf zurückkamen.

In der Frage der Übergabe von Maine und Le Mans gab es jedoch kein Pardon. Heinrich war gezwungen, seine Lords zusammenzurufen und sie über die vollständigen Bedingungen des Heiratsvertrages in Kenntnis zu setzen. Man kann sich vorstellen, was für ein Theater es daraufhin gab, und mitten im Tumult wurde die Schuld voll und ganz auf

Suffolk und mir abgeladen. Natürlich konnte keiner von uns wirklich angeklagt werden. Nicht nur, daß ich aufgrund meiner Unkenntnis der Verhandlungen bis zum Zeitpunkt ihrer Vollendung völlig unschuldig war, immerhin war ich auch die Königin. Und Suffolk hatte, wie wir gesehen haben, dafür gesorgt, daß seine Immunität erst im vorigen Monat erneut bestätigt wurde. Doch die Stimmung schlug hohe Wellen.

Offenbar verbreitete sich die Nachricht dessen, was geschehen war, bald bis über die Mauern der Ratskammer hinaus, und ich mußte es erdulden, auf meinen Ritten durch die Straßen von allen Seiten beschimpft zu werden. Einige Gassenjungen gingen sogar so weit, daß sie versuchten, mich mit Schmutz zu bewerfen. Dank der Aufmerksamkeit meiner Wachen wurde ich nicht getroffen, doch es blieb eine sehr unangenehme Erfahrung und kennzeichnete das Ende meiner Popularität beim englischen Volk, zumindest bei den Bewohnern Londons und der umliegenden Orte. Ich darf hinzufügen, daß hiermit auch die Popularität der Londoner bei mir ein Ende hatte. Heinrich wirkte, wie man wohl erwarten konnte, recht verwirrt und verstand nicht, was das ganze Spektakel eigentlich sollte. »Ich versichere Euch, mein Schatz«, sagte er zu mir, »daß Ihr mir weitaus wertvoller seid als irgendein verarmtes französisches Herzogtum, erst recht, da es gesetzmäßig sowieso Eurem Vater zusteht.«

Ich war mir nicht sicher, ob dies ein Kompliment war. Wichtiger war, daß er sich weigerte, gegen die Schurken vorzugehen, die mich immerhin verbal angegriffen hatten. »Nun«, sagte er, »wenn ich jeden verhaften wollte, der mich je auf der Straße beschimpft hat, dann würde ich damit das ganze Königreich entvölkern.«

Was meiner Meinung nach auch keine schlechte Sache gewesen wäre. Da er jedoch nichts unternehmen wollte, mußte ich meinen Ärger hinunterschlucken. Aber es kam noch schlimmer. Die Engländer glauben immer gerne an Verschwörungen. Für sie muß alles, was sich nicht auf der Stelle erklären läßt, das Ergebnis irgendwelcher geheimer Machenschaften sein, die von bösen Köpfen ausgeheckt werden. Wenn Suffolk »englischen Boden« weggegeben hatte, um meine Hand zu bekommen, dann mußte dahinter einfach ein üblerer Grund stecken als der, dem König einen Gefallen zu tun oder sogar dem Krieg ein Ende zu setzen. Schon bald machte die Geschichte die Runde, daß der Mann, der in Frankreich als mein stellvertretender Bräutigam agiert hatte, auch als mein stellvertretender Ehemann agiert haben mußte. Und der Grund dafür, daß es – wie es natürlich von den Damen herumerzählt worden war – nach meiner ersten Nacht mit Heinrich kein sichtbares Zeichen des Ehevollzugs gegeben hatte, wurde darin gesehen, daß die Ehe schon lange zuvor vollzogen worden sei.

»Diese Teufel«, erklärte Alice, die bestrebt war, ihren Mann zu verteidigen. »Es bekümmert mich, Hoheit, daran zu denken, wie tief eines Menschen Geist zu sinken vermag.«

»Diese Dummköpfe«, kommentierte Heinrich. »Zu glauben, daß ein fünfzehn Jahre altes Mädchen sich von einem dreimal so alten Mann angezogen fühlen könnte.«

Suffolk und ich blickten uns nur an. Wir wußten nur zu gut, wie nahe die Schmähungen der Wahrheit kamen!

Immerhin teilte der größte Teil des Adels die Auffassung des Königs, und der Tumult erstarb, als die Engländer sich schlichtweg weigerten, die Grafschaft vor der vereinbarten Zeit, zwei Jahre später, zu übergeben. Ich muß jedoch zugeben, daß ich mich stets unwohl fühlte, wann immer ich einem der Lords, oder schlimmer noch, ihren Gemahlinnen, begegnete, da ich keine Ahnung hatte, was hinter meinem Rücken über mich getuschelt wurde.

Da es unter diesen Umständen nicht sehr weise gewesen wäre, zu oft mit Suffolk zusammenzutreffen, begann ich einen Großteil meiner Freizeit mit den Beauforts zu verbringen. Sie waren nicht nur nahe Verwandte, deren Loyalität gegenüber dem König und mir außer Frage stand, sondern auch eine ausgelassene, fröhliche Bande, die mich viel von meinem Unmut vergessen ließ. Selbst der Kardinal war stets bestrebt, das schwerfällige Verhalten eines Kirchenmannes abzustreifen und statt dessen Witze und Anekdoten – von denen er eine unerschöpfliche Menge kannte – zum besten zu geben, während er gleichzeitig stets seine Börse parat hatte, um Heinrich aus irgendwelchen kleineren finanziellen Schwierigkeiten herauszuhelfen, und derer gab es wahrhaftig genug. Doch als ich Onkel Heinrich besser kennenlernte, mußte ich zu meinem Leidwesen feststellen, daß es mit seiner Gesundheit nicht zum besten stand. Nun, er war mit seinen achtundsechzig Jahren natürlich ein recht alter Mann, und er hatte ein erfülltes und abenteuerliches Leben gehabt. Ich wußte aber auch, daß er eine der größten Stützen für Heinrichs Thron – und damit für meinen eigenen – war, und deshalb betete ich darum, daß, wenn seine Zeit abgelaufen sei, jemand vom selben Format seinen Platz einnehmen möge.

Suffolk war natürlich Heinrichs erster Minister, und da Heinrich sich nicht gerne um Geschäfte kümmerte, so lange es etwas Besseres zu tun gab – womit in diesem Fall das Sprechen eines Gebetes oder die Inspizierung einer Kirche oder eines Klosters gemeint ist –, war eigentlich er derjenige, der das Land regierte. Doch Suffolk war, obwohl er mir von allen Männern der liebste war, nicht von königlichem Blute, und so sehr mein Herzschlag sich auch beschleunigte, wann immer ich ihn sah, so bemerkte doch sogar ich in meinem zarten Alter, daß er sich selbst am nächsten war. Vielleicht fühlte ich sogar damals schon, daß schwierige Zeiten auf uns zukamen, ohne in der Lage zu sein, meine Ängste in verständliche Gedanken umzuwandeln. Ich grübelte lediglich immer wieder darüber nach, wie beständig Pole in seiner Unterstützung wohl sein mochte, sollten sich die Ereignisse gegen uns wenden.

Es bot sich daher an, die Gedanken auf die Beaufortsche Seite zu richten, aber auch dort gab es Schwierigkeiten. Cousin Edmund war ein guter, aufrechter Mann, dessen Charakter deutliche Zeichen seiner Plantagenet-Vorfahren aufwiesen. Auch befand er sich in der Blüte seines Lebens: Im Jahr meiner Heirat war er neununddreißig Jahre alt. Unglücklicherweise war er ein schwermütiger Mensch und litt unter dem, was man bei einer Frau als Melancholie bezeichnet hätte, aber diesen Begriff konnte man natürlich nicht für einen berühmten, wenn nicht sogar unerhört erfolgreichen Krieger verwenden. Auch war er ungewöhnlich abergläubisch. Nun, vielleicht sind wir das ja alle, aber Edmund war sehr empfänglich für Voraussagen. In irgendeiner Phase seiner Jugend war ihm von einem Wahrsager geraten worden, »sich vor dem Schloß zu hüten«. Hieraus ergab sich eine verzwickte Situation für jeden, der an solch einen Unsinn glaubte, denn wo sonst sollte ein Adliger leben, wenn nicht in einem Schloß? Die Folge war eine Menge von Unannehmlichkeiten für die, mit denen der Graf in Kontakt kam. Sogar sein eigenes Haus wurde ständig nach Eindringlingen oder defektem Mauerwerk durchsucht, wohingegen, wenn er bei jemandem zu Gast war, sein Gastgeber schon mehrere Tage im voraus von einer Armee von Herren heimgesucht wurde, die bestrebt waren, sicherzustellen, daß ihr Herr und Meister sich in keinerlei Gefahr begeben würde.

Zu alledem kam noch, daß Cousin Edmund, als ich ihn das erste Mal traf, immer noch durcheinander war, weil sein Bruder Johann im vorangegangenen Jahr gestorben war. Edmund war immer noch darum bemüht, seine Erhebung vom Marquis von Dorset zum Herzog von Somerset und damit seine Anerkennung als einer der Prinzen durchzusetzen. Tatsächlich hatte er die Grafschaft von Somerset geerbt, doch um die Frage, ob er in den Stand eines Herzogs erhoben werden sollte, wurde immer noch gestritten.

Nichtsdestoweniger waren er und seine Frau stets überaus freundlich zu mir, und ich bewunderte ihre große, kinderreiche Familie, vor allem ihre drei Söhne. Heinrich, der junge Edmund und Johann waren noch Jungen, jünger als ich, doch voller Temperament und unbändigem Humor.

Die Entscheidung über Edmunds Anspruch auf den alten Familientitel verzögerte sich, weil sein Bruder kurz vor seinem ungewöhnlich frühen Tod Vater geworden war. Das Kind war zwar ein Mädchen und konnte deshalb nicht den Titel erben. Sollte sie jedoch einmal heiraten, dann konnte ihr Ehemann dies tun. Da sie erst zwei Jahre alt war, lag dieses glückliche Ereignis natürlich noch in den Sternen, doch es übte bereits eine große Anziehungskraft auf alle Adligen aus, die ehrgeizige Pläne für ihre Söhne schmiedeten. Abgesehen von dem Titel war Margarete Beaufort auch noch die Erbin von Herzog Johanns großem Vermögen, das zum größten Teil wiederum von ihrem Urgroßvater, Johann von Gent, geerbt worden war. Das Mädchen war ein etwas schwermütiges Kind, obwohl es ihm bestimmt war, in späteren Jahren eine recht vielseitige Dame zu werden. Edmund, seine Frau und ich verbrachten viele angenehme Gespräche damit, diesen oder jenen passenden Ehemann für sie in Betracht zu ziehen – einen, der *keinen* Anspruch auf den Titel erheben würde –, während sie dabei meistens auf meinem

Schoß saß. So halten wir manchmal die Zukunft in unseren Händen, ohne es zu ahnen.

Meine Rolle bei diesen Familienzusammenkünften war unterschiedlich. In erster Linie war ich die Königin und mußte deshalb mit besonderer Zurückhaltung behandelt werden und anderen mit angemessener Distanz gegenübertreten. Zweitens war ich eine verheiratete Frau und wurde deshalb für reif genug gehalten, um in alle schlüpfrigen Geheimnisse eingeweiht zu werden.

Es war ein riesiges Vergnügen, mit den Beauforts auf die Jagd zu gehen, obwohl ich wußte, daß ich mir bei meiner Rückkehr nach Westminster mit meinen verschmutzten oder gar blutverschmierten Kleidern – wenn ich dem Hirsch zu nahe gekommen war, während seine Kehle durchschnitten wurde – einen strengen Vortrag von meinem lieben Gatten würde anhören müssen.

Gleichermaßen amüsant war es, mit den Kindern der Beauforts Blindekuh zu spielen, zu lachen, wenn ich mit einem der Jungen zusammenstieß und fiel, während Edmund und seine liebe Frau uns wohlwollend beobachteten.

Doch zweifellos ging ich meinen Vergnügungen oft zu sorglos nach, und ich erinnere mich noch gut an den Tag, an dem ich abgeworfen wurde. Nun, ich sage abgeworfen: Das gemeine Tier bremste ganz einfach ohne Vorwarnung, und bevor ich mich festhalten konnte, glitt ich schon aus dem Sattel. Unglücklicherweise war der Grund für die abrupte Reaktion ein schlammiger Fluß, in dem ich mich unversehens wiederfand.

Ich reagierte ohne nachzudenken, sprang auf, watete an Land, raffte meine Röcke zusammen und hob sie bis zu den Hüften hoch, um mich zu setzen und meine durchnäßten

Stiefel und Strümpfe auszuziehen. In diesem Moment hörte ich das Geräusch von Hufen, blickte auf und sah die übrige Reitgesellschaft ihrer Königin zu Hilfe eilen und plötzlich durch den Anblick des, wenn ich es so nennen darf, bestgeformtesten Paares schimmernder weißer Beine in ganz Europa zum Stillstand kommen.

Auch die anderen erinnern sich zweifellos an diesen Tag.

Wenn ich nicht mit den Beauforts zusammen war oder mit meiner Handarbeit beschäftigt war oder las oder mit Albion spielte, verfiel ich in die Gewohnheit, Briefe zu schreiben.

Dies begann genauso zufällig wie alles andere auch. In meinem Ärger über das Erscheinen des Erzbischofs und Monsieur Vendômes und ihre plötzliche Unterbrechung meines friedvollen Ehelebens hatte ich mich hingesetzt und eine sehr strenge Botschaft an Onkel Karl verfaßt. Wenn er auch König war, so war ich doch immerhin jetzt Königin. Ich wußte zu jenem Zeitpunkt noch nichts von seinem Trauerfall. Nachdem ich den Brief versiegelt und abgeschickt hatte, begann ich zu überlegen, ob ich nicht vielleicht ein wenig zu kühn gewesen sei und erwartete seine Antwort mit einigem Bangen. Als sie schließlich eintraf, war ich sehr erleichtert. Onkel Karl war genauso zerstreut wie immer. Er akzeptierte meine Vorwürfe in aller Demut, erklärte jedoch, er habe so gehandelt, um mir beizustehen, indem er meine neuen Untertanen dazu zwingen wollte, den Waffenstillstand für eine längere Zeit aufrechtzuerhalten – es wäre für mich, so betonte er, gewiß unzumutbar, die Königin eines Landes zu sein, das mit meinem eigenen geliebten Frankreich Krieg führte.

Hiergegen konnte ich nichts einwenden, denn schließlich hatte die Delegation tatsächlich die Verlängerung des Waffenstillstandes um weitere zwei Jahre bewirkt. Außerdem berichtete er mir bei dieser Gelegenheit von dem traurigen Ableben meiner schottischen Namensvetterin, und so fühlte ich mich gezwungen, ihm mein tiefstes Beileid auszudrücken.

Nachdem sie so begonnen hatte, hielt unsere Korrespondenz an. Ich erinnere mich nicht an alles, was wir uns schrieben, doch waren es überwiegend alltägliche Dinge, wenn ich auch möglicherweise von Zeit zu Zeit gewisse Informationen über die englische Politik habe einfließen lassen. Dies geschah gewiß nicht in irgendeiner bösen Absicht, doch zweifellos wurde die bloße Tatsache meines Briefwechsels von meinen Feinden mit Argwohn betrachtet, und diese waren, obwohl ich das zu jenem Zeitpunkt nicht vermutete, überaus zahlreich.

Zu jener Zeit bemerkte ich nichts von den Strömungen, die mich umgaben, sondern genoß mein Leben mit der mir eigenen Vitalität. Während die jüngeren Beauforts meinen animalischen Trieben ein Ventil boten, erfreute ich mich gleichermaßen an den Gesprächen über Regierungsangelegenheiten mit Suffolk und Cousin Edmund, wann immer sich die Gelegenheit dazu bot. Die Gelegenheit, diese Dinge mit meinem Ehemann zu diskutieren, bot sich *niemals*.

Auch bemühte ich mich darum – und das ist sicher nicht ungewöhnlich, denke ich –, mein Heim so behaglich wie möglich einzurichten. Das heißt, ich bemühte mich, es so französisch wie möglich einzurichten. Man erinnere sich vielleicht daran, daß Suffolk meinen Haushalt aus Gründen der Sparsamkeit bis auf das Nötigste abgespeckt hatte, doch Bailly und ich taten, was wir konnten, auch wenn es ein schwieriges Unterfangen war.

Allein die Frage der Speisen und Getränke! Der Engländer – und in diesem Punkt war mein Ehemann genauso englisch wie jeder seiner Untertanen – liebt sein Fleisch und sein Brot. Nun, auch ich liebe nichts mehr, als meine Zähne in ein schmackhaftes Steak zu versenken. Doch der Engländer liebt sein Fleisch gut durchgebraten; ich dagegen ziehe es vor, das Blut zu schmecken.

Bei den Engländern ist das Brot ein riesiger, fader, weißer Brocken, der nur durch das Fleisch und die Soße, die darübergegeben werden, wohlschmeckend wird. Andererseits verschmähen sie schmackhafte kleine Häppchen, die jedes für sich gegessen werden können. Die exquisiten Gebäckteilchen, die von meinen Köchen aufgetragen wurden, lösten bei Heinrich eine solche akute Verdauungsstörung aus, daß Gerüchte in Umlauf gerieten, ich hätte versucht, den König zu vergiften.

In Frankreich pflegten wir uns ausgewogen zu ernähren, indem wir diverse Gemüsesorten aßen. In der Tat ist Fleisch, wenn es nicht gerade sehr stark gewürzt ist – und Gewürze wurden immer teurer, da die Türken das Mittelmeer für den freien Handel von Waren aus dem Osten nach Europa gesperrt hatten –, meistens schon etwas zu alt, wenn es gegessen wird. Gemüse dagegen – und ich spreche hier nicht von den diversen Wurzeln, die vom einfachen Volk verzehrt werden, sondern von den grünen Sorten – kann immer frisch und sogar schmackhaft sein. Meine Bemühungen, den König davon zu überzeugen, solche Dinge zu essen, erwiesen sich jedoch als erfolglos.

»Mein liebstes Mädchen«, sagte er, »ich bin doch kein Kaninchen.«

Wenn er es doch nur gewesen wäre! Dann wäre unsere Ehe gewiß glücklicher gewesen.

Mit den Getränken verhielt es sich ähnlich. Ich glaube, es gibt keine köstlichere Flüssigkeit als einen Kelch guten, schweren französischen Weines. Die Engländer können jedoch in ihrem rauhen Klima keine Trauben anbauen. Statt dessen machen sie aus Gerste ein Getränk, das sie Bier nennen. Es ist bitter und verursacht Blähungen. Eine meiner nachhaltigsten Erinnerungen an den englischen Hof ist das Dröhnen, das seine Runde durch die Halle machte, während diese explosive Mixtur in den Bäuchen von Männern, Frauen und Kindern vergor.

Große Probleme hatte ich auch, als ich mich bemühte, das Tanzen an unserem Hof einzuführen. Natürlich erfreuten sich die englischen Damen genauso am Tanz wie jede andere; es war der König, der es für frivol hielt und von ganzem Herzen mißbilligte, genau wie er die Musik mißbilligte, der ich so gerne lauschte.

Der größte Aufruhr richtete sich jedoch gegen meine eigenen persönlichen Gewohnheiten. Ich kann ohne die geringste Angst vor Widerspruch behaupten, daß die Engländer die schmutzigsten Menschen der Welt sind. Das Baden ist ihnen ein Greuel. Man muß zwar ihr Klima in Betracht ziehen, und möglicherweise haben die Völker, die weiter nördlich wohnen, wie zum Beispiel die Skandinavier, ähnlich schändliche Vorstellungen von Reinlichkeit. Aber die Bestürzung, mit der ich die Nachricht empfing, daß selbst mein Gatte nur viermal im Jahr, in gleichmäßigen Abständen über das Jahr verteilt, ins Wasser stieg, kann man sich vorstellen.

Eine meiner ersten Handlungen, als ich Southampton erreicht hatte, war es gewesen, von den guten Schwestern, bei denen ich untergebracht war, eine Wanne zu verlangen und mich darin einzuweichen. Alice rang währenddessen vor lauter Entsetzen und in der Gewißheit, ich würde meine Haut ruinieren, ihre Hände, und die stolze Cis und ihre Gespielinnen schürzten verächtlich die Lippen.

Heinrich war von meinem Hang zum Baden ebenfalls überrascht. »Das wird dir nicht guttun«, sagte er zu mir. Und als wir nach London kamen, fragte er ziemlich ängstlich: »Du wirst doch hoffentlich nicht im Fluß baden, meine Liebe?«

Ich dachte darüber nach und entschied mich dagegen. Die Loire, in der ich das Baden genossen hatte, war weit genug von der See entfernt gewesen, vertraut und voller kleiner Buchten, in denen es keine Strömung gab. Die Themse bei Westminster floß mit hoher Geschwindigkeit; sie rauschte am Palast vorbei wie ein galoppierendes Pferd. Es gab überhaupt keinen Stillstand im Wasser, außer beim Gezeitenwechsel, der selten zu einem angemessenen Zeitpunkt stattfand. Und obendrein konnte sie nicht nur aus allen Richtungen eingesehen werden, sondern war auch die wichtigste Wasserstraße des Königreiches und trug auf ihrem breiten Strom alle Arten von Booten und Schiffen, bei Tag und bei Nacht.

So mußte ich, zum offenkundigen Verdruß meiner Untergebenen, wieder mit der Wanne vorliebnehmen. Aber davon konnte man mich nicht abhalten.

Trotz all dieser Widrigkeiten behielt ich meinen Gleichmut. Wenn ich zutiefst niedergeschlagen war, tobte ich mit Albion umher. Doch noch stand mir die Erfahrung des englischen Winters bevor.

In Frankreich können die Winter sehr kalt sein, um so mehr, je weiter man sich vom Meer entfernt. Doch es ist eine frische, trockene Kälte unter einem wunderbar blauen Himmel. Sie läßt das Blut kribbeln, und Eis und Schnee ermöglichen vielerlei Vergnügungen, vom Rodeln bis zum Eislaufen.

Man hat mir gesagt, daß vor nur wenig mehr als einem Jahrhundert das englische Klima dem französischen noch sehr ähnlich gewesen sei. Doch dann, zu Beginn des vierzehnten Jahrhunderts, gab es eine Reihe ungeheurer

Stürme, von denen sich die Insel, wie es scheint, niemals erholt hat.

Deshalb ist der Winter in England überwiegend eine Zeit des Regens. Nun, dasselbe kann man von Sommer, Frühling und Herbst behaupten. In diesen anderen Jahreszeiten gibt es jedoch noch gelegentliche Lichtblicke und sogar einen oder zwei heiße Tage. Doch im Winter liegt das gesamte Land unter einer undurchdringlichen grauen Wolke verborgen. Die Feuchtigkeit durchdringt alles, und mit ihr kommen die üblichen Erkältungskrankheiten, so daß es unmöglich ist, eine Unterhaltung zu führen, die nicht von Niesen oder Schnauben unterbrochen wird.

Wenn es überhaupt etwas Segensreiches in dieser scheußlichen Jahreszeit gab, dann die Tatsache, daß sogar Heinrich den Wunsch hatte, sich auf der Suche nach Wärme im Bett an mich zu kuscheln. Leider war es nur der Wärme wegen.

Und als es endlich Frost gab und ich hinausgehen und auf dem eisbedeckten Teich, der zur Abtei gehörte, eislaufen wollte, waren der Erzbischof und der König gleichermaßen entsetzt über eine solche Frivolität, und es wurde mir strengstens verboten.

Auch messen die Engländer den Weihnachtsfeierlichkeiten keine große Bedeutung bei. Heinrich feierte Weihnachten überhaupt nicht, außer daß er an diesen Tagen ungefähr achtundvierzig Stunden auf den Knien verbrachte. Ich leistete ihm von Zeit zu Zeit Gesellschaft, aber als ich mich an die großen Feste und die Ströme von Wein erinnerte, die man an Onkel Karls Hof genießen würde, konnte ich nur noch weinen.

Eigentlich hatte es auch sein Gutes, daß der königliche Haushalt gar nicht erst den Versuch machte, Weihnachten zu feiern, denn als ich wegen eines Geschenkes für meinen Gatten den Kardinal aufsuchte und ein goldenes Kruzifix vorschlug, da zog dieser ein langes Gesicht. »Es ist kein Geld da, Euer Hoheit.«

»Ich bitte nicht um Geld aus der Schatzkasse, Euer Eminenz. Ich werde das Kruzifix von meinem eigenen Geld bezahlen.«

»Ihr habt keines, Hoheit.«

»Euer Eminenz«, sagte ich so ruhig, wie ich nur konnte. »Mir wurde ein Einkommen von über viertausend Pfund pro Jahr versprochen. Bislang habe ich, soweit ich weiß, von diesem Geld noch nichts ausgegeben. Doch jetzt möchte ich es tun.«

»Es tut mir leid, Euer diesjähriges Einkommen ist noch nicht gezahlt worden, Euer Hoheit.«

»Erlaubt Ihr mir die Frage, warum nicht, Eminenz?«

»Es steht kein Geld zur Verfügung, Hoheit.«

»Wie kann das sein, Euer Eminenz?« protestierte ich. »Das ist das einzige, was ich zu hören bekomme, seit ich in dieses gottverlassene Land gekommen bin. Dabei muß es doch Geld geben. Die Regierung wird schließlich weitergeführt.«

»Durch Darlehen, Euer Hoheit.«

»Tatsächlich? Alle Könige leihen sich Geld.« Mein lieber Papa hatte sein ganzes Leben von geliehenem Geld gelebt und tat es immer noch.

»In der Tat, Euer Hoheit. Doch es kommt die Zeit, in der diejenigen, die das Geld besitzen, nicht mehr bereit sind, weiterhin Kredit zu gewähren.«

»Wie kann irgend jemand dem König einen Kredit verweigern? Bildet nicht das ganze Königreich seine Sicherheit?«

»Dies ist eine Sicherheit, die schwerlich als Sicherheit anzuwenden ist, Euer Hoheit.«

Ich hätte am liebsten vor lauter Enttäuschung mit dem Fuß aufgestampft. Aber dieser Mann war mein Freund. »Würdet Ihr mir erklären, Euer Eminenz, warum all die

Lords wohlhabende Männer sind und der König, als der höchste von allen, nicht?«

»Gewiß sollte der König der reichste Mann des Königreiches sein, Euer Hoheit«, stimmte er mir zu. »Doch die Lords werden dadurch reich, daß sie, sei es durch Heirat, Vormundschaft oder durch Erbschaft, Land erhalten. Gerade in letzter Zeit sind sie durch Einfriedungen noch reicher geworden.«

»Durch Einfriedungen, Euer Eminenz?«

»Dieses Land hat sehr stark unter dem Schwarzen Tod gelitten, Euer Hoheit.«

»Genau wie Frankreich, Euer Eminenz.«

»In der Tat. Aber hier in England gab es nicht die Möglichkeit, den plötzlichen Bevölkerungsrückgang durch Einwanderung auszugleichen. Diese mußte gezwungenermaßen den Gesetzen der Natur überlassen werden, was eine unsichere Angelegenheit ist.«

Nun, das hätte ich ihm allerdings auch sagen können!

»Daher kam es, daß viel Land, welches seit Generationen bewirtschaftet worden war, brachlag«, fuhr er fort. »Die Lords haben das Land entweder in Besitz genommen oder für einen Apfel und ein Ei erworben, haben es eingefriedet und dann für die Schafzucht genutzt. Und das tun sie immer noch. Die englische Wolle ist auf dem Kontinent seit jeher sehr gefragt. Daran hat sich nichts geändert, und deshalb werden die Lords immer reicher.«

»Und der König kann an diesem Reichtum nicht teilhaben? Kann er kein eigenes Land einfrieden? Oder besser noch, kann er keine Zölle auf die Ausfuhr dieser Wolle erheben, um sicherzustellen, daß ein Teil des Geldes in die königliche Schatzkasse kommt?«

Der Kardinal sah mich an, überrascht, daß ich mich in finanziellen Dingen so gut auskannte. Dann lächelte er: »Nun, Euer Hoheit, das kann der König tun, und er tut es auch. Aber vielleicht achtet er nicht nachdrücklich genug darauf, daß die Steuern auch eingetrieben werden. So wie es sein Vater und sein Großvater getan haben. Und dann muß auch sehr viel von dem eingetriebenen Geld für die Schulden verwendet werden, die der Vater Eurer Hoheit in den französischen Kriegen macht und die durch die Notwendigkeit, eine Armee auf der anderen Seite des Kanals zu erhalten, ständig höher werden. Noch viel mehr Geld muß für die gewöhnlichen Regierungsgeschäfte aufgebracht werden. Und von dem, was schließlich übrigbleibt …« Er seufzte. »Ich bin ein Mann der Kirche, Hoheit, und muß dankbar sein für alle Geschenke, die wir bekommen, doch ich fürchte, Seine Hoheit ist oft viel zu großzügig. Diese Schule für bedürftige Jugendliche, die er in Windsor gegründet hat, das College in Cambridge – all das kostet eine Menge Geld.«

»Und deshalb ist keines für mich übrig«, sagte ich und machte damit schließlich meinem Ärger Luft. »Und ich muß die Zeit der Feste vorübergehen lassen, ohne meinem Mann ein Geschenk machen zu können.«

»Das ist das Gebot Gottes, Euer Hoheit«, protestierte er.

»Habt Ihr einen Rat für mich, Eminenz?«

»Wenn ich Euch vielleicht ein Kruzifix zum Geschenk machen würde, dann könntet Ihr damit tun, was Ihr wolltet. Ihr könntet es sogar Seiner Hoheit als Geschenk überreichen.«

»Euer Eminenz …« Ich war überwältigt. »Aber wärt Ihr nicht beleidigt, wenn ich Euer Geschenk an einen anderen weitergeben würde? Selbst wenn es der König wäre?«

Er machte eine kurze Verbeugung. »Es wäre mir eine Ehre, Euer Hoheit.«

Und mehr denn je begann ich mir Sorgen darum zu machen, daß dieser edle Mann nicht für immer bei uns bleiben würde.

So ging mein erster Winter in England friedlich vorüber. Es gab zwar ein Murren unter den Lords und den Commons, aber ich hielt dies für einen landesüblichen Zeitvertreib. Es regnete und regnete und regnete. Und ich wurde nicht schwanger.

Und dann, als ich schon glaubte, ich würde verrückt werden vor lauter Langeweile und Enttäuschung, teilten sich die Wolken – nun, einige von ihnen jedenfalls –, und ich erfreute mich an der Herrlichkeit des englischen Frühlings.

Ich war am Ende des letzten Frühlings in England angekommen, und zweifellos ist dies die schönste Zeit des Jahres auf dieser windgepeitschten Insel. Zum Teil entsteht das Gefühl der Euphorie alleine schon durch die pure Erleichterung darüber, daß man den Winter überstanden hat. Plötzlich war ich bei jedem Spaziergang von Farben und Düften umgeben. Besonders hingerissen war ich von einem Rosenbeet im Garten des Palastes. Es waren riesige, dickfleischige Blüten, alle von tiefster blutroter Farbe. Ich erinnerte mich an das Kompliment, das der Herzog von York mir nach der Krönung gemacht hatte, pflückte eine Rose und trug sie in meinem Haar, woraufhin Suffolk mir sagte, wie gut sie zu meinen Farben paßte. Sogar Heinrich bemerkte das, und so faßte ich einen Entschluß.

Mein Emblem, das Gänseblümchen, hatte einige Heiterkeit bei den englischen Lords ausgelöst, da es hierzulande als ein gemeines Unkraut angesehen wird. Daher beschloß ich, statt dessen die rote Rose zu meinem Emblem zu machen, und veranlaßte, daß sie in alle meine Kleidungsstücke genäht, auf mein ganzes Geschirr gemalt und auf mein Silber graviert wurde. Damit verursachte ich großen Aufruhr. Doch niemand vermochte zu leugnen, daß Blume und Schirmherrin jetzt einhellig für die Schönheit standen.

In diesem Sommer erwartete mich ein besonderes Vergnügen: Heinrich beschloß, eine Reise durch das ganze Land zu unternehmen. Gewiß bestand das Ziel seiner Reise keineswegs darin, Menschen zu treffen oder gar den Menschen Gelegenheit zu geben, ihn zu treffen, sondern sie war dazu gedacht, eine Reihe von Klöstern zu inspizieren, denn diese betrachtete er als die wahre Substanz seines Reiches.

Natürlich stimmte niemand mit ihm darin überein, am allerwenigsten ich. Dennoch wurde seine Entscheidung aus zwei Gründen von seinen Ministern gutgeheißen. Zunächst einmal würde sie ihn aus Westminster fortbringen und ihnen freie Hand bei der Regierung des Landes lassen. Und zweitens würde sein Unterhalt die Sorge derjenigen sein, bei denen er beschloß, die Nacht zu verbringen, sei es Abtei, Kloster, Schloß oder Stadt – und der königlichen Schatzkasse würde somit eine schwere Last erspart bleiben.

Was mich anbelangt, so erfüllte mich die Vorstellung, ein trostloses Kloster nach dem anderen abzuklappern, zwar mit absoluter Langeweile, doch der Gedanke daran, etwas von meinem Land und meinen Untertanen zu sehen, stimmte mich froh.

Tatsächlich wurde unsere Reise sehr angenehm, wenn auch nicht ganz so ausgedehnt, wie es mir lieb gewesen wäre, da wir uns an keinem Punkt der Reise weiter als hundert Meilen von London entfernten. Heinrich zog es vor, sehr langsam zu reisen und bei jedem Aufenthalt mehrere Tage zu verweilen. Das gab mir die Gelegenheit, mir die Teile des Landes, die wir besuchten, genauer anzusehen, und ermöglichte es dem ländlichen Volk, das bislang nur auf Gerüchte angewiesen gewesen war, mich eingehend zu begutachten. Ich war sehr beglückt darüber, wie ich empfangen wurde, vor allem nach der wachsenden Feindseligkeit der Londoner. Auf dem Land wurde ich mit Jubel begrüßt; die örtlichen Gutsherren schrieben Gedichte, in denen sie meine Schönheit priesen, und überall sprossen rote Rosen.

Der König wurde ebenfalls mit Beifall und großem Respekt begrüßt. Doch leider war dies nicht von Dauer. Denn die Schatzmeister hatten nun selbst festgestellt, daß der Unterhalt eines Königs, der – wie es sich gehört – von seinen vielen Dienstboten versorgt wird, ganz zu schweigen von seiner Königin und deren Dienstboten, eine teure Angelegenheit ist. Ganze Schafherden können an einem einzigen Wochenende in Hammelfleisch verwandelt werden, ganze Fässer von Bier geleert, nur damit der Monarch nicht hungrig ausgehen muß, und Heinrich – so wenig Interesse er auch am Leben im Diesseits hatte – zeigte in der Tat ein großes Interesse an gewissen Annehmlichkeiten dieses Lebens: nämlich dem Essen und Trinken.

Immerhin, überlegte ich, konnten die guten Leute diese spezielle Verpflichtung kaum mir zur Last legen, obwohl ich jedesmal, wenn wir eine Stadt oder Abtei verließen, ihr erleichtertes Aufatmen ob unserer Abreise bemerkte. Unsere Reise verlief in einem Halbkreis um London herum, denn Heinrich wünschte, die Schule zu besuchen, die er kürzlich gegründet hatte. Sie lag außerhalb des Dörfchens Windsor, einige Meilen westlich der Hauptstadt und wurde Eton genannt. Windsor war der Sitz eines schönen, großen Schlosses, das von einem seiner Vorfahren erbaut worden war und in dem er seine Kindheit verbracht hatte. In der Tat nannte man ihn auch Heinrich von Windsor. Deshalb betrachtete er es mehr als jeden anderen Teil Englands als seine Heimat.

Hier wurden wir von den Lehrern und den Jungen empfangen. Sie waren alle einfache Leute und stammten aus ärmlichen Verhältnissen. Ihnen wurde das Lesen und Schreiben beigebracht. Nun ist mir wohl bewußt, daß es viele einfache Leute gibt, die ihren Weg als Händler gemacht haben – die Vorfahren des guten Suffolk hatten auf diese Weise den Grundstein zu ihrem Reichtum gelegt – und die sich der Regierung als sehr nützlich erwiesen haben, und wenn auch nur aus dem Grund, daß ihr Reichtum besteuert werden konnte. Gleichwohl stammen einige unserer besten Prälaten aus bescheidenen Verhältnissen, und natürlich muß selbst ein Gemeindepfarrer lesen können, da er sonst den einfachen Leuten nicht die Bibel erklären kann. Dennoch muß ich sagen, die Vorstellung, das niedere Volk Lesen und Schreiben zu lehren, machte mich stutzig. Aus einem Kind, das lesen kann, wird nur allzuoft ein Mann, der zuviel liest und beginnt, über das, was er gelesen hat, nachzudenken, ebenso wie aus einem Kind, das schreiben kann, nur allzuoft ein Mann wird, der konspirative Briefe verfaßt. Doch Heinrich hatte andere Vorstellungen. »Wenn alle Männer meines Königreiches lesen können, mein Liebling, und auch alle Frauen …« – er drückte mich leidenschaftlich an sich – »dann wird England wirklich erblühen.«

Ich dachte, daß es bis dahin wohl kaum mehr sein Königreich sein würde, selbst wenn es ihm noch zu seinen Lebzeiten gelingen mochte, solch Unglaubliches zu leisten.

Von Windsor aus setzten wir unsere Reise fort und erreichten Cambridge, im Osten des Landes gelegen, eine flache, niedriggelegene Region, aus der eine Universität hervorgegangen war – hier hatten sich Studierende zusammengefunden, die aufgrund irgendeines Streites die ursprüngliche Universität Englands in Oxford verlassen hatten –, und kurz darauf bildete sich dort eine Stadt, um den Studenten gerecht zu werden.

Hier hatte Heinrich ein Institut gegründet, das verständlicherweise »King's College« hieß, und auch an diesem Ort mußten wir wieder ein Zusammentreffen mit mittellosen Jugendlichen und ihren Tutoren über uns ergehen lassen, für uns beten und uns besingen lassen. Wenn schon die Idee, armen Jungen das Lesen und Schreiben beizubringen, mir Sorgen bereitet hatte, so beunruhigte mich erst recht der Anblick dieser ungestümen und turbulenten Horde, die vermutlich selber einst arme Jungen gewesen waren und die jetzt bestrebt waren, zu unseren künftigen Rechtsgelehrten zu werden. Natürlich haben wir auch in Frankreich eine Universität, die Sorbonne in Paris. Ich bin zwar nie dort gewesen, aber den Berichten nach sind die Studenten an der Sorbonne kaum besser als die in Cambridge.

Von Cambridge aus kamen wir gegen Ende des Sommers in einen Ort namens Lynn. Er befindet sich noch weiter im Osten des Landes, wo das Terrain sehr flach ist. In der Tat ist es bei Ebbe schwierig festzustellen, wo das Meer endet und das Land beginnt. So sehr ich das frische Wasser auch liebe, ist die salzige Variante doch das Element, das ich am allerwenigsten mag, und ich mußte an einen früheren König von England mit Namen Johann denken, der bei seinem Versuch, diesen Teil des Landes zu durchqueren, von der Flut überrascht wurde. Er hatte das Glück gehabt, einem nassen Tod zu entgehen, doch sein gesamter Besitz ging in den Wogen verloren.

Die Geschichte gefiel mir ganz und gar nicht, doch ich mußte vorgeben, dieses feuchte Fleckchen England zu mögen, während wir uns im Austin-Kloster aufhielten und der König seinen Vergnügungen in Form von Gesprächen mit den Mönchen, Gebäudeinspektionen und Gebeten nachging. Doch dann wurden wir jäh aus diesem friedlichen Dasein gerissen, und zwar durch einen Boten von Kardinal Beaufort, der den König bat, so schnell wie möglich nach

Westminster zurückzukehren, da sich eine Krise zusammengebraut hatte.

Also fuhren wir nach Hause.

Vielleicht hätten wir gar nicht erst fortgehen dürfen, ohne diese spezielle Krise zuvor zu beenden. Denn sie war nicht etwa neu, sondern bestand in demselben Problem, das unsere Nerven seit der Ankunft jener verdammungswürdigen Delegation strapaziert hatte. Onkel Humphrey hatte den ganzen Sommer hindurch über die Ungeheuerlichkeit dessen gebrütet. Ich hatte es bislang nicht bemerkt, doch Humphrey hatte eigene Heiratspläne für Heinrich gehabt, die mit seinem Wunsch in Einklang standen, den Krieg mit Frankreich fortzusetzen. Deshalb hatte er eine burgundische Prinzessin, eine Tochter des Herzogs Philipp, vorgeschlagen, da dieser zur damaligen Zeit ein ebenso verbitterter Feind Frankreichs war wie jeder Engländer.

Dieser Plan war aufgrund des größeren Einflusses von Kardinal Beaufort und der Friedenspartei des Königs fehlgeschlagen, und doch ist es interessant, sich die Launen des Schicksals vor Augen zu halten. Man mag sich vielleicht daran erinnern, daß, als ich noch ein kleines Mädchen war, einmal eine Heirat zwischen mir und Philipps Sohn Karl in Betracht gezogen worden war. Wenn diese beiden Pläne Früchte getragen hätten, dann wäre ich nicht Heinrichs Frau, sondern seine Schwägerin geworden und hätte aus der sicheren Entfernung von Brügge voller Gleichmut die Tragödien seines Reiches verfolgt. In Karl dem Kühnen hätte ich einen Ehemann gefunden, der mir an Temperament und Zähigkeit in nichts nachstand. Statt dessen hatte er ein Mädchen aus der Nachkommenschaft der stolzen Cis geheiratet.

Statt jedoch darüber nachzudenken, was hätte werden können, war es vonnöten, sich mit der Gegenwart zu beschäftigen. Onkel Humphrey war zu dem Schluß gelangt, daß er durch die französische Heirat des Königs sowohl seines Einflusses als auch seines Prestiges beraubt worden sei. Daran, daß er mich haßte, hatte ich nie auch nur einen Moment lang gezweifelt, doch solange ich die Liebe des Königs besaß, konnte er mir nichts anhaben.

Kardinal Beaufort blieb weiterhin Onkel Humphreys Gegenspieler, doch dieser hatte schon einmal versucht, den Kardinal zu stürzen, und war gescheitert. Deshalb konzentrierte er sich nun in seinen Bemühungen auf jemanden, den er für ein leichteres Opfer hielt: Suffolk.

Der Immunitätserlaß, der 1445 vom Parlament ausgesprochen worden und noch in diesem Jahr bestätigt worden war, hielt ihn natürlich davon ab, den Marquis anzuklagen – die Idee, ihn zum Herzog zu machen, war in aller Stille zu den Akten gelegt worden, da er nicht gerade populär war. Nichtsdestoweniger war Onkel Humphrey bereit, jedes Mittel zu nutzen, um Suffolks Autorität zu untergraben, und kramte deshalb nach jedem nur möglichen zweifelhaften Ereignis in dessen Vergangenheit – und in wessen Mannes Vergangenheit gibt es nicht ein oder zwei zweifelhafte Ereignisse? Er konzentrierte sich ganz besonders auf zwei Aspekte im Leben des guten Pole.

Einer davon war eine Tatsache: Suffolk *hatte* die Belagerung von Orléans nach dem heftigen Angriff der französischen Armeen, die durch die Anwesenheit der Jungfrau neuen Mut gefaßt hatten, aufgegeben. Doch das war bereits siebzehn Jahre her. Er war durch den Herzog von Bedford von jeglicher Schuld in dieser Angelegenheit freigesprochen worden, und es wurde allgemein akzeptiert, daß er keine Chance gehabt hatte, gegen die Machenschaften einer Hexe triumphieren zu können. Jetzt behauptete Onkel Humphrey, dies alles sei Verrat gewesen. Jeanne d'Arc habe nichts anderes getan, als mit dem englischen Befehlshaber in der Weise zu verhandeln, daß sie ihn im Schutze der Nacht heimlich besucht und ihren Charme dazu benutzt habe, den Grafen zu verführen, welcher sich weit fort von seinen Pflichten gegenüber seinem König und seinem Land befand.

Ausgehend von diesem Vorwurf, war es Humphrey ein leichtes, zu seiner zweiten Anklage überzugehen, denn die Behauptung, Suffolk könne von einem siebzehnjährigen Mädchen verführt worden sein, führte beinahe automatisch zu der Annahme, daß er, nachdem er erst einmal Blut geleckt habe, mit hoher Wahrscheinlichkeit auch eine vierzehnjährige künftige Königin verführt haben könne.

Wie ich bereits erwähnte, konnte Humphrey mir nichts anhaben, solange ich in der Gunst des Königs stand. Doch nun beschuldigte er mich des Hochverrats, denn der Ehebruch einer Königin bedeutet nichts anderes als das. Ich war außer mir vor Wut. »Er begeht Verrat, indem er mich des Verrats beschuldigt«, sagte ich zu Heinrich. »Er muß verhaftet und vor Gericht werden. Er soll entweder seine Anschuldigungen gegen mich beweisen oder sich dem Gerichtsurteil fügen.«

»Mein lieber Schatz«, sagte Heinrich in seinem üblichen beschwichtigenden Tonfall. »Wie könnte irgend jemand denn eine solche Anschuldigung beweisen?«

»Und wie kann irgend jemand es wagen, sie auszusprechen?« schrie ich.

»Aber Ihr wißt es, und ich weiß es, und die ganze Welt weiß es, daß Ihr unschuldig seid und nicht Falsches getan habt.«

»Die ganze Welt weiß es nicht, Heinrich«, beharrte ich. »Und man wird schon bald das Gegenteil glauben, wenn Euer schrecklicher Onkel nicht im Zaume gehalten wird.«

»Er ist auch Euer Onkel«, betonte Heinrich, wobei er sehr

besorgt dreinblickte. Er, der niemals aus der Haut fuhr, war sehr erschreckt über meinen Zorn, den er noch nie zuvor zu spüren bekommen hatte. Und als ich mein Spiegelbild flüchtig in einem Glas erblickte, die geröteten Wangen, die funkelnden Augen und den wogenden Busen, ich schwöre, ich bot einen Anblick, der jeden Mann nachdenklich gestimmt hätte, wenn er auch nicht unbedingt jeden erschreckt hätte.

Heinrich ersuchte den Kardinal, der bei uns geblieben war, um Hilfe.

»Euer Hoheit«, sagte der würdevolle Prälat nun in dem Versuch, ebenso beruhigend wie der König auf mich einzuwirken. »Es ist Suffolk, den der Herzog verfolgt.«

»Ihr meint«, sagte Heinrich eifrig, »wenn wir –«

»Wagt es nicht, das auch nur zu denken«, fuhr ich ihn an. Ich war erschüttert über einen solchen Gedanken. »Suffolk ist die rechte Hand Seiner Hoheit. Ihr werdet keinen Menschen finden, der ihm ebenbürtig ist. Und ich stimme auch nicht mit Eurer Eminenz überein. Es ist der König, den Herzog Humphrey verfolgt. Habt Ihr vergessen, wie es dem zweiten Richard ergangen ist? Er wurde beschuldigt –«

»Von meinem Großvater«, sagte Heinrich sanft.

Ich ignorierte die Unterbrechung. »Er wurde beschuldigt, sich mit unfähigen und betrügerischen Ministern umgeben zu haben. Doch das war nur ein Mittel, um dem Thron selbst einen Schlag zu versetzen. Ja, es war Euer Großvater, Heinrich. Und ich kann es ihm nicht verdenken, denn Richard war inkompetent.«

Beaufort hüstelte warnend. Ich bewegte mich hier auf sehr dünnem Eis, denn es gab genug Leute im Königreich, die behauptet hätten, daß Heinrich sogar noch weniger kompetent war. Doch da wir nur zu dritt waren, konnte mir nichts geschehen. »Der springende Punkt ist doch, daß, wenn irgendein Grund gefunden wird Euch abzusetzen, Humphrey König werden würde.«

Ich machte eine Pause, um Atem zu schöpfen, und die beiden Männer starrten mich an. Beide wußten, daß ich die Wahrheit sprach, doch es war eine Wahrheit, die bislang kein Mensch in Worte zu fassen gewagt hatte. »Wenn ich doch nur einen Erben hätte«, murmelte Heinrich.

»Ja, Euer Hoheit«, sagte ich, und ließ meine Stimme dabei so schneidend wie möglich klingen. »Wenn.«

»Dies ist eine sehr ernste Angelegenheit, Euer Hoheit«, sagte Beaufort. »Ich bin gezwungen, der Königin zuzustimmen, daß diese Angelegenheit geregelt werden muß. Wir müssen den Herzog dazu bringen, seine Anschuldigungen öffentlich vor dem Parlament auszusprechen und sie dann entweder zu begründen oder zurückzunehmen und sich Eurem Urteil zu beugen.«

Heinrich zögerte natürlich und gestattete damit Onkel Humphrey, seine Pläne weiterzuverfolgen, so daß dessen Angriffe auf Suffolk und in der Folge auch auf mich immer bösartiger wurden. Im Laufe des Herbstes ereiferten sich immer mehr Menschen über die Verleumdungen des Herzogs. Ob sie nun für oder gegen mich waren, so dachten sie doch, wo Rauch war, müßte auch Feuer sein, und daher gäbe es einiges zu erklären. Schließlich sah Heinrich sich zum Handeln gezwungen, und am 14. Dezember wurden einige Beschlüsse gefaßt, denen zufolge das Parlament für den Februar zusammengerufen wurde.

Heinrich, naiv wie eh und je, hätte das Parlament nach Westminster bestellt, doch ich protestierte heftig dagegen, und inzwischen hatte ich auch den Kardinal vollkommen auf meiner Seite. Ich glaube, der Grund hierfür lag keineswegs in seiner Liebe zu mir, in seinem Respekt der Königin gegenüber oder in seinem Glauben an meiner Unschuld.

Seine größte Sorge galt seiner Familie, und da es nun schien, als versuche Onkel Humphrey, eine Situation zu schaffen, in der es ihm wenigstens gelingen würde, Heinrich für inkompetent und sich selbst zum Lordprotektor zu erklären, mußte der Kardinal daran denken, daß diese Situation ihn und alle anderen Beauforts aufs Schafott bringen konnte. Deshalb unterstützte er meine Bitten. »Von den Bewohnern Londons, Euer Hoheit«, sagte er, »wird Herzog Humphrey ›der gute Herzog Humphrey‹ genannt. Selbst wenn er betrügerische Absichten gestehen sollte, so bezweifle ich, daß man Euch in der Nähe der Stadt erlauben würde, ihn einzusperren.«

Heinrich mußte Einsicht zeigen, und das Parlament wurde nach Bury St. Edmunds berufen, das in sicherer Entfernung von der aufrührerischen Meute lag.

So zogen wir uns Anfang Februar nach einer sehr düsteren Weihnachtszeit nach Bury zurück. Manche Leute meinten, es sei ungewöhnlich, daß die Königin den König zu einer Parlamentsversammlung begleite, doch ich hatte nicht die Absicht, Heinrich aus den Augen zu lassen, denn ich befürchtete, er könne dann die ganze Angelegenheit unter den Tisch kehren.

Es war der kälteste Monat des Jahres, und nördlich der Themse gerieten wir in einen Schneesturm, der uns von einer Straßenseite zur anderen trieb. Bury selbst hatte sich hinter den Fensterläden vor dem Schneesturm verkrochen, doch die Läden wurden schon bald geöffnet, und die Einwohner der Stadt starrten auf die Menge bewaffneter Männer herunter, die sich plötzlich durch ihre Straßen drängte, denn auf Empfehlung des Kardinals wurden wir von einer mächtigen Eskorte königlicher Wachen begleitet. Der Kardinal hatte seinerseits an alle Lords geschrieben, zu denen er volles Vertrauen hatte – hauptsächlich den königlichen Cousins, Buckingham und Somerset –, und sie aufgefordert, ebenfalls mit ihrem gesamten Hofstaat anzureisen. Der Herzog von York befand sich glücklicherweise auf seinem Posten in Frankreich, aber Suffolk war natürlich anwesend, und mit ihm eine große Anzahl von Männern.

Auch Salisbury und sein Bruder, seine Söhne und Neffen gesellten sich zu uns, doch da sie nicht unser Vertrauen genossen, wurden sie nur von ihrem üblichen Gefolge begleitet und fielen zahlenmäßig nicht ins Gewicht.

Das bereitete ihnen offenbar Sorgen, aber da Onkel Humphrey noch nicht aufgetaucht war, hatten sie keine Ahnung, worum es eigentlich ging. Salisbury machte dem König seine Aufwartung, und nachdem er erstaunt registriert hatte, daß ich an Heinrichs Seite saß, fragte er nach dem Grund für die große Anzahl von Männern, die in der Stadt und deren Umgebung untergebracht worden waren.

»Nun, mein guter Graf«, antwortete der König, »habt Ihr denn den Beschluß nicht gelesen? Wir haben uns hier versammelt, um Geld für meine beabsichtigte Reise nach Frankreich und meinen Besuch bei König Karl zu sammeln.«

»Ich bezog mich auf die Soldaten, Euer Hoheit.«

»Nun, Mylord, in diesen schlimmen Zeiten ist es notwendig, gut bewacht zu werden. Würdet Ihr mir darin nicht zustimmen?«

Damit mußte sich der Graf zufriedengeben. Am nächsten Tag, dem 18. Februar, eine Woche nach unserer Ankunft, erhielten wir die Nachricht, daß Onkel Humphrey in Begleitung von etwa hundert bewaffneten Männern anreiste. »Da habt Ihr es, Hoheit«, erklärte Suffolk. »Er ist ein Verräter.«

»Was sollen wir tun?« Der arme Heinrich sah furchtbar verängstigt aus.

»Unsere Pläne stehen fest, Hoheit«, versicherte ich ihm.

In der Tat waren der Kardinal, Suffolk, Somerset und ich in Klausur gegangen und hatten einige Beschlüsse gefaßt. Der Versuch einer Konfrontation mit dem Herzog auf offener Straße wäre unklug gewesen und hätte zu einem Debakel führen können. Statt dessen schickten wir einen Boten, der ihn im Namen seines Neffen und seiner Nichte willkommen hieß und ihm mitteilte, daß im Spital von St. Saviour's eine Unterkunft für ihn bereitgestellt worden sei.

Onkel Humphrey war ein intelligenter Mann und außerdem sehr erfahren, wenn auch Intelligenz und Erfahrung nicht immer Hand in Hand gehen. Doch seine Arroganz überstieg bei weitem seine Intelligenz. Daß der König und die Königin sich offensichtlich auf seinen Besuch freuten, und das trotz all der Verleumdungen, die er über die Königin verbreitet hatte, schien ihm völlig angemessen zu sein, und so ließ er sich und seine Leute ohne Bedenken in seine höchst komfortable Unterkunft geleiten. Anscheinend kam es ihm überhaupt nicht verdächtig vor, daß er um die Stadt herum statt durch sie hindurch geführt wurde. Deshalb konnte er auch keinen Blick auf die Masse königlicher Dienstboten erhaschen, die sich hier tummelte, noch schien er es für bedrohlich zu halten, daß die Lage seiner Wohnstatt es erforderlich machte, den größten Teil seiner bewaffneten Begleiter in einiger Entfernung unterzubringen.

An diesem Abend besuchte Suffolk in der Begleitung von Somerset, Buckingham und anderen vertrauenswürdigen Lords den Herzog, entwaffnete ihn und teilte ihm mit, daß er wegen Verrats unter Arrest gestellt sei. »Er war außerordentlich erschüttert«, berichtete uns Suffolk später am Abend. »Genaugenommen war er völlig sprachlos.«

Heinrich war erleichtert. Der Plan hatte funktioniert, und etwa dreißig Begleiter des Herzogs waren verhaftet, des Verrats angeklagt und in aller Eile in verschiedene Gefängnisse überall im Land gebracht worden, wo man bereits auf sie wartete.

Das einzige, was noch zu tun blieb, war nun, Onkel Humphrey vor das Parlament zu bringen, und seine Verleumdungen zu beantworten. Doch man benachrichtigte uns, daß dies im Moment nicht möglich sei, da Humphrey vor Schreck ohnmächtig geworden war. Wir wunderten uns zwar darüber, doch wir waren bereit, uns in Geduld zu üben.

Unglücklicherweise wurde Onkel Humphrey vier Tage später von seinen Dienern tot in seinem Bett aufgefunden.

5

Wir waren über diesen Vorfall zutiefst erschrocken. Es war allgemein bekannt, daß Onkel Humphrey seit einiger Zeit nicht mehr bei guter Gesundheit gewesen war, und auch, daß er ein Mann von aufbrausendem Temperament war. Offensichtlich war seine Wut darüber, von seinem Neffen, den er sein ganzes Leben lang in Angst versetzt hatte, unter Arrest gestellt worden zu sein, so gewaltig gewesen, daß sie ihn schließlich überwältigt hatte. Aber daß er einfach so gestorben war! Es war beinahe, als hätten sich himmlische Mächte für uns eingesetzt.

Oder waren es in Wirklichkeit teuflische Mächte gewesen? Es war Heinrich Beaufort, der uns als erster auf die unangenehmen Konsequenzen hinwies, die sich durch die Tragödie ergeben konnten. »Er ist gestorben«, sagte der Kardinal, »während er in Eurer Obhut stand, Euer Hoheit. Es wird Gerede geben.«

Das war wahrscheinlich die Untertreibung des Jahres.

»Was werden sie sagen?« fragte Heinrich, der aufrichtig verwirrt war.

Onkel Heinrich warf mir einen verzweifelten Blick zu, dann riß er sich zusammen. »Es gibt Leute, die Eurer Hoheit nicht wohlgesinnt sind. Sie werden sagen, der Herzog sei ermordet worden.»

Heinrich wurde ziemlich blaß. »Ermordet? Onkel Humphrey? Aber das ist doch absurd. Wie könnte es jemand wagen zu sagen, daß ich etwas mit seinem Tod zu tun haben könnte?«

»Nun, das nicht, Euer Hoheit«, sagte der Kardinal. »Ich glaube, nicht eine Seele in diesem Königreich würde vermuten, daß Euer Hoheit jemals ein Mord in den Sinn käme, aber ...«

»Sie werden glauben, ich hätte ihn befohlen«, sagte Suffolk mit leiser Stimme.

»Habt Ihr das?« fragte Heinrich.

Suffolk sah mich bestürzt an. »Natürlich nicht, Euer Hoheit«, fuhr ich meinen Gatten an. »Euer Onkel ist eines natürlichen Todes gestorben. Davon muß man die Lords überzeugen, denn es ist die Wahrheit.«

»Was sollen wir nur tun?« fragte Heinrich klagend.

Betreten sahen wir uns an, denn wir erkannten, daß sich unser Souverän in dieser ersten echten Krise seiner Regentschaft als Versager erwies. »Der Leichnam des Herzogs muß auf der Stelle ausgestellt werden«, entschied der Kardinal. »Und nicht nur die Lords, sondern auch die Führer der Commons müssen ihn zu sehen bekommen, damit sie selbst die Wahrheit vor Augen haben.«

Und so geschah es, doch leider mit geringem Erfolg. Die Menschen erinnerten sich an die Geschichten, die ihre Großeltern erzählt hatten, wie der Leichnam König Eduards II. ausgestellt worden war und nicht das kleinste Anzeichen eines gewaltsamen Todes aufwies, obwohl die verzerrten Gesichtszüge auf die Qualen hindeuteten, unter denen er gestorben war, denn er war grausam mißhandelt worden. Die Gesichtszüge des Herzogs waren nicht minder verzerrt, wenn auch nicht vor Schmerz, und überall um uns herum hörten wir das Gerede vom »guten Herzog Humphrey« und Äußerungen des Entsetzens über sein trauriges Ableben.

Die Einschätzung des Kardinals erwies sich als richtig. Es gab nicht eine einzige Vermutung darüber, daß Heinrich etwas mit dem Tod seines Onkels zu tun haben könne. Aber es kursierten Gerüchte darüber, daß diejenigen Getreuen des Königs, die Anschuldigungen des Herzogs am meisten fürchten mußten, die notwendigen Schritte unternommen hätten. Es schien, daß das Schicksal, indem es mich von einem verräterischen Ankläger befreit hatte, nun an seiner Stelle eine ganze Nation gesetzt hätte. Jetzt hörte ich sie zum ersten Male von mir als einer französischen Wölfin reden. Das ging auf eine meiner weiblichen Vorfahren zurück, die Gattin jenes glücklosen zweiten Eduards, die zusammen mit ihrem Liebhaber, Mortimer, seine Ermordung veranlaßt hatte.

Meine Lage war äußerst prekär. Ich war noch keine siebzehn Jahre alt und wurde bereits des Ehebruchs, des Verrats und des kaltblütigen Mordes beschuldigt. Gott weiß, Humphrey von Gloucester und ich hatten einander keineswegs gemocht, aber zu keinem Zeitpunkt hatte ich seinen Tod auch nur in Betracht gezogen. Obwohl ich ihn wiederum des Verrats beschuldigt hatte, hatte ich einzig und allein das Ziel verfolgt, ihn jeglicher politischer Macht zu berauben, doch gewiß nicht seines Lebens.

Ich war ziemlich durcheinander. Aber nicht so durcheinander, daß ich ganz und gar aufgehört hätte, an unsere üblichen Probleme zu denken oder mir ihrer Existenz bewußt zu sein. Augenblicklich betrafen diese Probleme unseren Mangel an ausreichenden Geldmitteln, sowohl für die Erfordernisse der Regierungsgeschäfte als auch für unsere Annehmlichkeiten im täglichen Leben. Herzog Humphrey war ein wohlhabender Mann gewesen. Und er hatte keine Kinder! Ich sprach den Kardinal gleich am nächsten Morgen darauf an. »War der Herzog nicht ein sehr reicher Mann?« fragte ich.

»Sehr reich, Euer Hoheit.«

»Und wer wird das alles jetzt erben?«

»Das wird zum angemessenen Zeitpunkt entschieden werden, Euer Hoheit.«

»Zum angemessenen Zeitpunkt«, bemerkte ich. »Das ist immer so unbefriedigend.«

Natürlich verstand er, worauf ich hinauswollte. »Was die Barschaft anbelangt, so ist sein Reichtum nicht übermäßig groß, Euer Hoheit. Seine Büchersammlung ist enorm, doch nur für einen anderen Sammler von Wert. Seine Ländereien als Herzog von Gloucester sind unveräußerlich, da sie dem nächsten Herzog von Gloucester gehören werden, wer auch immer das sein wird. Sie könnten nur dann von der Krone beansprucht werden, wenn der Herzog sich als Verräter erweisen würde, und, um ehrlich zu sein, Euer Hoheit, ich würde Euch angesichts der Stimmung im Land unbedingt davon abraten, derartige Möglichkeiten zu diesem Zeitpunkt weiterzuverfolgen.«

»Die Stimmung im Land«, murmelte ich. Doch ich hatte meine Nachforschungen sehr gründlich betrieben. »Natürlich müssen der König und ich uns Eurem Urteil beugen, Euer Eminenz. Aber ist es etwa nicht wahr, daß ein erheblicher Teil von Onkel Humphreys Reichtum seiner ersten Frau zusteht?«

»Das ist wahr, Hoheit«, sagte er stirnrunzelnd.

»Und niemand kann behaupten, daß dieser Teil zum Herzogtum von Gloucester gehört.«

»Nein, Euer Hoheit. Ein gemeinsames Eigentum wird für gewöhnlich nur für die Lebenszeit eines der Eigentümer des in Frage stehenden Besitzes aufrechterhalten.«

»Und jetzt sind beide tot«, betonte ich triumphierend. »Dieser Besitz wird jetzt der Krone gehören. Als unser persönliches Lehen. Als *mein* persönliches Lehen.«

»Hoheit –« Er wollte protestieren, aber ich ließ ihn nicht zu Worte kommen.

»Euer Eminenz, ich möchte Euch daran erinnern, daß mir vor zwei Jahren gewisse Werte in Form von Geld und Land zugesagt wurden, die ich nie bekommen habe, ganz einfach weil Seine Hoheit nie über Geld oder Land verfügte, das er mir hätte geben können. Ich werde statt dessen dieses Land nehmen.«

Er schüttelte langsam den Kopf. »Man wird darüber reden, Euer Hoheit.«

Ich stampfte mit dem Fuß auf. »Reden! Alles, was mir gesagt wird, ist, daß es Gerede geben wird. Gut, sie reden sowieso von mir, oder etwa nicht? Verleumdungen, Lügen, Diffamierungen ... laßt uns ihnen wenigstens Tatsachen präsentieren, über die sie reden können.«

Er stritt nicht weiter mit mir, und so bekam ich meinen Willen und wurde endlich eine Frau mit Eigentum. Aber er hatte recht mit seiner Vermutung, daß es viel Kritik geben würde, und ich war sehr froh, Bury St. Edmunds so bald wie möglich den Rücken kehren zu können. Dies geschah recht bald, denn nach dem Tod seines Onkels schwand Heinrichs Interesse an einer Reise auf den Kontinent und einem Besuch bei Onkel Karl, und die Zusammenkunft des Parlamentes wurde ohne jede weitere Diskussion – und leider auch ohne das Eintreiben von Geldern – vertagt.

Heinrich kam nicht umhin, seine Trauer über den Tod seines Onkels öffentlich auszudrücken, und so reisten wir gemeinsam nach Canterbury, wo wir beteten und fasteten und der König sich geißelte. Kurz gesagt, wir taten alles, was richtig war, ohne dadurch den Commons viel Sympathie entlocken zu können. Sie ließen auch weiterhin nicht von ihren schmutzigen Andeutungen ab. Das beschäftigte uns den ganzen März über – Onkel Humphrey war am 28. Februar gestorben –, und kaum daß wir Westminster nach einer anstrengenden Reise wieder in Besitz genommen hatten, wurden wir von einer neuen Katastrophe heimgesucht: Am 11. April starb Onkel Heinrich.

Nun liegt es zwar in der Natur der Sache, daß Männer und Frauen geboren werden, heranreifen, alt werden und sterben. Einige Leute waren der Meinung, Onkel Humphrey sei ein wenig zu früh von uns gegangen, doch er war sechsundfünfzig Jahre alt gewesen, und wenn ein Mann erst einmal über fünfzig ist, dann ist das Jenseits nicht mehr fern. Onkel Heinrich war siebzig Jahre alt gewesen und hatte sich somit an der äußersten Grenze der ihm zustehenden Lebensspanne befunden. Von beiden Männern hätte man also erwarten können, daß sie recht bald starben. Es war das plötzliche Eintreten ihres Todes mit einem zeitlichen Abstand von nur sechs Wochen, was uns so unerwartet traf. Sie hatten ihr ganzes Leben damit verbracht, sich gegenseitig zu bekämpfen, wenn auch nur mit Worten. Jetzt schien es, als habe Onkel Humphreys Tod den Kardinal seines wichtigsten Lebenszweckes beraubt.

Für Heinrich war es, als sei ihm der Boden unter den Füßen weggezogen worden. Er konnte offenbar nur daran denken, welches Glück es war, daß Onkel Humphrey als erster gestorben war und nicht Onkel Heinrich, doch es war eine Tatsache, daß sein Leben, solange er sich erinnern konnte, von diesen beiden Männern bestimmt und erschwert worden war. Sein Onkel Johann von Bedford, der älter und von höherem Rang war als alle beide, hatte fast sein ganzes Leben in Frankreich verbracht und war nur nach England zurückgekommen, als es unumgänglich geworden war, um eine der schwerwiegenden Differenzen zwischen Gloucester und Beaufort beizulegen, und auch er war bereits seit elf Jahren tot.

So stand mein armer, lieber Heinrich also mit einem Schlag ohne die beiden Männer da, an die er sich zu seinem Glück immer hatte anlehnen können, und das, obwohl er einen von ihnen fürchtete. Als sich herausstellte, daß Onkel Heinrich ihm zweitausend Pfund – in Goldmünzen! – hinterlassen hatte, war er so erschüttert, daß er es ablehnte, sie an sich zu nehmen und sie statt dessen der Kirche gab. Ich war entsetzt. Als Onkel Heinrich noch unter uns weilte, waren wir niemals in Gefahr geraten, Not leiden zu müssen, denn im Notfall sprang er – wie er uns immer und immer wieder bewiesen hatte – jedesmal rechtzeitig mit einem Darlehen ein. Nun war diese Geldquelle versiegt, und mein leichtsinniger Ehemann gab auch noch die letzten Überbleibsel davon fort!

Wir betrauerten Onkel Heinrich weitaus aufrichtiger als Onkel Humphrey. Doch die Trauer um alle beide wich schon bald der Notwendigkeit des Regierens, oder besser gesagt der Frage, wer regieren sollte. Einer Sache war ich mir sicher: Es würde keine königlichen Herzöge mehr geben, die sich mir gegenüber aufspielen konnten. Nun, York und ich verabscheuten einander von ganzem Herzen, Buckingham besaß keine Erfahrung, und Somerset ... weder Heinrich noch ich waren uns zu jenem Zeitpunkt ganz sicher, was wir von Somerset halten sollten. Ganz sicher hatte er nicht das Format seines Onkels.

Übrig blieb Suffolk. Er war ein Mann, der die Vorstellungen des Kardinals, und damit die Krone, immer treu unterstützt hatte, und, was aus meiner Sicht noch wichtiger war, er hatte auch der Königin stets treu zur Seite gestanden. Es gab natürlich noch die kleine Hürde zu überwinden, daß Suffolk von vielen Menschen für Onkel Humphreys Tod verantwortlich gemacht wurde, aber auf mein Drängen hin begab sich der König sogleich an die Lösung dieses Problems. Ein neues Parlament wurde einberufen, und zwar in Westminster, wo Suffolk sich äußerst geistreich gegen alle Anschuldigungen verteidigte. Er erinnerte die Commons erneut daran, daß sie ihm in der Angelegenheit um Maine tatsächlich die *carte blanche* gegeben hatten, um mit Onkel Karl zu verhandeln, wie immer er es für richtig hielte, und wies auf die positiven Auswirkungen des Waffenstillstandes hin, den er bewirkt und kürzlich erst verlängert hatte, und der – dessen war er sich gewiß – zu einem dauerhaften Frieden zwischen England und Frankreich führen würde.

Ich muß zugeben, er wurde nicht sehr zuvorkommend empfangen, doch Heinrich saß höchstpersönlich am Richtertisch und ich an seiner Seite, im übertragenen Sinne – ich hatte ihm unmißverständlich klargemacht, daß, sollte er ohne die Zustimmung des Parlaments zurückkehren, er sich vor einer äußerst zornigen Ehefrau zu rechtfertigen haben würde. Heinrich verkündete, er stimme voll und ganz mit allen Taten seines Ministers überein und erwarte von den Lords und den Commons, es ihm nachzutun.

Überrascht, angesichts dieser unerwarteten Kraftdemonstration der Krone und vielleicht auch etwas orientierungslos ob der Abwesenheit von Herzog Humphrey, der lange Jahre die Opposition der Königspartei angeführt hatte, stimmte das Parlament pflichtschuldigst zu. Anschließend trafen wir eine Reihe von Vereinbarungen, um Suffolks Macht zu sichern. Heinrich war immer noch nicht geneigt, ihm das Herzogtum zu übergeben, denn er fürchtete, die anderen Herzöge zu verärgern, doch ich veranlaßte, daß mein lieber Freund zunächst zum Grafen von Pembroke ernannt wurde und nach und nach die wichtigsten Staatsämter bekleidete.

Die Lords konnten nichts anderes mehr tun, als ihm

scheele Blicke zuzuwerfen, und jedem war klar, daß die eigentlichen Regenten von England Suffolk und seine Königin waren. Sich gegen uns zu wenden, hätte bedeutet, sich gegen den König zu wenden, und noch war dazu niemand bereit. Deshalb konnten wir es riskieren, Richard von York von seinem Kommando in Frankreich abzuberufen und ihn statt dessen nach Irland zu schicken. Es gab einige gute Gründe für dieses Manöver, und zwar ausschließlich politische. Richard hatte zwar einen hervorragenden Ruf als Soldat, doch mit Frankreich herrschte Frieden, während dieses Wort in Irland unbekannt war. Das einzige Vergnügen, das einen Iren mehr erfreut, als sich zu betrinken, ist sich zu betrinken und zu kämpfen. Ich dachte, es sei ein guter Test für die Fähigkeiten des Herzogs von York, ihn gegen diese wilden Männer einzusetzen. Und außerdem bestand so immer noch die Möglichkeit, daß er getötet werden könnte.

Es gab das übliche Gezeter, aber Richard akzeptierte den Posten. Ich habe mich immer bemüht, meinen Feinden gegenüber dasselbe Maß an Gerechtigkeit walten zu lassen wie meinen Freunden, und ich muß sagen, er war ein seltsamer Mann, der sich zweifellos darüber im klaren war, daß er berechtigten Anspruch auf den Thron hatte und außerdem weit mehr zum Regieren befähigt war als sein Cousin Heinrich. Er verabscheute mich und alles, was mich umgab, wagte es aber nicht, die letzte Konsequenz zu ziehen und eine Revolte anzuzetteln. Bis es dafür zu spät war. Darin unterschied er sich grundsätzlich von seinem ältesten Sohn.

Ich fühlte mich sicherer als jemals zuvor seit dem Zeitpunkt meiner Krönung.

Doch schon bald wurde mir klar, daß das Gefühl der Sicherheit trügerisch war. Sowohl für mich als auch für Suffolk. Wir verbrachten in diesem Sommer sehr viel Zeit miteinander, schmiedeten Pläne, die Heinrich in der Regel akzeptierte, doch im Unterbewußtsein ahnten wir, daß unsere Macht und unser Leben an einem seidenen Faden hingen.

Suffolk sprach das Problem zum ersten Mal an, als wir allein miteinander waren, das heißt, als sich meine Hofdamen am anderen Ende des großen Raumes zu einem Grüppchen zusammengefunden hatten und außer Hörweite waren. »Es gibt etwas, das ich gerne mit Euch besprechen würde, Euer Hoheit«, sagte er mit leiser Stimme.

Ich wartete und ahnte, was nun kommen würde.

»Sowohl ich als auch die Lords, die Commons und die ganze Welt, Euer Hoheit, alle warten sehnsüchtig darauf, Euch zu Eurer Schwangerschaft gratulieren zu können.«

Ich seufzte. »Ich bedaure, aber Ihr werdet noch ein Weilchen länger warten müssen, Mylord.«

»Euer Hoheit, ich möchte nicht indiskret werden ...«

»Sagt nur, was Euch auf dem Herzen liegt, Mylord. Ich werde nicht beleidigt sein.«

Er zögerte ein paar Sekunden, dann sagte er: »Euer Hoheit sind jetzt schon seit mehr als zwei Jahren die Gattin des Königs. Kann es sein, daß eine Schwangerschaft durch etwas verhindert wird, von dem die Welt nichts weiß?«

»Mylord«, erwiderte ich ernsthaft. »Ihr habt das Privileg gehabt, meinen nackten Körper sehen zu dürfen. Sehe ich aus, als litte ich unter einem solchen Makel?«

Der arme Kerl errötete bis an die Ohren. »Ihr seid immer noch die schönste Frau, die ich je gesehen habe, Euer Hoheit. Aber vielleicht ist der König ...«

»In jeder Hinsicht ein ganzer Mann, Mylord. Abgesehen von der Tatsache, daß er alles Fleischliche für sündhaft hält.«

Er runzelte die Stirn, und die Farbe wich langsam aus seinem Gesicht. »Ihr schlaft nicht zusammen?«

»O doch, gewiß tun wir das. Wir *schlafen* zusammen.«

Er zwirbelte seinen Bart. »Das ist schwer zu verstehen, Euer Hoheit. Ich kann nur sagen, ein Mann, der nackt mit Euch das Bett teilt und nicht auf den Gedanken kommt, nun ...«

»Wir schlafen nicht nackt, Mylord«, korrigierte ich ihn. »Seine Hoheit betrachtet dies als unziemlich.«

»Verzeiht mir, Euer Hoheit«, sagte er. »Aber ... kommt ihr *niemals* zusammen?«

»Doch, von Zeit zu Zeit, Mylord.«

Was für eine Unterhaltung! Aber mit siebzehn war ich eben noch sehr unschuldig und konnte nicht ahnen, in welche Richtung dies alles führte.

»Aber ohne Ergebnis«, sagte er nachdenklich.

»Vielleicht, weil keine Leidenschaft im Spiele ist, Mylord.«

Wir starrten einander an. Vielleicht ahnte auch er noch nicht, welchen Weg wir da eingeschlagen hatten.

Doch wir standen kurz davor, einander zu verstehen. »Euer Hoheit ...« Er machte eine Geste, als wolle er meine Hand nehmen, doch dann unterließ er es, da meine Damen uns sehen konnten. »Das ist eine Frage von Leben und Tod. Und ich meine damit unser Leben und unseren Tod. Vielleicht geht es sogar um Leben und Tod von ganz England.«

»Es ist noch Zeit, Mylord.«

»Tatsächlich, Hoheit? Wie könnt Ihr Euch sicher sein, daß Seine Hoheit nicht von einer schrecklichen Krankheit befallen wird?«

»Mylord!«

»Was ich sage, ist Verrat. Doch ich muß so sprechen, Hoheit, aus Liebe zu Euch und zu meinem Land.«

Wieder wechselten wir einen Blick. »Versteht Ihr denn nicht, Euer Hoheit«, sagte er, »daß, wenn der König sterben sollte, Herzog Richard die Krone bekommt?« Ich biß mir auf die Lippen. »Und versteht Ihr nicht, Euer Hoheit, daß ich, sollte dies jemals eintreten, noch am selben Tag zum Richtblock geführt werden würde? Wenn man mich nicht zu einem noch schlimmeren Schicksal verurteilt.«

Er machte eine Pause, um seine Worte wirken zu lassen und zuzusehen, wie sich meine Gesichtsfarbe veränderte. Denn ich wußte wohl, daß die Todesstrafe für Landesverrat in England den Strang, das Strecken und das Vierteilen bedeutete. Das bloße Köpfen ist ein Gnadenakt von seiten des Königs, und ich war mir sicher, der Herzog von York würde dem Grafen von Suffolk gegenüber nicht viel Gnade walten lassen, da letzterer ihn in seiner Position als wichtigster Mann des Landes vollständig abgelöst hatte.

Ich hatte noch nie gesehen, wie ein Mann gehängt, gestreckt und gevierteilt wurde. Es war ein Schauspiel, das eines Tages zu sehen ich mir wünschte, denn mir war gesagt worden, es sei, zumindest für die Zuschauer, ein noch aufregenderes Ereignis als der Vorgang des Räderns, die schwerste in Frankreich übliche Strafe. Ich hatte schon einmal gesehen, wie ein Mensch gerädert wurde, und konnte mir, offen gesagt, nicht vorstellen, daß es ein noch erniedrigenderes oder schmerzvolleres Schicksal geben konnte. Der unglückliche Täter wird zuerst vor dem versammelten Publikum bis auf die Haut ausgezogen und dann fest mit dem Rücken an ein großes Wagenrad gebunden. Dann nimmt der Henker eine Metallstange und bricht mit erstklassiger Präzision – er ist darin sehr geübt – jeden einzelnen Knochen mit einem einzigen Schlag seines furchtbaren Instruments. Er beginnt natürlich mit den kleinsten Knochen und arbeitet sich langsam zu den größeren vor. Das Opfer schreit, klagt, wird ohnmächtig und wird mit Eimern voll Wasser wieder zu Bewußtsein gebracht. Die ganze Prozedur kann einige Stunden dauern.

Worauf es jedoch ankommt, ist, daß ein Mensch, vorausgesetzt er hat ein starkes Herz, in keinem Fall daran stirbt, daß ihm alle Knochen gebrochen werden, denn der Henker achtet sorgfältig darauf, daß kein Blut vergossen wird. So wird also der unglückliche Kerl, nachdem man ihn in Gelee verwandelt hat, bei lebendigem Leibe und immer noch an seinem Rad hängend, auf einen hohen Pfahl gezogen und dort hängengelassen, um von den Vögeln zerhackt zu werden, während jedermann höchst beschwingt nach Hause geht. Das muß erst einmal übertroffen werden!

In England geht der Vorgang wesentlich schneller vonstatten, und der unglückliche Verräter wird demnach viel schneller aus seinem Elend erlöst, doch denke ich, daß es trotzdem kein hübscher Anblick ist. Zuerst wird der Täter, nachdem er der Menge vorgeführt wurde, gehängt, das heißt, er wird mit einem Seil, das um seinen Hals gelegt ist, emporgezogen. Dieser bedauerliche Vorgang wird so lange fortgesetzt, bis er beinahe tot ist, dann wird er abgeschnitten und auf der Plattform ausgestreckt. Nun bewirkt das Hängen bei Männern eine merkwürdige physische Reaktion, eine, von der man sagen könnte, daß sie meinem lieben Ehemann ein Segen wäre. In diesem Zustand, also leicht zugänglich, könnte man sagen, wird der Übeltäter von dem eifrigen Henker kastriert. Noch bevor er sich von diesem Unglück erholen kann, wird sein Bauch aufgeschlitzt, so daß die Gedärme herausquellen. Nun schlägt der Vollstrecker ihm den Kopf ab, woraufhin der Körper gevierteilt wird und die diversen Teile an angemessenen Stellen, wie zum Beispiel über Stadttoren, angebracht werden, als Warnung an alle, die versucht sein könnten, ihre Hand gegen den König zu erheben.

Man kann also sagen, ein englischer Verräter kommt ein ganzes Stück leichter davon als ein französischer. Doch so sehr ich mich, wie ich bereits erwähnte, darauf freute, einer dieser Exekutionen beiwohnen zu können, hatte sich ein unangenehmer Gedanke in meinen Kopf eingeschlichen. Die Vorstellung, daß auch nur die leichtere Variante dieser Bestrafungen über meinen lieben Suffolk verhängt werden könnte, versetzte mein Herz in nervöses Pochen.

Suffolk beobachtete mich und beeilte sich jetzt, sein Anliegen vorzubringen. »Ich bin mir noch nicht einmal gewiß, ob Euer Hoheit in Sicherheit sind«, sagte er. »Stellt Euch vor, Ihr befändet Euch in Yorks Macht, und wer weiß, was für Beweise er gegen Euch hervorbringen würde, um Euch hierzubehalten anstatt Euch nach Frankreich zurückzubringen? Das Beste, was Ihr zu erwarten hättet, wäre, den Rest Eures Lebens in Gefangenschaft zu verbringen.«

Mit siebzehn Jahren ist das eine sehr lange Zeit. Doch noch viel schrecklicher war aus meiner Sicht die Vorstellung, von der Gnade der stolzen Cis abhängig zu sein! »Wißt Ihr eine Lösung, Mylord?« fragte ich.

»Es gibt nur eine Lösung, Euer Hoheit. Zum Segen des Königreiches und zu Eurer Sicherheit müßt Ihr einen Sohn bekommen.«

Zum dritten Male blickten wir einander an. Dieses Mal war ich diejenige, die die Hitze in ihren Wangen aufsteigen fühlte, denn ich mag zwar unschuldig gewesen sein, doch ich war gewiß kein Dummkopf.

»Mylord«, sagte ich, »durch das, was Ihr mir antragt, würden wir uns genauso des Verrates schuldig machen, als hätten wir gegen den König intrigiert.«

»Es sei denn, niemand würde jemals davon erfahren, Euer Hoheit.«

»Wirklich? Und was ist mit dem Vater?«

Wie konnte ich nur so leichtherzig über ein so unmögliches Thema sprechen? Ich staunte über mich selbst. Und mußte gleich darauf schlucken, da der Graf mich immer noch anblickte.

»Euer Hoheit«, sagte er schließlich, »niemand außer uns würde jemals davon erfahren. Und glaubt nicht, daß ich zu alt für diese Aufgabe sei. Meine Frau ist zur Zeit schwanger.«

Die gute Alice. Die Erwähnung ihres Namens hätte mich zur Vernunft bringen sollen. Statt dessen schlug mein Herz, als wolle es zerbersten. Denn, wenn ich durch die Heirat mit Heinrich überhaupt Bekanntschaft mit sexuellen Dingen gemacht hatte, so war dies eher so, als hätte ich ein Buch geöffnet, dessen erste Seite alle möglichen Arten künftiger Freuden versprach, und als sei dieses Buch dann zugeschlagen und entfernt worden. Ich hatte keinen Zweifel daran, daß dieser Mann, den ich mehr als jeden anderen liebte, die verborgenen Seiten umblättern konnte – und auch den ehrlichen Wunsch danach hatte.

»Es muß natürlich vorsichtig geplant werden«, sagte er, indem er mein Schweigen als Einwilligung deutete.

»Allerdings, Mylord«, stimmte ich zu. »Wenn man uns *in flagrante delicto* ertappen sollte …«

Wieder trafen sich unsere Blicke, als hätten meine Worte plötzlich das, was vor uns lag, in Bilder gefaßt. Das, was wir beide uns so brennend wünschten und doch so sehr fürchteten. »Es wäre am besten, wenn Ihr zu mir kämet«, sagte er.

»Nein, Mylord. Ich habe Euch noch nie zuvor besucht. Es würde Verdacht erregen.«

»Nun, dann, Hoheit … wie kann ich Zugang zu Eurem Bett erlangen?«

Inzwischen war ich so aufgeregt, daß ich kaum noch sprechen und noch viel weniger denken konnte. »Ich werde sehen, was wir tun können«, sagte ich. »Es muß vollkommen unauffällig geschehen.«

»Laßt es nicht zu lange dauern, Hoheit.«

»Es wird nicht lange dauern, Mylord«, versprach ich.

Wieder bewegte sich seine Hand, als wolle sie die meine berühren. »Ich liebe Euch, Meg«, flüsterte er. »Ich bete Euch an. Ich verehre den Boden, über den Ihr geht. Das werde ich bis zum Tage meines Todes tun und dann Eure Ankunft im Himmel erwarten.«

»Ihr denkt zu weit voraus, Mylord«, sagte ich. Denn ich fürchtete, wenn unser ruchloser Plan erfolgreich wäre, dann würde er meine Ankunft wohl eher in der Hölle erwarten müssen.

Was für eine Verschwörung! Ich war erst siebzehn und schon dabei, meinen Körper einem Mann von Welt preiszugeben. Meine Phantasie mochte sich austoben, allerdings dachte ich auch an die Konsequenzen unseres Betrugs. Und trotzdem ließ ich mich nicht davon abschrecken, meine Pläne zu verfolgen. Zu lange hatte ich wie in einem Kloster gelebt. Mein Herz und mein Körper schrien danach, geliebt zu werden, und zwar mit kraftvoller Leidenschaft und, das gebe ich offen zu, auch mit überschäumender Freude und Lust, vor der mein Mann sich so sehr fürchtete.

Es mußte also geplant werden. Man mag vielleicht denken, der Beischlaf mit einer Königin sei die schwierigste aller Aufgaben. Doch dem ist nicht so. Der Beischlaf mit jeder Frau kann eine schwierige Aufgabe sein, wenn sie nicht will. Aber der Beischlaf mit einer Frau, die voller Begeisterung mitmacht, ist einfach wie ein Fingerschnippen.

Das einzige, was man benötigt, ist eine Vertrauensperson. Diese hatte ich in meiner lieben Bailly, die mir so überaus treu zur Seite stand. Auch war sie Französin, was eine große Hilfe war, denn die französischen Damen sind weniger streng in ihren Moralvorstellungen als ihre englischen Geschlechtsgenossinnen.

Bailly hatte Verständnis für die Situation, obwohl ich glaube, sie sah in mir weniger die Königin, die ihre Nachkommenschaft sicherstellen mußte, als eine enttäuschte, gelangweilte junge Ehefrau, die etwas Trost außerhalb der Ehe suchte. Nun, ich will nicht ganz ableugnen, daß sie recht hatte, doch war es die Frage der Nachkommenschaft, die mich schließlich zum Handeln zwang.

Nachdem Bailly das Kommando übernommen hatte, öffneten sich buchstäblich alle Türen, da sie auch als Mittelsfrau bei der Organisation des Vorhabens selbst fungierte. An einem Tage, an dem mein Heinrich sich bei seinen Gebeten befand – es ging wieder einmal auf Weihnachten und Advent zu –, wohnte Suffolk einer Ministersitzung im Palast von Westminster bei. Zwischendurch erachtete er es für notwendig, den Abort aufzusuchen. Leider schien der Zugang im Erdgeschoß blockiert zu sein, und so mußte er zu der Tür im ersten Stock emporsteigen, wobei er eine ganze Reihe von Flüchen ausstieß. Der zweite Abort befand sich nahe der königlichen Wohnung und war in der Tat zur Bequemlichkeit des Königs und meiner Person durch einen Geheimgang mit letzterer verbunden. Kaum daß Suffolk sich darin befand, war es ein leichtes für Bailly, ihn dort herauszuholen und heimlich in meine Bettkammer zu lotsen.

Wie es der Zufall wollte, hatten mich gerade an diesem Tag schlimme Kopfschmerzen gequält, und deshalb hatte ich meinen Damen gesagt hatte, ich würde im Bett bleiben, wolle niemanden außer Bailly um mich haben und unter keinen Umständen gestört werden, solange ich nicht nach ihnen riefe. So konnten wir sicher sein, ganz unter uns zu bleiben.

So unschuldig ich auch war, war ich nicht so dumm anzunehmen, ein einziger Beischlaf würde ausreichen, um das gewünschte Ergebnis zu erzielen. Ich glaubte eher, daß wir unser Ziel nur erreichen konnten, wenn wir unsere Bemühungen über einen gewissen Zeitraum hinweg wiederholen würden. Vielleicht war es diese Aussicht, die die ersten Zweifel in mir aufkeimen ließ.

Ebenso bedrückte mich, seit dem Moment, in dem wir unser Arrangement getroffen hatten, der Gedanke, daß in Suffolks Adern kein königliches Blut floß. Suffolk verfügte noch nicht einmal über einen adeligen Stammbaum, der bis in die Zeit Wilhelms des Eroberers zurückreichte, und den die meisten englischen Adligen als wesentliches Fundament für ihre Position ansahen – sein Ururgroßvater war ein Händler gewesen, der für den nützlichsten aller Dienste in den Adelsstand erhoben worden war, nämlich dem König Geld zu leihen. In den Adern meines Sohnes würde deshalb nur mein königliches Blut fließen. Dies ließ mich zwischen einem Höchstmaß an Entschlossenheit und einem Höchstmaß an Unsicherheit hin und her schwanken.

Doch was über all meinen Überlegungen schwebte, war die Lust, die von Stunde zu Stunde anwuchs, und gleichzeitig eine lebhafte Furcht bei dem Gedanken, mich selbst, meinen Körper, den Händen eines Mannes auszuliefern, in dem ich einen erfahrenen Verführer sah.

Wie man sieht, war ich sehr verwirrt. Mal zog ich mein Nachthemd aus, damit er meine ganze Herrlichkeit auf einmal würde in Besitz nehmen können, dann zog ich es wieder an, damit er nicht dächte, ich sei unkeusch. Mal ging ich im Zimmer auf und ab, unfähig, die aufwallende Energie in meinen Lenden zu unterdrücken, dann wieder legte ich mich ins Bett, aus Angst zu ermüden.

Ich befand mich mitten in einem dieser letzten Manöver, als die Tür aufging und der Graf im Zimmer stand. Ohne ein Wort oder eine Geste durchschritt er den Raum, legte seine Arme um mich und drückte mich an sich, während er mein Gesicht und meinen Mund mit Küssen bedeckte. Seine Emotionen waren heftiger als die meinen. Einige Sekunden lang rangen wir in höchst erotischer Weise miteinander – mit dem Ergebnis, daß sowohl mein Nachthemd als auch seine Hosen von uns fielen und wir schließlich zusammen im Bett lagen, während er mir wieder und wieder sagte, wie sehr er mich liebte.

Nun, daran gab es wirklich keinen Zweifel, wenigstens was meinen Körper betraf. Doch dann war mein eigenes Feuer ganz plötzlich erloschen. Ich war siebzehn Jahre alt und kurz davor, die beiden schrecklichsten Verbrechen zu begehen: Verrat und Ehebruch. Und das mit einem Mann niederer Herkunft, wie attraktiv und liebenswert er auch immer war. Gleichzeitig erschienen in diesem Moment vor meinen Augen das Bild Heinrichs und das der lieben Alice – zwei der besten Menschen, denen ich jemals begegnet war oder jemals begegnen würde, und die zu betrügen ich im Begriff war. War das wirklich eine Notwendigkeit von Staats wegen? Oder das verrückte Verlangen eines überängstlichen jungen Mädchens und eines alternden Lüstlings?

Auch fand ich mich mit einem Male mit dem Beweis seiner Lust konfrontiert. Ich war schon, bevor er mich ins Bett trug, bei seinem Anblick ziemlich erstaunt gewesen. Und nun machte er sich an meiner Leiste und meinen Oberschenkeln zu schaffen, während er sich seinen Weg bahnte ... und ganz plötzlich war ich mir nicht mehr sicher, ob ich ihn wirklich empfangen wollte.

Welcher dieser Beweggründe der mächtigste war, kann ich nur schwer sagen. Ich weiß nur, daß ich mich aus seiner Umarmung wand und das Kopfende des Bettes erreichte. Dort saß ich nun und hielt mir das Kissen wie eine Art Schild vor den Unterleib.

Er war ziemlich verwirrt, wie man sich denken kann. »Meg!« keuchte er. »Habe ich Euch weh getan?«

Nun, ich fühlte mich tatsächlich ein wenig angeschlagen, da ich noch nie zuvor so vehement überfallen worden war. Doch das zeigte ich natürlich nicht. »Nein, nein, Mylord«, versicherte ich ihm.

»Nun, dann ...« fuhr er fort, kroch im Bett auf mich zu, ein faszinierender, aber auch ziemlich furchterregender Anblick, da sich sein Feuer nicht im mindesten gelegt hatte.

Hastig rollte ich mich an der anderen Seite herunter, wobei ich immer noch mein Kissen an mich drückte. »Ich kann nicht.« Das ließ ihn innehalten. »Ich ...« Ich zuckte mit den Schultern. »Ich kann nicht«, wiederholte ich. »Es tut mir leid, Mylord.«

Voller Unbehagen setzte er sich auf. »Ich liebe Euch«, murmelte er.

»Und ich liebe Euch, Mylord. Aber ... ich liebe auch meinen Mann, und in der Tat liebe ich auch Eure Frau. Und das solltet Ihr auch tun«, fügte ich etwas bissig hinzu.

»Das tue ich ja«, protestierte er. »Aber nicht so, wie ich Euch liebe.«

»Was wir geplant haben, war falsch«, erklärte ich. »Ich kann keinen Ehebruch begehen.«

Verstört blickte er sich um. »Was soll nun aus uns werden?« fragte er.

»Nun, Mylord, wir werden so weitermachen wie bisher. Wir werden das Land regieren, so gut wir können, und unser Schicksal in Gottes Hände legen!« Da er inzwischen nicht mehr fähig war, mir mehr als eine Liebkosung zu verabreichen, wagte ich mich um das Bett herum. »Ich werde Euch niemals verraten, Mylord. Im Gegenteil, Ihr werdet immer der wichtigste Mann in meinem Leben bleiben. Ich kann Euch nur bitten, mich zu verstehen.«

»Ja«, murmelte er und versuchte, mich an sich zu ziehen. In meiner Unerfahrenheit hatte ich die Erektionsfähigkeit des männlichen Geschlechtes unterschätzt: in einem Moment ein verdorrtes Schilfrohr und schon im nächsten, bei der geringsten Ermutigung, wieder eine angelegte Lanze.

Hastig zog ich mich in eine sichere Position zurück. »Ihr müßt gehen, Mylord, oder sie werden nachsehen, was mit Euch geschehen ist.«

Ich war doch erst siebzehn! »Habe ich mich falsch verhalten?« fragte ich Bailly.

»Allerdings, Euer Hoheit. Indem Ihr mit dem Grafen nackt in Eurer Bettkammer wart, habt Ihr das Verbrechen ohnehin begangen. Ihr hättet es genausogut genießen können.«

Dennoch versuchte ich nicht, eine zweite Begegnung herbeizuführen. Ich wußte, es würde nicht gehen. Und tatsächlich war ich ein wenig stolz darüber, daß ich im Sündenpfuhl der ehebrecherischen Liebe der Versuchung begegnet war und meine angeborene Tugend über sie triumphiert hatte. Ein siebzehnjähriges Mädchen unterscheidet sich wie Tag und Nacht von einer vierundzwanzigjährigen Frau, und im übrigen geriet ich im Laufe der darauffolgenden Jahre noch in so viele Sündenpfuhle, daß ich dem Ehebruch später keine große Bedeutung mehr beimaß.

Zunächst jedoch war ich mit mir zufrieden, und zur Freude meines Ehemannes wandte ich meine Gedanken der Kirche und den guten Werken zu. Zu dieser Zeit trat ein Herr namens Andrew Ducket, der Rektor von St. Botolph's in Cambridge, mit dem Vorschlag auf mich zu, ich solle doch ebenso wie Heinrich ein College für die Universität gründen, so daß neben dem King's College das Queen's College entstehen würde.

Ich hielt das für eine hervorragende Idee, um so mehr als

mir bewußt war, daß ich in diesem Teil des Landes – oder zu dieser Zeit eigentlich in jedem Teil des Landes – nicht sonderlich beliebt war und die Gründung eines Colleges, das meinen Namen tragen würde, die gegen mich gerichteten Abneigungen mildern würde. Deshalb stellte ich eine Verfassungsurkunde für die Gründung des Queen's College St. Mary und St. Bernard aus, und am 15. April 1448 legte der gute Sir John Wenlock den ersten Stein.

Allerdings braucht ein solcher Bau seine Zeit, wenn er gut gemacht werden soll, und mein College wurde erst 1464 für Studenten eröffnet, zu einer Zeit, da sich meine Situation grundlegend geändert hatte und ich nicht mehr in der Lage war, diesem erfreulichen Ereignis beizuwohnen. Statt dessen wurde der ganze Ruhm von jenem gräßlichen Mädchen namens Bella eingeheimst, das erst später mit seinem hinterlistigen Verrat in mein Leben treten sollte.

Wir wußten, daß das Jahr 1448 schwierig werden würde, denn Maine mußte aufgrund der Bedingungen unseres Vertrages mit Onkel Karl übergeben werden, und dieses Ereignis würde die Öffentlichkeit natürlich wieder gegen Suffolk aufbringen. Daher hätte sich der Marquis, abgesehen von der Ausübung seiner ministerialen Pflichten, in dieser Zeit eigentlich in Zurückhaltung üben sollen. Statt dessen verursachte der Dummkopf eine neue Krise, indem ausgerechnet er einen Streit mit den Beauforts anzettelte. Ich weiß nicht, ob ihm das nackte Herumgetobe mit mir zu Kopf gestiegen war und er das Gefühl hatte, er und ich müßten nun zusammenhalten, ganz gleich, was geschehen würde, da wir sonst gemeinsam in die schreckliche Falle tappen würden, die er mir zuvor erläutert hatte. Jedenfalls entschloß er sich jetzt, den Bischof von London, Thomas Kemp, zugunsten eines seiner Klienten, eines gewissen Molyneux, zu enteignen. Ein solches Vorgehen hätte seinem Ruf ohnehin geschadet, aber

Thomas Kemp war zudem noch der Neffe des Erzbischofs von York, Johann Kemp, der einige Jahre zuvor von Papst Eugen zum Kardinal ernannt worden war. Kardinal Kemp war ein sehr beliebter und mächtiger Mann, der außerdem unter dem besonderen Schutze der Beauforts stand.

Nun gibt es keinen Zweifel daran, daß Cousin Edmund zu dieser Zeit etwas ungehalten war. Seine Verwaltungsarbeit in Frankreich wurde im Vergleich zu der von Cousin Richard von York, den er ersetzt hatte – und der unglücklicherweise auch noch für seine Erfolge in den irischen Angelegenheiten hoch gerühmt wurde – herabgesetzt, und er hatte immer noch nicht das Herzogtum erlangt, zu dem er sich berechtigt fühlte. Zu alledem vertrat er zusammen mit den meisten Mitgliedern der königlichen Familie die Meinung, daß er durch die Machenschaften des aufstrebenden Suffolk beiseite gedrängt würde. Das Ergebnis all dessen war, daß er beschloß, sich für die Sache von Kemp einzusetzen, und so kam es zu einem gewaltigen Krach, der soweit ausartete, daß man sich gegenseitig den Fehdehandschuh hinwarf.

Da die Angelegenheit einen kirchlichen Hintergrund hatte, mischte Heinrich sich natürlich ein. Er entschied sich dafür, seinem ersten Minister den Rücken zu stärken, wofür ich sehr dankbar war, doch in seiner üblichen Ungeschicktheit versuchte er, die Sache direkt mit Rom abzuklären, was ihm nicht mehr einbrachte als eine heftige Rüge des Papstes. Am Ende war es wieder die arme, kleine Königin, die alles regeln mußte. So überzeugte ich zunächst Suffolk, seine absurden Pläne fallenzulassen, und die Adligen, die sich gerade in London aufhielten, brachte ich dazu, ihre Opposition gegen Edmunds Titel aufzugeben, so daß er ordnungsgemäß Herzog von Somerset wurde. Und schließlich veranlaßte ich Heinrich, Suffolk den Titel zu gewähren, den er sich so sehr wünschte, so daß er Herzog von Suffolk wurde und die liebe Alice Herzogin. Bischof Molyneux beschwichtigten wir, indem wir ihm das Privatsiegel anvertrauten.

In gewisser Hinsicht hatte sich der ganze Aufruhr gelohnt, denn er sorgte für Zerstreuung unter den Commons, die nichts lieber taten, als dabei zuzusehen, wie sich die Mitglieder höherer Gesellschaftsschichten in den Haaren lagen, und während sie auf diese Weise beschäftigt waren, zog die englische Garnison in aller Stille aus Maine ab, und Onkel Karl übernahm die Stadt.

Während all dieser Unruhen erlitt ich einen schweren Schicksalsschlag: Albion mußte getötet werden.

Er hatte, wie alle Löwen, die letzten zwei Jahre damit verbracht zu wachsen, und war nun ein riesiges Tier, das unglücklicherweise alle menschlichen Wesen außer seinem Wächter und mir als Todfeinde betrachtete. Nun liegt es in der Natur der Sache, daß eine Königin ständig von Menschen umgeben ist, und zusätzlich zu seiner natürlichen Abneigung gegen diese Wesen hatte Albion auch noch eine bemerkenswerte Eifersucht in bezug auf mich entwickelt. Das fand ich natürlich sehr schmeichelhaft, doch als er eines Tages den König aus meinem Bett jagte, ging er zu weit. Daß Heinrich sich überhaupt in meinem Bett befand, war, wie man sich denken kann, ein wichtiges und deshalb schätzenswertes Ereignis, aus dem man das Beste hätte machen können. Doch Albion störte nicht nur unsere Zweisamkeit und verärgerte den König, sondern tötete beinahe auch eine der Wachen, die herbeigeeilt kam, um zu sehen, was der Lärm zu bedeuten hatte.

Voller Widerwillen mußte ich mich von ihm trennen. Ich versuchte, meine Stimmung dadurch aufzuhellen, daß ich mir sagte, mit ihm ginge vielleicht auch meine Mädchenzeit dahin und mit ihr wiederum all die Fehler und Unglücksfälle, die mit diesem schwierigen Abschnitt im Leben einer Frau verbunden sind.

Meine Hoffnung, daß sich unsere Angelegenheiten ruhig und gleichmäßig entwickeln würden, wurde jedoch gleich zu Beginn des neuen Jahres zunichte gemacht, obwohl es zunächst sehr positiv begann. Das Parlament versammelte sich in Westminster und gewährte uns bereitwillig sehr großzügige Zuschüsse, so daß wir uns einer reichlicher gedeckten Tafel erfreuen konnten. Meine Meinung über Könige, die sogar für ihr täglich Brot mit dem Hut in der Hand zu ihren Untertanen gehen müssen, habe ich bereits deutlich zum Ausdruck gebracht, und es war eine große Erleichterung, endlich Geld ausgeben zu können.

Leider war unsere Freude nur von kurzer Dauer. Noch bevor wir die Vorratskammern füllen konnten, brach die Pest in London aus, und wir zogen uns in aller Eile nach Winchester zurück. Doch dies war nur ein kleines Ärgernis, denn jetzt ereilte uns eine Katastrophe nach der anderen. Es begann alles mit einem Verrückten namens François l'Arragonois, einem dieser fahrenden Ritter, für die nur der Ruhm Bedeutung hat, und der die Meinung vertrat, die Übergabe von Maine an Frankreich sei eine Negierung all dessen, was während der letzten hundert Jahre durch englische Tapferkeit auf dem Kontinent erreicht worden war. Diese Katastrophe auf Beinen machte sich nun daran, seine Truppen zurück in die Provinz zu führen, und plünderte die Stadt Fougères.

Wir waren entsetzt, um so mehr als wir erfuhren, daß François zu diesem verhängnisvollen Vorgehen von unserem eigenen Vizekönig, Cousin Edmund, dem neuen Herzog von Somerset, angestiftet worden war. Edmund besuchte die eroberte Stadt, um sich seinen Teil an der Beute zu sichern. Onkel Karl reagierte natürlich voller Wut auf diesen Bruch des Waffenstillstands, und wieder einmal loderte der

Krieg zwischen unseren beiden Ländern auf. Ich war entsetzt. Dasselbe galt für Heinrich, der sich sofort nach Wales begab, angeblich um die dortigen Klöster zu inspizieren. Ich zweifelte nicht daran, daß er sich so weit wie möglich von dem Aufruhr in London und auch jenseits des Kanals entfernen wollte.

Ich kehrte nach Westminster zurück und versuchte, für Ordnung zu sorgen. Suffolk versicherte mir natürlich, daß alles ein gutes Ende nehmen würde, und in der Tat hätte alles gut gehen können, wenn Cousin Edmund eine militärische Ader besessen hätte. Doch dies war nicht der Fall, er wurde von den Franzosen geschlagen, und schließlich, am 29. Oktober, fiel Rouen, die Hauptstadt der Normandie. Doch ich greife den Ereignissen vor. Es war ein langer, bitterer Sommer für mich, was durch Heinrichs Abwesenheit verschlimmert wurde. Normalerweise hätte ich diese Abwesenheit begrüßt, da sie mir erlaubte, alles zu tun, was ich gerne tat und Heinrich nicht. Aber Suffolk betrachtete die Abwesenheit des Königs, der sich so weit von uns entfernt aufhielt, als Einladung, seine Annäherungen vom letzten Jahr wieder aufzunehmen, da er zu der nicht ganz abwegigen Schlußfolgerung gelangt war, daß ich damals nur aus Angst vor Entdeckung einen Rückzieher gemacht hatte.

Ich war jedoch inzwischen neunzehn Jahre alt, eine reife, erwachsene Frau. Vergangen war die kindliche Schwärmerei für gutaussehende Lords. Meine Sorge galt dem Land, und in dieser Hinsicht konnte ich nicht anders, als in dem ersten Minister den Mann zu sehen, der uns in diese unangenehme Lage gebracht hatte. In der Zwischenzeit zogen sich über uns weitere Sturmwolken zusammen. Niemand sollte denken, daß die Vorstellung, den guten Suffolk aufzugeben, mir auch nur für einen Moment in den Sinn kam, weder damals noch zu irgendeinem späteren Zeitpunkt. Doch ich zerbrach mir den Kopf darüber, wie man ihn retten konnte – ein Aspekt, der diesen arroganten Menschen überhaupt nicht zu beschäftigen schien –, und danach lag es mir noch ferner, Ehebruch zu begehen, als zwei Jahre zuvor.

Heinrich kehrte im November von seiner Reise zurück, und sofort brach der Sturm über uns herein. Das Parlament war bereits für den 6. November in Westminster einberufen worden. Diesmal war die Stimmung aufgrund der wiederholten Niederlage in Frankreich alles andere als gut. Doch wir hatten bereits vorher aufgebrachten Parlamenten gegenübergestanden und gesiegt, wenn wir damals auch zugegebenermaßen Heinrich Beaufort an unserer Seite gehabt hatten. Trotzdem gab es auch jetzt keinen Anlaß zu der Vermutung, daß es uns nicht gelingen sollte, die Zweifel an der Regierung des Landes, die die Commons in aller Offenheit vorbrachten, niederzuschlagen.

Unglücklicherweise wurden wir wieder einmal von Suffolks Unbeherrschtheit überrumpelt, oder wenigstens der seiner Anhänger, die, wie man sich vorstellen kann, stets nach seinen Befehlen handelten. Aber wie auch immer, die Lords und Commons hatten sich kaum versammelt, als ein gewisser Lord Cromwell, ein Mann aus den östlichen Grafschaften, der zu den Hauptanklägern Suffolks gehörte, von William Tallboys, einem Gutsherrn aus Lincolnshire, der in Suffolks Diensten stand, bedrängt wurde. Beide Männer griffen nach ihren Schwertern, wurden jedoch von den Umstehenden getrennt, bevor sie handgreiflich werden konnten. Als bekannt wurde, daß jener Tallboys ein ausgezeichneter Schwertkämpfer war, was man von Cromwell nicht gerade sagen konnte, ging sofort der Ruf durch die Menge, der Gutsherr sei vom Herzog gesandt worden, um einen Streit mit dem Lord anzufangen und ihn aus dem Weg zu schaffen.

Wie man sich vorstellen kann, gab es einen gewaltigen Aufruhr. Der Schatzkanzler, Marmaduke Lumley, legte sofort sein Amt nieder, und eine Woche später folgte ihm Bischof Molyneux. Die beiden gaben vor, sie könnten nicht länger mit Suffolk zusammenarbeiten. Und das, nachdem sie bereits mindestens ein Jahr mit ihm kooperiert hatten und ihm der Versuch, den treulosen Molyneux voranzubringen, beinahe teuer zu stehen gekommen wäre! Sie wußten ganz genau, daß der Stern des Herzogs am Sinken war, und wollten sich so schnell wie möglich von ihm lossagen.

Die Dinge waren inzwischen soweit gediehen, daß Heinrich es für nötig hielt, Suffolk in den Tower bringen zu lassen, bis sein Fall vorgetragen würde. Suffolk geriet darüber natürlich in Rage, doch der König versicherte ihm, es geschehe zu seinem eigenen Schutz, während ich ihm versprach, daß ihm nichts zustoßen würde, solange ich lebte. Damit gab er sich zufrieden, doch ich sollte eines Tages erkennen, daß selbst Königinnen keine vorschnellen Versprechungen machen sollten, deren Konsequenzen für den Rest ihres Lebens schwer auf ihren Schultern lasten können. Die Parlamentssitzung wurde anschließend auf Januar vertagt, was es uns zumindest ermöglichte, Weihnachten in Ruhe zu genießen. Doch ich fürchte, im königlichen Heim gab es wenig zu genießen. Wir waren wieder einmal knapp bei Kasse, und wir wußten, daß uns im neuen Jahr eine ernsthafte Krise erwartete.

Wir beschlossen, uns dem Londoner Pöbel zu entziehen, und verbrachten die Feiertage in Windsor. Wie ich bereits erwähnte, konnte man es nicht gerade als besonders festlich beschreiben. Es fehlte uns sowohl an freundschaftlichem Rückhalt als auch an Geld. Somerset blieb in Frankreich, um seine Zuverlässigkeit zu demonstrieren. Buckingham konnte man sicherlich trauen, doch wir sahen ihn in der drohenden Krise weiterhin als Leichtgewicht an. York blieb in Irland, und wir hegten keinen Zweifel daran, daß seine Verwandten, die Nevilles, sich geschlossen gegen uns oder wenigstens gegen Suffolk stellen würden.

Suffolk zog sich, nachdem er aus dem Tower freigelassen worden war, mit Alice auf seinen Landsitz nördlich von London zurück. Vielleicht hatte er eine düstere Vorahnung und wußte, daß dies die letzte Möglichkeit sein würde, den häuslichen Frieden zu genießen.

Heinrich und ich kehrten am 10. Januar 1450 nach Westminster zurück. Kaum waren wir angekommen, da erreichten uns äußerst beunruhigende Neuigkeiten aus Portsmouth, wo Bischof Molyneux, der ein Schiff in Richtung Frankreich nehmen wollte, von einer Meute von Seeleuten überfallen worden war. Die rauhen Kerle waren über die Rückstände ihrer Heuer in Wut geraten und hatten – wahrscheinlich ohne zu wissen, daß er von seinem Amt zurückgetreten war – in dem üblen, kleinen Bischof ein Mitglied der Regierung erkannt. Doch dieser unwürdige Gauner, dem es nur darum ging, seine eigene Haut zu retten, schob die gesamte Schuld für die Mißstände im Land Suffolk in die Schuhe und brachte zudem noch verschiedene andere Beschuldigungen gegen ihn vor – wobei er sich auch nicht zu schade war, die unschickliche Intimität, die viele zwischen dem Herzog und der Königin bemerkt hatten, ins Spiel zu bringen.

Dieses abscheuliche Betragen rettete ihm keinesfalls das Leben. Statt dessen wurde er auf der Stelle von der Menge in Stücke gerissen, doch die Anschuldigungen dieses Mannes, der geahnt haben muß, daß ihm der Tod bevorstand, hatten großes Gewicht. Ich wußte nun, daß wir einen sehr entschlossenen Kurs steuern mußten; meine einzige Angst war, daß Heinrich sich wankelmütig zeigen würde. Ich sandte sogar nach Frankreich und flehte Somerset um Hilfe an, doch der war voll und ganz damit beschäftigt, die Franzosen abzuwehren und konnte nichts für uns tun.

Das Parlament kam am 22. Januar erneut zusammen und brachte ohne Zögern eine Anklage gegen Suffolk vor.

Diese Anklage war eine ernste Sache, denn sie enthielt die Beschuldigung des Hochverrats. Noch bevor wir es verhindern konnten, wurde der Herzog wieder in den Tower von London gebracht. Dieser sogenannte Tower ist eine riesige und bedrohliche Festung, die von Wilhelm dem Eroberer erbaut worden war und seither das Stadtbild prägte. In früheren Jahren wurde der Tower oft als Gefängnis benutzt, da es praktisch unmöglich ist, aus ihm zu entkommen. Ich war natürlich sehr erschrocken und flehte meinen Mann an, sein Vorrecht als Regent des Königreiches dazu zu nutzen, unseren Freund in Freiheit zu setzen. Doch Heinrich sah sich dazu nicht imstande, ganz gleich wie innig ich ihn auch bedrängte. »Wir müssen beten«, bestimmte er.

Nun bin ich zwar eine gute Christin, doch selbst mit neunzehn Jahren hatte ich bereits bemerkt, daß man sich nicht auf göttliches Eingreifen verlassen sollte. Wir stimmen alle darin überein, daß es nur einen Gott gibt, und von ihm kann man wohl kaum annehmen, daß er die Sündhaften unterstützt; und unzweifelhaft hatten Suffolk und ich gesündigt, wenn auch nicht durch unser Handeln, so doch durch unsere Gedanken. Es gab jedoch keine Möglichkeit, die Gerichtsverhandlung zu verhindern, obwohl ich immer noch entschlossen war, dafür zu sorgen, daß der Herzog nicht zu Schaden kommen sollte, was ich ihm wiederholt zusagte.

Suffolk war am 28. Januar verhaftet worden. Am 7. Februar wurde er vor Gericht gebracht und formell angeklagt, erstens, daß er einen Teil des Königreiches an die Franzosen verkauft habe, und zweitens, daß er sein Schloß in Wallingford in verräterischer Weise befestigt habe. Diese zweite Anklage war der entscheidende Punkt. Die erste konnte mit Leichtigkeit aufgrund der Immunität, die dem Herzog zugesagt worden war, bevor er in die Verhandlungen um meine Hand eingetreten war, abgewiesen werden. Doch die zweite ... Wir waren vollkommen verblüfft, und auf mein Drängen ordnete Heinrich eine Vertagung an, damit die Anklage sorgfältig geprüft werden konnte.

Die Vertagung wurde gewährt, doch sie brachte uns keinen großen Nutzen. Für mich war die Lösung ganz einfach: Das Versehen des Herzogs, sein Schloß ohne die königliche Erlaubnis zu befestigen, konnte sicherlich durch eine nachträgliche Genehmigung bereinigt werden. In jedem gewöhnlichen Fall hätte dies ausgereicht. Aber Suffolks Feinde – und sie waren bei weitem zahlreicher als seine Freunde – waren fest entschlossen, ihn zu vernichten. Suffolk *hatte* Hochverrat begangen; er konnte von diesem Verbrechen nicht mehr freigesprochen werden, genausowenig wie er nach einem Mord von diesem hätte freigesprochen werden können.

»Was können wir nur tun?« klagte Heinrich, den Kopf in die Hände gestützt.

»Es gibt nur noch eins, was wir tun können, Sire«, sagte ich zu meinem Mann. »Vielleicht ist es nur gut und rechtens, daß selbst der König das Gesetz des Landes nicht im nachhinein ändern kann. Dennoch kann niemand leugnen, daß dem König das Recht zusteht, etwaige Strafen umzuwandeln.«

Er hob den Kopf. »Er wird dennoch leiden müssen. Man wird darauf bestehen, ihn leiden zu sehen.«

»Auf irgendeine Weise muß sein Verbrechen geahndet werden, gewiß«, stimmte ich zu. »Ihr werdet ihn aus dem Königreich verbannen. Das wird ihnen gefallen.«

»O j«, sagte er eifrig. »Ja. Ich werde ihn verbannen. Das wird ihnen gefallen.«

Die ständige Sorge darum, seinen Untertanen zu gefallen, war mir ein großes Ärgernis. Ich fragte mich zuweilen, wann seine Untertanen damit anfangen würden, *ihm* gefallen zu wollen. Doch wie immer, verbarg ich auch jetzt meinen Ärger. »Für fünf Jahre, Euer Hoheit.«

»Wie?«

»Ihr werdet den Herzog für einen Zeitraum von fünf Jahren verbannen. In dieser Zeit werden die Leute ihn vergessen, und der stolze Herzog bleibt uns erhalten.«

»Das wird ihnen nicht so gut gefallen«, murmelte Heinrich.

»Fünf Jahre«, wiederholte ich, und mein Tonfall ließ keine Diskussion zu.

Ich sandte eine Nachricht zum Tower und bat den Herzog, die Hoffnung nicht aufzugeben. Anschließend wohnte ich selbst der Parlamentsversammlung bei. Ich saß auf der Galerie, die dem weiblichen Publikum vorbehalten war, um der Debatte zu lauschen und um sicherzustellen, daß Heinrich keinen Rückzieher machte.

Unter den Commons herrschte große Unruhe, als ihnen der Herzog vorgeführt wurde. Von allen Seiten prasselten Beschuldigungen auf ihn ein, und sofort wurde die Forderung laut, ihn unter Anklage zu stellen, was den ersten Schritt in Richtung Exekution bedeutete. Die ganze Zeit über sah Suffolk seinen Anklägern fest in die Augen, doch ich konnte erkennen, daß er äußerst beunruhigt war, und hielt ihn trotz all meiner Versprechungen für verloren. Ich sah den König an und wünschte, er würde wenigstens dieses eine Mal als wahrer Plantagenet handeln. Es dauerte eine Weile, bis Heinrich für Ruhe gesorgt hatte. Dann, nach einem kurzen Blick zur Galerie, sagte er in resoluterem Tonfall als sonst: »Mylord Suffolk hat dieser Krone und diesem Land sein ganzes Leben lang treu und ehrlich gedient.«

»Mit Respekt, Euer Hoheit«, sagte der Sprecher, der die Kühnheit besaß, seinen König zu unterbrechen. »Die Dienste der Vergangenheit können die Anklage des Hochverrats nicht aufheben.«

»Doch im Hinblick auf diese Dienste kann und werde ich die Strafe mildern«, erklärte Heinrich. »Mylord Suffolk wird hiermit aus meinem Königreich verbannt.« Er machte eine Pause, und ein wütendes Gemurmel ertönte aus den Reihen der Commons. »Und zwar für einen Zeitraum von fünf Jahren«, fügte Heinrich hinzu.

Aus dem Gemurmel wurde bellendes Geschrei. Fäuste wurden geschüttelt, und sogar das Klirren von Schwertern war zu hören. Ich wandte mich an Wenlock, der wie immer an meiner Seite saß. »Ruft die königlichen Wachen zusammen, Sir John«, sagte ich. »Holt den König und den Herzog aus der Kammer.«

Auch ich verließ zu meiner eigenen Sicherheit den Raum und eilte mit meinen Hofdamen zum Palast. Hier traf ich schon bald darauf mit Heinrich zusammen, der mir aschfahl und zitternd entgegenkam. »Einen Moment lang dachte ich, ich hätte eine Revolution ausgelöst«, keuchte er.

»Ihr habt wie ein König gesprochen, Euer Hoheit«, sagte ich zu ihm. »Ich bin noch nie so stolz gewesen, Eure Gemahlin zu sein.«

»Ist das wahr, Meg? Ist das wahr?« Er sah aus wie ein kleiner Junge, und ich winkte meine Zofen hinaus und nahm ihn in die Arme. Dort verharrte er eine Zeitlang und zitterte wie ein Baby, während ich es nicht wagte, die Frage zu stellen, die mir auf der Zunge lag.

Doch schließlich erholte er sich etwas, ich goß ihm ein

Glas Wein ein, nahm eines für mich und setzte mich neben ihn. »Ich bin nicht bis zum Ende geblieben«, bemerkte ich.

»Sie waren unverschämt, einfach unverschämt«, brummte er und fing erneut an zu zittern.

»Was habt Ihr denn von dem gemeinen Volk erwartet?« fragte ich. »Aber sie können Euch nichts tun. Sie können nichts anderes tun, als sich Eurem Urteil zu unterwerfen. Ich nehme doch an, der Herzog wurde in Sicherheit gebracht?«

Er nickte. »Er hat den Tower ohne Schwierigkeiten erreicht.«

»Den Tower?« schrie ich. »Ist er nicht verbannt?«

»Liebe Meg, diese Dinge brauchen Zeit. Die Straßen sind voller Menschen. Ich hielt es für das beste, ihn in Sicherheit zu bringen, bis sich der Tumult gelegt hat.«

»Der arme Mann muß außer sich sein vor Angst«, sagte ich. »Ich muß zu ihm gehen.«

»Nein«, fuhr der König mich an. »Das werdet Ihr nicht tun.« Ich hob meine Augenbrauen. Heinrich hatte seit unserer Heirat noch nie in diesem Tonfall mit mir gesprochen. »Es würde Gerede geben«, sagte er in ruhigerem Ton, und gab mir damit zu verstehen, daß vielleicht einige der Gerüchte über den Herzog und mich sogar ihm zu Ohren gekommen waren.

»Sehr gut, Euer Hoheit«, sagte ich. »Vorausgesetzt, Ihr könnt mir für seine Sicherheit bürgen.«

»Er ist absolut sicher«, sagte Heinrich. »Sobald sich der Tumult gelegt hat, wird er die Stadt verlassen und sich auf seinen Landsitz in Essex zurückziehen. Ich habe ihm fünf Wochen gegeben, um seine Angelegenheiten zu ordnen. Dann wird er England verlassen.«

»Was meint Ihr, wo er hingehen wird?« fragte ich.

»Ich vermute, er wird eine Pilgerfahrt nach Rom unternehmen und sich dort niederlassen. Es wäre für ihn das sicherste, und er könnte sogar eine Beschäftigung in den Truppen des Papstes finden.«

Ich stellte mir vor, wie mein Held auf seinem Roß an der Spitze der päpstlichen Truppen einherritt und neuen Ruhm erntete, bevor er zurückkehrte. Fünf Jahre! Ich würde vierundzwanzig sein! Ich habe oft überlegt, was geschehen wäre, wenn Suffolk nach diesen fünf Jahren tatsächlich ruhmreich zurückgekehrt wäre und seinen Platz an unserer Seite wieder eingenommen hätte.

Im Moment beschäftigte mich nur der Gedanke an die fünf Jahre, in denen ich sein Gesicht nicht zu sehen bekommen würde. Von den anderen Körperteilen ganz zu schweigen. Ich schrieb ihm einen Abschiedsbrief, der in schicklichen Worten abgefaßt war und ihn dennoch, wie ich hoffe, nicht im Zweifel über meine Gefühle für ihn lassen würde.

Ich hoffe, daß er ihn auch erhalten hat.

Dieses schreckliche Jahr 1450 sollte ebenso schauerlich weitergehen. Suffolks Abreise aus London vollzog sich nicht so still und unauffällig, wie Heinrich es sich vorgestellt hatte. Die Bürger der Stadt lauerten ihm auf, und es war ein Glück, daß er mit einer angemessenen Eskorte ausgestattet war, denn er mußte sich seinen Weg aus der Stadt bitter erkämpfen. Wir waren bestürzt, als wir von dem Tumult hörten, und ich sah den König an, denn immerhin waren es seine Untertanen, die in ihrer aufrührerischen Stimmung einfach seinen gerichtlichen Befehl mißachteten. Aber Heinrich schien lediglich erleichtert zu sein, daß der Herzog nun relativ sicher war.

Da das Parlament für die nächsten sechs Wochen wieder vertagt worden war, genossen wir etwas Ruhe und Frieden, obwohl ich wußte, daß ich keine wirkliche Ruhe finden würde, solange der Herzog nicht außer Landes war. Seine

Abreise aus Ipswich war für den 1. Mai vorgesehen, und an diesem Tag begleitete ich Heinrich zur Kirche, um für seine sichere Weiterreise nach Frankreich zu beten.

Es war zehn Tage später, als uns die furchtbare Nachricht erreichte. Suffolk hatte tatsächlich am 1. Mai die Segel gesetzt. Er hatte zwei Schiffe und ein Beiboot und fuhr auf die Meerenge zwischen Dover und Calais zu, wo Cousin Edmund ihn auf meine briefliche Bitte hin empfangen und ihn sicher auf seinen Weg bringen sollte. Doch dort kam er niemals an. Er befand sich bereits in Sichtweite des Hafens, war aber gleichzeitig immer noch in Sichtweite von Dover, und noch bevor er französischen Boden erreichte, holte ihn ein Geschwader von Schiffen des Königs ein. Ich wiederhole, es waren die Schiffe des Königs, und an ihren Mastspitzen flatterte der königliche Leopard. Der Herzog wurde an Bord des größten dieser Schiffe gebeten, der *Nicholas of the Tower*. Dieser Aufforderung kam er nach. Manche sagen, er sei dazu gezwungen worden, andere, er sei freiwillig gegangen. Das ist gewiß möglich; er mag gehofft haben, seine Verbannung sei rückgängig gemacht worden.

Andererseits hatte er keine Möglichkeit, sich zu weigern, da seine Leute bei weitem in der Minderzahl waren. Jegliche Hoffnung, die er gehegt haben mag, war in dem Moment zerschlagen, als er das Kriegsschiff betrat, denn man begrüßte ihn mit den Worten: »Willkommen, Verräter.«

Der Herzog wurde zwei Tage lang an Bord der *Nicholas of the Tower* festgehalten. Es macht mich schaudern, daran zu denken, was er in diesen letzten achtundvierzig Stunden seines Lebens durchgemacht haben muß. Selbst wenn er keine körperlichen Mißhandlungen hat ertragen müssen, so muß ihm doch bewußt gewesen sein, daß sein Schicksal besiegelt war. Ich frage mich, was er in dem Moment gedacht haben mag, als ihn der Tod ereilte. Ganz gewiß habe ich in seinen

Betrachtungen eine sehr finstere Rolle gespielt. Ob er mich am Ende gar gehaßt hat, da es mir nicht gelungen war, sein Leben zu retten? Es wäre ungerecht von ihm gewesen, denn ich hatte für seine Sache alles aufs Spiel gesetzt. Doch nicht einmal ich hatte die Abgründe der Anarchie erkannt, in die das Land hineinsteuerte.

Am dritten Morgen wurde er gezwungen, die *Nicholas of the Tower* zu verlassen und ein Beiboot zu besteigen, auf dem er schließlich seine Strafe erhielt. Wie behauptet wird, wurde er mit einem rostigen Schwert geköpft. Man erzählte uns, es habe sechs Hiebe gebraucht, um seinen Kopf vom Körper zu trennen.

Wenn ich nach all den Jahren an ihn zurückdenke und meine jugendliche Leidenschaft für ihn beiseite lasse, dann sehe ich ihn als einen von krankhaftem Ehrgeiz getriebenen Mann, der versucht hat, ein naives junges Mädchen zu verführen, um an sein Ziel zu gelangen – denn hätte ich ihm ein Kind geboren, dann wäre das Königreich in seiner Hand gewesen.

6

Wir hatten London verlassen, um nach Leicester zu reisen, wo das Parlament zusammenkommen sollte, denn in London wütete wieder einmal die Pest, als wir die Nachricht von Suffolks Ableben erhielten. Wir waren beide zutiefst erschüttert.

»Die gesamte Besatzung der *Nicholas of the Tower* ist des Mordes schuldig, Euer Hoheit«, sagte ich zu meinem Mann. »Sie müssen festgenommen, verurteilt und gehängt werden, alle, ohne Ausnahme.«

»Ich bezweifle, daß das zur Zeit durchführbar ist, liebe Meg«, jammerte Heinrich.

»Ihr meint, Ihr wollt sie ungeschoren davonkommen lassen?« Ich konnte meinen Ohren nicht trauen.

»Es gibt nichts, was ich tun kann«, sagte er.

»Und sicherlich habt Ihr auch vor, den Leichnam des armen Suffolk dort vor Deal, wo er gefunden wurde, verrotten zu lassen«, fauchte ich ihn an.

»Nein, nein«, sagte er. »Der Herzog muß eine anständige Beerdigung bekommen.«

Und so geschah es auch. Suffolk wurde in der Familiengruft in Wingfield bestattet. Ich schrieb an Alice und bezeugte ihr mein aufrichtiges Beileid, doch ich erhielt keine Antwort. Sie zog sich mit ihren Kindern – das älteste, John de la Pole war gerade erst acht Jahre alt – in die Heimat ihres Vaters in Ewelme zurück, und obwohl sie noch im selben Jahr von Suffolks Feinden des Hochverrats angeklagt wurde, ließ man die Klage in aller Stille fallen. Wie ich bereits erwähnte, sollte sich Alice einige Jahre später mit meinen Feinden verbünden. Und der älteste Sohn (dem Heinrich so schnell es irgend ging das Herzogtum von Suffolk übertrug) kämpfte sogar auf seiten der Anhänger Yorks. Alice und ich sollten uns erst viele Jahre später unter sehr traurigen Umständen wiederbegegnen.

Doch all das lag noch in den Sternen. Zunächst versuchten wir, ohne unseren fähigsten Mann mit den gegenwärtigen Schwierigkeiten zurechtzukommen. Und es gab nur einen, an den wir uns wenden konnten, damit er die Geschäfte des Königs weiterführte: Kardinal Kemp. Er hatte sich als unser Freund erwiesen und war Heinrich gegenüber ganz gewiß loyal, doch er war bereits siebzig Jahre alt!

Ich hegte keinerlei Zweifel daran, daß es Cousin Edmund sein würde, dem wir letztendlich die Geschäfte würden überlassen müssen, ganz gleich wie groß unsere Bedenken ihm gegenüber auch sein mochten. Doch zu dem Zeitpunkt war er immer noch vollauf damit beschäftigt, die Normandie gegen Onkel Karl zu verteidigen und hatte keine Zeit, um nach England zu kommen. Auf jeden Fall wurden wir, lange bevor er handeln konnte, von einer noch größeren Katastrophe heimgesucht als es der Mord an Suffolk gewesen war. Die Leute in Kent erhoben sich gegen den König!

Man kann von einer Königin kaum verlangen, daß sie viel Gefühl für irgendeinen der Untertanen ihres Mannes empfindet, der es wagt, gegen seine Anordnungen zu verstoßen. Doch selbst wenn ich nur eine Beobachterin wäre, müßte ich sagen, daß es keinerlei legale Rechtfertigung für das gab, was diese üblen Gesellen taten. Sie rechtfertigten ihren Aufstand mit der angeblichen Unfähigkeit der Regierung. Doch den Mann, der der Regierungsunfähigkeit beschuldigt worden war, hatte man gerade ermordet. Die Behauptung war also falsch, und die wahren Tatsachen kamen ans Licht, als ihr Anführer verkündete, sein Name sei Mortimer. Er sagte zunächst nichts weiter als das. Dennoch wurden hierdurch die Zusammenhänge deutlich: Er war ein Nachkomme *des* Hauses Mortimer, in das, wie ich berichtet habe, Philippa Plantagenet eingeheiratet hatte, und das deshalb ein größeres Anrecht auf die Krone Englands hatte als Heinrich.

Auch Richard von York stammte aus dem Hause Mortimer. Wie wir inzwischen alle wissen, war der Mortimer von Kent gar kein echter Mortimer, sondern ein irischer Spitzbube namens Jack Cade, der sich schon des Mordes und des mehrfachen Ehebruchs schuldig gemacht hatte. Doch als diese Tatsache bekannt wurde, erregte sie, zumindest bei mir, einen noch schlimmeren Verdacht: Cade war Ire; York war zur Zeit der Vizeregent von Irland. Cade hatte den Namen Mortimers angenommen; Mortimer war ein Name, den zu tragen York selbst berechtigt war. Es schien keinerlei Zweifel zu geben, daß die ganze Geschichte von Cousin Richard ausgedacht worden war, um die Lage zu prüfen und die Loyalität der Leute im Hinblick auf einen Wettstreit zwischen Mortimer oder York und dem Hause Lancaster zu testen.

Und was mein Mißtrauen noch verstärkte: Cades Rebellion ereignete sich fast im selben Augenblick, in dem auch die Nachricht von Suffolks Tod bekannt wurde. War der Zeitpunkt nicht von einem weitaus intelligenteren Kopf als dem unseres irischen Missetäters bestimmt worden, da der Aufstand genau in dem Moment ausbrach, als der Mann, den auf dem Schlachtfeld zu treffen Cousin Richard gefürchtet hatte, aus dem Wege geräumt war?

Wie dem auch sei, die Rebellen rechneten nicht mit der Gegenwehr des Königs. Nicht daß diese sofort erfolgt wäre. Zunächst gab es ein großes Hin und Her, Gerenne und Gehusche, Gewisper und Geschrei. Die Leute erinnerten sich an den letzten Aufstand der Männer von Kent, der sich vor neunundsechzig Jahren ereignet hatte, als die Rebellen die Kontrolle über London an sich gerissen, die Stadt vollständig geplündert und nebenher auch einige Minister exekutiert hatten.

Man erinnerte sich jedoch auch daran, daß der damalige König, Richard II., sich den Rebellen gestellt und sie in ein Gespräch verwickelt hatte, während einer der Getreuen des Königs den Anführer der Rebellen, einen alten Schurken namens Wat the Tyler, niedergeschlagen und die Horde damit gehörig eingeschüchtert hatte. Dies schien uns unter den gegebenen Umständen der beste Plan zu sein.

Leider gab es jedoch zwischen damals und heute einige Unterschiede. Richard II. war erst sechzehn Jahre alt und voller Tatendrang gewesen. Niemand vermutete in diesem offensichtlich so furchtlosen Jungen auch nur eine Spur von Inkompetenz und Tyrannei.

Heinrich dagegen befand sich in seinem achtundzwanzigsten Lebensjahr, und obwohl er, wie Richard, einen berühmten Kämpfer zum Vater hatte, war seine Regierungsunfähigkeit schon oft sehr deutlich geworden. Auch konnte man von diesem religiösen Menschen nicht erwarten, daß er den Rebellenführer in einem so kühnen Handstreich bestrafen würde, wie es seinerzeit unter Richard II. geschehen war.

Und doch mußte etwas getan werden, und zwar schnell. Cade hatte schon bald etwa zwanzigtausend Mann um sich geschart, und diese waren keinesfalls nur Gesindel. Auch eine große Anzahl von Gutsherren befand sich in ihren Reihen und eine noch größere Anzahl von entlassenen Soldaten, die aus dem französischen Krieg zurückgekehrt waren. Beobachter sprachen von ihrer ausgezeichneten Disziplin und der Übermacht ihrer Waffen. Sie waren in einem Lager etwas südlich von London untergebracht, auf einem großen Gelände, das passenderweise als die Schwarze Heide bekannt war.

Sobald die Nachricht von dieser katastrophalen Situation bei uns eingetroffen war, wurde das Parlament in Leicester aufgelöst, und wir beeilten uns, Westminster zu erreichen. Natürlich erhielten wir von allen Seiten Ratschläge, meist widersprüchlicher Natur. Wir schickten Abgesandte zu den Rebellen, um herauszufinden, was sie vorhatten, während wir gleichzeitig in aller Eile nach Verbündeten suchten. Cades Forderungen lauteten wie folgt: In erster Linie wollte er den Herzog von York auf dem Posten unseres ersten Ministers sehen, um Suffolks Politik rückgängig zu machen; auch wünschte er, daß Cousin Edmund als oberster Kommandeur in Frankreich ersetzt würde, in der Hoffnung, damit den französischen Vormarsch in der Normandie zu stoppen.

Unsere Abgesandten erwiderten, sie würden den König über diese Forderungen unterrichten, und zogen sich zurück. Aber inzwischen waren unsere militärischen Vorbereitungen beendet, und die königlichen Streitkräfte rückten unter dem Kommando von Sir Humphrey Stafford vor, um diesen Machenschaften ein Ende zu bereiten. Doch unsere Hoffnungen wurden enttäuscht. Stafford – der in keiner verwandtschaftlichen Beziehung zu unserem Cousin Buckingham stand, obwohl beide den gleichen Namen trugen – erwies sich als inkompetent. Er ließ sich in einem Eichenwald in einen Hinterhalt locken, als die Rebellen sich scheinbar zurückzogen, und wurde so von seinen Truppen abgeschnitten. Er selbst wurde getötet, Cade bemächtigte sich seiner Rüstung und setzte den Vormarsch auf London fort.

Die Reihen seiner Kämpfer waren nun, nachdem sich die Nachricht von seinem Sieg bei Seven Oaks herumgesprochen hatte, erheblich dichter geworden.

In Westminster herrschte allgemeine Aufregung. Heinrich hatte seine Truppen ins Feld begleitet, wenn er sich auch sicher im Hintergrund gehalten hatte, als Stafford seinen tödlichen Fehler beging. Jetzt kam der König eiligst in einem Boot nach London zurück, und sein ängstliches Gebaren empörte mich zutiefst. »Sie wollen meinen Kopf«, jammerte er. »Was soll ich nur tun? Was soll ich nur tun?«

Ich war nahe daran, die einzige Lösung vorzuschlagen, die ich für sinnvoll hielt: eine neue Armee aufzustellen und mich an ihre Spitze zu setzen! Doch ich bezweifelte, daß irgend jemand auf mich hören würde. Statt dessen schlug Erzbischof Stafford – ein Cousin unseres ermordeten Militärkommandeurs – vor, er und Buckingham sollten eine neue Delegation bilden und zu Cade reiten, um dessen Forderungen zu vernehmen. Nun, gewiß wollte der Gauner jetzt, nach seinem Sieg, seinen Einsatz noch erhöhen. Er beteuerte seine Loyalität dem König gegenüber – mich erwähnte er dabei allerdings nicht –, doch er bestand weiterhin darauf, daß Richard aus Irland zurückgerufen werden sollte, und verlangte jetzt auch noch die Bestrafung jener Lords, von denen er meinte, daß sie Suffolks Schande bei der Rückgabe Maines an Frankreich teilten.

An der Spitze dieser Liste stand Lord Saye and Sele, ein Anhänger Suffolks, der auch mir treu ergeben war. Doch der Erzbischof empfahl, diesen untadeligen Mann als eine Geste unseres »guten Willens« in den Tower zu bringen. Außerdem betonte er, daß es trotz Cades Loyalitätsbekundungen das beste für Heinrich und mich sei, Westminster schnellstmöglich zu verlassen und die sicheren Mauern von Kenilworth aufzusuchen.

Zu meiner Entrüstung stimmte Heinrich diesen schändlichen Vorschlägen begeistert zu. Sein einziges Ziel schien zu sein, jede Konfrontation mit seinen Untertanen zu vermeiden. Sein Vater hätte sich wahrscheinlich im Grabe umgedreht! Doch als ich protestierte, sah mich der Erzbischof ernst an und sagte, er habe bei seinem Ratschlag hauptsächlich meine Sicherheit im Auge gehabt, denn er könne, falls ich dem Mob in die Hände fallen sollte, nicht für meinen Kopf garantieren.

Diese Bemerkung machte mich eher wütend als ängstlich. Der Himmel weiß, es hat in der Geschichte einige Königinnen gegeben, die gewaltsam umgekommen sind, doch ich hatte noch von keiner gehört, die vom Pöbel in Stücke gerissen worden wäre! Gewiß würde doch die gesamte Ritterschaft des Landes einem schönen zwanzigjährigen Mädchen in einer solch extremen Notlage zu Hilfe eilen. Tatsächlich war ich geneigt, es auf einen Versuch ankommen zu lassen. Doch schwach, wie ich in diesem Moment war, gestattete ich schließlich, daß man mich aufs Land verfrachtete. Meine Stimmung besserte sich auch nicht gerade dadurch, daß ich während der Reise das ständige Zittern meines Herrn und Meisters mit ansehen mußte, und so weigerte ich mich schlichtweg, das Bett mit ihm zu teilen. »Eine Königin«, sagte ich zu ihm, »schläft mit Königen, nicht mit Flüchtlingen.« Ich hätte gerne hinzugefügt, daß sie auch mit Männern schläft, die sich wie Könige benehmen, aber dann überlegte ich es mir anders, und in Wirklichkeit hatte ich das ja auch nicht getan. Ich fürchtete, er würde mir böse sein, doch er brummelte nur etwas in sich hinein. Ich glaube, er war insgeheim erleichtert.

In der Zwischenzeit schien der Plan des Erzbischofs aufzugehen. Nach Heinrichs Rückzug marschierte Cade prompt auf London zu, wo er auch Einlaß erhielt, da diese

Flegel in erster Linie ein Interesse daran hatten, ihn in seinem Kampf gegen die »unerwünschte Französin« zu unterstützen. In London befahl er Lord Saye and Sele und dessen Schwiegersohn, den Sheriff von Kent, zu sich, um sie wegen Hochverrats anzuklagen, und als er keinen Richter finden konnte, der diese Verhandlung führen wollte, ließ er sie eben ohne Gerichtsverhandlung köpfen. Auch versuchte er, Alice in seine Hände zu bekommen, doch sie war bereits sicher in Ewelme angekommen. Und noch einer von Suffolks Anhängern, Ayscough, der unglückliche Bischof von Salisbury, der bei meiner Hochzeit den Vorsitz gehabt hatte, wurde von seinen Komplizen umgebracht.

Dies alles war sehr beunruhigend, da die größte Anhängerin Suffolks, ich selbst, immer noch unbehelligt geblieben war. Doch jetzt begann sich alles nach der Prognose des Erzbischofs Stafford zu entwickeln. Cades Leute wurden des Wartens überdrüssig. Sie begannen zu trinken, zu plündern, Vergewaltigungen waren an der Tagesordnung, und die Bewohner Londons fürchteten um ihre Familien und ihre Häuser. Dies ließ die Stimmung schnell wieder zugunsten des Königshauses umschlagen.

Erzbischof Stafford hatte sich im Tower eingeschlossen und rührte sich nicht vom Fleck, doch der tapfere siebzigjährige Kardinal Kemp war zur Stelle. Er scharte mit Hilfe des adeligen William von Waynflete, der Kardinal Beaufort als Bischof von Winchester abgelöst hatte und sich im Laufe der Jahre als ein guter Freund erweisen sollte, die Londoner um sich. Es kam zu einem Kampf an der Brücke, und die Rebellen zogen sich unter hohen Verlusten in ihr ursprüngliches Lager zurück. Jetzt spielte der Kardinal seine Trumpfkarte aus: Er schickte einen Botschafter zu ihnen, durch den er ihnen die königliche Amnestie versprach, wenn sie auseinandergingen und nach Hause zurückkehrten. Er wußte natürlich, daß es das war, was sie eigentlich wollten, da ich mich außerhalb ihrer Reichweite befand, und sie nun alle etwas auf dem Kerbholz hatten. Also gingen sie auseinander. Cade versuchte mit allen Mitteln, seine Position zu wahren, doch da seine Anhänger stündlich weniger wurden, sah er sich schließlich gezwungen, um sein Leben zu laufen. Schließlich wurde er von einem besonders mutigen Burschen namens Alexander Iden, der an Stelle des unseligen Crowmer zum Sheriff ernannt worden war, zur Rechenschaft gezogen und geköpft.

Jetzt zog Heinrich aus Kenilworth los und reiste wutschnaubend durch den Südosten. Jeder Rebell, dessen er habhaft werden konnte, wurde unverzüglich exekutiert. Ich fand dies ausgesprochen widerwärtig, nicht nur weil der Kardinal ihnen Amnestie versprochen hatte, sondern weil Heinrich sich davor gefürchtet hatte, ihnen gegenüberzutreten, als sie Waffen geführt hatten.

Die ganze Episode kann man als einen Wendepunkt in meinem Leben betrachten. Fünf Jahre lang hatte ich mir vorgemacht, mein Ehemann sei ein guter und edler Mann, wenn er auch durch seine extreme Neigung zur Religion ein wenig in seinen Pflichten als Ehemann und als König eingeschränkt sei. Deshalb hatte ich in diesen fünf Jahren meine eigenen Interessen sowohl als Königin als auch als Frau unterdrückt und versucht, die Art Frau zu sein, die er offensichtlich haben wollte. Doch jetzt hatte er sich als scheinheiliger Feigling offenbart. Und so konnte auch ich die Augen nicht länger vor der schrecklichen Ungewißheit des Lebens verschließen. Mein Ausweichen Suffolk gegenüber war zum großen Teil von dem tröstenden Gedanken getragen worden, daß es immer ein Morgen geben würde und der Herzog und ich eines Tages eine Möglichkeit finden würden, unsere Liebe noch durch Sicherheit und gegenseitiges Glück gestärkt zu wissen. Doch jetzt war der Herzog tot.

Es steht außer Frage, daß es jener Sommer 1450 war, in dem ich zur Frau wurde. Doch noch wichtiger war die Erkenntnis, daß ich nur noch zwei Möglichkeiten hatte: entweder meinen Mann und mein Königreich zu verlassen und in Scham und Schande zurück nach Anjou zu fliehen – wo man mich unter diesen Umständen wohl kaum willkommen heißen würde – oder aber für mich, und nur für mich zu sorgen.

Dies alles schreibe ich natürlich rückblickend. Heute weiß ich, daß in jenem Sommer verschiedene Entschlüsse in meinem Geist heranreiften. Doch diese Entschlüsse waren so schwerwiegend, daß es noch einige Zeit dauerte, bis ich genug Mut hatte, sie zu akzeptieren. Meine Metamorphose hatte ich ja gerade erst begonnen. Der König und ich wurden binnen kurzer Zeit mit so viel Unglück überhäuft, daß wir all unsere Energie darauf verwenden mußten, uns selbst durchzubringen, und an Pläne für die Zukunft gar nicht zu denken war.

Wir waren nicht die einzigen, die in diesem Jahr trauerten. In Frankreich starb Agnes Sorel. Nach allem, was wir hörten, war Onkel Karl am Boden zerstört, wenn es auch ein Unterschied ist, ob ein König und eine Königin binnen weniger Monate ihren ersten Minister verlieren und sich mit einem ernstzunehmenden Aufstand konfrontiert sehen, oder ob ein König seine Lieblingshure verliert. Jedenfalls ersetzte Karl, der seiner Lüsternheit schließlich vollkommen erlegen war, die schöne Dame sofort durch ihre Cousine namens Antoinette de Maignelais – wie Agnes ein Schützling Pierre de Brezés –, die in dem Rufe stand, sogar noch schöner als die blonde Agnes und noch lockerer in ihren moralischen Grundsätzen zu sein, denn abgesehen davon, daß sie ihren eigenen Körper meinem gierigen Onkel überließ, agierte sie auch noch als Kupplerin und versorgte ihn mit einer ganzen Truppe schöner Freudenmädchen, die er wie Königinnen kleidete und mit Reichtümern überhäufte.

Und das, man bedenke, war ein Mann von siebenundvierzig Jahren, der noch niemals in seinem Leben etwas Wertvolles geleistet hatte! Ich konnte nur noch mit den Zähnen knirschen, wenn ich meine Lage – so jung, so schön, so hungernd nach körperlicher Liebe – mit der seinen verglich, mit diesem alten Gauner, der sich wie irgendein orientalischer Potentat aufführte und sich offensichtlich um gar nichts zu sorgen hatte!

Man sollte meinen, daß Heinrich und ich nach der Niederschlagung von Cades Rebellion doch wenigstens eine kleine Ruhepause verdient gehabt hätten. Statt dessen standen wir sofort einer neuen Krise gegenüber, als Richard von York unaufgefordert aus Irland zurückkehrte. Er erklärte, er sei gekommen, um England von seiner schlechten Führung zu befreien – und benutzte damit praktisch dieselben Worte wie sein Lakai Cade.

Meine Reaktion auf die Nachricht, daß er in England gelandet sei, war die Erteilung eines Haftbefehls mit der Begründung, er habe seinen Posten ohne Erlaubnis verlassen. Heinrich zauderte wie gewöhnlich. Cousin Richard dagegen handelte. Ich war nicht dabei, als er in Westminster auftauchte, den Wachen befahl, beiseite zu treten und sich in voller Rüstung und mit einem Schwert an der Seite seinen Weg in die Gemächer des Königs erzwang.

Heinrich war außer sich vor Angst. Nun, was hätte man sonst von ihm erwarten sollen? Er ließ sich von seinem Cousin eine Lektion erteilen und erklärte sich damit einverstanden, daß York als ein Mitglied seines Rates in England bleiben solle.

Ich war zutiefst erschrocken. York im Rat sitzen zu haben,

bedeutete praktisch, daß York der Rat war. Und genauso kam es dann auch. Kaum hatte Cousin Richard seinen Platz eingenommen, als er schon zum Vorsitzenden gewählt wurde. Kaum war er zum Vorsitzenden gewählt worden, da legte der Rat dem König eine Petition vor – Ultimatum wäre ein passenderes Wort gewesen –, in der er ihn aufforderte, einen offiziellen Erben für den Thron zu bestimmen, und »empfahl«, daß die einzig angemessene Person dafür Richard, der Herzog von York sei. »Das ist eine Unverschämtheit!« bestürmte ich Heinrich.

»Es ist alles ganz legal«, erklärte er. »Seit Onkel Humphrey gestorben ist, ist die Frage meines Erben ungelöst. Aber ein König muß einen Erben haben.«

»Und ich werde in dieser Angelegenheit gar nicht gefragt? Was ist, wenn ich Euch ein Kind gebäre?«

Er bedachte mich mit einem matten Lächeln. »Liebe Meg, Ihr wißt, wie unwahrscheinlich das jetzt noch ist. Wir bleiben ohne Segen.« Ohne Segen, dachte ich. Wenn du mich doch nur besteigen könntest wie ein Mann ... »Aber wenn doch noch ein solch glückliches Ereignis eintreten sollte«, fuhr er fort, »nun, dann müßte Cousin Richard seinen Platz räumen.«

Als ob ein solcher Mann sich jemals dazu herablassen würde, seinen Platz zu räumen, nachdem er der Krone, die zu tragen er begehrte, bereits so nahe war!

Die Hand Yorks lag nun schwer auf all denen, die zur Partei des Königs gezählt wurden. Eine seiner ersten Handlungen war, daß er Edmund aus Frankreich zurückrief. Ich will ehrlich sein und zugeben, daß Edmund die französischen Geschäfte in völlige Unordnung gestürzt hatte. Während wir vor dem Parlament um Suffolks Leben kämpften, hatte er es fertiggebracht, immer wieder von Onkel Karls Truppen geschlagen zu werden. Der endgültige Schlag kam im April in Formigny und zog die vollständige Vertreibung der Engländer aus der Normandie nach sich. Fortan nannte sich Onkel Karl »Karl der Siegreiche«, obwohl es natürlich Pierre de Brezé und Dunois waren, die seine Armee befehligt hatten.

Edmund mußte sich nach Calais zurückziehen, dessen Umgebung nach mehr als hundertjährigen Bemühungen alles war, was uns noch von unseren ausgedehnten Gebieten auf dem Kontinent geblieben war. Deshalb war es vielleicht eine militärische Notwendigkeit, einen so erfolglosen Kommandeur abzuberufen. Aber York war auf Blut aus. Kaum hatte der Herzog von Somerset englischen Boden betreten, als er auch schon mit der Beschuldigung, mehrere Städte in verräterischer Weise an die Franzosen übergeben zu haben, verhaftet und in den Tower überführt wurde. »Was wollt Ihr jetzt tun?« fragte ich Heinrich.

»Nun, es besteht kein Zweifel daran, daß Somerset über seine Vorgehensweise Rechenschaft wird ablegen müssen«, sagte Heinrich.

»Ihr meint, Ihr wollt zulassen, daß er vor das Parlament geführt wird? Und dann verhört, angeklagt und zum Tode verurteilt? Wie Suffolk? Dann werdet Ihr ihn natürlich auch ins Exil schicken, wie Suffolk, so daß man ihm auflauern und ihn umbringen kann.«

Heinrich vermied es, mich anzusehen, wie immer, wenn ich in Rage war. »Es wird ein ordentliches Gerichtsverfahren geben«, murmelte er.

»Ordentlich!« schrie ich. »Es wird ein Yorksches Gerichtsverfahren geben, meint Ihr. Heinrich, Edmund ist Euer Cousin. In Euer beider Adern fließt das gleiche Blut. Ihr könnt das nicht zulassen.«

»Ich darf dem Gesetz nicht im Wege stehen.«

»Ihr meint, Ihr dürft York nicht im Wege stehen«, schrie ich und stürmte davon.

Aber was konnte ich tun? Der König wankte ziellos seines Weges und verließ sich auf die einfache Tatsache, daß er der König und somit, wie er vermutete, unberührbar sei. Wohingegen ich Yorks Pläne so deutlich vor mir sah, als habe er sie mir höchstpersönlich unterbreitet. Er war der rechtmäßige Erbe, sowohl durch sein Blut als auch durch den Beschluß des Rates. Doch das Haus Lancaster war populär, und so würde es auch bleiben, solange die Erinnerung an Bedford und Gloucester und Kardinal Beaufort und vor allem an Heinrich V. bestehen blieben. York schrak davor zurück, das Land in einen Bürgerkrieg zu stürzen – genau wie meine, reiften auch seine Pläne erst langsam und würden erst später zu den unvermeidlichen Folgen seines Ehrgeizes und meines Entschlusses, das Recht zu verteidigen, führen. Abgesehen davon waren immer noch zu viele mächtige Männer in der Lage und willens, für den König zu kämpfen. Doch wenn sie nach und nach weniger wurden ... Suffolk war fort. Cousin Edmund, der Kopf des Hauses Beaufort, war mit Sicherheit nur der zweite Name auf einer sehr langen Liste. Nach ihm würde zweifellos Buckingham folgen, und dann, wenn die königlichen Cousins erst einmal ausgemerzt wären, würde York sich offen gegen unsere geringeren Helfer wenden.

War ich also hilflos, um die drohende Katastrophe abzuwenden? Sich auf den König zu verlassen, hätte nichts anderes bedeutet, als die Vorgänge zu beschleunigen. Ich mußte handeln. Aber wie? In dieser schlimmen Notlage besann ich mich auf meinen Mut und die Charakterstärke, die ich immer besessen hatte. Suffolk war mit Hilfe meiner Versprechungen in den Tower geschafft worden. Dank des Kleinmutes des Königs und meiner eigenen Unfähigkeit, den

Handlungsspielraum unserer Feinde abzuschätzen, hatten sich unsere Versprechungen als wertlos erwiesen. Das würde ich niemals vergessen.

Und jetzt war Somerset in den Tower geschafft worden. Ich hatte ihm nichts versprochen. Ich war mir nicht ganz sicher, ob ich den Mann mochte. Aber er war meine einzige Hoffnung. Wenn er ging, dann würde auch ich gehen. Daran zweifelte ich keinen Moment. Deshalb hatte ich nichts zu verlieren, wenn ich die Vorgänge von diesem Punkt aus vorantreiben würde. Dennoch wußte ich, daß ich mit großer Vorsicht handeln mußte, da jede Aktion ungeahnte Auswirkungen haben konnte. Deshalb übte ich mich in Geduld, verstellte mich, widmete mich den Angelegenheiten einer Königin, die keinerlei Interesse an Regierungsfragen zeigt, arrangierte und beaufsichtigte die Hochzeiten einiger königlicher Mündel, empfing junge Damen am Hof und erhöhte mein Einkommen, indem ich mir vom König ein Patent sichern ließ, das es mir erlaubte, Zinn und Wolle aus meinem Besitz zollfrei zu exportieren ... und wartete, bis York mit diesem leichtherzigen und übermäßigen Selbstvertrauen, das eine seiner größten Schwächen war, die Hauptstadt verließ, um seine Landsitze im Norden zu besuchen.

Kaum daß es soweit war, bestellte ich Wenlock zu mir und erzählte ihm, was ich vorhatte. Er war entsetzt, um so mehr, als ich ihm anvertraute, daß der König nichts davon wisse – und nichts davon erfahren durfte, bis die Tat vollbracht war. Am darauffolgenden Tag verließ ich Westminster mit einer Eskorte von Hofdamen und nur wenigen Herren. Ich äußerte den Wunsch, in die Stadt zu reiten, um den Mob herauszufordern, ihrer Königin aufzulauern. Doch Wenlock lehnte es ab, dies auch nur in Erwägung zu ziehen, und so bestiegen wir am Ufer von Westminster ein Boot.

Und doch verbreitete sich die Neuigkeit über meine

Unternehmung offensichtlich sehr schnell. Zahllose Menschen ließen ihr Tagewerk liegen, um sich am Ufer zu versammeln und mich anzustarren. Ich lächelte ihnen zu und winkte sogar von Zeit zu Zeit. Meine Damen waren sehr nervös, aber ich bestand darauf, daß auch sie winkten. Und noch bevor die Londoner wußten, was geschah, befand ich mich am Wassertor des Towers, das als Verrätertor bekannt ist. Aber das kümmerte mich nicht im geringsten.

Hier gab es wieder einen Tumult, da der Burghauptmann völlig überrascht war. Aber als ich darauf bestand, eingelassen zu werden, konnte er nicht anders, als mir zu gehorchen. Ich war die Königin.

Es war das erste Mal, daß ich mich in diesem großen und, um die Wahrheit zu sagen, recht düsteren Gebäude befand. Ich bewegte mich zwischen kalten Steinwänden von enormer Dicke, die um einige Rasenflächen und Innenhöfe herumgebaut waren. Letztere halfen jedoch wenig, die allgemeine Tristesse zu vertreiben.

Der Burghauptmann war noch erschrockener, als ich verkündete, daß ich gekommen war, um den Herzog von Somerset zu besuchen. »Er befindet sich aufgrund eines Befehls des Geheimen Rates in Haft, Euer Hoheit«, stammelte er, »und kann auch nur vermittels eines solchen Befehles wieder freigelassen werden.«

»Habe ich gesagt, ich sei gekommen, um ihn freizulassen?« fragte ich. »Ich bin gekommen, um einen Mann zu besuchen, der sowohl mein Cousin als auch ein wahrer Freund ist. Ich möchte mit ihm über einige Angelegenheiten in Frankreich sprechen, über die er mit Sicherheit besser als jeder andere informiert ist. Er ist auch mein Untertan. Genauso wie Ihr.«

Damit waren die Einwände beiseite geschoben, und ich wurde in einen weiteren der vielen Türme geleitet, die dem

Schloß ihren Namen geben, stieg eine endlose Flucht von steinernen Stufen empor und gelangte auf diesem Wege in eine bemerkenswert geräumige, wenn auch etwas spärlich möblierte Wohnstatt. Edmund stand in der Mitte des Raumes. Er war gut gekleidet und hatte offensichtlich keinerlei Mißhandlung erlitten. Er war jedoch wie alle anderen sehr erstaunt über meinen Anblick und fiel sofort auf ein Knie.

Ich wandte mich an den Burghauptmann, der mir mit seinen Lakaien und meinen Damen in die Zelle gefolgt war. »Ihr dürft die Tür hinter Euch schließen«, sagte ich.

Er sah mich an, als wolle er protestieren, doch mein herrischer Gesichtsausdruck duldete keinen Widerspruch, und so verließ er rückwärts den Raum. Auch meine Damen zögerten, und ich wedelte mit der Hand, um sie hinter den Wachen herzuscheuchen. Die Tür schlug mit einem metallischen Krachen zu. Edmund kniete immer noch vor mir. »Ist Euch der Steinboden nicht zu kalt und hart, Cousin?« fragte ich.

Er stand hastig auf. »Wißt Ihr überhaupt, was Ihr da tut, Euer Hoheit?« fragte er. »Es wird sich binnen fünfzehn Minuten in ganz London herumgesprochen haben, daß Ihr Euch hinter verschlossenen Türen mit einem Mann verbarrikadiert habt, der des Hochverrates angeklagt ist.«

»Ich will, daß es bekannt wird«, erklärte ich ihm. »Ich habe kein Geheimnis daraus gemacht, daß ich hierhergekommen bin.« Ich trat auf ihn zu. »Edmund«, sagte ich. »Ihr wißt ganz genau, daß eine Verschwörung gegen den König im Gange ist.«

»Ich glaube schon, Euer Hoheit. Aber niemand will das wahrhaben.«

»Ich weiß, daß es so ist. Wir müssen alle aufrichtigen und vertrauenswürdigen Männer um uns scharen.« Ich stand jetzt direkt vor ihm. »Edmund, würdet Ihr für den König sterben?«

Er starrte mich an, sein Gesicht blieb eine Weile völlig unbewegt, während ich nur vermuten konnte, welche Gedanken ihm durch den Kopf schossen. In Anbetracht seiner Antwort kamen meine Vermutungen der Wahrheit recht nahe. »Für *Euch* würde ich sterben, schöne Meg«, sagte er.

Ich schwöre, daß der Grund meines Kommens der gewesen war, Hilfe in Form einer starken rechten Hand zu finden. Für unsere Sache. Jetzt dämmerte es mir, daß *unsere* Sache in den Augen jedes Mannes, der ausreichend Mut besaß, um für uns das Schwert zu ziehen, in Wirklichkeit *meine* Sache war. Es gab keinen Mann im gesamten Königreich, am wenigsten die königlichen Cousins, der jemals mit dem König in Kontakt gekommen war und *ihn* für würdig genug gehalten hatte, um für ihn zu sterben. Ich streckte meine Hand aus. »Dann lebt für mich, liebster Edmund, und tragt mein Banner zum Sieg.«

Er ergriff meine Hand und küßte sie, und noch bevor ich so richtig wußte, was geschah, hatte er meinen Ärmel und meine Schulter geküßt und zog mich näher zu sich heran, bis ich in seinen Armen lag. Natürlich wußte ich, daß Edmund, ebenso wie Suffolk, mich seit langer Zeit aus der Ferne angebetet hatte. Jetzt wollte ich ihm helfen. Er war jünger als Suffolk und wirkte kräftiger, und er besaß königliches Blut. Doch unsere Lage war noch verzweifelter als damals, als Suffolk seinen infamen Antrag vorgebracht hatte. Abgesehen davon kannte ich jetzt die schrecklichen Konsequenzen, die eintreten konnten, wenn man etwas aufschob, was unvermeidlich war. Deshalb hielt ich Edmund nicht zurück und erinnerte mich daran, daß es für das Wohl des Staates geschah.

Ebenso wie Suffolk war er entsetzt über das, was er tat,

während seine Hände über meinen Rücken, mein Gesäß und meine Brüste glitten. Dann fiel er erneut auf die Knie »Euer Hoheit«, murmelte er, »ich bin schuldig.«

»Mich zu lieben?« fragte ich. »Es ist kein Verbrechen, das ich von Euch verlange, Cousin.« Er hob den Kopf. »Ich wünsche Euch an meiner Seite«, teilte ich ihm mit.

»Ich gehöre Euch, Euer Hoheit. Aber –«

»Ich kann Euch keine andere Belohnung versprechen als die, der erste Mann in meinem Königreich zu sein.«

Er leckte sich die Lippen. »Aber –«

»Ihr werdet meine Wünsche erfüllen, sonst nichts. Schwört Ihr das?«

»Ich schwöre es. Aber Euer Hoheit –«

»Ihr seid ungeduldig, Edmund.«

Er stand wieder auf seinen Füßen, und ich hielt es für zweckmäßig, mich an ihn zu lehnen und ihm zu erlauben, mich festzuhalten und erneut zu küssen. Trotz meines kurzen romantischen Handgemenges mit Suffolk schwöre ich, ich war erregter als jemals zuvor in meinem Leben. Doch ich behielt einen klaren Kopf. »Ungeduldig«, wiederholte ich und löste mich von ihm.

»Aber Euer Hoheit«, sagte er, »Ich kann Euch nicht helfen, solange ich nicht freigelassen werde. Und ich bezweifle, daß das jemals geschehen wird. Dies ist ein Schloß, nicht wahr? Und ich weiß seit langer Zeit, daß ich in einem Schloß umkommen werde. Es ist mir prophezeit worden.«

Das war es, was er mir in den letzten fünf Minuten mitzuteilen versucht hatte. Ich hatte seine Leidenschaft mißverstanden, und ich denke, er war immer ein kalter Fisch gewesen, der mehr von seinem Verstand als von seinem Herzen geleitet wurde. Und ein abergläubischer Fisch noch dazu.

»Ihr wollt doch nicht etwa an solch üble Prophezeiungen

glauben, Mylord«, ermutigte ich ihn. »Was Eure Freilassung angeht, die könnt Ihr vertrauensvoll mir überlassen.«

Mein Besuch verursachte einige Aufregung, doch das war genau das, was ich beabsichtigt hatte. Heinrich sah mich an, als sei ich eine Fremde – und das war ich von nun an auch für ihn, weniger eine Frau als ein Wächter und Mentor –, und meine Hofdamen erzählten jedem, der es hören wollte, von meinem Mut und meiner Entschlossenheit. Und der ihren natürlich.

Auch mein nächster Schritt machte mich meinem Mann überlegen. York befand sich noch immer außerhalb der Stadt. Also wohnte ich persönlich dem Rat bei. Bei meinem Eintritt machte sich Überraschung breit. Alle sprangen erschrocken auf, als sei ich mit einer Reihe Bogenschützen im Schlepptau gekommen.

Ich lächelte sie an. »Mylords«, sagte ich, »bitte, setzt Euch. Daß ich die Verwegenheit besitze, Eure Beratungen zu unterbrechen, liegt daran, daß ich Euch eine schwerwiegende Angelegenheit unterbreiten muß.«

Sie sahen einander an, dann forderte der Kardinal mich auf, Platz zu nehmen.

»Euer Eminenz, Euer Hoheit, Mylords, wie Ihr alle wißt, habe ich es auf mich genommen, den Herzog von Somerset bezüglich des in Frage stehenden Geschehens zu vernehmen. Euer Eminenz, Euer Hoheit, Mylords, der Herzog ist ein Cousin des Königs, und ich bin der Überzeugung, es gibt keinen loyaleren Mann im gesamten Königreich als ihn. Er wäre bereit, für den König zu sterben. Könnt Ihr das etwa von jedem Mann im Lande behaupten?«

Sie wechselten Blicke.

»Euer Eminenz«, fuhr ich fort, »Euer Hoheit, Mylords, England hat einen *König*. Daß er es gelegentlich für nötig befindet, seine Autorität zu delegieren, liegt einzig und allein daran, daß er es für genauso wichtig hält, sich um die Heilige Kirche zu kümmern wie um sein Königreich.« Ich sah die beiden Prälaten an, die zwangsläufig zustimmend ob Heinrichs Prinzipien nickten. »Und doch ist er der König. Und jetzt möchte er regieren. Ist hier irgend jemand, der es wagen würde, ihn an der Ausübung seines gesetzlichen Vorrechtes zu hindern?«

Das rüttelte sie auf. Der einzige Mann, der dies versuchte, war nicht anwesend. »Seine Hoheit muß nichts anderes tun, als seine Wünsche bekanntgeben, Euer Hoheit«, murmelte Stafford.

»Seine Hoheit ist unabkömmlich«, sagte ich. Das war noch nicht einmal eine Lüge: Heinrich befand sich in einem Zustand totaler Bestürzung. »Er hat mich gebeten, Euch seine Wünsche mitzuteilen.«

Sie warteten darauf, was nun kommen würde.

»Zunächst einmal verlangt Seine Hoheit, daß alle Anklagen gegen den Herzog von Somerset fallengelassen werden und sofort ein Befehl für seine Freilassung aus dem Tower erlassen wird.«

Sie zögerten. »Der Herzog von York ...«, wandte jemand ein.

»Euer Eminenz«, sagte ich, »Euer Hoheit, Mylords, bitte sagt mir, wer ist der König von England? Heinrich von Windsor oder Richard von York?« Damit war dieses Thema abgeschlossen. »Seine Hoheit möchte außerdem bekanntgeben«, fuhr ich fort, »daß es sein Wunsch ist, die ganze Nation, aber vor allem die Stadt London wissen zu lassen, daß er der Regent dieses Landes ist, und er befiehlt Euch, ihn am nächsten Sonntag zum Erntedankgottesdienst in der Westminster Abbey zu begleiten.«

Heinrich war zuerst entsetzt über meine Unverfrorenheit, dann gekränkt, daß ich in dieser Weise seine Autorität an mich gerissen hatte, und schließlich hoch erfreut bei der Aussicht auf einen Erntedankgottesdienst. Auf mein Beharren legte er die volle Rüstung an, die englischen Leoparden und die französische Lilie auf seiner Brust. Die Nachricht über den geplanten Gottesdienst wurde verbreitet, und Richard kam eilends in die Stadt zurück, in Begleitung seiner Cousins und einer Unzahl von Dienern. Doch er kam zu spät. Ganz London war bereits auf den Straßen und jubelte dem König und seinen edlen Lords zu. York und die Nevilles konnten nichts anderes tun, als sich der Prozession anzuschließen und damit ihre Loyalität gegenüber dem Thron zu demonstrieren.

Am darauffolgenden Tag wurde der Herzog von Somerset zum Vorsitzenden des Rates ernannt.

York bemühte sich natürlich darum, seine Position wiederzuerlangen. Kaum daß der Rat sich versammelt hatte, verlangte er Edmunds Entlassung aus seinem Amt. Aber Heinrich, den meine Lösung des Problems gestärkt hatte und der nun erkannte, daß er sich nur behaupten mußte, damit seine Adligen sich vor ihm verbeugten, lehnte dies ab. Richard konnte nichts anderes tun, als sich zurückzuziehen und darüber nachzudenken, was als nächstes zu tun sei.

Wir hatten einen glänzenden Triumph erzielt. Aber alle Dinge im Leben haben ihren Preis. Kaum daß der Rat seine Sitzungen über Weihnachten vertagt hatte, erhielt ich Besuch von Edmund, der um eine Privataudienz bat. Da ich ihm erst wenige Wochen zuvor aus eigener Initiative eine Privataudienz im Tower gewährt hatte, hatte nun niemand etwas dagegen einzuwenden.

Ich wußte natürlich, was nun kommen würde. Hätte ich mich zurückgelehnt und nichts getan, dann wäre Edmund zweifellos angeklagt und hingerichtet worden. Und ich hätte dabei zusehen können, wie mein Mann von York beiseite gedrängt worden wäre. Mir selbst wäre es ebenso ergangen, und nach dem Tode meines Mannes hätte ich entweder den Rest meines Lebens in einem zugigen Schloß verbracht oder wäre nach Frankreich zurückgeschickt worden.

Man mag sich fragen, ob einer von uns nach dem fast dreißig Jahre andauernden Konflikt mehr als das erreicht hätte. Edmund gewiß nicht. Die Saat der Zerstörung keimte bereits in ihm, weil ihm das Talent fehlte, seine Ziele zu verfolgen. Für mich würde ich die Frage jedoch bejahen. Ich habe *gelebt,* wie auch immer das Resultat aussehen mag. Außerdem ist es niemals meine Art gewesen, einfach nur den Kopf zu senken und mich meinem Schicksal zu überlassen. Wäre ich zu Hause geblieben, so wäre Edmunds Schicksal besiegelt gewesen. Und doch ging er davon aus, daß ich ihm eine Art Versprechen gemacht hatte, indem ich seine Liebkosungen über mich ergehen ließ.

Nun, vielleicht habe ich das. Suffolks Tod war erst ein paar Monate her, doch es waren bereits drei Jahre vergangen, in denen ich weder den Neigungen meines Körpers noch denen meines Herzens hatte folgen können. Wie ich schon sagte, wußte ich, daß ich meinen Mann niemals würde lieben können, und von dieser Erkenntnis war es nur ein kurzer Schritt zu der Einsicht, daß ich ihn *niemals geliebt hatte.* Das ist natürlich bei keiner Frau eine Rechtfertigung für Ehebruch, erst recht nicht bei einer Königin. Doch ich allein hatte uns vor Richard von York gerettet, und ich brauchte jetzt und immerdar die Liebe des Mannes, der bereit war, mein erster Ritter zu sein.

Zum ersten Mal in meinem Leben hatte ich die Zügel meines Geschickes selbst in die Hand genommen, und dies mit außerordentlichem Erfolg. Ich war nicht in der Stimmung, sie jetzt wieder fallenzulassen. Und ich dachte auch, daß dieser Mann mir den Sohn bescheren könnte, den ich mir so verzweifelt wünschte; immerhin hatte er bereits mehrere Söhne.

Aber wenn ich ehrlich bin, am meisten wurde ich von einem Ausbruch sexuellen Verlangens getrieben. Ich habe wohl erwähnt, daß Edmund ein äußerst gutaussehender Mann war, und noch dazu ein paar Jahre jünger als Suffolk. Und in diesem Moment, da er vor mir kniete, mir zu meinem erfolgreichen Coup gratulierte und mir seine ewige Liebe und Treue schwor, wurde er in meinen Augen noch schöner. Ich hieß ihn aufstehen, und schon lag ich in seinen Armen. Binnen weniger Minuten waren wir nackt und in enger Umarmung verschlungen.

Was soll ich sagen? Offenbar hatten wir beide eine schwere Sünde begangen, aber es war keine, die man beichten konnte. Was Erklärungen anbelangt, so habe ich sie schon gegeben, obwohl ich weiß, daß es hierfür keine Entschuldigung geben kann.

Aber unser Liebesspiel erschien mir wie der Himmel auf Erden. Edmund hatte viele Jahre in Frankreich gelebt und war mit den erotischen Praktiken bestens vertraut. Es waren Fertigkeiten, von denen man mir natürlich erzählt hatte, daß sie eher Begeisterung als Bestürzung auslösen würden. Unglücklicherweise erwuchs meine Bestürzung, wie ich schon berichtet habe, aus der Tatsache, daß mein Ehemann in diesen Dingen völlig unbedarft war.

Jetzt wurde diese Lücke in meiner Erziehung und Erfahrung geschlossen. Ich war gleichzeitig beglückt, verstört, zügellos und – dessen bin ich mir gewiß – zutiefst verdammt, als Edmunds Lippen und seine Zunge jede geheime Spalte meines Körpers ertastete. Was für eine Art, seine Königin zu behandeln, dachte ich. Doch das war erst der

Anfang. Meine Verwandlung, die mit Suffolks Ermordung begonnen hatte, wurde nun vollendet, und ich war zum ersten Mal ganz und gar ich selbst.

Aber dieser Zustand war nicht von Dauer. Leider besitzen Männer die merkwürdige Eigenschaft, nach den Wonnen der Liebe völlig unvermittelt zu den stumpfsinnigen Belangen des täglichen Lebens zurückzukehren.

Ich lag in meinem Bett, glühend von Kopf bis Fuß, und stellte fest, daß ich alleine war.

»Ich muß gehen«, sagte Edmund, während er sich anzog.

»Schon?« Ich stützte mich auf einen Ellbogen und bot so gewiß einen ganz bezaubernden Anblick.

»Jemand könnte Verdacht schöpfen.«

»Niemand kann zu uns vordringen, solange meine liebe Bailly Wache steht.«

Er hielt beim Anziehen seiner Jacke inne und runzelte die Stirn. »Ist sie vertrauenswürdig?«

»Absolut.«

»Sie hat diese Aufgabe doch nicht schon früher ausgeführt?«

Ich setzte mich auf und schüttelte das Haar aus meinem Gesicht. »Ich bin Eure Königin!«

Das war natürlich keine Antwort, aber ich war nicht bereit, zu lügen, und er bestand nicht darauf, der Sache nachzugehen.

»Wann können wir uns wieder treffen?« fragte ich.

»Nun … wenn ich wieder nach London komme, im Januar.«

»Im Januar?« rief ich aus. Zwei Wochen vor Weihnachten schien mir dies eine Ewigkeit zu sein.

»Ich bin schon zu lange von meiner Familie fort«, erklärte der Teufel. »Es würde Verdacht erregen, wenn ich die Feiertage nicht in ihrer Gesellschaft verbringen würde.«

Wäre ich eine Hure gewesen, so hätte er mich bezahlt, bevor er ging. Aber ich war die Königin und hatte mich schon genug erniedrigt. So ließ ich ihn gehen und verbrachte ein äußerst trübsinniges Weihnachtsfest. Um unsere Finanzen war es wieder einmal bitter bestellt, wir mußten uns Geld für das Weihnachtsessen leihen, und als Heinrich jemanden in die Stadt schickte, um zusätzliches Geld für die Silvesterfeier aufzutreiben, wurde er abgewiesen.

Ich war erstaunt. Wie kann man einem König ein Darlehen verweigern? In England ist das offenbar ganz einfach. Der königliche Kredit war ausgelaufen. Und so hatten wir an diesem so wichtigen Tag überhaupt kein Essen.

Im Verlauf des neuen Jahres verbesserte sich jedoch unsere Situation, und wenn ich heute zurückblicke, dann erscheint mir das Jahr 1451 als eines der friedlichsten meines Lebens. Im März wurde ich einundzwanzig, ein Ereignis von einiger Bedeutung, das im ganzen Königreich gefeiert wurde und zu dem ich viele schöne Geschenke bekam. Ich übernahm allmählich immer mehr von den Vorrechten des Königs und schaffte es mit der Hilfe von Edmund und Kardinal Kemp, unsere Finanzen zu stabilisieren, so daß wir endlich genug Geld Verfügung hatten.

Heinrich verbrachte seine Zeit wie gewöhnlich damit, zu beten und Klöster zu inspizieren. Die Situation in Frankreich verschlimmerte sich von Tag zu Tag, da die Franzosen Guyenne überfielen.

Ich hingegen wurde von Edmund überfallen, und wir teilten das Bett miteinander. Jede dieser Begegnungen war genauso erfreulich wie die erste, und nach und nach begann ich meine eigenen Vorstellungen vom Liebesspiel zu verwirklichen. Edmund war ein vollendeter Liebhaber; das war wahrscheinlich die einzige Sache, für die er überhaupt ein

Talent besaß. Meine eigenen Gefühle blieben ambivalent. In seiner Gesellschaft war ich höchst stimuliert. Wenn er nicht bei mir war, regten sich Zweifel in mir. Und ich wurde immer unruhiger über das Ausbleiben einer Schwangerschaft.

Ich hatte mir für diesen Fall natürlich einen genauen Plan zurechtgelegt. In dem Moment, in dem meine monatliche Blutung ausbleiben würde, wollte ich mich Heinrich aufdrängen und mich nicht abweisen lassen. Aber nichts geschah, und ich begann darüber nachzudenken, ob es an mir lag.

Trotz allem war es ein glückliches und friedliches Jahr, wenn man vergaß, was in Frankreich vor sich ging. Dieses Mal sorgte ich dafür, daß wir zu Weihnachten und in der Silvesternacht nicht zu kurz kamen! Natürlich wußte ich, daß die friedliche Atmosphäre in erster Linie mit Richards Weigerung zusammenhing, irgendwelchen Zusammenkünften des Rates beizuwohnen, solange Somerset den Vorsitz innehatte. Er verbrachte das ganze Jahr brütend in seinem Schloß in Sandal, im Norden Englands. Natürlich trachtete er danach, seine Stellung als Thronerbe zu wahren; er konnte nicht wissen, welche Pläne wir hinter seinem Rücken schmiedeten, und er wagte es nicht, seine Popularität bei den einfachen Leuten aufs Spiel zu setzen.

In der Tat schmiedeten wir überhaupt keine Pläne in dieser Richtung, wenn man einmal von dem Versuch absieht, ein Kind zu bekommen – und davon wußten nur Somerset, Bailly und ich selbst. Vielleicht hätte ich mich sicherer fühlen können. Doch ich war erst einundzwanzig und mir sowohl meiner Schuld als auch meiner mißlichen Situation bewußt. Der König hegte keinen Verdacht bezüglich meiner Liaison mit Edmund; ihm kam niemals die Idee, daß es Leute geben könne, die tatsächlich Sex haben *wollten*. Dennoch war er sich der Rolle, die ich in der Regierung des Königreiches spielte, sehr wohl bewußt, und ich merkte, daß er nicht ganz glücklich damit war. Er war ein großer Verfechter der Legalität, und selbst wenn man ihn dazu gezwungen hätte, York als seinen Erben einzusetzen, wußte ich, daß in dem Moment, in dem ich eine offenkundige Kampagne zur Änderung der Regentschaft begonnen hätte, mein Mann sich eingemischt und mich vielleicht sogar vollständig aus den Staatsangelegenheiten ausgeschlossen hätte. So kam ich zu dem Schluß, daß es besser sei, auf eine gute Gelegenheit zu warten. Ich vertraute nach wie vor darauf, daß der Herzog sich schon sehr bald überschätzen und mir die Chance bieten würde, auf die ich so sehr hoffte.

Als Richard jedoch tatsächlich aktiv wurde, war es wie ein Donnerschlag: Anfang Februar 1452 erreichte uns die Nachricht, daß der Herzog von York an der Spitze einer Armee auf London zumarschierte!

7

Wie immer waren wir über diese plötzliche Wende der Ereignisse sehr bestürzt, und wie üblich war es auch jetzt wieder meine Aufgabe, meinen Herrn und Meister zu beruhigen und zu stärken. Noch mehr als sonst war Heinrich geneigt, den Dingen ihren Lauf zu lassen, denn Richard erklärte in seiner Gerissenheit, er kehre nicht etwa in feindlicher Absicht gegen den König nach London zurück, sondern nur, um ihm zu dienen, indem er für die Entlassung Somersets sorgen wolle, der, wie er meinte, das Königreich in den Ruin führe. Die Armee führe er nur zu seiner eigenen Sicherheit mit, da er einen Mordanschlag fürchte. »Da seht Ihr es«, sagte Heinrich. »Im Grunde seines Herzens ist er ein treuer Geselle.«

»Mann«, sagte ich, »wenn Ihr das glaubt, dann glaubt Ihr alles.«

Heinrichs Fehler war, daß er, wenn er hörte, was er hören wollte, tatsächlich bereit war, alles zu glauben. Rückblickend jedoch glaube ich, daß Heinrich in diesem Falle recht gehabt haben mag, zumindest in jenem Augenblick. In Anbetracht dessen, was noch geschehen sollte, glaube ich, daß York zu jenem Zeitpunkt noch keine Entscheidung über den endgültigen Schritt gefällt hatte, mit dem er seinen höheren Anspruch auf den Thron erklären wollte. Gleichwohl bestand kein Zweifel daran, daß der liebe Edmund in England in der

Tat mit genauso geringem Erfolg arbeitete wie es in Frankreich der Fall gewesen war, und das Land sich rasch einem Stadium der Anarchie näherte. Das Gesetz lag einzig und allein in den Händen der örtlichen Richter, die es unabhängig vom Rechtsfall oder von jeglicher höheren Autorität so auslegten, wie es ihnen gefiel oder mißfiel. Ich fand jedoch keines dieser Übel auch nur halb so groß wie den Herzog von York als König zu sehen.

Glücklicherweise gelang es mir, Heinrich von der Gefahr zu überzeugen, und natürlich gewährte mir auch Edmund selbst leidenschaftliche Unterstützung. Das Ergebnis war, daß wir eine eigene Armee zusammenstellten und deutlich zeigten, daß wir bereit waren, der Streitmacht mit einer Streitmacht zu begegnen. Natürlich war dies nicht mein eigentlicher Plan, denn unser Kommandeur war Cousin Edmund, während Cousin Richard seine Leute selbst anführte – und es ließ sich nicht darüber streiten, wer der bessere Kämpfer war: ebenso konnte man einen Bauernjungen gegen einen Ritter in voller Rüstung kämpfen lassen.

Als der Herzog, der von Irland herübergekommen war, sich aus südwestlicher Richtung näherte, ließ ich unsere Leute alle Straßen nach London blockieren und sperren, während Heinrich wieder auf meinen Vorschlag hin sich Cade als Vorbild nahm und die königliche Standarte auf der Schwarzen Heide errichtete. Dies war ein geeigneter Platz, um eine große Anzahl von Männern in Stellung zu bringen und gleichzeitig eine strategisch günstige Position, von der aus sich jede Überquerung der Themse von Süden und in der Nähe der Stadt überblicken ließ. Hier warteten wir, während York sich der Stadt näherte. Doch nun zögerte York, denn er begriff, daß er, wenn er seine Richtung beibehielt, gegen den König würde kämpfen müssen. Er wich der Konfrontation aus und errichtete sein Lager einige Kilometer entfernt in Deptford.

Der gute Bischof Waynflete war bei uns, und wir trugen ihm auf, die Pläne des Herzogs zu erkunden. Er kam mit den üblichen Loyalitätsbekundungen und mit einer klaren Forderung zurück: daß der Herzog von Somerset unverzüglich unter Arrest zu stellen sei. Sobald dies geschehen sei, versprach Cousin Richard, würde er dem König auf Knien seine Aufwartung machen.

Inzwischen war mir die Idee gekommen, daß hinter Richards Beharren auf einer Gefangennahme Edmunds mehr stecken mußte als der Wunsch, entweder einen Rivalen aus dem Weg zu räumen oder das Königreich von seiner schlechten Führung zu befreien. Konnte es vielleicht sein, daß er einen Verdacht über unsere kriminelle Verbindung hegte? Mir selbst ist es nie schwergefallen, Geheimnisse zu bewahren, erst recht, wenn sie von solcher Bedeutung sind, und von Bailly wußte ich, daß ich ihr mein Leben anvertrauen konnte. Und sonst war nur noch Somerset an der Verschwörung beteiligt. Eigentlich mußte ich ihm trauen. Doch er war ein Mann, und Männer pflegen mit ihren Eroberungen zu prahlen.

Als ich Edmund dies unterbreitete, stritt er alles ab. Gleichzeitig regte sich in mir der Verdacht, daß York zu gefährlich sei, als daß man ihm gestatten könne, lange zu verweilen. Selbst wenn er einwilligte, sich dauerhaft von London fernzuhalten, würde er doch möglicherweise seine Zeit damit zu verbringen, üble und absurde Gerüchte zu verbreiten.

Und so schmiedete ich einen neuen Plan. Man muß bedenken, daß ich, auch zu jenem Zeitpunkt, um mein Leben kämpfte. Gewiß kämpfte ich um meine Position als Königin von England, aber darin bestand mein Leben. Wenn man sich in einer solchen Position befindet, darf man sich nicht von Ehrgefühl oder von den Urteilen der nächsten Freunde oder späterer Generationen leiten lassen. Nur das Überleben zählt.

»Das wichtigste, Euer Hoheit«, erklärte ich Heinrich, »ist es, daß Ihr dem Herzog von York von Angesicht zu Angesicht gegenübersteht und Eure Differenzen austragt, und das nicht etwa zu einer Zeit und an einem Ort seiner Wahl, sondern wann und wo es Euch gefällt. Zum Beispiel jetzt, da Ihr Eure ganze militärische Macht aufgeboten habt.«

»Hm«, kommentierte Heinrich. »Hm.« Mehr hätte niemand erwarten können; immerhin mußte jetzt eine Entscheidung getroffen werden.

»Er wird niemals hierherkommen«, brummelte Somerset.

»Natürlich wird er das, wenn wir in seine Forderungen einwilligen«, sagte ich. »Cousin Edmund, von diesem Moment an steht Ihr unter Arrest.«

»He?« schrie der arme Kerl.

»Wachen!« rief ich, und sie eilten herbei.

»Euer Hoheit –« Edmund war purpurrot im Gesicht.

»Vertraut mir, Mylord«, flüsterte ich. »Nun, Euer Hoheit, warum schickt Ihr nicht jemanden nach Yorks Lager aus, um den Herzog davon in Kenntnis zu setzen, daß wir seinen Forderungen nachgekommen sind und daß Ihr ihn erwartet, damit er Euch ewige Treue schwören kann?«

Heinrich war ziemlich verwirrt, deshalb schickte ich selbst die Nachricht aus. »Es wird ein großes Aufsehen geben«, klagte mein Mann.

Cousin Richard kam noch am selben Nachmittag in Begleitung seiner Lehnsmänner, aber mit keinem der Nevilles im Schlepptau. Er stolzierte in voller Rüstung in das königliche Zelt, blickte sich im Raum um, als sei er der Sieger, bedachte mich lediglich mit einem flüchtigen Blick und entdeckte dann Cousin Edmund, der direkt hinter dem Stuhl des Königs stand.

»Zum Teufel! Ich will diesen Mann nicht in meiner Nähe haben!« schrie er. Und das im Zelt des Königs!

Das war sogar Heinrich zuviel. »Potztausend«, bemerkte er und ließ uns damit alle spüren, daß er wütend war. »Ich werde darüber bestimmen, wer sich in meiner Nähe aufhalten darf und wer nicht, Mylord.«

Richard wirkte ob dieses unerwarteten Widerstandes ziemlich konsterniert, und es dauerte einige Augenblicke, bis er wieder sprechen konnte. »Euer Hoheit hatten mir versichert, der Herzog von Somerset befände sich unter Arrest.«

»Allerdings, so ist es.«

»Und dennoch steht er an Eurer Seite, Euer Hoheit?«

»Wo sich ein Mann befindet, hat nichts damit zu tun, ob er unter Arrest steht oder nicht«, erwiderte Heinrich scharf. Er liebte diese Art von Streitgesprächen, bei denen es um nichts ging und mit denen gewiß auch nichts zu erreichen war.

»Ihr habt mich betrogen und getäuscht, Euer Hoheit«, sagte York, nachdem er sich wieder unter Kontrolle hatte. »Ich werde mich verabschieden und mich mit meinen Verbündeten beraten.«

Heinrich sah mich an und überlegte sich seinen nächsten Schachzug. Doch jetzt war ich bereit, die Sache in die eigenen Hände zu nehmen. »Ich glaube nicht, daß der König Euren Rückzug wünscht, Mylord«, sagte ich.

York starrte zuerst mich an – ich war die einzige anwesende Frau – und dann den König. »Was meint Ihr damit, Euer Hoheit?« fragte er und legte soviel Bosheit wie möglich in seine Stimme.

»Seine Hoheit meint, lieber Cousin«, informierte ich ihn, »da Ihr schon einmal hier seid, ist es das beste für Euch, zu bleiben, bis die diversen offenstehenden Fragen geklärt sind und ihr Euren Treueid erneuert habt. Ihr braucht nicht um Eure Sicherheit zu fürchten. Wenn Ihr einen Blick aus der Öffnung dieses Zeltes werft, so werdet Ihr sehen, daß wir von bewaffneten Wachen umgeben sind und Eure Begleiter äußerst zuvorkommend unterhalten werden.«

Wenn Blicke töten könnten, wäre ich auf der Stelle tot umgefallen. Allerdings hätte ich auch dann eine Chance gehabt und wäre Cousin Richard mit Sicherheit zuvorgekommen. Wie anders die Geschichte in diesem Fall verlaufen wäre!

So sollte es jedoch nicht kommen. Mochten Richard und seine Anhänger sich ganz offen über den Befehl des Königs hinwegsetzen, seinen obersten Minister vor ein Scheingericht bringen und ihm den Kopf abschneiden ... deshalb würde der König noch lange nicht einen Herzog exekutieren. In dieser Hinsicht wurde er von Edmund unterstützt. Ich hatte die Münze geworfen – und verloren.

Aber nicht in jeder Hinsicht. York war gezwungen, seinen Treueschwur zu erneuern, bevor es ihm gestattet wurde, zu seinen Leuten zurückzukehren. Ich habe oft darüber nachgedacht, was er ihnen erzählt haben mag. Inzwischen hatte mein Handeln, genau wie bei jener früheren Gelegenheit, als ich Somerset befreite, Heinrich daran erinnert, daß er der König war, daß er ein Plantagenet war und daß Männer und Frauen vor seinem Stirnrunzeln erzittern sollten. Ich weiß, daß für die Katastrophen, die im darauffolgenden Jahr über meinen Mann hereinbrachen, vor allem zwei Hauptursachen genannt werden: die unerwartete Schwangerschaft seiner Gattin und der Zusammenbruch der englischen Besatzungsmacht in Frankreich. Ich würde dem noch eine dritte und wichtigere Ursache hinzufügen: dieser kurze Augenblick, in dem er als König handelte, zeigte Auswirkungen auf einen Geist, der für eine solche Aufgabe vollkommen ungeeignet war.

Doch wie auch immer, plötzlich erwachte das Land und stellte fest, daß es tatsächlich einen König hatte. Während des Osterfestes sprach Heinrich nicht weniger als hundertvierundvierzig Begnadigungen aus. »Ich muß dieser Uneinigkeit und Zerstörung einfach ein Ende bereiten«, erklärte er mir.

Dann gab er Befehle, um unsere Angelegenheiten in Frankreich zu regeln. Calais und die anderen Städte, die noch uns gehörten, sollten ihre Festungen ausbessern und in den bestmöglichen Zustand versetzen. Und das beste war, daß er meinem alten Bewunderer, John Talbot, dem Grafen von Shrewsbury – der mir eines meiner Lieblingsbücher zur Hochzeit geschenkt hatte – das Kommando übergab.

Talbot war zweifellos der beste Soldat seiner Generation, und das seit Bedfords Tod. Trotzdem war er von Suffolk, York und Somerset ständig beiseite gedrängt worden. Er war Mitte Sechzig – ein großartiges Alter, um vom Rücken eines Pferdes aus, mit einer silbernen Rüstung angetan, Armeen ins Feld zu führen – und hatte die letzten Jahre damit verbracht, York in Irland zu ersetzen. Jetzt war er bereit, für unsere Sache einzutreten. Wir wußten, daß alles gut werden würde.

Nachdem er sich diesen gewichtigen Dingen gewidmet hatte, begab sich Heinrich auf eine seiner großen Reisen durch das Land und versuchte, den Zustand der Anarchie, der sich ausgebreitet hatte, zu beenden. Er begann in Norfolk, reiste dann in den Westen des Landes, schwenkte um Exeter und Bath in die walisischen Marschen hinauf und besuchte schließlich Hereford und Ludlow, bevor er für eine kurze Rast nach Kenilworth zurückkehrte.

Im Oktober war er in Stamford und Peterborough, und anschließend machte er sich auf in sein geliebtes Cambridge.

Was er bei dieser Rundreise erreicht haben mag, kann ich

nicht sagen, denn ich begleitete ihn nicht, sondern traf ihn nur am Ende des Sommers in Kenilworth. Es war eine sehr vergnügliche Zeit für mich. Mein Mann war weit fort, Edmund in der Nähe, und unsere Probleme endlich, wie es schien, gelöst. Sogar aus Frankreich kamen gute Nachrichten, da Talbot den größten Teil von Guyenne zurückerobert hatte.

Abgesehen von dem lieben Edmund und meiner anhaltenden Enttäuschung bezüglich der Frage nach einem Thronerben beschäftigten mich in diesem Sommer vor allem Eheschließungen, von denen zwei in besonderem Maße die Zukunft beeinflussen sollten. Noch bevor Heinrich sich auf seine Reise begab, brachte Edmund seine Nichte, Margarete Beaufort, an den Hof. Margarete war jetzt neun Jahre alt. Ich würde sie nicht gerade als ein hübsches Kind bezeichnen, doch da sie die Erbin unseres Cousins Johann Beaufort und damit die der meisten Besitztümer Johann von Gaunts war, war sie in gewisser Hinsicht außerordentlich attraktiv. Ich mochte es zwar erreicht haben, daß Edmund den Titel des Herzogs von Somerset erhielt, aber natürlich konnte ich keinen Einfluß auf den tatsächlichen Reichtum von Cousin Johann nehmen, der gewaltig war und vollständig auf sein einziges überlebendes Kind übergegangen war.

Seit Johanns Tod im Jahre 1444, oder acht Jahre zuvor, als Margarete noch in der Wiege gelegen hatte, war sie das Mündel ihres Onkels gewesen. Das hieß, er hatte einen Nutzen an ihrem Einkommen, wenn er auch ihr Kapital nicht anrühren durfte. Und das hatte wiederum bedeutet, daß Edmund in den vergangenen acht Jahren ein sehr wohlhabender Mann gewesen war. Jetzt, in seiner wiederhergestellten Machtposition, trachtete er danach, die Angelegenheit ein für allemal zu besiegeln. Sein Ziel war es, die Erlaubnis des Königs zu erlangen, Margarete mit seinem ältesten Sohn, der ebenfalls

Heinrich hieß, zu vermählen. So würde Heinrich Somerset nicht nur auf der Stelle an die Besitztümer seines Onkels und an dessen Reichtum kommen, sondern im Laufe der Zeit auch an den Titel seines Vaters, und die mächtigen Beaufort-Besitztümer würden sich in einer Hand vereint finden.

Ich fand die Idee außerordentlich vernünftig, und das sprach ich auch aus. Leider hatte ich jedoch bei meinen Bemühungen, Heinrich zum Handeln anzuspornen, mir auch einige Nachteile eingehandelt. Heinrich entwickelte plötzlich eigene Ideen. Obwohl niemand es vermutet hätte, war er von den verschiedenen, immer wiederkehrenden finanziellen Krisen im königlichen Haushalt nicht unberührt geblieben. Und man kann sich gewiß vorstellen, daß, wenn schon der König und die Königin von Zeit zu Zeit Hunger litten, diejenigen, deren Existenz von den Krumen des königlichen Tisches abhing, noch viel hungriger waren. Dies hatte mein Mann vor allem im Hinblick auf seine Halbbrüder bedacht, die er zeit ihres Lebens unterstützen mußte. Deshalb hielt er die Heirat von Cousine Margarete mit Edmund Taylor, der inzwischen ein attraktiver, doch völlig mittelloser Mann von zweiundzwanzig Jahren war, für einen Schritt zur Lösung all unserer Probleme. Auf diese Weise würde nicht nur Tudor zu einem vermögenden Mann werden, sondern, da seine Loyalität dem Thron gegenüber außer Frage stand, in Zukunft auch eine nicht zu unterschätzende Geldquelle darstellen.

Nun, was Könige bestimmen, müssen die Niederen akzeptieren. Edmund Beaufort sollte seine Entscheidung, die junge Dame bei Hofe zu präsentieren, noch bevor sein Namensvetter aus dem Hause Tudor verheiratet war, bereuen, während Edmund Tudor auf einen Schlag in die höheren Ränge der Gesellschaft aufstieg. Um ihm einen Titel zu verleihen, der seinem Stand angemessen war, ernannte ihn

Heinrich, da das Herzogtum von Somerset ja nicht zur Verfügung stand, zum Grafen von Richmond, während sein jüngerer Bruder Jasper zum Grafen von Pembroke erhoben wurde. Meine eigenen Gefühle in dieser Sache waren natürlich ambivalent. Somerset wünschte ich nur das Beste, doch andererseits ist das Gefühl, einen Halbschwager zu haben, der so reich ist wie Krösus, ausgesprochen beruhigend. Natürlich hatte weder ich noch sonst irgend jemand auch nur die leiseste Ahnung von den bemerkenswerten Auswirkungen, die diese Heirat auf die Zukunft haben würde, und selbst jetzt, wo ich dies schreibe, ist das Problem noch nicht gelöst.

Auch die zweite Heirat, für die ich mich in diesem Sommer interessierte, betraf den königlichen Hof und sollte einen tiefgreifenden Einfluß auf unser aller Leben haben, obwohl sich dieser Einfluß, wie es scheint, bereits bemerkbar gemacht hat.

Johann, der Herzog von Bedford und Onkel meines Mannes, war, sowohl zu Hause im Bett als auch auf dem Schlachtfeld, ein von Lebenskraft strotzender Kerl gewesen. Nachdem seine erste Frau gestorben war, hatte er sich die schönste Frau Europas zur zweiten Gemahlin gewählt. Die Dame hieß Jacquetta von Luxemburg, und sie war die Tochter Peters von Luxemburg, des Grafen von St. Pol. Wie man sich vielleicht erinnert, hatte genau dieser Graf von St. Pol in meiner Kindheit für seinen Sohn um meine Hand angehalten, bis er gemerkt hatte, daß Papas Zukunftsaussichten alles andere als rosig waren. So hätte ich also leicht Jacquettas junge Schwägerin werden können – sie war etwa zwanzig Jahre älter als ich.

Die Gräfin von Beaufort war in ihrer Ehe zweifellos sehr glücklich, obwohl, wie es so oft geschieht, wenn man mit einem Staatsmann und Soldaten verheiratet ist, der Graf nur sehr wenig Zeit hatte, ihr das Bett zu wärmen, und gewiß niemals Gelegenheit hatte, sie zu schwängern, da er in dieser Hinsicht sogar noch unfähiger war als sein berühmter Bruder. Aber genau wie sein Bruder starb auch er nur sechs Jahre nach ihrer Heirat, und Jacquetta blieb, wie meine Tante Katharina, eine junge Witwe ... ohne einen Sohn, der sie hätte trösten können.

Und auch sie ging denselben Weg. Nun, welche junge, geistreiche Frau würde dies nicht tun? Doch da sie die schönste Frau ganz Europas war, hatte sie sich nicht, wie Katharina, einen einfachen Ritter als Bettgenossen gewählt, sondern den schönsten *Mann* Englands, wie behauptet wurde, einen gewissen Sir Richard Woodville. Und da sie sich ihrer Situation ein wenig bewußter war als Tante Katharina, hat sie den Mann sogar geheiratet.

Auch das rettete sie nicht vor einer wahren Schlammschlacht, noch bewahrte es Sir Richard vor einem Aufenthalt im Tower, doch wie bereits Tante Katharina und ihrem Geliebten aus dem Hause Tudor, so wurde auch diesen beiden vergeben, und man gestattete ihnen, sich aufs Land zurückzuziehen und den Rest ihres Lebens fernab der Öffentlichkeit zu verbringen. Doch wie es manche Leute gibt, deren Schicksal es ist, im verborgenen zu bleiben, so gibt es auch einige, denen es unmöglich ist, dem Blick des öffentlichen Hasses und der öffentlichen Bewunderung zu entgehen, wie sehr sie es auch versuchen – das sind nichts als zwei Seiten ein und derselben Münze. Jacquetta und Richard hatten es gewiß nicht darauf angelegt, wieder zu Ruhm und Ehre zu gelangen. Sie waren damit beschäftigt, einander zu lieben, und dies mit soviel Erfolg, daß sie im Laufe der Zeit nicht weniger als sieben Söhne und sechs Töchter in die Welt setzten.

In diesem Sommer 1452 wurde Richards und Jacquettas ältestes Kind, eine Tochter, fünfzehn Jahre alt und sollte daher verheiratet werden. Wenn nun der schönste Mann des Landes die attraktivste Frau Europas heiratet, so bekommen sie in der Regel schöne Kinder. Dies war bei den Woodvilles gewiß der Fall. Und von ihnen allen war dieses älteste Mädchen das schönste. Ihr Name war Elisabeth (oder Isabelle, wie wir in Frankreich sagen würden), und ich muß zugeben, daß ich, die ich die Einladung zur Hochzeit angenommen hatte, recht erstaunt war, als ich die Braut zum ersten Mal sah.

Von der Schönheit einer Frau übertroffen zu werden, die älter ist als man selbst, läßt sich mit Gelassenheit ertragen, denn sie wird als erste verdorren. Von der Schönheit einer Frau übertroffen zu werden, die sieben Jahre *jünger* ist als man selbst, ist dagegen keine Kleinigkeit.

Natürlich kam es mir sehr schnell in den Sinn, daß ich keinen Anlaß zur Sorge hatte. Bella Woodville war groß für eine Frau, vielleicht eine Spur zu groß, während meine Körpergröße bei allen Männern das Bedürfnis auslöste, mich beschützend in den Arm zu nehmen. Bella hatte langes, glattes, blondes Haar, das sich wie Seide anfühlte; meine wellige, goldbraune Mähne dagegen war von der Art, die immer einen zweiten Blick auf sich zog, selbst wenn es ganz ruhig lag. Bellas Gesichtszüge waren zwar makellos geformt, aber gerade aus diesem Grund eine Spur zu streng. Niemand konnte bestreiten, daß ihre Nase vollkommen gerade war, doch sie war etwas zu lang. Niemand konnte etwas an ihrem rosenförmigen Mund auszusetzen haben, aber er war eine Spur zu klein. Niemand konnte die Form ihres Kinns kritisieren, doch war es ein wenig spitz. Insgesamt ergab sich ein viel ernsthafteres Bild als das meiner eigenen fröhlichen Züge, meines breiten Mundes und meines runden Kinns.

Bellas Augen waren blau und kühl. Meine waren grün und sprühten vor Temperament. Als wir uns näherkamen, entdeckte ich, daß sie eine sehr gute Figur besaß, aber sicherlich war sie im Alter von fünfzehn Jahren immer noch ein schlankes Mädchen, während ich mit meinen zweiundzwanzig Jahren bereits meine ganze sinnliche Reife erlangt hatte.

Der größte Unterschied zwischen uns beiden bestand jedoch in unseren Charakteren. Ich war voller Leidenschaft. Und das bin ich noch, ganz gleich, welchen Launen mich mein Schicksal auch aussetzen mag. Bella war zurückhaltend, ja beinahe still. Sie war jedoch nicht schwach. Tatsächlich sollte ihre Zielstrebigkeit, die ich zu jener Zeit noch nicht erkannte, die jedoch darauf fixiert war, Wohlstand und Macht für ihre Familie zu erlangen, sie eines Tages zu den höchsten Gefilden emportragen, aber ihren Weg sollten gleichzeitig einige Tote säumen – nicht zuletzt aus den Reihen ihrer eigenen Geschwister.

Diese bemerkenswerten Wechselfälle des Schicksals lagen jedoch noch in ferner Zukunft. Für den Moment bemerkte ich lediglich, daß hier ein attraktives, aber auch ziemlich dummes Mädchen, eine entfernte Verwandte der königlichen Familie, dabei war, einen Landedelmann mit Namen John Grey zu heiraten. Er war der Sohn Lord Ferrers von Groby und ein Mann ohne die geringsten Aussichten, jemals hoch hinauszukommen. Ich hingegen war die Königin, die ihrem Hochzeitsfest beiwohnte. Ich interessierte mich tatsächlich weit mehr für ihre Mutter, von der ich schon so viel gehört hatte und die ich jetzt zum ersten Male sah. Tante Jacquetta schien sich über meine Aufmerksamkeit zu freuen, so wie alle Hochzeitsgäste etwas überwältigt schienen ob meiner Entscheidung, ihrer kleinen Feier beizuwohnen. Ich war gerade guter Laune und machte im Laufe der Konversation den Vorschlag, daß für Bella, sobald sie sich in der Ehe eingelebt habe, ein Platz bei Hofe unter meinen Hofdamen gefunden werden könne. Hocherfreut nahm sie den Vorschlag an. Was mehr konnte sich ein junges Mädchen wünschen oder erhoffen als eine Stellung bei Hofe? Eine ganze Menge offenbar, wenn ihr Name Elisabeth Woodville lautete. Aber von Bellas Ambitionen hatte ich zu jener Zeit keine Ahnung.

Manchmal denke ich, 1452 war mein letztes glückliches Jahr. Natürlich ist es schwierig zu erkennen, wann ein Jahr tatsächlich beginnt und wann es endet. Ist es wirklich so, wie der Kalender es darstellt? In diesem Jahr war ich glücklich, doch mein Glück sollte nur von kurzer Dauer sein.

Ich muß zugeben, daß ich beim Tode von Erzbischof Stafford nicht mehr als die angemessene Menge an Tränen vergoß. Wenn ich seinen Namen nicht sehr oft erwähnt habe, dann liegt das ganz einfach daran, daß es über ihn nicht viel zu erzählen gibt. Er hatte mich bei meiner Krönung gesalbt – mit kaltem Öl; es war ihm mißlungen, mit Cades Aufstand fertig zu werden, und auch in jeder anderen Hinsicht hatte er sich sowohl in seiner Rolle als Mann als auch in seiner Rolle als Prälat als wenig wertvoll erwiesen. Jetzt war er fort, und wir konnten den treuen Kemp an seine Stelle setzen. Das wenigstens war für mich eine große Quelle des Trostes.

Zu Weihnachten hatten wir dieses Mal sowohl Geld als auch Vergnügen. Das einzige Haar in unserer Suppe waren die Machenschaften Yorks, der jetzt eifrig damit beschäftigt war, verleumderische Gerüchte unter den Bewohnern Londons in Umlauf zu bringen. Diese Schurken hatten mich nie gemocht, und so griffen sie eifrig jede Bösartigkeit auf, die über mich verbreitet wurde – und derer gab es viele. Somerset war außer sich vor Wut, teilweise natürlich, weil das wichtigste Gerücht der Wahrheit entsprach und ihn ebenfalls betraf. Aber er konnte nichts anderes tun, als das Parlament in Reading, weit genug entfernt vom Mob, wo wir die Vorgänge besser unter Kontrolle hatten, zusammenzurufen. Aus diesem Grund begaben wir uns Anfang März nach Reading.

Zu diesem Zeitpunkt war ich glücklicher als je zuvor in meinem Leben: zum ersten Mal in meinem Leben war meine Monatsblutung ausgeblieben!

Die schicksalhafte Begegnung hatte zweifellos in der letzten Januarwoche stattgefunden, als Heinrich mit irgendeiner Unpäßlichkeit daniederlag und ich offiziell alleine schlief – und Somerset sich im Anschluß an eine Zusammenkunft des Rates im Palast aufhielt, da die Straßen in einem zu schlechten Zustand waren, als daß er nach Hause hätte zurückkehren können. Wir verbrachten zwei oder drei wunderbare Nächte zusammen, aber da wir bereits einige Nächte miteinander geschlafen hatten, ohne etwas zu erreichen, hatte ich keinen Grund anzunehmen, daß bei dieser Gelegenheit irgend etwas anderes passieren würde. Wie ich bereits erwähnte, hatte ich schon vermutet, daß es mir nicht gegeben sei, Mutter zu werden.

Aber nun war es geschehen. Ich hatte, kurz bevor Somerset gezwungen gewesen war, die Nacht bei uns zu verbringen, meine Periode gehabt. Also wäre es in der dritten Februarwoche wieder soweit gewesen. Aber nichts passierte.

Wir waren bereits auf unserem Weg nach Reading, bevor der Groschen fiel. Oder besser gesagt, bevor Bailly die Sache mir gegenüber zur Sprache brachte. Ich hätte schreien mögen vor Freude, wenn auch, wie Bailly rasch bemerkte, eine Schwalbe noch keinen Sommer macht. Andererseits wurde es nun sofort notwendig, meinen Ausweichplan umzusetzen, dem eine schlimmstenfalls nachträgliche Empfängnis folgen sollte.

Heinrich hatte sich inzwischen von seiner Erkältung erholt, und bei unserer Ankunft in Reading kuschelte ich mich sofort in sein Bett und sagte ihm, wie sehr ich seine tröstliche Wärme während seiner Krankheit vermißt hatte. Er war sehr erfreut darüber, doch seine Freude wich, als ich mich von meiner Leidenschaft forttragen ließ. Meine Bemühungen wurden schließlich von Erfolg gekrönt, doch es war ein langer, harter Kampf. Ich muß leider sagen, wenn jemand dabeigewesen wäre und uns beobachtet hätte, dann hätte der Gedanke, ein solch flüchtiger Vorgang könne eine Schwangerschaft auslösen, bei Hofe allenfalls Heiterkeit hervorgerufen.

Doch alles in allem war ich zufrieden, obwohl ich natürlich warten mußte, bevor ich meinen Zustand verkünden konnte. Alles lief wie am Schnürchen, denn auch das Parlament – von Somerset ausreichend mit dessen eigenen Leuten besetzt – war ausgesprochen guter Laune. Es gestand uns eine Menge Geld zu und wurde ordnungsgemäß auf November vertagt. York und die Nevilles wohnten ihm noch nicht einmal bei, und Edmund hatte alles unter Kontrolle. Ich war deshalb voller Vertrauen, als ich gegen Ende Mai auf den König zutrat und ihn darüber informierte, daß ich schwanger sei.

Seine Reaktion war beunruhigend. Er starrte mich nur einige Minuten lang an, so daß ich schon dachte, er habe mich nicht gehört. »Ich trage Euer Kind, Hoheit«, sagte ich so gewinnend, wie ich nur konnte. Wenn man jemandem eine solch gewaltige Lüge auftischen muß, dann ist es besser, alle Register zu ziehen.

Er streckte seine Hand aus, um meine Wange zu berühren, und lächelte traurig. »Oh, Meg«, sagte er. »Liebe, liebe Meg. Wie sehr Ihr es Euch doch erhofft. Ihr könnt nicht schwanger sein. Wir sind nicht gesegnet, Ihr und ich.«

Er ließ sich nicht davon überzeugen, daß es wahr sei.

Keine Glocken wurden geläutet, und die Leute wurden über meinen verheißungsvollen Zustand weitgehend in Unkenntnis gehalten. Ich sage weitgehend, denn natürlich kann die Schwangerschaft einer Königin nicht vollkommen geheimgehalten werden, vor allem da es so viele Leute gab, deren Leben und Zukunftsaussichten sich durch die Möglichkeit, daß ich einen Sohn in mir tragen könne, dramatisch ändern würden. Somerset führte sich auf wie ein Hund mit zwei Schwänzen, und alles, was ich tun konnte, war, ihn davon zu überzeugen, daß seine Freude eher dem König und dem Hause Lancaster zu gelten habe als dem Baby und seiner Mutter. Ich fürchte sehr, sein unangemessenes Benehmen blieb nicht unbemerkt.

Ich kann nur Vermutungen darüber anstellen, welche Wirkung meine Neuigkeit auf das Haus York hatte, als sie Sandal Castle erreichte. Cousin Richard zog es natürlich vor, sie zu ignorieren, da es keine offizielle Verkündung gegeben hatte. Die stolze Cis ließ sich da schon mehr anmerken. Zweifellos zählte sie bereits die Monate, bis sie Königin werden würde, und der Gedanke, ihr könne jemand um Haaresbreite zuvorkommen, war mehr, als sie ertragen konnte. Sie eilte fort, um einen Gang in die Stadt zu machen, und zwar aus einem Grund, der gar nichts mit mir zu tun hatte – jedenfalls behauptete sie das. Aber da sie sich nun in der Nähe von Westminster aufhielt – und wir inzwischen zurückgekehrt waren – verlangte die Höflichkeit natürlich, der Königin einen Besuch abzustatten.

Es war bereits Ende Juni, und obwohl ich einen voluminösen Rock trug, da ich ja erst im vierten Monat sein sollte, sah ihr geübtes Auge – sie hatte erst kürzlich einen Sohn namens Richard geboren, aus dem einmal dieser verabscheuungswürdige Kerl, Gloucester, werden sollte –, daß es sich nicht um ein Gerücht handelte.

»Euer Hoheit sind gesegnet«, bemerkte sie und ging wieder fort.

Es war ein Triumph, den ich nicht lange genießen konnte, denn plötzlich folgte eine Katastrophe auf die andere.

Das Ganze hatte eigentlich schon mit dem Tode von Erzbischof Stafford begonnen, auch wenn mir das damals noch nicht ganz klar war. Heinrich hatte bereits im Jahre 1443 den Erzbischof von Canterbury, Chicheley, Staffords Vorgänger, zu Grabe getragen. Ich kannte den König damals natürlich noch nicht, aber auf jeden Fall hatte ihn das Ereignis sehr mitgenommen, und Kardinal Beaufort hatte ihm versichern müssen, daß Chicheleys Ableben in keiner Weise etwas mit ihm zu tun habe. Auch Kemp tat nun sein möglichstes, aber im Laufe von zehn Jahren war Heinrich noch melancholischer geworden.

Diesen einzelnen Schlag hätte er vielleicht noch überwunden. Aber jetzt, zu Beginn des Monats, erhielten wir die Nachricht, daß Konstantinopel von den Türken erobert worden sei. Das war seit langem befürchtet worden, und tatsächlich hatten die glücklosen byzantinischen Kaiser, wie sie sich selbst dann noch nannten, als ihr »Kaiserreich« auf die Größe einer englischen Grafschaft geschrumpft war, zahlreiche Delegationen nach Westen geschickt und uns um Hilfe gegen den heidnischen Feind angefleht. Unglücklicherweise erschienen die Byzantiner mit ihrem merkwürdigen Verständnis von Religion jedem anständigen Christen genauso heidnisch wie die Anhänger Mohammeds, und so hatten sie nur wenig Hilfe erfahren.

Und doch lag das Kämpfen in diesen entlegenen und heißen Ländern den Plantagenets im Blut. Richard Löwenherz hatte ein Vermögen dafür ausgegeben, das Heilige Land der Länge und Breite nach zu durchstreifen; Eduard I. hatte sich gerade auf einem Kreuzzug befunden, als er erfuhr, daß er König von England geworden war; und erst in der jüngsten Zeit war Heinrich Bolingbroke im Anschluß an sein Exil aus England nach Konstantinopel gegangen, um dort gegen die Türken zu kämpfen und voll Kampfgeist, Erfahrung und Krankheit zurückzukehren und einen Anspruch auf die Krone zu erheben. In der Tat gab es nicht wenige, die behaupteten, hätte Heinrich V. sein militärisches Genie und seine walisischen Bogenschützen im Osten eingesetzt statt bei Agincourt, so hätte er der Christenheit einen weitaus besseren Dienst erwiesen als durch die Fortsetzung des Zanks innerhalb der Dynastie.

All diese Dinge belasteten Heinrich. Er selbst war zwar kein Kämpfer, doch wenn er die Mittel gehabt hätte, so zweifle ich nicht daran, daß er eine Armee für die Befreiung von Byzanz aufgestellt hätte. Doch er hatte kein Geld, und jetzt war es zu spät. Er grübelte darüber nach und konnte nicht anders, als diese Katastrophe mit unserem eigenen Leid in Verbindung zu setzen. Er grübelte um so mehr, als er, wie die stolze Cis, die Augen nicht länger vor der Wahrheit verschließen konnte. Ich war mit großer Wahrscheinlichkeit schwanger, und das vermutlich durch seine leidenschaftslosen Stöße. Er würde also Vater sein. Ich bin mir nie ganz sicher gewesen, welcher dieser beiden Aspekte ihm mehr zu schaffen machte. Aber mit Gewißheit machten ihm beide zu schaffen.

Und jetzt, Mitte Juli, kam der heftigste Schlag: Unsere Situation in Frankreich hatte sich bislang dank der Bemühungen Talbots scheinbar gebessert, doch am 17. Juli erlitt Talbot bei Castillon eine gewaltige Niederlage. Er selbst wurde getötet, seine Armee floh in alle Richtungen, und die englische Herrschaft in Frankreich brach zusammen. Am Ende des Monats, nach einem über hundert Jahre währenden unversöhnlichen Konflikt, war England auf dem Festland nur noch ein einziger Seehafen geblieben: Calais.

Die Leute tuschelten über diese Neuigkeiten; sie waren zu ängstlich, die schrecklichen Worte laut zu äußern. Heinrich V. und Bedford, Eduard II. und der Schwarze Prinz: all diese mächtigen Krieger hatten ihr Leben für die Verfolgung eines einzigen Zieles eingesetzt, und jetzt war es verloren.

Diese aufeinanderfolgenden Schicksalsschläge – Staffords Tod, Konstantinopel, meine Schwangerschaft und nun noch dieses krönende Desaster in Frankreich – hatten zweifellos ernste Auswirkungen auf Heinrichs zerbrechlichen Geist, erst recht zu einem Zeitpunkt, da er begonnen hatte, seine königliche Macht voll auszuüben. Heinrich, der stets an sich selbst zweifelte, dachte darüber nach, ob seine Selbstbehauptung nicht einen Affront gegen Gott bedeutet und somit diese Katastrophen herbeigeführt haben könnte. Wie auch immer die Wahrheit ausgesehen haben mag, die größte Katastrophe von allen brach am 10. August über uns herein. An diesem Tag verlor der König seinen Verstand.

Seit meiner Schwangerschaft hatten Heinrich und ich nicht mehr miteinander geschlafen. Er betrachtete es als Gotteslästerung, sexuelle Beziehungen zu einer schwangeren Frau zu pflegen. Ich hatte in diesem Punkt nicht so strenge Ansichten, aber ich war sehr besorgt um mein Baby. Deshalb hatte ich eine eigene Bettkammer und wurde früh an diesem Morgen von Wenlock geweckt, der nur mit Mühe einige Herren davon abhalten konnte, in meine Kammer einzudringen und sich um mein Bett zu versammeln. »Euer Hoheit!« stammelte mein getreuer Kammerherr. »Euer Hoheit! Der König ...!«

Ich gebe zu, mein erster Gedanke war, daß Heinrich verstorben war, und sofort schossen mir alle Möglichkeiten und Unannehmlichkeiten durch den Kopf, die auf ein solches

Ereignis folgen würden, aber dann stand ich so schnell es ging auf, während Bailly herbeieilte und meinen nackten Leib in einen Morgenrock hüllte. In diesem Zustand hastete ich in die Kammer des Königs, begleitet von seinen Herren sowie Wenlock und Bailly, und dort fand ich auf den ersten Blick meine schlimmsten Befürchtungen bestätigt. Heinrich lag völlig bewegungslos auf dem Rücken und starrte an die Decke.

Dann bemerkte ich, daß der König atmete, wenn auch langsam und röchelnd. Ich sah die Herren an. »Seine Hoheit bewegt sich nicht«, sagte einer von ihnen.

»Seine Hoheit *kann* sich nicht bewegen«, sagte ein anderer.

Das kam mir absurd vor. Ich stellte mich an die Seite meines Gatten und sagte: »Wollt Ihr mir nicht einen guten Morgen wünschen, Hoheit?« Er gab nicht den Hauch einer Antwort von sich. Er spielt irgendein Spielchen, dachte ich bei mir. »Wollt Ihr heute nicht Eure Gebete verrichten, Hoheit?« fragte ich etwas schärfer.

Immer noch keine Reaktion. »Er kann sich nicht bewegen«, wiederholte einer der Herren.

»Seine Augen sind doch offen«, fuhr ich ihn an. Ich war kurz davor, die Geduld zu verlieren. Ich beugte mich über ihn. »Heinrich, ich bin es, Margarete, Eure süße Meg. Wollt Ihr nicht mit mir sprechen?«

Keine Antwort. Ich bemerkte, daß, obwohl er sich offenbar entschlossen hatte, sich nicht mehr zu rühren, seine Körperfunktionen nach wie vor intakt waren. So traurig es war, er mußte gesäubert werden.

Ich richtete mich auf. »Kümmert Euch um Euren Herrn«, befahl ich. »Und Wenlock, ruft bitte den Rat zusammen.«

Die guten Herren kamen herbeigeeilt. Aber ich hatte dafür gesorgt, daß Edmund als erster eintraf. Er begleitete mich in Heinrichs Kammer. Die Laken des Königs waren inzwischen gewechselt worden, und der Raum wirkte irgendwie freundlicher als vorher. Aber er lag immer noch so da, wie ich ihn verlassen hatte, völlig bewegungslos, den Blick an die Decke gerichtet.

»Es ist ein Schlaganfall«, erklärte Edmund.

Das hatten mir die Ärzte auch gesagt. »Er ist nicht fähig, die Regierungsgeschäfte zu führen«, stimmte ich zu.

Edmund strich sich über das Kinn. »Das bedeutet ...«

»Daß jemand an seiner Stelle handeln muß.«

»Eine Regentschaft«, murmelte er. »Das letzte Mal, als es dazu kam, gab es Schwierigkeiten. Herzog Humphrey regierte in England, Herzog Johann in Frankreich ...«

»Und der gute Kardinal stand zwischen ihnen, um den Frieden zu bewahren. Aber die Zeiten haben sich geändert, Edmund. Heute gibt es keine königlichen Onkel mehr. Frankreich muß nicht regiert werden. Es gibt nur noch Cousins. Und eine Frau.« Er schluckte. »Ich muß die Regentschaft übernehmen, Edmund«, sagte ich. »Sonst wird York es tun. Und ich brauche Euch nicht zu sagen, was das heißen würde. Für uns beide.«

Er schluckte wieder. »Sie würden Königin Margarete nicht zur Regentin machen.«

»Ihr seid unser oberster Minister, Edmund. Ihr müßt Euch darum kümmern.« Er schluckte erneut und eilte davon, während ich von allen möglichen Vorahnungen erfüllt war – und das zu Recht. Es ist eine ungerechte Welt, in der wir Frauen gezwungen sind, uns auf Männer zu verlassen, die in so vielen Fällen schwächer sind als wir selbst, damit sie etwas durchführen, von deren Notwendigkeit wir überzeugt sind. Und Edmund war eine der schwächsten Gestalten, die mir jemals begegnet sind.

Natürlich kamen bei der Nachricht über den unseligen Zustand des Königs die Lords und die Commons in Scharen nach Westminster geeilt, und noch bevor wir es wußten, war das Parlament bereits versammelt, obwohl es vertagt worden war. Edmund erläuterte ihnen die Situation und schlug vor, jemand solle im Namen meines noch ungeborenen Kindes für den König einspringen. Genau das hatte ich ihm aufgetragen. Ich hatte ihm nicht befohlen, seinen Ausführungen das Eingeständnis hinzuzufügen, daß sein Vorschlag einzig und allein durch die Umstände bedingt sei. Die Lords bellten ihn an wie Wölfe, während die Commons feindselig knurrten.

Unser Vorschlag wurde verworfen, aber es gelang uns, einen Kompromiß zu erzielen. Dank der Bemühungen unseres treuen Erzbischofs Kemp wurde beschlossen, die Dinge für die nächsten Monate ruhen zu lassen, in der Hoffnung, daß Heinrich sich wieder erholen möge. Den Lords gefiel diese Entscheidung nicht besonders, am wenigsten Richard und seinen Anhängern, aber niemand war bereit, sich gegen den Erzbischof zu stellen, noch konnte irgend jemand behaupten, die Regierung würde unter Heinrichs Handlungsunfähigkeit leiden. Was mich anbelangt, so war ich froh, daß die Entscheidung aufgeschoben wurde, bis ich wieder im vollen Besitz meiner Kräfte sein würde – und vielleicht auch ein Thronerbe auf der Welt wäre.

Ich muß zugeben, ich war angenehm überrascht, daß Richard damals keinen größeren Aufstand verursachte oder höhere Ansprüche stellte. Er erklärte einfach, er sei krank, und kam noch nicht einmal nach Westminster. Dies war eine große Erleichterung für uns, doch wir hätten es besser wissen müssen: Er war nur damit beschäftigt, neue Pläne zu schmieden.

Inzwischen wurde alles unternommen, um Heinrich wieder zur Vernunft zu bringen. Ich muß zugeben, ich fand die Situation äußerst beängstigend. Ich weiß natürlich, daß Heinrichs Großvater mütterlicherseits verrückt gewesen war und daß Fälle von geistiger Umnachtung in der Familie Valois keine Seltenheit waren. Glücklicherweise waren wir Anjous nur ein Seitenzweig.

Heinrich sagte kein Wort, und er schien auch nichts zu hören oder zu sehen. Er war unfähig, sich auch nur im geringsten zu bewegen, und er mußte gefüttert werden wie ein kleines Baby. Alles in allem bot er ein bedauernswertes Bild.

Nichtsdestoweniger war er der König, und es durfte keine Mühe gescheut werden, um ihn wieder zu einem normalen Menschen zu machen. Manche dieser Methoden waren ausgesprochen unangenehm. Mal entschlossen sich die Ärzte, ihn durch einen Schock aus seiner Benommenheit zu lösen, und dazu verwendeten sie Mittel wie Nadeln, die plötzlich in sein Gesäß gestochen wurden, oder Eimer mit eiskaltem Wasser, die über ihm ausgeleert wurden. Doch keine dieser sogenannten Kuren zeigte auch nur die geringste Wirkung.

Ich konnte wenig tun, um diesen Prozeß voranzutreiben oder zu behindern. Im übrigen galt meine einzige Sorge dem Baby. Dieser Herbst war der längste, den ich jemals erlebt habe, aber endlich, am 13. Oktober, wurde ich zu meinem Bett geleitet. Meine Hofdamen wieselten eifrig um mich herum, es gab ein großes Getue, doch ich wurde mit allem spielend fertig, denn dies war der Moment, auf den ich mein ganzes Leben lang gewartet hatte. Und so lag ich schließlich mit einem strammen kleinen Jungen da, der an meiner Brust trank.

Die Lords wurden auf der Stelle herbeigerufen. Den König zu rufen wäre Zeitverschwendung gewesen. Wie gern hätte ich in diesem Moment Yorks Gesicht gesehen! Aber es war beinahe ebenso erfreulich, die Bewunderung derer zu beobachten, die anwesend *waren*. Darüber daß das Baby ein Plantagenet war, gab es keinen Zweifel. Dafür sprachen das helle Blau seiner Augen und rötlichgoldene Haare. Daß der Herzog von Somerset ebensolches Haar hatte, war nicht der Rede wert, denn das seines Cousins und Königs hatte dieselbe Farbe.

Nun dachte ich zum ersten Mal an den König, doch ich ließ nicht zu, daß mein Sohn zu ihm gebracht wurde, ohne daß ich dabeisein konnte. Dies war zwei Tage später möglich, als ich in Begleitung meiner Damen, Somersets, Buckinghams und des Erzbischofs das Schlafgemach des Königs aufsuchte.

Das Ereignis wurde zu einer bitteren Enttäuschung. Heinrich blieb bewegungslos und rührte sich noch nicht einmal, als ich ihm das Baby in die Arme legte. »Was kann man nur tun?« fragte ich den Erzbischof mit Tränen in den Augen.

»Wir müssen beten, Euer Hoheit.«

Ich habe bereits erwähnt, daß ich von Gebeten nicht allzuviel hielt. In der Tat wagte ich es nicht, zu beten, in Anbetracht der Art und Weise, wie ich meinen Triumph erlangt hatte. Ich mußte der Welt als die stolze Mutter des englischen Thronfolgers ins Auge blicken, und ich denke, ich tat dies mit Erfolg. Ich bestimmte, daß mein Sohn Eduard heißen sollte. Es hatte schon drei Heinrichs hintereinander gegeben, und die Linie schien im Niedergang begriffen zu sein. Ich dachte an Eduard III. und seinen Sohn Eduard, den Schwarzen Prinzen. Es gab Namen, die Wunder wirkten.

Außerdem trug Yorks ältester Sohn den Namen Eduard. Mein Eduard würde diesen bedauernswerten Jungen bei weitem übertreffen, dessen war ich mir sicher. Nun, vielleicht wäre es so gekommen, hätte er die Zeit dazu gehabt.

Die konstitutionelle Krise hielt unterdessen unvermindert an. Weihnachten ließ ich Heinrich nach Windsor Castle bringen, immer noch in der Hoffnung, daß sein Geist sich beleben würde. Aber er blieb völlig unbeteiligt, sogar der unbequemen Reise gegenüber. Es war klar, daß ich mich der schwierigen Situation stellen mußte, vor allem als gemeine Schmähschriften in den Straßen von London auftauchten, in denen es hieß, der künftige König sei ein Bastard! Ich hätte die Übeltäter gerne ausfindig gemacht und in Öl gekocht, aber Somerset, den zweifellos seine eigene Schuld belastete, zögerte. Ich überredete ihn deshalb, Verfügungen für eine Zusammenkunft des Parlamentes erlassen und ihm in aller Form meinen Antrag auf Regentschaft des Königreiches im Namen meines Sohnes für die Zeit, bis der König sich wieder erholt habe, vorzulegen.

Die Lords und Commons versammelten sich pflichtschuldigst. Ich muß sagen, daß ich zusammen mit Buckingham, der jetzt zu meinen glühendsten Anhängern gehörte (nachdem er sich wie alle Männer, mit denen ich in engem Kontakt stand, in mich verliebt hatte), Eduard mehr als einmal in dieser Zeit mit seinem offiziellen Vater zusammenbrachte, aber ohne den geringsten Erfolg. Dennoch war Eduard zweifellos der Thronerbe, und Erzbischof Kemp versicherte mir, daß wir durchaus auf einen Erfolg hoffen konnten. In der Tat richtete der Erzbischof einen Appell an die Versammlung und legte allen Nachdruck auf mein Anliegen. Ich hörte ihm von der Galerie aus zu, freute mich und war von Vertrauen erfüllt wie er.

Doch ich konnte auch erkennen, daß unser alter Freund wirklich alt war, und daß es ihm nicht gutzugehen schien. Und schon am nächsten Tag war er tot. Natürlich ist es richtig, was ich bereits zuvor bemerkt habe: Alte Männer sterben; vielleicht ist Sterben sogar das, was sie am besten können. Aber die Gelegenheit war so unpassend, daß mir der Gedanke kam, ihm könne bei seiner Reise zum Schöpfer nachgeholfen worden sein.

Nicht daß es etwas gegeben hätte, was ich hätte unternehmen können. Kaum daß Kemp seinen letzten Atemzug getan hatte, überschlugen sich die Ereignisse und rückten meine Person in den Hintergrund. Schon am nächsten Tag bestand eine Delegation der Lords unter Führung Richards darauf, den König zu sehen. Der angebliche Zweck ihres Besuches lag darin, seine Entscheidung über die Neubesetzung des Bischofsamtes zu hören, ihre wahre Absicht bestand jedoch darin, sich über seinen tatsächlichen Zustand Gewißheit zu verschaffen. Mir wurde nicht gestattet, dabeizusein, aber offenbar kamen sie recht schnell zu einem Entschluß, denn schon am *nächsten* Tag wurde Richard zum Protektor des Königreiches bestellt.

Noch bevor ich diese Schreckensnachricht verdaut hatte, kam Richard selbst in Begleitung seiner Verwandtschaft angereist. Sie benahmen sich keineswegs taktlos. Warum sollten sie auch, wo ihnen doch alles in den Schoß gefallen war? Richard machte mir sogar seine persönliche Aufwartung und begrüßte mich mit einem Kniefall. »Euer Hoheit wird gewiß Verständnis dafür haben«, erklärte er, »daß in diesen überaus schweren Zeiten keine Frau auf der Welt, noch nicht einmal eine mit Euren unbestreitbaren Fähigkeiten, darum ersuchen könnte, dieses Königreich zu regieren. Glaubt mir, ich würde Euch in allen Dingen nachgeben, aber als der anerkannte Erbe des Thrones fühle ich mich verpflichtet, die Verantwortung für unsere Untertanen zu übernehmen.«

»Lieber Cousin«, sagte ich zu ihm. »Eure Worte sind wie Balsam. Dennoch bin ich gezwungen, Euch in einem Punkt zu korrigieren. Der Erbe des Thrones liegt hier.« Und ich zeigte auf die Krippe neben meinem Stuhl.

»Euer Hoheit«, sagte der Fuchs, »ich wünsche Euch und Eurem Kind nur das Beste. Aber laßt uns ehrlich sein. Der Prinz wird dieses Reich in den nächsten sechzehn Jahren nicht regieren können. Mit etwas Glück kann er vielleicht früher als üblich zum König ernannt werden, wenn die Situation es erfordert. Wenn es an der Zeit ist, werde ich meinen Posten räumen. Aber bis dahin wird er immer noch einen Regenten benötigen, und ich kann mit Fug und Recht behaupten, daß es in diesem Land keinen Mann gibt, der sich besser für dieses Amt eignet als ich.«

Natürlich bemerkte ich, daß er vom Prinzen als von *meinem* Sohn sprach und bezüglich Eduards Thronbesteigung die Bemerkung eingeworfen hatte »wenn die Situation es erfordert«. Und doch sah ich mich durch seine wohlgesetzten Worte mit einem Problem konfrontiert. Denn das, was er sagte, war die reine Wahrheit. Ob der geeignetste *Mann* im Königreich eine bessere Wahl war als die geeignetste *Frau,* war eine ganz andere Frage. Aber in jedem Fall waren mir auch hier die Hände gebunden. Somerset hatte keine Anhänger. Yorks Anhängerschaft bestand aus fünfundachtzig Prozent der Lords und kaum weniger in den Reihen der Commons. Buckingham mochte den Kopf schütteln und den Mund zusammenpressen, aber er war nicht bereit, sich gegen seinen Cousin, Richard von York, zu stellen.

Und so schien es, als sei ich vollkommen der Gnade meines erbittertsten Feindes überlassen. Von seiner Frau gar nicht zu reden!

Ich bin sicher, ich habe niemanden, der diese Worte lesen mag, über meine Gefühle Richard von York gegenüber im Zweifel gelassen. Und doch gebietet mir die Ehrlichkeit, zu sagen, daß er tatsächlich der geeignete Mann war, England zu regieren, was er auch auf der Stelle und mit Leib und

Seele demonstrierte. Außerdem war er, nachdem er erst die Spitze der Macht erreicht hatte und von der breiten Mehrheit der Lords und Commons unterstützt wurde, in einer Position, die kein Mann seit dem Tod Heinrichs des Großen je wieder erreicht hatte. Und er mißbrauchte diese Macht nicht.

Er besaß ein unbestreitbares Recht auf den Thron. Wenn man an seine Söhne denkt (vor allem an den elenden Richard von Gloucester), dann kann es einen nur in Erstaunen versetzen, daß der liebe Heinrich noch weitere neunzehn – wenn auch äußerst unglückliche – Lebensjahre vor sich hatte, oder daß ich heute noch am Leben bin und diese Zeilen schreibe.

Aber zu dieser Zeit wurde Richard von Gloucester noch auf den Knien der stolzen Cis gewiegt, und York war äußerst bestrebt, seine Position zu wahren. Er stattete dem König Besuche ab, um ihn über die Maßnahmen der Regierung zu informieren – ein unnötiger Aufwand, da Heinrich auch weiterhin geistesabwesend an die Decke starrte – und machte vor mir zum Gruß einen Kniefall. Somerset entfernte er sofort aus all seinen Ämtern und schickte ihn in den Tower. Aber das war zu erwarten gewesen. Ich stellte wenigstens sicher, daß es dieses Mal keinerlei Anklagen wegen Hochverrats oder mögliche Hinrichtungen geben würde, wenn ich mich auch darin fügen mußte, daß der gute Edmund eingesperrt wurde. Dies geschah, wie York erklärte, zu seiner eigenen Sicherheit, und ich konnte seinen Standpunkt verstehen.

Es entspricht auch der Wahrheit, daß York seinen eigenen Kandidaten zum Erzbischof von Canterbury machte, doch auch hier gibt es keinen Anlaß zur Kritik; der betreffende Mann war schließlich ebenfalls ein Cousin der königlichen Familie. Sein Name war Thomas Bourchier, und schon damals – er war erst vor kurzem Bischof von Worcester geworden – war er ein gelehrter Mann. Ich hegte keinerlei

Zweifel, daß es außer ihm noch viele verdienstvolle Prälaten im Land gab. Und ich wußte sehr gut, daß Richard ihn ausgewählt hatte, weil er sich seiner Unterstützung sicher war. Indem er Bourchier gewählt hatte, konnte er auch auf Buckinghams Hilfe zählen; und da Buckingham wiederum einer meiner nächsten Ratgeber war, konnte ich nichts anderes tun, als mich zu fügen.

Nachdem diese wichtigen Dinge festgelegt waren, fuhr Richard voller Energie mit den Regierungsgeschäften fort. Unsere Schatzkasse war leer, so daß sich abenteuerliche Unternehmungen in Frankreich von selbst verboten, aber ich glaube auch nicht, daß ihm danach der Sinn stand, denn hierfür hätte er England und den König – und mich – verlassen müssen. Richard setzte sich für Ruhe und Ordnung ein, und England florierte. Aber man darf eins nicht vergessen: Richard regierte England nicht um Heinrichs willen so gut; er regierte es gut um des nächsten Königs willen, und er war fest davon überzeugt, daß er dieser König sein würde. Mit dieser Möglichkeit sahen wir uns täglich konfrontiert, denn von einem Mann, der sich nicht bewegen kann und dessen Körperfunktionen auf ein Minimum reduziert waren, wird man wohl kaum annehmen, daß er in irgendeinem Moment die notwendigen Schritte unternimmt.

Was als nächstes geschah, hatte niemand vorhergesehen. York hatte die Schmähschriften hinsichtlich der Geburt von Prinz Eduard verurteilt, dennoch gab es keinen Zweifel daran, daß er ihnen Glauben schenkte. Deshalb war und blieb er in seinen Augen der rechtmäßige Thronerbe. Sollte Heinrich sterben, würde er sich dann zum König erklären? Oder würde er die Regentschaft für Eduard übernehmen? In beiden Fällen läge es in seinem Interesse, meinen Sohn niemals das Alter erreichen zu lassen, in dem dieser die Regierung übernehmen könnte. Noch lange vor diesem Zeitpunkt würde er entweder sterben oder sich als Bastard erweisen müssen. Und von beiden Möglichkeiten war auch mein eigenes Leben unwiderruflich betroffen.

All diese Sorgen trugen dazu bei, daß dies keine glückliche Zeit für mich war. Somerset, von dem ich wußte, daß er auf meiner Seite war, befand sich im Tower. Buckingham, der, wie ich jetzt ebenfalls wußte, für mich kämpfen würde, war weit fort. Aber keiner dieser Herzöge wäre überhaupt als Widersacher für Richard von York in Frage gekommen, da er von den Nevilles tatkräftig unterstützt wurde. Ich mußte eine Macht finden, die der ihren ebenbürtig war, und im Augenblick hatte ich keine Ahnung, an wen ich mich wenden konnte. Deshalb hoffte ich auf die Zeit und darauf, daß irgendein junger, tugendhafter Mensch auftauchen und mein Vorkämpfer werden würde – sowohl Somerset als auch Buckingham hatten Söhne, und Heinrich Beaufort war zumindest gutaussehend und stark und zeigte ein bemerkenswertes militärisches Talent ... aber er war immer noch sehr jung.

Meine scheinbare Gleichgültigkeit angesichts dieser Wendung meines Schicksals beruhte auf einer Reihe von Faktoren. Einer davon war natürlich Yorks Nachsicht; ich wurde in keiner Weise unterdrückt, sondern jederzeit mit größtem Respekt behandelt, sogar von der stolzen Cis, und, was das beste war, meine finanzielle Lage verbesserte sich entschieden. Da York ein Meister im Eintreiben von Steuern war, wurde mir zum ersten Mal seit meiner Heirat mein gesamtes Jahreseinkommen vollständig ausgezahlt.

Und dann war da noch meine Situation als junge Mutter, von der ich mit Sicherheit behaupten kann, daß es nichts Schöneres gibt. Natürlich sehe ich auch, daß die erste Zeit im Leben eines Kindes voller Gefahren ist und daher nur eines von dreien jemals das Alter von zehn Jahren erreicht, so daß Mütter oft ängstliche und grüblerische Wesen werden. Aber zu dieser Zeit war ich gesegnet. Eduard war das gesündeste, sonnigste Baby, das man sich vorstellen konnte. Das war sogar etwas, was mich in Schrecken versetzte, da der Charakter meines Mannes so ganz anders geartet war. Aber niemand verlor ein Wort darüber, ich war glücklich, den Kleinen heranwachsen zu sehen, und stellte mir die Zukunft vor, in der er, mit einer silbernen Rüstung angetan und mit meinem Banner über sich, seine Armeen in den Kampf führen würde.

Es gab jedoch noch einen dritten Grund für meine Zufriedenheit in diesem Sommer.

Man wird sich vielleicht daran erinnern, daß ich zwei Jahre zuvor, bei der Hochzeit von Elizabeth Woodville mit John Grey, etwas unbedacht den Vorschlag ausgesprochen hatte, diese großartige junge Frau könne im Laufe der Zeit eine meiner Hofdamen werden. Sie und ihre Mutter hatten sich über den Vorschlag sehr gefreut; aber es war nicht sofort etwas in der Hinsicht unternommen worden, da Bella bereits zwei Monate nach ihrer Heirat schwanger wurde. Nun, was soll man bei einem solch lieblichen Wesen, das außerdem das Glück hat, mit einem Mann und nicht mit einem Mönch verheiratet zu sein, schon anderes erwarten?

Sie zog sich aufs Land zurück, gebar einen prächtigen Sohn und war nach zwei weiteren Monaten schon wieder schwanger. Im Frühling Jahres 1454 jedoch, als ich zwischen der Sorge und der Angst um mein Kind hin und her gerissen wurde und enttäuscht war, weil mir die Regentschaft für meinen Gatten verweigert worden war, erschien Jacquetta mit ihrer Tochter in Westminster und deutete an, daß sie mein Angebot gerne annehmen würden.

Ich verstand sogleich, daß Jacquetta, obwohl sie selbst immer noch mit beinahe monotoner Regelmäßigkeit Kindern das Leben schenkte, um das Leben ihrer Tochter fürchtete, wenn Bella weiterhin ein Kind nach dem anderen bekam.

Natürlich war ich gerne bereit, Bella in meine Gesellschaft aufzunehmen. Sie war jung, und alle meine anderen Hofdamen wurden allmählich älter. Sie war intelligent und schön. Ihr einziger Wunsch schien zu sein, mir zu gefallen. Und sie hatte zwei kleine Jungen: der eine war etwas älter, der andere etwas jünger als mein eigener Sohn. Ich stellte sie mir als treue Spielgefährten vor, die gemeinsam zu Männern heranreifen würden.

Bella war herzerfrischend. Innerhalb weniger Tage nach ihrer Ankunft hatte ich die arme alte Bailly von ihrer Pflicht, bei mir zu schlafen, entbunden – sie schnarchte entsetzlich – und sie durch meine junge Freundin ersetzt. Ich will nicht näher auf die Details unserer Beziehung eingehen, doch die Erfahrung hat mir gezeigt, daß die Liebe zwischen zwei Frauen sinnliche Genüsse bereithält, die ich nie vermutet hätte. In dieser Hinsicht verwende ich das Wort Liebe in seinem profanen Sinn. Bella liebte mich nicht wirklich; für sie war ich ein Sprungbrett zu etwas Höherem. Und auch ich liebte Bella nicht wirklich; sie gewährte mir Trost in einer Zeit der Prüfung und Entbehrung.

Wir erfreuten uns an der Schönheit der anderen, auch wenn unsere Wünsche, da wir beide noch sehr jung waren – ich war erst vierundzwanzig und Bella siebzehn – ihre Grenzen hatten. Was viel wichtiger war: Wir waren Freundinnen. Oder wenigstens dachte ich das. Es ist nicht meine Schuld, wenn ich Freundschaft heutzutage als eine sehr unsichere Sache betrachte.

Auf diese Weise verbrachte ich den Sommer und sah die Blätter fallen. Zusammen mit meinen Hofdamen feierte ich ein sehr bescheidenes Weihnachtsfest und schickte eine aufmunternde Botschaft an Edmund, der immer noch im Tower saß. Ich betete, doch ich hatte sehr wenig Hoffnung, daß meine Gebete erhört werden würden – bis es doch geschah, und zwar auf äußerst wundersame Weise.

Am 27. Dezember betrat Wenlock meine Kammer. Ich hockte mit Bella auf dem Boden, und wir spielten mit den Kleinen, aber ein Blick in Wenlocks Gesicht sagte mir, daß ich keinen Grund hatte, mich über die Unterbrechung zu erzürnen. »Euer Hoheit«, sagte er. »An diesem Tag hat Seine Hoheit Kathedralen in Westminster und in Canterbury mit Spenden bedacht.«

Ich starrte ihn an und war eine Zeitlang unfähig zu begreifen. Bella klatschte in die Hände.

Wir packten sofort und machten uns auf den Weg nach Windsor. Zitternd betrat ich mit Eduard in den Armen die Bettkammer des Königs.

Heinrich saß aufrecht im Bett, an seiner Seite standen seine Diener und einige Priester. »Oh, Meg«, sagte er, »wie gut Ihr ausseht.«

»Euer Hoheit«, ich stellte mich neben ihn und hielt ihm das Kind hin. »Unser Sohn, Prinz Eduard.«

»Potztausend«, entgegnete Heinrich.

»Er sieht genauso aus wie sein Vater, Euer Hoheit«, sagte Bella. Sie hatte mich natürlich begleitet; wir waren unzertrennlich. Über die Doppeldeutigkeit machte ich mir im Moment keine Gedanken. Heinrich ahnte nicht das geringste.

»Er hat meine Augen«, sagte er.

»Wollt Ihr Euren Sohn halten, Hoheit?« fragte ich.

»Oh, sehr gerne.« Er drückte den kleinen Jungen zärtlich an sich. »Wir sind wirklich gesegnet.«

Es war der 30. Dezember, und plötzlich war die ganze Welt wieder in Ordnung. So sollte es niemals wieder werden.

8

Wie man sich vorstellen kann, unternahmen wir sofort Schritte, um der Bevölkerung die Nachricht von der Genesung des Königs zu verkünden.

Als erstes wandten wir uns an Bischof Wayneflete und den Prior von St. John's, damit sie Heinrich besuchten und seine Gesundheit attestierten. Das taten sie und äußerten, sie könnten keinerlei Defekt an ihm feststellen.

In der Tat war Heinrichs Krankheit das weitaus Ungewöhnlichste, von dem ich jemals gehört habe. Er erinnerte sich an überhaupt nichts, was in der Zeit seit August 1453 um ihn herum geschehen war, und das trotz der Tatsache, daß die Spuren der ominösen »Kuren« immer noch an seinem Körper zu sehen waren. Obwohl wir uns Mühe gegeben hatten, ihn ausreichend zu ernähren, war er stark geschwächt, und da er so lange im Bett gelegen hatte, war er einige Wochen unfähig, mehr als ein paar Schritte zu gehen; aber abgesehen von diesen verständlichen Schwächen und einer Reihe wundgelegener Stellen gab es keine Anzeichen irgendeiner Krankheit.

Die Priester waren zufrieden, die Lords wurden zusammengerufen, und wieviel Ärger mancher von ihnen auch empfinden mochte, so mußten sie sich doch eingestehen, daß der König sich im vollen Besitz seiner Fähigkeiten befand. Inzwischen hatte ich dafür gesorgt, daß Wenlock alle möglichen Dokumente vorbereitete, die Seine Hoheit unterschreiben sollte, sobald er in der Lage wäre, eine Feder zu halten. Tatsächlich mußte ich dabei seine Hand halten und die Feder führen, denn alles mußte nun sehr schnell gehen.

Die vier wichtigsten Anordnungen, die der König ausstellte, waren die Beendigung des Yorkschen Protektorats, die Entlassung Bourchiers aus dem Kanzleramt – noch nicht einmal ich konnte ihn aus seinem Amt als Erzbischof entlassen –, die Freilassung Somersets aus dem Tower und, was das wichtigste von allem war, die Erhebung des Prinzen Eduard zum Prinzen von Wales, wodurch nicht nur die Vaterschaft bestätigt wurde, sondern auch die Tatsache, daß er der nächste König von England sein würde. York war natürlich sehr unglücklich über die Situation. Er konnte keinen dieser Punkte anfechten, aber sein Unmut stand ihm ins Gesicht geschrieben. Gewiß hegte er keinen Zweifel daran, wer die Befehle in Wirklichkeit erlassen hatte, die seiner Macht ein Ende setzten. Aber nun war es passiert, er mußte gehen; und so ging er fort, verließ Windsor und reiste gen Norden, nach Yorkshire. Mit ihm gingen die Nevilles, die über die Wendung ihres Schicksals nicht minder unglücklich waren.

Zurück nach Westminster kam dagegen Somerset. Er machte dem König auf Knien seine Aufwartung, brachte ihm seine Genesungswünsche dar und fand bald eine Gelegenheit, um mit mir allein zu sein und mich in seine Arme zu schließen. »Oh, Meg, Meg«, flüsterte er und küßte meinen Hals und mein Ohr, während seine Hände unter meinem Morgenrock verschwanden. »Ich wäre beinahe verzweifelt.«

»Du solltest niemals verzweifeln, Edmund sagte ich zu ihm. »Aber ... diese Situation kann sich wiederholen.« Er zog erschrocken den Kopf zurück, seine Wangen wurden aschfahl. »Wenn niemand die Ursache einer Krankheit kennt oder ihre Symptome zu deuten vermag«, betonte ich, »kann wohl auch niemand ein Heilmittel dafür finden. Es ist unwahrscheinlich, daß Heinrich im Laufe der kommenden Jahre an Geisteskraft gewinnen wird.«

»Was also können wir tun?«

»Das muß unsere erste Sorge sein. Gewiß ist, daß wir bereit sein müssen, in unserem eigenen Interesse zu handeln, sollte Seine Hoheit auch nur das geringste Anzeichen eines Rückfalls zeigen.«

Was genau wir tun sollten, um zu verhindern, daß das Parlament bei einem erneuten Ausbruch von Heinrichs Krankheit York wiederum das Protektorat übertragen würde, war schwer zu sagen. Meine einzige Sorge besten natürlich darin, mich in meiner Position zu halten, bis Prinz Eduard ein Alter erreichte, in dem er die Regierung übernehmen konnte. Doch ich wußte, daß der Zeitpunkt seiner Regierungsfähigkeit noch in weiter Ferne lag.

Ich hielt es deshalb für das beste, eine Partei um mich herum zu bilden, die die Partei Yorks übertreffen würde. Doch dies war ein schwieriges Unterfangen, da er bereits die einflußreichsten Leute auf seiner Seite hatte. Aber alles ist möglich, und so begann ich, mir Gedanken darüber zu machen, wie ich den Neffen Richard von Yorks, den jungen Warwick, dazu bewegen könnte, sich von seinem Vater und seinem Onkel abzuwenden.

Doch schon bald überstürzten sich die Ereignisse, und die englische Politik schlug einen gefährlichen und zerstörerischen Kurs ein.

Wir hatten einen weiteren englischen Winter überlebt und erfreuten uns an der milden Frühlingsbrise. Heinrich war guter Laune und gewann seine Kräfte rasch wieder zurück. Edmund erließ, wie gewöhnlich, Anordnungen, von denen niemand die geringste Notiz nahm, als wir die Nachricht erhielten, daß der Herzog von York zusammen mit seinen Schwägern, den Grafen von Salisbury und Westmoreland, sowie dem Grafen von Warwick eine Armee aufgestellt hatte, die er nach London zu führen gedachte.

Diese unangenehme Neuigkeit ängstigte uns weit weniger als im Jahre 1452, denn damals hatte es sich ja erwiesen, daß wir der Situation gewachsen waren. Dennoch war mir klar, daß York dieses Mal nicht noch einmal in eine ähnliche Falle tappen würde. Außerdem informierte man uns darüber, daß er dieses Mal plante, sich der Stadt nicht von Westen her, sondern aus nördlicher Richtung zu nähern, und so würde es schwieriger sein, ihn von London fernzuhalten. Ich zweifelte nicht daran, daß die Londoner mit seiner Hilfe einen Aufstand wagen würden, wenn es ihm gelingen sollte, in die Stadt einzudringen. Heinrich erkannte die Unterschiede in der Situation ebenso wie ich, aber anders als sonst, war er voll aggressiver Entschlossenheit und ließ auch einiges an gesundem Menschenverstand erkennen. Er sammelte die königliche Armee und übergab Buckingham einen Großteil der Befehlsgewalt. »Ich brauche Euch an meiner Seite, Cousin Edmund«, sagte er. »Schließlich seid Ihr mein wichtigster Stratege.«

Edmund fühlte sich natürlich geschmeichelt; er schien nicht zu erkennen, daß sogar Heinrich, dessen Interesse an militärischen Fragen minimal war, bemerkt hatte, daß er als Befehlshaber einer Armee nichts taugte.

Die verschiedenen Truppen, die von den königlichen Magnaten gestellt wurden, fanden sich rasch zusammen, bis wir etwa zweitausend Mann unter unserem Banner hatten, während uns täglich Berichte von Yorks Vormarsch erreichten. Er war jedoch noch nicht über Ludlow hinausgekommen, als Somerset sich besorgt an mich wandte. »Es ist eine Nachricht von York gekommen«, murmelte er. »Sie war an

Bourchier gerichtet, wurde jedoch von meinen Leuten abgefangen. Er schwört dem König ewige Treue und bittet nur darum, mich abzusetzen, wenn er sein Heer auflöst.«

»Das ist genau dasselbe, was er 1452 gefordert hat.«

»In der Tat. Aber dieses Mal verlangt er einen Beweis für meine Verhaftung, bevor er mit dem König verhandelt.«

»Hat Heinrich diese Nachricht gesehen?« fragte ich.

»Noch nicht. Der Kurier wurde direkt zu mir gebracht.«

Ich dachte nach. Aber ich wußte, es war an der Zeit, diese Sache ein für allemal in den Griff zu bekommen. Der König war der König. Wenn York seine Hand gegen ihn erhob, würde das ganze Land, ja die ganze Welt erfahren müssen, daß er ein Verräter war. »Ich denke, wir sollten diesen Brief verbrennen, Cousin«, sagte ich. »Und Richard freie Bahn geben, um sich in den Abgrund zu stürzen.«

Manch einer wird meinen, ich hätte einen Fehler gemacht. Ich war mir über die Konsequenzen im klaren. Aber leider unterschätzte ich nicht etwa den Feind, sondern die Dummheit meiner besten Freunde und sogar Geliebten. Ich stimmte vollkommen mit Buckingham überein, daß wir unsere Truppen nördlich von London nach Watford bewegen sollten. Dort würden wir uns in der bestmöglichen Position befinden und könnten es den Rebellen überlassen, den ersten Schritt zu tun.

So wurde es vereinbart, und ich eilte fort, um mich vorzubereiten und Prinz Eduard an einen sicheren Ort zu schicken. Man stelle sich meinen Ärger vor, als Buckingham und Somerset hinter mir hereilten, um mir mitzuteilen, es sei der Wunsch des Königs, daß auch ich mich an einen sicheren Ort zurückziehe, bis die Sache entschieden sei. »Das ist doch Unsinn«, erklärte ich. »Mein Platz ist an der Seite des Königs.«

»Es ist der ausdrückliche Wunsch des Königs, Euer Hoheit«, sagte Somerset und fügte mit leiser Stimme hinzu:

»Und meine eigene untertänigste Bitte, liebste Meg. Wir werden es leichter haben, wenn wir wissen, daß Ihr nicht zu Schaden kommen könnt.«

Da ich eine Frau bin, mußte ich einwilligen, doch zuvor ließ ich Somerset und Buckingham schwören, nichts Unüberlegtes zu tun. Außerdem mußten sie mir versprechen, daß sie York keinerlei Vorteil in irgendeiner Beratung einräumen würden. Dann zog ich mich mit Prinz Eduard und meinen Hofdamen nach Greenwich zurück, um dort das Ergebnis der herannahenden Krise abzuwarten.

Was ich davon zu erzählen weiß, kommt also aus zweiter Hand. Aber es war so, wie mein treuer Wenlock, der als mein Stellvertreter fungierte, mir später berichtete. Und tatsächlich wurde die ganze Sache in meiner Abwesenheit ziemlich unangenehm.

Zunächst ließ sich alles gut an. Die königliche Armee erreichte Watford am Nachmittag des 21. Mai und schlug dort ihr Lager auf, während Kundschafter ausgesandt wurden, um die Stellung der Rebellen ausfindig zu machen. Aber auch York hatte Kundschafter und Spione; ja er schickte sogar einen neuen Gesandten, um seine Loyalität zu bekunden und zu verlangen, daß Somerset für seine Untaten vor Gericht gebracht werden solle. Heinrich lehnte es glücklicherweise ab, einen solchen Vorschlag auch nur in Erwägung zu ziehen, und verlor ausnahmsweise die Geduld, indem er schwor, er würde eher seine Krone aufgeben, als Somerset auszuhändigen.

Richard blieb nun keine andere Möglichkeit, als seine Rebellion fortzuführen, denn ein Rückzieher hätte *ihn* recht schnell auf den Richtblock gebracht – dafür hätte ich schon gesorgt. So weit, so gut. Aber Richards Gesandten waren bei der Überbringung ihrer Nachricht natürlich die Vorbereitungen des Königs nicht entgangen, und als er erfuhr, daß Heinrich in einer starken Position seine direkte Marschstrecke nach Süden blockierte, führte Richard seine Truppen in eine andere Richtung. Das geschah in der Absicht, den König zu umgehen und London zu erreichen, bevor er aufgehalten werden konnte.

Die Nachricht über dieses Manöver erreichte Buckingham, und er traf die unkluge Entscheidung, seinen Versuch, den Weg seines Feindes zu blockieren, weiter fortzusetzen. Er verließ Watford am Morgen des 22. Mai, um die etwa elf Kilometer lange Strecke bis nach St. Albans zu marschieren. Von dort führte eine gutbegehbare Straße zur Hauptstadt. Ich halte diese Entscheidung aus zwei Gründen für unklug: Erstens waren sich die beiden Armeen für ein so plötzliches Manöver zu nahe, und zweitens ist St. Albans ganz im Gegensatz zu Watford praktisch eine offene Stadt und schwer zu verteidigen. Es wäre viel besser gewesen, sich an Yorks Flanke zu heften und ihn zu zwingen, aus dieser unvorteilhaften Lage heraus zu kämpfen.

Buckingham wurde jedoch von der Angst getrieben, Richard könne ihm irgendwie entwischen und die sicheren Mauern Londons erreichen, und ich muß zugeben, daß Cousin Humphrey seine einmal getroffene Entscheidung sehr zielstrebig umsetzte. Seine Leute, unter denen sich auch der König befand, der immer noch auf eine Konfrontation mit den Rebellen erpicht zu sein schien, verließen Watford schon bald nach Mitternacht und erreichten St. Albans nach einem äußerst mühseligen Marsch gegen acht Uhr morgens. Dort machten sie sich sofort an die Arbeit und errichteten so viele Befestigungen wie möglich, denn sie hatten erfahren, daß die Rebellenarmee etwas größer war als die des Königs und es nötig sein würde, sich auf Verteidigungslinien zurückzuziehen. Aber es war schon zu spät. Die Vorbereitungen waren noch nicht abgeschlossen, als Yorks Truppen in Sicht kamen und ihre Stellung auf einem Gelände mit dem Namen Key Field einnahmen. Von hier aus versuchten sie erneut, in Verhandlungen zu treten, aber Buckingham lehnte es ab, mit ihnen zu sprechen, und um zehn Uhr tat Richard den folgenschweren Schritt und befahl seinen Truppen, die königlichen Stellungen anzugreifen.

Humphrey hatte, wie ich schon sagte, bis dahin mit sehr viel Energie gehandelt. Nachdem sie einige Stunden marschiert waren, hatte er seine Männer an die Arbeit geschickt, und sie hatten beide Straßen nach St. Albans mit einer Palisade abgeschirmt. Die Zeit hatte nicht gereicht, um noch mehr zu tun, aber hinter den Palisaden erwarteten sie den Angriff der Yorkschen Truppen mit Gleichmut. Doch nun sollte sich Humphreys militärische Inkompetenz erweisen. Da er die beiden Straßen gesperrt hatte, ging er davon aus, die Schlacht würde sich von selbst entscheiden und unternahm nichts, um weitere Verteidigungslinien zu errichten oder einen Gegenschlag zu erwägen. Höchstwahrscheinlich wäre es dazu nicht gekommen, denn die königlichen Truppen waren zahlenmäßig unterlegen, aber wenn die Stadt angemessen verteidigt worden wäre, dann hätten York und seine Leute durchaus in Schach gehalten werden können – und das trotz der Tatsache, daß Richard über einige dieser höllischen Bombardiermaschinen verfügte, die man Kanonen nennt. Nach meiner Erfahrung sinkt der Mut von Rebellen, wenn sie nicht gleich am ersten Tag siegen.

Aber die Stadt wurde nicht angemessen verteidigt. Dort, wo die königlichen Truppen Stellung bezogen hatten, ging alles gut. Unglücklicherweise befand sich eine Lücke zwischen den beiden Straßen. Es gab dort zwar eine Mauer, aber keine Wachtposten. Warwicks Männer wurden nun durch die Masse der Leute auf beiden Seiten, die eifrig die beiden Straßen angriffen, in diese Lücke gedrängt. Es ist möglich, daß Warwick, der, wie ich aus persönlicher Erfahrung sagen kann, nicht gerade zu den Tapfersten zählte, sich darüber freute. So konnte er seine Männer gegen einen nicht vorhandenen Feind führen, sein Schwert schwenken, wie es seine Gewohnheit war, und seine Befehle brüllen.

Nachdem sie also jeglicher Gefahr ausgewichen waren, befanden sich seine Männer nun vor der relativ niedrigen Mauer. Sie konnten nicht zurückweichen, ohne dabei ihre Feigheit einzugestehen; die Bewegung in beide Richtungen hätte sie dem Feind in die Hände getrieben; nur dazusitzen und auf das Ende der Schlacht zu warten, hätte ihnen nichts eingebracht … und so stießen sie vor und kletterten über die Mauer, wobei sie ihren Grafen mit sich nahmen – und das, wie ich vermute, in keiner sehr würdevollen Art und Weise, denn jemanden, der in einer metallenen Rüstung steckt, über eine noch so niedrige Mauer zu heben, ist immer eine scheppernde und anstrengende Sache.

Nachdem sie die Mauer überwunden hatten, passierten sie ein paar verlassene Hinterhöfe – die braven Bürger von St. Albans hatten vorsichtshalber entweder die Stadt verlassen oder sich in ihren Kellern eingeschlossen – und standen schließlich auf der St.-Peter-Straße, der Hauptdurchgangsstraße der Stadt. Sie befanden sich jetzt natürlich hinter den Verteidigungstruppen.

Wie man sich vorstellen kann, wurde durch diesen großartigen, wenn auch unbeabsichtigten Coup der Sieg errungen. Kein Soldat schätzt es, wenn sein Feind plötzlich hinter ihm auftaucht, wo er sich doch sicher fühlte; es ist ein äußerst unangenehmes Erlebnis. Die königlichen Truppen flohen in alle Richtungen, und mit ihnen, ich muß es leider sagen, machten sich auch einige ihrer Kommandeure aus dem Staub.

Doch nicht alle aus den Reihen des Königs suchten das Weite. Buckinghams Sohn Humphrey, der nette, aufrechte

Junge, der mich seit meiner Krönung nicht aus den Augen gelassen hatte, starb im Kampf, ebenso wie der Sohn des Grafen von Northumberland. Buckingham selbst geriet in Gefangenschaft, als er versuchte, seine geschlagenen Truppen zu sammeln.

Und Edmund? Der liebe, liebe Edmund? Er starb, wie es nur ein solch verwirrter Mensch fertigbringen kann. Wie ich schon berichtet hatte, war ihm viele Jahre zuvor von einem Wahrsager geraten worden, sich von Schlössern fernzuhalten. Er hatte zwei Gefangenschaften im Tower überlebt, und man hätte meinen können, seine Prophezeiung würde sich nicht erfüllen; auf jeden Fall gab es kein Schloß in St. Albans oder auch nur in dessen Umgebung, das ihm hätte Sorgen bereiten können. Aber nachdem er äußerst tapfer gekämpft hatte – er mag zwar nicht viel militärisches Talent besessen haben, dafür jedoch eine gehörige Portion Mut –, zog er sich mit einigen Getreuen geordnet zurück. Sie machten schließlich eine Pause, um Atem zu schöpfen und einen hastigen Schluck Bier zu trinken, da sie sich gerade vor einem Gasthaus befanden. Unglücklicherweise blickte Edmund genau in diesem Moment hoch und entdeckte, daß das Gasthaus »Schloß« hieß. Und dabei muß er völlig Kopf verloren haben: »Wir sind verloren!« schrie er, raste, statt seinen Rückzug fortzusetzen, wie ein germanischer Berserker mitten in die feindlichen Truppen und wurde niedergemacht.

Als mir diese Nachricht überbracht wurde, war ich wie betäubt. Edmund war der erste Mann, dem ich mich ganz hingegeben hatte, und er war der Vater meines Sohnes. Ich weinte bitterlich und schwor Rache, obwohl ich nicht die leiseste Ahnung hatte, wie ich mein Ziel erreichen sollte.

Und was geschah mit Heinrich VI., meinem Herrn und Meister? Nun, er war am Morgen der Schlacht in voller Rüstung erschienen und muß mit Buckingham auf der St.-Peter-Straße geblieben sein, bis Warwicks Leute in die Stadt einfielen. Etwa zu dieser Zeit wurde er durch einen Pfeil am Hals verletzt. Doch die Verletzung war nicht lebensgefährlich, und nachdem er einige »Potztausend« von sich gegeben hatte, um seinen Gefühlen Luft zu machen, zog er sich in eine Strohhütte zurück und ruhte sich dort aus, während seine Anhänger in seinem Namen starben. In dieser Zufluchtsstätte suchte ihn der siegreiche Herzog von York auf. Da der König immer noch quicklebendig war, und da man inzwischen von Somersets Tod wußte, fiel der Herzog auf die Knie und bat seinen König für jegliche Unannehmlichkeit, die er verursacht haben möge, um Verzeihung. Ohne Zweifel *war* die Schlacht für diejenigen unangenehm, deren leblose Körper später in ein Massengrab außerhalb der Stadt geworfen wurden.

Alle unsere Hoffnungen hatten sich auf einem Schlachtfeld zerschlagen, und ich hegte hinsichtlich der Zukunft die schlimmsten Befürchtungen. Selbst wenn York die Worte nicht selbst geäußert hatte, so hatten doch seine Anhänger mich ganz offen des Ehebruchs beschuldigt – ja sogar des Hochverrats –, und jetzt hatte er durch Waffengewalt die Position erreicht, in der sich schon Heinrichs Großvater nach der Niederlage der Armee Richards II. befunden hatte. Ich rief mir das Schicksal anderer Frauen in Erinnerung, etwa das der jungen Klementia von Ungarn, die in ihrem Verlies erhängt worden war – ein Schicksal, das auch meine Blutsverwandte, Johanna von Neapel, ereilt hatte. Ich erinnerte mich auch an eine frühe französische Königin, die für ihre Missetaten von vier Pferden in Stücke gerissen worden war.

Mir gefror das Blut in den Adern. Aber ich beschloß, meinen Feinden bis zum Schluß die Stirn zu bieten.

Heute leben wir in einer gesitteteren Zeit, und abgesehen davon scheinen die Engländer bei all ihrer Heftigkeit niemals einen Feldzug gegen Frauen geführt zu haben. Vielleicht sollte ich sagen, gegen Prinzessinnen oder Frauen aus dem Adelsstand. Das schlimmste, was ich zu befürchten hatte, war, daß man mich nach Frankreich zurückschicken würde. Überraschenderweise geschah jedoch nichts dergleichen. Während ich und meine Hofdamen in Greenwich auf den Henker warteten, ergriff York in aller Ruhe vom Königreich Besitz – als Protektor. Um ehrlich zu sein, konnte er angesichts all seiner Forderungen gar nichts anderes tun, ohne seine Glaubwürdigkeit zu verlieren. Zweimal hatte er zu den Waffen gegriffen, um Somersets Regierung zu stürzen, und gleichzeitig dem König die Treue geschworen. Nun war Somerset tot. Strenggenommen hätte York sich jetzt, da sein Ziel erreicht war, ins Privatleben zurückziehen können.

Ich bezweifle, daß er mit diesem Gedanken tatsächlich gespielt hat, die Umstände hätten diesen Schritt sowieso nicht gestattet. Nur wenige Tage, nachdem wir die Nachrichten über die Schlacht erhalten hatten, stattete mir die stolze Cis einen Besuch ab. Ich vermute, ihr Mann hatte ihr Anweisungen erteilt, wie sie sich mir gegenüber zu verhalten hätte, denn sie war äußerst umsichtig, während ich, die man vor ihrem Besuch gewarnt hatte, sie mit allen Ehren empfing. Die Tränen hatte ich mir aus dem Gesicht gewaschen, und das einzige Symbol meiner Trauer waren meine schwarzen Strumpfbänder, die sie nicht sehen konnte. Bella stand an meiner Seite, und so hatte meine Feindin die Ehre, den beiden schönsten Frauen des Königreiches Auge in Auge gegenüberzustehen.

»Euer Hoheit«, sagte sie, »ich bringe schlimme Nachrichten.« Nicht zum ersten Male stellte ich fest, daß die englische Vorstellung von Esprit nicht mit der meinen übereinstimmte. Aber wie es schien, hatte sie in der Tat noch schlimmere Nachrichten als die, die ich bereits erhalten hatte. »Seine Hoheit ist nicht wohlauf.«

»Ich dachte, die Verwundung sei nur leicht«, antwortete ich.

»Ich spreche nicht von der Verwundung des Königs, Euer Hoheit. Die ist inzwischen verheilt. Doch leider ist sein Geist verwirrt, und nun liegt er hilflos da. Euer Platz ist an seiner Seite.«

Noch eine Hiobsbotschaft! Ich konnte mich nur mit Mühe zusammenreißen. »Wo?«

»Er ist in Hertford, Euer Hoheit.«

»Dann muß ich sofort abreisen. Würdet Ihr für meine Begleitung sorgen?«

»Sie erwartet Euch bereits.«

»Und eine passende Unterbringung für Prinz Eduard?«

Ich erwartete ihre Antwort mit angehaltenem Atem; würde sie den Titel verleugnen ... Aber nichts konnte die stolze Cis dazu bringen, auch nur mit der Wimper zu zucken. »Auch dafür ist gesorgt, Euer Hoheit.«

Nicht zum ersten Mal muß ich innehalten, um über das merkwürdige Verhalten Yorks nachzudenken. Ich war auf seine Gnade angewiesen. Mehr noch als ich, war mein Sohn auf seine Gnade angewiesen. Hätten wir beide einen Unfall erlitten, das Wort »Mord« hätte gewiß die Runde gemacht. Doch da ich beim englischen Pöbel nicht besonders beliebt war, und da mein Sohn in allen Teilen der Stadt unverhohlen als Bastard bezeichnet wurde, wären die Proteste bald abgeklungen und hätten König Heinrich ohne die geringste Hilfe zurückgelassen, die ich ihm in den schweren Zeiten, die noch vor uns lagen, gewähren konnte. Und doch war Yorks

Verhalten nach wie vor untadelig. Das hat dazu geführt, daß einige Kommentatoren ihn als Vorbild und einen der edelsten Männer der englischen Geschichte bezeichneten. Nun, vielleicht war er das, obwohl er als Vater von drei Ungeheuern wie Edward von March, Georg von Clarence und Richard von Gloucester auch einige diabolische Züge haben mußte. Dennoch vermute ich, daß er eine fünfundzwanzigjährige Frau als Gegnerin einfach nicht ernst nahm. Und was ihren Sohn anging, so wird er sich überlegt haben, daß er, da seine Regentschaft bis zu Heinrichs Tod (der trotz des gesundheitlichen Rückfalls nicht unmittelbar abzusehen war) unbestritten war, immer noch Zeit genug haben würde, um den Erben aus dem Weg zu räumen.

Im Moment galten all meine Bemühungen dem König. Das soll nicht bedeuten, daß ich mich allen anderen Problemen gegenüber verschlossen hätte. Es war erstaunlich, wie schnell die Bevölkerung wieder zur Normalität zurückfand, wenn man bedenkt, daß immerhin eine Schlacht zwischen den Truppen des Königs und denen seines Cousins stattgefunden hatte. Sogar in St. Albans waren die Spuren des Krieges verwischt worden, und nur wenig wies noch auf das dort vergossene Blut hin, obwohl der Kommandeur meiner Eskorte eifrig darum bemüht war, mir die wesentlichen Sehenswürdigkeiten zu zeigen, wie zum Beispiel das »Schloß« und das Haus, in dem der König gefunden worden war – ein besonders übler Ort mit einem Strohdach –, sowie die berühmte Mauer, der Warwick seinen Ruhm zu verdanken hatte.

»Das war der entscheidende Moment, Euer Hoheit«, betonte der Kommandeur. »Hätte der König einen solchen General wie Warwick besessen, dann wäre die Geschichte anders ausgegangen.« Der Mann war natürlich ein Anhänger Yorks. Trotzdem teilte ich ebenso wie die meisten anderen Menschen seine Meinung. Der einzige Mensch im ganzen Königreich, der das wahre militärische Talent des Grafen richtig einschätzte, war sein jüngerer Cousin, Eduard von March – und das sollte noch schlimme Folgen haben.

Inzwischen herrschte im ganzen Land Friede, so daß man den Streit fast für einen Traum halten konnte. Tatsächlich hatte das gemeine Volk gar nichts davon bemerkt, daß eine militärische Auseinandersetzung oder eine Schlacht bevorstand, bis die Angelegenheit geregelt war. Und nachdem sie geregelt war, empfand jedermann Erleichterung darüber, daß sich so wenig geändert hatte. York war wieder der Protektor, wie er es auch in der Vergangenheit gewesen war, und sorgte für die Einhaltung der Gesetze. Bourchier war Kanzler und unterstützte seinen Cousin, wo er nur konnte. Heinrich lag hilflos danieder.

Die Leute kümmerten sich also wieder um ihre eigenen Angelegenheiten. Im Frühsommer heiratete Edmund Tudor Margarete Beaufort, doch wer geglaubt haben mochte, daß sich die Beauforts fortan von der Politik fernhielten, hatte sich arg getäuscht. Edmund Somerset hatte drei Söhne hinterlassen, und der älteste von ihnen, Heinrich mit Namen, ergriff die erste Gelegenheit, Hertford einen Besuch abzustatten, wo der König, wie schon im Jahr zuvor, in völliger Apathie residierte.

Nun hatte ich diesen jungen Mann zum Zeitpunkt meiner Krönung wohl bemerkt. Er war, wie man sich erinnern mag, ein wenig jünger als ich, und in meinen ersten Jahren als Königin hatten wir oft im Hause seines Vaters zusammen herumgetobt. Jetzt war er ein erwachsener Mann. Ich hatte ihn im Laufe der vergangenen Jahre natürlich häufig gesehen, aber da mein Interesse ganz und gar auf seinen Vater gerichtet gewesen war, hatte ich ihm vielleicht nicht genügend Aufmerksamkeit geschenkt.

Jetzt erblickte ich einen sehr gutaussehenden jungen Mann, der vielleicht sogar noch schöner war als sein verstorbener Vater. Was seine Qualitäten anbelangte, von denen hatte ich zu jener Zeit keine Vorstellung, aber ich war bereit, ihm eine Chance zu geben. Ich spreche von seinen Führungsqualitäten und denen als Soldat – ich konnte einfach nicht darüber hinwegsehen, daß er eigentlich mein Stiefsohn und der Halbbruder des künftigen Königs von England war!

Heinrich Beaufort war natürlich voller Kummer und Wut über den vorzeitigen Tod seines Vaters und vertraute mir an, daß er von Rachegelüsten erfüllt war. Ich versicherte ihm, mir ginge es genauso, doch sei es unbedingt nötig, wohlüberlegt zu handeln. Er kniete vor mir nieder, legte seine Hände in die meinen und schwor, mir in allen Dingen und zu allen Zeiten zu gehorchen. Ich fürchte, es war weder das erste noch das letzte Mal in meinem Leben, daß ich durch ein hübsches Gesicht und honigsüße Worte in jemandes Bann geriet.

Weit mißtrauischer war ich gegenüber dem Freund, in dessen Begleitung er sich befand. Es war der junge Clifford, der ebenfalls seinen Vater in St. Albans verloren hatte. Ich zweifelte nie an Cliffords Vorsatz, seinen Vater zu rächen, und daher auch nicht an seiner Loyalität mir gegenüber, doch seine Äußerungen waren so radikal, daß ich mir einfach nicht sicher war, ob er sich an seinen Eid, meinen Befehlen zu gehorchen, halten würde.

Um welche Befehle es sich handeln würde, wußte ich zu jener Zeit selbst noch nicht. Das Schlüsselwort lautete »Überleben«, und damit war sowohl das Überleben des Königs als auch mein eigenes gemeint. Beim letzten Mal, als er von der Krankheit heimgesucht worden war, hatte es gut über ein Jahr gedauert, und mir graute vor dem Gedanken an eine

Wiederholung. Zu meiner großen Zufriedenheit, und zur Bestürzung der Lords, erlangte Heinrich seine Fähigkeiten jedoch schon einen Monat nach Ausbruch der Krankheit wieder. Wieder einmal hastete ich mit Feder und Papier vor ihm her, aber York lernte langsam, seine Interessen zu verfolgen. Offensichtlich war er von einem seiner Spione darüber informiert worden, daß der König Anzeichen von Genesung zeigte, und noch bevor ich dem König eine Feder in die Hand drücken konnte, befand sich Richard in unserer Mitte.

»Eure Hoheit«, sagte der Schurke, als er vor uns kniete. »Ihr solltet Euch nicht mit Staatsangelegenheiten belasten. Es ist gar nicht nötig, Briefe und Erlasse zu verfassen. Das Parlament kann es gar nicht abwarten, seinem König Beifall zu spenden. Ich bin gekommen, um König Heinrich dorthin zu bringen. Sobald er den Parlamentariern gegenübersitzt, muß er seine Wünsche nur öffentlich bekanntgeben, und ich schwöre, man wird ihnen entsprechen.«

Ich hatte nicht übel Lust, mit dem Fuß aufzustampfen, doch ich bewahrte meine Ruhe. »Mylord!« protestierte ich. »Seine Hoheit hat gerade erst nach langer Krankheit das Bett verlassen. Eine solche Reise wäre jetzt überaus gefährlich.«

Leider öffnete nun auch mein Mann seinen Mund, um sich nicht zum ersten Mal meinen Interessen zu widersetzen. »Aber mir geht es bestens, liebe Meg«, protestierte er seinerseits. »Ich möchte nach Westminster zurückkehren und dem Parlament gegenübertreten.« Ist jemals eine Frau so gedemütigt worden?

York ergriff wieder das Wort. »Wenn Euer Hoheit es vorziehen, hierzubleiben ...«

Ich steckte in einem Dilemma. Ich hatte keine Ahnung, wie es Heinrich ohne mich ergehen würde. Andererseits hatte ich keine Handhabe, um ihn von der Reise abzuhalten; und wenn York ihn tatsächlich in eine Falle locken wollte, dann würde mir gewiß noch Schlimmeres bevorstehen. Ich entschied mich dafür, in Hertford zu bleiben, nachdem Heinrich Beaufort mir versprochen hatte, schnell wie der Wind zu reiten und mich von jeder neuen Entwicklung in Kenntnis zu setzen, noch bevor Yorks Leute zu mir gelangen konnten.

Doch wieder einmal konnte York gemäß den Gesetzen handeln. Ich hatte vergessen, welchen Einfluß er auf Heinrich auszuüben vermochte, wenn sie miteinander allein waren. Wie ich erfuhr, hatte der König vor dem Parlament dem Herzog von York sein höchstes Lob ausgesprochen.

Mit dieser öffentlichen Erklärung zu seinen Gunsten konnte York es sich sogar leisten, großmütig zu sein, und er stimmte Heinrichs Vorschlag zu, den jungen John de la Pole – Sohn und Erbe meines lieben Suffolk – zum Grafen von Suffolk zu ernennen und ihm alle Besitztümer seines Vaters zu überlassen. Alice war hocherfreut, und ich glaube, es war zu jener Zeit, daß die Poles begannen, sich allmählich vom Hause Lancaster ab- und dem Hause York zuzuwenden.

Doch das war nicht der einzige Tiefschlag. Zu meiner Bestürzung teilte mir Wenlock mit, seine privaten Angelegenheiten machten es erforderlich, daß er die Position meines Kammerherrn aufgeben müsse. Ich zweifelte nicht mehr daran, daß hier ein weiterer Teufel die Farbe wechselte.

Hier sollte ich einen Exkurs einfügen, um die Bezeichnung des Krieges zu erläutern, der, obwohl niemand von uns es wirklich erwartete, in St. Albans begann, und jetzt als der Rosenkrieg bekannt ist. Es sind viele Gründe dafür genannt worden; manche von ihnen waren sehr phantasievoll, zum Beispiel der, daß eines Tages ein Streit zwischen den Herzögen von York und Somerset entbrannte, als sie einen Spaziergang in den Gärten von Westminster machten. Somerset erklärte, daß er der roten Rose von Lancaster für immer treu sein würde, und meinte damit natürlich mich, während York mit der Hand nach irgendeinem Busch griff, eine weiße Rose abriß und sagte, daß er in diesem Falle stets der weißen Rose von York die Treue halten würde.

Das ist romantischer Unsinn, und ich vermute, in irgendeiner künftigen Epoche wird wahrscheinlich ein drittklassiger Poet versuchen, ihn als Wahrheit zu verkaufen. Die Absurdität des Ganzen ist jedoch offenkundig. Die Mylords York und Somerset sind niemals wie zwei liebestolle Jungfrauen im Garten umherspaziert, und die einzigen Rosen, die um den Palast von Westminster herum wuchsen, waren rot. Außerdem gab es zu jener Zeit noch keine weiße Rose von York oder etwas Ähnliches.

Die Fakten sind folgende: Diejenigen, die dem König und dem Haus Lancaster loyal gegenüberstanden, waren auch mir gegenüber loyal, und mein Emblem war die rote Rose. Das ist wohlbekannt. Die Anhänger Yorks hatten kein Emblem, bis – einige Jahre nach dem Ausbruch der Feindseligkeiten – Eduard von March eine Schlacht gewann. Kurz darauf erschienen – ich vermute aufgrund der Reflexionen an einem nebligen Morgen – drei Sonnen am Himmel. Diese Sonnen standen nahe beieinander und ähnelten einer weißen Rose in voller Blüte. Eduard gewann also die Schlacht und suchte nach einem Symbol, das seinen Sieg repräsentieren konnte. Er fand es in der weißen Rose, was damals auch sehr passend schien, da sie ein Gegenstück zu meiner roten bildete.

Als Heinrich nach Hertford zurückkehrte, wo wir einen kleinen Hofstaat errichtet hatten, trat ich ihm wutschnaubend entgegen. Ich war entsetzt über sein Verhalten und ließ ihn darüber nicht im ungewissen.

»Diesen Abschaum zu rühmen, ist an sich schon schlimm genug«, sagte ich mit gifttriefender Stimme. »Aber indem Ihr ihn noch bestärkt und sein Protektorat fortbestehen laßt, habt Ihr meinen Sohn regelrecht aus der Thronfolge ausgeschlossen.«

»Ihr wißt, daß das nicht der Fall ist, liebe Meg«, protestierte er. »Es ist nur eine vorübergehende Maßnahme, bis ich gesundheitlich wieder ganz auf dem Posten bin. Ihr wißt ja nicht, wie schwer es ist, eine Schlacht durchzustehen, wie es sich anfühlt, wenn kalter Stahl in Euer Fleisch schneidet …« Er war in Tränen aufgelöst, und ich war gezwungen, ihn zu trösten, während ich betete, mich wenigstens einmal einer solchen Prüfung unterziehen zu dürfen. Es ist merkwürdig, wie manche Gebete erhört und andere, die vielleicht einem höheren Zweck dienen, ignoriert werden.

Doch in diesem Moment war ich hilflos, und meine Qual steigerte sich ins Unerträgliche, als der König gegen Ende des Jahres einen weiteren Rückfall erlitt. Ich war der Verzweiflung nahe, und nur meine liebe Bailly und meine liebe Bella vermochten mich vor einem Zusammenbruch zu bewahren. Wie sehr ich Bella damals doch vertraute und die Übel der Welt vergessen konnte, wenn ich in ihren Armen lag. Angesichts dessen, was ich heute über das schreckliche Mädchen weiß, ist es erstaunlich, daß sie in *meinen* Armen blieb, als meine Macht schon verloren zu sein schien. Aber niemand konnte Bella Grey jemals einen Mangel an Urteilsvermögen vorwerfen; sie wußte, daß ich noch nicht am Ende war.

Alles in allem war 1455 ein Jahr, das ich am liebsten vergessen würde. Wie ich bereits sagte, brachte Heinrich es fertig, noch vor Weihnachten erneut seine Sinne zu verlieren. Manche beschuldigen mich, ihn durch mein ständiges Drängen, wie ein König zu handeln, in seinen Niedergang getrieben zu haben. Aber was hätte ich tun sollen? Er *war* der König, und ich war die Königin, und wir hatten einen Sohn, der den Thron erben sollte. Und man behandelte uns wie Abschaum. Die Leute lüfteten auf der Straße noch nicht einmal ihre Hüte vor uns!

Die Zukunft sah düster aus. Vom Kontinent war keine Hilfe zu erwarten, denn dort überschlugen sich die Ereignisse. Papa und mein Bruder Johann kämpften so erfolglos wie eh und je in Neapel, meine Schwester Jolante hatte ein Rauhbein mit Namen Frederic de Vaudement geheiratet, und Onkel Karl und Cousin Ludwig hatten schließlich miteinander gebrochen, woraufhin Ludwig bei seinem Onkel Philipp von Burgund Zuflucht genommen hatte. Dies hätte mir durchaus zugute kommen können, da Ludwig noch nie mein Freund gewesen war, doch Onkel Karl schien von dem Vorfall ganz durcheinander zu sein – wenn es nicht sein Harem war, der ihn so durcheinanderbrachte –, und in meiner Lage wäre es so oder so eine Katastrophe gewesen, meinen Mann mit Hilfe französischer Waffen als König von England zu etablieren.

Aus alledem läßt sich wohl erkennen, daß ich bereits an die Möglichkeit dachte, erneut mit Militärgewalt vorzugehen. Dies mag für eine Frau zwar unschicklich sein, doch bevor man mich kritisiert, sollte man sich in meine Lage versetzen. Ich war zwar eine Königin, doch mein Mann war kein König mehr, außer dem Namen nach. Ich war eine Mutter, aber mein Sohn wurde überall als Bastard angesehen. (Daß dies zufällig der Wahrheit entsprach, war mein Geheimnis und hatte nichts mit meiner Situation zu tun.) Ich war eine junge, schöne und leidenschaftliche Frau, die bereits zwei Liebhaber überlebt hatte. Gleichzeitig war ich mit einem Ehemann gestraft, der entweder ganz und gar bewegungsunfähig war, oder aber die ehelichen Pflichten als obszön betrachtete.

Ich denke, man muß mir meine Nachsicht und meine geduldige Entschlossenheit, mich aus dem Sumpf der Melancholie, in den ich geraten war, zu befreien, wirklich zugute halten. Es ist fast ein Wunder, daß ich nicht anfing, meine Teppiche zu essen oder meine Pagen zu verführen.

Statt dessen schmiedete ich Pläne. Und als Heinrich im Februar des darauffolgenden Jahres seine Sinne wieder zurückerlangte, stand ich bereits mit Feder und Papier an seiner Seite – dieses Mal hatte ich die strenge Anweisung gegeben, *niemanden* zu ihm zu lassen, bevor ich es gestattete.

»Es gibt viel zu tun, mein Liebster,« sagte ich zum König und wischte ihm den Schweiß von der fiebrigen Stirn. »Das Land befindet sich in einem mitleiderregenden Zustand.« Das entsprach nicht ganz der Wahrheit. Unter Yorks Regierung war das Land beträchtlich aufgeblüht. Aber ich war mir sicher, daß ich es noch besser würde regieren können.

»Wie spät ist es?« fragte mein glückloser Gatte.

»Spät«, versicherte ich ihm. »Ich habe hier einige Anordnungen, die dringend Eurer Unterschrift bedürfen.«

»Welchen Tag haben wir?« fragte er.

Tatsächlich war es Sonntag, aber ich wußte ganz genau, wenn Heinrich das merken sollte, wäre damit jegliche Arbeit für die nächsten zwölf Stunden beendet. »Es ist Freitag, mein Lieber«, sagte ich ihm. »Es wäre deshalb am besten, diese Geschäfte heute noch zu erledigen, damit Ihr das Wochenende mit Euren Gebeten verbringen könnt.« Ich hielt ihm die Feder hin und legte ihm das erste Blatt vor.

»Was für ein Monat ist es?« fragte der König.

»Es ist Februar, mein Lieber. Und um Eure nächste Frage gleich zu beantworten: Es ist das Jahr des Herrn 1456. Wenn Ihr jetzt bitte diese Papiere unterschreiben würdet …«

Zum ersten Male sah er sie an. »Die tragen alle Eure Handschrift, mein Liebling.«

»Ja, natürlich, mein Schatz. Es geht um wichtige Dinge.«

Jetzt las er sie durch. »Wir sind das alles schon einmal durchgegangen«, beschwerte er sich. »Es war völlig nutzlos.«

»Das heißt lange noch nicht, daß es auch jetzt mißlingt«, betonte ich.

Heinrich unterschrieb pflichtschuldigst, und die Anordnungen wurden dem Parlament vorgelegt, was die übliche Unruhe zur Folge hatte. Ich war empört, als ich feststellte, daß sogar Buckingham mir auswich, und das zusammen mit den Mördern seines Sohnes! Am Ende wurde York seines Amtes enthoben, er blieb jedoch ein Mitglied des Rates, und Bourchier blieb Kanzler. Was also hatte ich gewonnen? Heinrich und ich stritten über das Ergebnis, und zum ersten Mal seit unserer Heirat gebrauchte er mir gegenüber harte Worte. Das heißt, er schrie: »Potztausend, Frau, Ihr macht aber auch nichts als Ärger!«

Also! Noch nie hatte mich jemand in dieser Weise angeschrien. Dabei versuchte ich doch nur, die Zukunft meines Sohnes zu sichern. Ich holte den Prinzen, zog mit ihm wieder nach Tutbury zurück und verbrachte dort einen Monat. Ich amüsierte mich mit Bella und ging zur Jagd, während wir uns darum bemühten, den Prinzen zu erziehen.

Ich hatte angenommen, Heinrich würde, sobald er sich von seiner emotionalen Anspannung erholt hätte, nach mir schicken, doch das tat er nicht. Statt dessen bereitete er sich auf eine seiner Reisen durch das Königreich vor, ungeachtet des sich verbreitenden Geschwätzes über einen König und eine Königin, die getrennt voneinander lebten. In diesem Zustand fuhr ich, nachdem ich einige Wochen vergeblich auf eine Einladung gewartet hatte, mit dem Prinzen nach Chester.

Denn Eduard war nicht nur der Prinz von Wales, er war auch zum Grafen von Chester ernannt worden, und ich wollte den Grafen seinen Untergebenen vorstellen. Ich erlebte eine angenehme Überraschung. Die rauhbeinigen Grenzer kamen zu Tausenden zusammen und umjubelten sowohl den Grafen als auch seine schöne Mutter. Ich wurde von Männern bedrängt, die ganz erpicht darauf waren, nur den Saum meines Gewandes zu küssen oder meine Stiefel zu berühren. Ich war begeistert und konnte auch deutlich sehen, daß jeder der Männer dort entweder einen Bogen oder ein Schwert bei sich trug, und einige sogar beides. Hier gab es bodenständige, kampferprobte Männer – und sie liebten ihre Königin. Es war eine Beziehung, die zu verfestigen sich lohnen würde.

Heinrichs Aufforderung, zu ihm zurückzukehren, kam im August, und ich reiste von Chester nach Coventry, wo ich wieder mit dem König das Bett teilte. Er tat so, als habe er unseren Streit vollkommen vergessen, und angesichts seiner geistigen Verfassung ist es sehr gut möglich, daß dem tatsächlich so war. Allerdings konnte ich Heinrich davon überzeugen, das Parlament für Oktober nach Coventry einzuberufen. Und so geschah es dann auch. Die Zeit bis dahin nutzte ich dazu, mit einigen Lords zu sprechen, von denen ich wußte, daß sie mich unterstützen würden, und obwohl Buckingham mir auch weiterhin auswich, war er gezwungen, mit dem Strom zu schwimmen. Daher wurde das Oktoberparlament ein Triumph. Ich sorgte dafür, daß Bourchier wieder aus seinem Amt gedrängt und durch Waynflete als Kanzler ersetzt wurde. Außerdem veranlaßte ich, daß York als Vizekönig nach Irland zurückgeschickt wurde. Jetzt saß ich am Ruder, und ich war fest entschlossen, dort zu bleiben.

9

Das wichtigste war jetzt, eine in jeder Hinsicht größere und mächtigere Partei aufzubauen als die Yorks. Ich machte mich sogleich an die Arbeit, doch zunächst erlitt ich eine schwere Niederlage. Ich hatte natürlich angenommen, die Halbbrüder des Königs würden das Fundament meiner Macht bilden. Und dazu waren sie auch durchaus in der Lage. Doch am 3. November starb Edmund Tudor.

Wenn ein Gleichaltriger stirbt, ganz gleich ob es ein Verwandter ist oder nicht, dann gibt einem das zu denken. Edmund Tudor, der Graf von Richmond, hatte sich irgendeine schauderhafte Krankheit zugezogen und wurde von ihr dahingerafft, noch bevor irgend jemand es so recht begreifen konnte. Am schlimmsten war es für seine Frau. Die arme kleine Margarete war erst dreizehn Jahre alt und hochschwanger.

In ihrem eigenen Interesse schickte ich sie auf eines ihrer Schlösser in Pembroke und hoffte, sie könne dort in Ruhe ihr Kind zur Welt bringen, während ich alles organisierte. Am 28. Januar gebar sie einen Jungen, den sie Heinrich nannte. Dieser Heinrich und ich sind die einzigen Überlebenden des Hauses Lancaster.

Aber ich schweife vom Thema ab. Wie gesagt, hatte ich meine eigenen Vorstellungen darüber, was mit Margarete Tudor geschehen sollte, und noch im selben Jahr verheiratete ich sie mit Buckinghams jüngerem Sohn, Heinrich Stafford.

In der Zwischenzeit blieb der Hof in Coventry. Der Grund dafür war, daß die Londoner Bevölkerung mir derart feindlich gesinnt war, daß ich nicht mehr bereit war, mich in ihre Nähe zu begeben, außer vielleicht, um ihre schäbige Stadt in Schutt und Asche zu legen. Und wenn ich vom Hof spreche, so meine ich mich und den Prinzen. Sobald das Wetter wärmer wurde, machte sich Heinrich erneut auf die Reise. Er fuhr von Stafford nach Coleshill, dann nach Chester, nach Shrewsbury, nach Leicester, nach Kenilworth und nach Hereford, bevor er im September nach Coventry zurückkehrte.

Ich war froh, daß er fortging. Es wurde immer deutlicher, daß er nicht das geringste Interesse daran hatte, König oder gar Ehemann zu sein. Wäre es möglich gewesen, sich Bourchiers zu entledigen und statt dessen Heinrich zum Erzbischof von Canterbury zu machen, so bin ich sicher, er wäre zu Ruhm und Ehren gelangt.

Inzwischen regierte ich, und das mit großer Zufriedenheit und einigem Erfolg. Wenn man regiert, dann kann man natürlich nicht darauf hoffen, jedem zu gefallen. Aber wenigstens brachte ich eine gewisse Ordnung in unsere Finanzen, da ich auf die sorgfältige Eintreibung der Zölle bestand. Meine Popularität hingegen nahm mit jedem Tag ab. Die Engländer schätzen keine Frauen, die sich für finanzielle Dinge interessieren. Bella hatte dies vor kurzem ebenfalls erfahren müssen. Als hätte ich nicht schon genug Probleme gehabt, unternahm jetzt auch noch irgendein idiotischer französischer Seekapitän einen Raubzug auf Sandwich und brannte den Hafen nieder. Der Pöbel behauptete natürlich, ich hätte ihnen dieses Unglück eingebrockt. Ich war sehr erzürnt und schickte ein wütendes Schreiben an Onkel Karl, der natürlich seinerseits jegliches Wissen über diesen Vorfall leugnete und die Täter als Piraten bezeichnete, und das entsprach wahrscheinlich sogar der Wahrheit, denn da er noch nicht einmal wußte, was *in* seinem Königreich vor sich ging, wieviel weniger wußte er dann von dem, was außerhalb seiner Grenzen geschah.

Es ließ sich natürlich nicht vermeiden, sehr viel Zeit mit Bourchier zu verbringen, doch das überließ ich im wesentlichen Wayneflete, der wie immer ein Fels in der Brandung war. Mein wichtigster Helfer war Buckingham, der allmählich eine ähnliche Beziehung zu mir aufbaute, wie es schon Suffolk und Somerset getan hatten. Ich spreche hier ausschließlich von Politik. Stafford war nicht der Typ Mann, mit dem ich das Bett hätte teilen können. Oh, er war schon gut aussehend, und ich würde sagen, er war ein vollendeter Liebhaber. Aber er hatte nichts von dem Feuer, das ich mir bei einem Mann wünsche. Er folgte meinen Befehlen, soweit es möglich war, aber er pflegte mir immer mit solchen Dingen wie dem goldenen Mittelweg zu kommen, um es möglichst vielen Leuten recht zu machen, und zu alledem – und das war am verwirrendsten – hielt er seine gute Beziehung zu seinem Schwager, Richard von York, aufrecht.

Und so frage ich Euch, wie könnte der Fuchs sich zur Schlange legen? Aber Buckingham blieb hartnäckig und fand schon bald einen Verbündeten, gegen den man nur schwer ankommen konnte: den König höchstpersönlich.

Im Januar 1458 war Heinrich einigermaßen bei Verstand – eine seiner Phasen, die jedesmal zusammen mit der Überschätzung seiner Kräfte und Fähigkeiten einhergingen. Ich war natürlich immer der festen Überzeugung, daß die Kräfte eines Königs grenzenlos seien, vorausgesetzt, er hat das geistige Format, sich rücksichtslos über jede Opposition hinwegzusetzen. Ich wäre glücklich und zufrieden gewesen, wenn Heinrich eine solche Persönlichkeit gewesen wäre, selbst wenn er sich dann auch rücksichtslos über *mich* hinweggesetzt hätte! In der Tat hätte ich ein wenig Rücksichtslosigkeit begrüßt, denn seit dem Tode Somersets, der jetzt schon drei Jahre zurücklag, hatte sich nicht ein einziges männliches Wesen meinem Fallgatter genähert, geschweige denn, es durchbrochen.

Für eine kurze Zeit zeigte sich Heinrich jedoch ausgesprochen tatkräftig. Im Januar berief er einen Großen Rat ein, der in Berkhamsted tagen sollte, einem königlichen Herrenhaus, einige Kilometer nordwestlich von London. »Wir werden diesen Feindseligkeiten ein für allemal ein Ende bereiten«, erklärte er.

Ich möchte unter allen Umständen betonen, daß diese ganze Farce und alles, was darauf folgte, Heinrichs Idee war und nicht meine. Abgesehen von seinen physischen und geistigen Schwächen besaß mein geliebter Mann etwas, das man am treffendsten als selektives Gedächtnis bezeichnen kann. Das heißt, er erinnerte sich nur an das, an das er sich erinnern wollte. Er schien völlig vergessen zu haben, daß er im Jahre 1447 schon einmal einen Großen Rat an einem ihm angenehmen Ort einberufen hatte. Zur gleichen Zeit wurde Herzog Humphrey von Gloucester verhaftet und wenig später tot aufgefunden Nun, Heinrich mochte dies vergessen haben, doch Cousin Richard hatte ein besseres Gedächtnis. Deshalb kam er der Einladung zwar nach, erschien jedoch in Begleitung der Nevilles und einer Truppe bewaffneter Männer, die groß genug war, um sie als Armee zu bezeichnen. Darüber hinaus verschmähte er die Unterkunft, die der König ihm stellte, und brachte seine Leute in London unter, wo er sich einer freundlichen Aufnahme gewiß sein konnte. Es muß wohl nicht extra erwähnt werden, daß wir, da Heinrich selbst eine große bewaffnete Truppe in Berkhamsted unterhielt, kurz vor einer Wiederaufnahme der Feindseligkeiten zu stehen schienen.

Ich muß sagen, soweit es mich betraf, wäre ein solcher Verlauf die ideale Lösung gewesen, »diesen Feindseligkeiten ein für allemal ein Ende zu bereiten«; ich hatte nicht die Absicht, unsere Armee auf irgendeinem künftigen Schlachtfeld der zweifelhaften Strategie Buckinghams oder, was noch schlimmer gewesen wäre, des Königs zu überlassen. Ich war erfüllt von der Erinnerung an die Jungfrau von Orléans und beabsichtigte, wenn es das nächste Mal zu einer Auseinandersetzung kommen sollte, selbst die Rüstung zu tragen. Aber Heinrich hatte sein Pulver für dieses Jahr verschossen. Da er sich mir nicht anvertraute, weiß ich nicht, ob er tatsächlich einen Plan hatte, um die Anhänger Yorks zu überlisten, aber als er feststellte, daß sie ihm nicht in die Falle gehen würden, kehrte er zu seiner Lieblingsbeschäftigung zurück: er tat nichts, außer beten.

Es war mir nicht möglich, York in die Hände zu bekommen, solange er sich in London verkroch. Deshalb zerbrach ich mir den Kopf darüber, wie man ihn dort herauslocken konnte. Aber noch bevor ich zu irgendeinem Schluß gekommen war, überraschten mich Heinrich und Buckingham, die in Begleitung des Erzbischofs zu mir kamen, mit der Nachricht, daß die Sache geregelt sei: Die Parteien seien vollkommen miteinander versöhnt, und wir alle sollten am 25. März an einem Dankgottesdienst teilnehmen. Kaum hatte ich diese erstaunliche Nachricht verdaut, als mich eine weitere Hiobsbotschaft erreichte: Dieser Gottesdienst sollte nicht etwa in der Westminster Abbey oder gar in der sicheren Abgeschiedenheit der Kirche von Berkhamsted stattfinden, sondern in der Kathedrale St. Paul's, mitten im Herzen Londons. Und des Pöbels.

Ich begriff sofort, daß dies eine Falle war, und wir bestenfalls *en bloc* gefangengenommen, schlimmstenfalls jedoch von dem heißhungrigen Gesindel in Stücke gerissen werden würden. Doch keiner meiner Einwände vermochte die Überzeugung des Königs zu erschüttern. Für ihn war ein Dankgottesdienst das größte Glück auf Erden, und außerdem waren auf allen Seiten Ehrenworte ausgesprochen worden. Ehrenworte, tatsächlich! Ich dachte an Flucht, doch ich wußte, daß ich in diesem Falle ganz auf mich allein gestellt wäre, denn Buckingham, Somerset, dem jungen Clifford und all den Lords aus dem Hause Lancaster war befohlen worden, ihn zu begleiten. Man konnte nichts tun, als sich auf einen würdevollen Tod vorzubereiten. Ich zog mir meine besten Kleider an, trug Bella auf, nicht von meiner Seite zu weichen, so daß wir wenigstens in einer Umarmung unser beider Leben aushauchen konnten, verließ den Prinzen von Wales – der viel zu jung war, um Waise zu werden – und begleitete den König in die Stadt.

Vermutlich kennen wir alle die Geschichte von Daniel in der Höhle des Löwen. Ich versichere Euch, selbst der Prophet war innerlich nicht so angespannt wie ich, während ich mein Pferd zwischen der versammelten Menge über das Kopfsteinpflaster führte. Die Leute blickten uns schweigend an. Nun, ich denke, es hätte schlimmer sein können – sie hätten nach unserem Blut lechzen können.

Wir erreichten St. Paul's, ohne daß auch nur ein Dreckklumpen nach uns geworfen wurde, und trafen dort auf die bewaffneten Anhänger Yorks. Ich nahm an, unsere Prüfung würde nun beginnen. Aber als wir abstiegen und uns aufstellten, um in die Kathedrale zu treten, erlebte ich die größte Überraschung. Die ganze Sache war offensichtlich vom König, dem Erzbischof und unter der Mithilfe von Buckingham und York vorbereitet worden – und diese Kerle hatten mir nichts davon gesagt! Als der König und Bourchier die

Treppen hinaufgestiegen waren, trat York vor und bot mir seinen Arm. Ich konnte nichts anderes tun als meine Hand auf die seine zu legen, und so gingen wir gemeinsam die Treppe hinauf, wie ein Liebespaar, während hinter uns, wie ich durch einen hastigen Blick feststellen konnte, eine Prozession von Paaren einherschritt, jedes bestehend aus einem Anhänger Yorks und einem Anhänger des Hauses Lancaster.

Richard lächelte mir zu. »Ich bin sicher, Euer Hoheit, daß alle Probleme hinter uns liegen«, sagte er.

Der Mann war entweder ein Dummkopf oder ein Lügner. Ich nehme an, er war beides. Es war nun schon das dritte Mal, daß er den Lauf der Dinge hätte bestimmen können. Ein einziger *agent provocateur*, ein Anhänger Yorks – in der Verkleidung eines Freundes des Hauses Lancaster – hätte einen Aufstand verursachen können; und wenn der Londoner Pöbel erst außer Rand und Band geraten war, konnte es mehrere Tage dauern, bis wieder Ruhe und Ordnung einkehrten. Die Londoner standen auf Yorks Seite, und wir befanden uns in ihrer Mitte. Alles mögliche hätte man uns zufügen können, ohne daß jemand in der Lage gewesen wäre, den Herzog als Missetäter zu entlarven, der mit seinen Helfern als die einzigen Überlebenden dagestanden hätte und natürlich gezwungen wäre, dem toten König und der ermordeten Königin die Kronen abzunehmen.

Aber nichts dergleichen geschah. Wir feierten unsere Versöhnungsmesse, küßten einander liebevoll und gingen danach unserer Wege. Ich holte den Prinzen und fuhr mit ihm nach Chester. Dort fühlte ich mich sicherer, und außerdem hatte ich mir vorgenommen, aus den wilden Grenzern, die mir wohlgesinnt waren, eine kleine Armee zu bilden. Heinrich ging wie gewöhnlich auf Reisen und wie immer vernachlässigte er dabei die Interessen des Königshauses. So erfuhr ich zum Beispiel, daß er, als er in St. Albans weilte, den

Mönchen der Abtei in einem Anfall von Großzügigkeit seinen wunderbaren roten Umhang zum Geschenk machte. Die Mönche zeigten sich sehr zufrieden, bis sie feststellten, daß sie das Geschenk zurückgeben mußten – es war der einzige Umhang, den der König besaß.

Wie kann ein Land von einem solchen Mann regiert werden?

Meine eigenen Bemühungen, einen entscheidenden Vorteil gegenüber der Opposition zu erlangen, blieben weiterhin fruchtlos. Um meine Pläne weiterzuverfolgen, beschloß ich, als nächstes Calais in Besitz zu nehmen. Die Stadt schien mir als Zufluchtsort geeignet, für den Fall, daß Heinrich weiterhin verrückt genug wäre, mich dem Londoner Pöbel auszusetzen – ich glaubte nicht, daß es uns ein zweites Mal gelingen würde, eine derartige Begegnung zu überleben.

Nun befand sich Calais in der Hand des jungen Warwick. Dieser wollte seinem guten Ruf, den er in St. Albans erlangt hatte, einen guten Ruf als Seemann hinzufügen, indem er auf dem Kanal umherfuhr und – wie er sagte – die Franzosen davon abzuhalten, einen weiteren Überfall auf Sandwich auszuführen. Das machte ihn beim Volk natürlich populär, war aber auch eine indirekte Spitze gegen mich. Meine Idee war, ihn von seinem Posten zu entfernen und durch den jungen Heinrich Somerset zu ersetzen. Ich kam langsam, aber sicher voran und gewann allmählich Einfluß auf diverse Lords, die in meinen Augen nicht die treuesten Anhänger Warwicks waren, doch dann verdarb dieser Schuft alles, indem er auf dem Kanal auf eine französische Flotte traf und sie besiegte.

So waren alle meine Pläne auf einen Schlag zunichte gemacht. Buckingham betonte, Warwick zu diesem Zeitpunkt von seinem Kommando auf dem Kanal abzuberufen, würde eine Revolution entfachen.

Ich mußte mich also in Geduld üben und neue Pläne schmieden. Denn ich wußte, die Anhänger Yorks warteten nur darauf, daß wir einen Fehler machten. Und das konnte auf vielerlei Weise geschehen. Zunächst einmal konnte niemand sagen, wann der König einen erneuten Rückfall erleiden würde; die Wahrscheinlichkeit war groß, und nach Meinung der Ärzte erhöhte sich, je älter er wurde, auch die Möglichkeit eines totalen geistigen Zusammenbruchs.

Zweitens macht man sich allein dadurch, daß man regiert, unbeliebt. Das gemeine Volk ist eher als die höheren Stände geneigt, die Gesetze zu brechen, vor allem wenn es um Steuern und Zölle geht. Jede Regierung, die auf die Einhaltung der Gesetzte pocht – und dazu war ich entschlossen –, muß unweigerlich ihre Popularität einbüßen. Und wenn eine Regierung, wie in meinem Fall, schon von Anfang an unbeliebt ist, dann vollzieht sich dieser Prozeß um so schneller.

Drittens, und ich vermute, dies ist der entscheidende Punkt, hegt der Engländer die Meinung, daß es einer Nation von Kriegern unangemessen sei, von einer Frau regiert zu werden. Nun, ich glaube, mit dieser absurden Vorstellung stehen die Engländer nicht alleine da; man denke nur an das Salische Gesetz.

Es gab noch einen vierten Grund dafür, daß die Anhänger Yorks so vertrauensvoll in die Zukunft blickten, ein Grund, der mit dem dritten Punkt eng verknüpft ist. Denn ich war nicht nur eine Frau, sondern eine französische Frau, zumindest meinten sie das, obwohl in meinen Adern französisches, italienisches und spanisches Blut zu gleichen Teilen fließt, wie ein Blick auf meinen Familienstammbaum zeigen dürfte. Und außerdem war ich eine junge und besonders attraktive Französin, zu deren Gepflogenheiten es offenbar gehörte, jede Nacht mit einem anderen Mann ins Bett zu gehen. Wäre es nur so gewesen! Ich will angesichts dieser

Beschuldigung nicht etwa leugnen, daß es tatsächlich einige Abenteuer in meinem Bett gegeben hat. Aber seit Somersets Tod war alles anders geworden, obwohl ich so manchem jungen Heißsporn nicht widerstehen konnte.

Es ist daher verständlich, daß ich mich nicht auf meinen Lorbeeren ausruhen konnte. Irgendwie mußte ich die Anhänger Yorks zum offenen Widerstand reizen, solange ich meiner Machtposition noch sicher war.

Wie man sich vorstellen kann, war dies eine geschäftige und abwechslungsreiche Zeit für mich. Man bedenke: Ich mühte mich ab, ein Land zu regieren, das jeder außenstehende Beobachter als unregierbar bezeichnet hätte; ich versuchte, einem kompletten Schwachkopf, der nichtsdestoweniger die Quelle meiner Macht war, eine Ehefrau zu sein; ich suchte nach Möglichkeiten, einen Vorteil über die Feinde zu gewinnen, die nach meinem Blut gierten; ich rang darum, unsere Finanzen zu sichern, ohne die Bevölkerung in eine Rebellion zu treiben; ich war täglich gezwungen, den Avancen einer ganzen Horde junger Männer zu widerstehen, von denen sich jeder einzelne sicher war, daß er mich zur glücklichsten Frau der Welt machen konnte; und schließlich war ich die Mutter eines liebenswerten fünfjährigen Jungen, der mir mehr bedeutete als alle anderen Menschen zusammen.

Eines Tages wurde mir die Ankunft Kardinal Francesco Coppinis gemeldet, der ein Abgesandter des Papstes war. Man mag sich daran erinnern, daß einige Jahre zuvor zwischen Heinrich und Papst Eugen IV. eine Meinungsverschiedenheit darüber geherrscht hatte, wer der nächste Bischof von London sein sollte, wobei Heinrich Suffolk bei dessen Entscheidung für den verabscheuungswürdigen Molyneux unterstützt hatte, während Eugen den jungen Kemp gewählt hatte. Das Ganze hatte den König sehr betrübt, und die Beziehungen zwischen Westminster und dem Vatikan waren ein wenig abgekühlt. Doch schon bald nach dieser Auseinandersetzung war Eugen gestorben.

Er war fünfzehn Jahre lang Papst gewesen, was heutzutage eine lange Zeit ist. In den gegenwärtigen Zeiten ist der Pontifex entweder sehr alt, oder er wird, wenn er jung ist, aufgrund seiner Jugend und seines Ehrgeizes von der Mehrzahl der Kardinäle mit Mißtrauen betrachtet. In beiden Fällen ist das Ergebnis immer das gleiche: Seine Heiligkeit kann den Platz an Gottes Seite aus dem einen oder anderen Grund immer nur für eine recht kurze Zeit einnehmen – der Hauptgrund scheinen akute Verdauungsschwierigkeiten zu sein. Deshalb hatten in den elf Jahren seit Eugens Tod bereits zwei Päpste dieses Amt bekleidet, und jetzt befanden wir uns unter der Herrschaft eines dritten. Dieser Mann, der die schwere Pflicht, Gott auf Erden zu repräsentieren, gerade erst auf sich genommen hatte, hieß Enea Silvio de Piccolomini, oder, wie er in der literarischen Welt gerne genannt wurde – denn abgesehen von seinen übrigen Leistungen hatte er auch einen Roman veröffentlicht, was, wie ich meine, einzigartig bei Päpsten ist – Aeneas Silvius.

Piccolomini hatte sich während der vorangegangenen Pontifikate einen ausgezeichneten Ruf als päpstlicher Nuntius erworben, saß jetzt als Papst Pius II. auf dem Thron und verkündete – zu unser aller Überraschung –, es sei sein großes Lebensziel, einen Kreuzzug gegen die Osmanen zu führen, die sich offenbar vorgenommen hatten, Konstantinopel dem Erdboden gleichzumachen. Ihr Sultan Mehmet erfreute sich übrigens des Spitznamens »Bluttrinker«. Männer mit solchen Spitznamen sind ernstzunehmende Feinde. Wir Christen hielten Vorsicht für geboten, aber dieser Piccolomini besaß für einen Romanschreiber eine ziemlich begrenzte Vorstellungskraft.

Wir sollten jedoch schon bald erfahren, daß es Pius mit seinem Kreuzzug sehr ernst wahr, denn er hatte sich entschlossen, Abgesandte in alle Länder zu schicken, um für den Kreuzzug zu werben. Nach England kam also Kardinal Coppini, der päpstliche Abgesandte.

Hier allerdings enthüllte Piccolomini wiederum ein hohes Maß an Phantasie, die – wie es bei so vielen Geschichtenerzählern der Fall ist – nicht auf ernstzunehmenden Fakten beruhte. Es konnte niemandem in Europa entgangen sein, daß die finanzielle Situation der englischen Regierung alles andere als rosig war. Und wenn sich schon Geld für die Finanzierung eines Krieges aufbringen ließ, dann würde dieser Kampf wohl eher in der Normandie gegen die Franzosen ausgefochten werden und nicht gegen die Osmanen. Piccolomini mußte wohl mit der allseits bekannten Religiosität des Königs gerechnet haben, doch er hätte wissen sollen, daß sich Heinrich nicht mir nichts, dir nichts in einen Krieg stürzen würde.

Andererseits kam mir bei meiner Zusammenkunft mit dem päpstlichen Abgesandten der Gedanke, daß allen damit geholfen wäre, wenn er die Regierung überging und direkt mit den Lords verhandelte. Die Vorstellung, daß der Herzog von York, der Graf von Salisbury und der Graf von Warwick sich in voller Rüstung auf den Weg machen würden, um mit dem Bluttrinker und seinen Horden zusammenzutreffen, erfüllte mich mit Euphorie. Denn eines war sicher: Von diesem Unternehmen würden sie gewiß nicht lebend zurückkehren.

Ich berief deshalb im Namen des Königs eine Versammlung ein und stellte Kardinal Coppini den Lords vor. Heinrich war natürlich dabei und ergriff sogleich das Wort. »Ich versichere Euch, Mylords«, teilte er der Versammlung mit, »wenn es zu Hause nicht so dringende Geschäfte zu regeln gäbe, dann würde ich höchstpersönlich das Kreuz nehmen und Euch alle zum Ruhm führen.« Er erhielt höflichen, wenn auch zurückhaltenden Beifall. Leider stellte sich heraus, daß jeder englische Adlige eine dringende Angelegenheit zu Hause zu regeln hatte, und Coppinis Gesuch wurde abschlägig beschieden.

Daß der Abgesandte in England blieb, im Lande umherreiste und jeden der Lords einzeln aufsuchte, wunderte mich nicht, erschien es mir doch als ein Beispiel päpstlicher Sturheit. Ich sollte wenig später erfahren, wie falsch ich damit lag.

Zunächst war es mir wichtiger, meine eigenen Ziele zu verfolgen, die schon bald Früchte tragen sollten. Denn in diesem Sommer erhielt ich noch einen weiteren unerwarteten Besuch. »Ein Mann namens Dou... Dou... ein Franzose«, erklärte Bella. »Aus Frankreich.«

Ich dachte, es handle sich um einen Botschafter von Onkel Karl und empfing ihn. Sein Name war Doucereau, und er war ein komischer, kleiner Kerl mit verzerrten Gesichtszügen, der meinem Leben eine neue Wendung geben sollte. Er hatte einen Brief für mich, den ich mit zitternden Fingern öffnete, weil ich die Handschrift nicht erkannte. Ich erkannte jedoch den Seidenschal, in den der Brief eingewickelt war. Es war der, den ich Pierre de Brezé vor dreizehn Jahren zum Abschied geschenkt hatte.

Dreizehn Jahre! Und jetzt ... »Liebste Königin«, hatte Pierre geschrieben. »Bitte verzeiht meine Unverfrorenheit, Euch zu kontaktieren. Doch die Tatsache, daß Ihr mir einst ein Zeichen Eurer Wertschätzung gewährt habt, erfüllt mich mit übermächtigem Mut. Euer Hoheit, ich habe Euren Lebensweg aus der Ferne voller Bewunderung, doch manchmal auch mit ebenso viel Angst beobachtet. Ich muß dem gewiß nichts hinzufügen. Inzwischen werdet Ihr die perfiden Engländer so gut kennen wie ich. Ich möchte Euch nur für alle Zeiten versichern, solltet Ihr jemals meiner Hilfe bedürfen, so braucht Ihr mir nur diesen Schal zurückzusenden, den ich dreizehn Jahre lang in meiner Tasche getragen habe, und ich werde Euch mit all meiner Kraft, mit all meinem Geld, mit all meinem Mut und, darf ich es wagen, Euer Hoheit, mit all meiner Liebe zur Seite stehen, ohne auch nur einen Moment zu zögern.«

Das ist die Art von Briefen, die Frauen schätzen. Ich war höchst erfreut. Da ich gleichzeitig vertraut mit den Vorgängen in Frankreich war, verstand ich auch vieles, was nicht niedergeschrieben worden war. Tatsache war, Pierre de Brezé war nicht mehr Onkel Karls Nummer eins. Der König von Frankreich war, wie ich bereits bemerkte, im Laufe der Jahre der größte Lüstling auf Erden geworden. Pierre hatte diese Tendenz schon früh erkannt und deshalb Agnes Sorel in das königliche Bett befördert. Auch hatte es ihm nicht an neuen Kandidatinnen gefehlt, als Agnes ein frühes Ende fand, denn, wie man sich erinnert, hatte er dem König sofort ihre noch lieblichere Cousine, Antoinette de Magnelais, zur Verfügung gestellt. Doch Antoinette war, obwohl attraktiv, nicht in der Lage gewesen, alle Wünsche des Königs zu erfüllen. Also hatte er seinen Harem gegründet, und nach Antoinettes Ableben hatte Pierre feststellen müssen, daß er nicht mehr länger in der Gunst des Königs stand.

Er gehörte nicht zu der Sorte von Männern, die sich einfach zurückzieht. Er *hatte* sich zwar vom Hof auf seinen Landsitz in der Normandie zurückgezogen, aber nur, um seine Intrigen fortzusetzen und aus dieser Position seine Macht wiederzuerlangen. Ich wußte zum Beispiel, daß er sich mit dem Dauphin in Verbindung gesetzt hatte, der sich aus Angst vor einer Festnahme, falls er jemals nach Frankreich zurückkehren sollte, immer noch in Burgund versteckt hielt. Ich vermutete sogar, daß sein Interesse an mir weniger der Frau galt als der Königin von England. Immerhin war die Vorstellung eines wiedererstarkten England in Frankreich eine Art Schreckgespenst. Und die Gefahr war um so größer, wenn Richard von York König wäre, statt des friedliebenden Heinrich, der zudem noch unter dem Einfluß seiner französischen Gemahlin stand.

All dies war mir natürlich bewußt. Trotzdem stieg mir der Gedanke an einen Mann wie Pierre de Brezé, der mich aus der Ferne verehrte und mir seinen starken rechten Arm anbot, zu Kopf. Ich wußte auch, daß er inzwischen über fünfzig Jahre alt sein mußte. Aber was machte das schon? Als junges Mädchen hatte ich mich in einen Mann verliebt, der dreißig Jahre älter war als ich. Und ich wußte, daß Pierre ein *Mann* war. Aber was noch wichtiger war: Er war ein Freund, dem ich trauen konnte. Und er war Franzose!

Ich antwortete ihm auf der Stelle, machte ihn mit meinen Befürchtungen und dem Wunsch vertraut, meinen Feinden zuvorzukommen. Seine Antwort kam postwendend. Er schlug mir einen Weg vor, der, wie er mir versicherte, ebenso sicher wie auch erfolgversprechend war.

In der Tat war sein Plan so plausibel, daß ich mich wunderte, warum die Anhänger Yorks ihn nicht schon längst in die Tat umgesetzt hatten.

Ich hatte von meinen diversen Agenten erfahren, daß Warwick von Calais nach England kommen wollte und wie man es in seiner Eigenschaft als Herrscher über den Seeweg zwischen unseren Besitztümern in England und Frankreich erwartete, würde er in Coventry mit dem König zusammentreffen. Aber ich wollte auf Nummer Sicher gehen und bat den König, er möge Warwick brieflich um ein Treffen ersuchen. Als Grund gaben wir an, er wünsche, alles über den großen Triumph des Grafen aus erster Hand zu hören, und stellten außerdem eine Belohnung in Aussicht.

Wie ich erwartet hatte, konnte Warwick dieser Verlockung nicht widerstehen und ging mir in die Falle. Er kam, wie ich vorausgesehen hatte, mit einem großen Gefolge. Aber der König hatte ein noch größeres Gefolge, und darunter befand sich mein *agent provocateur*.

Der Name des Mannes tut nichts zur Sache; er war mir von Brezé geschickt worden. Als verurteilter Verbrecher wußte er, daß er sterben mußte, und hatte den Auftrag akzeptiert, um seine Frau und seine Kinder vor Pierres Zorn zu schützen. Er trug einen Umhang, der seine Kleider ausreichend verbarg, doch als der Graf sich dem Haus des Königs näherte, warf er den Umhang fort und zeigte sich mit dem unverkennbaren Abzeichen als Anhänger Warwicks. Er zog sein Schwert, griff die Soldaten des Königs an und schrie dabei: »Für Warwick! Für Warwick! Es ist an der Zeit! Schlagt zu! Schlagt zu!«

Ich folgte den Ereignissen von einem Fenster im oberen Teil des Hauses aus. Alles lief vollkommen nach Plan. Der hilflose Verbrecher wurde niedergestochen, noch bevor er großen Schaden anrichten konnte, aber die Wellen, die seine Aktion auslöste, breiteten sich in der Menge aus; überall wandten sich königliche Truppen gegen die des Grafen, und Warwick, der bemerkte, daß die Anzahl seiner Männer geringer war, eilte davon und rief seine Leute auf, ihm zu folgen. Sie taten es bereitwillig, und so wurde ein Tumult vermieden. Aber ich hatte erreicht, was ich wollte. Warwick floh nach Calais, ohne seinen Fall zu klären. Heinrich war über den versuchten *coup d'état* zutiefst beleidigt und rief das Parlament zusammen. Auch die guten Commons waren betroffen, da sie mehr als alle anderen an eine Versöhnung geglaubt hatten, und verlangten, daß Warwick vor ihnen erscheinen und sein Benehmen erklären solle. Aber daß er dieser Anordnung Folge leisten würde, war natürlich sehr unwahrscheinlich, und trotz meiner Bemühungen, die Entschlossenheit des Königs zu stärken, konnten sie zu keiner Entscheidung über ihr weiteres Vorgehen kommen.

Solange sie jedoch in dieser dem König und seiner Gemahlin wohlgesinnten Stimmung waren, gelang es mir, eine Vereinbarung zu treffen, daß die Einnahmen des Herzogtums Cornwall, das zur Apanage des Prinzen von Wales gehörte, direkt in die Kasse des Prinzen flossen – über die ich als Mutter des Prinzen die absolute Kontrolle hatte. Zum ersten Mal in meinem Leben fühlte ich mich finanziell abgesichert. Jetzt konnte ich meine Aufmerksamkeit der Bereinigung der Yorkschen Angelegenheit widmen.

Aber tatsächlich waren es die Anhänger Yorks, die den ersten Schritt machten. Zu Beginn des Sommers hatte ich, wie es inzwischen meine Gewohnheit geworden war, den Prinzen zu einem Besuch nach Chester mitgenommen. Es war so ziemlich der einzige Ort im ganzen Königreich, an dem ich mir sicher war, willkommen zu sein, und auch dieses Mal bereitete mir die Bevölkerung einen begeisterten Empfang. Ich war natürlich von der Art des Willkommens unterrichtet worden und hatte meine ersten Empfänge im Herzogtum Cornwall dazu genutzt, eine große Anzahl winziger Silberschwäne herstellen zu lassen, da ein weißer Schwan von meinem Sohn – in Wirklichkeit natürlich von mir in seinem Namen – als sein Zeichen auserwählt worden war. Jetzt ging Eduard, der fünf Jahre alt und ein kräftiger kleiner Kerl war, an meiner Seite und überreichte jedem der Männer einen dieser Schwäne. Die Ausgaben dafür waren beträchtlich gewesen, aber ich tröstete mich damit, daß es die Sache wert war, denn als wir damit fertig waren, schrien sie sich heiser, und ihre Anführer versammelten sich um den

Prinzen und mich und schworen, für uns zu sterben. Nun, wenigstens für mich. Dann kam mir die Idee, meine Armee nach Südosten, in die Nähe von London marschieren zu lassen. Ich konnte zehntausend Männer antreten lassen, und obwohl ich wußte, daß ich sie auf Dauer nicht zusammenhalten konnte, so meinte ich doch, es könne nicht schaden, meinen Feinden zu verdeutlichen, daß die Königin nicht mit sich scherzen ließ. Und wenn einer der Lords der Sache Beachtung schenkte, um so besser.

Offensichtlich erhielten die Anhänger Yorks auf irgendeinem Wege Kenntnis von meinem Plan. Salisbury litt jedenfalls immer noch unter dem Verhalten seines Sohnes, denn Warwick konnte es nicht wagen, sich in England sehen zu lassen, wenn er nicht verhaftet werden wollte, und bombardierte gewiß Vater und Onkel mit der Bitte, seine Sache in die Hand zu nehmen. Wie auch immer die Wahrheit aussehen mochte, im September befand ich mich auf dem Heimweg von Cheshire und war gerade in Eccleshall in Staffordshire angekommen, als mich folgende Nachrichten erreichten: Nicht nur Cousin Richard sammelte und bewaffnete seine Getreuen in Yorkshire, auch der Graf von Warwick, der sich endlich der Unterstützung seiner Anhänger gewiß war, traf Vorbereitungen, Calais zu verlassen und nach England zurückzukehren.

Außerdem wurde mir berichtet, daß Warwicks Vater Salisbury sich bereits mit fünftausend Mann im Rücken im Feld befand und auf Ludlow zumarschierte, wo er mit seinem Schwager zusammentreffen wollte.

Es kam mir so vor, als spielten uns die Schurken direkt in die Hände, denn meine Truppen waren versammelt und befanden sich in einer Stellung, die die Militärs als innere Linie bezeichnen, das heißt, wir befanden uns näher an Salisburys Männern als die Männer von York, und während ihre Truppen uns in versammelter Stärke gewachsen gewesen wären, übertrafen wir ihre einzelnen Truppen im Verhältnis zwei zu eins. Hier war also die Gelegenheit, ihnen einen vernichtenden Schlag zu erteilen. Anschließend konnte ich meine Leute nach Süden führen und Warwick eine Lektion erteilen, falls er es wagen sollte, in das Land einzudringen.

Das Beste von allem war jedoch, daß König Heinrich, Buckingham und Erzbischof Bourchier in weiter Ferne weilten. Ich hatte das Kommando und konnte die Situation so dirigieren, wie ich es für richtig hielt. Deshalb befahl ich meinem General, James Tauchet, dem fünften Baron Audley, sofort gegen den Grafen von Salisbury zu marschieren und ihn zu schlagen. Ich kannte natürlich die zahlenmäßige Überlegenheit unserer Männer, doch zur selben Zeit schickte ich eine Botschaft an den in der Nähe ansässigen Lord Stanley und bat ihn, seine Leute zu sammeln und mir zu Hilfe zu kommen. Dies hat man mir später zum Vorwurf gemacht, da ich offenbar nicht wußte, daß Stanley Salisburys Schwiegersohn war. Nun, natürlich wußte ich das. Und natürlich brauchte ich seine Hilfe nicht. Aber ich hielt es für eine gute Gelegenheit, ein für allemal festzustellen, auf welcher Seite Stanley stand. Wie sich herausstellte, war dies nicht ganz einfach, der Schuft antwortete, er würde mich mit jedem verfügbaren Mann unterstützen … und rührte sich nicht vom Fleck.

Der Prinz und ich ritten derweil mit meiner Armee, bis wir am Abend des 22. September 1459 am Ufer einen Ort namens Blore Heath erreichten – er liegt etwa achtzig Kilometer südwestlich von Chester – und auf der anderen Seite die Zelte und Banner von Salisburys Armee erblickten.

»Wir haben sie, Euer Hoheit«, verkündete Audley.

»Greifen wir sie jetzt an?«

»Nein, nein, Euer Hoheit. Wir werden bis zum Morgengrauen warten.«

»Aber werden sie in der Nacht nicht versuchen, zu entkommen?« fragte ich.

»Nein, nein, Euer Hoheit. Der Graf von Salisbury würde so etwas Feiges niemals tun«, versicherte mir der alte Kämpfer.

Ich konnte nur hoffen, daß er recht hatte, verbrachte eine ruhelose Nacht und war noch vor Morgengrauen auf den Beinen. Die militärischen Vorbereitungen beruhigten mich – das Klappern der Rüstungen und das Klirren der Waffen, während die Schwerter geschliffen und die Bogensaiten aufgezogen wurden. Zu meinem Leidwesen hatte ich keine eigene Rüstung. Ich besaß zwar eine Art Kampfanzug, der einer Königin angemessen war, doch dieser befand sich in Coventry, denn ich hatte nicht geahnt, daß wir so kurz vor einer Auseinandersetzung standen. Auf jeden Fall bezweifle ich, daß es mir etwas gebracht hätte, denn Audley war ein typischer Mann. »Niemand kann allen Ernstes von Eurer Hoheit erwarten, daß Ihr mit einem Schwert kämpft«, erklärte er mit ernster Miene. »Und die Sorge um Eure Sicherheit würde meine Ritter sehr behindern. Außerdem«, fügte er hinzu, da ich ihm widersprechen wollte, »gibt es hier keine Ehren zu erlangen, Euer Hoheit. Sie sind dort, wir sind hier. Wenn sie nicht zu uns kommen, gehen wir zu ihnen. So einfach ist das. Seht ...« Er streckte den Finger aus. »Da ist ein günstig gelegener Kirchturm in dem Dorf dort drüben. Von dieser Stelle werdet ihr die gesamte Schlacht gut überblicken können. Und dorthin, Euer Hoheit, werde ich den Grafen von Salisbury als Gefangenen bringen. Oder seinen Kopf.«

Man hat mich oft als die blutrünstigste Frau bezeichnet, die jemals gelebt hat. Doch das ist eine schändliche Verleumdung. Man kann mir nicht einmal vorwerfen, daß ich diesen

Mann haßte, der mir seit unserer ersten Begegnung feindlich gesinnt war, dessen Sohn die Armee meines Mannes geschlagen hatte und auf dessen Konto obendrein noch der Tod meines geliebten Edmund ging. Da er die Waffen gegen seinen rechtmäßigen König erhoben hatte, war er in jedem Fall dazu verdammt, den Tod eines Verräters zu sterben, wenn er lebend gefangengenommen werden sollte. Und so nickte ich und sagte: »Sein Kopf käme mir sehr gelegen, Mylord.«

Tatsächlich war ich dem Grafen gegenüber milde gestimmt.

Ich zog mich mit einer Eskorte und dem Prinzen in den Kirchturm zurück. Meine Hofdamen hatte ich bereits an einen sichereren Ort geschickt. Ich hätte Bella bei mir behalten, wäre sie dagewesen, doch ich hatte ihr die Erlaubnis gegeben, während meines Besuches in Cheshire etwas Zeit mit ihrem Mann zu verbringen. So war ich dieses Mal wirklich eine Königin unter Löwen; nur befanden sich die Löwen leider alle auf der falschen Seite! Ich erreichte meinen Aussichtspunkt, blickte auf die Septembersonne, die sich in den Rüstungen meiner Truppen spiegelte, und sah, wie die Anhänger Yorks zum fernen Ende des Flusses hinuntermarschierten. Dort starrten sie finster auf Audleys Leute, während sie gewiß Drohungen und Flüche hinüberschrien. Unsere Männer bewahrten felsenfest ihre Stellung und warteten darauf, daß der Feind angriff, was uns sehr zugute gekommen wäre, da man den Fluß überqueren mußte und das Ufer an unserer Seite wesentlich steiler war. Das wußten die Anhänger Yorks natürlich, und nachdem der Kampf eine Weile durch Worte und einen gelegentlichen Pfeilschuß ausgetragen worden war, zogen sie sich in ihr Lager zurück. Sie begannen ihre Zelte abzubrechen, scheinbar mit der festen Absicht, sich zurückzuziehen.

Das war genau das, was ich befürchtet hatte, obwohl ich nicht verstand, warum sie ihren Rückzug nicht schon in der Nacht angetreten hatten. Aber bald verstand ich ihre Absicht. Wie es scheint, hatten diese widerlichen Teufel niemals wirklich abziehen wollen. Salisbury hatte sehr richtig geschätzt, daß Audley eher selbst den Strom überqueren würde, als ihn entkommen zu lassen. Und genau das tat er jetzt. Meine tapferen Männer aus Cheshire kletterten das steile Ufer hinunter ins Wasser; sie wateten durch den Fluß und kletterten wieder heraus. Aber diese Unternehmung brachte eine gewisse Unordnung mit sich. Männer stolperten und fielen ins Wasser; Schwerter und Bogen fielen herunter und wurden im Gedränge zertrampelt; Pferde wieherten und bäumten sich auf, und mehr als ein edler Ritter landete in voller Rüstung auf dem Boden. Voller Schrecken mußte ich mit ansehen, wie sich meine Armee in eine wilde Horde auflöste.

Die Situation wurde auch von Salisbury zur Kenntnis genommen, dessen Männer beim Abbrechen der Zelte nicht im geringsten durcheinandergerieten, da sie es keinen Moment lang ernst damit gemeint hatten. Jetzt erschienen sie plötzlich in geordneten Reihen; ihre Bogenschützen schossen eine ganze Ladung Pfeile ab, was die Verwirrung unter meinen Leuten noch verstärkte, und noch bevor ich begriff, was geschah, floh die Lancaster-Armee in alle Richtungen. »Euer Hoheit«, schrie jemand von meiner Eskorte und packte mich am Arm. »Wir müssen fort von hier.«

Ich befreite mich von ihm und rannte, so schnell es meine Röcke zuließen, die Treppe hinunter. »Wir müssen sie sammeln.«

»Euer Hoheit ...« Er rannte hinter mir her und ergriff wieder meinen Arm. »Wollt Ihr Euch etwa in Yorks Hände begeben?«

Das gab mir zu denken.

»Und was ist mit dem Prinzen?« fragte der Feigling, der deutlich mehr um sein eigenes Leben fürchtete als um das meine. »Ist es nicht er, um den Ihr Euch zuerst sorgen müßt? Hoheit, wir haben eine Schlacht verloren. Aber es gibt immer noch viel zu erkämpfen.«

Und so gestattete ich, daß mit man mich mit Prinz Eduard in Sicherheit brachte. Aber mir blutete das Herz. Mein erster Versuch, Truppen zu kommandieren, war in einem Desaster geendet. Natürlich hatte ich nicht das Kommando geführt, sondern Audley. Dieser inkompetente Bursche befand sich übrigens unter den Toten.

Die Schlacht von Blore Heath war zweifellos eine taktische Niederlage. Doch seltsamerweise erwies sie sich als strategischer Triumph. Die Nachricht von der Erhebung der Anhänger Yorks hatte natürlich inzwischen den König erreicht, und Buckingham hatte die königlichen Truppen zusammengezogen. Sowohl er als auch Heinrich waren überrascht über mein Erscheinen. Erschöpft und müde von der Reise, mußte ich ihnen die Neuigkeit von unserer Niederlage überbringen. Kurz darauf erhielten wir die Hiobsbotschaft, daß York mit seinem Schwager zusammengetroffen war – und daß sich nun auch Warwick auf englischem Boden befand und marschierte, um seine Leute mit den anderen zusammenzuführen. Wir sahen uns also mit einem gewaltigen Truppenkontingent konfrontiert, und es hatte fast den Anschein, als wäre unsere Sache verloren.

Wir hatten jedoch Waynflete auf unserer Seite, dessen Sachverstand uns nicht zum ersten Mal eine große Hilfe war. Die Nachricht über den Aufstand hatte im ganzen Süden die Runde gemacht und mit ihr auch die Geschichte, wie die Königin und ihre Eskorte von den Horden Yorks, die nur auf

Gewalt und Mord ausgewesen seien, verfolgt worden waren. Diese kleine Geschichte – und es gab niemand, der sie bestreiten konnte, da Audley tot und der Rest meiner Männer nach Cheshire geflohen war – hatte eine mächtige Wirkung. Es war natürlich nicht so, daß ich dadurch beim Volk beliebter wurde, aber möglicherweise meinten sie, wenn schon jemand die Königin vergewaltigen und ermorden sollte, dann sollte es jemand aus ihren Reihen sein. Auf jeden Fall waren sie der Ansicht, der Herzog von York sei zu weit gegangen, und in diesem Glauben wurden sie von Waynefletes Agenten bestärkt.

Deshalb lautete der Rat des guten Bischofs, in Bewegung zu bleiben und einen Konflikt zu vermeiden, während die Truppen Yorks mit Gnadenversprechen dazu gebracht werden sollten, ihre Anführer im Stich zu lassen. Das wirkte Wunder, auch wenn wir einen hektischen Sommer verbrachten und von einem Ort zum nächsten eilten, während York verzweifelt versuchte, uns entweder für eine erneute Versöhnung zu gewinnen oder, um die Sache ein für allemal zu regeln, in eine Konfrontation zu verwickeln. Aber die ganze Zeit über waren Waynefletes Agenten am Werk, und die Anhänger Yorks stellten plötzlich fest, daß ihre Reihen sich lichteten.

Und plötzlich war alles vorbei. Ein Truppenführer mit Namen Anthony Trollope, ein Veteran der französischen Kriege, der von den vielen Männern, die unter seinem Banner kämpften, sehr bewundert wurde, und der bislang ein treuer Befürworter der Yorkschen Sache gewesen war, wandte sich dem König zu und brachte seine Männer in unser Lager. Mit einem solchen Mann und einem solchen Zuwachs an Soldaten waren wir unbesiegbar. York floh nach Irland, Salisbury und Warwick nach Calais, um dort ihre Ansprüche zu überdenken. Wir hatten gesiegt.

Natürlich mußten wir aus unserem Erfolg Kapital schlagen. Auf mein Drängen hin berief Heinrich prompt das Parlament ein. Es handelte sich natürlich nur um eine Auswahl von Parlamentariern, solche, die als Anhänger des Hauses Lancaster bekannt waren. Das war erfreulich und schien es entsprechend einfach zu machen.

Tatsächlich erwies sich das Parlament, das am 20. November in Coventry zusammenkam – London war der einzige Ort in ganz England, wo York immer noch Unterstützung fand –, als ausgesprochen loyal.

Ich hatte ursprünglich nur vorgesehen, Warwick aus Calais zu beseitigen und durch einen Kandidaten meiner Wahl zu ersetzen. Seit Blore Heath wußte ich auch, daß wir etwas unternehmen mußten, um Yorks Position und seine Fähigkeit, jederzeit eine private Armee aufzustellen, zu schwächen, und dasselbe galt für Salisbury. Doch das Parlament erließ auf der Stelle Anklage- und Urteilsschriften gegen alle Lords, die sich für York ausgesprochen hatten. Unter ihnen befand sich auch unser Cousin Richard.

Das bedeutete, daß der Herzog von York und alle seine Anhänger zu Gesetzlosen deklariert wurden, die verhaftet und exekutiert werden konnten, und daß ihr Besitz an die Krone fiel. Ich konnte meinen Ohren nicht trauen, und Heinrich lächelte zufrieden. Er hatte natürlich nicht die Absicht, von diesem Urteil Gebrauch zu machen, das lag nicht in seiner Natur. Er war lediglich zufrieden, seine Macht unter Beweis gestellt zu haben.

Ich dagegen hatte allerdings die Absicht, die Urteile auszuführen. Ich war zu jener Zeit zwar nicht wirklich auf jemandes Kopf aus – ich hatte immer noch viel zu lernen –, aber der Gedanke, all die weitläufigen Landgüter der Nevilles in Besitz nehmen zu können, von Yorks eigenen ganz zu schweigen, und in der Lage zu sein, die stolze Cis und ihre

Schwägerin wie Abschaum zu behandeln, stieg mir zu Kopf. Leider fiel das Parlament, nachdem es so kraftvoll gegen die Anhänger Yorks vorgegangen war, wieder in seine alte Lethargie zurück und weigerte sich, uns ausreichend Geld zu bewilligen, um meine Pläne zu verwirklichen: Die Yorksche Hochburg wurde natürlich von großen Truppeneinheiten verteidigt, und wir hätten eine Armee gebraucht, um sie einzunehmen.

Wir verbrachten trotz unseres üblichen Mangels an Bargeld ein schönes Weihnachtsfest in Leicester. Aber in Gedanken sann ich bereits über Mittel und Wege nach, die unsere Situation auf Dauer erleichtern würden.

Eines Tages erhielten wir die Nachricht, daß Kardinal Coppini England verlassen hatte. Eigentlich hätte das eine Erleichterung bedeuten können, doch er war nicht nach Italien zurückgekehrt. Statt dessen hatte er sich mit Salisbury und Warwick in Calais getroffen. Dort hatte er allen, die es hören wollten, verkündet, daß er von den Vorgängen an König Heinrichs Hof endgültig genug hatte. Man stelle sich das einmal vor! Was er eigentlich meinte, war, daß er genug von mir hatte, weil ich ihm mit Verachtung begegnet war. Er meinte auch, wir seien für den Tumult verantwortlich, den die Anklage- und Urteilsschrift gegen die Anhänger Yorks ausgelöst hatte. Damit kam er der Wahrheit zwar schon näher, aber da er keinen Beweis dafür hatte, konnten wir es uns erlauben, diese Anschuldigung ebenfalls weit von uns zu weisen.

Unangenehm war jedoch die Vorstellung, daß der päpstliche Abgesandte, der seinen Herrn in Rom natürlich beeinflussen konnte, mit unseren Widersachern gemeinsame Sache machte.

Im Moment schien jedoch alles in Ordnung zu sein. Zu Anfang dieses schicksalhaften Jahres 1460 begab sich Heinrich nach London und weiter in den Süden zu seiner üblichen Klosterrundreise. Ich blieb in Coventry, wo ich unter Freunden war, obwohl ich vorhatte, nach Cheshire zurückzukehren, sobald sich das Wetter besserte. Dort wollte ich meine getreuen Soldaten besuchen und ihnen dabei helfen, ihren Trübsinn, der sie nach ihrer Niederlage in Blore Heath überkommen hatte, zu überwinden. Ich wäre Anfang Juni dorthin gereist, aber Heinrich schrieb mir und bat mich, noch eine Weile zu bleiben, da er selbst nach Coventry zurückkehren wollte. Ich war natürlich damit einverstanden. Die Beziehung zwischen dem König und mir war inzwischen sehr ausgeglichen. Wir waren Mann und Frau, und die Tatsache, daß ich seine Frau *war*, hatte sich als durchaus positiv für die königliche Sache erwiesen. Außerdem war ich die Mutter des Thronerben, und das war alles, was er von mir verlangte. Wir schliefen überhaupt nicht mehr miteinander, aber wenn wir uns unter demselben Dach befanden, verbrachte er immer eine Stunde des Tages mit dem Prinzen und mir. Und gemeinsam mit Bella und Bailly und unseren häufigen Besuchern Wayneflete und Henry Somerset waren wir ein nettes kleines Grüppchen.

Heinrich trachtete niemals danach, irgendeinen Aspekt meines Privatlebens genauer zu durchleuchten; in diesem Punkt war er mir sogar noch ferner als ein Bruder. Deshalb wußte er auch nichts von meiner Korrespondenz mit Brezé oder von den anderen Schritten, die ich unternommen hatte, um seine Vorherrschaft zu sichern. Er wußte natürlich davon, daß ich in Blore Heath dabeigewesen war, und schalt mich manchmal dafür, zu viele männliche Eigenarten zu entwickeln, doch tat er das stets auf eine freundliche und sanfte Weise. Wären alle anderen Dinge ebenso undramatisch verlaufen, hätten wir gemeinsam in Ruhe und Ausgeglichenheit ein hohes Alter erreicht. Ob ich in der Lage gewesen wäre, für den Rest meines Lebens eine solch passive Rolle anzunehmen, weiß ich nicht. Ich denke, ich hätte mich vielleicht hineingezwungen, hätte meine Freude daran gehabt, meinen Sohn aufwachsen zu sehen, und hätte im Laufe der Zeit meinen Anteil an seiner Krönung und Regentschaft genossen. Aber dazu sollte es nicht kommen.

Man kann es mir nicht zur Last legen, daß ich danach strebte, unsere hart erkämpfte Vormacht dauerhaft zu festigen. Das Parlament war, wie es mir schien, bei der Abstimmung über die Anklage- und Urteilsschrift der Yorkschen Anführer und der Zurückhaltung der Geldmittel, mit denen wir ihr Land und ihre Schlösser hätten in Besitz nehmen können, nicht ganz ehrlich gewesen: Es war offensichtlich, daß die Commons, obwohl sie ängstlich darauf bedacht waren, ihre Loyalität der Krone gegenüber unter Beweis zu stellen, keineswegs darauf erpicht waren, die Krone so mächtig und obendrein auch noch wohlhabend werden zu lassen, daß sie nicht länger auf das Parlament angewiesen wäre. Und da in dieser Hinsicht niemand die geringste Befürchtung hegte, daß der König sein Geld für etwas anderes als die Stiftung von Schulen und Kirchen verwenden könnte, galt das Mißtrauen eindeutig mir.

Ich ertrug das alles mit Gleichmut und vertraute auf die Bedeutung meines Ranges. Heinrich und ich verbrachten ein paar angenehme Wochen in Coventry, dann bereitete er sich ebenso wie ich auf die Abreise vor. Mein erster Aufenthalt war in Eccleshall in Staffordshire, der Stadt, von der aus ich im vorangegangenen Jahr gegen Salisbury marschiert war und in der ich mir eines herzlichen Willkommens sicher war.

Doch kaum war ich dort angekommen, als mich am 28. Juni die Nachricht erreichte, daß Warwick und Salisbury zwei Tage zuvor in Kent gelandet waren. Das war sehr unerfreulich, denn mit Kenter Männern hatten die Scherereien in dieser Region 1450, also vor genau zehn Jahren, begonnen. Und jetzt waren sie wieder soweit, aber mit weitaus fähigeren Anführern als Jack Cade.

Ich schickte natürlich Nachricht an den König und Buckingham und wollte wissen, was sie gegen diese neue Rebellion zu tun gedächten. Aber noch bevor ich eine Antwort erhielt, kamen noch schlechtere Neuigkeiten. Am 2. Juli, nur sechs Tage nach ihrer Landung, wurden Warwick und Salisbury in London willkommen geheißen. Von dort aus begannen sie mit einer großen Armee ihren Marsch gen Norden.

Jetzt, da die Anhänger Yorks London in der Tasche hatten, stand uns die größte Krise unserer Regierungszeit bevor.

10

Heinrich und Buckingham wußten offenbar von den feindlichen Streitkräften und hatten eine eigene Armee zusammengestellt, deren Haupttroß sich in der Stadt Northampton befand. Dorthin reisten Prinz Eduard und ich, und ich kann nur sagen, die Art, in der wir begrüßt wurden, die Hurrarufe der gemeinen Soldaten, die unbedeckten Köpfe und gebeugten Knie der Ritter, das alles ließ unsere Herzen höher schlagen. Alles war voller roter Rosen, und ich bin überzeugt, hätte der hilflose Warwick uns in diesem Moment überfallen, so wären er und seine Mannen in Stücke gerissen worden.

Mein Gatte empfing mich mit seiner üblichen, leicht besorgten Höflichkeit. Buckingham war über den Effekt, den meine Anwesenheit auf die Moral der Männer hatte, ausgesprochen erfreut. Niemand widersetzte sich mir, als ich verlangte, daß die Karten vor mir ausgebreitet und mir die Stellungen des Feindes, soweit sie bekannt waren, mitgeteilt wurden. In der Tat wurden uns Warwicks Position und Aufstellung sogleich durch die Ankunft des Bischofs von Salisbury, der dringend um Verhandlungen bat, bestätigt. Dies war der Nachfolger des glücklosen Ayscough, der Heinrichs und meine Ehe gesegnet hatte und von Cades Pöbel ermordet worden war. Verhandlungen lehnten wir rundweg ab, und der Bischof entfernte sich wieder. Aber wir hatten mitbekommen, daß Warwick und seine Leute sich nur wenige Kilometer von uns entfernt befanden.

Ich übernahm jetzt die Kontrolle über die Armee. Vor uns lag ein Bach namens Nene. Er stellte kein ernsthaftes Hindernis dar, doch ich erinnerte mich noch sehr gut an das Chaos, das ausgebrochen war, als meine Truppen im Angesicht des Feindes den Fluß bei Blore Heath überqueren mußten, und ich war fest entschlossen, daß sich diese Katastrophe nicht wiederholen sollte.

Ich befahl also der Truppe, den Bach zu durchqueren, und so geschah es am Nachmittag des 17. Juli, woraufhin wir unsere Zelte aufschlugen und vertrauensvoll den nächsten Tag erwarteten. Aber ich war unruhig – wer war das nicht vor einer Schlacht? –, und da Heinrich offensichtlich entschlossen war, den ganzen Abend auf Knien zu verbringen und für unseren Sieg zu beten, entschied ich mich, mich unter meine treuen Löwen zu begeben und mit ihnen zu sprechen.

Die Männer ließen sich gerade zum Abendessen nieder, als ich bei ihnen ankam, zu Fuß und nur in Begleitung der lieben Bella, des Sir John Fortescue und des Prinzen. Sofort brachen sie in Jubelrufe aus und umringten mich; ein Bogenschütze offerierte mir sogar einen Hähnchenschenkel, an dem ich zierlich nagte und dabei einen Krug Bier trank. Nachdem ich mich gestärkt hatte, lächelte ich sie an. »Wir haben morgen viel zu tun«, sagte ich zu ihnen.

Sie brachen erneut in Jubel aus. Ich versicherte ihnen, daß in meinen Adern das Blut tapferer Könige floß – es war zwar nicht das ihrer Könige, aber ich ging nicht weiter ins Detail –, und daß ich fest entschlossen war, sowohl die Gefahr als auch den Sieg mit ihnen zu teilen. Ich erinnerte sie daran, daß sie nicht nur für den Sohn Heinrichs des Großen kämpften, sondern auch für den Sohn seines Sohnes. Als Fortescue daraufhin den Prinzen auf seine Schultern hob, stieg ihr Freudengeheul bis zum Himmel. Es muß den Anhängern Yorks arg in die Glieder gefahren sein, während sie durch die Nacht stapften.

Und dann tat ich das, von dem ich heute weiß, daß es ein Fehler war. Aber damals schien es mir nicht nur notwendig, sondern auch reizvoll, sie zu größeren Taten anzuspornen. Meine Rede beruhte auf dem, was ich über die großen Kommandeure der Vergangenheit gelesen hatte, und der Geist, der mich am meisten anzog, war der von Julius Caesar.

Caesar war niemals in eine Schlacht gezogen, ohne vorher eine Rede an seine Truppen zu richten. Und dabei hatte er nie versäumt zu erwähnen, daß den Sieger enormer Wohlstand erwartete.

Dies hielt auch ich für nötig, um meine treuen Löwen für den kommenden Kampf entsprechend zu motivieren. Aber ich war nicht in der Lage, ihnen aus unseren begrenzten Mitteln eine großzügige Gabe zu versprechen. Es hätte auch keinen Sinn gemacht, ihnen die Plünderung von Warwicks Lager in Aussicht zu stellen. Er war weit und schnell gereist und führte wahrscheinlich kaum etwas Wertvolles mit sich, und seine Kriegskasse befand sich zweifellos bei seinem Vater in London.

London! Wenn ich daran dachte, wieviel Kummer mir das dortige Lumpenpack gemacht hatte, wie offen sie ihre Gesinnung für York demonstriert hatten, wie sie mich mit Dreck beworfen und mich des Ehebruchs beschuldigt hatten ... »Aber Ihr werdet morgen siegreich sein«, sagte ich zu meinen tapferen Männern, »und die Straße nach London liegt offen vor Euch. Darüber hinaus verspreche ich Euch dies: Wir werden die Mauern dieser verräterischen Stadt niederreißen, und dann lasse ich Euch freie Hand. London, meine Freunde, meine *Löwen!* Jeder von Euch wird so reich wie

Krösus werden.« Diese Worte sollten mir zum Verhängnis werden.

Im Augenblick jedoch war ich sehr zufrieden. Ich wußte, der Sieg wäre mir sicher, wenn es kein göttliches Eingreifen gäbe, und solange Heinrich eifrig in seinem Zelt betete – er blieb die ganze Nacht darin, während ich nur wenige Meter entfernt einzuschlafen versuchte –, schien es kein derartiges Risiko zu geben. Allerdings sollte man sich, wie ich schon bemerkte, auf göttlichen Beistand oder Widerstand nicht allzusehr verlassen. Ich dachte, ich hätte mit dem auf Knien betenden König einen Trumpf in der Hand, denn wenn ich mir auch meiner eigenen Sünden bewußt war, so zweifelte ich nicht im geringsten daran, daß Warwick mindestens genausoviel auf dem Kerbholz hatte.

Aber wer weiß schon, was über den Wolken vor sich geht? Woher sollen wir wissen, welcher Schurke es geschafft hat, sich seinen Weg bis an Gottes rechte Seite zu bahnen und in sein Ohr zu flüstern? Wenn man erst gestorben ist, kann man nicht mehr sterben, so heißt es. Deshalb ist es sogar möglich, daß Richard II. zugegen war und den Allmächtigen bedrängte, den Streit um den Thron im Hause Lancaster zu beenden; oder Papst Eugen, der den Schöpfer daran erinnerte, wie sich Heinrich einst gegen ihn gestellt hatte. Zweifellos besaßen wir Fürsprecher, die nicht weniger fähig und beseelt waren; Kardinal Beaufort hätte gewiß zu unseren Gunsten gesprochen, da bin ich mir sicher. Aber Onkel Heinrich war ein rechter Langschläfer gewesen, und an diesem 18. Juli 1460 waren wir früh auf. Vielleicht zu früh für ihn.

Keine dieser Befürchtungen kam mir in den Sinn, als ich kurz vor Sonnenaufgang erwachte. Heinrich war endlich eingeschlafen, und so ließ ich ihn weiterschlafen, während Bella mir meinen Brustharnisch umschnallte. Dieser und ein Metallhut – so wie er von den gemeinen Soldaten getragen wird, also eigentlich nur ein umgekehrter Suppentopf, der den Schädel schützt, mit einer Krempe zum Schutze der Augen – war alles, was ich an Rüstung trug.

Als ich fertig angezogen war, stellte ich meine Leute auf. Die Kanoniere arrangierte ich in einer Gruppe und postierte sie auf der Straße, auf der Warwick sich uns würde nähern müssen. Diese Positionierung der Artillerie wurde von den Militärs nicht gutgeheißen, aber ich duldete keinen Widerspruch. »Warwick wird sich wahrscheinlich in der Mitte seiner Truppen befinden«, erklärte ich Buckingham. »Wir werden zuerst ihn und seine Leute ausschalten und dann vorwärts stürmen. Was an unseren Flanken passiert, ist nicht so wichtig.«

Er schüttelte unsicher den Kopf, doch auch hier ließ ich nicht mit mir reden. Die Artillerie wurde plaziert, der Prinz, Bella – ihr Mann hatte das Kommando über eine Kompanie – und ich schritten die gesamte Linie ab, ich tauschte mit möglichst vielen Männern Worte aus und genoß ihre Hurrarufe, bis in der Ferne ein Wald von Fahnen auftauchte. Die Truppen Yorks waren da.

»Zieht Euch jetzt zurück, Hoheit«, sagte Buckingham. »Das hier ist Männerarbeit.«

»Ich werde mich zurückziehen«, stimmte ich ihm zu. »Aber nur bis zu dem Hügel dort drüben. Von dort werde ich das Kommando über dieses Gefecht führen. Ihr haltet Ausschau nach meinen Signalen. Ein Schwenken der Flagge bedeutet Bombardierung. Wenn ich die Fahne zweimal schwenken lasse, soll die Armee vorrücken. Ist das klar?«

»Allerdings, Euer Hoheit. Heißen drei Winke Rückzug?«

»Es wird keinen Rückzug geben, Mylord«, versicherte ich ihm. »Wo ist der König?«

»Er bleibt in seinem Zelt, Euer Hoheit.«

Das war uns beiden recht, und so zog ich mich mit Prinz

Eduard, Bella und Sir John Fortescue auf meinen Kommandohügel zurück. Die Szenerie vor mir konnte einem den Atem stocken lassen. Die Lancaster-Truppen erstreckten sich über eine Front von vielleicht anderthalb Kilometern und waren entlang der Straße und Weiden, die sich auf beiden Seiten ausdehnten, nach Süden gerichtet. Die einfachen Soldaten hatten ihre Piken in Bereitschaft; sie trugen verschiedene Kleidungsstücke, aber keine Rüstung, abgesehen von dem flachen Hut, den auch ich trug. Hinter ihnen waren unsere Bogenschützen eifrig damit beschäftigt, ihre Bogen zu spannen; sie trugen Lederjacken und hatten die Ärmel aufgerollt. Dahinter befand sich unsere bewaffnete Kavallerie, ausgestattet mit metallenen Rüstungen, Lanzen und Schwertern, eifrig bemüht, ihre mächtigen Kriegspferde unter Kontrolle zu halten. Und direkt vor unserer Truppe befanden sich die Artilleristen, fleißige Männer, die sowohl Lederkappen als auch Jacken trugen und sich vergewisserten, daß ihre Zündhölzer brannten, während sie das Pulver für die Höllenmaschinen mischten.

Über ihnen allen flatterten die verschiedenen Wimpel und Banner der Lords und Ritter; ich konnte natürlich die von Buckingham ausmachen, die von Somerset, Percy und Egremont, Shrewsbury und Beaumont, Grey von Groby – bei deren Anblick Bella vor Freude in die Hände klatschte – und Grey von Ruthin. Aber natürlich war das größte Banner von allen mit den Leoparden von England versehen, wenn es auch über dem königlichen Zelt und nicht über einem Truppenteil flatterte. Wie ich den Tag herbeisehnte, an dem mein Sohn seine Männer unter dieser Fahne in die Schlacht führen würde!

In der Ferne näherten sich die Anhänger Yorks, genau wie wir eine Vielzahl von Männern, Rüstungen und Flaggen. Sie zeigten keine besondere Marschordnung, und aus der

Distanz war es schwierig, irgendeines *ihrer* Banner auszumachen und so zu bestimmen, welcher ihrer Lords wo das Kommando führte. Es war natürlich immer noch sehr früh am Morgen, und zunächst glaubte ich, daß die Sonne schon bald alles für mich erhellen würde, aber als ich im nächsten Moment über die Schulter zurückblickte, merkte ich, wie unwahrscheinlich es war, daß wir die Sonne an diesem Tag überhaupt zu sehen bekommen würden. Der Himmel im Osten war eine Masse großer, schwarzer Wolken, die näher rückten und von Minute zu Minute dichter wurden. »Ich werde unsere Umhänge holen, Euer Hoheit«, verkündete Bella und stieg auf der Rückseite des Hügels hinab, wo unsere Diener warteten.

Die Aussicht auf einen Sommerregen machte mir nicht die geringste Sorge. Ich war damit beschäftigt, die Entfernung zwischen den beiden Armeen abzuschätzen, denn ich hatte die Absicht, zum frühestmöglichen Zeitpunkt Chaos in Warwicks Reihen zu verursachen, indem ich sie mit einigen Kanonenkugeln begrüßte, ein Manöver, das meinen Geschützführern, wie ich annahm, genug Zeit geben würde, neu zu laden und den Vorgang zu wiederholen, sobald die Anhänger Yorks ihren Vormarsch fortsetzten.

Und jetzt hielt ich die Entfernung für angemessen. »Schwenkt die Fahne einmal, Sir John«, befahl ich Fortescue.

Das tat er, aber das Signal wurde nicht sofort von meinen Generälen gesehen, da sie alle ihre Blicke auf den heranrückenden Feind gerichtet hatten. Ich hielt es für notwendig, ein paar Minuten zu warten, bevor ich das Signal wiederholte, denn Buckingham durfte diesen einen Wink nicht für zwei halten und einen allgemeinen Vormarsch befehlen, bevor die Bedingungen hierfür optimal waren.

Dieser zweite Wink wurde gesehen und verstanden, und die Geschützführer erhielten den Befehl, das Feuer zu eröffnen. Sie machten sich an die Arbeit – und in dem Moment öffneten sich die Schleusen des Himmels. Die Wolken waren inzwischen direkt über unseren Köpfen, und der Wolkenbruch, der nun folgte, war mit Abstand der schlimmste, den ich jemals erlebt hatte. Das Wasser strömte so heftig hernieder, daß es mir ein paar Minuten lang unmöglich war, meine eigene Armee zu sehen, und in dieser Zeit wurde ich bis auf die Haut durchnäßt. Ganz betäubt von dem Pochen auf meinem Helm, nahm ich die Eisenkappe vom Kopf.

Zu behaupten, ich wäre über diese Wetterlage verärgert gewesen, wäre eine glatte Untertreibung. Ich war außer mir vor Wut, da ich begriff, daß irgendein widerwärtiger Yorkscher Fürsprecher zweifellos an Stelle meiner eigenen Vertreter bis zum Ohr des Allmächtigen vorgedrungen war. Denn der Regen brachte uns nicht nur die Unannehmlichkeit, durchnäßt zu werden; er löschte auch unsere Zündhölzer. Als der Schauer weiterzog, was bereits nach zehn Minuten der Fall war, gab er den Blick auf meine Artilleristen frei, die voller Bestürzung auf ihre Kanonen starrten, während von den bis vor kurzem noch brennenden Hölzern nur noch dünne Rauchfahnen aufstiegen.

Der Regen hatte natürlich auch die Bogensaiten durchweicht und den Bogenschützen auf beiden Seiten ihre Angriffskraft genommen, so daß die Schlacht offensichtlich mit Hilfe des kalten Stahls geschlagen werden mußte. Trotzdem verzweifelte ich nicht. Selbst wenn der Himmel gegen mich war, war ich immer noch fest entschlossen zu siegen, und so erwartete ich gleichmütig den Vormarsch der Armee Yorks. Soweit ich es durch die dichte Dampfwolke, die aus unseren Reihen aufstieg, ausmachen konnte, waren meine Leute keineswegs aus der Fassung gebracht.

In diesem kritischen Augenblick tauchte Bella mit unseren Umhängen wieder auf. Diese waren jedoch inzwischen vollkommen überflüssig geworden, denn der Wolkenbruch war vorüber, die Sonne stand am Himmel und tauchte die ganze Szene in ein grelles Licht. Wäre es möglich gewesen, den Zusammenprall um eine Stunde zu verschieben, so daß unsere Bogensaiten hätten trocknen und unsere Zündhölzer wieder brennen können, dann, denke ich, wäre der Ausgang klar gewesen. Aber Warwick war, wenn auch nicht gerade ein militärisches Genie, so doch kein vollkommener Dummkopf. Er wußte, daß er niemals eine bessere Chance haben würde als in diesem Moment, und so trieb er seine Leute voran.

Beim Aufeinanderprallen zweier Armeen hört man ein lautes Krachen, das von den Schreien der Kämpfer untermalt wird. Ich sah mit einer Mischung aus Schrecken und Bewunderung, Begeisterung und Neid zu, wie Schwerter zustachen und Schilde krachten, Männer schrien, wenn sie den Halt verloren und überrannt wurden. Der kleine Prinz war genauso aufgeregt wie ich und Bella, die sich darauf konzentrierte, das Banner ihres Mannes zu verfolgen. Um das meine brauchte ich mir keine Sorgen zu machen: Das königliche Emblem flatterte immer noch über Heinrichs Zelt, der sich nach wie vor seinen Gebeten widmete. Beide Armeen waren gleich stark, und die meine gab ihr Bestes. Ich bin sicher, wir hätten gesiegt, wenn nicht nach etwa einer Stunde erbitterten Kampfes Grey von Ruthin – möge sein Name für immer verflucht sein – zum Feind übergelaufen wäre.

Ich muß wiederholen, es handelte sich um Grey von Ruthin und nicht um den tapferen Mann meiner geliebten Bella. Und was diesen Flegel gepackt und dazu gebracht hat, den Verräter zu spielen, ist mir noch immer ein Rätsel.

Aber so geschah es. Grey von Ruthin befehligte beinahe ein Viertel der königlichen Armee. Als Ruthins Männer ihre roten Rosen fortwarfen und »Für Warwick!« schrien, überlegte sich der Rest meiner Armee, wer wohl als nächster überlaufen würde. Und im Nu war die Schlacht beendet, und unsere Kämpfer flohen in alle Richtungen.

Meine kleine Gesellschaft auf dem Hügel war vor Schreck ganz erstarrt. Alle Köpfe wandten sich mir zu, doch ich konnte mich kaum rühren. Ich wagte nicht, meinen Augen zu trauen. Mit unseren Geschützen und dem Kommando in meinen Händen hatte ich nicht einen Moment lang daran gedacht, daß auch nur das leiseste Risiko bestand, die Schlacht zu verlieren. Auch wenn meine Geschütze nach dem Regen nicht mehr zu gebrauchen waren, so war ich mir doch immer noch des Sieges sicher gewesen. Aber wenn man von einem üblen Schurken verraten wird ... Nichtsdestotrotz hatte ich immer noch das Kommando, wenn ich auch über keine Armee mehr verfügte, die ich befehligen konnte. »Bringt mir mein Pferd!« sagte ich. »Ich muß hinunterreiten und meine Männer zusammentreiben.«

»Ihr würdet Euer Leben verlieren, Euer Hoheit«, protestierte Fortescue. »Der Kampf ist verloren. Eure einzige Hoffnung ist die, mit dem Leben davonzukommen.«

Ich starrte ihn an und blickte dann zurück auf das Schlachtfeld. Unsere Niederlage war umfassend, und ich wußte, er hat recht. Außerdem war da noch der Prinz, der genauso verstört war wie wir alle. »Der König!« rief ich aus.

»Ich werde mich um den König kümmern, Euer Hoheit«, sagte Fortescue. Er begleitete mich die Rückseite des Hügels hinab und half dem Prinzen und mir aufs Pferd.

»Euer Hoheit«, sagte Bella. »Ich bitte Euch um die Erlaubnis, meinen Mann zu suchen.«

Ich konnte es ihr nicht abschlagen, aber mich überfiel eine böse Vorahnung, als ich mich vom Sattel hinunterbeugte, um ihr die Hand zu drücken und sie auf den Mund zu küssen.

Wie viele glückliche Stunden hatten wir zusammen verbracht, bevor die Katastrophe über uns hereingebrochen war. »Gebt gut auf Euch acht, mein liebstes Mädchen«, sagte ich.

»Bis wir uns wiedersehen, Euer Hoheit«, erwiderte sie, und ihre Augen füllten sich mit Tränen.

Meine Reisegesellschaft war sehr klein; sechs bewaffnete Männer, zwei Zofen, der Prinz und ich, zusammen mit einem halben Dutzend Packpferden, in deren Satteltaschen sich die Kriegskasse befand. Ich war mir nicht sicher, ob Heinrich sie nicht dem erstbesten Menschen, der ihn darum bat, aushändigen würde, und hielt es deshalb für das beste, diese Grundlage zur Unterhaltung einer Armee in meiner Nähe zu behalten. Spätere Ereignisse sollten mir recht geben, wenigstens bis zu einem gewissen Punkt.

Ich wußte, daß wir um Northampton einen Bogen machen mußten, und ich wußte auch, daß ich nur in Cheshire und Wales sicher sein würde. Deshalb durchquerten wir als erstes die Nene und ritten dann nach Nordwesten. Bei unserem nächsten Aufstieg zügelte ich mein Pferd, um einen Blick zurückzuwerfen. Ich versuchte, einen Blick auf Fortescue und den König zu erhaschen, aber ich konnte sie nicht sehen. Statt dessen bot sich mir einer der traurigsten Anblicke, die man sich denken kann. Ich sah, wie auch meine tapferen Löwen versuchten, sich in Sicherheit zu bringen, indem sie die Nene durchquerten. Aber die Anhänger Yorks waren ihnen auf den Fersen. Meine Männer wurden niedergemetzelt, und viele von denen, die den Schwertern entkamen, ertranken in dem reißenden Gewässer. »Wir müssen uns beeilen, Euer Hoheit«, sagte Tallboys, der Anführer meiner Wache.

Ich nickte traurig, und wir ritten weiter. Die Leute starrten uns an und bombardierten uns mit Fragen über die Schlacht, aber niemand von ihnen vermutete in der durchnäßten und verdreckten Frau, die vor ihnen ritt, die Königin. Ich hatte den Helm und den Brustharnisch fortgeworfen, und hüllte mich in meinen Umhang. Wir kauften etwas zu essen, aber es widerstrebte mir, in eine Stadt zu reiten, und so lagerten wir über Nacht in einem einsamen Gehölz und hofften darauf, daß Fortescue scharfsinnig genug sei, unserer Spur zu folgen. Ich konnte kein Auge zumachen. Meine Kleider waren an meinem Körper getrocknet und fühlten sich steif und unbequem an, und es gab keine Möglichkeit, sie auszuziehen oder mich zu waschen. So kuschelten Eduard und ich uns auf unserem Lager zusammen. »Werden wir die Anhänger Yorks beim nächsten Mal schlagen, Mutter?« fragte er.

»Natürlich«, versicherte ich ihm.

»Ich werde ihnen allen die Köpfe abschlagen, wenn ich König bin«, verkündete er.

»Bestimmt wirst du das«, stimmte ich ihm zu. In diesem Moment herrschte vollkommenes Einvernehmen zwischen uns. Aber nicht einmal ich ahnte, wie tief das Weltbild dieses Sechsjährigen von den Geschehnissen beeinflußt worden war.

Es war kurz vor Sonnenaufgang, als ich eindöste, um wenig später durch das Geräusch von Hufschlägen wieder geweckt zu werden. Meine Wachen waren sofort auf den Beinen. Sie befürchteten das Schlimmste. Aber wer da in unser kleines Lager hineinritt, war kein Anhänger Yorks, sondern einer von Fortescues Pagen, ein vierzehn Jahre alter Junge mit Namen John Combe, der vom Pferd sprang und sich mir vor die Füße warf. »Euer Hoheit«, schluchzte er. »Oh, Euer Hoheit.«

Ich ergriff seine Hände, um ihm auf die Füße zu helfen. »Sprich zu mir. Was ist mit dem König?«

»Gefangen, Euer Hoheit.«

Ich keuchte. »Und Sir John Fortescue?«

»Gefangen, Euer Hoheit.«

»Der Herzog von Buckingham?«

»Auf dem Schlachtfeld getötet, Euer Hoheit.«

Ich traute meinen Ohren nicht. »Der Graf von Shrewsbury?«

»Auf der Flucht getötet, Euer Hoheit.«

»Lord Percy?«

»Tot, Euer Hoheit, ebenso wie Lord Egremont und Viscount Beaumont.«

In meinem Kopf drehte sich alles angesichts des Ausmaßes der Katastrophe. »Konnte irgendeiner meiner Lords fliehen?«

»John Grey von Groby ist geflohen, Euer Hoheit.«

»Gott sein Dank.«

»Und der Herzog von Somerset.«

»Somerset?« Hier endlich war ein Hoffnungsschimmer. Greys Überleben war Bellas wegen eine Erleichterung gewesen, aber er war kein Heerführer; genaugenommen war er noch nicht einmal ein Adliger, sondern nur der jüngere Sohn eines Ritters, der sich noch keinerlei Auszeichnung erworben hatte. Heinrich Somerset würde, so jung er auch war, der Kommandeur meiner nächsten Armee werden. »Wo ist er?«

»Das weiß ich nicht, Euer Hoheit. Der Herzog und Lord Clifford wurden gesehen, wie sie zusammen mit einer kleinen Eskorte nach Westen ritten.«

»Nach Westen«, sagte ich zufrieden. Wir würden in Wales zusammentreffen und eine neue Armee aufstellen ... aber zuerst einmal mußten wir dorthin gelangen. Und was den König anging – nun, ich hatte wenig Mitleid mit einem Mann, der in seinem Zelt kniet, während seine Männer bereit sind, für ihn zu sterben. Ich nahm an, Heinrich würde jetzt, so wie es in England üblich war, umgebracht werden, und hoffte, daß sein Schicksal nicht allzu schmerzvoll oder demütigend sein würde.

Aber natürlich wußte ich auch, daß, sollte mein Mann tatsächlich sterben, mein Sohn König würde!

Es war natürlich nicht möglich, die schrecklichen Neuigkeiten, die der junge Combe gebracht hatte, vor meinen Dienern geheimzuhalten; sie hatten sich alle um uns versammelt, um zu hören, was er zu sagen hatte. Am Ende seines Berichtes blickten sie äußerst düster drein. Wenigstens glaubte ich in meiner Naivität, daß die versteckten Blicke, die sie austauschten, Verzweiflung ausdrücken sollten. In bestimmten Dingen war ich eben immer noch ein Kind. Also bemühte ich mich, sie aufzumuntern. »Kommt«, sagte ich. »Laßt uns aufbrechen, bevor die Anhänger Yorks uns finden. Wenn wir erst einmal in Wales sind, sind wir in Sicherheit.«

Dieses Mal tauschten sie skeptische Blicke, aber sie brachen das Lager ab, und wir saßen auf. Mein erstes Ziel war Eccleshall in Staffordshire, wo ich mich sicher wähnte. Dort hatte ich auch die verläßliche Bailly und meine anderen Hofdamen gelassen, bevor ich in den Krieg gezogen war. Leider hatte York erfahren, daß ich aus Northampton geflohen war, und er wußte natürlich auch, daß ich die treibende Kraft der königlichen Familie war, fest entschlossen, um die Herrschaft zu kämpfen. Das war gewiß schmeichelhaft, aber auch gefährlich, denn die Anhänger Yorks wußten, wenn sie mich in die Hände bekamen – oder sogar töteten –, würde ihre Position sich erheblich festigen. Sie wußten ebenfalls, daß ich ein Haus in Eccleshall besaß und es wahrscheinlich war, daß ich auf meinem Weg nach Wales dort vorbeikommen würde.

Ich sehnte mich unterdes danach, so schnell wie möglich die eigenen vier Wände zu erreichen – wo ich außerdem meine Kleidung wechseln und Essen und ein warmes Bad nehmen konnte. Und so kam es, daß wir am nächsten Tag und nur einen Tagesmarsch von Eccleshall entfernt, auf der Straße bei Malpas einen Trupp Reiter vor uns erblickten. Sie hatten offenbar die Straße überwacht, und als sie uns sahen, schrien sie auf und kamen uns entgegen.

Optimistisch wie immer, dachte ich zuerst, es seien Freunde des Hauses Lancaster, die ausgesandt worden waren, um nach uns Ausschau zu halten. Es war der junge Combe, der sie erkannte. »Das ist das Banner von Lord Stanley, Euer Hoheit!«

Ich zögerte nur kurz. Stanley war, wie man sich vielleicht erinnert, der Schwiegersohn von Salisbury, und ich hatte vor der Schlacht bei Blore Heath um seine Hilfe ersucht. Er hatte mich damals im Stich gelassen, und ich war mir sicher, daß er sich auch jetzt gegen mich wenden oder gar beabsichtigen würde, mich seinem Schwiegervater auszuliefern. »Reitet los!« rief ich. »Richtung Süden. Und Ihr, Tallboys, gebt Ihr uns Deckung.«

Tallboys' Männer nahmen augenblicklich ihre Bogen zur Hand und schossen einige Pfeile auf die Anhänger Yorks. Wie ich später erfuhr, wurden unsere mutmaßlichen Fänger nicht von Stanley selbst, sondern von einem seiner Diener, einem Mann namens John Cleger, befehligt, und vielleicht fehlte ihnen die Entschlossenheit, die sie unter Führung ihres Lords gezeigt hätten. Auf jeden Fall zogen sie sich nach einem kurzen Tumult zurück, und wir konnten unsere Flucht erfolgreich fortsetzen. Wir trieben unsere Pferde an, bis sie fast am Ende waren, während Eduard sich in Todesangst an mich klammerte. Dann zügelten wir die Pferde und warteten auf die Ankunft Tallboys'. Dieser erschien auch nach kurzer Zeit, allerdings nur in Begleitung von vier Männern. »Ihr wart sehr tapfer«, sagte ich zu ihm und bedachte ihn mit meinem gewinnendsten Lächeln, mit dem ich selbst rauhbeinigste Männer um den kleinen Finger wickeln konnte.

Er schien jedoch nicht in der entsprechenden Stimmung zu sein. »Harry Brown ist tot«, sagte er knapp.

»Es tut mir leid, das zu hören«, erwiderte ich.

»Er war mein Freund, und jetzt ist er tot.«

»Ihr könnt Euch sicher sein, er starb für eine gute Sache.«

Das schien ihn nicht sonderlich zu erleichtern, und so setzten wir unsere Reise in düsterem Schweigen fort. Unser Lager schlugen wir wie gewöhnlich jenseits jeglicher menschlicher Behausung auf. »Seid guten Mutes«, sagte ich meinen Getreuen. »Morgen werden wir in Eccleshall sein.«

»Und was werden wir dort finden, Euer Hoheit?« fragte eine der beiden Frauen.

»Nun, Freunde und Wärme und Schutz ...«

»Wenn die Anhänger Yorks nicht schon vor uns dort sind«, bemerkte Tallboys.

»Wenn sie dort sind, werden wir uns unseren Weg erkämpfen«, sagte ich so zuversichtlich, wie es nur ging. »Dann machen wir uns auf nach Wales, und dort werden wir in Sicherheit sein.«

»Und noch ein paar von uns werden getötet werden«, brummte er. »Und wofür?«

»Wofür?« schrie ich. »Nun, um das Leben Eurer Königin zu retten. Und das Eures Königs«, fügte ich hinzu und streichelte Eduards Kopf.

Meine Leute – ich verwende das Wort »meine« jetzt nicht mehr so zuversichtlich – tauschten wieder Blicke. Dann sagte Tallboys: »Wenn der König gefangengenommen und abgesetzt wurde, dann seid auch Ihr nicht länger Königin.«

»Niemand außer dem Papst kann den König absetzen«, erklärte ich zuversichtlich. »Wenn Ihr befürchtet, Seine Hoheit könne ermordet worden sein, dann ist das Eure

Angelegenheit. Ich aber sage Euch, daß der König vor Euch steht, und es ziemt sich nicht, ihm die Ehrerbietung zu verweigern.«

Wieder ein Zögern und ein Blickwechsel. »Er ist kein König«, murmelte jemand.

Ich richtete mich zur vollen Größe auf. »Seid Ihr etwa auch Verräter, wie Grey von Ruthin?« fragte ich und unterdrückte die Angst, daß Eduards und mein letztes Stündlein geschlagen haben könne.

»Nun kommt schon«, sagte Tallboys. »Gebt es doch zu, daß der Junge Somersets Bastard ist.« Ich erstarrte vor Schrecken über einen solchen Affront, und Tallboys erkannte, daß er zu weit gegangen war, um noch einen Rückzieher machen zu können. »Wir sollten es lieber beenden«, sagte er.

»Ihr werdet sie nicht ermorden«, sagte eine Frau.

»Es ist die einzige Möglichkeit«, beharrte Tallboys.

Hätte ich ein Schwert gehabt, dann hätte ich ihn damit ins Jenseits befördert. »Ich werde mich nicht an einem Mord an einer Frau und eines Jungen beteiligen«, sagte die Frau. Nicht etwa vom König und seiner Mutter sprach sie, nein, von einer Frau und einem Jungen!

»Wo ist das Problem?« fragte einer der Männer. »Laßt sie doch hier. Ohne Pferde werden Yorks Leute sie schon bald finden.«

Tallboys starrte mich an. »Wir sollten uns mit dieser Frau noch ein wenig vergnügen. Das hat sie verdient.«

»Ich dulde auch keine Vergewaltigung«, beharrte die Frau. »Sie war eine Königin.«

»Nun, wir werden uns nehmen, was wir können«, brummte Tallboys und hob meine Satteltaschen auf, die, wie ich bereits sagte, meine gesamte Barschaft enthielten.

»Und was ist damit?« fragte einer der Männer, kam auf

mich zu und ergriff meine Hände. Bevor ich überhaupt fassen konnte, was geschah, zog er mir die Ringe ab, einschließlich des wunderschönen Rubins.

Um nicht hinter den anderen zurückzustehen, ergriff einer der Schurken das Mieder meines Kleides. Ich schlug nach ihm, doch man drehte mir die Arme auf den Rücken, zerfetzte meinen Kragen und riß das goldene Kruzifix ab, das ich um den Hals trug. Ich keuchte vor Ärger und Wut und wurde zu Boden geworfen. Eduard versuchte sein Bestes, um mich zu beschützen, doch er wurde ebenfalls mit einem Stoß bedacht, so daß er vor Wut schrie. »Eure Köpfe kriege ich noch«, kreischte der kleine Prinz, ein Entschluß, den ich bereits im stillen gefaßt hatte, aber die Übeltäter ignorierten ihn und schütteten den Inhalt der Satteltaschen auf den Boden.

»Laßt es uns aufteilen«, verlangte die Frau, die mich vor der Vergewaltigung geschützt hatte. »Laßt mich diesen Ring sehen!«

»Er ist genausoviel wert wie alles andere zusammen«, sagte Tallboys zu ihr. Sie fingen an zu streiten und schienen darüber unsere Anwesenheit ganz zu vergessen. Ich kam auf die Knie und versuchte, meine Kleider zu ordnen, als ich jemanden flüstern hörte: »Psst, Hoheit.«

Es war der Junge, Combe, der sich nicht an dem Raub beteiligte, sondern sich vom Schauplatz des Verbrechens entfernt hatte; er stand jetzt etwa sechshundert Meter entfernt und hatte die Pferde bei sich. Ich zögerte nicht, denn ich wußte, daß unser Leben und mit Sicherheit auch meine Keuschheit – wenn man es so nennen konnte – auf dem Spiel standen. Ich rappelte mich auf, nahm Eduard an die Hand und rannte auf den tapferen Jungen zu.

»Sie entkommt uns!« rief jemand, aber da war ich schon bei den Pferden angelangt. Unglücklicherweise hatte Tallboys seinen Männern befohlen, den Tieren das Zaumzeug abzunehmen, um sie ausruhen zu lassen, und ich war nicht darauf eingerichtet, ohne Sattel zu reiten, und erst recht nicht mit Eduard im Schlepptau.

»Setzt Euch hinter mich!« rief Combe. Er besaß zweifellos ein großes Tier und das einzige, das gesattelt und gezäumt war. Ich hob Eduard hinter ihm in den Sattel, dann reichte er mir seinen Arm, und ich kletterte hinter dem Prinzen hinauf, wobei ich meine Röcke hochhob, um rittlings zu reiten, etwas, das ich seit meiner frühen Kindheit nicht mehr getan hatte. Aber es war keine Zeit zu verlieren, selbst wenn ich meine Zweifel daran hatte, wie drei Leute auf einem Pferd vor einer berittenen Verfolgerschar fliehen konnten.

Wie sich jedoch herausstellte, gab es keine Verfolgung. Meine treuen Diener interessierten sich mehr für Geld und Juwelen als für meine Person und konnten keinem ihrer Mittäter genug trauen, um ihn die geraubte Beute bewachen zu lassen, während die anderen hinter mir herjagten. Außerdem vermute ich, daß keiner von ihnen, noch nicht einmal der abscheuliche Tallboys, wirklich die Courage besaß, eine Königin umzubringen, und so waren sie in Wirklichkeit erleichtert, mich fliehen zu sehen.

Das änderte jedoch nichts an meinen Gefühlen für sie. Ich wünschte mir nur noch, sie hängen zu sehen, oder besser noch, gehängt, gestreckt und gevierteilt, oder am allerbesten gerädert, und zwar jeden einzelnen von ihnen, auch die Frauen. Und ich wußte, Eduard fühlte genauso, wenn er auch noch zu jung war, um eine Vorstellung von den Qualen zu haben, denen man ein anderes menschliches Wesen aussetzen konnte.

Ich glaube nicht, daß man mir meine Wut und meinen Wunsch nach Rache übelnehmen kann. Diese Leute waren meine Diener gewesen. Ich hatte sie stets freundlich behandelt, und selbst wenn ich von ihnen verlangte, ihr Leben für meinen Sohn und mich zu riskieren, waren nicht auch wir bereit, unser Leben für das ganze Königreich aufs Spiel zu setzen?

Ich habe mich immer darum bemüht, ein Problem von beiden Seiten zu betrachten, und dies gewiß auch oft genug getan. Ich hätte es möglicherweise hinnehmen können, wenn diese Leute, die einige Jahre lang in meiner Nähe gelebt hatten, letztendlich über ihrer Situation verzweifelt wären und sich gewünscht hätten, mich zu verlassen. Ich hätte es verstehen können, wenn es mir auch schwergefallen wäre, ihnen zu vergeben. Aber daß sie ihren König einen Bastard nannten, konnte ich ihnen niemals verzeihen. Selbst wenn es der Wahrheit entsprach.

Ich begriff auch, daß es – von ihrem Standpunkt aus betrachtet – gewiß notwendig war, den Prinzen und mich zu ermorden, ganz einfach deshalb, weil Tote nicht mehr reden können. Auf dieser öden Heide hätte niemand unsere Leichen gefunden, und wir wären auf der Flucht verschwunden. Die Schuld wäre mit Sicherheit den Anhängern Yorks in die Schuhe geschoben worden.

Aber ich greife den Dingen vor. All das hätte ich jedenfalls verstanden. Aber all dessen beraubt zu werden, was ich besaß, bis hin zu meinem Ehering … und mein Ehering war beinahe mein wertvollster Besitz. Nein, ich glaube, ich muß mich für den teuflischen Wunsch nach Rache, der sich in meiner Seele einnistete, nicht entschuldigen.

Inzwischen jedoch war unsere Situation prekärer denn je. Zu dritt auf einem Pferd – eine Frau, ein Junge und ein Kind – gab es keine Hoffnung für uns, der nächstbesten marodierenden Gruppe von Yorks Leuten zu entkommen. Ich war immer noch eine attraktive Frau, aber unter keinen

Umständen konnte ich in diesem Zustand versehentlich für eine Königin gehalten werden, und so würde der nächste *Mann,* auf den wir stießen, mit größter Wahrscheinlichkeit das Thema Vergewaltigung wieder aufbringen – und sich wahrscheinlich nicht mehr so leicht davon abbringen lassen wie Tallboys. Außerdem gab es noch einige andere Probleme, von denen aus meiner Sicht das schlimmste darin lag, rittlings und nur dürftig mit einem Sommerkleid bekleidet, auf dem knochigen Rücken eines Pferdes zu sitzen. Kaum daß uns klar wurde, daß Tallboys uns nicht verfolgte, rutschte ich vom Pferd herunter und ging neben ihm her; das arme überlastete Tier konnte ohnehin nur im Schrittempo vorankommen. Auch gab es noch das Problem des Proviants: Wir hatten keinen.

All das war Combe sehr unangenehm, denn er fühlte sich für uns verantwortlich, und das war wirklich eine schwere Last für einen Vierzehnjährigen. Ich tat mein Bestes, um ihn darin zu bestärken, daß er alles getan hatte, was man von einem Mann erwarten konnte, aber er stieß weiterhin schwere Seufzer aus.

Wir verbrachten eine äußerst unbequeme Nacht, in der wir unseren recht unangenehmen Gedanken nachhingen. Aber am nächsten Tag schien die Sonne, und wir erreichten Eccleshall.

Mein Haushalt befand sich natürlich in äußerstem Aufruhr. Eine Gruppe von Yorks Leuten war am vorangegangenen Tag dort gewesen, doch da sie mich nicht gefunden hatten, waren sie weitergeritten. Tallboys Verrat und die Tatsache, daß wir den letzten Teil des Wegs zu Fuß zurücklegen mußten und uns verspäteten, erwies sich also im nachhinein als Glücksfall. Dennoch konnte man nicht mit Gewißheit sagen, ob und wann sie wiederkommen würden. Wir gönnten uns nur eine hastige Mahlzeit, ein Bad und einen

Kleiderwechsel, bevor wir uns wieder auf den Weg machten. Bei dieser Gelegenheit bot ich dem jungen Combe eine dauerhafte Stellung als mein Page an, eine Ehre, die er freudig annahm.

Dann folgte eine noch längere und anstrengendere Reise über die walisischen Berge, um die an der See gelegene Festung Harlech zu erreichen. Die Reise dauerte über eine Woche und ließ uns unsere Flucht aus Northampton wie ein Spaziergang erscheinen, abgesehen von einem wichtigen Punkt, denn dieses Mal waren meine Wachen und Hofdamen, die unter Baillys Aufsicht standen, absolut loyal. Und als wir endlich Wales erreichten, befanden wir uns unter Freunden. Oft genug wurden wir von kräftigen Burschen angesprochen, bewaffnet und bärtig, die alle in Jubel ausbrachen, wenn sie mich erkannten – meine Kleidung und mein Auftreten entsprachen jetzt wieder dem einer Königin, wenn ich auch mit wenig Schmuck ausgestattet war. Sofort fielen sie auf die Knie und schworen, ich bräuchte nur ein Wort zu sagen, und sie würden selbst nach London marschieren, um den König zu befreien. Das tat mir sehr wohl, doch es stürzte mich in ein Dilemma, da ich nicht die geringste Ahnung hatte, ob mein Mann noch lebte oder nicht, ob er regierte oder abgesetzt worden war. Auch sie wußten es nicht. Um so heftiger war ich bestrebt, nach Harlech zu kommen, was mir am Ende des Monats schließlich auch gelang.

Hier fand ich Heinrich Somerset, den jungen Clifford und auch einige andere Lords sowie den Grafen von Pembroke, Jasper Tudor, der das walisische Kommando führte und genauso begierig wie alle anderen darauf war, zu erfahren, was aus seinem Halbbruder geworden war. Sie alle schienen überglücklich, den Prinzen und mich zu sehen. Nun, auch ich war überglücklich, sie zu sehen, wenn ich auch zu erschöpft war, um meine Freude zu zeigen. In der Tat begab ich mich gleich zu Bett und blieb zwei Wochen lang liegen, während ich langsam wieder zu Kräften kam.

Diese Erholungsphase hatte ich auch dringend nötig, denn kaum war ich wieder auf den Beinen, als neue Nachrichten eintrafen – aus London. Nachrichten, die ich mir in meinen schlimmsten Alpträumen nicht hätte ausmalen können.

Heinrich war tatsächlich gefangengenommen worden, zusammen mit Fortescue. Es war die alte Geschichte: der König hatte sich geweigert, sein Zelt zu verlassen, weil er der König war! Es gab keine Nachricht, was mit dem armen Sir John geschehen war. Aber Heinrich war von Warwick nach London gebracht worden. Warwick war natürlich außer sich vor Freude, weil er einen weiteren großen Sieg errungen hatte; es gab Leute, die ihn als den besten Soldaten ganz Europas, wenn nicht der ganzen Welt bezeichneten. Die Berichte über die Ereignisse bei der Ankunft des Königs in der Hauptstadt waren widersprüchlich. Diejenigen, die die Neuigkeiten nach Harlech brachten, behaupteten, er sei gezwungen worden, eine Krone aus Stroh zu tragen, und von der Bevölkerung ausgelacht worden, bevor er wie ein gemeiner Missetäter in den Tower gesperrt worden sei. Die Anhänger Yorks dagegen behaupteten, er sei mit gebührendem Respekt behandelt worden, Warwick sei mit gezogenem Schwert vor ihm hermarschiert und er sei höchst komfortabel im Bischofspalast von St. Paul's untergebracht worden.

Eigentlich maß ich der Frage, ob man ihn mißhandelt hatte oder nicht, keine große Bedeutung bei; er war in jedem Fall ein Gefangener – und er war in jedem Fall der König. Zu keinem Zeitpunkt hatte er verlangt, mit seiner Frau und seinem Sohn zusammengebracht zu werden. Nicht etwa, daß ich tatsächlich nach London gegangen wäre, selbst wenn man mich gerufen hätte. Denn obwohl ich Löwen mag, bin ich doch nicht so verrückt, daß ich mich unbewaffnet in ihre Höhle wagen würde.

Ich verdaute diese Neuigkeiten und traf dann meine Entscheidung. Es war mir egal, welche Geschichten die Anhänger Yorks verbreiteten: Der König *war* ein Gefangener. Wir kannten ihre Pläne nicht, aber es schien uns sehr wahrscheinlich, daß sie auf den richtigen Moment warteten, um ihn aus dem Wege zu räumen und Cousin Richard an seiner Statt zum König auszurufen. Es war also meine Pflicht und Schuldigkeit, den Kampf fortzusetzen, ihn zu befreien und dem Glück des Hauses Lancaster – und dem meines Sohnes – die Bahn zu ebnen. Und tatsächlich schien unser Schicksal an diesem Punkt eine gewisse Wendung zum Besseren zu nehmen. Während ich krank gewesen war, hatte Bruder Jasper in Nordwales einen Raub- und Rekrutierungszug durchgeführt. Er war erfolgreich gewesen und schickte mir nun die Nachricht, daß ihm die Festung Denbigh in die Hände gefallen sei. Die gesamte Landbevölkerung befände sich auf den Beinen und trüge rote Rosen an der Kleidung. Ich traf sofort eine Entscheidung. Eduard und ich reisten nach Denbigh, wo wir tatsächlich mit Begeisterung empfangen wurden. Denbigh grenzt direkt an Cheshire, und wie es scheint, hatte ich in kürzester Zeit das Kommando über einige tausend Mann, die nur darauf warteten, für mich in den Kampf zu ziehen. Ich hatte das Glück wieder auf meiner Seite und forderte meine Kommandeure auf, sich mit mir zu beraten. Doch dann wurden wir von neuen Nachrichten aus London überrascht.

Bis jetzt war es so gewesen, daß die gesamte Yorksche Kampagne von Warwick und seinem Vater organisiert worden war. Es war Warwick, der die Schlacht von Northampton gewonnen und Heinrich im Triumph nach London gebracht hatte. Es waren Warwick und Salisbury, die die Bedingungen festgelegt hatten, unter denen der König festgehalten werden sollte: sehr angenehme Bedingungen, wie es schien, und ich war äußerst ärgerlich, zu erfahren, daß mein Gatte – der mit mir niemals auf die Jagd hatte gehen wollen – in der Tat an Orten wie Eltham und Greenwich in bester Stimmung bei der Jagd gesehen worden war. Aber es waren nicht Warwick und sein Vater, die die zukünftigen Ereignisse bestimmten. Denn sie waren nichts anderes als Yorks Handlanger. Und Cousin Richard hatte inzwischen die irische See überquert und befand sich mitten unter ihnen.

Dies löste, wie es gewöhnlich bei Neuigkeiten der Fall ist, die aus der Ferne eintreffen, eine ziemliche Verwirrung aus. Und eine im großen und ganzen unerfreuliche Stimmung. Wie es schien, hatte Richard ausgiebig und lange über die Situation nachgedacht und schließlich beschlossen, daß es an der Zeit sei, dem ewigen Hin und Her ein Ende zu setzen. Ich vermute, daß hierbei die Machenschaften der stolzen Cis eine Rolle spielten. Aber wie auch immer, er benutzte seinen alten Trick, indem er in voller Rüstung und mit dem Schwert an der Seite über den armen Heinrich herfiel und meinem Gatten einen solchen Schrecken einjagte, daß dieser einen Schock erlitt.

Nachdem er Heinrich dazu gebracht hatte, ihm alles zu versprechen, was er wünschte, machte sich York – wieder in voller Rüstung – daran, das Parlament zu bearbeiten. Dieses Parlament war von Salisbury und Warwick zusammengestellt worden mit der Absicht, daß es allem, was York forderte, zustimmen sollte. Nun, ich bin sicher, jeder, der zufällig diese Zeilen lesen sollte – was Gott verhüten möge –, wird meine Einstellung gegenüber Parlamenten inzwischen recht gut einschätzen können. Aber dieses Mal erwiesen sich meine Vorbehalte als unangemessen. Der Herzog von York trat, wie ich schon sagte, in voller Rüstung vor das Parlament. Er stellte sich neben den unbesetzten Thron und verlangte, jeden zu hören, der ihm das Recht absprechen wolle, darauf Platz zu nehmen. Nun, niemand war bereit, das Wort zu ergreifen, aber die Zahl der Mitglieder, die bei dieser Aussicht in Jubel ausbrachen, konnte man an einer Hand abzählen; alle anderen bewahrten bleiernes und feindseliges Schweigen.

Dies war ein ernster Rückschlag für eine Persönlichkeit vom Schlage Richards, dessen Geist stets von Zweifeln geplagt wurde, ob er das Richtige tat oder nicht. Unserem Bericht zufolge wurde er blaß, fing an zu stammeln und zog sich hastig zurück. Später – und zweifellos unter dem Einfluß von Cis, ihrem Bruder und ihrem Neffen – faßte er wieder Mut, und die Angelegenheit wurde weitaus einfacher gelöst, als es zuerst den Anschein gehabt hatte. Auch wenn ich erfreut war, daß er bei seinem versuchten *coup d'état* zurückgewiesen worden war, so war das endgültige Ergebnis doch nicht minder niederschmetternd für unsere Sache. Es wurde bestimmt, daß Heinrich zeit seines Lebens König bleiben und York während dieser Zeit Protektor sein sollte, der nach Heinrichs Tod dessen Platz einnehmen würde.

Wenn man jemals einem Mann die Erlaubnis gegeben hat, einen Mord zu begehen, dann war das hier der Fall. Aber noch schlimmer war der Beschluß des Parlaments, daß mein Sohn nicht der Sohn des Königs sei und niemals den Thron besteigen sollte. Noch nie wurde eine Frau so gedemütigt!

Die Nachricht traf uns wie der Schlag. Trotzdem war ich entschlossen, den Kampf wiederaufzunehmen und das Erbe meines Sohnes zurückzugewinnen. Leider wurde jedoch deutlich, daß ein sofortiges Handeln nicht möglich war. Es gab zwar einige tausend starke Kerle, Männer aus Cheshire und Wales, die begierig darauf waren, mir zu folgen, aber selbst die treuesten Männer brauchen Waffen und müssen bezahlt werden. Unsere Geschütze waren in Northampton verlorengegangen. Meine Kriegskasse war von meinen Dienern gestohlen worden. Und meine Lords befanden sich allesamt auf der Flucht, weit fort von ihren Besitztümern.

In dieser Situation setzte ich mich mit meinen nächsten Gefährten zusammen, um die Lage mit ihnen zu besprechen, und wir trafen eine Reihe von Entscheidungen. Die wichtigste davon war, daß ich eine andere Macht um finanzielle Unterstützung ersuchen mußte. Möglicherweise konnte mir der schottische König helfen. James II. war der jüngere Bruder der armen Margaret Stuart, der verstorbenen Frau von Cousin Ludwig. Deshalb war er ein Verwandter von mir. Er war nicht gerade ein Feind Englands, aber doch dafür bekannt, sein Auge auf gewisse Festungen im Norden geworfen zu haben, und meine Ratgeber waren sich sicher, daß er mit sich handeln ließe.

Diese Aktion sollte genauso schlecht ausgehen wie mein Versprechen der Plünderung Londons. Eigentlich konnte ich mich mit dem Plan auch gar nicht so recht anfreunden. Die Vorstellung, als Königin von England mit der Bettelschale in der Hand an einen anderen Hof zu gehen, war mir alles andere als angenehm. Und noch unangenehmer wurde sie mir, als ich feststellte, daß ich mit dem Schiff nach Schottland reisen mußte, da dies die einzige Möglichkeit war, meine Sicherheit zu gewährleisten. Ich blickte meine Lords äußerst skeptisch an, als sie mir davon erzählten. Wie konnten sie meine Sicherheit auf einem *Schiff* gewährleisten? Ich hatte seit meiner Landung in Portsmouth vor fünfzehn Jahren kein größeres Boot mehr betreten, und ich war fest entschlossen gewesen, nie mehr in See zu stechen, solange ich lebte.

Und jetzt wurde mir diese Seereise nahegelegt, ja, die Schurken scheuten sich noch nicht einmal davor, zu betonen, daß die nördlichen Ausläufer der Irischen See weitaus schwerer zu bewältigen seien als der englische Kanal, vor allem zu dieser Jahreszeit.

Trotzdem ließ ich mich von dem Plan überzeugen, zum Teil deshalb, weil Heinrich Somerset sich erbot, mich zu begleiten und zu beschützen – und noch einiges andere für mich zu tun. Tatsache ist, daß ich, wie ich vielleicht bereits erwähnt habe, nach sieben Jahren vollkommener Abstinenz gegenüber allen Angehörigen des männlichen Geschlechts beinahe wieder zur Jungfrau geworden war, obwohl ich mich ständig männlicher Gesellschaft ausgesetzt sah. Auch hatte ich inzwischen eine ganze Reihe moralischer Bedenken überwunden. Darüber hinaus war meine Ehe endgültig zerbrochen. Ich rechnete nicht damit, Heinrich jemals wiederzusehen, und wußte, daß ich ihn, selbst wenn ich ihn wiedersehen sollte, mit Sicherheit nicht in meinem Bett empfangen würde. Aber ich war immer noch ausgesprochen attraktiv. Und ich war immer noch eine Frau. Ich hatte der Versuchung zu lange widerstanden, und als ich nach Harlech kam, war mein Widerstand gering. Als ich krank daniederlag und ein wütender Sturm in meiner Seele tobte, kam Heinrich Somerset, um mir Gesellschaft zu leisten. Schon bald streichelte er mir das Haar aus der fiebrigen Stirn, und wenig später entdeckte er andere Härchen auf einem nicht weniger fiebrigen Teil meines Körpers. Nur Bailly wußte, was vor sich ging, und Bailly hatte sich lange gewünscht, mich mit einem adretten Lord zwischen den Laken zu sehen.

Nun, dies war eine Situation, die wohl bedacht sein wollte. Zur Rechtfertigung meiner früheren Handlungsweise hatte ich damit begonnen, Edmund Somerset als meinen Ehemann zu betrachten. Doch in diesem Fall hätte ich

Heinrich Somerset als meinen Stiefsohn betrachten müssen. Auf jeden Fall war er der Halbbruder meines Sohnes. Ich war mir nicht sicher, wie die Kirche auf eine solche Liaison reagieren würde. Aber dann dachte ich daran, daß Heinrich nicht wirklich mein Stiefsohn war, weil sein Vater nicht wirklich mein Mann war. Bei dem Gedanken daran, daß ich sexuellen Kontakt mit dem Halbbruder meines Sohnes hatte, dachte ich an einen entfernten Verwandten, den Grafen von Armagnac, der bereits drei Kinder mit seiner Schwester gezeugt hatte und sich immer noch bester Gesundheit erfreute, ebenso wie seine Nachfahren. Und was die Kirche anging, je weniger sie von der Sache wußte, um so besser, andernfalls wäre ich gewiß exkommuniziert worden. Natürlich hätte es gewisse verwandtschaftliche Verwicklungen gegeben, wäre ich von Heinrich schwanger geworden: mein Sohn wäre dann gleichzeitig Eduards Halbbruder und sein Stiefneffe und wahrscheinlich noch ein paar andere Dinge mehr gewesen. Aber ich war mir sicher, auch er wäre ein weiterer starker Arm gewesen, mit dem ich Cousin Richard hätte begegnen können.

Also hatte ich Heinrichs Liebkosungen angenommen und erwidert. Meine Freude daran wuchs noch, als ich gewisse Aspekte der menschlichen Natur entdeckte, die mir bislang vorenthalten geblieben waren. Von den drei Männern, mit denen ich zuvor das Bett geteilt hatte – ich schließe Suffolk hier mit ein, wenn es auch eine sehr kurze Affäre gewesen war –, waren zwei im Alter meines Vaters, und der dritte hatte die Mentalität eines Mönches gehabt. Jetzt wurde ich zum ersten Male von einem jungen Mann in die Arme geschlossen. In der Tat war Heinrich jünger als ich. Es war eine äußerst köstliche Erfahrung. Ich würde nicht behaupten, daß er ein vollendeter Liebhaber war. Suffolk und Edmund hatten bereits die Bekanntschaft mit den wahren

Künsten der Liebe gemacht, wie sie in Europa praktiziert wird; das hatten sie Heinrich voraus. Sein Leben hatte sich nur in England abgespielt, wo romantische Liebe unbekannt und der Gedanke, eine Frau auf ein Podest zu stellen, um ihr zu huldigen, völlig fremd war. Aber nach all meiner Mühsal der vergangenen Jahre bot mir Heinrich genau das, was ich jetzt brauchte. Und da er ein junger Mann war, fiel es ihm leicht, sich nach unseren Begegnungen sehr rasch zu erholen. Wenn ich sage, daß ich nach meiner Ankunft in Harlech zwei Wochen lang im Bett blieb, dann muß ich zugeben, daß ich mich in den letzten Tagen meiner Bettruhe in einem Zustand euphorischer, wenn auch etwas angeschlagener Mattigkeit befand. Danach (bis zu einer Reihe bemerkenswerter Ereignisse, von denen ich in Kürze berichten werde) wich er mir nicht von der Seite. Es war gewiß meine Liaison mit Heinrich, die mich veranlaßte, den jungen Combe – er war zehn Jahre jünger als Somerset – in einem anderen Licht zu sehen, obwohl ich als keusche und bescheidene Frau die Vorstellung ablehnte, zwei Liebhaber gleichzeitig zu haben.

Der wesentliche Punkt jedoch ist, daß Heinrich mich davon überzeugte, diese Reise nach Schottland zu unternehmen. Wir gingen an Bord eines Schiffes, hatten eine recht unangenehme Reise und kamen Mitte Dezember in Westschottland an, was, wenn ich so sagen darf, keine günstige Zeit für einen Besuch in einem so kalten Land ist.

Von meinem Aufenthalt in Schottland werde ich in Kürze berichten. Was ich nicht wußte, war, daß die Lords aus dem Hause Lancaster in meiner Abwesenheit das Feld wieder übernommen hatten. Die Anführer dieser Unternehmungen waren der junge Clifford und der Graf von Wiltshire. Es konnte im ganzen Lande keine wankelmütigeren Adligen als diese beiden geben. Clifford tat nichts anderes, als Rache für den Tod seines Vaters zu schwören, während Butler von Wiltshire, der fünf Jahre zuvor bei der Schlacht von St. Albans die Flucht ergriffen hatte, seine Zeit mit dem verzweifelten Wunsch verbracht hatte, seine Reputation wiederherzustellen.

Als ich Wales verlassen hatte, war ich der Meinung gewesen, daß wenigstens bis zum kommenden Frühjahr kein Kampf mehr ausgefochten würde – oder besser gesagt, aufgrund des Geldmangels, ausgefochten werden *konnte* –, und ich hoffte, bis dahin mit schottischem Geld und vielleicht auch schottischen Waffen wieder zurück zu sein. Und so hätte es auch kommen können, obwohl Richard nach wie vor glaubte, das Spiel sei zu seinen Gunsten entschieden. Heinrich war sein Gefangener, er war Lordprotektor auf Lebenszeit, und nun wurde ihm auch noch die Nachricht überbracht, daß die einzige Person, die er wahrhaft fürchtete, nämlich ich, ein Schiff bestiegen und das Land verlassen hatte, ohne daß irgend jemand wußte, mit welchem Ziel. York hielt es deshalb für angebracht, London zu verlassen und Weihnachten in seiner Lieblingsresidenz Sandal Castle in Südyorkshire zu verbringen. Also begab er sich dorthin und nahm nicht nur die stolze Cis mit, sondern auch seinen zweiten Sohn, Edmund, den Grafen von Rutland, sowie Salisbury und dessen Herzogin. In Anbetracht dessen, was nun auf sie zukommen sollte, war es wirklich ein Jammer, daß Yorks ältester Sohn, Eduard, der Graf von March, und Salisburys ältester Sohn, Warwick, sich nicht dazu entschlossen hatten, die Feiertage mit ihren Eltern zu verbringen.

Yorks Entschluß, London zu verlassen, mag nachvollziehbar sein. Aber es war ein großes Risiko, den wilden nördlichen Teil des Landes lediglich in Begleitung seiner und Salisburys Wachen zu durchqueren. Sie erreichten Sandal ohne Probleme, doch inzwischen hatte sich die Nachricht ihrer

Anwesenheit herumgesprochen und war auch Clifford und Wiltshire zu Ohren gekommen, die sich in Chester befanden. Sofort erkannten die beiden, daß dies die ideale Gelegenheit sei, die Angelegenheit zu unseren Gunsten zu regeln. Nun, in der Tat lagen sie damit nicht ganz verkehrt. In aller Hast stellten sie aus meinen treuen Helfern eine Armee zusammen, die ganze achtzehntausend Mann umfaßte, und marschierten die etwa hundert Meilen von Chester nach Wakefield, ohne daß York davon erfuhr. Als er schließlich davon hörte, befand er sich bereits in einer gefährlichen Lage. Nichtsdestoweniger war er ein erprobter Kämpfer, und sein Schloß in Sandal war gut befestigt. Er wollte unter allen Umständen einer Belagerung standhalten, bis er befreit würde, und schickte zu diesem Zweck Boten aus. Vor allem wird er seinen ältesten Sohn Eduard, der jetzt ein kräftiger, achtzehn Jahre alter Mann war, und Warwick informiert haben, die ihm beide mit allen verfügbaren Truppen zu Hilfe kommen sollten.

An diesem Punkt müssen wir die Welt der Tatsachen verlassen und uns den widersprüchlichen Berichten zuwenden. Gemäß der Schilderung der Anhänger Yorks geschah folgendes: Der Herzog und sein Schwager, beide erfahrene Soldaten, saßen in ihren Festungen und forderten Clifford und Worcester dazu auf, sie mit ihren gefährlichsten Waffen anzugreifen (was, da sie keine Kanonen hatten, nicht sehr viel war), als aus den Reihen der Lancasters irgend jemand hervortrat und den Herzog von York verspottete, er sei nicht willens, gegen eine einfache Frau zu kämpfen.

Nun, um mit der Yorkschen Geschichte fortzufahren, der Herzog, der das Königreich in seiner Hand hatte und sicher sein konnte, daß seine Anhänger ihm zu Hilfe eilen würden, sah seine Ehre gefährdet, wenn er nicht in einer offenen Schlacht mit dieser Frau zusammenträfe. Also rückte er mit

Salisbury von seinem Schloß aus gegen eine überwältigende Menge vor, und beide wurden besiegt und getötet. Wenigstens das ist eine Tatsache. Ebenso ist es wahr, daß York in diesem ungleichen Kampf von Rutland begleitet wurde, der bei einem Fluchtversuch gefaßt und von Clifford enthauptet wurde, wobei letzterer triumphierend schrie: »Euer Vater tötete den meinen, und jetzt töte ich Euch!« Daß Rutland noch im Sterben um Gnade flehte, ist wahrscheinlich, wenn man bedenkt, wie jung er war.

Doch kehren wir zur Fiktion zurück. Nachdem die Schlacht gewonnen war, trat und demütigte Margarete von Anjou die toten Körper ihrer Feinde, ließ ihre Köpfe abschneiden und sie über dem Tor der Stadt York auf Pfähle spießen. Nun, dies geschah tatsächlich. Ihre Köpfe waren da, als ich York einen Monat später aufsuchte. Aber das war gewiß nicht auf meinen Befehl hin geschehen. Ich würde mir wahrscheinlich mehr als alles andere die Fähigkeit wünschen, an zwei Orten gleichzeitig zu sein. Die Vorteile sind beinahe unvorstellbar. Leider bin ich, im Gegensatz zu dem, was viele behaupten, eine Frau und keine Hexe. Es war mir ganz einfach unmöglich, sowohl in Schottland als auch in Wakefield gewesen zu sein, und für meinen Aufenthalt in Schottland gibt es Beweise. Trotzdem sollte mich diese Episode wie ein Fluch verfolgen.

Ich fürchte sogar, daß im Laufe der Zeit irgendein unwürdiger Dichter eine große Szene daraus machen wird, um meine Bosheit zu veranschaulichen! Die Wahrheit ist meiner Meinung nach, daß York während der Belagerung feststellte, daß ich *nicht* anwesend war – wäre ich es gewesen, so hätte er die königliche Standarte gesehen –, und befürchtete, daß ich auf dem Weg zu ihm sein könnte. Daher beschloß er, das Wagnis einzugehen, und befahl den Angriff.

Jedenfalls war dieser Sieg, den Clifford und Worcester

errungen hatten und der damals so vernichtend für die Yorksche Sache schien, tatsächlich auf lange Sicht weitaus vernichtender für die unsere. Richard von York war immerhin, so sehr er mich auch gehaßt hatte, ein Gentleman und ein Mann von Ehre gewesen, dem es – was besonders wichtig war – widerstrebte, ein Königreich einfach an sich zu reißen. Jetzt war er tot, und ich und meine Anhänger sahen uns seinem Sohn gegenüber, dem vielleicht fürchterlichsten Racheengel, der jemals aus der Hölle gestiegen ist, um die Menschheit zu vernichten.

11

Während sich in Yorkshire diese folgenschweren Ereignisse zutrugen, versuchte ich, mich mit den Schotten anzufreunden.

»Sie sind sehr wilde und primitive Menschen, um so mehr, je weiter sie von den Zentren der Zivilisation entfernt sind, und diese sind in dem gottverlassenen Land wahrlich dünn gesät. Sie tragen die merkwürdigsten Kleider, die Männer mancher Gegenden erfreuen sich an sehr kurzen Röcken, so als sollten die Beine beider Geschlechter dem Blick der Allgemeinheit freigegeben werden, und die Frauen wickeln sich in buntgemusterte Schals und Umhänge. Ihre Gesichtsfarbe ist meist rötlich, obwohl sich schwer bestimmen läßt, ob dies eine Frage des Erbgutes ist oder durch den heulenden und bitterkalten Sturm verursacht wird, der in diesen Regionen ständig bläst, oder, was noch wahrscheinlicher ist, von dem Getränk, dem sich alle – Mann, Frau und Kind – mit Freude hingeben, das die Farbe von Bernstein hat und einem die Haare zu Berge stehen läßt.

Sie sind in ihren Gepflogenheiten genauso grob wie die Iren, von denen manche Leute meinen, daß sie mit ihnen verwandt seien. Im Gegensatz zu den Iren jedoch, die die Engländer hassen, aber durch eine aufgewühlte See von uns getrennt sind, hassen die Schotten die Engländer und sind doch nur durch ein paar Hügel von uns getrennt. So sind sie für diejenigen meiner Landsleute, die im Norden leben, seit undenklicher Zeit ein Fluch gewesen, da sie jeden Engländer, der sich über ihre Grenze wagt, ausrauben und ermorden.

Abgesehen davon sprechen sie eine recht unverständliche Sprache, die mit keiner anderen Sprache der Welt Ähnlichkeit zu haben scheint, und auch ihre Versuche, sich einer zivilisierten Sprache zu bedienen, bleiben in der Regel fruchtlos.

Das also waren die Wilden, in deren Hände ich mich freiwillig begeben hatte. Kaum daß wir an Land getaumelt waren – ich fühlte mich halbtot, nachdem ich einige Tage auf der Irischen See durchgerüttelt worden war – wurden wir gepackt und wie schiffbrüchige Seeleute behandelt.

Doch in dieser Situation sollte mir meine französische Herkunft zum Vorteil gereichen. Denn die Schotten, wie grimmig sie auch sein mögen, sind ihren südlichen Nachbarn zahlenmäßig weit unterlegen. Von Zeit zu Zeit ist es immer wieder vorgekommen, daß ein englischer König Truppen aufstellte und die Grenze überschritt, um ein wenig auf eigene Rechnung zu vergewaltigen und zu plündern. Solchen Invasionen konnten die Schotten aufgrund ihrer geringen Anzahl und der gegenseitigen Rivalitäten unter ihren eigenen Adeligen nur selten angemessen begegnen. Sie sprechen immer noch voller Ehrfurcht von Bannockburn, wo ihr unsterblicher König Robert the Bruce eine gewaltige englische Armee besiegte, doch diese Armee war von dem schwachen englischen König Eduard II. befehligt worden. Mit Schaudern hingegen erinnern sie sich an die Invasionen Eduards I., der nicht ganz zu Unrecht den Beinamen »Hammer der Schotten« erhielt, oder an die Niederlagen, die Eduard III. und die Anhänger von Heinrich Bolingbroke ihnen beibrachten.

Deshalb haben sie immer nach Verbündeten Ausschau gehalten. Da die Franzosen sich in derselben Lage befanden, kam es zu einer Annäherung der beiden Königshäuser. Wie wir gesehen haben, wurde die Schwester James II. in der Hoffnung, die beiden Familien noch näher miteinander zu verbinden, mit dem Sohn Karls VII. verheiratet. Und in meinem Fall wurde die Tatsache, daß ich Königin von England und auf der Flucht war, von der Tatsache, daß ich eine französische Prinzessin und auf der Flucht war, verdrängt. Dies hatte zur Folge, daß ich und meine Begleiter nicht auf der Stelle umgebracht wurden.

Dennoch hätten wir uns kaum einen ungünstigeren Zeitpunkt aussuchen können, um in Schottland zu landen und um die Hilfe des schottischen Königs zu ersuchen. Nur wenige Monate zuvor, als ich in Wales Zuflucht gefunden hatte, hatte Jakob II. es für nötig befunden, gegen einen seiner rebellierenden Adligen einzuschreiten. Er war gegen die Festung von Roxburgh gezogen, die er mit der ganzen modernen Streitmacht, die einem Regenten zur Verfügung steht, eroberte. Der Widerstand gegen Jakob II. war nicht besonders groß. Wäre er es doch nur gewesen! Seine Geschosse rissen große Stücke aus den Mauern seines Schlosses, und eines dieser Stücke flog in Richtung des Königs, der der Schlacht zusah, und tötete ihn auf der Stelle. Der arme Kerl war noch nicht einmal dreißig Jahre alt, als er das Zeitliche segnete. Das Land, dessen Hilfe ich jetzt so verzweifelt bedurfte, befand sich daher momentan in den Händen eines kleinen Jungen, oder besser gesagt, einer Regentin – und das war die Witwe des Königs, Maria von Geldern.

Wie man sich denken kann, mußte ich diese Neuigkeiten erst einmal verdauen. Hier waren also diese wilden Gutsherren und die Männer ihrer Clans, die, ohne zu zögern, das

Schicksal ihres Landes in die Hände einer Frau legten. Was für ein Unterschied zu dem Verhalten der englischen Lords! Oder war diese Maria von Geldern eine ganz außergewöhnliche Frau? Ich wußte nicht sehr viel über sie. Ihre Mutter war die Schwester von Philipp, dem Herzog von Burgund, der eine Verbindung zwischen mir und seinem Sohn Karl, dem Grafen von Charolais (und späteren Grafen von Nevers) vorgeschlagen hatte. Wieder einmal mußte ich über die Launen der Geschichte nachsinnen: Hätte ich Karl geheiratet, so wäre diese Königin von Schottland meine erste angeheiratete Cousine gewesen.

Ich wußte, daß sie ein paar Jahre jünger war als ich, obwohl das Datum ihrer Geburt der Allgemeinheit unbekannt war. Aber sie war kaum älter als fünfzehn gewesen, als sie mit der Zustimmung von Onkel Karl im Jahre 1449 James von Schottland heiratete.

Ihre Ehe war völlig anders als die meine verlaufen. Sie hatte einen energischen, starken und kriegerischen König als Ehemann; ich hatte eine Null geheiratet, auf dessen Kopf zufällig eine Krone saß. Sie hatte von ihrem Mann vier kräftige Kinder empfangen; ich hatte mir Hilfe von außen holen müssen. Sie hatte ihren Mann in einer Schlacht verloren; der meine hatte weder den Mut noch den Verstand besessen, um in den Krieg zu ziehen und Eroberungen zu machen oder mit dem Schwert in der Hand zu sterben; sie war jetzt die Regentin und höchste Autorität ihres Landes, während ich mich vor jeder Autorität des meinen auf der Flucht befand. Der einzige Punkt, in dem wir uns glichen, war, daß wir beide jung und attraktiv waren und einen kämpferischen Charakter besaßen. Als Jakob von den Trümmern erschlagen wurde, hatte Maria, die ihren Mann überallhin begleitete, die Führung des Eroberungszuges übernommen und zum Erfolg geführt.

Dies also war die Person, an die ich nun, ungeachtet meiner persönlichen Gefühle, meinen Appell um Hilfe richten mußte. Und die Situation wurde von Tag zu Tag prekärer. Denn die Schotten von Galloway waren zwar zu dem Schluß gekommen, daß ich die Königin von England *sei* und deshalb nicht vergewaltigt und ermordet werden dürfe, doch sie waren auch der Meinung, daß ich als Königin von England sehr reich sein müsse und deshalb ausgeraubt werden könne. Als ich ihnen erklärte, daß ich vollkommen mittellos war und daß sie, wenn sie mich und meine Leute nicht durchfütterten, unseren Tod zu verantworten hätten, wurden sie ziemlich schroff.

Dennoch waren sie sich auch darüber klar, daß ich in irgendeiner Hinsicht einen Wert haben mußte. Sie schickten also Boten zu Maria mit dem Ergebnis, daß ich eine Einladung, oder besser gesagt, einen Befehl erhielt, mich mit meinen Leuten nach Lincluden Abbey zu begeben. Dort sollte mir Zuflucht gewährt werden, und dort würde die Königin von Schottland mir eine Audienz gewähren.

Innerlich rebellierte ich dagegen, mit so wenig Respekt behandelt zu werden, aber ich hatte keine andere Wahl. So ging ich also mit meinem kleinen Gefolge, dem natürlich der Prinz von Wales und Heinrich Somerset sowie mein treuer John Combe angehörten, nach Lincluden.

Bei unserer Ankunft in der Abtei fanden wir angenehm geräumige Wohnstätten vor, und ich erfuhr vom Prior, daß sein Haus eine der Lieblingsresidenzen der Königin von Schottland sei. Das war sehr erfreulich, und ich war beeindruckt von der malerischen Umgebung. Auch hatten die Worte des Priors meine Neugier geweckt: War ich etwa nach Schottland gekommen, um hier eine weibliche Ausgabe von Heinrich zu vorzufinden?

»Ist Ihre Hoheit ein religiöser Mensch?« fragte ich beunruhigt.

Er dachte darüber nach. »Ihre Hoheit glaubt mit Gewißheit an Gott«, antwortete er.

Ich mußte mich also in Geduld üben, aber als mir angekündigt wurde, die Königin nähere sich der Abtei, befahl ich meinen Leuten und vor allem Eduard und Heinrich, ihre besten Kleider anzuziehen. Ich selbst ließ mich von Bailly herausputzen, obwohl ich kein Kleidungsstück besaß, das nicht irgendwelche Flecken aufgewiesen hätte.

Dann erwartete ich im Hof der Abtei die Ankunft der Königin von Schottland. Ich muß daran erinnern, daß es Anfang Januar und bitter kalt war. Wieder einmal spürte ich, daß mir übel mitgespielt wurde. Aber ich machte das Beste daraus, und wurde, als Maria schließlich erschien, aufs äußerste überrascht.

Sie kam auf dem Rücken eines Pferdes in den Hof, begleitet von einer Wache bewaffneter Männer; ihre Hofdamen folgten ihr in einiger Entfernung. Ich muß sagen, sie hatte eine sehr gute Haltung, beherrschte ihr Reittier perfekt und glitt mit äußerster Anmut vom Sattel auf die Stufe, die ihr bereitgestellt worden war. Ich mußte mich beherrschen, um sie nicht anzustarren.

Maria war sehr hoch gewachsen; sie war ohne Schuhe beinahe 180 Zentimeter groß, und in diesem Moment trug sie Stiefel. Ihre Figur paßte zu ihrer Größe, ohne im mindesten dick oder schlecht proportioniert zu sein. Ich weiß, es gibt Leute, die einen Brustumfang von drei Ellen stets für häßlich erachten werden, doch in Wirklichkeit ist er passabel, wenn er mit einem flachen Bauch, breiten Hüften und langen, kräftigen Beinen einhergeht. Natürlich waren diese Attribute meiner Gastgeberin nicht auf den ersten Blick ersichtlich, da ihr goldenes Kleid ebenso extravagant war wie alles andere um sie herum, aber ich wußte, daß ich vor einer Frau stand, die durch das Wort »üppig« kaum angemessen beschrieben werden konnte.

Und wenn die Enthüllung solch intimer Stellen auch noch in der Zukunft lag, so gab es doch nichts, was die Schönheit ihres Gesichts und ihres Haares störte. Maria hatte goldenes Haar, das in dichten Wellen über ihre Schultern fiel. Ihre Gesichtszüge waren sehr fein, alles war wunderbar geformt, die hohe Stirn, die von Intelligenz zeugte, die großen Augen mit dem klaren Blick, die gerade Nase, der große Mund und das eckige Kinn, das von ihrem entschlossenen Charakter zeugte. Insgesamt hielt ich meine Gastgeberin für ausgesprochen attraktiv.

Glücklicherweise sah sie mich in einem ähnlichen Licht. »Nun, Euer Hoheit«, sagte sie, »Ihr seid sogar noch schöner, als man mir berichtet hat.«

Da ich mir meines ungepflegten Äußeren durchaus bewußt war, mußte ich ihre Worte als Kompliment empfinden. Vielleicht sank meine Freude ein wenig, als ich Königin Maria mein Gefolge vorstellte und sah, wie sie Heinrich Somerset einen ebenso interessierten Blick zuwarf, aber ich war bereit, alle Mittel zu nutzen, die mir zur Verfügung standen, um die Hilfe dieser Frau zu erlangen, selbst wenn das bedeutet hätte, Heinrich zu opfern.

In der Tat sollte das Opfer weitaus größer ausfallen. Im Anschluß an ein reichhaltiges Mahl, bei dem auch der Alkohol nicht zu kurz kam – es stellte sich heraus, daß die Königin von Schottland den Gepflogenheiten ihres Landes vollkommen verfallen war –, verkündete sie, daß wir beide uns zu einem tête-à-tête zusammenfinden sollten, um festzustellen, wo unsere gemeinsamen Interessen lagen. Ich rechnete mit harten Verhandlungen, aber ich muß zugeben, daß ich nicht die leiseste Ahnung hatte, was auf mich zukommen sollte.

Die Königin geleitete mich zu ihrer eigenen Bettkammer und entließ, dort angelangt, all ihre Bediensteten, so daß wir allein waren. Dann begann sie, sich vor dem prasselnden Feuer im Kamin all ihrer Kleidung zu entledigen, während ich ihr erstaunt dabei zusah. Vollkommen nackt räkelte sie sich schließlich in äußerst lasziver Manier auf dem Bett, bemerkte, wie ich sie etwas befremdet anstarrte, setzte sich auf und sagte entschuldigend: »So wird mir warm. Warum tut Ihr es mir nicht nach, schöne Meg?« An dem, was dann geschah, mußte der Whisky schuld sein. Ich möchte natürlich nicht ins Detail gehen, aber beschwipst wie ich war, konnte ich nichts Schlimmes daran finden, ihrer Aufforderung nachzukommen. Das Bett war nicht sehr groß, und in wenigen Augenblicken hatte Maria mich gründlicher zerzaust, als es jemals ein Mann getan hatte.

Schon bald ermüdete ich bei diesen erotischen Possen und fiel in tiefen Schlaf, aus dem ich etwa eine Stunde später mit pochenden Kopfschmerzen, einem Gefühl trägen Wohlbefindens und, als ich mich aufsetzte und mich zu erinnern begann, enormen Schuldgefühlen erwachte. Ich sah mich links und rechts nach meiner Gastgeberin um. Sie saß splitternackt in einem Stuhl vor dem Feuer und trank aus einem Kelch. Als sie sah, daß ich wach war, fragte sie: »Schmerzt Euer Kopf?«

»Ja, schrecklich.«

»Das ist immer so nach einem Mittagsschläfchen«, erklärte sie. »Aber wenn man nicht schläft, schmerzt es noch mehr.« Sie füllte den anderen Kelch und brachte ihn mir – ein großartiger Anblick. »Damit werdet Ihr Euch besser fühlen.« Aber was geschieht, wenn auch diese Wirkung wieder verfliegt, dachte ich. Da ich mich jedoch in ihren Händen befand – und das im buchstäblichen Sinne –, hatte ich keine andere Wahl; und nachdem ich getrunken hatte, spürte ich die wohltuende

Wirkung des Getränkes. Sie setzte sich neben mich und liebkoste mich. »Wir müssen reden«, sagte sie.

Ich wußte nicht so recht, was wir uns in diesem Moment zu sagen hatten, doch sie überraschte mich aufs neue. »Ihr braucht Männer und Geld«, bemerkte sie.

»Nun ja, das ist richtig«, antwortete ich und erwiderte die Liebkosung.

»Ich kann Euch vielleicht helfen«, sagte sie in aller Unschuld.

»Ich wäre Euch ewig dankbar.«

»Wie dankbar?« fragte Maria und kniff mich leicht in einen sehr zarten Teil meines Körpers.

Meine Augen, die ich geschlossen hatte, öffneten sich sofort. »Sagt mir, was Ihr haben wollt.«

»Ich brauche Sicherheit.« Ich war erstaunt, denn ich hätte schwören können, daß diese Frau am allerwenigsten unter Unsicherheit litt. »Für uns beide«, fuhr Maria fort.

Ich küßte ihren Nacken.

»Einen Vertrag ewiger Freundschaft zwischen unseren Völkern«, murmelte Maria und küßte wiederum mich. »Und Liebe zwischen ihren Herrscherinnen. Und zum Zeichen dafür eine Heirat zwischen dem Prinzen von Wales und meiner Tochter Maria.«

Da Eduard gerade sieben geworden und Prinzessin Maria vier Jahre jünger war, erschien mir dies vollkommen zufriedenstellend. »Natürlich.«

»Die Festungen Berwick, Alnwick und Bamburgh«, sagte Maria, während sie meinen Nabel küßte. Dieser Vorschlag machte mich sprachlos und sorgte wahrscheinlich auch für eine gewisse Spannung in meinen Muskeln – meine Knie kamen hoch und trafen ihren Kopf. Maria blickte auf, ihr Blick war vorwurfsvoll; sie mochte es weder bei ihren Vergnügungen noch bei ihren Geschäften gestört zu werden.

»Damit wären meine Lords niemals einverstanden«, sagte ich.

»Meine liebste Meg, wenn ich Euch helfe, Eure Macht wiederzugewinnen, dann setze ich voraus, daß Ihr sie auch hundertprozentig einsetzt.« Der Vorschlag klang attraktiv. »Und außerdem«, fuhr sie fort und nahm die Erkundung meines Körpers wieder auf, »da wir ohnehin auf ewig verbunden wären, welchen Unterschied würde es machen?«

Es war sehr schwierig, die Verhandlungen unter solchen Umständen konzentriert zu führen. Die gute Maria hatte offenbar einiges an Erfahrung bei dem, was sie tat, wohingegen ich feststellte, daß meine mädchenhaften Liebkosungen mit Bella vollkommen unschuldig gewesen waren. Also willigte ich ein, die Festungen aufzugeben.

»Und ich weiß«, sagte Maria, »daß wir uns für den Rest unseres Lebens lieben werden, süße Meg. Da ist nur noch eine Sache.« Sie war eifrig damit beschäftigt, mich zur Erschöpfung zu bringen, und so legte ich mich mit geschlossenen Augen auf die Kissen und mochte an Staatsangelegenheiten kein Interesse mehr aufbringen. »Euer junger Somerset«, sagte Maria scheu und legte sich neben mich, »ist ein besonders gutaussehender Kerl.«

Meine Augen öffneten sich wieder. Also wirklich, diese Frau war unersättlich ... Sie schien zu merken, daß ich einer Erklärung bedurfte. »Nun«, sagte sie, »ich meine, er ist nicht so schön wie Ihr. Andererseits, liebste Meg, bin ich eine arme, einsame Witwe. Wir müssen ehrlich miteinander sein: Es gibt etwas, was Ihr nicht für mich tun könnt.« Noch nie hatte ich mich einer Situation so wenig gewachsen gefühlt. »Und ich auch nicht für Euch«, fügte sie großmütig hinzu. »Und im übrigen, wenn wir uns einen Liebhaber teilen, wird uns das nicht einander näherbringen?«

Im Laufe der darauffolgenden Woche nahm ich, wie es schien, an einer permanenten Orgie teil. Ich bin mir sicher, alle wußten, was vor sich ging, aber der Kirchenmann und die Diener der Königin von Schottland schienen unser unnatürliches Verhalten einfach hinzunehmen, während Heinrich von Somerset sich wie im siebten Himmel fühlte, da er es nun mit zwei der schönsten, wollüstigsten und *willigsten* Frauen Europas zu tun hatte, die begierig auf seine Dienste waren. Maria, deren Geschäftssinn niemals nachließ, ganz gleich, was um sie herum geschah, unterbreitete mir pflichtschuldigst einen Vertrag. In ihm wurden Prinz Eduard und Prinzessin Maria einander versprochen, England und Schottland zu einer ewigen Allianz verpflichtet und die Grenzfestungen Berwick, Alnwick und Bamburgh an die Schotten übergeben. Der Vertrag sollte in dem Moment in Kraft treten, in dem ich mein Königreich wieder regierte. Ich unterschrieb, ohne auch nur einen Moment zu zögern: Mein Königreich zu regieren, war das, was ich wollte; alles andere war nebensächlich.

Es war eine glückliche und sorglose Zeit, die ich nach all den Prüfungen und Qualen, denen ich in den vorangegangenen sechs Jahren ausgesetzt gewesen war, sehr genoß. Ich fürchte, ich hätte Lincluden Abbey niemals mehr verlassen, wären nicht die Staatsangelegenheiten ebenso dringlich gewesen wie Marias Bemühungen. Eine Nachricht von Jasper Tudor informierte uns über den Sieg in Wakefield.

Wir waren zuerst wie erstarrt und dann außer uns vor Freude. Maria war nicht ganz so erfreut, denn die Nachricht bedeutete, daß ich nicht mehr einzig und allein auf ihre Hilfe angewiesen war. Doch meine finanziellen Mittel waren nach wie vor gering, und obwohl ich es kaum mehr erwarten konnte, mit meiner siegreichen Armee zusammenzutreffen und den letzten Widerstand der Yorkschen Partei zu brechen, so wußte ich doch, daß meine Männer bezahlt werden mußten. Also versorgte Maria mich mit Geld – es war nicht genug, aber für große Vorhaben reicht das Geld niemals aus. Sie bestand auch darauf, mir als Leibwache ein Regiment ihrer eigenen Highlander mitzugeben, und das waren die ungehobeltsten Männer, die ich jemals gesehen habe. Aber trotz ihrer Röcke, trotz der Tatsache, daß sie keine Rüstung trugen und mit nicht mehr bewaffnet waren als einem kleinen Schwert, das sie »Claymore« nannten, einem noch kleineren, runden Schild und einem winzigen Dolch, der als »Skeandhu« bekannt ist, obwohl sie selten nüchtern waren, niemals einem Befehl gehorchten und ständig untereinander in Streit gerieten, waren sie keine Männer, denen man gern in die Quere kam. In der Tat drängte sich mir die Frage auf, ob die Königin von Schottland sie mir womöglich gegeben hatte, um sie loszuwerden!

Wir verabschiedeten uns tränenreich, nachdem wir eine Stunde damit verbracht hatten, uns in ihrem Bett zu wälzen, und dann ging ich fort, um, wie ich hoffte, dem Hause Lancaster eine ruhmreiche Zukunft zu sichern.

Meine Reise ins südlich gelegene York, wo meine Armee ihr Lager aufgeschlagen hatte und mich erwartete, dauerte etwa eine Woche und war voller Widrigkeiten. Die Straßen und das Wetter waren schlecht, und die Highlander konnten, nachdem sie erst die Grenze überschritten hatten, nur mit Mühe davon abgehalten werden, zu vergewaltigen und zu plündern. Es gab einige unglückliche Zwischenfälle, unter denen meine Reputation zu leiden hatte. Nichtsdestoweniger wurde ich in York herzlich willkommen geheißen. Gemeinsam mit Clifford, Wiltshire und Jasper sah ich mir die verfaulenden Köpfe von York und Salisbury an, die über den Stadttoren befestigt und mit Papierkronen versehen worden waren. Ich muß zugeben, ich fand diesen Anblick wenig erbaulich, aber Prinz Eduard klatschte vor Freude in die Hände, und ich brachte es nicht fertig, ihn dafür zu rügen, da ich dafür sorgen wollte, daß der Junge vor allem den kriegerischen Geist entwickelte, der seinem offiziellen Vater fehlte.

Ich kam am 20. Januar in York an und beschloß, da sich die Anhänger Yorks noch nicht neu formiert hatten, nach London zu marschieren, den König zu befreien und die Macht wieder zu übernehmen. Meine Lords befürworteten diese Pläne, aber sie wiesen darauf hin, daß Yorks ältester Sohn, Eduard, der Graf von March, im Westen des Landes eine Armee aufgestellt habe, mit deren Hilfe er den Tod seines Vaters zu rächen hoffte. Ich erinnere daran, daß ich diesem jungen Mann begegnet war, als er noch in den Kinderschuhen steckte. Ich hatte ihn einige Jahre lang nicht gesehen und verspürte auch jetzt nicht das Verlangen danach. Obwohl mir berichtet worden war, daß er zu einem großen, kräftigen und gutaussehenden jungen Mann herangereift war, kann man es mir kaum verübeln, daß ich einen Jungen von neunzehn Jahren, der noch völlig unerfahren in der Kriegsführung war, nicht als Bedrohung empfand. Auf Anraten meiner Lords schickte ich jedoch einen Teil meiner Truppen unter Jasper Tudor nach Westen, um mit dem Jungen zu verhandeln. Wir anderen wandten uns nach Süden, denn ich hatte großes Interesse daran, nicht nur London und den König in meine Hände zu bekommen, sondern auch mit dem letzten bedeutenden Führer der Yorkschen Partei zu verhandeln: Warwick, von dem meine Spione berichteten, daß er zur gleichen Zeit nordwärts reiste, um mit mir zusammenzutreffen.

Außerdem erfuhr ich, daß er die Stadt St. Albans besetzt hatte, in der unsere Sache den ersten militärischen Rückschlag erlitten hatte. Nun, ich dachte, es könne keinen besseren Ort für einen erneuten Kampf geben. Meine Heerführer hatten natürlich zahllose Pläne und Ratschläge, wie wir Warwick umgehen und mit ihm verhandeln sollten ... ich beschloß, sie zu ignorieren. Ich wollte kämpfen.

Zur gleichen Zeit wurde mir klar, daß ich über die Stärke des Grafen oder seine Stellungen nicht ausreichend Bescheid wußte. Ich dachte darüber nach, und wir marschierten nach Süden, bis meine Armee Verstärkung bekam. Etwa hundert bewaffnete Männer kamen uns entgegen, und an ihrer Spitze ritten John Grey von Groby und Bella!

Es war mehr als sechs Monate her, daß ich ihr hübsches Gesicht zum letzten Mal gesehen hatte, und was war mir in dieser Zeit nicht alles widerfahren! Es stellte sich heraus, daß es auch ihr an Abenteuern nicht gemangelt hatte. Sie erzählte mir von einigen, als ich sie in die Arme schloß. Meine Freude über unser Wiedersehen kannte keine Grenzen. Mein Horizont war durch meinen Aufenthalt in Schottland um ein Vielfaches erweitert worden, und so großartig Maria von Geldern auch gewesen war, sie hätte niemals, auch nicht durch den Umstand, daß wir beide Königinnen waren und sie zu jener Zeit die Oberhand hatte, hoffen können, die Stelle meiner liebsten Bella einzunehmen. Bella schien ihrerseits überglücklich zu sein, wieder in meinen Armen zu liegen.

Ich schilderte ihr meine Lage und die Probleme, mit denen ich konfrontiert war. »Ihr benötigt Informationen über den Grafen von Warwick, Euer Hoheit?« Die Augen des lieben Mädchens blitzten. »Ich werde Euch diese Informationen beschaffen.«

»Ihr?« rief ich erschrocken.

Daraufhin erzählte sie mir, wie es ihr während unserer Trennung ergangen war. Sie und Grey waren der Katastrophe von Northampton entkommen und nach Grafton, dem Landsitz ihrer Mutter geflohen. Dort war Bella geblieben, während der tapfere Grey sich aufgemacht hatte, um festzustellen, was in unserer Sache unternommen werden konnte. Nun war es natürlich weithin bekannt, daß Bella nicht nur eine meiner Hofdamen war, sondern meine liebste. Es war auch klar, daß von den Yorkschen Banden, die nach Eccleshall und in andere Richtungen ausgesandt wurden, um herauszufinden, wo ich mich befand, einige nach Grafton kommen würden.

Dieser Besuch wurde von niemand Geringeren als Warwick abgestattet, der begierig darauf war, derjenige zu sein, der Hand an mich legte, und das meine ich nicht im übertragenen Sinne. Nun, ich war nicht da, aber dafür Bella. Nach dem, was sie sagte, und ich zweifelte nicht an ihren Worten, unternahm der Graf dann auf eigene Faust eine kleine Vergewaltigungs- und Plünderungsaktion, in deren Verlauf er in den Genuß jener süßen Äpfel kam, die in diesem Moment an mich gedrückt waren.

»Dieser üble Schuft!« schrie ich. »Ist er bis zum Letzten gegangen?«

Bella errötete noch etwas heftiger. »Was sollte ich machen, Euer Hoheit? Mein Mann war fort, meine Mutter ist alt, meine Söhne sind jung … er war immerhin nichts weiter als ein kleiner Kerl.« Ich war keinesfalls besänftigt, aber ich lauschte interessiert, als Bella mit ihrer Geschichte fortfuhr. Nachdem er sich mit dem hübschen Mädchen einige Male vergnügt hatte, ging Warwick seiner Wege; aber daß er sich gut amüsiert hatte, bezeugten so manche Geschenke in den folgenden sechs Monaten.

Bellas eigene Gefühle waren so, wie man es hätte vermuten können: Mehr als alles andere wünschte sie den Untergang Warwicks, und darin blieb sie für den Rest ihres Lebens beständig; oder eher, da sie immer noch am Leben ist, für den Rest *seines* Lebens. Jetzt war sie entschlossen, ihm eine bittere Niederlage beizubringen. Ihr Plan war einfach. Warwick konnte kaum wissen, daß Grey von Groby zu meinen Truppen gestoßen war. Er wußte jedoch, daß Grey ein Anhänger des Hauses Lancaster war. Bella war sich sicher, wenn sie auf der Suche nach ihrem Mann, der an einen unbekannten Ort geritten war, zufällig nach St. Albans geriete, würde Warwick sie mit offenen Armen empfangen – und sie würde reichlich Gelegenheit haben, seine Stärke und seine Absichten auszukundschaften.

Ich war entsetzt über das Risiko, das sie eingehen wollte, aber sie war von der Aussicht, Spionin zu spielen, so begeistert, daß ich schließlich damit einverstanden war. Ich fragte mich allerdings, ob sie über die vorangegangenen Avancen des Grafen tatsächlich so aufgebracht war, wie sie vorgegeben hatte. Doch wie auch immer, sie ging fort und kam einige Tage später zurück – mit einem triumphierenden Lächeln. Alles war genau so gelaufen, wie sie es vorhergesagt hatte. Sie war ihren Gemahl drei Nächte lang untreu gewesen, hatte dabei jedoch unschätzbare Informationen gewonnen.

Was sie mir berichtete, war folgendes: Warwick wurde hauptsächlich vom Herzog von Norfolk, dem Herzog von Suffolk, dem Grafen von Arundel und einigen anderen Yorkschen Magnaten unterstützt. Er besaß eine große Armee – Bella schätzte sie auf etwa dreißigtausend Mann; das entsprach meiner eigenen Truppenstärke, seit ich Jasper fortgeschickt hatte –, doch sie bestand in der Hauptsache aus unerfahrenen Männern, und er hatte nur eine bescheidene Artillerie. Sie erzählte mir außerdem, daß er nicht vorhatte, auszuharren und St. Albans zu halten, wie wir es sechs Jahre zuvor zu unserem eigenen Unglück versucht hatten, sondern daß er, wenn er von unserem Anmarsch erfuhr, seine

Leute aus der Stadt hinaus und auf das hohe, ebene Gelände nördlich der Häuser führen würde, um die Straße nach Norden zu sperren, auf der er meinen Vormarsch vermutete. Dort würde er kämpfen, oder eher noch, wie er gesagt hatte, dabei zusehen, wie ich angesichts der Aussicht auf ein so blutiges Zusammentreffen das Weite suchen würde. Er hielt mich immer noch für eine schwache Frau und erinnerte sich zweifellos an den leichten Sieg, den er in Northampton errungen hatte. Doch die wichtigste Nachricht, die Bella überbrachte, war, daß der König sich im Lager befand. Bella sagte mir, er habe den König bei sich.

Meine Lords steckten sofort die Köpfe zusammen, wobei, wie gewöhnlich, jeder von ihnen einen anderen Vorschlag hatte. Ich darf wohl sagen, daß es selten eine lebhaftere Versammlung von Blaublütigen in England gegeben hat. Bedenkt nur! Ich war umgeben von den Grafen von Exeter, Somerset, Devonshire, Northumberland und Shrewsbury, ganz zu schweigen von den Lords Clifford, Fitzhugh, Grey von Codnor, Greystoke, Roos, Welles, Willoughby sowie Grey von Groby, der bis jetzt noch nicht einmal ein Ritter und dennoch für sein militärisches Talent bekannt war. Fast alle diese Männer waren in Wakefield dabeigewesen und hätten daher von Zuversicht erfüllt sein müssen, dennoch redeten sie solange hin und her, bis ich ihre Debatte unterbrach und ihnen sagte, was wir tun würden.

Ich kann mir zugute halten, daß mein Plan genauso simpel wie diejenigen des großen Caesar war. Ich darf hinzufügen, daß er ebenso erfolgreich war. Einige meiner Heerführer waren dafür, mit Warwick auf der verdammten Heide zusammenzutreffen, andere schlugen vor, die Yorksche Armee zu umgehen. Ich wollte beides versuchen und auf diese Weise Verwirrung in den Reihen der Feinde stiften. Sie waren entsetzt, aber ich duldete keinen Widerspruch, und so brach ich am folgenden Tag mit zwei Dritteln meiner Leute zu einem Flankenmarsch in westlicher Richtung auf, während Somerset die übrigen, unter denen sich auch die wilden Highlander befanden, geradewegs die Straße entlangführte.

Somerset sollte sich sehr langsam vorwärts bewegen, während ich meine Männer in aller Eile vorantrieb. Offenbar wurden wir jedoch von den Yorkschen Treppen gesehen, die mein Manöver sofort durchschauten. Das hatten meine Lords befürchtet, als sie gemutmaßt hatten, Warwick könne versuchen, sich zwischen unsere beiden Einheiten zu schieben und sie getrennt voneinander zu schlagen. Aber ich kannte Warwick. Er war ein recht ungeschickter Heerführer, dessen Karriere bislang mehr auf Glück als auf Können beruhte, und er war stets abgeneigt gewesen, alles auf eine Karte zu setzen. Er würde vielmehr versuchen, den Sieg durch defensive Maßnahmen herbeizuführen. Und natürlich hatte er den König bei sich, der, wie schwer seine Prüfungen auch immer sein mochten, nach wie vor für den Versuch, die Regierung an sich zu reißen, unersetzlich war. Der zukünftige Königmacher hatte nicht vor, seinen Trumpf aufs Spiel zu setzen.

In dieser Angelegenheit verhielt er sich genauso, wie ich es vorausgesagt hatte. Er konnte nicht bleiben, wo er war, da er sonst von zwei Seiten gleichzeitig angegriffen worden wäre; er hatte Angst, vorzurücken und alles auf einen Schlag zu riskieren; also entschied er sich für den Rückzug nach St. Albans, wo er sich sicher wähnte. Und das im Angesicht eines wild entschlossen vorrückenden Gegners. Als ich sah, wie seine Banner zurückströmten, wußte ich, der Sieg war unser. Ich selbst konnte nichts mehr tun. Also lenkte ich mein Pferd beiseite und sagte zu Clifford, der meine Hälfte der Armee unter sich hatte: »Schlagt mir eine Schneise zu meinem Mann.«

Er brüllte: »Für Margarete!«, und preschte los, während Bella und Prinz Eduard ihre Pferde neben dem meinen trotten ließen und dem Spektakel zusahen. Meine Männer waren grandios. Unter unseren Feinden breitete sich Chaos aus, denn wir gaben ihnen keine Zeit, ihre Reihen nach ihrem Rückzug neu zu ordnen. Meine tapferen Kerle schlugen sich von Norden und Westen her ihren Weg in die Stadt, und nicht zum ersten Male verlor Warwick im entscheidenden Moment den Mut. Er wird wohl kaum daran gezweifelt haben, welches Schicksal ihn erwartete, wenn er in Gefangenschaft geriet, nachdem er mich als Ehebrecherin und meinen Sohn als Bastard bezeichnet hatte. In weniger als einer Stunde traten die Anhänger Yorks unter der Führung ihrer Kommandeure den Rückzug an, und eine Truppe bewaffneter Männer war zu mir zurückgekehrt, um mich in die Stadt zu geleiten. »Seine Hoheit?« fragte ich besorgt, denn ich fürchtete, daß Warwick Heinrich mit sich genommen haben könnte.

»König Heinrich erwartet Eure Hoheit«, erwiderte einer der kräftigen Kerle. In seiner Angst hatte Warwick noch nicht einmal daran gedacht, daß er ohne den König lediglich ein Rebell war.

Mein Herz wollte vor Freude zerspringen, als ich zwischen den Reihen meiner jubelnden Männer und weiter in die St.-Peters-Straße ritt.

Im Zentrum der Stadt warteten einige meiner Lords auf mich. Ihre Schwerter und Rüstungen waren blutverschmiert, aber sie alle trugen das Lächeln des Siegers auf ihren Gesichtern. Und außerdem wartete dort mein Ehemann, den ich seit sieben Monaten nicht gesehen hatte.

Ich muß gestehen, daß er gut aussah; in der Tat hatte er aufgrund eines Mangels an Bewegung Fett angesetzt; er hatte also gewiß nicht hungern müssen. Gleichwohl muß ich hervorheben, daß er keine große Freude darüber zeigte, seine Frau wiederzusehen, die sich so tapfer für seine Befreiung eingesetzt hatte. Und auch der Anblick seines jungen Sohnes schien ihn nicht besonders zu bewegen. »Nun, Meg«, sagte er, »hat Euch etwa der Wind hierhergeweht?«

»Wir haben einen großen Sieg errungen, Sire«, sagte ich für den Fall, daß er es nicht bemerkt hatte.

»Das freut mich«, entgegnete er. »Ja, es freut mich wirklich.«

»Viele Eurer Untergebenen haben große Taten vollbracht, Sire.«

»Das ist eine gute Nachricht«, sagte er.

»Wollt Ihr sie nicht zum Ritter schlagen?«

»Natürlich, gerne.«

»Dann fangt doch mit dem Prinzen von Wales an.«

Heinrich blickte Eduard zwar mit einigem Wohlwollen, doch ohne jegliches Zeichen von Zuneigung oder gar Liebe an. Offensichtlich hatten ihn die Anhänger Yorks während seiner Gefangenschaft aus allen Richtungen mit ihren üblen Andeutungen bombardiert, und er war zweifellos dazu übergegangen, ihnen Glauben zu schenken. Aber er war bereit, meinen Sohn zum Ritter zu schlagen, und zwar auf dem Schlachtfeld, was sehr erfreulich war. Während die Vorbereitungen dafür getroffen wurden, nahm ich Clifford und Somerset beiseite. »Bringt jeden verdienstvollen Truppenführer hierher«, sagte ich zu ihnen. »Wir müssen hieraus ein großes Ereignis machen. Vor allem möchte ich, daß Grey von Groby zum Ritter geschlagen wird.«

Sie nickten und schickten ihre Untergebenen aus, um alle diejenigen zu holen, die der Ehre würdig waren, während Bella, die mit Prinz Eduard und mir in die Stadt geritten war, vor Freude in die Hände klatschte. Inzwischen lenkte Clifford meine Aufmerksamkeit auf zwei mir vertraut erscheinende Männer, die hinter dem König standen und von Wachen festgehalten wurden.

»Was ist ihr Verbrechen?« fragte ich.

»Nun, ganz einfach: Sie sind Anhänger Yorks, die es unterlassen haben, mit ihren Kameraden zu fliehen«, sagte Clifford. »Es sind Lord Bonville und Sir Thomas Kyriel.«

Sie fielen vor mir auf die Knie. »Wir waren vom Grafen von Warwick beauftragt worden, Seine Hoheit während der Schlacht zu bewachen, Euer Hoheit«, erklärte Bonville. »Als der Befehl kam, die Stadt zu verlassen, wollten wir Seine Hoheit mitnehmen. Aber er weigerte sich und bat uns, bei ihm zu bleiben und ihn weiterhin zu bewachen. Das taten wir, Euer Hoheit, und deshalb sind wir jetzt Eure Gefangenen. Aber wir haben unsere Pflicht dem König gegenüber geleistet.«

Heinrich war inzwischen zu uns getreten. »Sie sind rechtschaffene Kerle, Meg«, erklärte er. »Ich habe ihnen die Freiheit versprochen.«

Damit ging er wieder fort und auf die nächste Kirche zu, wo er zweifellos Gott für seine Befreiung danken wollte.

Ich hatte keinen Anlaß, diese Männer zu hassen, obwohl sie Anhänger Yorks waren, und spielte mit dem Gedanken, die beiden dafür zu belohnen, daß sie den König bis zum Schluß beschützt hatten. Mit diesem Vorschlag wandte ich mich an meinen Sohn: »Nun Eduard, was sollen wir mit den beiden machen?«

»Ihnen die Köpfe abschlagen«, antwortete Prinz Eduard, ohne zu zögern. Ich war wie betäubt und spürte zum ersten Mal, welch tiefe Wunden die Erfahrungen der letzten Monate in seiner kindlichen Seele hinterlassen hatten. Und bevor ich mir noch irgendeine Antwort ausdenken oder entscheiden konnte, wie ich mich aus diesem Dilemma herauswinden könnte, nachdem ich ja gerade vor den versammelten Lords verkündet hatte, der Prinz solle über das Schicksal der Gefangenen entscheiden, schrie Bella plötzlich auf, bevor sie ohnmächtig zu Boden sank.

Ich erkannte sofort die Ursache dafür. Meine Lords sammelten alle diejenigen Anführer, die noch keine Ritter waren, damit sie vom König ihre Auszeichnung empfangen konnten. Und unter diesen tapferen Männern befand sich John Grey von Groby – aber er wurde auf einer Trage gebracht, und Blut sickerte aus seiner zerschmetterten Rüstung.

Die Gefangenen waren auf der Stelle vergessen, und ich eilte zu dem Verwundeten. Jemand hatte Bella mit eiskaltem Wasser in die Wirklichkeit zurückgeholt, und sie blickte zu mir herüber. Ihre Frisur war eine tropfende, goldene Masse, und ihr Busen hob und senkte sich heftig. An diesen Busen drückte sie jetzt ihren Mann und war schon nach kurzer Zeit genauso blutverschmiert wie er.

Ich sah sofort, daß Grey nicht mehr lange zu leben hatte: Er war mehrmals mit einer Kriegskeule geschlagen und danach, als er am Boden lag, von mehreren Pferden überrannt worden. Aber ich war entschlossen, die Witwe Grey zur Witwe Lady Grey zu machen, und ließ den Verstümmelten vor den König tragen, damit John Grey die beiden leichten Schwertschläge erhielt, die die Elite vom Pöbel trennen. Das tat Heinrich mit großem Vergnügen, denn er war stets bereit, das Elend anderer zu lindern. Dann schickte ich Sir John und Lady Grey fort, nachdem ich Bella in einer tränenreichen Umarmung an meine Brust gedrückt hatte. In den letzten Stunden seines Erdendaseins sollte John Grey mit seiner Gemahlin allein sein.

All dies hatte mich sehr bestürzt. Ich verließ den König, um nachzusehen, was Prinz Eduard machte, und fand ihn, wo ich ihn verlassen hatte: auf dem Hauptplatz der Stadt, wo er bei der Errichtung eines Schafotts zusah. »Es gibt doch sicherlich noch nützlichere Arbeiten für diese Männer?« fragte ich Clifford, der die Vorgänge beobachtete.

»Sie gehorchen dem Befehl des Prinzen von Wales, Euer Hoheit«, sagte Clifford. »Bonville und Kyriel sollen geköpft werden.«

»Das ist ja unerhört, Sir John«, fuhr ich ihn an. »Was für ein Verbrechen haben sie denn begangen, außer daß sie der Yorkschen Partei angehören? Haben sie dem König nicht treu beigestanden? Und hat er ihnen nicht ihr Leben versprochen?«

Clifford nahm meinen Arm und führte mich beiseite. »Seine Hoheit mag das getan haben, Euer Hoheit. Aber das war eine persönliche Angelegenheit. Der Prinz von Wales dagegen hat sie vor unserer versammelten Armee zum Tode verurteilt. Es ist gut möglich, daß unsere Leute in den nächsten Jahren all ihre Befehle vom Prinzen empfangen werden. Glaubt Ihr, es sei seiner Autorität dienlich, wenn sein erster öffentlicher Befehl einfach außer Kraft gesetzt wird?«

Ich biß mir auf die Lippen. Ich wußte natürlich, daß Clifford genauso unerbittlich war wie Eduard und darauf brannte, sich an jedem Anhänger Yorks zu rächen, den er in die Finger bekommen konnte. Außerdem wußte ich, daß sein Haß sich aus seinen Schuldgefühlen über den Mord am jungen Rutland speiste. Andererseits waren seine Worte von einer erschreckenden Wahrheit. Mehr als alles andere wollte ich, daß mein Sohn eine Reinkarnation von Heinrich dem Großen, oder besser noch, seinem mächtigen Namensvetter, Eduard III., würde. Um eine solche Größe zu erreichen, würde er notwendigerweise Maßnahmen anordnen müssen, die einem vielleicht grausam oder gar abscheulich vorkamen. Dennoch fand ich es ausgesprochen schwierig, zu einer Entscheidung zu kommen. Während ich noch meine Lage überdachte, wurde ich erneut von der Ankunft eines Boten abgelenkt, der auf einem schweißglänzenden Pferd und in verschmutzter Kleidung herangeritten kam und vor mir auf die Knie fiel. »Euer Hoheit«, keuchte er, »ich komme vom Grafen von Pembroke.«

»Ja?« fragte ich, und eine eisige Hand schien mein Herz zu ergreifen – der Mann sah nicht so aus, als würde er gute Nachrichten bringen. Ich fürchtete mich davor, das Schicksal Jasper Tudors zu erfahren.

»Ein großes Unglück ist über unsere Truppen hereingebrochen, Hoheit«, stammelte der Mann. »Der Graf traf in Begleitung seines Vaters vor einigen Tagen bei Mortimer's Cross auf die Anhänger Yorks. Diese wurden vom Grafen von March angeführt, Euer Hoheit, der behauptete, mehrere Sonnen am Himmel zu sehen. Und mit diesem Omen war er unbesiegbar.«

»Wir wurden geschlagen?« fragte Clifford, als sei das noch nicht klar.

»Der Graf von Pembroke floh mit dem Teil seiner Armee, den er noch retten konnte. Sein Vater und alle anderen Adligen, die in Gefangenschaft gerieten, wurden nach Hereford gebracht und dort auf dem Marktplatz geköpft.«

»Owen Tudor ist tot?« murmelte ich fassungslos. Wie würde sich die Nachricht vom Ableben seines Stiefvaters wohl auf Heinrich auswirken?

»Und es sind noch mehr, die ihr Leben gelassen haben, Euer Hoheit. Man sagt, der Graf von March, der jetzt als Erbe seines Vaters den Titel des Herzogs von York für sich in Anspruch nimmt, habe erklärt, er wolle im Gegenzug für den Tod seines Vaters und seines Bruders in Wakefield jeden Adligen auf der Seite des Hauses Lancaster niedermetzeln.«

Ich blickte Clifford an, der einen Moment lang erbleichte und dann in lautes Gelächter ausbrach. »Der Junge will uns alle köpfen, oder? Nun, dann werden wir ihm ein paar Köpfe vorwerfen, mit denen er erst einmal spielen kann.«

Nun gab es keine Möglichkeit mehr, das Leben von Bonville und Kyriel zu retten. Hätte ich es versucht, so hätte ich die Unterstützung der Lords verloren, auf deren Hilfe ich angewiesen war, um meine Macht zu sichern. Und so stand ich neben dem Prinzen und sah zu, wie die beiden hilflosen Männer, deren einziges Verbrechen darin bestand, ihre Pflicht getan zu haben, zum Schafott schritten und enthauptet wurden.

Aber es gab Wichtigeres zu bedenken als die Hinrichtung Yorkscher Anhänger. Eine heftige Debatte war darüber in Gang gekommen, was wir als nächstes tun sollten. In dieser Situation – ich muß es offen zugeben – war ich nicht so entschlossen wie sonst. Ich war völlig erschöpft. Die Anstrengungen der letzten Tage hatten sehr an meinen Kräften gezehrt. Und den schwersten Schlag hatte ich jetzt in dem Moment erlitten, als ich glaubte, mich endgültig auf dem Siegeszug zu befinden. Natürlich sagte ich mir, daß dieser Sieg der Yorkschen Partei nichts weiter als ein Nadelstich sei; es sollte mir nicht allzu schwer fallen, mit diesem ehrgeizigen Jungen fertig zu werden. Wie man sieht, hatte ich keine Vorstellung von dem Monster, gegen das ich mich jetzt zu behaupten hatte.

Ein weiterer Grund für meine Unfähigkeit, unseren Rat zu lenken, war meine Sorge um Bella. Wie ich befürchtet hatte, war Grey nur wenige Stunden, nachdem er zum Ritter geschlagen worden war, gestorben. Bella war vollkommen außer sich, und ich konnte wenig tun, um sie zu trösten. Als sie mich bat, den Leichnam ihres Mannes nach Groby zu bringen und dort zu begraben, war ich sofort einverstanden.

Wir umarmten und küßten einander, und noch in derselben Nacht verließ sie uns, nachdem sie mir versprochen hatte, mich in Westminster aufzusuchen, sobald ich die Herrschaft wieder an mich gerissen hatte. Wie wir Sterblichen doch unsere Pläne schmieden, nur damit die Götter sie zunichte machen können! Ich sollte niemals wieder von Westminster aus herrschen, und ich sollte Bella die nächsten zehn Jahre nicht wiedersehen – und bis dahin sollten sich unsere Lebensumstände erheblich verändert haben. Man könnte fast sagen, sie sollten sich ins Gegenteil verkehrt haben.

Nachdem Bella fort war, ging ich zu Bett und schlief wie ein Stein. Als ich erwachte, frühstückte ich, zog mich an und ging mit Prinz Eduard hinaus, um meinen Mann zu treffen. Als ich aus dem Haus trat, in dem ich mein Quartier aufgeschlagen hatte, stellte ich verwirrt fest, daß meine Truppen offenbar vorhatten, die Stadt zu verlassen. Ich wollte mich zwar nicht lange in St. Albans aufhalten, aber ich hatte die Absicht, auf London zuzumarschieren. Soweit ich jedoch sehen konnte, nahmen meine Leute die Straße Richtung Norden. Schnell schickte ich Knappen aus, um meine Heerführer zusammenzurufen, die rasch herbeieilten. »Hätte jemand von Euch die Güte, mir zu sagen, was hier vor sich geht?« fragte ich. »London liegt in *dieser* Richtung. Der Graf von Warwick ist in *diese* Richtung geflohen. Der Regierungssitz befindet sich in *dieser* Richtung. Und das ist der Weg, den wir einschlagen müssen.«

Henry Somerset schüttelte den Kopf. »Das geht nicht, Euer Hoheit.«

Ich war irritiert. »Warum nicht?«

»Der Graf von Warwick wird die Stadt inzwischen erreicht haben«, erklärte Clifford.

Meine Irritation wuchs. »Sollten wir ihm etwa nicht auf den Fersen bleiben?«

»Wir könnten ihn jetzt nicht mehr einholen, Euer Hoheit«, sagte Wiltshire. »Und er ist bei den Londonern sehr beliebt. Wir haben nicht genug Männer, um gegen eine ganze Stadt zu kämpfen.«

»Dort ist doch nur Gesindel«, fauchte ich.

»Und dann ist da noch der Herzog von York«, murmelte jemand.

»Ich vermute, Ihr meint den Grafen von March«, fuhr ich ihn an. »Der Herzog von York ist tot, und niemand hat das Recht, sich Herzog von York zu nennen, solange der König dem nicht zugestimmt hat.«

»Wie auch immer er genannt wird, Euer Hoheit«, sagte Clifford, »er marschiert auf London zu, und zwar mit einer Armee, die ständig wächst. Wenn wir jetzt übereilt handeln, dann laufen wir Gefahr, zwischen Warwick und March zu geraten.«

»Und noch etwas müssen wir bedenken«, sagte Wiltshire. »Die Schotten. Es gibt niemanden in London, der nicht darum kämpfen würde, diese Schurken daran zu hindern, in die Stadt zu gelangen.«

Zu dieser Zeit war ich zu wütend, um die volle Bedeutung seiner Worte zu erfassen. »Wollen die Herren mir etwa weismachen, daß der Sieg, den wir errungen haben, bedeutungslos sei?« fragte ich mit vor Sarkasmus triefender Stimme.

»Keineswegs, Euer Hoheit«, erwiderte Clifford. »Aber unser weiteres Vorgehen muß genau überdacht werden. Wenn wir uns in den Norden zurückziehen, dann können wir unsere Truppen vergrößern. Wir können uns vielleicht mit dem Grafen von Pembroke und seinen Walisern zusammentun und, wenn wir soweit sind, versuchen, mit York – Entschuldigung, mit March – und Warwick zu verhandeln.«

»Und ihnen London überlassen«, sagte ich.

»London ist unwichtig, Euer Hoheit. Es ist nur eine Stadt.

Auf den König kommt es an. Wir haben den König wieder auf unserer Seite. Das ist der wesentliche Punkt. Es bedeutet, daß die Anhänger Yorks bewaffnete Rebellen gegen ihren gesalbten Herrn sind. Das werden sie noch früh genug merken. Und dann werden sie entweder auseinandergehen und die Straße nach Süden für uns offenlassen, oder sie werden einen neuen Kampf beginnen, der zu einer Zeit und an einem Ort unserer Wahl stattfinden wird.«

Vielleicht war ich doch nicht ganz bei Kräften, wie ich angenommen hatte. Ich ließ mich von ihnen überzeugen und protestierte noch nicht einmal dagegen, daß vom König wie von einer leblosen Trophäe gesprochen wurde – denn das war er tatsächlich. Und so marschierten wir wieder nach Norden. Ich ritt an der Spitze unserer Armee. Der König ritt an meiner Seite, und die Straßen waren voller Leute, die ganz wild darauf waren, ihren Monarchen zu sehen, ihm zuzujubeln und sich uns anzuschließen. Bis wir Yorkshire erreicht hatten, verfügte ich über die größte Armee, die sich jemals unter dem Banner des englischen Königs zusammengefunden hatte. Ich selbst weiß nicht mit Gewißheit, wie viele Männer das Schwert zur Verteidigung des Rechts gezogen hatten, aber einige Schätzungen belaufen sich auf bis zu sechzigtausend.

Jetzt war ich wirklich bereit, umzukehren und wieder nach Süden zu ziehen – da erhielten wir die Nachricht, daß der Graf von March sich auf dem Weg nach Norden befand, um gegen uns zu kämpfen.

Und das war nicht die einzige Nachricht, die ich erhielt. Dieser neunzehnjährige Junge zeigte plötzlich einen Ehrgeiz, der den seines Vaters in den Schatten stellte. Er war mit seiner Armee auf London zumarschiert, hatte sich mit Warwicks geschlagenen Truppen vereinigt und war schließlich unter dem Jubel der Einwohner in die Stadt selbst eingezogen. Nun, natürlich jubelten sie. Auf diese Weise ermutigt, hatte der jugendliche Draufgänger ein Parlament einberufen. Und vor den versammelten Lords und Commons der Yorkschen Partei hatte er nicht nur seinen Anspruch auf das Herzogtum York erhoben, sondern auf das gesamte Königreich.

Er marschierte jetzt als König Eduard IV. gegen uns.

12

Meine Lords machten sich natürlich über die Ansprüche des jungen March lustig, und auch ich selbst war der Meinung, daß der junge Mann nicht gesalbt und gekrönt worden war, und daß es somit für die schlichte Verkündung, Heinrich sei abgesetzt, keinerlei rechtliche Grundlage gab. Gleichzeitig muß ich jedoch zugeben, daß mich die Unverfrorenheit seines Vorgehens erschauern ließ. Kaum weniger beängstigend war der Anspruch von March, der anhand einer genealogischen Tafel sein höheres Recht auf den Thron deutlich machte. Am meisten von allem störte mich jedoch die Art, wie die Londoner ihn in ihre Herzen geschlossen hatten – wir hörten bereits Berichte darüber, daß der junge Riese (er war noch ein paar Zentimeter größer als einen Meter achtzig) die Frauen der Hauptstadt so sehr in seinen Bann gezogen hatte, daß sie ihn bei jeder Gelegenheit nicht nur an ihre Brust drückten, sondern ihm auch Geld zukommen ließen, was sie meinem eigenen armen Mann stets verweigert hatten.

Ich konnte nicht anders, als diese Sorgen mit Heinrich Somerset zu teilen, der meine Ängste respektierte. »Unsere einzige Hoffnung besteht darin, den Schuft zu bekämpfen, ihn zu schlagen und zu töten«, erklärte er. »Es ist nicht notwendig, mit ihm zu verhandeln oder ihm gegenüber Milde walten zu lassen. Er ist ein Verräter und Rebell, und Ihr könnt Euch ausmalen, welches Schicksal den König und den Prinzen von Wales ereilen würde, sollte er uns besiegen.«

Und wenn ich an mein eigenes Schicksal dachte, wurde mir ganz mulmig. Plötzlich fielen mir all die Geschichten über die Machenschaften des jungen Lüstlings ein. Wie würde er angesichts einer hilflosen Gefangenen von solcher Schönheit wohl reagieren, wenn sie zu seinen Füßen lag? Ich hatte gerade meinen einunddreißigsten Geburtstag gefeiert und war so attraktiv wie eh und je.

Aber ich stimmte mit Somersets Sichtweise vollkommen überein. In Anbetracht unserer enormen Stärke konnte die entscheidende Schlacht gar nicht früh genug stattfinden.

Daß dieses Zusammentreffen eine Entscheidung herbeiführen *mußte*, war uns allen klar: Die Würfel würden endlich fallen, dessen waren wir uns sicher. Und wir taten alles, um als Sieger aus dem Kampf hervorzugehen.

Wie es schien, bedeutete wenigstens die kopflose Entschlossenheit der Yorkschen Anhänger, sich auf uns zu stürzen, einen Vorteil für uns. Ebenso das Bestreben Warwicks, seine Niederlage in St. Albans wettzumachen. Unsere Spione informierten uns darüber, daß der Graf die Vorhut des jugendlichen »Königs« anführte, dessen Aufstieg er als persönlichen Triumph betrachtete. March folgte ihm in etwas gemächlicherem Schritt.

Ich errichtete mein Hauptquartier in York und sammelte dort meine Heerführer um mich, um ihnen meine Ansichten mitzuteilen. Ich hatte die Landkarte mit großer Sorgfalt studiert, und keiner der Adligen war geneigt, meine Anordnungen in Frage zu stellen. König Heinrich nahm an diesen Diskussionen nicht teil; er zog es vor, zu beten. Ich nahm an, er betete für unseren Sieg – doch ich hielt es für besser, nicht genau nachzufragen.

Aus meinen vorangegangenen Zusammentreffen mit den Anhängern Yorks hatte ich eine Menge gelernt. Ich hatte an drei Schlachten teilgenommen. In St. Albans hatte der Feind in einer für die Verteidigung ungünstigen Position gestanden, und ich war in der Lage gewesen, ihn in Bewegung zu bringen und in eine Falle zu locken. Aber sowohl in Blore Heath als auch in Northampton war ich gezwungen gewesen, einen Fluß zu überqueren, um an den Feind heranzukommen, und das hatte sich in beiden Fällen als katastrophal erwiesen. Natürlich hatten auch noch andere Faktoren eine Rolle gespielt. Doch der Fluß hatte in beiden Fällen erheblichen Einfluß auf den Ausgang der Schlacht gehabt.

Etwa sechzehn Kilometer südlich von York befand sich ein Strom, die Aire. Direkt nördlich davon war ein großes Moor, ein idealer Ort, um meine Armee aufzustellen. Außerdem war ich mir sicher, daß March weitaus größere Sorgen hatte als ich. Denn sein Anspruch auf den Thron hing davon ab, daß er Heinrich gefangennahm und zur Abdankung zwang – oder ihn ermordete, was auf dasselbe hinauslief. »Deshalb«, erklärte ich meinen Heerführern, »wird er versuchen, uns anzugreifen. Wenn wir die Linie am Aire aufgrund unserer Stärke halten, aber den größeren Teil unserer Truppen im Moor dahinter postieren, werden wir ihn mit einem unüberwindlichen Problem konfrontieren. Uns frontal anzugreifen, wäre ein Desaster. Er wird also bemüht sein, uns zu einer Veränderung unserer Position zu bringen. Und wenn er das tut, dann können wir ihn nach Belieben angreifen.« Ich sah von einem Gesicht zum nächsten und fand überall Zustimmung. »Wir werden dort unser Hauptquartier aufschlagen«, sagte ich und zeigte mit dem Finger auf das Dorf Towton, etwa zwölf Kilometer südlich von York, am Rande des Moores.

Erneut erntete ich Zustimmung zu meinem Plan. »Mylord

Northumberland«, sagte ich. »Ihr werdet den Vormarsch organisieren. Mylord Somerset, Ihr werdet die Hauptschlacht führen. Clifford, Ihr werdet die Kavallerie unter Euch haben und am Fluß patrouillieren.«

»Und Ihr, Euer Hoheit?« fragten sie.

»Ich werde an der Seite des Herzogs von Somerset kämpfen.«

Nun erhoben sie wie üblich ihre Einwände; und wie immer mußte ich mich ihren Wünschen fügen. Ich konnte recht gut verstehen, daß die Sorge um meine Sicherheit mitten in der Schlacht meine Heerführer weitgehend davon ablenken würde, den Feind zu schlagen, und da ich meine Anordnungen getroffen hatte, konnte ich zum eigentlichen Kampf nicht viel beitragen. Es gab jedoch in Towton eine Kirche mit einem recht hohen Turm, und von diesem vorteilhaften Punkt aus wäre ich in der Lage, das Feld zu überblicken. Mit einem Trupp starker Reiter zu meiner Verfügung, so daß ich rasch die notwendigen Befehle erteilen konnte, würde ich die Dinge von einem hochgelegenen Punkt aus besser kontrollieren können als mitten im Kampfgetümmel. Eine erhöhte Position hatte sich in Northampton bis zu jenem verdammungswürdigen Regenschauer als durchaus vorteilhaft erwiesen. Und so erklärte ich mich einverstanden.

Leider hatte ich selbst nach sechzehn Jahren auf dem Thron dieses gottverlassenen Landes immer noch nicht gelernt, die Launen des englischen Wetters einzuschätzen. Natürlich kämpft auf dem Kontinent kein respektabler Heerführer im Winter. Onkel Karl hatte solche Geschäfte in der Zeit zwischen Oktober und April gänzlich unterlassen, und auch große Soldaten wie Heinrich V., Eduard III. oder der Schwarze Prinz waren immer nur in der Hitze des Sommers nach Frankreich gekommen.

Aber in diesem Krieg war jeglicher Sinn für Anstand

durch den Kampf in Wakefield, der im Dezember ausgefochten worden war, verlorengegangen, und dieser Märzmonat war sogar noch kälter. Trotzdem war ein schrecklicher Sturm das letzte, was irgend jemand erwartet hätte, auch wenn sich der Himmel mit Wolken verdunkelte.

Als man mir mitteilte, daß Warwick und die Yorkschen Truppen sich uns näherten, befahl ich meiner Armee, auszurücken und ihre Positionen einzunehmen. Dann stattete ich dem König einen Besuch ab. Seit unserer Wiederbegegnung hatten wir nicht miteinander geschlafen. Heinrich hatte der Fleischeslust vollkommen entsagt, und ich hatte andere Dinge im Kopf – nicht etwa daß ich auch nur das geringste Verlangen verspürt hätte, jemals wieder das Bett mit ihm zu teilen. Nichtsdestoweniger war er der König von England, und es war seine Armee, die ich zum Sieg führen wollte. »Ich glaube, die nächsten Tage werden über die Zukunft Eurer Regentschaft entscheiden, Sire«, sagte ich zu ihm. »Wollt Ihr mich nicht begleiten und Euch den Kampf ansehen? Es würde die Männer sehr ermutigen.«

»Morgen ist Samstag«, erwiderte er.

»Das ist mir bewußt, Sire.«

»Meg, Meg«, protestierte er. »Was für ein heidnischer Mensch Ihr doch seid! Wenn morgen Samstag ist, dann ist der folgende Tag ein Sonntag.«

»Eure logischen Schlußfolgerungen haben mich seit jeher mit Bewunderung erfüllt, Euer Hoheit.«

»Und außerdem«, fuhr mein Mann fort und ignorierte meinen Sarkasmus, »ist es Palmsonntag, an dem alle guten und gläubigen Menschen niederknien sollten. Nein, nein, an diesem Wochenende darf nicht gekämpft werden, es sei denn, es gelingt uns, York bis morgen abend in die Flucht zu schlagen.«

Es war natürlich sinnlos, mit ihm zu streiten oder ihn darauf hinzuweisen, daß Warwick wohl kaum aufgrund eines kirchlichen Feiertages seinen Vormarsch unterbrechen würde. »Ich versichere Euch, Sire«, sagte ich, »es ist meine volle Absicht, morgen in die Kirche zu gehen, und vielleicht sogar am Sonntag.« Oder zumindest *auf* eine Kirche – aber warum sollten wir es so genau nehmen?«

Ich ritt also mit meinen Heerführern hinaus, um die Stellungen unserer Leute zu kontrollieren; wir hatten die Nachricht erhalten, daß March in Pontefract mit seinem Cousin Warwick zusammengetroffen war und sie uns zweifellos am morgigen Tag erreichen würden. Ich hatte das Gelände bereits erkundet und meine Position ausgewählt. Sie befand sich auf der Kuppe eines kleinen Hügels mit Blick auf das darunterliegende Tal, was bedeutete, daß die Anhänger Yorks unter großen Anstrengungen den Abhang hinaufkommen mußten. Aber die Stelle hatte noch andere Vorteile: Man konnte sie nämlich nicht umgehen, weil mein rechter Flügel von einer Klippe und mein linker von einem Stück Marschland geschützt war. »Wir sind unschlagbar, Euer Hoheit«, berichtete Trollope mir. Er hatte natürlich mehr als jeder andere – abgesehen von mir – gute Gründe, sich den Sieg zu wünschen. Sein Schicksal wäre besiegelt, sollte er in die Hände der Yorkschen Anhänger fallen, nachdem er sie im vergangenen Jahr so schmählich verlassen hatte.

Aber ich stimmte mit ihm überein. Inzwischen kamen Berichte, daß die Vorhut des Feindes beinahe den Strom erreicht hatte, und so schickte ich ihnen Cliffords Truppen entgegen, um sie von uns fernzuhalten. Danach zog ich mich in bester Stimmung für die Nacht zurück. Noch vierundzwanzig Stunden, noch ein Kampf, und das Königreich würde wieder das meine sein, dessen war ich mir sicher. Als jedoch Heinrich Somerset, der Prinz und ich beim Abendessen saßen, trat ein völlig erschöpfter Reiter ein. »Der Feind hat den Fluß überquert, Euer Hoheit«, stammelte er.

»Wie kann das sein?« fragte ich und versuchte, mich der aufsteigenden Furcht zu erwehren.

»Sie haben die unbewachte Furt in Ferrybridge benutzt«, sagte der Mann.

»Ist der Hauptteil der Armee schon auf der anderen Seite der Furt?« fragte Somerset.

»Nein, Mylord. Die Furt wird von einer Abteilung gehalten. Der Hauptteil ist noch nicht da.«

»Der Junge ist ein Dummkopf«, sagte ich. »Er weiß nicht, wie er aus einem vorübergehenden Erfolg seinen Vorteil ziehen kann. Wir müssen diese Kerle jetzt sofort zurückdrängen.«

Somerset nickte. »Ich werde mich darum kümmern.«

»Entschuldigung, Euer Hoheit«, sagte der Bote. »Mylord Clifford befindet sich im Augenblick auf dem Weg nach Ferrybridge. Er hat mich zu Euch geschickt.«

Clifford und sein Pferd würden gewiß dort sein, noch lange bevor Somerset genügend Männer für die Aufgabe zusammen hatte, und in jedem Fall war ich gegen Einschnitte in unseren Reihen, selbst wenn es den Anhängern Yorks gelingen sollte, ohne Schwierigkeiten herüberzukommen. Also setzten wir unser Vertrauen in Clifford. Doch die Aussicht auf eine ruhige Nacht war dahin.

Schon beim ersten Tageslicht war ich wach und angezogen. Bailly, die inzwischen zu alt geworden war, um mit in den Kampf zu ziehen, war in York zurückgeblieben, aber ich hatte eine Reihe junger Mädchen bei mir. Ich nahm ein hastiges Frühstück ein, doch die Mahlzeit war noch nicht beendet, als ein weiterer Reiter von Clifford kam. »Großartige Neuigkeiten, Euer Hoheit!« verkündete er. »Lord Clifford hat die Furt wieder eingenommen. Die Anhänger Yorks schliefen, als er über sie herfiel. Jetzt sind sie alle tot.«

»Das sind in der Tat großartige Neuigkeiten«, sagte ich. »Ich frage mich, was die beiden Gauner jetzt tun werden.« Dann begaben der Prinz und ich uns auf den Kirchturm. Somerset begleitete uns nach Towton, um sich zu vergewissern, daß wir einen sicheren Platz fanden. Er freute sich natürlich über Cliffords Triumph, hatte aber Bedenken wegen des Wetters, denn die Wolken hingen jetzt sehr tief und sahen bedrohlich aus. Und doch hegte ich am Ausgang der Schlacht nicht die geringsten Zweifel. »Wenn es regnet, dann wird eben unsere Artillerie nutzlos sein, aber auch die ihre, Henry. Nur Mut.«

Dieser Zuspruch brachte nicht viel, denn als ich ihn ein letztes Mal umarmte, bevor ich die Stufen zum Turm emporstieg, kam ein dritter Reiter an, und ein einziger Blick in sein Gesicht ließ die Katastrophe erahnen.

Wir hatten einen schweren Rückschlag erlitten. Weit davon entfernt, der militärische Grünschnabel zu sein, als den ich ihn angesehen hatte, zeigte sich dieser Neuling, Eduard von March, bereits als ein Mann von enormer Energie und beträchtlichem Intellekt. Er hatte die Furt in Ferrybridge tatsächlich in Besitz genommen. Aber dies war offensichtlich nichts anderes als ein Köder gewesen, da er damit rechnen konnte, daß uns das Ereignis schon bald zu Ohren kommen würde, und zweifellos hatte er seine Vertreibung durch Clifford vorausgeplant. Aber scheinbar kannte er Clifford auch und vertraute darauf, daß dieser unbesonnene und leichtsinnige Mann sich auf seinen Lorbeeren ausruhen würde, denn zur gleichen Zeit hatten die Yorkschen Truppen bereits eine andere Furt in Besitz genommen, in Castleford, knapp fünf Kilometer weiter flußaufwärts, und dies war *ohne* unser Wissen geschehen. Während also Clifford noch seinen Sieg feierte, fielen ihm plötzlich die Feinde in den Rücken. »Seine Männer wurden geschlagen, Euer Hoheit«, berichtete der unglückliche Knabe.

»Mylord Clifford?«

»Tot, Euer Hoheit. Er bekam einen Pfeil in die Kehle und war sofort tot.«

Ich sah Somerset bestürzt an; Clifford war sein bester Freund gewesen. Aber für Trauer war jetzt keine Zeit. »Was geschieht jetzt?« fragte ich.

»Die Anhänger Yorks haben Ferrybridge wieder in ihrer Gewalt, Euer Hoheit, und im Moment überquert die gesamte Armee den Fluß.«

Hastig kletterte ich auf den Turm. Somerset folgte mir. Von der Brüstung erblickten wir unsere eigenen Leute, deren Position etwa drei Kilometer südlich, an einer entfernten Ecke des Moores lag, wo wir einen ganzen Wald aufgerichteter Piken und Banner sahen. »Laßt uns zu unseren Männern gehen«, sagte ich.

»Aber Ihr solltet hierbleiben, Euer Hoheit«, protestierte Heinrich.

»Ich werde wieder zurückkommen, wenn der Kampf beginnt«, versprach ich ihm. »Bis dahin möchte ich bei meinen Leuten sein.« Ich legte meine Hand auf seine Schulter. »Denkt nicht an Clifford, Heinrich«, sagte ich. »Uns bleibt nur noch die Rache.«

Tatsächlich war der Tag schon so weit fortgeschritten, daß es heute gewiß nicht mehr zum Kampf kommen würde; also mußte der Zusammenstoß am Palmsonntag stattfinden. Das würde dem König zweifellos einige Pein verursachen, aber man konnte nichts dagegen tun. In der Zwischenzeit war es meine Aufgabe, die Truppen zu ermutigen, und das tat ich, wie ich es vor Northampton getan hatte: indem ich mit Prinz Eduard zwischen ihre Reihen ritt, sie daran erinnerte, daß sie für das Recht kämpften, und sie dazu anspornte, sich selbst zu übertreffen.

Ich hatte natürlich auch ein Auge auf die Yorkschen Truppen, die sich nach und nach auf dem uns gegenüberliegenden Abhang sammelten. Es war beinahe dunkel, als sie damit fertig waren. Natürlich hätte es mich gereizt, vorzurücken und sie anzugreifen, aber sowohl meine Heerführer als auch ich befanden unsere Verteidigungsstellung als so stark, daß wir es für falsch hielten, sie aus lauter Übermut aufs Spiel zu setzen und uns auf ungünstigeres Terrain zu begeben. So warteten und beobachteten wir. Plötzlich ergriff Somerset meinen Arm und deutete auf jemand. »Seht dorthin, Euer Hoheit.«

Ich kniff meine Augen zusammen, um besser sehen zu können und erblickte einen Mann in Rüstung auf einem Pferd, der die übrigen Reiter deutlich überragte. »Der Herzog von York«, sagte Somerset.

Mir mißfiel sein Ton, der einen Anflug von Ehrfurcht in sich trug. »Ich bin sicher, Ihr meint den Grafen von March«, erwiderte ich. »Er ist tatsächlich ein großer junger Mann. Um so leichter ist es, ihn mit einem Pfeil zu treffen.«

Der Graf von March bahnte sich seinen Weg an die Spitze seiner Armee, und einen Moment lang dachte ich tatsächlich, er wolle versuchen, den Kampf im Dunkeln auszutragen. Einen Augenblick später entfernten sich jedoch zwei Männer von ihm und ritten auf uns zu; der eine trug eine weiße Flagge und blies die Trompete, nur für den Fall, daß wir ihr Näherkommen nicht bemerken sollten. Der Prinz, Somerset und ich ritten den Ankömmlingen entgegen, einige weitere Lords im Gefolge.

Als er noch einige Pferdelängen von uns entfernt war, zügelte der Bote sein Pferd und entrollte ein Pergament. Hinter uns hatte sich Gemurmel erhoben, doch dies verstummte augenblicklich. Das einzige Geräusch verursachten die Banner im Wind.

Der Bote richtete nun folgende Worte an uns: »Dies sind die Worte Seiner Hoheit, Eduards des Vierten, König von England, Frankreich und Irland. Es sei verkündet, daß ein Parlament seines Landes, einberufen in der Stadt London, einstimmig Heinrich von Windsor, vormals bekannt als Heinrich der Sechste, als des Regierens unfähig befunden und abgesetzt hat. An seiner Stelle hat das Parlament einstimmig Seine Hoheit, Eduard von York, zum König bestimmt.« Er hielt einen Moment inne, doch kein Mann in unseren Reihen rührte sich.

Der Bote setzte wieder an: »Von diesem Moment an gelten also Heinrich von Windsor, seine Frau, Prinzessin Margarete von Anjou und ihr außerehelicher Sohn, der sogenannte Prinz von Wales, als Verräter.« Jetzt erhob sich allerdings ein Raunen in der Menge.

Der Bote fuhr fort: »Von diesem Moment an gilt jeder Mann, sei er ein Lord oder ein einfacher Bürger, der den Versuch unternimmt, besagten Heinrich von Windsor, besagte Margarete von Anjou und besagten Eduard von Wales zu verteidigen, für sie zu kämpfen oder ihnen Unterstützung zu gewähren, ebenfalls als Verräter. Es sei jedem Mann verkündet, daß es die Absicht des Königs ist, mit seiner Armee vorzurücken und besagten Heinrich von Windsor, besagte Margarete von Anjou und besagten Eduard von Wales zu ergreifen und bis zur Urteilsverkündung des Parlaments unter Arrest zu stellen. Es sei weiterhin verkündet, daß keinem Mann, der versucht, für diese benannten Verräter zu kämpfen, Gnade gewährt wird. Diejenigen treuen Männer, die ihre Loyalität zu Seiner Hoheit, dem König, unter Beweis stellen wollen, haben nur ihre Waffen niederzulegen und noch in dieser Nacht das Feld zu verlassen. Ihnen wird kein

Schaden zugefügt werden. Jeder Mann, der morgen bei Tagesanbruch auf diesem Feld und unter dem Banner der besagten Verräter angetroffen wird, wird auf der Stelle hingerichtet werden. Dies ist der Wille Seiner Hoheit, Eduards des Vierten von England, Frankreich und Irland.«

Damit wendete er sein Pferd und ritt zu seinen Leuten zurück, ohne daß meine walisischen Bogenschützen Zeit gefunden hätten, die weiße Flagge zu ignorieren und einen Pfeil hinter ihm herzuschicken.

Meine Lords machten einen bestürzten Eindruck. Aber ich lächelte sie an und sagte: »Nun, Mylords, wenigstens wissen wir jetzt, woran wir sind. Glaubt mir, wenn sich irgend jemand aus unseren Reihen von diesen Drohungen einschüchtern läßt, dann sei es ihm gewährt, uns noch in diesem Moment zu verlassen.« Natürlich wollte sich keiner von ihnen als Feigling erweisen. »Nun, Mylord Somerset«, sagte ich, »dann ist es jetzt wohl angemessen, wenn wir ihm eine Antwort zukommen ließen.«

Unser eigener Bote wurde herbeigerufen und ausgesandt, um folgendes zu antworten: Daß Eduard von March ein Verräter sei, desgleichen Richard von Warwick und alle Lords, die sich um sein Banner scharten. Desgleichen alle einfachen Soldaten. Ihre einzige Hoffnung, so verkündete unser Bote bestünde darin, die Weiße Rose zu verlassen, die hier zum ersten Male über den Reihen der Rebellen flatterte, und sich auf der Stelle nach Hause zu begeben.

Ich muß gestehen, daß unsere Drohung mit lautstarkem Hohn und Spott aufgenommen wurde, aber auf jeden Fall waren die Würfel jetzt gefallen. Es würde auf beiden Seiten keine Gnade geben, und der bevorstehende Kampf sollte ein Kampf auf Leben und Tod werden. Mit diesem Gedanken begab ich mich zu Bett. Ich war bereit, alles dem nächsten Tag zu überlassen.

Wenn ich auf mein Leben zurückblicke, dann kann ich ohne Vorbehalt sagen, daß ich vom Allmächtigen übel benachteiligt wurde. Ich beziehe mich nicht nur auf die unglückliche Tatsache, mit Heinrich von Windsor verheiratet zu sein, während ich genausogut die Frau Karls von Charolais oder sogar James' von Schottland hätte werden können. Wie anders doch mein Leben verlaufen wäre! Ich hatte den Regen von Northampton nicht vergessen, und ich konnte nicht glauben, daß Gott so boshaft war, mich erneut einer derartigen Prüfung zu unterziehen. Nun, so gemein war er tatsächlich nicht. Aber er hatte eine noch mächtigere Waffe, die er mir buchstäblich ins Gesicht schleuderte.

Wie ich bereits sagte, schlief ich tief und fest, obwohl es in der Nacht sehr kalt wurde. Da Prinz Eduard in meinen Armen lag, ging es mir vielleicht besser als den anderen, aber als wir im Halbdunkel eines ungewissen Wintermorgens erwachten, zitterten wir alle beide. Überall um uns herum herrschte reges Treiben, denn unsere Truppen bereiteten sich auf die Schlacht vor. Somerset war fertig angezogen, bewaffnet und hielt unsere Pferde bereit. Er half mir in den Sattel, und ich bückte mich, um seine Wange zu küssen und ihn daran zu erinnern, daß ich meine Hoffnung vor allem auf ihn setzte. Dann ritt ich mit dem Prinzen an meiner Seite und unter Jubelrufen die Reihen meiner Männer ab. Es war ein großer Augenblick.

Aber die Anhänger Yorks begannen mit ihrem Vormarsch, und so kehrten Prinz Eduard, meine Hofdamen und ich zusammen mit der Eskorte nach Towton zurück. Dort erklommen der Prinz und ich den Turm, um von dort aus den Kampf zu verfolgen. Seit der Dämmerung war es ständig kühler geworden – von der Sonne war nichts zu sehen –, und da wir uns etwa achtzehn Meter über dem Erdboden befanden, mußten Eduard und ich unsere Hände durch Reiben warm halten. Als jedoch die Yorkschen Truppen sich langsam auf die Entfernung eines Bogenschusses näherten, erwärmte mich die Aussicht auf den Sieg. Unsere Position war außerordentlich stark, denn auch zahlenmäßig waren wir unseren Feinden eindeutig überlegen. Deshalb war ich der Meinung, wenn die angreifende Armee – und die Gegner schienen entschlossen zu sein, die Rolle des Aggressors zu übernehmen – unsere Linien durchbrechen wollten, so könne dies nur durch einen ganz außergewöhnlichen Zufall geschehen.

Ich hatte meine Rechnung ohne den lieben Gott gemacht! Wie ich bereits sagte, war es ein sehr kalter, dunkler Morgen, und die Wolken schienen miteinander zu kollidieren, während sie über unseren Köpfen dahinflogen. Der Wind blies von Süden her, also genau in unsere Gesichter. Das war gewiß unangenehm, doch nicht unbedingt verhängnisvoll. Ich hatte Somersets Aufmerksamkeit darauf gelenkt, und er hatte mir zugestimmt, daß die Bogenschützen mit dem Abschießen ihrer Pfeile warten sollten, bis der Feind auf etwa neunzig Meter herangerückt wäre. Diese Wartephase hatte jetzt begonnen. Meine Männer harrten geduldig unter dem Sperrfeuer der Yorkschen Truppen, deren Bogenschützen früher als gewöhnlich mit dem Beschuß begonnen hatten, in der Hoffnung, der Wind würde ihre Pfeile besonders weit tragen. Aber sie richteten nur geringen Schaden an, und vertrauensvoll beobachtete ich das Näherrücken der feindlichen Massen, wobei ich sowohl Eduard von March als auch Warwick recht schnell ausmachen konnte. Sie ritten zusammen, der eine eine imposante Gestalt, der andere viel kleiner, schneller und nervös in seinen Bewegungen. Die Lücke zwischen beiden Streitkräften wurde rasch kleiner, und ich konnte sehen, wie Somerset sich darauf vorbereitete, unseren Bogenschützen den Schießbefehl zu erteilen – da begann es zu schneien!

Am Anfang waren es nur eine oder zwei Flocken, die vom Himmel fielen; die eine legte sich auf meine Nase, und ich wischte sie hastig fort – mir war ohnehin schon kalt genug. Aber noch bevor ich Luft holen konnte, war das Schneetreiben so stark geworden, daß man die Hand nicht vor Augen sehen konnte. Ich keuchte und zitterte ebenso wie Prinz Eduard, während wir uns bemühten, irgend etwas zu erkennen. Aber wir hätten genausogut hundert Kilometer vom Kampfgeschehen entfernt sein können, statt weniger als drei. Es war, als sei ein weißer Vorhang um uns herum zugezogen worden, und so blieben wir in unserem Turm isoliert, unfähig, einen Entschluß zu fassen oder das Geschehen in irgendeiner Weise zu beeinflussen.

Was dann geschah, war der erbittertste und blutigste Kampf, der jemals auf englischem Boden ausgetragen wurde. Man bedenke: Es muß bereits einige wilde Zusammenstöße zwischen Alfreds Sachsen und den Dänen gegeben haben, aber dabei handelte es sich um kleine Armeen und kurze Kämpfe. Die Schlacht von Hastings hatte, wie man sagte, von der Morgen- bis zur Abenddämmerung gedauert, aber es ist unwahrscheinlich, daß es damals mehr als zehntausend Männer auf jeder Seite gab, und gewiß wurden nicht alle niedergemetzelt. Verglichen mit diesem berüchtigten 29. März des Jahres 1461 waren die Kämpfe zwischen Simon de Montfort und den königlichen Streitkräften lediglich Geplänkel gewesen, ebenso wie die zwischen Engländern, Walisern und Schotten ein halbes Jahrhundert später. Unsere Streitmacht umfaßte weit mehr als dreißigtausend Mann, die der Yorkschen Partei erreichte nur knapp diese Zahl. Auf beiden Seiten standen also mehr Männer, als je ein englischer König im Laufe der Geschichte in die Schlacht geführt hatte, abgesehen von der Armee, die Eduard II. bei Bannockburn in die Katastrophe getrieben hatte. (Diese gewaltige Streitmacht, von der die Geschichtsschreiber berichten, sie hätte etwa hunderttausend Mann umfaßt – was in meinen Augen völlig übertrieben sein muß –, kann in Wirklichkeit nur aus einer Handvoll Kämpfern bestanden haben, wenn man bedenkt, mit welcher Leichtigkeit sie in die Flucht geschlagen wurden.) Hier waren zwei Könige auf dem Schlachtfeld – das jedenfalls wollten die Gegner uns glauben machen –, und jeder Soldat war ein kriegserfahrener Veteran.

Wie ich schon sagte, war Bannockburn eine totale Niederlage gewesen. In Towton tobte der Kampf den ganzen Tag lang mit äußerster Heftigkeit, während ich eine Reihe von Reitern ausschickte, um festzustellen, was vor sich ging. Der erste von ihnen kehrte mit der schlechten Nachricht zurück, der Schurke March habe wieder einmal sein taktisches Talent unter Beweis gestellt. Nachdem seine Bogenschützen zu Beginn des Schneefalls ihre erste Salve abgefeuert hatten, waren nur die vordersten Reihen auf ihrer Position geblieben, den anderen hatte March einen Rückzug von einigen Metern befohlen, so daß unsere Antwort mitten im heftigen Schneegestöber seine Leute gar nicht mehr erreichte.

Dies war nur ein vorübergehender Rückschlag, der aber ein größeres Mißgeschick nach sich zog, da mir mein nächster Bote berichtete, der Graf von Northumberland und Sir Anthony Trollope hätten vor Wut über das Geschehen ihre Defensivstellung verlassen und ihre Männer nach vorne geführt. Dies widersprach all meinen Anweisungen, und so gerieten die Halunken denn auch prompt in Schwierigkeiten, da sie auf einmal mitten in ihren eigenen verschossenen Pfeilen standen, die beinahe wie ein verhängnisvolles *chevaux de frise* aus dem Boden ragten; und während sie sich noch abmühten, ihre Reihen neu zu ordnen, wurden sie mit einem Geschoßhagel bedacht, der viele Männer tötete und ein neues Chaos auslöste.

Glücklicherweise wurde der Rest der Armee von dieser Katastrophe nicht beeinflußt, und gerade als ich mein Pferd bestieg, fest entschlossen, mein Leben zu riskieren, indem ich meine Leute zusammentrieb, kam ein weiterer Bote und berichtete mir, die beiden Armeen wären schließlich aufeinandergestoßen. Nun, das konnte ich an dem Krach erkennen, der durch das Schneetreiben drang. Aber dieser gute Mann versicherte mir, die Reihen meiner Leute seien fest geschlossen, und die Gegner würden nur bis zu unseren Linien vordringen. Da wir immer noch in der Überzahl waren, schien dies den Ausgang des Kampfes zu besiegeln. Und das wäre in der Tat auch möglich gewesen. Zehn Stunden tobte der Kampf, während der Prinz und ich uns auf die Boten verlassen mußten, die zwischen uns und dem Kampfgeschehen hin- und herritten. Sie schilderten uns in den grellsten Farben den Anblick von Männern, die übereinanderlagen, von Blut, das in Strömen von den Hügeln floß und sich im Tal zu Teichen sammelte, und, was weniger angenehm war, vom wundersamen Mut und der physischen Überlegenheit des Yorkschen Anführers. In der Tat gibt es verläßliche Schätzungen darüber, daß etwa zwanzigtausend Mann auf dem Feld von Towton den Tod fanden.

Über den Tag, wenn es überhaupt einer war, denn die Sonne ließ sich nicht blicken, senkte sich bereits die Abenddämmerung, als es endlich zu schneien aufhörte. Ich kehrte zu meinem Turm zurück – was recht beschwerlich war, da meine Stiefel knöcheltief in den Schneemassen steckten und es ausgesprochen glatt war –, um mit einer Mischung aus Stolz und Schrecken die Schlacht zu beobachten. Nach wie vor wehte das Banner mit der roten Rose hoch in der Luft, und es kam mir so vor, als ob meine Leute sich weiter nach vorne geschlagen hätten, was nur bedeuten konnte, daß die Gegner zurückgedrängt worden waren. Unser Sieg lag in greifbarer Nähe, als Prinz Eduard meinen Arm ergriff, mit dem Finger auf etwas zeigte und fragte: »Was für eine Truppe ist das, Mutter?«

Ich kniff die Augen zusammen und starrte in die Finsternis. Tatsächlich überquerte gerade eine große Truppe von Männern den Fluß. Mein Herz klopfte schneller, und einen Augenblick lang hoffte ich, daß es der Graf von Pembroke sei. Kam mir etwa Jasper Tudor mit zusätzlichen Truppen aus Wales zu Hilfe? Meine Hoffnung währte nur kurz. Ich konnte die Banner, die über der näherrückenden Menge flatterten, nicht erkennen, und ich sah, wie einige Einheiten den Kampfschauplatz verließen und nach Norden eilten. Sofort schickte ich einen Reiter aus, um festzustellen, was vor sich ging; er kehrte eine halbe Stunde später zurück, das Gesicht leichenblaß. »Es ist Lord Stanley, Euer Hoheit«, sagte er. »Er marschiert unter der weißen Rose von York.«

Da wußte ich, daß alles verloren war. Es ist ein Grundsatz der militärischen Strategie, daß, wenn sich zwei annähernd gleich große Armeen über einen längeren Zeitraum im Kampf ineinander verkeilt haben, der Sieg unweigerlich demjenigen Heerführer zufällt, der die letzten frischen Truppen einbringen kann, ganz gleich, wie klein sie auch sein mögen. Stanley näherte sich an der Spitze von einigen tausend Mann. Aus der Rückschau betrachtet, läßt sich mit Wahrscheinlichkeit annehmen, daß Eduard von March Stanley zu Hilfe gerufen hatte und während all der bitteren Stunden, in denen er zur Niederlage verdammt schien, über ihre Ankunft Bescheid wußte. Und so wußte er auch, daß ihm der Sieg sicher war. In diesem Fall muß er, angesichts seiner strategischen Planung vor der Schlacht – und er war immerhin erst neunzehn Jahre – mit Heinrich V., dem Schwarzen Prinzen oder sogar Eduard III. auf eine Stufe gestellt werden, so schwer mir dieses Lob auch fällt.

Mit einemmal war alles vorüber. Die Männer flohen in alle Richtungen. Prinz Eduard und ich bestiegen am Fuß des Turmes unsere Pferde, während die Bewohner von Towton uns anglotzten, als seien wir Geister, was wir auch leicht hätten sein können. Tatsächlich führte ich einen schrecklichen Moment lang mein Reittier in Richtung der Feinde, so groß war meine Verzweiflung. Doch dann erinnerte ich mich daran, wer ich war, und was meine Pflichten waren, wendete mein Pferd und galoppierte nach York. Ich war fest entschlossen, daß wenigstens der König den Feinden nicht in die Hände fallen sollte.

Was den Kampf anbelangt, so ist die traurige Geschichte rasch zu Ende erzählt. Zwanzigtausend Mann lagen tot auf dem Feld, und ungefähr ebenso viele waren verwundet. Man muß an die Massaker denken, die die Osmanen in Ungarn und Serbien angerichtet haben, um eine Parallele für ein solches Blutbad zu finden. Von meinen Adligen starben einige im Kampf. Der Graf von Devonshire gewann York zurück, doch er wurde dort gefangengenommen und hingerichtet. Der Graf von Wiltshire kam bis Cockermouth, doch dann verließ auch ihn sein Glück, und er wurde enthauptet.

Natürlich fahndeten die Anhänger Yorks vor allem nach dem König und mir. Wir hatten jedoch einen kleinen Vorsprung, ritten mit dem Prinzen durch die schlimmsten Stürme und trieben unsere Pferde bis ans Ende ihrer Kräfte, während wir der Grenze Schottlands entgegenstrebten. Denn in den Armen Marias von Geldern wähnten wir uns in Sicherheit.

So glaubte ich jedenfalls. Reibungslos passierten wir die Grenze nach Schottland, und sobald wir uns zu erkennen gegeben hatten, wurden wir nach Linlithgow gewiesen und von dort aus zum Dominikanerkonvent in Edinburgh. Ich wußte, dies war ein gutes Zeichen, da man mich bei meinem früheren Besuch von der Hauptstadt ferngehalten hatte, während man uns jetzt scheinbar offiziell willkommen heißen wollte. Um so mehr erschreckten mich die folgenden Ereignisse. Wir versammelten uns in der großen Halle des Konvents, um der Königin unsere Aufwartung zu machen. Alle unsere Leute waren anwesend. Das heißt, außer dem König, mir und Prinz Eduard waren meine Hofdamen dabei, einschließlich einer arg mitgenommenen Bailly, die sehr unter unserer hastigen Reise gelitten hatte, außerdem Somerset und einige rangniedrigere Lords, die mit uns geflohen waren, sowie natürlich John Combe. Auch die guten Nonnen hatten sich eingefunden, um ihre Monarchin zu empfangen. Aber unser königlicher Kreis bildete den Mittelpunkt.

Maria betrat die Halle und stampfte den Schmutz von ihren Stiefeln. Wie man sich denken kann, hatte ich oft darüber nachgedacht, wie ich mich bei meiner zweiten Begegnung mit dieser kraftvollen Frau verhalten solle. Beim ersten Male war ich als Bittstellerin zu ihr gekommen und hatte sie mit der besten Aussicht auf den Gewinn meiner ursprünglichen Position verlassen. Und jetzt, kaum zwei Monate später, kam ich wieder als Bittstellerin. Es schien mir notwendig, sie an unsere frühere Intimität zu erinnern und so trat ich, als sie hereinkam, mit einem Lächeln auf sie zu und sagte: »Es scheint mir, liebe Cousine, als habe uns das Schicksal wieder zusammengeführt.«

Zu meiner Bestürzung erwiderte die Königin von Schottland mein Lächeln keineswegs. »In der Tat, Euer Hoheit«, erwiderte sie knapp. Dann schritt sie an mir vorbei und verneigte sich vor dem König, der wie immer außerstande war, zu begreifen, was vor sich ging. »Wir haben einiges zu besprechen«, bemerkte sie. »Und natürlich seid Ihr willkommen.« Ihr Blick überflog die Gesichter meiner Begleiter und blieb auf Somerset haften. Wie ich, so hatte auch er sein Gesicht zu einem Lächeln verzogen: Immerhin waren kaum mehr als zwei Monate vergangen, seit er Maria nackt in seinen Armen gehalten hatte.

Doch auch ihm gönnte sie nicht mehr als einen kalten Blick. »Ihr, Mylord Somerset, seid hier nicht willkommen«, sagte sie. »Euer Mund ist zu groß.«

Ich war von dieser anmaßenden Begrüßung zutiefst erschüttert. Außerdem begriff ich sofort, daß etwas nicht in Ordnung war. Nachdem die Königin in ihren eigenen Räumen verschwunden war, schickte ich nach Heinrich Somerset. »Es gibt da etwas, das ich nicht verstehe«, sagte ich. »Etwas, das unserer Sache nicht sehr zuträglich ist. Ihr habt die Königin von Schottland beleidigt. Wie? Ihr habt sie genauso lange nicht mehr gesehen wie ich.«

Er sah zutiefst beschämt drein. »Nun, Euer Hoheit, vielleicht habe ich mich zu sehr in meinem Ruhm gesonnt ...«

Sie hatte gesagt, sein Mund sei zu groß. »Mein Gott!« rief ich. »Ihr habt damit herumgeprahlt, mit der Königin geschlafen zu haben?«

»Das mag geschehen sein, als ich betrunken war, ja.«

»Ihr seid ein Dummkopf und ein übler Mensch«, fauchte ich. »Ihr könntet unsere Sache ruiniert haben.« Dann durchfuhr mich ein Gedanke. »Habt ihr Euch jemals damit gebrüstet, auch mich besessen zu haben?«

»Niemals, Euer Hoheit«, protestierte er. »Ihr seid meine Königin.«

Ich starrte ihn an und wußte nicht, ob ich ihm glauben sollte oder nicht. Aber der Schaden, den er meiner Beziehung zu Maria zugefügt hatte, beunruhigte mich im Moment mehr. Ich bat sie durch einen Diener um eine Audienz, aber es dauerte vierundzwanzig Stunden, bis ich eine Einladung in ihre Kammer erhielt. Während dieser Zeit war der König natürlich vollkommen in seinem Element. Er befand sich in einem Konvent und interessierte sich einzig und allein für die dort üblichen Gebete und Gepflogenheiten; er war den Nonnen sofort ans Herz gewachsen.

Zu meiner Erleichterung empfing mich Maria allein, aber sie stand vollkommen angezogen vor ihrer Feuerstelle. Auch befanden wir uns nicht in ihrer Bettkammer, sondern in einem Vorraum; doch durch die offene Innentür konnte ich die angrenzende Schlafkammer sehen. Ich vergeudete keine Zeit mit höflichen Floskeln. »Maria«, sagte ich, »der dumme Junge hat sein Verbrechen gestanden. Was kann ich sagen, außer daß es mir schrecklich leid tut?«

»Ihr könntet ihn aus Schottland hinausjagen«, brummte Maria.

»Das werde ich, ich verspreche es«, sagte ich. »Aber Maria ...« Ich trat näher. »Ich fände die Vorstellung furchtbar, daß unsere Freundschaft an der Indiskretion eines unvernünftigen Jungen zerbrechen könnte.«

Maria setzte sich und bedeutete mir, ihr gegenüber Platz zu nehmen. »Euer Liebhaber hat meine Reputation ruiniert.«

Ich fand, daß sie ein wenig übertrieb; eine Frau mit einem solch unersättlichen sexuellen Appetit mußte ihre Reputation schon vor langer Zeit verloren haben. »Ich liebe Euch immer noch«, sagte ich. Nun, natürlich hatte ich sie niemals geliebt, wie sehr sie mich auch erregt hatte. Aber ich mußte jetzt jede Waffe benutzen, die ich besaß.

»Ist das wahr, Meg?« fragte sie, und ihre Züge wurden weich. »Oh, ich wünschte, ich könnte es glauben.«

»Bitte, glaubt mir«, bat ich und stand auf, um neben ihr niederzuknien.

Sie küßte mich auf den Mund, doch ihr Körper blieb starr.

»Meine Lords sagen, Ihr seid nur zu mir gekommen, weil Ihr Hilfe braucht.«

»Ich kann nicht leugnen, daß ich dringend Hilfe benötige«, sagte ich. »Aber – wenn das der einzige Grund wäre, wäre ich dann nicht nach Frankreich gegangen und hätte um die Hilfe von Onkel Karl und meinem Vater ersucht?«

»Vielleicht wäre das besser für Euch«, murmelte Maria.

Ich fing an, mich sehr unwohl zu fühlen. »Ihr meint, Ihr wollt mir nicht helfen?«

Sie stand so heftig auf, daß ihr Rock herumwirbelte und mich zu Boden riß. »Es ist nicht so einfach. Wißt Ihr nicht, daß ich eine Cousine des Herzogs von Burgund bin?«

»Natürlich. Ebenso wie ich.«

»Der Graf von Warwick ist an Herzog Philipp herangetreten, und der Herzog hat ihm seine Unterstützung zugesagt.«

Oh, diese Schlange, dachte ich. Aber ich lächelte trotzdem. »Es fällt mir schwer, das zu glauben, liebe Maria.« Ich stand ebenfalls auf, da der Boden hart und kalt war. »Davon war doch keine Rede, als ich im Januar hier war.«

»Es ist aber trotzdem geschehen. Die Verhandlungen wurden von dem neuen Herzog von York begonnen.«

»Ihr meint, es gibt eine formelle Allianz zwischen Burgund und dem Hause York?« Ich war entsetzt. »Was wißt Ihr darüber?«

»Nicht viel. Ich weiß nur, daß der Graf von Charolais Yorks Tochter versprochen ist, die jetzt die Schwester des Königs von England ist.«

»Des selbsternannten Königs, Maria«, wies ich sie zurecht. »Kein Land kann zwei Könige haben. Und kein Mann kann zum König gekrönt werden, solange der gesalbte und geweihte König noch am Leben ist, es sei denn, dieser hat abgedankt. Und das hat Heinrich nie getan.«

»Dennoch gibt es Gerede über das ursprüngliche Thronrecht …« Sie seufzte. »Herzog Philipp drängt mich, Euch aufzugeben. Sein Botschafter, Lord von Gruthuse, ist hier und bedrängt mich bei jeder Gelegenheit …« Wieder ein Seufzer.

Ich legte meine Arme um sie, liebkoste sie und brach an ihrem Busen in Tränen aus. Nun, was sollte ich sonst tun? Ich war nie zuvor in meinem Leben so verzweifelt gewesen. »Wenn Ihr mich aufgebt, liebste Maria, dann bin ich verloren.«

»Euer Onkel Karl wird Euch helfen, das weiß ich«, sagte sie, doch sie erwiderte meine Umarmung und bewegte sich langsam auf die Schlafkammer zu.

»Ich habe Angst, daß ich, wenn ich diese Insel jemals verlasse, niemals zurückkehren kann«, schluchzte ich. »Ich weiß nicht, wem ich außer Euch trauen kann. Wie kann ich sicher sein, daß Onkel Karl sich nicht mit diesem ehrgeizigen jungen Mann verbündet? Was den Dauphin angeht …«

»Ich sage Euch, warum Euer Onkel sich nicht mit York verbünden wird«, erwiderte Maria, indem sie mich auf das Bett warf und mir die Kleider vom Leib riß. »Er wird es nicht tun, weil der Dauphin einen Aufstand gegen ihn angezettelt hat und nach Burgund geflohen ist. Deshalb wird König Karl natürlich jede Seite unterstützen, die gegen Burgund ist, selbst wenn diese Seite nicht die Farben seiner Lieblingsnichte trägt.«

Da sie inzwischen sehr erregt war, mußte jede weitere Konversation für eine Stunde verschoben werden, aber, wie gewohnt, kam sie auf die Angelegenheit zurück, sobald ihre Leidenschaft befriedigt war. »Also werdet Ihr Euch nach Frankreich wenden«, schlug sie vor.

»Ich werde Onkel Karl um Hilfe bitten«, stimmte ich zu, setzte mich auf und versuchte, mein Haar zu ordnen. »Aber trotzdem wage ich es nicht, ohne sichere Begleitung zu ihm zu gehen. Maria, Ihr müßt mir erlauben, in Schottland zu bleiben, bis ich von ihm höre.«

Sie stand auf und begann, mit großen Schritten den Raum zu durchqueren. »Meine Adligen werden eine Gegenleistung fordern«, sagte sie. »Keiner von ihnen ist wild darauf, sich Edward von York zum Feind zu machen.«

»Alles, was ich habe«, versicherte ich ihr. »Und Ihr meint gewiß Eduard von March.«

Sie beendete ihren Gang durch den Raum, ihr Busen hob und senkte sich heftig, und ihr Haar legte sich langsam wieder auf ihre Schultern. »Berwick!«

Ich schluckte. »Das kann erst geschehen, nachdem ich meine Macht in England wiedererlangt habe.«

»Es wird jetzt sein müssen, liebste Meg, sonst kann ich Euch nicht helfen.«

Tatsache war, daß dieses sexsüchtige Weibsstück genauso verräterisch war wie jeder andere Mensch. Nun, ich hatte keine Wahl – aber ich war entschlossen, aus dem Handel alles herauszuschlagen, was ich nur konnte. »Es soll Euch gehören, wenn Ihr mir erlaubt, mir einige Eurer Adligen auszusuchen.«

Sie starrte mich einige Sekunden lang an und verzog den Mund. Dann nickte sie. »Ich sehe keinen Grund, warum Ihr das nicht tun solltet, süße Meg.«

So hatte ich also eine große Hürde überwunden. Doch es sollten bald noch mehr auf mich zukommen. Ich schickte Somerset auf der Stelle als meinen Abgesandten nach Frankreich zu Onkel Karl. Eigentlich war ich froh, als er ging. Als Kommandeur einer Armee hatte er versagt wie sein Vater, und als Liebhaber hatte er ein Desaster verursacht. Doch als ich ihm Lebewohl sagte, küßte ich ihn liebevoll; ich brauchte jede Hilfe, die ich bekommen konnte.

Zu meiner großen Erleichterung befand auch Maria es für

notwendig, fortzugehen; immerhin hatte sie ein Land zu regieren, und wie sie angedeutet hatte, waren viele ihrer Adligen nicht so angetan von mir wie sie. Nun war es an mir, ihr Berwick zu überlassen; um es jedoch in ihren Besitz zu nehmen, würde sie darum kämpfen müssen.

Ich für meinen Teil brauchte nun einige Zeit für mich, und zwar aus mehreren Gründen. Maria war eine wunderbare Frau, doch wie ich schon sagte, hegte ich keinen Zweifel daran, daß ihre Loyalität vor allem Schottland und ihrer eigenen Person galt, und jedem anderen, einschließlich mir, nur in zweiter Linie. Und so sehr mich ihre Umarmungen auch stimulierten, war ich doch der Ansicht, daß die Arme einer Frau niemals die eines Mannes ersetzen konnten. Und drittens war ich mir in ihrer Gesellschaft, selbst wenn sie in äußerst großzügiger und charmanter Stimmung war, stets der Tatsache bewußt – und auch sie vergaß das sicher niemals –, daß sie die Königin von Schottland und ich ein Flüchtling war. Solche Voraussetzungen erlauben gewiß keine echte Intimität.

In diesem kritischen Augenblick, da ich Somerset über das Meer geschickt hatte, mußte sich natürlich die Frage erheben, welches Paar männlicher Arme mich nach der Abreise der Königin von Schottland trösten würde. In der Tat gab es viele, die diese Aufgabe offensichtlich gerne übernommen hätten, doch im Moment gingen mir wichtigere Dinge durch den Kopf.

Ich brauchte eine Armee, und Maria hatte mir die Erlaubnis gegeben, eine solche zu rekrutieren. Also rief ich eine Reihe von Adligen in den Konvent und entschloß mich schließlich für George Douglas, den vierten Grafen von Angus. Er war zu dieser Zeit einundfünfzig Jahre alt, stammte aus einer angesehenen Familie und ließ sich von einer schönen, einunddreißig Jahre alten Königin bezaubern. Doch das war nicht der einzige Grund, warum ich ihn erwählt hatte. Außerdem war der Graf von Angus aufgrund einer alten Familienfehde dem Hause York alles andere als wohlgesinnt.

Er begann also, eine Armee aufzustellen, und meine Zuversicht wuchs. Mein Hauptproblem war, wie immer, das Geld, und diesbezüglich war ich von Onkel Karl abhängig. Daher wartete ich sehnsüchtig auf eine Nachricht von Somerset. Doch als sie eintraf, bestand kein Anlaß zur Freude: Onkel Karl war tot!

Onkel Karl war nur achtundfünfzig Jahre alt geworden. Sein frühzeitiges Ende war in erster Linie auf seinen extravaganten Lebensstil zurückzuführen. Selbst bei den jüngsten und gesündesten Männern würde ein derart unzüchtiger Lebenswandel die Konstitution schwächen.

Es muß nicht erst gesagt werden, daß mir sein Tod sehr ungelegen kam, denn Onkel Karl war meine allerletzte Hoffnung gewesen, die nötigen Geldmittel für meine Kampagne aufzubringen. Noch schlimmer war die Aussicht, daß nun Cousin Ludwig als elfter dieses Namens auf dem französischen Thron sitzen würde. Selbst wenn Ludwig und ich stets befreundet gewesen wären, was nicht der Fall war, so hatte Ludwig doch in den vergangenen sechs Jahren ständig gegen seinen Vater rebelliert und Zuflucht in Burgund gefunden – und Burgund war jetzt offensichtlich ein Alliierter des Hauses York. Ich war der Verzweiflung nahe.

Es ist bedauerlich, daß mir zeit meines Lebens die Winkelzüge der Politik ein Rätsel blieben. Ich wußte immer genau, was ich wollte, und bin in meiner Haltung denen gegenüber, die sich mir in den Weg stellen wollten, stets sehr direkt gewesen. Cousin Ludwig hingegen war genau das Gegenteil von mir. Mit Recht hatte er sich im Laufe der vergangenen zehn Jahre den Spitznamen »die Spinne« verdient, denn seine Machenschaften erinnerten an eine Spinne im Netz. Einen ersten Hinweis darauf erhielt ich, als ein schottischer Bischof mit Namen Kennedy aus Paris herbeigeeilt kam, um der Königin von Schottland eine Botschaft des neuen Königs von Frankreich zu überbringen, deren Inhalt lautete, er würde es sehr schätzen, wenn sie das Haus Lancaster auch weiterhin unterstützen würde!

Dieses Rätsel bedarf einer Erklärung, die zu geben ich mich bemühen werde, soweit man die Schachzüge von Cousin Ludwig überhaupt erklären kann. Tatsache ist, daß Ludwig nur aus Verlegenheit bei seinem Onkel Philipp Zuflucht gesucht hatte. Und Philipp hatte seinen Neffen nicht etwa aus Liebe aufgenommen, sondern weil er hoffte, Onkel Karl damit zu schaden. Ludwigs Aufenthalt in Brügge wurde daher auch von Differenzen zwischen ihm und seinem Onkel überschattet. Außerdem hatte er reichlich Gelegenheit, die innere Stabilität und Größe des burgundischen Staates und Hofes zu bemerken, und ich muß sagen, daß es zu jener Zeit kein prächtigeres Fürstentum in Europa gab.

Ludwig machte sich seine Gedanken darüber. Man muß bedenken, die Erfolge der Engländer waren in der Zeit Heinrichs V. in erster Linie durch die Allianz mit Burgund möglich gewesen, und England hatte es immerhin fast geschafft, Frankreich zu besiegen und zu einem Anhängsel Englands zu machen. Diese Epoche war mit Heinrichs Tod zu Ende gegangen. Philipp kam mit Bedford nicht zurecht, und noch weniger mit Humphrey von Gloucester, aber jetzt gab es eine neue Allianz, die vom Hause York ausgegangen war. Ludwig war fest entschlossen, den Frieden in seinem Land aufrechtzuerhalten, und daher war es ihm wichtig, diese gefährliche Partnerschaft so schnell wie möglich zu beenden. Die schnellstmögliche Art, dieses Ziel zu erreichen, war, Eduard von March zu stürzen, oder ihn zumindest mit der Sorge, daß er abgesetzt werden könne, so in Atem zu halten, daß er keine Zeit hätte, sich in kontinentale Abenteuer zu stürzen.

Es gab noch einen anderen Grund, warum Ludwig in seinen Überlegungen eine so prominente Rolle spielte. Nachdem er, der Erstgeborene, König von Frankreich geworden war, sah er sich von jüngeren Brüdern umgeben, die ihm mit Argwohn begegneten. Diese jungen Männer waren in Frankreich geblieben, entweder an der Seite ihres Vaters oder auf ihren Landsitzen, während Ludwig im Exil lebte, und hatten zahlreiche Anhänger um sich geschart. Ludwig brauchte deshalb alle Unterstützung, die er bekommen konnte, und als den wichtigsten potentiellen Alliierten im Falle eines Bürgerkrieges betrachtete er meinen älteren Bruder, Johann von Kalabrien.

Johann war bei seinen Bemühungen, die Krone von Neapel zu erlangen, nur wenig erfolgreicher gewesen, als ich bei meinem Versuch, die Krone von England zu verteidigen. Er hatte daher im Moment jeglichen Gedanken daran, unseren Vater auf diesen heißumkämpften Thron zu bringen, aufgegeben und war nach Frankreich zurückgekehrt. Ludwig wollte Herzog Johann, wie mein Bruder genannt wurde, lieber auf seiner Seite als auf der Seite seiner Feinde sehen, und der sicherste Weg, dieses Bündnis zu festigen, bestand seiner Ansicht nach darin, Herzog Johanns Schwester zu helfen.

Dies klang zwar sehr ermutigend, war aber größtenteils nicht mehr als der Schaum, der sich auf einem Krug Bier sammelt. Ludwig ermutigte Maria, mich weiterhin zu unterstützen, doch er tat dies heimlich, und gleichzeitig wurde Maria nicht nur aus Burgund, sondern auch von ihren eigenen Adligen mit Forderungen nach meiner Ausweisung bombardiert. Und es war zwar eine großartige Nachricht, daß Bruder Johann wieder in Frankreich und zudem noch ein enger Freund des Königs war, doch mein Bruder litt wie ich unter dem ewigen Fluch der Anjous: er hatte überhaupt kein Geld. Dasselbe galt offensichtlich auch für Cousin Ludwig. Und es war Geld, was ich am dringendsten benötigte.

Man kann also verstehen, daß ich ein äußerst unglückliches Jahr in Schottland verbrachte. Maria besuchte mich regelmäßig, aber schon bald begann ich dieses Eindringen in meine Privatsphäre zu fürchten, nicht nur aufgrund ihrer unstillbaren Gelüste, sondern auch, weil sie mir stets von ihren erfolgreichen Armeen erzählte. Sie waren offensichtlich dabei, einen unerklärten Krieg gegen England zu führen, da sie versuchten, die Festungen, die ich ihnen versprochen hatte, in die Hände zu bekommen, wenn sie es auch bislang noch nicht geschafft hatten. Dann mußte ich noch erfahren, wie Eduard von March sich das Königreich meines Mannes, und anscheinend auch jede Frau, die darin lebte, zu eigen machte. Und zu alledem kam die Unsicherheit, nicht zu wissen, was als nächstes passieren würde. Angus hatte eine beachtliche Streitmacht zusammengestellt. Meine Spione informierten mich darüber, daß der Norden Englands geradezu darauf wartete, sich gegen Eduard zu erheben. Aber niemand würde ohne Bezahlung auch nur einen Finger für mich rühren.

Von meinen Begleitern konnte ich keine Hilfe erwarten. Heinrich verbrachte seine Zeit im Gebet. Prinz Eduard, der jetzt kurz vor seinem achten Geburtstag stand, war mir zwar stets eine Quelle des Trostes, doch ein achtjähriger Junge kann einem keinen Rat geben. Dasselbe gilt für einen fünfzehnjährigen Pagen, so sehr ich John Combes Loyalität auch zu schätzen wußte. Somerset war vorsichtig genug, in Frankreich zu bleiben; er war nicht bereit, sich wieder in Marias Machtbereich zu begeben.

Doch das Schlimmste von allem war, daß kurz vor Weihnachten Bailly starb. Sie war mir stets eine gute und treue Dienerin gewesen, zuerst als mein Kindermädchen und später als meine erste Kammerzofe. Doch die Strapazen der letzten Jahre hatten sie sehr geschwächt, und schon vor der Schlacht bei Towton war sie sehr krank gewesen. Nun begrub ich sie schweren Herzens, und mein Herz wurde noch schwerer, wenn ich mir die Zukunft ausmalte.

Es war nicht einfach, Ruhe zu bewahren, denn ich wußte ja nicht, wann ich Hilfe bekommen würde. Doch dann kam mir, nicht zum ersten Male in meinem Leben, der Gedanke, daß die einzige Person, die mir helfen konnte, ich selbst war. Also beschloß ich trotz der damit verbundenen Risiken – denn der Kanal wimmelte nur so von Warwicks Schiffen – höchstpersönlich zu Ludwig zu gehen und ihm die Lage zu verdeutlichen: Wenn er die Macht der Yorkschen Partei brechen wollte, würde er mehr tun müssen, als nur seine Sympathie zu bekunden.

Nachdem mein Entschluß feststand, mußte ich noch das passende Wetter abwarten, denn der schottische Winter ist alles andere als angenehm. Maria vertrat natürlich die Meinung, ich handele vollkommen richtig. Wie so viele unersättliche Liebhaber war auch sie unbeständig, und ganz abgesehen von dem Aufwand, mich als ihren Gast beherbergen zu müssen, wurde sie meiner Gesellschaft allmählich überdrüssig. Sie überließ mir bereitwillig das Geld für die Reise, wahrscheinlich in der Gewißheit, daß sie mein Gesicht niemals wiedersehen würde. Sie hatte eingewilligt, Heinrich währenddessen bei sich zu behalten – ich konnte es nicht riskieren, den König von England den Franzosen auszuliefern –, doch sie wußte sehr wohl, daß zwischen uns keinerlei eheliche Beziehung mehr bestand.

Nachdem ich mich entschlossen hatte, meine Rettung selbst in die Hand zu nehmen, konnte ich es kaum erwarten, daß die Elemente sich beruhigten. Doch es dauerte noch bis Anfang April, bis die Stürme sich so weit legten, daß Prinz Eduard und ich mit unserem stark geschrumpften Gefolge von Dienern in Kirkcudbright an Bord gehen konnten – genau an dem Ort, an dem ich achtzehn Monate zuvor gelandet war.

Nun mag man einwenden, daß dies eine äußerst umständliche Art war, nach Frankreich zu gelangen, und auch ich war dieser Ansicht. Die Gründe dafür waren das Wetter und die englischen Schiffe, und ich merkte sofort, daß mir eine schlimme Zeit bevorstand. Ich hätte allerdings nicht gedacht, daß diese Reise zwei Wochen dauern würde. Wir kämpften uns durch die Irische See und wurden wieder nach Norden zurückgetrieben. Wir blieben tagelang in Sichtweite der walisischen Berge und kamen dabei einmal dem Strand so nahe, daß ich die Banner über den Zinnen von Harlech Castle erkennen konnte, wo der tapfere Graf von Pembroke, Jasper Tudor, immer noch der roten Rose die Treue hielt. Wie groß war doch die Versuchung, unserem Kapitän zu befehlen, in den Hafen einzulaufen und mir zu gestatten, meinen endlosen Brechreiz wenigstens für vierundzwanzig Stunden zu unterbrechen! Doch ich unterließ es, und zwar aus zwei Gründen: Erstens hatte ich Angst, der Kapitän könne mich im Stich lassen, und zweitens fürchtete ich, daß ich mich nicht mehr dazu überwinden könnte, diese unangenehme Reise fortzusetzen, wenn ich erst einmal an Land war.

Also fuhr ich weiter und traf am 16. April 1462 im Hafen von Roscoff in der Bretagne ein.

13

Wie man sich denken kann, hatte ich bei meiner Landung in Frankreich ein etwas ungutes Gefühl. Siebzehn Jahre zuvor hatte ich dieses Land verlassen, und ich hatte niemals die Absicht gehegt, wieder zurückzukehren. Doch nun war ich wieder da, und das unter den schlimmstmöglichen Umständen. Doch das Ereignis selbst überraschte mich vollkommen.

Meine Ankunft war natürlich nicht angekündigt worden, und so blickte der Kommandeur von Roscoff etwas mißtrauisch auf das fremde Schiff, das um Erlaubnis bat, in seinen Hafen einzulaufen. Zweifellos blickte er noch etwas mißtrauischer, als er die Nachricht erhielt, sein unerwarteter Besuch sei die Königin von England. Roscoff ist ein gezeitenabhängiger Hafen (das heißt, er liegt bei Ebbe trocken und kann nur bei Flut angelaufen werden), so daß viel Zeit verging, ehe wir das Schiff festmachen konnten. Als wir damit fertig waren, kam eine Ehrenwache an Bord, um mich zu empfangen. Das war zwar erfreulich, doch es bedeutete auch, daß auf der Stelle Boten an den Herzog der Bretagne gesandt worden waren, um ihn über meine Ankunft zu informieren. Ich wurde nach St. Malo gebracht – eine Reise, die mehrere Tage dauerte –, wo der Prinz und ich von dem guten Francis und seiner Frau in Empfang genommen wurden.

Reiter waren nach allen Richtungen hin ausgesandt worden, und ich reiste von St. Malo so schnell es ging nach Angers. Wie soll ich nur die Gefühle beschreiben, die sich in meiner Brust regten, als ich mich den Stätten meiner Kindheit näherte, an denen ich so viele glückliche und unbeschwerte Stunden verbracht hatte. Noch weniger kann ich meine Empfindungen in dem Moment beschreiben, als ich mich der Stadt näherte und von Pagen, Jungfrauen und bewaffneten Rittern begrüßt wurde. Überall waren rote Rosen, sie zierten jedes Banner, und sie wurden vor meinem Pferd auf den Weg gestreut. Später erfuhr ich, daß Papa achttausend Florins geborgt hatte, um mich als Königin gebührend willkommen zu heißen. Hätte er mir das Geld doch nur nach Schottland geschickt, um mir zu helfen, eine Armee auszurüsten!

Doch den lieben Papa, Mama, meinen Bruder und meine Schwester wiederzusehen, war ein Segen. Papa schien sich in den siebzehn Jahren kein bißchen verändert zu haben. Mama war erheblich gealtert. Johann war ernster, als ich ihn in Erinnerung hatte, doch das war ich zweifellos auch. Und aus Jolante war eine dicke Hausfrau geworden. Ihr Mann war so unattraktiv wie eh und je.

Doch wie schön das Wiedersehen auch sein mochte – ich hatte nicht damit gerechnet, auch nur einen von ihnen jemals wiederzusehen –, so war doch der Zweck der Reise nach Frankreich meine Beratung mit Cousin Ludwig gewesen. Alles war so arrangiert worden, daß wir in Chinon zusammentreffen sollten, so daß er mir entgegenkommen mußte. Dies war mit Sicherheit nicht etwa seiner Höflichkeit zuzuschreiben. Er wollte unser Treffen vor dem Hof von Burgund und Eduard von March geheimhalten – eine vergebliche Hoffnung –, und so kam er, von einem Jagdausflug ermüdet, »zufällig« in Chinon vorbei und beschloß, die Nacht dort zu verbringen, wo ich durch einen glücklichen Zufall ebenfalls übernachtete.

Cousin Ludwig war sechs Jahre älter als ich, das heißt, er war bei diesem Zusammentreffen achtunddreißig Jahre alt. Ich gebe zu, daß er ein hartes Leben hatte, doch ich würde jedem Menschen widersprechen, der behaupten wollte, er oder sie hätte es schwerer gehabt als ich. Dennoch behaupte ich, daß die Jahre meine Schönheit kaum beeinträchtigt hatten. Zwar hatte mein Teint ein wenig mehr Farbe bekommen, doch als Mädchen war mein einziger Schwachpunkt eine Tendenz zur Blässe gewesen. Meine Brüste waren etwas schwerer und meine Hüften etwas breiter geworden, doch dies ist um so einladender für jeden, der die Liege mit einer Frau teilen möchte, und ich werde bald den Beweis dafür erbringen, daß es meine Attraktivität eher steigerte, als sie zu mindern. Mein Haar war immer noch von schöner, goldbrauner Farbe, mein Atem süß und meine Bewegungen geschmeidig.

Wie jedoch soll ich Ludwig beschreiben, dieses menschliche Wrack, das mit gebeugtem Rücken vor mir stand, kaum fähig, sich aufrecht zu halten, das Haar dünn und grau, die Beine dünn wie Stecken? Er wurde ständig von einem trockenen Husten geplagt, und ich schloß daraus, daß er nicht mehr lange auf dieser Welt verweilen würde. Darin würde ich mich irren, denn er ist, während ich diese Worte niederschreibe, immer noch am Leben, und es gibt in der Tat nicht das geringste Anzeichen dafür, daß er jemals sterben würde, erst recht nicht in naher Zukunft: Manche Leute scheinen schon alt geboren zu werden und werden einfach immer älter, während andere ihr jugendliches Aussehen bis zu ihrem bitteren Ende behalten. Und genau das habe ich selbst auch vor.

Ludwig gab sich bei unserem ersten Treffen sehr leutselig, aber unverbindlich. Er stellte mir viele Fragen und vermutete, Eduard von March könne dazu bewegt werden, den Thron aufzugeben. Ich beantwortete alle Fragen und gab mich so optimistisch, wie es nur ging. Ich hatte keinen Grund anzunehmen, daß die Engländer, wenn man den politischen Hader der letzten Jahre beenden würde, Heinrich nicht freudig wieder als ihren König aufnehmen würden.

Ludwig reiste am nächsten Tag ab und ließ mich unverrichteter Dinge zurück. Aber schon wenig später arrangierte er ein neues Treffen mit mir in Tours. Und hier kamen wir zur Sache. »Was ist Euer Plan?« fragte er.

»Nun, in England einzufallen, den Grafen von March vom Thron zu stoßen und meinem Mann die Position zu verschaffen, die ihm von Rechts wegen zusteht.« Ich hielt es in diesem Stadium für das beste, mein allgemeines Vorgehen zu beschreiben und nichts von dem preiszugeben, was ich für den aufsässigen March und seinen üblen Cousin Warwick vorgesehen hatte.

»Um das zu schaffen«, meinte Ludwig, »braucht Ihr sowohl Männer als auch Geld.« Ich weiß natürlich, daß mein Cousin als einer der weisesten Männer des ganzen Königreiches bezeichnet worden ist, aber es ist eine traurige Tatsache, daß Weisheit sich zuweilen lediglich darin manifestiert, die offensichtlichen Fakten zu benennen. »Diesbezüglich«, fuhr Ludwig niedergeschlagen fort, »befinde ich mich, obwohl ich Euch gerne helfen möchte, selber in einer prekären Lage.«

Ich wartete geduldig, denn er hätte mich gewiß nicht gerufen, nur um mir eine glatte Absage zu erteilen. »Bei diesen Vorhaben«, sagte er, »ist Geld der wichtigste Faktor. Mit Geld kann man Männer kaufen, wohingegen man mit Männern nur durch den Sieg zu Geld kommen kann, und der Sieg erfordert es, daß man die Männer aufs Feld hinausführt, wofür wiederum Geld nötig ist.«

Ich unterdrückte ein Seufzen, während ich voller Mitgefühl der französischen Adligen gedachte, die sich dieses Geschwafel vermutlich Tag für Tag anhören mußten. Es war ein Wunder, daß sie noch keine Revolte begonnen hatten. Doch dann sagte er endlich etwas von Bedeutung. »Dennoch, liebe Cousine, *könnte* ich in der Lage sein, etwas Geld für Euch aufzutreiben. Ich müßte es mir allerdings leihen«, fügte er hastig hinzu.

»Ich verstehe, Euer Hoheit«, sagte ich.

»Das Problem ist, daß diejenigen, die Geld verleihen, gewisse Sicherheiten verlangen«, betonte Ludwig.

»Sobald ich mein Königreich wiedererlangt habe, können sie alle Garantien bekommen, die sie wünschen.«

»Unglücklicherweise werden sie Sicherheiten oder wenigstens die Zusage von Sicherheiten fordern, bevor sie das Geld verleihen.«

»Würdet Ihr bitte etwas deutlicher werden, Euer Hoheit?« fragte ich.

Aber deutliche Worte waren Ludwigs Sache nicht. Er brummte und schwafelte und sprach aufs Geratewohl drauflos, während ich mich bemühte, wach zu bleiben und nicht die Geduld zu verlieren, bis er endlich sagte: »Ich würde meinen, Ihr braucht eine Summe von zwanzigtausend Francs.«

Das riß mich immerhin aus meiner Lethargie. Ein Franc ist zwar kein übliches Tauschmittel, doch bekanntermaßen ist er eine Goldmünze, die sechzig Gramm dieses wertvollen Metalls enthält. Zwanzigtausend davon würden daher dem Wert von etwa zweieinhalbtausend englischen Pfund im Gewicht reinen Goldes gleichkommen. Das ist eine gewaltige Summe Geld, gewiß mehr, als der König und ich während unserer gesamten Regierungszeit besessen hatten. Er bemerkte, daß ich Interesse zeigte. »Glaubt Ihr, das wird reichen?«

Ich bemühte mich, meine plötzlich auflodernde Phantasie unter Kontrolle zu halten. »Ich denke, das könnte reichen, Hoheit. Aber wer kann eine solche Summe bereitstellen?«

»Das könnt Ihr ruhig mir überlassen. Und was die Sicherheit anbelangt, so denke ich, Calais würde genügen.« Der Penny, oder soll ich sagen der Franc, fiel mit lautem Klirren und erschreckte mich zutiefst. Ludwig log, daß sich die Balken bogen. Das Geld sollte aus seiner eigenen Truhe kommen, und zwar im Tausch für – Calais! Mein ganzes Leben lang waren ich und meine Minister von dem Unglück verfolgt worden, verschiedene Teile Frankreichs, die die Engländer inzwischen als ihr unwiderrufliches Eigentum betrachteten, zu verlieren oder zwangsweise abtreten zu müssen. Calais war das letzte Stückchen Frankreich, das sich noch in englischer Hand befand. Der Mann, oder genauer gesagt die Frau, die es hergeben würde, mußte damit rechnen, vom Pöbel in Stücke gerissen zu werden.

Doch dann fiel mir ein, daß der Pöbel nichts anderes ist als der verlängerte Arm seiner Anführer. Wenn ich mit Hilfe von Ludwigs Geld mein Königreich zurückgewinnen konnte, dann würde ich mich all der Anführer, die sich mir widersetzt hatten, entledigen; und meine Erinnerung an Suffolks frühes Ende und an diejenigen, die es herbeigeführt hatten, war noch immer frisch. Gleichzeitig würde ich unter diesen Umständen jeden beseitigen, der versuchte, gegen den Verlust von Calais zu protestieren … wenn es überhaupt dazu kommen würde, denn wenn ich erst wieder Königin wäre, könnte ich dann nicht genug Gold eintreiben, um das Darlehen zurückzuzahlen? Abgesehen davon, wie konnte eine einzige Stadt, die eher einen sentimentalen als einen strategischen Wert besaß, Heinrichs oder, was noch wichtiger war, meiner eigenen Zukunft im Wege stehen? »Unter gewissen

Bedingungen bin ich zu dem Geschäft bereit, Euer Hoheit«, sagte ich.

Er sah etwas skeptisch drein, vermutlich weil er sich nicht vorstellen konnte, was ich in meiner Situation noch für Bedingungen stellen konnte. »Ihr werdet gewiß verstehen, daß ich Calais erst übergeben kann, wenn ich wieder an der Macht bin«, sagte ich. »Bis dahin halte ich es für unerläßlich, daß unsere Vereinbarung geheim bleibt. Der Grund dafür liegt klar auf der Hand: Um in England erfolgreich zu sein, brauche ich den Rückhalt des Volkes, wenigstens *bis* ich wieder an der Macht bin. Und dieser Rückhalt wäre mir nicht sicher, wenn sie wüßten, daß Calais der Preis für meinen Sieg ist.«

»Ich verstehe«, sagte er. »Aber unsere Vereinbarung muß schriftlich fixiert und besiegelt werden.«

»Damit bin ich einverstanden. Meine zweite Bedingung ist, daß ich mit einer kleinen französischen Streitmacht nach England zurückkehre. Diese wird mir als persönliche Leibwache dienen und den Grundstock zu der Truppe darstellen, die ich auszuheben gedenke.« Ich hatte keinesfalls den Wunsch, einzig und allein auf die Gnade von Angus und seinen wilden Schotten angewiesen zu sein.

»Hm«, sagte Ludwig. »Hm, ich werde sehen, was ich tun kann.«

Später vereinbarten wir ein drittes Treffen, welches publik gemacht wurde, da ich mich nach Rouen begeben sollte. Der Prinz und ich reisten im Frühsommer dorthin, jetzt in Begleitung von Heinrich Somerset, der sich wieder bei uns eingefunden hatte – den ich jedoch immer noch von meinem Bett fernhielt, da ich ihm seine unreife Prahlerei, die mich beinahe teuer zu stehen gekommen wäre, noch nicht vergeben hatte. Ludwig erwartete uns mit einer ganzen Armee von

Rechtsgelehrten, und ich unterschrieb dieses und jenes, woraufhin die enorme Summe feierlich vor meinen Augen ausgezählt wurde.

»Nun«, sagte mein Cousin, »was die Armee angeht, die Ihr verlangt, so kann ich Euch leider keine königlichen Truppen anbieten. Das würde nicht nur zu einem sofortigen Bruch zwischen England und Frankreich führen, sondern meine eigene Schlagkraft schwächen. Es gibt jedoch einen Herrn, der willens und in der Lage ist, Euch eine Streitmacht von zweitausendfünfhundert Mann zur Verfügung zu stellen.«

Ich war überrascht und überwältigt. Ich konnte mir nicht vorstellen, wer ein so großes Risiko für mich eingehen würde, da sogar mein Bruder Johann vor einer solchen Forderung zurückgeschreckt war.

»Euer Bewunderer erwartet Euch im Vorzimmer«, sagte Ludwig mit einem verschmitzten Lächeln, und öffnete selbst die Tür, um mich einzulassen – und dort stand Pierre de Brezé.

Im ersten Moment war ich vollkommen sprachlos. Pierre fiel natürlich sofort vor mir auf die Knie und ergriff meine Hand, um sie zu küssen, während ich mich auf der Suche nach einer Erklärung an Ludwig wandte. Aber Ludwig war schon wieder hinausgegangen und hatte die Tür hinter sich geschlossen. »Bitte, steht auf, Mylord«, sagte ich. »Ich bin völlig verwirrt.«

Er stand auf. »Weil ich Euch dienen möchte, Euer Hoheit? Habe ich Euch dies nicht in der Vergangenheit oft genug zu verstehen gegeben? Das einzige Hindernis lag darin, die Erlaubnis des Königs zu erhalten. Aber jetzt wurde sie mir gewährt.«

Nachdem er meine Hand erneut geküßt hatte, lud Pierre mich und mein Gefolge ein, ihn nach Caen zu begleiten, um seine Truppen zu inspizieren. Anschließend wollten wir uns auf die Abreise nach England vorbereiten. Ich nahm das Angebot huldvoll an, und am nächsten Tag – nach einer schlaflosen und von Vorfreude erfüllten Nacht – verabschiedete ich mich von meinem Cousin Ludwig. Er lächelte überaus liebenswürdig. »Ich freue mich darauf, nur noch Gutes von Euch zu hören, Meg«, sagte er. Was er damit meinte, führte er nicht näher aus.

Unsere Reise nach Caen dauerte zwei Tage. Es war eine vergnügliche Zeit, und Pierre und ich taten nichts weiter, als einander anzuhimmeln. Heinrich Somerset wollte derweil von meiner fröhlichen Stimmung profitieren und wurde recht griesgrämig, als ich mich weigerte, auf seine Annäherungsversuche einzugehen.

Schließlich erreichten wir Caen und wurden, nachdem Pierre vorausgeritten war, mit den üblichen Jubelrufen empfangen. Hätte ich mich nicht inzwischen mehr für elementare Dinge als für Prunk interessiert, so wäre ich überwältigt gewesen. Doch so nahm ich den Beifall des Volkes mit einem Lächeln entgegen, ließ mich zu Pierres Schloß geleiten und nahm dort an einem opulenten Bankett teil. Prinz Eduard saß zu meiner Rechten und war ausschließlich an den kulinarischen Genüssen interessiert, wohingegen Somerset sich weiter unten an der Tafel mit irgendeinem vollbusigen Mädchen amüsierte, das offensichtlich angewiesen worden war, ihm bis zum Morgen Gesellschaft zu leisten.

Das ermöglichte es Pierre und mir, uns bei einem Tête-à-tête näherzukommen. »Ich hoffe, Euer Hoheit sind zufrieden?« fragte er.

»Bis jetzt, ja«, versicherte ich ihm und ließ wie zufällig meine Serviette fallen.

Natürlich standen mehrere Diener hinter meinem Stuhl

parat, doch Pierre winkte sie beiseite und angelte selbst nach dem Stückchen Tuch. Dazu mußte er seinen Kopf unter die Tischkante beugen, so daß sein Gesicht sich neben meinem Knie befand, welches er sehr galant küßte, während er langsam seine Hand samt Serviette an meinem Unterschenkel hinaufgleiten ließ und dabei beinahe mein Kleid verzog. Daß sein Gesicht rot war, als er wieder auftauchte, konnte man ihm angesichts der Anstrengung nicht verdenken.

»Ihr erfüllt tatsächlich jeden meiner Wünsche, Mylord«, sagte ich. »Nun, vielleicht nicht *jeden* Wunsch ... wenigstens bis jetzt.«

»Wißt Ihr, wie lange ich schon von Euch geträumt habe, Euer Hoheit?« fragte er leise.

»Mindestens siebzehn Jahre, Mylord«, erinnerte ich ihn. »Doch auch Königinnen träumen.«

»Wenn ich es nur glauben könnte, Euer Hoheit ...«

Ich beschloß, den Stier bei den Hörnern zu packen – eine nicht ganz unpassende Formulierung. »Ich kann doch den Kommandeur meiner Armee über meine Worte nicht im unklaren lassen, Mylord«, sagte ich. »Ich muß mit Euch über eine dringende Staatsangelegenheit sprechen. Unter vier Augen.«

»Euer Hoheit müssen nur den Zeitpunkt bestimmen.« Er fuhr sich mit der Zunge über die Lippen.

»Ich wiederhole, die Sache ist äußerst dringend, Mylord. Ich würde sagen, sie kann nicht bis morgen warten.«

Und das sollte sie auch nicht. Das Mahl mußten wir noch bis zum Ende durchhalten, doch als ich der Gesellschaft erklärte, wie müde der Prinz und ich seien – Eduard war tatsächlich vom Schlaf übermannt worden –, begleiteten uns ihre besten Wünsche bis zu unseren Kammern. Eduard wachte kurz auf, schlief aber gleich darauf wieder ein. Ich entließ meine Hofdamen, nachdem sie mich entkleidet hatten, und erwartete im Bett, so nackt wie an dem Tag, an dem ich geboren wurde, meinen lieben Pierre de Brezé.

Es ist ein merkwürdiges Gefühl, wenn man weiß, daß ein langgehegter Traum bald Wirklichkeit wird. Von dem Moment an, als ich Pierre mein Tuch gab, hatte ich immer wieder einmal überlegt, wie er wohl als Liebhaber sein mochte. Jedesmal, wenn ich mit dem König im Bett gelegen hatte, mußte ich daran denken, wie ein Mann wie Pierre in dieser Situation wohl mit mir verfahren wäre. Auch als Somerset mich in die französischen Künste der Liebe einwies, mußte ich stets daran denken, wie ein *Franzose* diese Künste wohl handhaben mochte. Und nun sollte alles in Erfüllung gehen. Pierre klopfte leise an meine Tür und kam zu mir. Er trug einen Morgenrock und sonst nichts. Und auch den Rock trug er nicht lange.

Wir sprachen nur wenig. Wir waren beide zu alt und hatten zu lange gewartet, um unsere Gefühle in poetische Worte zu fassen. Statt dessen schufen wir unsere eigene Poesie, mit unseren Lippen, unseren Fingern und unseren Zungen. Er küßte mich vom Scheitel bis zu den Zehen, und sein Mund verweilte lange genug zwischen meinen Beinen, um mich in den siebten Himmel zu führen. Dann tat ich dasselbe mit ihm, vorsichtig, um kurz vor dem Höhepunkt abzubrechen – eine schwere Übung in puncto Selbstbeherrschung.

Und die ganze Zeit über fragte ich mich, wie er wohl den Höhepunkt gestalten würde. Doch ich war äußerst überrascht und sogar etwas erschrocken, als es soweit war. Denn Brezé hatte in seiner Jugend auch im Osten gedient und war daher mit gewissen Praktiken vertraut, die mir völlig fremd waren. Er ließ mich also hinknien und nahm mich von hinten. Dabei liebkosten seine Hände die ganze Zeit über meine Brüste, bis er meine Schenkel ergriff und wir gemeinsam zum Höhepunkt kamen. Ich schrie vor Glück laut auf und weckte damit zweifellos meine Hofdamen im Nebenzimmer. Doch sie wußten ohnehin, was mit uns los war.

Ach, das Glück! Es ist eine solch flüchtige Sache. Wenn ich zurückblicke und mich daran erinnere, wie kurz unsere gemeinsame Zeit war, dann hadere ich manchmal mit diesem Schicksal, das mich siebzehn Jahre lang auf den einen Mann warten ließ, den ich jederzeit rückhaltlos hätte lieben können. Doch dann denke ich, wenn uns das Schicksal zusammengebracht hätte, als ich fünfzehn war, dann hätte ich gewiß nicht verstanden, was mit mir geschah. Und wären wir zusammengekommen, als ich Anfang Zwanzig war, dann hätte ich vermutlich alle politischen Ambitionen und alle Verantwortung aufgegeben und nur noch nach seiner Pfeife getanzt.

Doch jetzt war ich zweiunddreißig Jahre alt und damit in einem Alter, in dem ich den sinnlichen Genüssen zwar aufgeschlossen war, mich aber nicht von ihnen überwältigen lassen würde. Daß Pierre während der bevorstehenden Auseinandersetzung mein Bett oder mein Zelt mit mir teilen würde, dessen war ich mir gewiß. Und wir beide wußten, daß unsere Beziehung nicht dazu führen dürfte, unsere Pflichten zu vernachlässigen.

Ende September segelten wir von der Normandie nach Schottland. Es war eine stürmische Jahreszeit, aber in Pierres Armen konnte mir das Wetter nichts anhaben. Unsere Unternehmung war vom Glück begünstigt, und wir begegneten keinem einzigen englischen Schiff.

In Schottland wurden wir allerdings weniger herzlich empfangen, als ich zu hoffen gewagt hatte, wenigstens was Maria anbelangte, doch ich schob es auf ihre Eifersucht, denn niemandem konnte entgehen, daß ich eine glückliche Frau war. Maria wies mich jedoch darauf hin, daß ich ihr entgegen unserer Vereinbarung, bislang keine der Grenzbefestigungen übergeben hatte. Ich versicherte ihr, daß diese Unterlassung meinerseits schon bald behoben sein würde.

Mein Mann besaß natürlich überhaupt keine Beobachtungsgabe, abgesehen davon, daß es ihm auffiel, wenn ein Chor falsch sang, und er schien Pierres Anwesenheit kaum zu bemerken. Pierre war entschlossen, voller Tatendrang, ihm gehorchten mehr als zweitausend Mann, und ich besaß zum ersten Male, seit der Krieg begonnen hatte, eine volle Kriegskasse. Also riefen wir Angus und seine Highlander zur Standarte der Roten Rose und überquerten die Grenze.

Dies kam für die meisten Leute natürlich sehr überraschend. Es war inzwischen Oktober, eine Zeit – vor allem im Norden Englands –, in der die Männer ihre Rüstungen beiseite hängen, bis die Winterwinde abgeflaut sind. Das erleichterte unsern Feldzug außerordentlich. Bamburgh, Dunstanburgh und Alnwick überwältigten wir spielend, und der Norden fiel uns in den Schoß. Doch zu meinem Ärger erhob sich das Volk nicht, um mich zu unterstützen. Dort, wo die Menschen mir nicht mit offener Feindseligkeit begegneten, betrachteten sie mich mit Apathie. Ich weiß, daß es mehrere Gründe dafür gab. Einer davon war mit Sicherheit das unfreundliche Wetter.

Ein anderer Grund war das dunkle Gefühl, daß die Sache der Roten Rose verloren sei –, so stark hatte die Weiße Rose sich in den achtzehn Monaten seit meiner Niederlage in Towton etabliert. Ich muß dazu sagen, daß dieser Erfolg kaum Eduard von March zuzuschreiben war. Dieser talentierte junge Mann war viel zu sehr damit beschäftigt, seinen Samen in alle Richtungen auszustreuen. Das Königreich wurde deshalb von Warwick regiert, der seine Aufgabe vorzüglich bewältigte. Jetzt herrschte Frieden, und niemand war bestrebt, ihn durch die Anarchie zu ersetzen, die manche Leute aus irgendeinem Grund mit meiner Person in Verbindung brachten. Das war sehr enttäuschend, doch ich ließ mich davon nicht beirren. Drei der vier Befestigungen, auf die ich es abgesehen hatte, befanden sich in unseren Händen; nur Berwick war noch übrig.

»Wir sollten lieber bis zum Frühling warten«, schlug Pierre vor.

»Wir müssen es jetzt erobern«, beharrte ich und erklärte ihm, daß wir dies unserer Ehre schuldig seien.

Er war entsetzt. »Ihr meint, Ihr wollt diese Festungen, die wir für Euren Mann eingenommen haben, und auch Berwick an die Königin von Schottland übergeben?«

»Ja, das habe ich versprochen.«

Er kratzte sich am Kopf und schien zum ersten Male zu ahnen, worauf er sich eingelassen hatte. »Darf ich fragen, Euer Hoheit, was für Vereinbarungen Ihr mit König Ludwig getroffen habt?«

»Er bekommt Calais«, sagte ich. »Sobald ich wieder an der Macht bin.«

Er schluckte. »Weiß irgend jemand davon, Euer Hoheit?«

»Niemand außer dem König und mir. Ihr seid der dritte. Und es darf auch niemand erfahren.«

»Das denke ich auch. Ist Euch klar, Euer Hoheit, daß, wenn diese Dinge bekannt werden, jeder Engländer seine Hand gegen Euch erheben wird? Solltet Ihr den Anhängern Yorks in die Hände fallen und sollte Euer Handel dabei ans Licht kommen, dann können sie Euch ohne weiteres des Hochverrats beschuldigen, und auf den Richtblock bringen.«

»Pah, Mylord«, erwiderte ich. »Solange Ihr mich nicht verratet, kann mein Handel, wie Ihr es nennt, nicht ans Licht kommen, bevor ich an der Macht bin; und dann brauche ich die Anhänger Yorks nicht zu fürchten. Und was den Verrat anbelangt, diese Schlösser und Häfen sind das Eigentum meines Mannes, oder nicht? Wenn ich in seinem Namen handele und sie für eine wesentliche Verhandlung verwende, um ihn wieder an die Macht zu bringen, dann kann ich wohl kaum des Hochverrats angeklagt werden.«

Er schien nicht sehr überzeugt zu sein, und später erfuhr ich, daß er mehr oder weniger in diesem Sinne an Cousin Ludwig schrieb. In der Tat fehlte es Brezé wie so vielen Männern, die ich geliebt habe, an echter Entschlossenheit und noch mehr an echtem Verständnis für meine Absichten. Es galt, den Thron meines Mannes wiederzugewinnen. Dafür hatte ich bereits mehr als einmal mein Leben riskiert und würde dies auch wieder tun. Solange ich dieses überwältigende Ziel vor Augen hatte, wie hätte mich die Angst, des Hochverrats angeklagt zu werden, davon abbringen können? Aber Pierre konnte nur die Tatsache sehen, daß ich es in Betracht zog, den langjährigen Feinden Englands englische Besitztümer zu überlassen. Ich glaube, von diesem Moment an, hatte er ein wenig Angst vor meinem rücksichtslosen Siegeswillen.

Doch wir wurden auch vom Pech verfolgt. Ich habe noch nie Glück mit dem Wetter gehabt. Manche mögen sagen, ich habe es zu oft herausgefordert, und Pierre habe recht gehabt mit seinem Vorschlag, den Kampf einzustellen, bis der Winter vorüber sei. Aber ich war vielleicht die einzige Person in ganz Europa, die die wahre Natur meines Feindes kannte. Nicht einmal Warwick hatte seinen Cousin richtig eingeschätzt, und das sollte ihn teuer zu stehen kommen. Es war allgemein bekannt, daß politische Geschäfte Eduard von March zu Tode langweilten und er sich statt dessen mit Liebesdingen beschäftigte. Doch meine Erfahrung in Towton hatte mir gezeigt, daß es eine Sache gab, die diesem Berserker noch größere Freude bereitete, und das war das Kämpfen. Ich war mir absolut sicher, daß Eduard, wenn er hörte, daß ich mich im Norden Englands aufhielt, sich aus dem Bett rollen und herkommen würde. Ich hatte nicht den Wunsch, ihn wiederzusehen, bevor ich nicht mit Gewißheit die Oberhand gewonnen hatte. Und ihm etwa vier Monate zu gewähren, in denen er sich in aller Ruhe vorbereiten konnte, schien mir der Gipfel der Dummheit zu sein. Deshalb bestand ich darauf, den Feldzug fortzuführen, mochte das Jahr auch noch so weit fortgeschritten sein.

Doch nun machte ich einen Fehler: Ich beauftragte Heinrich Somerset, die bereits eroberten Festungen auf Biegen und Brechen zu verteidigen. Nun, irgend jemand mußte es tun, und Somerset war mir nicht nur seit seiner Indiskretion ein Dorn im Auge. Er war auch ausgesprochen lästig geworden, da er nichts anderes tat, als Pierre finstere Blicke zuzuwerfen. Ich dachte, eine derartige Aufgabe würde seinem Ehrgefühl schmeicheln, und ich ging davon aus, daß er immer noch in mich verliebt war.

Nachdem dies erledigt war, machten wir uns auf den Weg, um Berwick in die Hand zu bekommen. Und rannten direkt in die Katastrophe!

Berwick ist eine Hafenstadt, deshalb glaubte ich in Anbetracht von Marias letztem erfolglosem Überfall, es sei das beste, die Stadt vom Land und vom Meer aus anzugreifen. Darauf bereiteten Pierre und ich uns vor. Die Schiffe, die uns von Frankreich hierhergeleitet hatten, wurden geholt, um den Hafen zu blockieren, während unsere Fußtruppen auf die Mauern zumarschierten. Pierre und ich begleiteten die Flotte, so sehr ich auch die See verabscheute, da er diesen Teil der Operation für den schwierigsten hielt und ich stets an seiner Seite sein wollte. Wir waren zwar auf schlechtes Wetter vorbereitet, aber nicht auf den gewaltigen Sturm, der jetzt von Norden her auf uns zuraste und unsere Flotte durchschüttelte. Eine große Anzahl Schiffe kenterte, andere wurden an Land geworfen. Die Bewohner der Garnison beobachteten natürlich das Geschehen und rannten hinunter zum Strand, um unsere Leute gefangenzunehmen.

Meinem eigenen Schiff erging es nicht besser als allen anderen: Es wurde von einer heftigen Windböe auf die Seite geworfen, die Segel wurden zerfetzt, und die Masten gingen über Bord. Ich war zutiefst erschrocken, und Pierre mußte mich in das kleine Boot verfrachten, das er von der windgeschützten Seite des Wracks, zu dem unser stolzes Flaggschiff nun geworden war, zu Wasser ließ. Dann befahl er den Ruderern, abzulegen. Somit waren wir der Gewalt des Sturmes ausgesetzt, und die Königin von England kniete auf dem Boden dieser Nußschale und erbrach sich immer wieder, während sie mit Hilfe eines Eimers versuchte, der eindringenden Wassermassen Herr zu werden. »Wir müssen das Ufer erreichen«, keuchte ich zwischen den Brechanfällen.

»Und uns von den Anhängern Yorks gefangennehmen lassen?« fragte Pierre. »Niemals!«

Also blieben wir auf See, bis wir außer Sichtweite des Hafens und unserer Feinde waren. Diese Feuerprobe dauerte mehrere Stunden, und ich fror erbärmlich. Wenigstens hörte die Übelkeit nach einer Weile auf, da mein Magen vollkommen leer war. Ich ließ jede Hoffnung fahren und war bereit, den Sensenmann zu empfangen. Statt dessen erreichten wir schließlich das Ufer. Man zog mir die durchnäßten Kleider aus, wickelte mich in mehrere Decken, setzte mich vor ein prasselndes Feuer und gab mir heißen Whisky zu trinken. Etwas zu essen wäre freilich besser gewesen. Meine letzte Erinnerung an diese schreckliche Nacht ist, daß ich zusammen mit den Schotten, die uns gerettet hatten und ebenso betrunken waren wie ich, derbe Lieder sang.

Wieder einmal kroch ich nach Schottland, ein hilfloser Flüchtling, meine Armeen zerstört und mein Kredit verspielt. Maria sah bei meinem Anblick nicht besonders erfreut aus, und ich konnte ihren Standpunkt verstehen, wenn ich damals auch den eigentlichen Grund dafür noch nicht kannte. Aber wenigstens hielten wir jetzt drei der vier wichtigsten Festungen und hatten die besten Aussichten, sie für einen neuen Feldzug im Frühjahr zu nutzen. Man stelle sich also meine Gefühle vor, als zu Beginn des neuen Jahres die Nachricht eintraf, daß Heinrich Somerset alle drei an seinen Cousin von March übergeben hatte!

Bedenkt: Ich hatte diesen Gauner seit siebzehn Jahren gekannt. Wir hatten als Kinder zusammen gespielt. Die Umstände hatten ihn zu meinem Stiefsohn gemacht, wenn auch nur der Natur nach. Andere Umstände hatten dafür gesorgt, daß er in meinem Bett landete. Wir hatten jedes nur mögliche Abenteuer zusammen erlebt, sogar den berauschenden Duft des Sieges in St. Albans. Ich hatte ihn zum Kommandeur meiner Armee gemacht – wenigstens bis Brezé an meine Seite trat –, und Heinrich hätte sicher sein können, daß er, sobald ich wieder auf dem Thron saß, einer der Vornehmsten dieses Landes geworden wäre. Und dennoch hatte er mich verraten!

Noch schlimmer war, daß Eduard von March ihm nicht, wie man es hätte erwarten können, den Kopf abgeschlagen, sondern ihn statt dessen wie einen Freund empfangen hatte, ja sogar noch besser als einen Freund. Es ging sogar das Gerücht um, daß sie gelegentlich das Bett miteinander teilten! Nun, diese Vorstellung beunruhigte mich nicht. Was mir zu schaffen machte, war, daß der geschwätzige Somerset sein intimes Verhältnis zu Eduard dazu benutzen würde, diesen mit pikanten Bettgeschichten vertraut zu machen. Ich hatte ihm niemals die Wahrheit über Prinz Eduards Vater erzählt – ich hatte sie niemandem erzählt; es hätte ihn verärgern können, zu hören, daß ich eine Liebesbeziehung mit seinem eigenen Vater gehabt hatte. Da sowohl Edmund Somerset als auch Bailly inzwischen tot waren, bestand kein Risiko, daß dieses Geheimnis jemals ans Licht kommen würde; und da Heinrich und ich uns in der Tat nicht mehr liebten und die Anhänger Yorks den Prinzen bei jeder Gelegenheit als Bastard bezeichneten, hätte es auch nicht mehr viel geschadet, wenn es herausgekommen wäre. Aber Heinrich Somerset konnte alles über seine Liebesabenteuer mit mir und über *unsere* Liebesabenteuer mit Maria, der Königin von Schottland, ausplaudern. Der Gedanke daran ließ mich schaudern, und Maria ging es zweifellos genauso. Sie besuchte mich nicht einmal mehr.

Doch bald schon sollte ich erfahren, wie es wirklich um sie bestellt war. Meine liebe Maria, eine der beiden engsten Freundinnen, die ich jemals hatte, starb an einem monströsen Geschwür, das sich in ihrer Gebärmutter eingenistet hatte.

Ich wußte noch nichts davon, als das Wetter endlich besser wurde und ich, nachdem Angus eine neue Armee aufgestellt hatte, mein Glück südlich der Grenze versuchte. Dieses Mal wurden Brezé und ich sogar vom König begleitet! Desgleichen von Prinz Eduard. Ich wußte, es ging um alles oder nichts. Nun, ich sollte recht behalten und war kurz davor, die schlimmste Erfahrung meines Lebens zu machen.

Die Grenzfestungen zurückzuerobern, war uns ein leichtes, doch auch dieses Mal erhielten wir keine Hilfe von den Menschen, die dort lebten, und schon nach kürzester Zeit hatten wir kein Geld mehr. Es gab Tage, an denen wir noch nicht einmal einen Laib Brot kaufen konnten, und ich erinnere mich noch gut an einen Sonntag, an dem ich während der Messe meine Geldbörse öffnete und sah, daß sie vollkommen leer war. Ein schottischer Bogenschütze, der in meiner Nähe kniete, lieh mir einen Penny für die Kollekte.

In meiner Verzweiflung sandte ich Briefe an Maria und Ludwig und bat um finanzielle Unterstützung. Von Ludwig erhielt ich die Antwort, einer Frau, die in sechs Monaten zwanzigtausend Francs durchbringen konnte, könne man offensichtlich kein Geld leihen. Ich war jedoch nicht in der Stimmung, mich von meinem Cousin in finanziellen Dingen belehren zu lassen. Wichtiger war sein Hinweis, daß er selbst Probleme hatte und mir bereits die größtmögliche Hilfe gewährt hatte, derer er fähig war. Fortan müsse ich für mich selbst sorgen. Und was das schlimmste war: Er ließ mich wissen, daß ich, sollte ich vom Regen in die Traufe kommen, Frankreich nicht mehr länger als Zufluchtsstätte betrachten könne. Wie unbeständig die Männer doch sind!

Von Maria erhielt ich keine Antwort, doch schon bald kam die Nachricht, daß die Königin die Sterbesakramente erhielt. Damit war der Feldzug beendet, und die Schotten strömten unter Angus Führung zurück nach Hause. Denn die Kinder der Königin waren noch sehr klein, und wie jeder schottische Adlige meinte auch der Graf, die inneren Angelegenheiten Schottlands würden seine volle Aufmerksamkeit erfordern.

In dieser Situation sahen wir uns ganz unerwartet bar jeglicher Unterstützung, und Eduard von March ergriff die Gelegenheit, um gegen uns zu kämpfen. Noch bevor ich wußte, wie uns geschah, waren wir bereits von Feinden umzingelt. Brezé machte sich auf, um Hilfe zu holen – jedenfalls behauptete er das; Heinrich flüchtete sich in ein benachbartes Kloster; die Diener, die Brezé zu meinem Schutz zurückgelassen hatte, flohen; unsere verbliebenen französischen Truppen kapitulierten. Und plötzlich waren Prinz Eduard und ich ganz allein, während ich aus der Ferne das Getrampel bewaffneter Männer und Ausrufe wie »York!« und »Die Weiße Rose!« hören konnte. Aber noch war ich nicht besiegt.

Mein Instinkt befahl mir, nach einer Waffe zu greifen und mitten in die feindlichen Truppen hineinzureiten, um dort dem Tod tapfer ins Auge zu sehen. Doch die Verantwortung für Prinz Eduard hielt mich davor zurück. Der arme Junge, er war gerade erst neun Jahre und schon so kriegserfahren, wie ich es mir nur wünschen konnte. Ich wußte, er wäre mit Freuden an meiner Seite gestorben – doch er war der zukünftige König von England, davon war ich felsenfest überzeugt. Ich nahm deshalb die Beine in die Hand und floh in ein nahes Gehölz. Wie oft ist doch die Flucht das genaue Gegenteil einer weisen Entscheidung! Doch allzu viele Alternativen standen mir nicht zur Verfügung, und am Ergebnis hätte sich wahrscheinlich auch dann nichts geändert, wenn ich mich zu den Yorkschen Truppen begeben hätte.

Man muß wissen, daß der Prinz und ich ohne Reittier waren, da alle Pferde das Weite gesucht hatten. Wir stolperten also zu Fuß zwischen den Bäumen hindurch, ohne uns um herabhängende Äste oder Zweige zu kümmern. Diese Äste und Zweige richteten mein Kleid und meinen Hut übel zu, so daß ersteres in Fetzen gerissen wurde und letzterer verloren war, noch bevor ich anhalten und Atem schöpfen konnte. Auch Eduards Kleidung wurde völlig zerrissen. Dann bemerkte ich, daß das Gehölz ein ganzer Wald war, daß die Nacht hereinbrach, daß ich erschöpft war, daß Prinz Eduard weinte, daß wir beide hungrig und durstig waren – und daß ich nicht die leiseste Ahnung hatte, wo ich war oder in welche Richtung wir gehen konnten, um Hilfe zu finden.

Wir stolperten ein paar Schritte weiter und gelangten an

einen rasch fließenden Bach. Wir löschten unseren Durst und wateten dann auf die andere Seite, was unsere Kleidung endgültig ruinierte. Inzwischen war es vollkommen dunkel, und wir waren einfach zu entkräftet, um noch weiter zu gehen. So legten wir uns am Ufer des Baches nieder, einer in den Armen des anderen, und versuchten, einander gegen die Geräusche des Waldes abzuschirmen und gleichzeitig das Knurren unserer leeren Mägen zu überhören. Bereits beim ersten Tageslicht erwachten wir und stellten fest, daß wir von mehreren Männern beobachtet wurden. Mein erster Gedanke war, daß es Kundschafter der Weißen Rose wären. Mein zweiter, nachdem ich mich aufgesetzt und mir das Haar aus dem Gesicht gestrichen hatte, war, daß es uns besser ergehen würde, wenn sie tatsächlich Kundschafter der Weißen Rose wären – denn dies waren weder Soldaten noch Bauern. Für Soldaten war ihr Erscheinen zu ungehobelt, und für Bauern waren sie zu gut bewaffnet. Die Gesetzlosen schienen über ihre Entdeckung höchst erfreut zu sein. »Na, das ist ja 'ne ganz Süße«, kommentierte einer von ihnen.

»Und 'n hübscher Junge«, sagte ein anderer.

Das brachte ihm schallendes Gelächter von seinen Kumpanen ein. »Du und deine hübschen Jungs, Will«, sagte einer.

Meine Unruhe wuchs, doch das durfte ich ihnen natürlich nicht zeigen. Wie man sich vielleicht erinnert, war ich bereits zuvor in einer ähnlichen Lage gewesen, und zwar auf meiner Reise nach Eccleshall, die auf meine Niederlage bei Northampton folgte, doch damals hatte ich nicht nur erhebliche materielle Werte besessen, die meine Gegner von mir ablenkten, sondern hatte auch einen Freund besessen. Dieses Mal verfügte ich weder über Reichtum noch über einen Freund. Nichtsdestotrotz stand ich auf, richtete meine Kleidung, so gut es ging, und fragte: »Seid Ihr getreue Diener des Königs?«

»Erst mal 'ne Frage«, sagte der Mann, der Will genannt wurde. »Von welchem König sprichst du, Schätzchen?«

»Nun, vom König von England«, entgegnete ich. »Heinrich dem Sechsten. Ich bin seine Gemahlin, Margarete von Anjou. Wenn Ihr mir helft, wird es Euch zum Vorteil gereichen, doch wenn Ihr mir etwas antut, begebt Ihr Euch in Gefahr. Vor Euch steht der Prinz von Wales.«

Ich hatte sie mit dieser plötzlichen Enthüllung unserer Identität einschüchtern wollen, und einen kurzen Moment kam es mir so vor, als habe ich einen kleinen Erfolg erzielt. Dann sagte einer: »Finde, se sieht nich' grade wie 'ne Königin aus, Harry.«

»Die is' bestimmt keine Königin, John«, sagte Harry. »Vielleicht 'ne Dame, die hingefallen is. Aber Königin? Nie.«

»Aber der is' 'n hübscher Kerl«, sagte Will erneut.

»Ich *bin* die Königin«, beharrte ich und stampfte mit dem Fuß auf. »Und ich brauche Hilfe. Ein Reittier, frische Kleidung und vor allem etwas zu essen.«

»Was meint ihr?« fragte Harry. »Sie is 'ne Schönheit. Und wer erfährt's schon, wenn wir ihr nachher die Kehle durchschneiden?«

»Und ich kann den Jungen haben«, sagte Will.

Das Blut gefror mir in den Adern. Doch auch jetzt wollte ich meine Angst nicht zeigen. »Das wagt Ihr nicht«, sagte ich zu ihnen.

»Mal drüber nachdenken«, erwiderte John. Er war nicht nur der älteste, sondern auch der weiseste der drei Burschen. »Komm mit, Frau. Bring den Jungen her.«

»Wohin gehen wir?« fragte ich.

»Du hast gesagt, ihr habt Hunger. Wir geben euch was zu essen.«

Ich wollte nicht länger mit ihnen herumstreiten; ich war so hungrig, daß ich nicht mehr klar denken konnte, und ich wußte, ich würde eine Vergewaltigung mit vollem Magen besser überstehen. Prinz Eduard war nicht ganz so fügsam. »Mutter«, fragte er, »warum schlagen wir ihnen nicht die Köpfe ab?«

Das schien sie zu amüsieren, denn erneut ertönte schallendes Gelächter. »Das ist nicht nötig, Eduard«, sagte ich zu ihm. »Sie werden uns zu essen geben und uns dabei helfen, den König und unsere Armee zu treffen. Es ist nicht mehr weit«, fügte ich bedeutungsvoll hinzu.

Hierauf brachen sie erneut in schallendes Gelächter aus. Sie wußten offenbar, was der Armee des Königs zugestoßen war, doch ich packte Eduard an der Hand und folgte ihnen in den Wald. Meine Gedanken überschlugen sich, wie man sich vorstellen kann, doch mir blieb nichts anderes übrig, als ruhig und standhaft zu bleiben und die rechte Gelegenheit zur Flucht abzuwarten – nach dem Essen, wie ich hoffte. Mein Wille, Englands künftigen König zu schützen, war unerschütterlich, doch ich ahnte zu diesem Zeitpunkt nicht, wieviel Kraft mir noch abverlangt werden sollte.

Schon bald gelangten wir an einen Hügel, der sich in der Mitte des Waldes erhob. Am Fuße dieses Hügels befand sich eine Höhle, die offensichtlich das Lager der Räuberbande war. Hier waren zwei Frauen, die genauso armselig gekleidet und grob waren wie ihre Männer. Sie knieten mitten im Eingang der Höhle um ein prasselndes Feuer. Bei unserer Ankunft erhoben sie sich. Ich fand die Anwesenheit der Frauen ermutigend, ohne dafür einen wirklichen Anlaß zu haben, denn sie umgaben mich mit gackerndem Gelächter und begannen, an mir zu zerren und mich zu knuffen. »Sie sagt, sie is' die Königin«, berichtete Harry ihnen, und das schien sie noch mehr zu amüsieren.

Doch eine der Frauen kam zu mir herüber und starrte mir ins Gesicht. Dann nahm sie etwas von meinem Haar in ihre schmierigen Hände und hielt es an ihr Gesicht. »Angenommen, sie is' die Königin?« fragte diese Harpyie. »Sie sieht aus wie 'ne Königin. Und sie sieht hübsch aus, nich'? Genau wie die Königin aussehen soll.«

Das machte sie nachdenklich, und sie rotteten sich zusammen. »Sie wär 'n ganz hübsches Sümmchen wert«, sagte die Frau.

Das hörte sich vielversprechend an. »Ich *bin* Königin Margarete«, sagte ich. »Und das hier ist der Prinz von Wales.«

»Die is' keine Königin«, behauptete die andere Frau. »Königinnen tragen Kronen.«

Ich ignorierte ihre Unwissenheit. »Wenn Ihr mich zum König zurückbringt«, versprach ich, »werdet Ihr reich belohnt werden.«

Leider hatten sie, obwohl sie nicht wußten, wie eine Königin aussehen sollte, einige Kenntnis von den aktuellen Ereignissen. »Der König ist auf der Flucht«, sagte Will. »Ich war im Lager der Yorkschen Partei und hab' davon gehört. Er hat gar kein Geld. Wir kriegen keine Belohnung, wenn wir sie zu ihm zurückbringen. Aber ...« Er blickte von einem Gesicht zum nächsten. »Ich hab' gehört, König Eduard würde 'n ganzes Vermögen hinblättern, um die hier in seine Finger zu kriegen.«

Sie klatschten vor Freude in die Hände. »Und den Jungen auch«, sagte Harry.

Will blickte enttäuscht drein. »Den Jungen können wir doch behalten.«

»Er is' vielleicht der nächste König von England«, sagte Harry. »Die Anhänger Yorks würden 'ne Menge für ihn bezahlen. Für alle beide zusammen.«

»Wenn das wirklich die Königin is'«, sagte die Kassandra der Gruppe. »Wenn se's nämlich nich' is', dann kriegen wir ganz schön Ärger an den Hals.«

»Wir fragen Dickon«, sagte die erste. »Wenn er kommt.«

Obwohl ich mir Sorgen um unsere Sicherheit – und Prinz Eduards Keuschheit – machte, stieg mir doch die ganze Zeit über ein himmlischer Duft in die Nase. Nun, vielleicht hätte ich ihn unter anderen Umständen für etwas zu kräftig gehalten, aber ich war kurz vor dem Verhungern, und ganz offensichtlich kochte irgendein Eintopf in einem Eisentopf über dem Feuer vor sich hin. Wie groß die Gefahr, in der wir schwebten, auch sein mochte, ich hatte keine Ahnung, wann dieser geheimnisvolle Dickon aufkreuzen würde. Also erinnerte ich sie: »Ihr habt mir und dem Jungen etwas zu essen versprochen.«

»Und das sollt Ihr auch bekommen, Euer Hoheit«, sagte Harry. Ich hätte seine Worte äußerst ermutigend gefunden, wären sie nicht von einem lüsternen Grinsen begleitet gewesen. In diesem Moment dachte ich jedoch an nichts anderes als ans Essen, und einen Moment später schaufelten Eduard und ich eine Mahlzeit in uns hinein, die sich als Kanincheneintopf herausstellte. Zwar hatten wir nur eine einzige Tonschüssel, und man hatte uns nicht einmal einen Löffel oder ein Stück Brot angeboten, so daß wir unsere Finger in die Masse tauchen mußten, doch niemals zuvor hatte mir etwas so gut geschmeckt. Auch mit einem Getränk wurden wir bedacht, einer Spezialität, die selbstgebrautes Bier zu sein schien und meinen Kopf schwirren ließ. Prinz Eduard fiel in tiefen Schlaf, noch bevor er seine Mahlzeit beendet hatte. Doch angesichts der Dinge, die nun folgen sollten, war es gewiß besser so.

Das Diebesgesindel, Männer und Frauen, ergötzten sich derweil an Gelächter und derben Reden. Dann machte ich einen Fehler, doch es war ein Fehler, der sich nicht vermeiden ließ. Nachdem ich meine Mahlzeit beendet und auch reichlich getrunken hatte, stand ich schwankend auf und begab mich zu den nächsten Büschen. Das alarmierte sie. »Sie haut ab«, rief John, stand ebenfalls auf und schwankte hin und her.

»Es ist nur ein natürliches Bedürfnis«, entgegnete ich.

»Wir werden dich nich' aus den Augen lassen«, erklärte Harry.

»Das braucht ihr auch nicht«, versicherte ich ihm und trat einfach hinter einen Busch. Er war hoch genug, um mich zu verbergen, solange ich mich niederhockte, und doch niedrig genug, daß sie die ganze Zeit über meinen Kopf sehen konnten. Wie erniedrigend für eine Königin! Doch es sollte noch schlimmer kommen. Meine Bewegungen hatten offenbar mehr in ihnen hervorgerufen als nur Wachsamkeit. Als ich zurückkehrte und mich wieder ein wenig besser fühlte, wirkten sie alle recht aufgeregt.

»Jetzt mußt Ihr für die Mahlzeit bezahlen, Euer Hoheit«, sagte Harry mit einem lüsternen Grinsen.

»Ich muß euch den Betrag schuldig bleiben«, sagte ich zu ihm. »Ihr habt das Wort einer Königin, daß ihr bezahlt werdet.« Doch die Belohnung wird euch der Henker präsentieren, dachte ich im stillen.

»Das gilt für die Zukunft«, sagte John. »Wir regeln die Bezahlung jetzt.«

»Du sollst für uns tanzen«, keifte die Frau, die ich Kassandra nannte.

Ich bedachte sie mit einem herablassenden Blick, doch es ist schwierig, herablassend zu sein, wenn man weiß, daß die Kleidung zerrissen ist, die Frisur nicht mehr existiert und man zu viel getrunken hat.

»Will spielt auf seiner Leier«, sagte die erste Frau. »Ihr werdet Euch bei einem Tänzchen vergnügen, Euer Hoheit.«

Ich dachte kurz nach. Vielleicht würde ein Tanz sie besänftigen, und es schien mir ein geringer Preis zu sein, wenn ich sie damit für mich einnehmen konnte. Zweifellos wurde meine Einschätzung der Lage vom Alkohol beeinflußt, der nach wie vor seine Wirkung zeigte. »Wenn es das ist, was ihr wollt«, sagte ich versöhnlich, nachdem ich mich vergewissert hatte, daß Prinz Eduard fest schlief.

Daraufhin begann Will, eine Melodie zu spielen, und ich warf meine Schuhe ab, die sich ohnehin in einem schlimmen Zustand befanden. Ich wirbelte herum, wobei ich meine Röcke festhielt, stampfte mit den Füßen auf und verneigte mich sogar ein wenig, während ich mein Haar vor- und zurückwarf. Das war ein weiterer Fehler. Sie klatschten laut, tranken noch etwas von ihrem selbstgebrauten Bier und gaben auch mir einen Becher voll, als ich innehielt, um Atem zu schöpfen. Das brachte mein Blut in Wallung. Schließlich sagte Harry: »Du würdest ohne Kleid viel besser tanzen.«

»Ganz gewiß«, stimmte ich ihm gedankenlos zu.

»Dann zieh sie aus«, befahl er.

Vor lauter Bestürzung konnte ich nur kichern.

»Wir werden Ihrer Hoheit helfen müssen«, sagte John, und dann stürzten sie sich auf mich.

Ich war immer eine Meisterin der schnellen Entscheidungen gewesen. Dies sind zwar nicht immer die besten Entscheidungen, doch für gewöhnlich sind sie besser als gar keine. Konfus wie ich war, wußte ich sofort, daß es zu einer Katastrophe führen würde, wenn ich sie an mich heranließe. Nicht nur, daß meine restlichen Kleider in Stücke gerissen würden. Wenn sie mich erst in den Fingern hätten, würden sie mich wohl kaum wieder loslassen, bis ihre Gier gestillt wäre. Ich wußte, daß von den Frauen keine Hilfe kommen würde, da sie von der Vorstellung, meine intimsten Stellen zu inspizieren, ebenso angetan zu sein schienen wie die Männer. Die Wahrscheinlichkeit, daß sie der Anblick meines

Körpers noch mehr anstacheln würde, schob ich lieber schnell beiseite.

Und so zog die Königin von England sich splitternackt aus und tanzte erneut für ihre dreisten Untertanen. Während ich allmählich wieder nüchtern wurde, dachte ich an das Schicksal, das mich praktisch von dem Moment an verfolgt hatte, in dem mir der Graf von Suffolk den teuflischen Heiratsantrag des englischen Königs unterbreitet hatte! Ich darf sagen, daß mein Publikum hingerissen war, denn die ständigen Kämpfe und Schlachten hatten meinen Körper so fest und muskulös werden lassen wie den eines jungen Mädchens, bis auf die Tatsache, daß es der Körper einer reifen Frau war, und ich bezweifle, daß jemals einer von ihnen etwas Ähnliches zu sehen bekommen hatte. Als ich schließlich schweißüberströmt und vollkommen erschöpft auf die Knie fiel, gingen alle drei Männer gleichzeitig auf mich los, und ich hätte gewiß schon im nächsten Moment flach auf dem Rücken gelegen, wenn nicht ein gewaltiger Schrei sie zurückgehalten hätte.

Sie drehten sich um, und ich hob den Kopf und sah einen Mann, der schon vor wenigen Minuten aus dem Wald hervorgetreten sein mußte, den sie jedoch vor Begeisterung und ich vor Angst übersehen hatten. Ich sage Mann, weil er eindeutig ein männliches Wesen war, doch ich hatte so etwas wie ihn noch nie zuvor in meinem Leben gesehen – und auch seitdem nie wieder. Seine gewaltige Stimme war tatsächlich noch das Unbedeutendste an ihm, denn er war mindestens zwei Meter zehn groß, und seine Schultern waren wie Scheunentore. Da er Beinkleider trug, konnte ich sehen, daß seine Oberschenkel so breit wie die eines Pferdes waren, während kein Hosenbeutel der Welt das hätte fassen können, was dazwischen lag. Vielleicht hatte mein Tanz, den er gewiß mit angesehen hatte, dieses Körperteil anschwellen lassen.

»Bei Gott und der Hölle«, verkündete dieses Monster nun und kam auf uns zu, während ich verzweifelt versuchte, meine Sachen zu verstecken. Ich hatte inzwischen eine gewisse trunkene Intimität mit meinen Wächtern erlangt, so daß ich der bevorstehenden Vergewaltigung kaum noch Widerstand entgegensetzte, dennoch merkte ich instinktiv, daß mir nun etwas weitaus Ernsteres bevorstand. »Was 'n das?«

»Sie sagt, sie wär' die Königin von England, Dickon«, erklärte Will, der verzweifelt die Hände rang. »Und der Junge soll der Prinz von Wales sein.«

Dickon warf dem Prinzen, der von dem Schrei aufgewacht war – er hätte tot sein müssen, um davon *nicht* aufzuwachen –, nur einen kurzen Blick zu, mich dagegen verschlang er schier mit den Augen. »Und, habt ihr euch schon mit ihr amüsiert?« fragte er mit einer Stimme, die an Donnergrollen erinnerte.

»Wir ha'm sie nur gebeten, zu tanzen, Dickon«, sagte die Frau, die mich als erstes erkannt hatte. »Und das hat sie auch gerne gemacht. Wir ha'm sie nich' angerührt.«

»Also Mutter«, bemerkte Eduard. »Ihr habt ja gar nichts an. Das schickt sich nicht.« Er hörte sich genauso an wie sein offizieller Vater.

Inzwischen begann jedoch auch Dickon, sich für meinen Zustand zu interessieren, wenn ich mir nicht sicher war, daß er ihn ebenfalls unschicklich fand. Er war geradewegs auf mich zugekommen und hatte seine Waffen niedergelegt, die aus einer Armbrust, einem Schwert sowie einem Dolch bestanden. Daß er der Kopf dieser Bande war, lag auf der Hand, ebenso die Tatsache, daß er über mein Schicksal entscheiden würde. Und über das des Prinzen. Ich befand mich in einer üblen Zwangslage, ganz abgesehen von dem Unbehagen, das jede Frau befällt, wenn sie sich splitternackt in der Gesellschaft von vier wilden Kerlen wiederfindet. Ihren Frauen konnte ich keine Bedeutung mehr beimessen. Doch was sollte ich tun? Ein Lächeln konnte sofort als Aufforderung zur Vergewaltigung verstanden werden; ein Stirnrunzeln konnte meinen sofortigen Tod nach sich ziehen. Ich erkannte jedoch, daß das eine Schicksal dem anderen bei weitem vorzuziehen und in jedem Fall kaum zu vermeiden war. Zudem trug ich immer noch die Verantwortung für den Prinzen und damit auch für die Krone von England. Und selbst wenn mich das schlimmste Schicksal ereilen sollte, so war ich dennoch die Königin von England. »Mir ist warm, mein Engel«, erklärte ich meinem Sohn. »Und diese Leute sind gute Freunde.«

Indem ich dies sagte, richtete ich mich auf, eine Bewegung, die ich in Dickons Hosenbeutel ebenfalls wahrzunehmen glaubte. »Alle Achtung«, sagte er und bewies damit, daß er zumindest die Instinkte eines Edelmannes besaß. »Du bist das schönste Ding, das ich je gesehen hab'.«

Ich nahm keinen Anstoß an seiner Äußerung. Erstens hätte ich es mir in dieser Situation kaum leisten können, und zweitens hatte sich sogar Suffolk einmal dieses Ausdrucks bedient. Statt dessen versuchte ich, das Beste aus der Situation zu machen. Ich strich mir die Haare aus dem Gesicht und begegnete seinem Blick. »Ich bin auch Eure Königin, Dickon.«

»'ne Königin«, murmelte er und streckte seine Hand aus, um mein Haar zu ergreifen. »Ich hab' mich immer gefragt, wie das wohl ist, mit 'ner Königin zu schlafen.«

Ich versuchte, ruhig zu bleiben, und faßte einen weiteren Entschluß: Die Mischung aus Ehrfurcht und Verlangen dieses Riesen gab mir neue Hoffnung. »Dann schlaft mit einer Königin, Dickon«, flüsterte ich. »Aber nur Ihr. Und bringt mich anschließend zum König.«

Seine Augen durchbohrten mich förmlich, als er seine Hand aus meinem Haar nahm und zuerst auf meine Schulter und dann auf meine Brüste legte. Letztere betastete er, als prüfe er die Reife eines Apfels. Ich rührte mich nicht, obwohl mein ganzer Körper erbebte und mein Atem und mein Herzschlag schneller wurden. »Mutter!« beschwerte sich Prinz Eduard angesichts dieser Intimität.

»Der Balg soll die Schnauze halten«, schrie Dickon, »oder ich schneid' ihm die Eier ab.«

Ich schluckte. »Eduard«, sagte ich, »bitte sei ruhig. Mutter wird sich gleich um dich kümmern.«

»Nimm du sie, Dickon«, sagte John. »Und dann sind wir dran.«

»Wollt Ihr etwa eine Königin mit jemand teilen?« flüsterte ich. Er runzelte die Stirn, fuhr jedoch mit seiner Leibesvisitation fort. »Wenn Ihr wissen wollt, wie es ist, eine Königin zu lieben, Dickon«, sagte ich zu ihm, »dann muß es im verborgenen geschehen. Bringt mich in den Wald, und ich mache Euch zum glücklichsten Mann auf Erden.«

Er zögerte noch, doch ich wußte, daß ich bereits gewonnen hatte. »Also, du kommst mit mir«, verkündete er.

»Wenn Ihr mir Zeit gewähren würdet, mich anzuziehen.«

»Dich anziehen?« brüllte er. »Was willste denn mit Kleidern? Ich will dich nackt.«

»Ihr werdet mich bekommen, nackt«, versicherte ich ihm. »Am passenden Ort und zur passenden Zeit. Wollt Ihr euch etwa um das Vergnügen bringen, zuzusehen, wie eine Königin sich auszieht?« Er glotzte mich an, doch ich war ihm geistig weit überlegen, und als ich seinem Blick mit Gleichmut begegnete, wandte er sich mit einigen gemurmelten Drohungen ab und begann nach Herzenslust zu trinken. Das war mir nur recht. Ich wußte, was ich zu tun hatte, und an Entschlußkraft hatte es mir nie gefehlt. Ich zog meine zerlumpten Kleider an und kniete mich neben den Prinzen. »Wir werden diesen Ort jetzt verlassen«, sagte ich.

»Oh, Mama«, stöhnte er. »Mein Kopf tut weh.«

»Frische Luft ist bei Kopfschmerzen das beste«, sagte ich. »Wir werden jetzt mit diesem Herrn hier einen Spaziergang machen.«

»Ich mag ihn nicht«, erklärte der Prinz. »Er hat sich Euch gegenüber schlecht benommen, Mutter.«

Die Abneigung war offensichtlich gegenseitig. »Was hat der Junge dabei zu suchen?« fragte Dickon.

»Ich kann ihn nicht hierlassen«, sagte ich. »Wird ihm dieser Will nicht binnen weniger Sekunden die Hosen ausziehen?«

Dickon bestätigte meine Vermutung mit brüllendem Gelächter. »Laß ihn ruhig mitkommen«, willigte er ein, »und die Freuden des Lebens von einem Meister lernen – und von seiner Mutter. Aber er muß die Klappe halten.«

Die anderen Mitglieder der Bande waren inzwischen ziemlich aufgewühlt, und John faßte sich ein Herz und fragte: »Und was ist mit uns, Dickon?«

Das brachte ihm einen Schlag auf den Kopf ein, der ihn zu Boden streckte. »Ich bring' sie zurück«, verkündete Dickon, »wenn ich fertig bin.« Er nahm seine Waffen und einen Krug Bier – ich hätte es vorgezogen, wenn er noch etwas von dem vorzüglichen Kanincheneintopf beiseite geschafft hätte – und packte mich am Arm, um mich in den Wald zu zerren.

»Ich komme freiwillig mit«, protestierte ich und winkte Eduard herbei. Ich folgte meinen Instinkten, die mir sagten, daß es leichter wäre, einen Mann hereinzulegen, zu beschwatzen oder zu bezaubern, als drei. Daß Dickon wahrscheinlich in jeder Hinsicht ein größerer Brocken war als alle anderen zusammen, machte mir keine großen Sorgen. Doch jetzt begann ich über unsere Flucht nachzudenken, falls er sich noch mehr betrinken würde. Doch zuvor galt es, noch gewisse Vorbereitungen zu treffen. Ich mußte beispielsweise in Erfahrung bringen, wo genau ich mich befand. Deshalb folgte ich gehorsam seiner Spur, und Eduard trottete hinterher, bis wir wieder an den Fluß gelangten, an dem man uns gefangengenommen hatte. Inzwischen war der Morgen schon weit vorangeschritten, und jetzt wärmten uns die Strahlen der Sonne. »Ich habe Durst«, sagte ich und legte mich ans Ufer, um mir Wasser in den Mund zu schöpfen. Was hätten meine Hofdamen wohl von mir gedacht?

Dickon kniete sich neben mich. »Das ist ein hübscher Platz«, sagte er, legte eine Hand auf meinen Nacken und fuhr mir mit den Fingern durchs Haar. »Um es mit einer Königin zu treiben«, murmelte er, da er anscheinend gerade begann, seinem Glück zu trauen.

Ich hörte auf zu trinken, und kniete mich ebenfalls hin. Er nahm seine Hand von meinem Nacken und begann, an meinem Mieder herumzuspielen. »Sind wir hier sicher?« fragte ich.

»Na klar. Die Anhänger Yorks sind schon weitergezogen.« Er grinste. »Sie suchen dich und den alten König. Was glaubste, wieviel der junge Eduard für dich zahlen würde, Süße?«

Wenn ich bislang noch irgendwelche Zweifel daran gehegt hatte, daß er den Tod verdiente, so schwanden diese nun dahin. Ich lächelte ihn an. »Nicht ganz soviel wie die Franzosen und die Schotten. Liefert mich an den Marschall von Brezé oder den Grafen von Angus aus, und ich verspreche Euch eine Belohnung, die Eure größten Hoffnungen übertreffen wird.« Sie würde lediglich darin bestehen, daß man höhere Galgen als sonst bauen mußte.

»Die Schotten«, murmelte er, während er eifrig damit beschäftigt war, meinen Oberkörper zu entblößen.

»Wir sind nicht weit von Schottland entfernt«, sagte ich. Ich hatte große Mühe, mich zu beherrschen, denn wenn eine Frau von einem Lüstling entkleidet wird, ist es auch für sie schwierig, sich auf irgend etwas anderes zu konzentrieren. »Eduard, mein Schatz«, sagte ich über meine Schulter hinweg. »Sei ein guter Junge und geh für eine halbe Stunde in den Wald.«

»Nein«, erklärte er. »Das ist ein böser Mann.«

»Er kriegt's gleich mit meinem Gürtel«, drohte Dickon.

»Er ist noch ein Kind«, sagte ich. »Ich werde ihm nachher selbst eine Tracht Prügel verabreichen. Eduard, tu, was ich dir sage, oder ich werde sehr böse.«

Diese Drohung zeigte offenbar Wirkung, denn Eduard schlich davon. Ich hatte keine Ahnung, wohin er ging, doch ich war mir sicher, daß ich ihn zu angemessener Zeit wiederfinden würde.

»Ihr habt gerade von Schottland gesprochen«, erinnerte ich Dickon, während er mich auf dem von der Sonne erwärmten Gras auf den Rücken legte, um mir mein letztes Kleidungsstück auszuziehen. Er zog mir sogar die Schuhe aus, um meine Füße zu betrachten. Dabei entdeckte er zweifellos, daß sie ebenso schön geformt sind wie alles andere an mir.

»Schottland«, sagte er und wedelte mit der Hand. »Sind nur ein paar Stunden bis zur Grenze.«

Ich merkte mir die Richtung seiner Handbewegung, doch dann nahmen andere Dinge meine Aufmerksamkeit in Anspruch. Nachdem er mich ausgezogen hatte, begann er sich selbst zu entkleiden, und die Wirkung auf mich war erschreckend. Es wird behauptet, daß sehr große Männer an den entscheidenden Stellen nicht unbedingt ebenso groß sind, aber bei Dickon konnte man keinerlei Mangel feststellen. In dieser Hinsicht hatte ich seine außergewöhnliche

Männlichkeit bereits an der Ausbuchtung seiner Hose erkennen können. Jetzt konnte ich sein gutes Stück in natura betrachten, und ich muß gestehen, daß mir beinahe schwindlig wurde. Ich bin eine zierliche Frau, und mir kam der Gedanke, daß ich entweder eine tödliche Verletzung davontragen würde oder aber, selbst wenn ich seinen Vorstoß überleben sollte, unter seinem Gewicht, das ich auf mindestens hundertzwanzig Kilo schätzte, zerbrechen würde.

Natürlich hatte ich verschiedene Möglichkeiten in Betracht gezogen, ihm zu entkommen, da ich nun wußte, in welche Richtung ich laufen mußte. Zunächst hatte ich es für das beste gehalten, einen Fluchtversuch zu wagen, nachdem er seine Leidenschaft gestillt hatte und vielleicht eingeschlafen sein würde. Jetzt bezweifelte ich jedoch, daß mir danach noch eine Flucht möglich wäre. Deshalb kam ich auf das zurück, was man als Ausweichplan bezeichnen könnte – wie jeder erfahrene Feldherr hatte ich mehrere Pläne parat.

Im Laufe meines Lebens hatte ich beobachtet, daß ein starkes Gebräu einen Mann zwar lüsterner macht, ihn jedoch gleichzeitig in der Ausübung seiner Lust hemmt. Also sagte ich so gewinnend wie möglich: »Sollten wir nicht auf unsere Zusammenkunft und unser künftiges Glück trinken?«

»Ja, so gefällst du mir, Mädchen«, rief er aus. »Selbst wenn du 'ne Königin bist. Trink!«

Er hielt mir den Krug hin, dessen Deckel er geöffnet hatte, und ich hob ihn an die Lippen. Ich hatte natürlich vorgehabt, nur daran zu nippen, doch als ich den Krug anhob, stieß Dickon an dessen Unterseite, so daß ich weit mehr hinunterschluckte, als ich eigentlich wollte, während eine ebenso große Menge an meinen nackten Schultern herablief. Mir wurde schwindelig, und noch bevor ich mich davon erholen konnte, hatte Dickon mir bereits den Krug aus der Hand genommen und ihn auf den Boden gestellt. Anschließend leckte er das Bier von meinen Brüsten. Ich war völlig aus der Fassung geraten; noch nie war mir etwas Derartiges widerfahren. Ich wollte eine Ohnmacht vortäuschen, doch das hätte mir nicht viel geholfen, da er mich sowieso wieder auf den Boden legte.

Ich schloß die Augen, um von dem, was als nächstes geschehen würde, so wenig wie möglich mitzubekommen. Doch es geschah gar nichts, und so öffnete ich sie wieder und sah, wie er gierig den Rest des Bieres ausschlürfte. Es war genug Alkohol darin, um mehrere Männer niederzustrecken oder sie jedenfalls impotent zu machen – doch auf Dickon schien das keinerlei Wirkung zu haben. Er warf den Krug fort und machte sich daran, mich aufzuspießen. Ich meine das im buchstäblichen Sinne, denn weit davon entfernt, mich in irgend einer christlichen oder gar heidnischen Weise zu nehmen, wie Brezé sie mich gelehrt hatte, setzte er sich einfach nur hin, legte seine Arme wie Schaufeln um mich und drang, immer noch sitzend, wie ein Speer in mich ein, während ich auf seinen Oberschenkeln saß. Natürlich schockierte und erschütterte mich diese Behandlung, während ich darüber nachdachte, weshalb keiner meiner vorangegangenen Liebhaber sich jemals zu unser beider Vorteil auf solch großartige Weise Eingang verschafft hatte.

Diese aufwühlenden Ereignisse trieben mir jegliche Gedanken an Flucht aus dem Kopf, und als er mir schließlich erlaubte, mich zurückzulehnen, war ich durch die Kombination exzessiver Leidenschaft und dem starken Getränk völlig geschwächt. »Bringt mich zu den Schotten, Dickon«, sagte ich, »und bleibt für immer mein treuer Diener.«

»Haha«, lachte er und versuchte noch einen letzten Tropfen aus dem Krug zu schlürfen, doch dieser war vollkommen leer.

»Gefällt Euch dieser Vorschlag nicht?« fragte ich und setzte mich auf.

»Du bist doch 'ne Königin«, sagte er.

»Bin ich als Königin nicht zufriedenstellend? Habe ich nicht auch bewiesen, daß ich eine Frau bin?«

»Was Königinnen angeht«, sagte er, »ich glaub' nich, daß es 'ne bessere gibt. Aber du bist die einzige, die ich kennengelernt hab'. Und was Frauen angeht, na ja, da biste gut genug. Aber da *hab'* ich bessere kennengelernt.« Wenn Blicke töten könnten, so wäre er auf der Stelle tot umgefallen, aber er sah mich gar nicht an.

»Was die Sache mit den Schotten angeht, also, die würden mich bestimmt hängen«, fuhr er fort. »Außerdem bezahlen die Schotten nie gutes Geld für irgendwas. Und falls doch, dann würde Euer Hoheit schon bald 'nen Weg finden, mich loszuwerden, sobald ich nich mehr von Nutzen wäre. Nee, nee, es wär' besser, wenn wir beide dieses Vergnügen als einmalige Sache ansehen und jeder seiner Wege ziehen würden.«

»Ihr wollt mich hier mit dem Prinzen allein lassen?« fragte ich, nicht sicher, ob ich froh oder traurig darüber sein sollte.

»Meine Königin allein lassen? Niemals.« Er lachte schallend. »Ich bring' dich dahin, wo man dir ein herzliches Willkommen bereiten wird. Nämlich zu König Eduard, bei Gott. Ich will an das Geld kommen. Und ich hab' nich' vor, es mit diesem Gesindel zu teilen. Warum glaubst du wohl, daß ich dich allein hier rausgebracht hab'? Haha.« Er ging zum Strom hinunter, beugte sich nieder und begann, sehr geräuschvoll zu trinken.

Ich glaube, keine Frau wurde jemals übler beleidigt. Und ich *weiß*, keine Königin hat jemals eine solche Schmach ertragen müssen. Immerhin hatte ich mein Bestes getan, um ihn zu befriedigen. Und jetzt zu hören, ich sei kein bißchen besser als irgendeine andere Frau – das wurmte mich noch mehr als sein Entschluß, mich meinen Feinden auszuliefern. In jedem Fall bedeutete dies meinen Untergang. Bis jetzt hatte ich mich nur darauf konzentriert, entweder zu fliehen oder diesen großen Trampel so zu betören, daß er den Entschluß faßte, mein treuer Diener zu werden. Letzteres war eindeutig fehlgeschlagen, und es schien sehr unwahrscheinlich, daß es mir gelingen würde, ihm zu entkommen, solange er seine Größe und Kraft sowie seine Fähigkeit, mich oder jeden anderen unter den Tisch zu trinken, bewahrte. Es gab nur noch eine Lösung.

Der geneigte Leser wird inzwischen keinen Zweifel mehr daran hegen, daß unter meinem wohlgeformten Busen das Herz einer Kriegerin schlug. Wie oft hatte ich mich danach gesehnt, meine Männer in die Schlacht zu führen und an ihrer Spitze zu siegen oder zu sterben. Stets hatten meine männlichen Berater mir davon abgeraten, indem sie mich an meine Pflicht gegenüber dem König und Prinz Eduard erinnerten. Doch wenn ich jetzt nicht handelte, dann wären sowohl der König als auch mein Sohn, von mir ganz zu schweigen, für immer verloren.

Ich zögerte keinen Moment. Dieser Mann war ein verdammter Verbrecher, ein Räuber, ein Verräter und zweifellos ein Mörder – und er hatte die Königin geschändet. Meine Wut wurde noch verstärkt durch die Geringschätzung, die er meinen Liebesdiensten entgegenbrachte, da er mir in aller Einfalt den Rücken zuwandte, während er seinen Durst stillte. Ich nahm also sein Schwert vom Boden, packte es mit beiden Händen und schwang es mit aller Kraft auf seinen Nacken.

Er gab keinen Laut von sich, sondern fiel kopfüber ins Wasser. Da jedoch kein Blut floß, vermutete ich, daß er noch nicht tot war. Ich hatte ihm nicht den Kopf abgeschlagen, sondern ihn nur durch die Kraft meines Schlages außer Gefecht gesetzt, zweifellos, weil ich im Gebrauch eines Schwertes völlig ungeübt war.

»Oh, gut geschlagen, Mutter«, verkündete der Prinz und gab mir so zu verstehen, daß er uns die ganze Zeit über beobachtet hatte. Jetzt war jedoch nicht die Zeit für Schamgefühle, und auch er zeigte keine derartige Reaktion, als er auftauchte und sich neben mich stellte. »Aber ich glaube nicht, daß er tot ist. Warum erschießt Ihr ihn nicht?«

Ich sah auf Dickon hinunter, der mit dem Gesicht nach unten im Wasser lag, und dann auf meinen Sohn. »Ich weiß nicht, wie man eine Armbrust lädt.«

»Aber ich«, sagte er und tat es, wobei er sich auf den Rücken legen und seine Beine benutzen mußte, um die nötige Spannung zu erzielen, doch schließlich überreichte er mir die fertig geladene Waffe. »Zielt zwischen seine Schultern«, empfahl er mir. Und das tat ich mit Erfolg, obwohl mich die Kraft des Rückschlages nach hinten warf. Als ich mich aufsetzte, stellte ich fest, daß der Pfeil bis zur Hälfte in Dickons Rücken saß und das Wasser um den unglücklichen Mann sich von seinem Blut rot färbte. »Gut gezielt«, stellte Eduard fest und nahm mir die Armbrust aus den Händen. »Ihr müßt noch einmal schießen.« Und er begann, sie von neuem zu laden.

»Bist du sicher, daß er nicht tot ist?« fragte ich. Abgesehen von den leichten Schwankungen durch das seichte Wasser hatte sich Dickons Körper nicht bewegt, und da er mit dem Gesicht nach unten lag, war ich mir sicher, daß er inzwischen ertrunken sein mußte.

»Es ist besser, ganz sicher zu gehen«, sagte mein frühreifer Sohn. Ich glaube, es machte ihm Spaß, mit der Armbrust zu spielen. Jedenfalls brachte er mich dazu, noch zweimal auf den Leblosen zu feuern, bis er schließlich zufrieden war.

»Und jetzt, Mutter«, sagte er, »zieht Euch bitte an. Ihr seht recht unschicklich aus, und außerdem könnt Ihr Euch eine Erkältung holen.«

14

Ereignisse wie diese tragen erheblich dazu bei, die Beziehung zwischen Mutter und Sohn zu festigen. Wir waren uns schon immer sehr nahe gewesen; jetzt waren wir wie zwei verwandte Seelen.

Natürlich vertrauten wir niemandem die ganze Wahrheit an. Es wäre, wie Prinz Eduard gesagt hätte, unschicklich gewesen. Als ich ein paar Monate später der Herzogin von Bourbon meine abenteuerliche Geschichte erzählte, sagte ich ihr lediglich, daß wir auf unserer Flucht von einem Räuber von außerordentlicher körperlicher Größe und wildem Gebaren angegriffen worden seien, der unser Leben bedroht hatte, doch nachdem ich ihm erklärt hatte, daß ich die Königin sei, habe er uns beigestanden. Glücklicherweise sind die Leute, vor allem die anderen Mitglieder der königlichen Familie sowie diese Schreiberlinge, die eifrig jedem weisen Wort und jedem Skandal hinterherhasten, das von ihren Lippen kommt, stets davon überzeugt, daß das einfache Volk aus tiefstem Herzen loyal sei.

Nachdem wir uns Dickons entledigt hatten, machten der Prinz und ich uns auf den Weg nach Schottland. Das hört sich sehr einfach an, und in der Tat war es, zumindest der Theorie nach, eine einfache Sache, galt es doch lediglich, etwa fünfzig Meilen bei Schnee und Regen zu Fuß zurückzulegen. Wir mußten Früchte stehlen, um am Leben zu bleiben, denn nach unseren Erfahrungen im Wald wagten wir es nicht mehr, uns sehen zu lassen. Ich werde deshalb nicht näher auf die furchtbaren Entbehrungen eingehen, denen wir beinahe eine Woche lang ausgesetzt waren, und mich darauf beschränken, zu sagen, daß wir unser Ziel erreichten.

Es mag jetzt die Frage aufkommen, weshalb ich mich nicht auf die Suche nach meinem Mann machte. Nun, das hätte bedeutet, eine Abtei nach der anderen abzuklappern, und wenn dies für uns auch mit Essen und Unterkunft verbunden gewesen wäre, so konnte ich doch nicht wissen, ob man uns nicht der Yorkschen Partie ausgeliefert hätte. Was Heinrich anbelangt, so war unsere Ehe schon seit langem eine reine Formalität, und obwohl es sündhaft sein mag, dies zuzugeben, so erschien mir doch sein frühzeitiges Ableben als Vorteil. An meiner Seite und in meiner Obhut befand sich ein weitaus vielversprechenderer Anwärter auf den Thron von England. Ich sah meinen Gatten niemals wieder. Daß er mich im Laufe der folgenden Jahre vermißte, bezweifle ich. Ich jedenfalls vermißte ihn nicht.

Ich hatte mir natürlich Gedanken darüber gemacht, wie man mich in Schottland empfangen würde. Doch in diesem Punkt war mir das Glück hold, und gleich unter den ersten Menschen, auf die ich traf, befanden sich Diener von Angus. Sie waren sehr überrascht, daß ich noch am Leben war, da sich inzwischen die Nachricht von meinem Ableben überall verbreitet hatte, und als ich meine Wünsche bekanntgab, waren sie alle eifrig bemüht, mir zu helfen. Kleider wurden mir und dem Prinzen als Ersatz für unsere Lumpen zur Verfügung gestellt, man badete uns und gab uns zu essen. Wir schliefen in weichen Betten, und es wurde sofort eine Gruppe von Leuten zusammengestellt, die mich nach Edinburgh begleiten sollte, wo die Königin, wie man mir sagte, krank daniederlag, umgeben von ihren Lords und Pierre de Brezé. Doch Maria sah ich niemals wieder, denn als ich Edinburgh erreichte, war sie schon beerdigt. Ihr Tod machte mir sehr zu schaffen. Es war offensichtlich, daß ich in politischer und finanzieller Hinsicht nicht mehr auf Schottland als Bündnispartner zählen konnte, und tatsächlich wurde mir schon bald mitgeteilt, daß die Schotten keinen Wert mehr auf meine Anwesenheit legten. Doch was mich noch betroffener machte, war der Gedanke, daß ein so vitaler Mensch, der so begierig darauf war, jedem Augenblick des Lebens etwas Schönes abzugewinnen, bereits in jungen Jahren – sie war ein Jahr jünger als ich – aus dem Leben scheiden mußte. Dieser Gedanke erfüllte mich mit großer Sorge um die schwachen Fäden, die uns an dieses Erdenleben binden.

Man mag annehmen, es hätte meine Trauer etwas gelindert, daß ich wieder mit Pierre vereint war. Doch auch diese Freundschaft war nicht mehr wie einst, wenn auch keiner von uns sofort bereit war, dies zuzugeben. Tatsache war, daß er an eine Niederlage, wie er sie im Norden Englands erlitten hatte, nicht gewöhnt war und sich schuldig fühlte, weil der Umstand, daß er mich allein gelassen hatte, mich beinahe das Leben gekostet hätte. Ich will mich zu dem tatsächlichen Preis meiner Keuschheit nicht weiter äußern – davon ahnte er nichts. Wie das bei Männern so üblich ist, brachte er es fertig, seine eigene Nachlässigkeit in den Hintergrund zu drängen und die Schuld an dem Desaster mir in die Schuhe zu schieben. Wie ich bereits bemerkte, erschreckte ihn mein Ehrgeiz, wenn es um mein Königreich ging, und nun mußte er seines Weges gehen. An der Seite der Königin von England zu stehen, hätte seinem Ehrgeiz genügt, doch jetzt, da dies mit Sicherheit nicht geschehen würde, wandten sich seine Gedanken von mir ab.

Mir ging es ähnlich. Natürlich mußte ich Pläne schmieden.

Für Pierre war der Fall klar: Ich mußte noch einmal den Kanal überqueren. Zu Ludwig? Das lehnte er ab und schlug statt dessen Burgund vor. Ich war entsetzt, doch er hatte überzeugende Argumente. Nicht alle davon entsprangen wirklich der Sorge um meine Person, wie ich später feststellte. Was er im Gegensatz zu mir wußte, war, daß er an Cousin Ludwig geschrieben und ihn nicht nur über meine diversen Versprechen informiert, sondern ihm auch mitgeteilt hatte, daß ich aus Sicht der Engländer nur noch den Richtblock verdiente. Deshalb konnte er mir plausibel darlegen, daß Ludwig, der von der Verpfändung Calais' wußte, da er ja an dem Geschäft beteiligt war, sich sehr wohl dafür entscheiden könnte, mich im Interesse des Friedens an die Weiße Rose auszuliefern.

Pierre wußte ebenfalls, daß Ludwig sich mit seinen eigenen Leuten umgeben hatte und es für den Seneschal der Normandie keinen Platz am Hofe gab. Außerdem befürchtete er, seine Feinde (von denen er, wie alle großen Männer, viele besaß) könnten seine Rückkehr von einem erfolglosen Kampf zum Anlaß nehmen, ihn des Hochverrats anzuklagen, so daß er niemals in die Lage käme, die Gunst des Königs zurückzuerlangen.

Er meinte also, daß man uns in Brügge willkommen heißen würde, da die Beziehungen zwischen Herzog Philipp und König Ludwig stark abgekühlt waren, seit Ludwig auf dem Thron saß. Als ich darauf hinwies, daß Herzog Philipp schon bald durch Heirat mit Eduard von March verwandt sein würde, versicherte er mir, daß der Herzog von Burgund, ganz abgesehen davon, daß er auch mit mir verwandt war, nicht nur etwas für ein hübsches Gesicht übrig hatte, sondern auch weit und breit als der tapferste Ritter der gesamten christlichen Welt bekannt war und mich somit gewiß nicht abweisen würde.

Also begaben wir uns nach Burgund.

Im August ging ich nach einer vergleichsweise ruhigen Überfahrt – man sollte nur im Sommer zur See fahren – in Sluis an Land, und zwar mit leeren Taschen. Bei mir waren Prinz Eduard, John Combe und Sir John Fortescue. Nach der Katastrophe von Northampton hatte sich Sir John, da er sich weigerte, Eduard von March zu dienen, nach Schottland durchgeschlagen und wirkte jetzt als Erzieher des Prinzen, obwohl ich ihm erklärte, daß ich im Moment nicht die Mittel besaß, ihn zu bezahlen. Sieben meiner Hofdamen waren bei uns, und niemand verfügte über Kleidung zum Wechseln. Wir wurden von Brezé begleitet, der uns aus seinem eigenen bescheidenen Geldvorrat mit dem Nötigsten versorgte. Wir hatten keine Vorstellung davon, was die Zukunft für uns bereithielt.

Bei unserer Ankunft informierte mich der Hafenmeister, daß der Graf von Charolais mich in Brügge erwarte. Und genau zu diesem Zeitpunkt als ich, wie man sich vorstellen kann, alle Hilfe benötigte, sagte mir Pierre, daß er nicht länger in meinen Diensten bleiben könne. Er war beschämt über seinen Entschluß und stand, seinen Hut in der Hand drehend, verlegen vor mir. »Sie Sache ist die, Euer Hoheit«, sagte er. »König Ludwig hat mich zu sich befohlen.«

Es stellte sich heraus, daß er in gewisser Weise die Wahrheit sagte, denn Ludwig wußte nun, daß seine Politik ihn in eine Fehde mit seinen eigenen Brüdern und Adligen verwickeln würde. Er war auf jeden fähigen und loyalen Soldaten angewiesen, und Brezé stand mit Sicherheit weit oben auf dieser Liste. Deshalb hatte man verkündet, daß der Seneschal bei Hofe willkommen sei. Dazu kam natürlich, daß Pierre keinesfalls die Absicht hegte, sich in den Machtbereich Karls von Charolais oder dessen Vater zu begeben und bei dem bevorstehenden Spiel gegen die französische Monarchie als Bauernopfer zu fungieren. Dennoch konnte ich

Pierre nur der Reihe von Verrätern hinzufügen, mit denen ich mein ganzes Leben lang geschlagen worden war, und dies galt besonders für den Mann, der mich dazu überredet hatte, mich Burgund auszuliefern. Verbittert wie ich war, hatte ich nur böse Worte für ihn übrig, und so gingen wir für immer auseinander.

In dieser Nacht, in der ich schlaflos in meinem engen Bett in der häßlichen Bettkammer lag, kam John Combe zu mir. Der junge Mann zählte jetzt siebzehn Jahre und hatte sich seit unserer Flucht von Northampton drei Jahre zuvor prächtig entwickelt. Seine Liebe zu mir war stetig gewachsen. In meiner Einsamkeit war ich nun bereit, ihn zu belohnen und mich gleichzeitig über die diversen Nöte, die ich ertragen mußte, hinwegzutrösten.

Dann trat ich meinen beschwerlichen Weg nach Brügge an. Da ich nicht wußte, was die Zukunft für mich bereithielt, ließ ich Prinz Eduard in der Obhut von Fortescue in Sluis zurück und reiste mit zwei Hofdamen und John. Ich war deprimiert und ängstlich. Man bedenke: Dieser Prinz, zu dem ich wie ein Bettler ging, war der erste gewesen, der als Ehemann für mich in Betracht gezogen worden war, und meine Familie hatte ihn zurückgewiesen. Jetzt war er mit der Schwester meines erbittertsten Feindes vermählt. Sein Vater war einmal ein enger Freund und Verbündeter der Familie meines Mannes gewesen, hatte inzwischen jedoch genau die entgegengesetzte Richtung eingeschlagen. Und ich war nun voll und ganz auf seine Gnade angewiesen.

Ich sollte eine angenehme Überraschung erleben. Zu all meinen Ängsten kam noch hinzu, daß Cousin Karl sich aufgrund seines leichtfertigen Temperamentes den Beinamen »der Unbesonnene« erworben hatte. Trotzdem wollte ich alles unternehmen, was in meiner Macht stand, kleidete mich in ein neues Gewand, das ich mir in Sluis hatte beschaffen können, und rauschte so in die Gefilde des Grafen, wobei ich mir darüber Gedanken machte, ob ich mich so weit würde beherrschen können, Margarete von York nicht die Augen auszukratzen, wenn sie an der Seite ihres Verlobten säße.

Glücklicherweise saß sie jedoch nicht dort, und Karl war die Freundlichkeit in Person. Er erhob sich von seinem Stuhl, um meine Hand zu küssen, redete mich mit »Euer Hoheit« an und empfing mich tatsächlich mit allen Ehren, die einer Königin würdig waren, während er gleichzeitig auch diejenigen Ehren nicht vergaß, die einer schönen Frau würdig sind. Nicht zum ersten Male verfluchte ich dieses Schicksal, das unsere frühe Romanze bereits beendet hatte, noch bevor ich ihn überhaupt gesehen hatte – denn er war ein gutaussehender Mann –, und bevor ich alt genug war, um zu verstehen, worum es überhaupt ging.

Da seine Verlobte jedoch im Moment nicht bei ihm war, und da Karl und sein Vater meine letzte Hoffnung waren, dachte ich mir, es könne von Vorteil sein, die fünfundzwanzig Jahre, die seit unserer gescheiterten Verlobung verstrichen waren, aus dem Gedächtnis zu streichen.

Mit dieser Idee lag ich zumindest teilweise richtig, und das war erfreulich, denn, wie ich schon sagte, Karl war ein gutaussehender Mann, und ein kräftiger obendrein. In der Tat hätte ich ein Jahr zuvor noch gedacht, daß er zu kräftig sei, doch nach einem Nachmittag in der Gesellschaft Dickons kamen mir alle anderen Männer wie Grünschnäbel vor, und ich kann es mir zugute halten, daß schließlich er erschöpfter war als ich. John Combe wurde durch diesen Vorfall ein wenig beiseite geschoben, doch ich erklärte ihm, dies sei alles ein Bestandteil der internationalen Diplomatie, und ich sei nicht bereit, über die Eifersucht eines siebzehnjährigen Pagen in Tränen auszubrechen – wobei ich mir eingestehen mußte, daß Siebzehnjährige eher grundlos eifersüchtig sind als ältere Menschen.

So vergnüglich mein Tête-à-tête mit Cousin Karl auch war, konkrete Ergebnisse ergaben sich daraus leider nicht. Karl stand zu dieser Zeit voll und ganz in den Diensten seines Vaters, und obwohl er Onkel Philipp dazu brachte, mich zu empfangen, war diese Zusammenkunft nicht besonders erfolgreich. Onkel Philipp stand in dem Ruf, der vornehmste Ritter und der reichste Prinz der gesamten christlichen Welt zu sein. Aber seien wir ehrlich: Sowohl ritterliches Benehmen als auch auffällige Protzerei sind meist nur Schau. Sie sagen nichts über den Mann aus, der sich hinter dem glitzernden Äußeren verbirgt, und sogar noch weniger über die Mittel, die er vielleicht aufwendet, um sich diese Extravaganzen zu leisten. Herzog Philipp war willens, mich zu empfangen, und vielleicht sogar bereit, mir zu helfen, doch seine besten Tage gehörten der Vergangenheit an. Aus ihm war ein nervöser Mann geworden, der ständig die Hände rang und andauernd darum bemüht war, seine beiden mächtigen Nachbarn und Verwandten, Eduard von March und Ludwig von Frankreich, nicht zu provozieren. Daher war ich gezwungen, den Weg von Brügge nach St. Pol im Wagen eines Kesselflickers zurückzulegen, damit niemand erfuhr, daß der Herzog von Burgund die Königin von England empfing.

Als wir schließlich zusammentrafen, war er überaus charmant, und trotz seines hohen Alters – er war siebenundsechzig – spürte ich, daß auch er gegen meinen Charme nicht immun war. Doch leider haben Männer, wenn sie älter werden, ein größeres Interesse an Politik als an Affären, und so zwang er mich, eine Analyse meiner Situation über mich ergehen zu lassen, an deren Ende ich gezwungenerweise einsah – obwohl ich dies nicht offen aussprach –, daß meine

Sache und die meines Gatten hoffnungslos verloren war und die einzige Aussicht, die ich noch hatte, der Rückzug ins Privatleben war.

Man kann sich sicher vorstellen, wie schmerzhaft diese Erkenntnis war. Zu diesem Zeitpunkt schüttete ich Philipps Schwester, der Herzogin von Burgund, mein Herz aus und berichtete ihr von meinen Mißerfolgen der vergangenen zehn Jahre. Wie ich bereits erwähnte, hielt ich mich jedoch noch so weit an die Regeln der Vernunft, daß ich ihr nicht die Wahrheit über Prinz Eduards Vater anvertraute (ich erzählt ihr, Heinrich habe in einer plötzlichen Aufwallung ehelicher Leidenschaft gehandelt, und das acht Jahre nach unserer Heirat!). Ebensowenig erzählt ich ihr die Wahrheit über meine Beziehung zu ihrer Nichte, Maria von Geldern (ich behauptete, wir seien lediglich die besten und engsten Freundinnen gewesen), und erst recht nicht davon, was sich zwischen mir und Dickon abgespielt hatte. Dagegen sah ich keinen Anlaß, meine Affäre mit Brezé zu verheimlichen, denn schließlich wäre es für eine Frau in meiner Position, meines Aussehens und meiner Herkunft unnatürlich gewesen, niemals einen Liebhaber gehabt zu haben.

Die Herzogin war entsetzt über mein Schicksal, und ich habe keine Ahnung, wie sie erst auf die ganze Wahrheit reagiert hätte.

Doch zu guter Letzt stand ich vor der schlichten Tatsache, daß sich all meine Hoffnungen zerschlagen hatten und ich wieder einmal ein mittelloser Flüchtling war. Onkel Philipp beschloß, mir ein wenig unter die Arme zu greifen, und schenkte mir zweitausend Kronen, woraufhin er betonte, daß er um so glücklicher sein würde, je eher ich burgundisches Territorium verließe.

Also schlich ich wieder nach Brügge zurück, wo ich mich tränenreich von Cousin Karl verabschiedete und ein letztes

Mal mit ihm ins Bett ging. Wäre sein Vater doch nur früh genug gestorben, so daß Karl seine Nachfolge hätte antreten können. Ich war mir sicher, ich würde ihn davon überzeugen können, mir seinen starken Arm zu reichen, und ebenso die anderen, kaum weniger wichtigen Teile seines Körpers. Ich mag hier etwas zu optimistisch gewesen sein, denn Karl schmiedete bereits Pläne für die Konfrontation mit Ludwig, die unausweichlich schien, wenn der feste Griff, mit dem sein Vater das Königreich in Händen hielt, sich lockern würde.

Von Brügge aus ging ich in Begleitung meines stark dezimierten Hofstaates nach St. Michel-en-Barrois, wo Papa mir ein Haus eingerichtet und für ein Einkommen von sechstausend Kronen pro Jahr gesorgt hatte. Ich wußte, daß dies alles war, was er aus seinen eigenen begrenzten Ressourcen für mich erübrigen konnte, doch konnte ich damit kaum meine Ausgaben decken; es war noch nicht einmal genug übrig, um Spione und Agenten zu bezahlen, ganz zu schweigen von der Aufstellung eines schlagkräftigen Heeres. Erneut wandte ich mich an Ludwig, doch er weigerte sich, mir zu helfen. Auch an meinen Bruder appellierte ich, aber Herzog Johann schlug sich auf die Seite Ludwigs und betrachtete meine Sache als unwichtig im Vergleich zu der großen Aufgabe, die französische Monarchie zu sichern.

So verbrachte ich also den ganzen Winter und den Beginn des folgenden Jahres im Exil, wo ich unruhig wie ein Löwe im Käfig auf- und abging. Nur John Combe spendete mir ab und zu Trost. Noch unruhiger machte mich die Tatsache, daß sich um mich herum große Ereignisse zutrugen, an denen ich keinerlei Anteil mehr hatte. Eines davon war die Nachricht, daß es meinem Gatten irgendwie gelungen war, nach Schottland zu fliehen, wo er Unterstützung erhielt. Jetzt, da die stellvertretenden Regenten des jungen Königs Jakob III.

beschlossen hatten, den uralten Antagonismus gegen England wiederzubeleben, hatten sich die Gemüter in diesem wilden Königreich etwas beruhigt. Heinrich gewährte den Schotten eine Garantie für besondere Handelsprivilegien mit England, sobald er wieder auf dem Thron säße. Im Gegenzug schlugen sie sich auf seine Seite und schickten ihn mit einer Armee nach England. Und dort, ob man es glaubt oder nicht, gesellte sich Heinrich Somerset zu ihm, der nun zum zweiten Mal sein Mäntelchen wechselte.

Natürlich war ich, als diese Nachricht in St. Michel eintraf, voller Kampfeslust und erfüllt von dem Wunsch, den Kanal zu überqueren und meinen Lieben in ihren Bemühungen beizustehen. Zu meinem Ärger wurde mir dies jedoch untersagt, und zwar nicht nur von Ludwig, sondern auch von meinem Vater. Ich reagierte heftig und wies sie darauf hin, daß sie keinerlei Recht hätten, über mich zu verfügen, da ich schließlich die Königin und ihnen somit in jeder Hinsicht gleichgestellt sei. Dies fochten sie nicht an, doch sie wiesen mich darauf hin, daß ihnen zwei Waffen zur Verfügung standen, um mich nach ihrem Willen handeln zu lassen: Ludwig hatte mich in seiner Gewalt, da ich mich auf französischem Boden befand, und Papa besaß die Kontrolle über meine Geldbörse. Tatsächlich erfuhr ich schon bald, daß Ludwig mit Warwick, der mehr denn je der eigentliche König von England war, darüber verhandelte, Eduard von March mit einer französischen Prinzessin zu verheiraten, um damit eine breite westeuropäische Allianz zu bilden. Er konnte zwar König Heinrich und Heinrich Somerset nicht davon abhalten, Unruhe zu stiften, aber er konnte mich davon abhalten, mich daran zu beteiligen, und er war fest entschlossen, dies auch zu tun.

Er war um so engagierter, da sein Protegé nicht die einzige Frau war, die für diese Heiratspläne in Betracht gezogen wurde. Auch die Infantin Isabella von Kastilien wurde als Braut für March ins Auge gefaßt. Man kann sich kaum vorstellen, was geschehen wäre, wäre diese Verbindung zustande gekommen. In den letzten Jahren hatte Isabella einen bemerkenswerten Ruf erlangt: Sie galt als eine Frau von großer Charakterstärke und ungewöhnlicher Keuschheit, während Marchs Charakterschwäche und seine Lüsternheit allgemein bekannt waren. Zu dieser Zeit war sie natürlich erst dreizehn Jahre alt, doch als Halbschwester eines vollkommen unbedeutenden Königs war sie bereits zu einem Anziehungspunkt für den kastilischen Adel geworden, und ihre diversen Onkel waren verzweifelt darum bemüht, sie außer Landes zu schaffen. Ihre diesbezüglichen Versuche schlugen jedoch fehl, und nach ihrer Heirat mit Ferdinand von Aragon gehörte das Paar zu den mächtigsten Herrschern Westeuropas.

Manche Frauen haben eben nur Glück.

Wie sich herausstellte, erwies sich die Wartezeit, in der ich wütende Briefe schrieb, unverbindliche Antworten erhielt und aufgebracht an den Zinnen meines Schlosses auf- und abschritt, als vorteilhaft. Es war die alte Geschichte. Obwohl es Heinrich gelang, den Norden auf seine Seite zu bringen, wurde Somerset am 25. April im Hedgeley-Moor geschlagen, und dann noch einmal am 15. Mai bei Hexham. Heinrich befand sich jetzt also wieder auf der Flucht, so wie ich, und war in Schottland nicht länger willkommen, während Somerset, nachdem er in Hexham in Gefangenschaft geraten war, endlich das Schicksal ereilte, das er verdient hatte. Er wurde enthauptet.

Wenn ich also auch allen Grund hatte, mich zu freuen, daß ich an diesem letzten katastrophalen Kampf keinen Anteil hatte, so war ich doch tief betrübt über die anderen Ereignisse dieses Jahres. Denn Ludwig zog schließlich gegen seine Brüder, die von Burgund unterstützt wurden, in den Krieg. Onkel Philipp war völlig senil geworden, und Cousin Karl war von kriegerischem Feuer erfüllt. Der nun folgende Kampf erregte bei niemandem großes Interesse. In Anbetracht von Ludwigs Wesen ist dies nicht verwunderlich, denn er zog es vor, sich in Waffenstillständen und Intrigen, Plänen und Gegenplänen zu ergehen, anstatt eine direkte Konfrontation auf dem Schlachtfeld zu riskieren. Trotzdem befand er sich schließlich in einer Position, in der er entweder kämpfen mußte oder aber die Kontrolle über Paris verlieren würde. Die Schlacht fand in der Nähe der Hauptstadt statt und endete mit einem königlichen Sieg. Doch unter den Toten, die für den König gekämpft hatten, befand sich auch Pierre de Brezé.

So groß unser gegenseitiges Verlangen auch gewesen war, als es endlich Erfüllung fand, kann ich doch nicht behaupten, daß ich Pierre immer noch geliebt hätte. Dennoch weinte ich über die Nachricht von seinem Tod. Mehr und mehr wurde mir klar, daß ich allmählich vollkommen isoliert war. Alle meine Freunde und Helfer aus Jugendzeiten waren tot, und für die Zukunft war keine neue Hilfe in Sicht. John Combe war mir in der Abgeschiedenheit meiner Bettkammer ein großer Trost, doch er hatte weder Reichtum noch Männer noch Talent zu bieten, und das waren die Dinge, derer ich am meisten bedurfte.

Es war am Michaelistag des Jahres 1464, als ich die nächste Hiobsbotschaft erhielt, und diese war so lächerlich, daß ich, anstatt zu weinen, lachen mußte, wenn es auch ein bitteres Lachen war. Ich hatte erwähnt, einer der Gründe, weshalb Cousin Ludwig mir seine Hilfe verweigerte, habe darin gelegen, daß Warwick auf ihn zugetreten sei mit dem Plan, eine weitere anglo-französische Annäherung durch das ehrenvolle Mittel der Heirat zu sichern, die Heirat des sogenannten Eduards des Vierten von England mit einer französischen Prinzessin. Ludwig war von dieser Idee sehr angetan gewesen, nicht nur weil er verzweifelt versuchte, den Frieden an seinen Grenzen zu sichern, während er sich mit zahlreichen Widersachern innerhalb seines Königreiches herumschlug, sondern weil er auch einen gesunden Respekt gegenüber den militärischen Fähigkeiten Eduards von March hegte. Der Gedanke, daß dieser Kriegsfürst jemals an der Spitze seiner Armee in Frankreich landen könnte, verursachte ihm Alpträume. Also waren den ganzen Sommer über Verhandlungen geführt worden, gebremst nur durch den scheinbaren Widerwillen von seiten König Eduards, den Bund fürs Leben zu schließen. Dies konnte niemand so recht verstehen, da Eduards Lüsternheit allgemein bekannt war. Für einen mißtrauischen Geist wie Ludwig konnte es nur bedeuten, daß er junge König jetzt, da er anscheinend die inneren Probleme seines Landes gelöst hatte, in der Tat nichts anderes als Krieg wollte, selbst wenn König Heinrich noch immer frei herumlief.

Am Michaelistag jedoch kam die schreckliche Wahrheit ans Licht: Eduard konnte keine französische Prinzessin heiraten, selbst wenn er es wollte, denn er war bereits verheiratet, und das schon seit Mai. Seine Braut? Eine gewisse Witwe Grey, die Frau eines Soldaten des Hauses Lancaster, der bei der zweiten Schlacht von St. Albans umgekommen war. Ihre Freunde kannten sie als Bella!

Die Einzelheiten dieses erstaunlichen Ereignisses wurden erst spät bekannt, und noch länger dauerte es, bis man sie glauben konnte. Ich fürchte, niemand auf der ganzen Welt außer Bella hätte einen solchen Coup fertiggebracht.

Man erinnere sich daran, daß ich Bella nach der zweiten

Schlacht von St. Albans, als Grey von Groby seinen Wunden erlegen war, die Erlaubnis erteilt hatte, ihren Gemahl nach Hause zu bringen, um ihn dort zu beerdigen. Dabei setzte ich selbstverständlich voraus, daß sie im Anschluß an diese traurige Pflicht wieder in meine Arme zurückkehren würde. Zu dem Zeitpunkt, als Grey in sein Grab gesenkt wurde, befand sich jedoch die gesamte Yorksche Armee zwischen uns. Bis meine liebste Freundin in Erfahrung gebracht hatte, wie sie den Feind umgehen konnte, hatte ich meine Niederlage in Towton erlebt und war wieder auf der Flucht. Bella hatte, zweifellos nach reiflicher Überlegung, im Haus ihrer Mutter in Grafton Zuflucht gesucht. Sie wußte, daß das Schlimmste, was ihr dort zustoßen konnte, ein erneutes Zusammentreffen mit dem Grafen von Warwick war. Bei ihr waren natürlich auch ihre beiden Söhne, und sie hätte hier gut für den Rest ihres Lebens bleiben können. Doch Bella war erst siebenundzwanzig Jahre alt, und da sie mit den Jahren noch schöner geworden war, schien es keine Frage, daß früher oder später ein neuer Verehrer an ihre Tür klopfen würde.

Es ging das Gerücht, daß es ihr an Verehrern zwar nicht gemangelt, sie jedoch alle zurückgewiesen habe. Plante sie bereits ihren Geniestreich? Ich würde es ihr zutrauen. Denn wie jeder andere wußte sie, daß Eduard von March, sobald sein großer Sieg in Towton die Rote Rose endgültig zerschlagen hätte, die Verantwortung für das Königreich bereitwillig seinem Cousin Warwick überlassen und sich ganz dem Vergnügen hingeben würde, jung zu sein, schön, kräftig – und König! Wie die meisten kraftvollen Männer, so huldigte auch Eduard nur drei Leidenschaften: dem Kämpfen, dem Jagen und dem Huren. In Eduards Fall habe ich sie in umgekehrter Reihenfolge aufgezählt. Da ein Krieg momentan nicht zur Debatte stand, blieb nur noch das Jagen und Huren –, und so vergnügte er sich entweder mit jeder verfügbaren Frau oder beim Ausritt mit seiner Meute von Jagdhunden. Eine seiner Jagden führte ihn in die Nähe von Grafton, und Bella mußte ihn schon oft gesehen haben. In der Tat hatte er wohl von Zeit zu Zeit hier haltgemacht und eine stärkende Tasse aus der Hand der alternden, aber immer noch schönen Herzogin Jacquetta entgegengenommen. Daher verging nicht allzuviel Zeit, bis er bei einem seiner Besuche eine außergewöhnlich hübsche junge Frau mit wehendem blonden Haar, einem wohlgeformten Gesicht und einer entsprechenden Figur erblickte, die im Garten ihrer Mutter unter einem Eichenbaum saß, während ihre beiden jungen Söhne zu ihren Füßen spielten.

Seine Reaktion war vorhersehbar: Dieses wunderbare Wesen mußte er ins Bett bekommen. Doch hier stellte Bella sowohl ihre Zielstrebigkeit als auch ihren Mut unter Beweis: Sie weigerte sich! Für ihre Beweggründe fand man verschiedene Erklärungen: Die Anhänger Yorks behaupteten natürlich, sie sei eine zu keusche und bescheidene Dame, um jemals auch nur in Erwägung zu ziehen, die Geliebte eines Mannes zu werden, selbst wenn es sich dabei um den König handele. Nun, ich wußte es natürlich besser, als daß ich einen solchen Unsinn geglaubt hätte. Es gab drei mögliche Alternativen. Man könnte vermuten, daß sie sich für Eduard gar nicht interessierte, aber auch das ist unmöglich, wenn man sich das Aussehen des jungen Mannes vor Augen hält, ganz zu schweigen von seiner Position.

Die zweite Möglichkeit war, daß sie meine alte, treue Bella geblieben war, die eine Liaison mit meinem erbittertsten Feind auf keinen Fall in Erwägung gezogen hätte. Nur zu gerne würde ich dies glauben, aber leider kenne ich Bella zu gut.

Die dritte Möglichkeit war die wahrscheinlichste: Sie

hatte ihre große Chance erkannt und war bereit, sie zu nutzen. Der Einsatz war enorm. Nicht nur daß Eduard unter allen Frauen Englands und außerdem praktisch allen Prinzessinnen in Europa freie Auswahl hatte – Bella war auch noch fünf Jahre älter als er. Die meisten Männer überlegen es sich gut, bevor sie eine fünf Jahre ältere Frau heiraten; Prinzen tun es vielleicht gelegentlich, doch auch nur aus politischen Gründen, und Bella Grey hatte keinerlei Einfluß auf die Politik. Ich glaube auch nicht, daß Marchs Gefühle ihr gegenüber am Anfang auch nur ansatzweise ehrenhaft waren. Und doch muß ihn die Vorstellung, seinen Ehrgeiz zu befriedigen, in einen solchen Rausch versetzt haben, daß er tatsächlich einwilligte, als man ihm klarmachte, das einzige Mittel, mit dem er sein Ziel erreichen würde, sei ein goldener Ring.

Man kann nur hoffen, daß er seine Hochzeitsnacht genossen hat, denn sie sollte ihn teuer zu stehen kommen.

Wie ich schon sagte, war meine Reaktion auf diese Neuigkeit ein bitteres Lachen. Die liebe, kleine Bella, mit der ich so viele glückliche Stunden verbracht hatte, nannte sich nun Königin Elisabeth von England! Andere jedoch fanden das nicht so amüsant, und aus diesem Grund hatte Eduard von March seine Heirat sechs Monate lang geheimgehalten.

Ich glaube, es gibt keinen Zweifel daran, daß Eduard sich zu diesem Zeitpunkt ein wenig vor seinem herrischen Cousin fürchtete, der sich immerhin – wenn auch, wie wir gesehen haben, unberechtigterweise – als Kämpfer einen großen Namen gemacht hatte und der fraglos der eigentliche Regent des Landes war. Alles, was Eduard wollte, war, sich in Ruhe mit seiner Braut zu amüsieren, und er wußte, daß sich Warwick daran stören würde, um es milde auszudrücken. Als der Graf jedoch begann, das Thema der französischen Heirat immer wieder zur Sprache zu bringen und um eine Entscheidung zu bitten, sah Eduard sich schließlich gezwungen, ihm die Wahrheit zu offenbaren. Ich kann mir Warwicks Reaktion lebhaft vorstellen, denn noch Jahre später stieg ihm bei der Erwähnung dieser Episode die Zornesröte ins Gesicht. Wir dürfen annehmen, daß hier auch Eifersucht im Spiel war, denn schließlich waren Bella und Warwick in der Vergangenheit ein paarmal zusammengekommen, und ganz gewiß wußte Warwick, daß Bella bei ihrem letzten Schäferstündchen für mich spioniert und ihn übel hereingelegt hatte. Aber nun war es geschehen. Wenn Eduard der König von England war, wie Warwick es der Welt glauben machen wollte – dann war Elisabeth Grey, geborene Woodville, Königin, und der stolze Graf kam nicht umhin, jedesmal wenn sie sich trafen, einen Kniefall vor ihr zu machen.

Ich hatte zu jener Zeit natürlich nicht die geringste Ahnung, daß diese bemerkenswerte Wendung der Ereignisse sich eines Tages auf mein persönliches Schicksal auswirken würde. Mir war es noch nie so schlecht ergangen, um so mehr da Bella schon nach kurzer Zeit begann, ihrem neuen Gatten Kinder zu gebären. Die ersten waren lauter Mädchen, doch angesichts der außerordentlichen Fruchtbarkeit ihrer Mutter schien es sicher, daß über kurz oder lang Thronerben das Licht der Welt erblicken und die Yorksche Linie aufrechterhalten würden. Und es gab nichts, was ich dagegen tun konnte. Ich besaß jedoch etwas, was Bella und Eduard bislang versagt geblieben war: einen Thronerben, und in diesen setzte ich all meine Hoffnungen. In den folgenden Jahren konzentrierte ich mich deshalb mit Unterstützung des treuen Fortescue darauf, Eduard auf seine – wie ich immer noch hoffte – künftige Rolle als König von England vorzubereiten.

In diesem Punkt wurde ich von denen, die es eigentlich

besser wissen sollten, dafür kritisiert, daß ich die kriegerische Ader meines Sohnes stärkte. Aber bedenkt: Mein ganzes Unglück beruhte darauf, daß mein Mann nicht die Spur kriegerischer Gesinnung besaß. Wäre er nur zu einem Zehntel der Kämpfer gewesen, der sein Vater gewesen war, und nur zu einem Zehntel so stark und unbarmherzig, so würde ich heute als Königin von England in Westminster residieren. Salisbury, Warwick, York und dessen Sohn würden entweder brav bei Fuß gehen oder wegen Hochverrates exekutiert werden – und Bella wäre meine hochgeschätzte Gespielin. Statt dessen war ich ein Flüchtling. Ich glaube, man kann es mir nicht verdenken, daß ich mir eine Zukunft ausmalte, in der Rache, Sicherheit, Bequemlichkeit und Macht eine entscheidende Rolle spielten.

Mein Glaube an diese Zukunft wuchs mit jedem Tag, und die Entwicklung meines Sohnes bestärkte mich darin. In dieser Zeit strebte ich keinerlei Bündnisse durch Heirat an. Seit dem Tode Marias von Geldern war das Arrangement der Ehe zwischen dem Prinzen und einer schottischen Prinzessin in aller Stille fallengelassen worden. Ich hatte keine Eile, wieder darauf zurückzukommen oder mit jemand anderem eine solche Vereinbarung zu treffen. Ich war mir wohl bewußt, daß man mich zurückweisen konnte. So war es Papa ergangen, als er für mich einen Mann gesucht hatte. Aber noch mehr wollte ich jeglichen Einfluß vermeiden, der Prinz Eduard von seiner Bestimmung ablenken konnte. In der Tat bot ich ihm noch nicht einmal eine Geliebte an, und auch er äußerte nicht den Wunsch danach. Sein einziges Interesse galt den früheren Feldzügen, sein einziges Spielzeug waren seine Waffen und seine Rüstung, und seine einzigen Freunde waren die wenigen Soldaten, die ich mir leisten konnte.

Ich betrachtete dies, ich gebe es offen zu, mit Gleichmut. Ich war auf dem besten Wege, mein Ziel zu erreichen. Ich war mir sicher, wenn die Zeit dafür reif war, dann würde sich ein Heiratsbündnis finden – wenn ich mir auch in meinen wildesten Träumen nicht vorstellen konnte, wo und mit wem sich dies ergeben könne.

Währenddessen verfolgte ich aus der Ferne den Lauf der Dinge in England. Im darauffolgenden Jahr drangen neue Hiobsbotschaften an mein Ohr. Zunächst wurde im Mai Elisabeth gekrönt. Sie hatte es sich auch nicht nehmen lassen, den Ruhm für das von mir gegründete College in Cambridge einzuheimsen, das endlich fertiggestellt worden war. Im darauffolgenden Monat wurde König Heinrich, der sich in einem seiner Klöster im Norden des Landes aufhielt, gefangengenommen. Aus den Berichten, die mich erreichten, konnte ich entnehmen, daß man ihn nunmehr ohne den geringsten Respekt behandelte. Man band ihn auf ein Pferd und trieb ihn durch die Straßen von London, bevor man ihn wie einen gemeinen Verbrecher im Tower einsperrte.

Man mag sich fragen, weshalb Eduard von March und Warwick nicht auf der Stelle dafür sorgten, daß ihr königlicher Gefangener dorthin befördert wurde, wo schon seine Vorfahren weilten. Nun, sie befanden sich in einer schwierigen Lage. Heinrich als Gefangenen und gleichzeitig als gesalbten König am Leben zu halten, war eine teure und widersprüchliche Angelegenheit. Sie hätten behaupten können, er habe abgedankt – vielleicht hätte es sogar der Wahrheit entsprochen, da Heinrich jedes Stückchen Papier unterschrieben hätte, das man ihm vorlegte –, aber zwei Könige waren kaum zu rechtfertigen. Richard II. hatte den Thron unter dem Druck der Straße an Heinrich IV. abgetreten, und niemand hatte die Richtigkeit dieses Handelns bezweifelt. Aber der Großvater meines Gemahls hatte es für notwendig gehalten, den abgesetzten König zu beseitigen. Auch sollte man meinen, die Tatsache, daß Heinrich am Leben war und sich in London befand, hätte seinen Anhängern ein unermüdlicher Ansporn sein müssen, ihn wieder auf den Thron zu bringen.

Doch es gab auch einige Gründe, die dagegen sprachen. Heinrich war in aller Öffentlichkeit gefangengenommen worden. Wenn er jetzt plötzlich sterben würde, mußte das zwangsläufig einige Verwunderung hervorrufen. Der zweite Grund wog jedoch schwerer: Solange Heinrich am Leben war, konnte man ihn jederzeit dazu bewegen, alle Maßnahmen, die ich ergreifen und jegliches Bündnis, das ich anstreben mochte, zu verleugnen und damit seine Anhängerschaft zu verwirren. Wenn hingegen Heinrich tot wäre, müßten sowohl March als auch Warwick davon ausgehen, daß ich auf der Stelle meinen Sohn zu König Eduard IV. erklären lassen würde, womit die Verwirrung komplett wäre, da March diesen Namen bereits für sich beanspruchte. Aus ihrer Sicht würde dann jeder, der sich England entgegenstellte, gleichzeitig mich unterstützen, und statt eines schwachen, heruntergekommenen und frühzeitig gealterten Mannes wären sie mit einem starken, jungen Mann konfrontiert, der von seiner nicht minder starken Mutter und anderen Mächten unterstützt wurde.

Deshalb beschlossen sie, Heinrich am Leben zu lassen, wenigstens für den Moment.

Mir waren ihre Machenschaften wohl bewußt, doch ich muß zugeben, daß ich zu jener Zeit weder für Prinz Eduard noch für mich eine echte Perspektive sah. Wir hatten von Warwicks Abneigung gegen die Braut des Königs gehört, aber wir wußten auch, daß er daran nichts ändern konnte, jedenfalls nichts, was unserer Sache irgendwie von Nutzen hätte sein können. In ganz England gehörte uns nur noch ein einziges Schloß, das uneinnehmbare Harlech, wo der tapfere Graf von Pembroke, Jasper Tudor noch immer der Welt trotzte. Er schrieb mir, daß er gewiß eine walisische Armee für mich aufstellen könne, wenn er nur genügend Geld hätte.

Das war der wunde Punkt. Doch man sollte die Hoffnung niemals aufgeben. Denn während man selbst das Unglück gepachtet hat, ist der Rest der Welt eifrig damit beschäftigt, eigene Ziele zu verfolgen, und man kann nie wissen, wann die Ziele der anderen sich als Vorteil für einen selbst erweisen.

Der Hauptgrund, daß meine Situation sich änderte, war Bella selbst. Ich glaube nicht, daß man sie dafür verantwortlich machen kann. Sie mag königliches Blut in ihren Adern gehabt haben, doch das hatte ihr bisher keinen Vorteil eingebracht. Ihre Eltern waren verarmt, und auch die enorme Nachkommenschaft hatte ihre Lage nicht verbessern können. Nun war sie plötzlich die Königin von England und die Gattin eines Mannes, der ihr nichts abzuschlagen vermochte. Man kann sich also kaum darüber wundern, daß sie ihr neues Leben aus vollen Zügen genoß, so wie Eduard von March das seine genoß, und da der Ehebruch einer Königin als Hochverrat gilt, während der eines Königs als landesüblicher Sport angesehen wird, mußten ihre Vergnügungen zwangsläufig in etwas engeren Bahnen verlaufen und schließlich in eine einzige münden: die Jagd nach Reichtümern.

Vielleicht wäre dies akzeptiert worden, hätte sie ausschließlich ihrer Selbstsucht gefrönt. Aber Bella war seit jeher eine treue Tochter und Schwester gewesen. Sie hatte ihren Vater zum Grafen Rivers gemacht. Auch dagegen konnte niemand etwas einwenden. Doch in den darauffolgenden Jahren wurde das Land von einer Flut von Rivers überschwemmt. Männliche und weibliche Rivers wurden mit den nobelsten Personen des Landes verheiratet. Einer von Bellas Brüdern, ein Junge von nicht einmal zwanzig Jahren, wurde mit einer verwitweten Gräfin von über achtzig Jahren verheiratet, um an ihr Erbe zu gelangen. Dieses Vorgehen war einfach skandalös. Und es war gefährlich, denn Warwick fühlte sich in seiner Position bedroht, als er sich im königlichen Rat mit einer ganzen Horde äußerst gutaussehender, mächtiger und aalglatter Schwäger konfrontiert sah. Noch mehr fühlten sich Marchs Brüder angegriffen. Eigentlich war es nur ein Bruder, der darüber in Zorn geriet: George, der Herzog von Clarence. Richard, der Herzog von Gloucester, war zu dieser Zeit fast noch ein Kind und zeigte bereits Anzeichen jener unverbrüchlichen Treue zu seinem Bruder, dem König, die das einzig positive Merkmal seines Charakters ist. Aber Clarence begann darüber nachzudenken. Auch hier veränderte sich die Erblinie. Solange Eduard nicht geheiratet und einen Sohn gezeugt hatte, war Clarence der Thronerbe gewesen, und Warwick war es zufrieden, denn Clarence war so weich wie Butter und würde sich leicht von einer starken Persönlichkeit wie der des Königmachers leiten lassen. Aber weder Warwick noch Clarence konnten sich gleichmütig zurücklehnen und dabei zusehen, wie der königliche Rat vollkommen von diesen habgierigen Rivers übernommen wurde, die sich keineswegs unter Druck setzten lassen würden, und die sich obendrein jede Schlüsselposition im Königreich sicherten, bevor ihr Schwager starb. Und sollte er jung sterben, so würde das Erbe mit Sicherheit der Familie Rivers zukommen.

Im Jahre 1467 starb Herzog Philipp von Burgund, und Cousin Karl wurde sein Nachfolger. Natürlich wußte ich, daß ich mir angesichts seiner Ehe mit einer Yorkschen Prinzessin nichts erhoffen konnte, doch in der Tat begannen die Dinge sich allmählich zu meinen Gunsten zu wenden. Wie man sich vielleicht erinnert, hatte Cousin Ludwig sich, nachdem er sich mit seinem Vater zerstritten hatte, an den burgundischen Hof geflüchtet, und zwischen ihm und Onkel Philipp war eine gewisse Intimität und ein gegenseitiges Vertrauen entstanden, obwohl sie sich eigentlich nie wirklich gemocht hatten. Ludwig war über die allmähliche Annäherung zwischen Burgund und der Yorkschen Partei nicht sehr glücklich gewesen, doch er hatte gewußt, daß Onkel Philipp stets alles unter seiner Kontrolle behalten würde, und daß er damit richtig lag, beweist der freundliche Empfang, den der Herzog mir gewährte.

Karl dachte jedoch ganz anders. Er und Ludwig waren einander spinnefeind und hatten, wie wir gesehen haben, sogar schon in einer offenen Schlacht vor den Toren von Paris gegeneinander gekämpft, wobei der arme Brezé sein Leben verlor. Es gab keine Garantie mehr, daß Burgund und England nicht jene Allianz wiederaufnehmen würden, die Frankreich zu Lebzeiten meines Schwiegervaters, Heinrich V., so teuer zu stehen gekommen war. Diese Entwicklung war Ludwig ein Dorn im Auge und der Anlaß, mich in St. Michel zu besuchen.

Es war ein reiner Höflichkeitsbesuch; wir besprachen keinerlei Staatsangelegenheiten. In der Tat widersetzte er sich all meiner Versuche, das Thema anzuschneiden. Andererseits war er sich wohl bewußt, daß die Kunde von seinem Besuch in England die Runde machen und Eduard von March aufhorchen lassen würde. Ich stand dem Besuch des Königs und seines Gefolges ohnehin mit gemischten Gefühlen gegenüber. Wie ich bereits erwähnte, ist die Unterhaltung eines Hofstaates eine kostspielige Angelegenheit, und ich mußte zu dieser Zeit mit einem strengbegrenzten Budget auskommen. Gleichzeitig mißfiel es mir, in einem Spiel, das andere spielten, wie eine Schachfigur benutzt zu werden.

Es gab jedoch einige Lichtblicke. Noch vor Jahresende stattete der tapfere Jasper mir einen Besuch ab und teilte mir mit, daß es ihm gelungen war, etwas Geld aufzutreiben. Ich hätte ihn gerne nach Harlech zurückbegleitet, aber er war dagegen. »Ich werde nach Euch schicken, wenn ich einen Sieg errungen habe«, versprach er.

Das Interessanteste an diesem Besuch war sein Begleiter Edmund, Herzog von Somerset, der jüngere Bruder des infamen Heinrich und der Kopf des Hauses Beaufort. Edmund war einige Jahre jünger als Heinrich, und ich hatte ihn in den letzten Jahren nicht oft gesehen, da er von seinem Bruder in den Hintergrund gedrängt worden war. Er ähnelte dem Vater, dessen Namen er auch trug, doch während mich sein attraktives Äußeres anzog, jagte er mir gleichzeitig Angst ein. Er besaß einen heißblütigen Charakter und ein unausgeglichenes Temperament. Ich brauchte jedoch nicht lange, um bei ihm ein gewisses militärisches Talent zu erkennen. Er stellte in dieser Hinsicht sowohl seinen Vater als auch seinen Bruder und, so ungern ich dies sage, auch Jasper weit in den Schatten. Ich merkte ihn mir für die Zukunft, denn er würde von einigem Wert sein, wenn man ihn nur unter Kontrolle halten konnte.

Er wiederum schwor der Roten Rose ewige Treue. Ich weiß nicht, ob er hoffte, den Platz seines Vaters und seines Bruders *in jeder Hinsicht* einzunehmen. Zunächst einmal ermutigte ich ihn dazu, Jasper mit allen verfügbaren Mitteln zu unterstützen, und das wollte er gerne tun, denn es gibt kaum eine bessere Möglichkeit, um eine Frau zu erobern. Und so zogen sie los. Natürlich errangen sie keinen Sieg. Jaspers ungeübte Truppe wurde von einer Yorkschen Armee unter dem Kommando von Lord Herbert geschlagen, und er war gezwungen, nach Harlech zurückzukehren, während Eduard von March unserer militärischen Niederlage eine Beleidigung hinzufügte, indem er ihm die Grafschaft Pembroke entzog und sie statt dessen Herbert verlieh.

Keines dieser Ereignisse trug dazu bei, meine Stimmung zu heben, obwohl es mich amüsierte, daß March noch immer fürchtete, ich könne den Kanal überqueren. Aus diesem Grunde hatte er seinen Schwager, Anthony Woodwille, beauftragt, den Kanal zu überwachen.

Im darauffolgenden Jahr, 1469, spitzten sich die Ereignisse zu. Es war das Jahr, in dem Isabella von Kastilien ihren Cousin Ferdinand von Aragon ehelichte. Dieses Ereignis hatte natürlich auf England keinen Einfluß. Aber zu Beginn desselben Jahres stattete Ludwig mir einen weiteren Besuch ab. Und dieses Mal lud er mich dazu ein, St. Michel für ein paar Monate zu verlassen und nach Honfleur zu gehen. Er meinte, es zieme sich selbst für eine Königin im Exil, über ein angemessenes Regiment von Wachen zu verfügen. Die Kosten wollte er tragen. Er wisse, so sagte er mir, daß ich lieber Engländer um mich hätte als Franzosen, und da Honfleur ein Seehafen sei, sei dies der Ort, an dem man in großer Zahl umherziehende Engländer finden könne, die sich gewiß glücklich schätzen würden, der Roten Rose zu dienen.

Das war natürlich vollkommener Unsinn. Die Nachricht über meinen Besuch in Honfleur wurde schleunigst nach England getragen und dort als Rekrutierungsaktion für eine Invasion interpretiert. Inwieweit das alles so geplant war und inwieweit Ludwig seine Hände im Spiel hatte, vermag ich nicht mit Sicherheit zu sagen. Tatsache ist, daß, während ich mich in Honfleur aufhielt, im Norden ein Aufstand der Lancasters ausbrach. An der Spitze dieser Rebellion stand ein gewisser Robin von Redesdale, ein Bandit, über den eine Vielzahl von Märchen kursieren, da er nur zu oft mit einem

Banditen verwechselt wird, der während der Regierungszeit von Richard Löwenherz gelebt haben soll. Dieser Robin war jedenfalls ein übler Schurke, aber gleichzeitig auch ein fähiger Soldat. Eduard von March, der sich mehr denn je der Fleischeslust widmete – es wurde sogar behauptet, eine Geschlechtskrankheit habe ihn davon abgehalten, zur Schlacht anzutreten –, schickte Herbert, den neuen Grafen von Pembroke, zusammen mit seinem Schwiegervater, um die Angelegenheit zu regeln. Am 26. Juli trafen die beiden Armeen in Edgcote zusammen, und zu jedermanns Erstaunen wurden Herbert und Rivers in die Flucht geschlagen. Man nahm sie gefangen und exekutierte sie auf der Stelle.

Man kann sich vorstellen, wie ich mich freute, als ich diese Neuigkeiten erfuhr, wenn mich auch das plötzliche Ableben von Bellas Vater, der natürlich auch Jacquettas Gatte war, etwas traurig stimmte. Doch diese Revolte löste an den europäischen Höfen größte Bestürzung aus. Eduard von March mobilisierte seine Armee und marschierte mit Warwick und Clarence nach Norden. Robin von Redesdale wurde besiegt und verschwand von der Bühne. Was war nun das Besondere an dieser Geschichte? Ganz einfach: Auf dem Kontinent wurde die Nachricht verbreitet, March selbst sei ein Gefangener in den Händen seines Bruders und seines Cousins. Tatsächlich ging das Gerücht um, die Revolte Robins sei am Ende gar nicht von der Roten Rose, sondern von Warwick angezettelt worden, um Eduard aus der Hauptstadt, in der er so beliebt war, zu entfernen. Des weiteren sei die Exekution Rivers nicht etwa ein Racheakt der Lancasterpartei, sondern sie sei vom Grafen angeordnet worden, um einen Handlanger Eduards loszuwerden. Dieses Gerücht wurde von der Tatsache gestützt, daß der Herzog von Clarence Warwicks Tochter Isabella geheiratet hatte.

Das war zwar sensationell, hob meine Stimmung aber

nicht, da ich immer noch glaubte, Warwick sei ein gefährlicherer Feind als March. Zumindest zeigte sich March seinen beiden Widersachern – sogar dem großen Warwick – durchaus gewachsen, und schon bald erlangte er seine Freiheit und seine Macht zurück, wenn auch das Königreich nicht mehr zur Ruhe kam. In der Tat war ich enttäuscht, als ich erfuhr, daß im Zuge dieses Tumultes in Lincolnshire unter Sir Robert Welles ein Aufstand für die Sache des Hauses Lancaster ausgebrochen war. Dieser Aufstand wurde rasch und mühelos zerschlagen, und Welles und einige seiner Kameraden wurden enthauptet.

Aber auch diesmal gab es ein Nachspiel. Offenbar war es Eduard gelungen, Welles vor dessen Exekution eine Anklage wegen Hochverrats gegen Clarence und Warwick abzuringen. Und das, man stelle sich vor, von einem Mann, der offiziell für mich kämpfte, der jedoch wesentlich mehr über die Ereignisse in England zu wissen schien als von mir und meinen Plänen. Die unmittelbare Folge war, daß Warwick und Clarence als Verräter denunziert wurden und das Land verlassen mußten. Das geschah Ende März 1470. Es schien auf der Hand zu liegen, daß sie nach Frankreich kommen würden, da sie sich selbstverständlich nicht nach Burgund wenden konnten. Und schon bald erreichte mich in St. Michel die Nachricht, sie seien bei der Seinemündung vor Anker gegangen, nachdem man ihnen die Einfahrt in den Hafen von Calais verweigert hatte.

Ich dachte mir, daß er nun endlich seine gerechte Strafe erhalten würde. Nur ärgerte es mich, daß Cousin Ludwig ihm offensichtlich Zuflucht gewähren wollte, um einen Trumpf gegen Eduard von March in der Hand zu haben, falls dieser auf den Gedanken kommen sollte, Frankreich anzugreifen. Auch aus diesen Vorgängen glaubte ich keinerlei Nutzen für mich und meinen Sohn ziehen zu können.

Um so überraschter war ich, als ein Bote König Ludwigs zu mir kam und Prinz Eduard und mich nach Amboise beorderte – um die Zukunft des Hauses Lancaster zu besprechen!

15

Meine erste Reaktion war ein gewisser Groll darüber, daß man mir wie irgendeinem Vasallen befahl, zu seinem Herrn und Meister zu kommen. Doch als ich über den Inhalt der Botschaft nachdachte, kam ich zu dem Schluß, daß ich gehen mußte.

Ich sollte daran erinnern, daß wir uns im Juni des Jahres 1470 befanden. Drei Monate zuvor hatte ich meinen vierzigsten Geburtstag gefeiert, wenn man für ein solches Ereignis überhaupt das Wort »feiern« benutzen kann. Gibt es irgendwo auf der Welt eine Frau, die die Tatsache, vierzig Jahre alt zu sein, mit Gleichmut hinnehmen kann? Ich hatte schon meinen dreißigsten Geburtstag als ein unerfreuliches Ereignis betrachtet. Nicht etwa, daß meine Leidenschaft nachgelassen hätte, im Gegenteil, vielleicht war sie sogar noch gewachsen. John Combe, der inzwischen vierundzwanzig Jahre zählt, war mir in den vergangenen sechs Jahren ein unvergeßlicher Liebhaber gewesen.

Auch meine Schönheit hatte nicht im mindesten gelitten, das kann ich ohne falsche Eitelkeit behaupten. Ich muß zugeben, meine Brüste waren ein wenig schlaffer, meine Taille ein wenig dicker und meine Oberschenkel ein wenig plump geworden, aber diese Alterserscheinungen waren, außer im Bett, kaum zu bemerken. Auch das wenige graue Haar, das aufgetaucht war, konnte man nur sehen, wenn ich nackt war, und außerdem zupfte ich mir jedes einzelne heraus, kaum daß ich es entdeckte. Im übrigen ging ich nach wie vor auf die Jagd und besaß einen gesunden Appetit. Aber wenn die Dreißig der Jugend ein für allemal ein Ende setzen, so bringen die Vierzig ein für allemal den Beginn des Alters mit sich. Plötzlich erscheint einem die Zukunft nicht mehr grenzenlos. Was getan werden muß, das muß so schnell wie möglich getan werden. Und wenn es keine Möglichkeit gibt, etwas zu tun, dann ist man zur Resignation gezwungen. Das war in den vergangen sechs Jahren mein Los gewesen. In dieser Zeit trieb mich jeder Geburtstag ein wenig tiefer in einen bodenlosen Sumpf hinein, aus dem es keinen Ausweg zu geben schien. Nein, mein vierzigster Geburtstag war eher ein Anlaß zu Tränen als zu Feierlichkeiten.

Und jetzt kam auf einmal diese merkwürdige, aufregende und faszinierende Order. Was konnte sie bedeuten? Ich trat mit klopfendem Herzen vor den König und versuchte, das Gewicht der Jahre und der Not, das sich auf meinen Schultern angesammelt hatte, von mir zu werfen. Ich war wieder das Mädchen, das ganz Europa in Wallung gebracht hatte.

Vielleicht übertrieb ich es ein bißchen. Cousin Ludwig war sichtlich schockiert, als ich in meinem besten Kleid mit Kopfschmuck und allen Juwelen, mit denen ich in den letzten Jahren meine in Kriegen verlorenen Schmuckstücke ersetzt hatte, in seine Räumlichkeiten rauschte. Es gelang ihm jedoch, seine Überraschung in den Griff zu bekommen. Er gratulierte mir sogar zu meiner offensichtlich guten Gesundheit, während er Eduard bewunderte, der jetzt sechzehn Jahre alt war und mit seinen rotblonden Haaren, seinen breiten Schultern, seinem offenen Blick und seinem entschlossenen Auftreten die Personifizierung aller Tugenden des Hauses Plantagenet war. Ludwigs Sohn Karl dagegen war ein schwächliches Kind.

Dann begaben wir uns an die Arbeit, und ich war recht beeindruckt von dem, was er zu sagen hatte. »Dieser Kerl, König Eduard, ist ein Emporkömmling. Ich bin sicher, Ihr stimmt mir darin zu, liebe Meg.«

»Ich denke, Ihr sprecht vom Grafen von March, Cousin«, betonte ich. »Ich weiß von keinem König Eduard.«

»Oh, natürlich, vollkommen richtig. Ein kleiner Versprecher. Ich werde offen zu Euch sprechen, Meg. Er macht mir eine ganze Menge Ärger. Beinahe soviel Ärger, wie er Euch gemacht hat, nicht wahr? Haha.« Ludwig lachen zu hören, war ein Privileg, das nur sehr wenige Menschen für sich beanspruchen konnten – auch ich war bisher nicht in den Genuß gekommen –, und daran merkte ich , daß mein Cousin nervös war. Mir fiel auf Anhieb kein Grund ein, weshalb der regierende König von Frankreich Angst vor der im Exil lebenden Königin von England haben sollte. »Man hat mir gesagt, er plane eine Allianz mit Burgund«, fuhr Ludwig fort. »Gegen wen sollte diese Allianz gerichtet sein, wenn nicht gegen mich?«

»Gegen niemand«, versicherte ich ihm. »Und jetzt wollt Ihr also, daß ich den Krieg wiederaufnehme.«

»Nun, ist das nicht, was Ihr Euch wünscht? Ich muß allerdings einige Bedingungen daran knüpfen.«

»Damit habe ich gerechnet.«

»Ich möchte einen dreißigjährigen Freundschaftsvertrag mit dem Hause Lancaster abschließen. Als Gegenleistung dafür statte ich Euch mit Männern und Geldmitteln für eine Invasion in England aus. Ist das akzeptabel?«

»Das ist es gewiß, lieber Cousin.«

»So bleibt also nur noch die Frage Eures Kommandeurs offen.«

Ich winkte ab. »Wen immer Ihr wollt, vorausgesetzt, er ist ein fähiger Soldat.« Edmund Somerset war in jedem Fall noch zu jung, obwohl ich vorhatte, ihm so bald wie möglich ein Kommando zu übertragen.

Ludwig räusperte sich mehrmals, was mir anzeigte, daß er jetzt noch nervöser war. Meine Spannung stieg. »Ich biete Euch den begabtesten General Europas, Meg«, sagte er endlich.

Aber das war gewiß March selbst. »Bitte, nennt mir den Namen dieses ungewöhnlichen Mannes«, sagte ich.

Das Räuspern klang dieses Mal wie Donnergrollen, aber als Ludwig zu sprechen begann, war seine Stimme so leise, daß ich kaum verstehen konnte, was er sagte. Das, was ich vernahm, klang jedoch wie ein dummer Witz. »Würdet Ihr das bitte wiederholen?« fragte ich.

Er sprang auf, als erwarte er einen plötzlichen Angriff. »Ich sagte, der Graf von Warwick.«

Jetzt sprang auch ich auf, und Ludwig bewegte sich hastig hinter seinen Stuhl. »Ich finde das überhaupt nicht komisch«, sagte ich.

»Es war auch nicht komisch gemeint, Meg. Der Graf von Warwick hat sich erboten, Eure Armeen zu kommandieren, um Eurem Gatten zu helfen, seinen Thron zurückzugewinnen.«

»Wollt Ihr, mich beleidigen?« fragte ich. Beinahe hätte ich die Beherrschung verloren.

»Natürlich nicht, liebe Meg.«

»Dann seid Ihr verrückt. Ganz einfach vollkommen verrückt.« Nun, wenn man an seine Vorfahren dachte, so war dies gewiß eine Möglichkeit.

»Meg, bitte hört mir zu …«

»Zuhören?« schrie ich. »Ich habe zugehört. Ich habe gehört, wie diese … diese widerliche Kreatur mich als Mörderin bezeichnet hat, als Ehebrecherin, als Hexe und als Hure. Ich habe gehört, wie er meinen Sohn als Bastard verleumdet hat. Und ich sage Euch, Ludwig, das nächste Mal, wenn mir der Graf von Warwick vor die Augen kommt, soll er vor dem Richtblock knien. Und bis dahin habe ich nicht die Absicht, ihm noch einmal ins Gesicht zu sehen.« Erschöpft ließ ich mich auf den Stuhl sinken. Alle meine Hoffnungen waren enttäuscht worden.

Ludwig, der wieder Mut gefaßt hatte, kam hinter seinem Stuhl hervor und setzte sich ebenfalls. »Ich hatte gedacht, Ihr handelt wie ein Staatsmann, Meg.« Einen Moment lang starrte ich ihn atemlos an. »Ihr habt Euer ganzes Leben der Roten Rose gewidmet«, sagte der Spitzbube. »Doch die Mächte, gegen die Ihr ankämpfen mußtet, waren immer zu groß, ganz einfach, weil York und Warwick gemeinsam zu mächtig waren. Denkt darüber nach, Meg. Denkt an Eure Schlachten. Ihr habt die erste in St. Albans verloren, weil sie zusammen gegen Euch kämpften. Ihr habt die zweite gewonnen, weil nur Warwick auf dem Schlachtfeld war. Northampton können wir wegen Grey von Ruthins Verrat und Blore Heath wegen Audleys Unfähigkeit außer acht lassen.« Es zeigte sich, daß er meinen Werdegang weitaus gründlicher verfolgt hatte, als ich es für möglich gehalten hätte. »Aber Ihr habt in Wakefield gewonnen, weil nur York auf dem Schlachtfeld war, und Ihr habt in Towton verloren, weil March und Warwick gemeinsam kämpften. Glaubt Ihr wirklich, Ihr hättet die Schlacht verlieren können, wenn Warwick an Eurer Seite gekämpft hätte? Ihr würdet jetzt in Westminster sitzen.«

Ich verstand langsam, weshalb dieser Schurke bei Verhandlungen immer erfolgreicher gewesen war als auf dem Schlachtfeld. Jedes Faktum, das er nannte, traf mich wie ein Hammerschlag. »Jetzt bietet er Euch die Unterstützung des halben Königreiches an«, fuhr er fort. »Dort, wo Warwick sein Banner errichtet, werden die Männer in Scharen herbeiströmen, um zu dienen. Das ist eine allseitig bekannte Tatsache.«

»Ich finde diesen Plan äußerst geschmacklos«, murmelte ich. »Was würden die Leute sagen?«

»Nun, Meg, sie würden sagen, daß hier eine wahrhaft würdige Frau steht, die fest entschlossen ist, alles aus dem Weg zu räumen, was die Rückkehr ihres Mannes auf den Thron und das Erbrecht ihres Sohnes verhindert.«

Das war ein weiterer Schlag. Aber ganz so leicht war ich nicht zu überzeugen. »Und was hätte der Graf davon?«

»Nun, an Eurer Seite zu stehen.«

»Ach, wirklich?«

»Natürlich müssen beide Seiten gut abgesichert werden. Wir denken da an eine Heiratsallianz.« Er fuhr hastig fort, bevor ich den Mund auftun konnte. »Die jüngere Tochter des Grafen, Anne, und Prinz Eduard.«

»Jetzt weiß ich gewiß, daß Ihr verrückt seid. Dadurch würde Warwick der Schwiegervater eines künftigen Königs werden.«

»Ist das so unvorstellbar? Seine Tante Cecily ist die Mutter des Mannes, der momentan auf dem englischen Thron sitzt.«

Das war allerdings wahr. »Wie alt ist diese Person?« fragte ich.

»Lady Anne? Ich glaube, sie ist zehn Jahre alt. Der eheliche Vollzug würde für ein oder zwei Jahre verschoben werden müssen.«

»Ja«, sagte ich nachdenklich. In einem oder zwei Jahren kann eine Menge geschehen. Dann durchfuhr mich ein Gedanke. »Aber was sagt Clarence zu alledem?« Denn wenn mein Eduard Lady Anne heiratete, um den Thron für meinen Mann wiederzuerlangen, dann gäbe es keine Möglichkeit mehr für Clarence, seinem Bruder als König auf den Thron zu folgen.

Ludwig lächelte nur. »Ich bezweifle, daß ihm die Idee gefallen wird. Aber schließlich kann man ihm keine große Bedeutung beimessen.«

Ich stand wieder auf, was ihn offenbar erneut in Schrecken versetzte, doch als er merkte, daß ich lediglich auf- und abgehen wollte, beruhigte er sich wieder. Es gab natürlich eine ganze Menge zu bedenken. Ich konnte nicht leugnen, daß ich Warwick haßte und verabscheute, und der Gedanke an seine Tochter als meine Schwiegertochter und Mutter meiner Enkel erfüllte mich mit Widerwillen. Andererseits war der Gedanke, den Rest meines Lebens im Exil von St. Michel zu verbringen und meinen Sohn als König ohne Land zu sehen, noch unerfreulicher. Und wenn es einen Mann gab, der, wie ich und jeder andere vermutete, die Fähigkeit besaß, Eduard von March zu Fall zu bringen, so war es Richard Neville. Anschließend würde er natürlich versuchen, die Macht über das Königreich an sich zu reißen. Aber die Zeiten änderten sich. Warwick war immerhin älter als ich, während mein Eduard gerade erst zu einem Mann heranreifte und Edmund Somerset dieses Stadium bereits erreicht hatte. Es gab also zwei sehr wertvolle und starke Männer, die sich mit Warwick befassen konnten, wenn die Zeit reif dafür wäre – er hatte das Pech, nur Töchter zu haben.

Vielleicht war Ludwig dank seiner scharfen Beobachtungsgabe etwas an mir aufgefallen, was ihn veranlaßte, nun sein schlagendes Argument vorzubringen. »Ihr habt gerade gesagt, liebe Meg, das nächste Mal, wenn Ihr Warwick sehen solltet, solle er auf Knien liegen. Nun, ich kann Euch versichern, daß er bereit ist, Euch diesen Wunsch zu erfüllen und Euch für alle Missetaten, die er Euch jemals angetan hat, um Verzeihung zu bitten, wenn Ihr nur bereit seid, in diese Allianz einzuwilligen, die für Euch beide so vorteilhaft wäre.«

Was tun Menschen nicht alles, um ein ersehntes Ziel zu erreichen! Ich glaube kaum, daß Warwick eine solch unterwürfige Geste in Betracht gezogen hatte, als er und Ludwig diesen Plan besprachen. Zweifellos hatte Ludwig ihn dazu gezwungen. Auf jeden Fall kam er am 15. Juli nach Angers, wo ich mich in Gesellschaft meines Vaters und Ludwigs aufhielt, fiel dort vor mir auf die Knie, legte seine Hände zwischen die meinen, bat mich um Verzeihung – die ich ihm huldvoll und freudig gewährte – und schwor, bis ans Ende seines Lebens mein Lehnsmann zu sein. Das war wahrscheinlich der einzige Schwur, den er niemals brach, ganz einfach, weil er niemals Gelegenheit dazu bekam.

Aber natürlich mußte auch ich schwören, ihn mehr als alle anderen Männer außer meinem Gatten und meinem Sohn zu ehren. Um die Bedeutung dieser Schwüre zu untermalen, hatte Ludwig ein Fragment des »Wahren Kreuzes« mitgebracht, das er entdeckt und sich angeeignet hatte, und so leisteten wir unsere Schwüre auf diese heilige und für unsere Zwecke recht passende Reliquie. Gleichzeitig wurde Prinz Eduard Lady Anne, einem hübschen Kind, versprochen.

Clarence war bei dieser Zeremonie nicht dabei. Wir vermuteten, daß er wie Achill in seinem Zelt schmollte. Ich fürchtete, daß hier ein Unruheherd entstehen konnte und empfahl dringend, daß der Herzog in Frankreich so lange in Gewahrsam genommen werden sollte, bis unsere Expedition ihr Ziel erreicht habe. Warwick versicherte mir jedoch, Clarence sei auf seiner Seite. Außerdem würde uns seine Anwesenheit von großem Nutzen sein, da sie dem englischen Volk zeigte, daß sogar das Haus York Heinrich VI. wieder auf dem Thron sehen wolle.

Nicht zum ersten Mal in meinem Leben maß ich der Beurteilung anderer einen höheren Wert zu als meinem eigenen Instinkt. Zwar hatte ich die bittere Erfahrung gemacht, daß es katastrophale Folgen haben kann, wenn man sich auf andere verläßt. Aber bei den Engländern ist das Vertrauen zu ihren Peers oder Höhergestellten eine nationale Krankheit, und wir sollten schon bald einige Beispiele für diese Gesinnung geliefert bekommen.

Zunächst jedoch verlief alles gemäß einem ausgetüftelten Plan. Kaum daß das Signal gegeben war, gab es im Norden Englands prompt einen neuen Aufstand unter der Führung von Lord Fitzhurst, einem von Warwicks unzähligen Cousins. Wie erwartet, setzte sich Eduard von March sofort in Bewegung, um zu verhandeln. Dies war Beispiel Nummer eins, denn das Kommando der Yorkschen Armee im Norden hatte Lord Montague inne, Warwicks Bruder, und ihn hatte man trotz des Bruchs zwischen seinem Bruder und seinem Cousin in dieser Position behalten. March, der nur in Begleitung seiner Leibwache gen Norden galoppierte, dachte offenbar nicht darüber nach, was es bedeuten konnte, sich in das Zentrum von Montagues Armee zu begeben, um mit Fitzhurst zu verhandeln – und so bekannte sich Montague bald zu seinem Bruder und stellte March unter Arrest.

Wäre ich dort gewesen, so wäre es dabei geblieben. Schließlich hatte mich dieser junge Mann lange genug gequält. Doch in meiner Abwesenheit gab es das übliche Hin und Her, und Eduard von March gelang die Flucht. Seine Sache schien jedoch verloren, als er zur Küste galoppierte und sich nach Burgund einschiffte, wo er sich der Barmherzigkeit des Mannes seiner Schwester auslieferte – die Ehe seiner Schwester Margarete mit Karl von Burgund war 1468 geschlossen worden. So groß war seine Eile, daß er sogar Bella und ihre Brut zurücklassen mußte. Und von einer Brut konnte man inzwischen wirklich sprechen, denn sie hatte der ganzen Welt bewiesen, daß sie in der Tat Jacquettas Tochter war. Bis jetzt waren es alles Mädchen, und auch jetzt war sie wieder schwanger. Unter diesen Umständen verließ sie vorsichtshalber den Tower, in dem sie sich seit einiger Zeit aufgehalten hatte, und suchte Zuflucht in der Westminster Abbey.

Ich hätte gewiß alles darangesetzt, sie in die Finger zu bekommen. Nicht daß ich Bella irgend etwas Böses wollte, aber sie wäre uns bei dem, was nun folgte, sehr wertvoll gewesen. Ich war jedoch nicht vor Ort. Als die Nachricht eintraf, daß Warwicks Plan, March in den Norden zu locken und ihn dort gefangenzunehmen, funktioniert hatte, machte der Graf sich auf den Weg. Ich war davon ausgegangen, daß der Prinz und ich ihn begleiten würden, aber Ludwig lehnte das ab. Es sei am sichersten für den Prinzen und mich, meinte er, in Frankreich zu bleiben, bis alles geregelt sei.

Ich merkte sofort, daß mein schändlicher Cousin trotz seines Schwurs weder mir noch Warwick wirklich traute. Er wollte sowohl den Spatz in der Hand als auch die Taube auf dem Dach. Also empfing er mich mit großem Pomp in Amboise und bewirtete mich, wie es der Königin von England gebührte, während Warwick seinen Plan weiterverfolgte.

Ich hatte kein gutes Gefühl. Und doch verlief alles genau so, wie wir es uns erhofft hatten. Warwick landete in Begleitung von Clarence planmäßig in Kent. Das Volk war auf ihrer Seite. London öffnete seine Tore. Und Heinrich wurde aus dem Tower befreit, bekam seine erste anständige Mahlzeit seit Jahren und wurde unter dem Beifall der Menge auf den Thron gesetzt. Zu dieser Zeit wurde Warwick erstmals als »Königmacher« bejubelt. Das entsprach den Tatsachen, da er zuerst Eduard von March auf den Thron gebracht und ihn nun durch jemand anderen ersetzt hatte. Die Frage war, ob man dem Königmacher auch den Titel des »Könighalters« würde verleihen können!

Angesichts dieser Erfolge verspürte ich natürlich den Wunsch, mich an die Seite meines Gatten zu begeben. Doch wieder einmal hatte Ludwig Bedenken. Alles Schimpfen und Wettern, Schreien und Keifen, Jammern und Weinen, Überreden und Fluchen – und ich versuchte es mit all diesen Mitteln – hatte nicht die geringste Wirkung. Statt mich nach England gehen zu lassen, brachte er mich nach Paris, wo ich erneut königlich bewirtet wurde und dies doch keinen Augenblick lang genießen konnte. Meine Gedanken waren ganz woanders. Erst im Februar 1471 erhielten wir die Order König Heinrichs, daß er seine Gemahlin und seinen Sohn an seiner Seite wünsche. Ludwig erklärte sich endlich einverstanden, mich gehenzulassen.

Nun war Ludwig nicht etwa bereit, sich von Heinrich unter Druck setzen zu lassen. Er traf seine Entscheidung aufgrund gewisser Tatsachen, über die er informiert war, wir jedoch nicht. Seine größte Befürchtung war, daß Warwick mitsamt dem französischen Geld eine neue Kehrtwendung vollziehen und das Königreich wieder Eduard übergeben könne, um dann Krieg gegen Frankreich zu führen. Die Information, die er erhalten hatte und von der wir, wie ich bereits sagte, zu diesem Zeitpunkt noch nichts wußten, schloß eine solche Wendung der Ereignisse aus. Die Lancasterpartei mußte nun all ihre Kräfte sammeln und sich für die bevorstehenden Prüfungen wappnen – und offensichtlich war ich selbst die wichtigste Hilfsquelle.

Da ich keine Ahnung von dem hatte, was wirklich vor sich ging, war ich ganz einfach erleichtert und glücklich. Sogar der Gedanke an eine Kanalüberquerung in der gefährlichen Winterzeit konnte mich nicht abschrecken. Ich eilte also nach Honfleur, begleitet von meinen Hofdamen, zu denen auch die Gräfin von Warwick gehörte, dem Prinzen und der Prinzessin von Wales und zahllosen Lords, die aus allen Richtungen herbeigeströmt waren. Unter ihnen befand sich zu meinem Erstaunen der alte Sir John Wenlock. Ich weinte, als ich ihn umarmte. Aus der Bretagne, wo sie einen Unterschlupf gefunden hatten, kamen auch Margarete Beaufort und ihr Sohn Heinrich. Er war als Heinrich von Richmond bekannt, obwohl er niemals das Recht erhalten hatte, den Titel seines Vaters zu tragen. Es war einige Jahre her, daß ich diesen Jungen – damals vierzehn Jahre alt – zum letzten Mal gesehen hatte, und die Ähnlichkeit mit seinem armen Vater, Edmund Tudor, überraschte mich. Ich spreche hier von körperlichen Gemeinsamkeiten. Von der offenherzigen Persönlichkeit seines Vaters hatte er nichts, er wirkte eher zurückhaltend und vor allem ängstlich. Nun, in Anbetracht der Tatsache, daß er, solange er denken konnte, ein Flüchtling gewesen war, war dies nicht weiter verwunderlich. Dennoch schloß ich ihn zärtlich in die Arme. Schließlich war er ein recht naher Verwandter, wenn auch auf etwas komplizierte Weise: Als Edmunds Sohn war er, ebenso wie Margaretes Sohn, mein Stiefneffe. Doch viel wichtiger war, daß ich in ihm eine künftige Stütze meines Sohnes sah, wenn dieser den Thron besteigen würde.

Wir gingen am 24. März, dem Tag nach meinem einundvierzigsten Geburtstag, an Bord, obwohl sich der Himmel bewölkte. Doch außerhalb des Hafens blies der Wind aus Richtung Norden und behinderte unser Vorwärtskommen. Mein Magen war jetzt ein ganzes Stück widerstandsfähiger als sechsundzwanzig Jahre zuvor, und ich war bereit, sogar einen Sturm tapfer zu überstehen, um wieder englischen Boden unter den Füßen zu haben. Aber kein Schiff kann gegen den Wind segeln, und so zwang uns das Wetter in den Hafen zurück. Im Laufe der nächsten drei Wochen liefen wir noch zweimal aus, doch der Wind blies beständig aus Nordosten. Der Himmel war klar und blau, die Sonne schien – und wir konnten uns nicht rühren. Es war schrecklich.

Und es wurde noch schrecklicher, als uns die Nachricht erreichte, daß Eduard von March von Karl von Burgund unterstützt wurde und an der nordöstlichen Küste Englands gelandet war. Dieser Wind, der uns beständig zurückhielt, hatte ihm offenbar geholfen, da er die Überfahrt von den Niederlanden aus angetreten hatte. Daß March es erreicht hatte, die Hilfe Burgunds zu gewinnen, hatte Ludwig offenbar veranlaßt, auch mich nach England zu schicken. Jetzt konnte Warwick nicht mehr die Seiten wechseln, denn March war eindeutig auf Rache aus.

Marchs Aktivitäten waren natürlich besorgniserregend, aber wenn wir schon nicht nach Norden segeln konnten, so konnten auf jeden Fall Schiffe nach Süden segeln. Und schon bald erreichte uns ein Bote von Warwick, der mir versicherte, daß er die Sache unter Kontrolle habe und beabsichtige, London zu verlassen und nach Norden zu marschieren, um den Eindringling gebührend zu empfangen. Ich war so naiv, daran zu glauben.

Schließlich gelang es uns, in See zu stechen. Es war Ostersonntag, der 13. April. Die letzten Nachrichten hatten mich einige Tage zuvor erreicht. Sie bestätigten, daß Warwick London verlassen hatte, um seine Armee mit der von Clarence zu vereinigen und gegen March in die Schlacht zu ziehen, von dem man wiederum wußte, daß er nach Süden zog und auf seinem Weg dorthin Männer zu seiner Unterstützung sammelte. Es war also denkbar, daß die beiden Armeen inzwischen aufeinandergetroffen waren, und in der Tat war das an genau diesem Tag geschehen.

Aber damals wußte ich davon nichts. Der Wind hatte von Nordosten nach Osten gedreht und trieb uns jetzt kräftig nach Westen. Wir hielten uns so weit wie möglich im Norden und konnten den Hafen eines Fischerdörfchens anlaufen, das sich an der Mündung des Flusses Wey befand und deshalb Weymouth hieß. Dieser Ort liegt ein gutes Stück von London entfernt, aber wir waren glücklich, überhaupt Land erreicht zu haben.

Der Prinz und ich waren natürlich bestrebt, so schnell wie möglich nach London zu kommen. Also wurden Pferde von den umliegenden Bauernhöfen requiriert. Sofort setzten wir uns in Bewegung und ritten ohne Pause bis zum Einbruch der Nacht nach Carne Abbey. Wir waren erschöpft und zogen uns nach einem hastigen Abendessen zurück. Vor dem Schlafengehen jedoch gingen Eduard und ich in die Nacht hinaus, blickten zu den glitzernden Sternen hinauf und atmeten den frischen Duft des englischen Frühlings ein. »Ich werde dieses Land regieren«, sagte mein Sohn, »mit dir an meiner Seite, liebste Mutter.«

Wir umarmten einander. All unsere Mühsal sollte nun ein Ende finden.

Am nächsten Morgen ritten wir bis Beaulieu, wo wir zum Essen kurz anhielten. Wir wollten unsere Reise gerade fortsetzen, als wir Hufschläge näherkommen hörten. Mit gemischten Gefühlen blickten wir auf die Hügel, die vor uns lagen, und ich muß zugeben, mein Herzschlag setzte aus, als ich nicht nur Edmund Somerset erkannte, sondern auch seinen jüngeren Bruder Johann Beaufort sowie einige andere Lords des Hauses Lancaster, die sich in großer Bedrängnis befanden. Das war offensichtlich, denn hätte Warwick gesiegt und March gefangengenommen, so hätte man uns einfach einen Boten mit der frohen Kunde geschickt. Aber nun das: »Wir sind verloren!« schrie Johann Beaufort, sprang vom Pferd und warf sich mir vor die Füße.

Ich bemühte mich, Haltung zu wahren. »Wie konnte das geschehen?« fragte ich.

»Clarence!« jammerte der junge Mann. »Er ist zu seinem

Bruder übergelaufen.« Nun, ich hätte ihnen gleich sagen können, daß es so kommen mußte.

Auch Edmund war vom Pferd gestiegen. Er bot ein Bild des Jammers. »Das allein wäre nicht so schlimm gewesen. Es war der Nebel«, murmelte er. »Er umgab Freund und Feind und machte eine Unterscheidung unmöglich. Wir gewannen zwar die Schlacht auf der rechten Seite, aber die Yorkschen Truppen waren uns auf der linken Seite überlegen. Es hätte immer noch alles gutgehen können, aber als die Feinde eine Kehrtwendung machten und uns in den Rücken fielen, schrie jemand ›Verrat‹, und unsere Leute flohen.«

»Und Warwick?«

»Warwick ist tot, Euer Hoheit.«

Bei diesen furchtbaren Worten verdunkelte sich der Himmel, und mir wurde schwindelig. Ich verlor das Gleichgewicht und mußte von meinen Damen gestützt werden. Es war das erste und das letzte Mal in meinem Leben, daß ich ohnmächtig wurde.

Es dauerte auch nur einen kurzen Moment, doch als ich meine Augen wieder öffnete, fragte ich mich, mit einem Blick auf die düsteren Gesichter um mich her, warum ich sie nicht gleich wieder schloß. Die Prinzessin von Wales war, genau wie ihre Mutter, in Tränen aufgelöst. Man konnte es ihnen nicht verübeln, immerhin hatte die eine ihren Gemahl, die andere ihren Vater verloren. »Wie ist der Graf gestorben?« fragte ich.

»Er war von seinem Pferd gestiegen, um am Boden zu kämpfen«, erklärte Edmund. Eine notwendige Vorsichtsmaßnahme, dachte ich mir, um seine Leute davon zu überzeugen, daß er nicht davonrennen und sie im Stich lassen würde, wie er es in St. Albans getan hatte.

»Dann, als die Schlacht schon so gut wie verloren war«, fuhr Edmund fort, »und er gezwungen war, sich in Sicherheit zu bringen, konnte er sein Pferd nicht wiederfinden und wurde im Gemenge niedergestochen.«

»Und wo hat sich all das zugetragen?« fragte der Prinz.

»In High Barnet, nördlich von London«, antwortete Edmund. »March hat inzwischen die Stadt erreicht. Euer Hoheit, Ihr müßt fliehen. Sind Eure Schiffe noch da?«

Doch inzwischen hatte ich mich von dem Schock erholt, und mir wurde klar, daß genau das geschehen war, was ich immer befürchtet hatte: Ausgerechnet in dem Moment, in dem alles von ihm abhing, hatte Warwick versagt. Auf der anderen Seite war er mir seit jeher ein Mühlstein um den Hals gewesen. Und was den anderen Mühlstein anbelangte ... »Und König Heinrich?« fragte ich.

»Befindet sich in den Händen der Feinde. Hoheit, Ihr müßt fliehen!«

Dieses Mal würden sie den armen Trottel gewiß töten. Aber ich war immer noch am Leben, desgleichen mein Sohn. »Wie viele Männer sind auf unserer Seite?« Ich sah an den Lords vorbei auf die Banner, die auf dem Kamm des Hügels flatterten.

»Nun, wir haben etwa zweitausend Männer bei uns, Euer Hoheit, aber der Graf von March hat beinahe doppelt so viele.«

»Aber er ist in London, und wir sind hier«, betonte ich. »Ist nicht Jasper Tudor, der Graf von Pembroke, in Wales und stellt dort eine Armee auf?«

»Das ist richtig, Euer Hoheit, doch Wales ist einige Tagesmärsche von hier entfernt.«

Ich lächelte. »Und doch ist es für uns nicht so weit wie für March.«

Sie waren überrascht. »Ihr wollt weiterkämpfen, Euer Hoheit?«

»Ich bin hergekommen, um zu kämpfen«, erinnerte ich sie.

»Aber ohne Warwick ...«

»Mylord Warwick hat seine Rolle sehr gut gespielt«, sagte ich zu ihnen. »Er hat den Vormarsch unseres Feindes aufgehalten und einen großen Teil von dessen Leuten getötet. Und er ist auf dem Schlachtfeld gestorben. Mehr konnten wir von ihm nicht verlangen. Jetzt ist es an uns, seine Tapferkeit zu unserem Vorteil zu nutzen. Wir werden nach Westen ziehen, unsere Standarte setzen und dann nach Norden, in Richtung Severn und Wales marschieren. Edmund, Ihr sendet Reiter aus mit dem Befehl an Jasper Tudor, auf schnellstem Wege zu uns zu stoßen.«

Er zwirbelte an seinem Bart und warf einen Blick auf seine Kameraden.

»Es könnte klappen«, murmelte der Graf von Devonshire.

»Wenn König Eduard stillhält«, sagte John Somerset.

»König Eduard?« fragte ich. »Es gibt keinen König Eduard auf dem englischen Thron, es sei denn, Ihr wollt mir erzählen, daß mein Mann tot ist. Denn in diesem Falle steht König Eduard vor Euch.«

Sie stammelten ihre Entschuldigungen, doch ich wischte sie mit einer ungeduldigen Handbewegung beiseite. »Wir werden schon dafür sorgen, daß der Graf von March stillhält«, sagte ich zu ihnen. »Und zwar, indem wir ihm keine Ruhe mehr lassen. Edmund, ich ernenne Euch zum Hauptkommandeur meiner Armee.« Edmund reckte sich stolz.

»Ihr werdet also erstens meine Befehle hinsichtlich Jasper Tudor ausführen. Zweitens werdet Ihr eine kleine Truppe aussenden, die so geräuschvoll nach London marschiert, daß man sie überall für unsere Vorhut hält. Und drittens wird sich unsere Hauptstreitmacht nach Westen bewegen und unterwegs Männer rekrutieren. Sobald uns Marchs Position bekannt ist, wenden wir uns nach Norden, zuerst nach Bristol, dann nach Gloucester und über die Brücken nach Wales. Habt Ihr das verstanden?«

Sie tauschten Blicke aus.

Keiner von ihnen hatte mich oder irgend eine andere Frau jemals so angriffslustig erlebt – außer dem alten Wenlock, der sich jetzt aufrichtete. »Verstanden, Euer Hoheit. Ich bitte um ein Kommando.«

Er war siebzig, aber dennoch war er wahrscheinlich der beste Mann von ihnen allen. »Ihr sollt Euer Kommando haben, Sir John«, versprach ich. »Aber zunächst gilt es, sich noch um einige interne Angelegenheiten zu kümmern. Prinz Eduard muß nach Weymouth zurückkehren und ein Schiff nach Frankreich besteigen.«

»Mutter!« protestierte der Prinz. »Ich bin hierhergekommen, um zu kämpfen.«

»Mein lieber Junge«, sagte ich. »Es ist äußerst wahrscheinlich, daß Euer Vater bereits das Zeitliche gesegnet hat. Deshalb seid Ihr der König von England. Und aus diesem Grunde ist Euer Leben unser wertvollster Besitz.«

»Mylords!« rief Eduard. Es war das erste Mal, daß er sich mir widersetzte. »Hat sich nicht der Schwarze Prinz bereits mit sechzehn Jahren seine Sporen verdient? Habe ich nicht das Recht, für mein Königreich zu kämpfen?« Das Herz wollte mir zerspringen vor Freude. Hätte mein Gemahl doch etwas von diesem Ehrgefühl besessen!

»Der Prinz hat recht, Euer Hoheit«, sagte Somerset. »Er hat das Recht, nein sogar die Pflicht, für sein Königreich zu kämpfen. Außerdem werden unsere Leute um so beherzter kämpfen, wenn sie wissen, daß er nicht weit fort, sondern bei ihnen ist.«

Ich wußte, daß sie recht hatten, und in der Tat war es falsch von mir gewesen, an Flucht zu denken.

»Aber wenn Ihr Euch zurückzöget, Mutter, wäre das nur angemessen«, sagte der Prinz.

»Und Euch und die Sache aufgeben? Niemals«, erklärte

ich. »Wo die Rote Rose kämpft, da kämpfe auch ich.« Wenn ich doch nur in Barnet dabeigewesen wäre!

Meine Lords jubelten mir zu. Margarete Beaufort und ihr Sohn hingegen waren nur auf ihre eigene Sicherheit bedacht und flohen zur Küste.

Meine Befehle wurden befolgt, und wir machten uns auf den Weg, zuerst nach Exeter, wo wir mit den restlichen Einheiten von Warwicks Armee zusammentrafen, und dann in Richtung Norden, nach Bristol. Ich war etwas enttäuscht über die Reaktionen des örtlichen Landadels, denn nur wenige Menschen schlossen sich uns an, doch ich blieb zuversichtlich. Ich mußte ja nur mit Jasper zusammentreffen, dann würde ich eine erstklassige Streitmacht haben. Bis jetzt hatten wir noch keine Neuigkeiten über March erhalten – es gab immer noch die Möglichkeit, daß er sich im Sündenpfuhl London verirrt hatte. Bristol öffnete uns seine Pforten und wir zogen nicht nur Männer und Waffen ein, sondern sogar einen Teil der dortigen Artillerie. Dann ging es weiter nach Gloucester und zur Brücke über den Severn.

Kurz darauf erreichten uns Botschafter mit zwei sehr unterschiedlichen Nachrichten. Die eine kam von Jasper, der mir versicherte, daß er eine große Armee aufgestellt habe und meine Ankunft am nördlichen Ufer des Severn erwarte. Das war äußerst ermutigend. Die andere war, daß Eduard von March sich von unserem Täuschungsmanöver in London nicht hatte irreführen lassen, sondern statt dessen Tag und Nacht vorwärts eilte, um uns einzuholen, bevor wir den Fluß überquerten. Nun, da hatte er natürlich keine Chance, denn wir waren ihm um mindestens achtundvierzig Stunden voraus und praktisch schon in Sichtweite der Brücke von Gloucester. Also marschierten wir weiter darauf zu und gratulierten uns dazu, daß wir, zumindest strategisch gesehen, im Vorteil waren.

Leider bezweifle ich, daß jemals irgend jemand Eduard von March gegenüber im Vorteil gewesen ist. Kaum hatte er bemerkt, daß ich mich in Richtung Norden bewegte, da wußte er auch schon ganz genau, was ich vorhatte, und ebenso wußte er, daß es ein großer Nachteil sein würde, sollte ich mit Jasper zusammentreffen. Als wir also in Gloucester ankamen, fanden wir die Tore verschlossen, und auf den Stadtmauern standen bewaffnete Posten. Ein von March ausgesandter Reiter war nur wenige Stunden vor uns dort angekommen und hatte dem Bürgermeister der Stadt, einem Halunken namens Richard Beauchamp, den Befehl überbracht, uns den Eintritt und somit den Zugang zur Brücke zu verweigern. Ich war außer mir vor Zorn. Sollte dieser verbrecherische Emporkömmling tatsächlich all meine Hoffnungen zunichte machten? Doch weder Drohungen noch Bestechungsangebote konnten den widerwärtigen Mann beeinflussen. In der Tat feuerten seine Bogenschützen sogar Pfeile auf mich ab, als ich versuchte, diesem Dummkopf mit meinen Reden etwas Vernunft einzuhämmern.

Ich steckte in der Zwickmühle. Die nächste überquerbare Furt befand sich drei Tagesmärsche entfernt im Norden, und die Yorksche Armee rückte beständig näher. »Wir sind verloren«, murmelte Edmund Somerset. Er war tatsächlich ein perfektes Ebenbild seines Vaters.

»Niemals«, erklärte ich, während ich den Blick über meine Leute schweifen ließ. »Seht Euch nur den alten Sir John an! Seht das Feuer in seinen Augen.«

»Er hat gar keine andere Wahl«, erwiderte Edmund. »Aus der Sicht der Yorkschen Partei ist er ein Wendehals. Wenn er gefaßt wird, wird er enthauptet.«

»Lieber Edmund«, sagte ich, »jeder von uns, der gefaßt wird, wird enthauptet.«

Er schluckte, als ob ihm dieser Gedanke vorher noch nicht

gekommen sei. »Uns bleibt noch genug Zeit, die Küste zu erreichen und zu fliehen.«

»Und all diese tapferen Männer im Stich zu lassen? *Sie* können nicht fliehen. Außerdem sind wir noch nicht besiegt. Wir werden nach Norden marschieren.«

»Euer Hoheit, es sind noch achtundvierzig Stunden bis zur nächsten Furt. In achtundvierzig Stunden werden die Yorkschen Truppen uns erreicht haben.«

»Nun, dann müssen wir die Strecke eben in sechsunddreißig Stunden schaffen«, sagte ich. »Auf jeden Fall ist es keine Lösung, wenn wir hier herumstehen und uns streiten. Führt Eure Leute an, Mylord Somerset. Wir haben nichts zu verlieren und alles zu gewinnen. Schnell, schnell, den letzten beißen die Hunde.«

Ich ritt selbst mit meinen Männern, so wie ich es vor Northampton und Towton getan hatte. »Wenn wir erst einmal über den Fluß sind«, sagte ich ihnen, »dann haben wir den Sieg in der Tasche. Und wenn wir erst mit den Walisern vereint sind, dann sind wir doppelt so stark wie unser Feind. Wenn wir erst über den Fluß sind!«

Sie brachen in lauten Jubel aus und setzten sich in Bewegung. Den ganzen Tag und auch die folgende Nacht hindurch hasteten wir weiter. Es gab Nachzügler, und zweifellos gab es auch Deserteure. Dieser Schuft Beauchamp machte sich von seinem Lager in Gloucester auf und setzte unseren hinteren Reihen ordentlich zu. Es gelang ihm sogar, sich mit ein paar von unseren Kanonen aus dem Staub zu machen. Doch der größte Teil meiner Truppe blieb bei mir und marschierte mit schlurfenden Schritten weiter. Ich darf wohl sagen, daß niemand erschöpfter war als ich selbst, denn auch ich kam nicht zur Ruhe, sondern verbrachte Tag und Nacht damit, auf meinem Pferd an unseren Reihen entlangzureiten, die Männer zu ermutigen und zu ermahnen, derweil ich mich von Zeit zu Zeit mit einem Stück Brot und einem Glas Wein bei Kräften hielt. Das einzige, an das ich dachte, waren Jasper und seine walisischen Truppen.

So gelangten wir in Sichtweite von Tewkesbury und der Furt. Wieder war es Abend, aber die Stadt war nur noch etwa acht Kilometer entfernt, und obwohl wir sechsunddreißig Stunden ohne Pause durchmarschiert waren und kaum noch einen Fuß vor den anderen setzen konnten, war ich fest entschlossen, weiterzureiten, selbst wenn wir den Fluß im Dunkeln überqueren mußten. Aber während ich auf die Nachhut wartete, denn ich wollte mich in dieser Stadt, die nicht so stark befestigt war wie Bristol, nicht aufhalten lassen, brachten meine Kundschafter schlechte Nachrichten: Die Vorhut Eduard von Marchs hatte die Furt erreicht, und der Hauptkörper seiner Armee war dicht hinter ihnen.

»Wie kann das sein?« schrie Edmund. »Keine Armee kann so schnell marschiert sein wie wir.«

»Die Anhänger Yorks haben es wohl dennoch geschafft«, sagte ich ruhig, obwohl sich mir vor Verzweiflung fast der Magen umdrehte.

»Was sollen wir tun?« fragte Devonshire.

»Wir haben keine Wahl«, entgegnete ich. »Wir müssen kämpfen.«

Sie sahen sich an.

»Sie sind in der Überzahl«, erinnerte mich Edmund. »Und wir sind erschöpft.«

»Unsere Gegner können nicht weniger erschöpft sein«, sagte ich. »Und was ihre Anzahl anbelangt, so müssen wir uns eben in eine günstige Stellung bringen. Sie werden uns mit Bestimmtheit angreifen.«

Ich ritt sofort los, um die nähere Umgebung zu erkunden, während meine Leute erschöpft zu Boden sanken. Sie waren froh, für einen Moment ausruhen zu können. Meine erste Handlung war, einen Boten an Jasper zu schicken, um ihm mitzuteilen, daß er nicht mehr länger auf mich warten könne, sondern ich nun auf ihn warte. Ich flehte ihn an, mir so schnell wie möglich zu Hilfe zu eilen. Mir war klar, daß er es bis zum nächsten Morgen nicht schaffen würde, doch schon die bloße Ankündigung seines Vormarsches konnte March zum Nachdenken bringen, und solange die Schlacht noch nicht entschieden war, würde ich immerhin die Verstärkung ganz in meiner Nähe haben.

In der Tat sah ich keinen Grund, warum wir dem Angriff Eduards von March nicht würden standhalten sollen. Der Boden war recht uneben, auf beiden Seiten befanden sich zahlreiche Hecken und vertiefte Wege, die die Möglichkeit eines Seitenangriffs mit Sicherheit ausschließen und gleichzeitig unsere eigenen Angreifer verbergen würden. Dahinter lag die Abtei, die ich zu meinem Hauptquartier gemacht hatte.

»Wie lauten Eure Pläne, Hoheit?« fragte Somerset.

»Wir werden uns in drei Abteilungen aufteilen«, erklärte ich ihm. »Ihr und Euer Bruder John werdet die erste kommandieren. Der Prinz von Wales wird die zweite kommandieren. Der Graf von Devonshire wird die dritte kommandieren.«

Eduard klatschte vor Freude in die Hände, doch Somerset runzelte die Stirn. »Mit allem Respekt, Euer Hoheit ... aber der Prinz hat noch nie zuvor in einer Schlacht gekämpft.«

»Das tut nichts zur Sache«, sagte ich. »Ich werde an seiner Seite sein.«

»Ihr, Euer Hoheit?«

Dieses Problem kannte ich bereits. Meine engsten Berater waren entsetzt über die Vorstellung, mich an der Seite meines Sohnes kämpfen zu sehen. Und wie gewöhnlich gab ich nach, denn ich wußte, daß ich nicht mitten im Kampfgetümmel mitmischen konnte. »Sehr gut«, stimmte ich zu. »Dann bitte ich Euch, Sir John Wenlock, meinem Sohn zur Seite zu stehen.«

Ich wußte, ich konnte für eine solche Aufgabe keinen besseren Mann finden, und der alte Freund war vor Dankbarkeit ganz überwältigt.

Inzwischen war der Tag weit vorangeschritten, und man sagte uns, daß in der Abtei eine Mahlzeit auf uns warte. Wir hatten gerade unsere Pferde gewendet, als wir ein Geräusch vernahmen: das Rasseln von Rüstungen, das Wiehern von Pferden und das Trampeln marschierender Füße. »Yorks Männer«, murmelte Johann Beaufort.

»Wir wußten, daß sie im Anmarsch sind«, erinnerte ich ihn. »Alles, was uns zu tun bleibt, ist, sie morgen zu schlagen.«

Ich genehmigte mir eine kräftige Mahlzeit. Im Gegensatz zu den meisten meiner Kommandeure war ich eine erfahrene Kämpferin. In der Tat beobachtete ich sie mit sehr gemischten Gefühlen. Einerseits fühlte ich mein Herz vor Stolz anschwellen, als ich diese Löwen, die jung genug waren, um meine Söhne zu sein, in diesem entscheidenden Moment um mich versammelt sah. Das andere Extrem war natürlich Johann Wenlock, aber auch er machte mich stolz: daß ein Mann, der alt genug war, um mein Vater zu sein, sich erneut für meine Sache einsetzte. Aber andererseits wurde mir ganz mulmig, wenn ich über ihre Unerfahrenheit nachdachte und darüber, daß sie schon bald dem erfahrensten Krieger unseres Zeitalters gegenüberstehen würden. Ich tröstete mich mit dem Gedanken, daß ihr Ruhm und auch der meine nach unserem Sieg nur noch größer sein würden.

Und doch konnte ich kein Auge zutun. Ich trat auf den

Hof der Abtei und sah die Lagerfeuer meiner Leute und in einiger Entfernung die Feuer unserer Feinde. Dann sah ich, daß mein Sohn dort saß und ebenfalls in die Nacht hinausstarrte. »Du solltest dich ausruhen«, sagte ich. »Morgen wird ein sehr langer Tag.«

»Und er könnte damit enden, daß ich für immer ruhe«, bemerkte er.

Ich legte meine Hand auf seine Schulter. »Am Ende werden wir auf London zumarschieren, und Ihr werdet Euer Erbe antreten.«

Sechzehn Jahre lang, seit er als Säugling an meiner Brust gelegen hatte, hatte ich ihm von diesem Erbe erzählt, ihn an seine großen Vorfahren erinnert und ihn beschworen, seinen Namensvettern nachzueifern.

Meine Hand lag noch immer auf seiner Schulter, und die seine kam ihr entgegen und umfaßte meine Finger. »Ich werde ein guter König sein, Mutter«, sagte er. »Das schwöre ich bei allem, was mir heilig ist. Ich werde gerecht und stark sein und Englands Rolle in der Welt stärken.«

Tränen traten mir in die Augen. »Das will ich gern glauben, Eduard«, erwiderte ich. Und ich glaube ihm noch immer.

Schon in der Morgendämmerung waren unsere Leute auf den Beinen und lauschten den Hornsignalen der Yorkschen Truppen, die aus etwa anderthalb Kilometern Entfernung ertönten. Meine Männer bezogen Stellung, und ich stand im Hof der Abtei, neben mir Somerset in voller Rüstung. Ich mußte an seinen älteren Bruder und an seinen Vater denken, die für mich gekämpft hatten und dabei uns Leben gekommen waren. »Ihr müßt Euch zurückziehen, Euer Hoheit«, sagte er.

»Nicht bevor ich mit meinen Männern gesprochen habe«, sagte ich und ließ mir mein Pferd bringen.

Meine Kommandeure gerieten in helle Aufregung, als ich zu unseren Truppen hinunterritt, denn die Anhänger Yorks bewegten sich auf uns zu. An der Spitze sah man das Eberkopfbanner von Richard von York, der von seinem Bruder March zum Herzog von Gloucester erhoben worden war. Ich hatte den jungen Mann – er war ein Jahr älter als mein Sohn – nie gesehen, aber ich hatte gehört, daß er als Soldat nur noch von seinem Bruder übertroffen wurde. Meine Leute waren offensichtlich besorgt, daß ich noch in Reichweite sein könnte, wenn dieser ungestüme Junge seinen Angriff begann.

Ich war jedoch nicht in der Stimmung, mir von jemandem angst machen zu lassen, der jung genug war, um mein eigener Sohn zu sein, und so ritt ich langsam zwischen den Reihen meiner Männer hindurch und machte ihnen Mut. Dieses Mal ließ ich mich wirklich von meiner Rede mitreißen, da ich nichts mehr zu verlieren hatte. Ich sagte ihnen, daß sie kämpften, um die Usurpation zu beenden und ihren rechtmäßigen König, den guten und ehrlichen Heinrich, aus seiner abscheulichen und ungeheuerlichen Gefangenschaft zu befreien. Ich sagte ihnen, daß sie für ihren Sieg belohnt werden würden und versprach erneut, daß die treulosen Londoner Kaufleute unsere Forderungen erfüllen müßten.

Ich befahl ihnen, immer ein Auge auf den Prinzen von Wales zu haben, der mitten unter ihnen stand, fest entschlossen, entweder zu siegen oder zu sterben, und der niemals diejenigen vergessen würde, die an diesem Tag an seiner Seite standen. Und noch einmal versprach ich ihnen Belohnungen, als ich ihnen sagte, daß jeder von ihnen an der Verteilung des Yorkschen Landbesitzes und der Yorkschen Güter beteiligt sein sollte. Aber vor allem erinnerte ich sie daran, daß diese Schlacht und alle, die daran beteiligt waren, Geschichte machen würden.

Niemals zuvor hatte ich einen solch tosenden Applaus erhalten. Schwerter wurden in die Luft gestreckt und blitzten im morgendlichen Sonnenlicht auf, und ein gewaltiger Kampfschrei erhob sich aus den Kehlen meiner Männer. Das brachte die Gegner in Aufruhr, und so stürmte die erste Abteilung mit einem lauten Aufschrei auf uns zu, während ihre Artillerie gleichzeitig mit dem Beschuß begann. »Ihr *müßt* Euch zurückziehen, euer Hoheit«, flehte Somerset.

Ich nickte, gab Eduard einen leichten Klaps, empfing einen weiteren Jubelruf von meinen Männern und lenkte schließlich mein Reittier wieder den Abhang hinauf zur Abtei und zu meinen Hofdamen. Von diesem Aussichtspunkt aus konnte ich das Schlachtfeld überblicken und sah, wie Gloucesters Männer vorwärts marschierten und von Zeit zu Zeit ihre Armbrüste abfeuerten. Aufgrund des unebenen Terrains kamen sie nur langsam voran, und als sie den Abhang erreichten, auf dem meine Armee postiert war, wurden sie von einem Pfeilhagel empfangen. Sie unterbrachen ihren Vormarsch und begannen beinahe unmerklich zurückzuweichen.

Meine Hofdamen klatschten in die Hände, und auch ich spürte einen Funken Zuversicht aufglimmen. Oh, diese trügerische Hoffnung! Alles verlief nach Plan. Dieser Plan sah vor, die Gegner aufzuhalten und sie mittels ihrer Angriffe auf unsere starke Position zur Erschöpfung zu bringen. Vor allem mußten wir unsere Position halten und darauf hoffen, daß Jasper und seine Waliser uns zu Hilfe kommen würden. Stunde um Stunde, nein, Minute um Minute hielten wir die Feinde in Schach, und allein daß wir dabei nicht von der Stelle wichen, konnte man schon als einen Sieg ansehen. Keiner aus meinem Lager hatte jemals die Frage aufgeworfen, ob wir March angreifen sollten, denn unsere zahlenmäßige Unterlegenheit war für jeden deutlich sichtbar.

Und doch erwies sich Somerset nun als wahrer Sohn und Bruder: dickköpfig und unfähig zur gleichen Zeit. Als er sah, wie Glouchesters Männer zurückwichen, muß er vollkommen die Kontrolle über sich verloren und alles vergessen haben: unsere Strategie, unsere Pläne, die Stärke unserer Position, die Tatsache, daß wir nur etwa halb so viele waren wie die Gegner, und die Tatsache, daß bislang nur ein Drittel von Marchs Armee tatsächlich am Kampf beteiligt gewesen war. Er stieß einen lauten Schrei aus und führte seine Abteilung, die größte meiner Armee, vorwärts, mitten ins Zentrum des Kampfes. Ich schlug entsetzt die Hände über dem Kopf zusammen. »Mein Gott!« sagte ich. »Was für ein Dummkopf! Jetzt liegt unsere Stellung völlig offen.«

Somersets wahnwitziger Angriff hätte uns in jedem Falle den Sieg gekostet. Aber March hatte offenbar Maßnahmen ergriffen, um einen Angriff unsererseits abzuwehren, und zweihundert bewaffnete Reiter in die Wälder zu unserer Linken geschickt. Als nun deutlich wurde, daß Somersets Abteilung ihre Stellung verlassen hatte, stoppte Gloucester seine eigenen Männer und machte kehrt. Marchs Truppen bewegten sich vorwärts, und als Somersets Leute auf Gloucesters Leute trafen, tauchten die zweihundert Reiter aus dem Wald auf und fielen in ihre Flanke ein. Ich starrte auf die Szene vor mir, unfähig, meinen Augen zu trauen, während meine Hofdamen vor Schreck aufschrien. Die anderen Teile unserer Armee rührten sich hingegen nicht von der Stelle, denn Wenlock hatte Prinz Eduard nicht gestattet, seinem verrückten Halbbruder zu folgen, und Devonshires drittes Bataillon hielt sich ebenfalls zurück. Vielleicht hatte ich selbst jetzt noch Hoffnung, daß wir uns wohlgeordnet zurückziehen und voller Zuversicht auf Jaspers Eintreffen warten konnten.

Doch vergeblich! Vor meinen Augen brach Somersets Abteilung auseinander, und die Männer flohen in alle Richtungen. Die Abteilung meines Sohnes blieb standhaft, aber zu meinem Entsetzen sah ich, wie Somerset zurückgaloppiert kam. Er hatte offensichtlich nicht den Mut auszuharren und zusammen mit den Männern, die er in die Katastrophe geführt hatte, zu sterben. Er fuchtelte mit den Armen und der Streitaxt, ging auf Wenlock los, der an Eduards Seite stand, und frage ihn wohl, warum Wenlock seinen Vormarsch nicht unterstützt hatte. Ich weiß nicht, wie die Antwort des alten Ritters lautete, aber sie gefiel dem aufgebrachten Somerset wohl nicht. Vor unseren Augen schwang Somerset die Axt über seinen Kopf und hieb damit auf Wenlocks kahles Haupt, da der alte Mann seinen Helm abgenommen hatte, um besser kämpfen zu können. Ich könnte schwören, Wenlock wurde bis zum Hals entzweigespalten.

Als sie dieses Desaster sahen, stießen Wenlocks Männer einen gewaltigen Schrei aus, und statt Somerset anzugreifen, machten sie kehrt und flohen. Ihre Flucht riß auch Devonshires Abteilung mit sich, und binnen weniger Augenblicke hatte meine Armee sich aufgelöst.

Meine einzige Sorge galt dem Prinzen, und ich wäre zu ihm gegangen, selbst wenn das meinen Tod bedeutet hätte. Doch noch nicht einmal dieses Privileg wurde mir zugestanden. Ich wurde regelrecht von meinen Damen entführt, die mich vom Schlachtfeld fortzerrten, unsere Pferde suchten und davongaloppierten, bis wir einen nahegelegenen Konvent erreichten, wo sie um Unterschlupf baten. John Combe erbot sich tapfer, nach meinem Sohn zu suchen, und ritt fort. Ich sollte ihn niemals wiedersehen.

Ich war am Boden zerstört. Zwei Dinge gingen mir ständig im Kopf herum: daß ich lebte und atmete, aber auch daß meine Sache und die Heinrichs und meines Sohnes endgültig verloren war. Ich dachte jetzt nur noch an den Prinzen. Zum Handeln war ich nicht mehr fähig.

Nicht daß mir das etwas genützt hätte. Eine oder zwei meiner Damen sprachen von Flucht; sie wollten versuchen, die Südküste zu erreichen und ein Schiff nach Frankreich zu nehmen. Doch sie wurden schon bald eines Besseren belehrt, als sie von Yorkschen Patrouillen hörten, die das Land in alle Richtungen durchkämmten. Doch ich wäre ohnehin nicht fortgegangen, ohne in Erfahrung gebracht zu haben, wie es dem Prinzen ergangen war. Also schmachteten wir drei Tage lang, drei Tage, in denen ich meine Kleidung weder wusch noch wechselte, in denen meine einzige Nahrung ein gelegentliches Glas Wein war, und in denen ich jeden wachen Moment betend auf den Knien verbrachte. Doch ohne Erfolg. Am dritten Tage kamen die Anhänger Yorks.

Sie standen vor mir, große, gepanzerte Monster, während meine Hofdamen sich zitternd zu einem Grüppchen zusammendrängten.

Doch ich sah ihnen genauso herausfordernd wie eh und je ins Gesicht. Zu meiner Überraschung behandelten sie mich mit allem Respekt, der meinem Rang gebührte, obwohl ihre Worte unheilvoll waren. »Seine Hoheit, der König, wünscht, Euch zu empfangen, Euer Hoheit«, sagten sie. »Er wird in einer Stunde hiersein. Würdet Ihr euch bitte darauf vorbereiten?«

Ich errötete bei der Anspielung auf meinen Zustand und rief meine Damen zu mir. Eine Stunde später war ich wiederhergestellt und stand dem Verbrecher, der mich in die Enge getrieben hatte, von Angesicht zu Angesicht gegenüber. Sein Anblick war überwältigend. Er trug eine Rüstung und hatte nur den Helm abgenommen, und er war der größte und kräftigste Mann, den ich jemals gesehen hatte. Um ihm ins

Gesicht zu sehen, mußte ich den Kopf in den Nacken legen. Seine Gesichtszüge waren kühn und stark, edel und gesund und von einer Mähne rotgoldenen Haares umgeben. Erst auf den zweiten Blick konnte man einige Zeichen seines ausschweifenden Lebensstils erkennen.

Neben ihm wirkte sein Bruder, Richard von Gloucester, beinahe wie ein Wechselbalg. Er war gut einen Kopf kleiner, hatte eine dunkle Hautfarbe und ging etwas gebeugt.

Beide Brüder waren ob ihres großartigen Sieges offensichtlich in Hochstimmung, doch sie begrüßten mich mit angemessenem Ernst. »Euer Hoheit«, sagte March, »es ist schon zu lange her, daß wir uns das letzte Mal gesehen haben.«

Ich senkte nicht den Blick, auch wenn er kurz davor stand, meine Enthauptung anzuordnen. »Das Schicksal hat es für angemessen befunden, Euch den Sieg zu überlassen, Mylord.«

Gloucester schnaubte vor Wut, da ich seinen Bruder nicht als König angesprochen hatte, aber Eduard schien daran keinen Anstoß zu nehmen. »Und kein Mann und keine Frau kann gegen das Schicksal ankommen, Hoheit«, stimmte er freudig zu. »Ich muß Euch jetzt bitten, mich nach London zu begleiten.«

»Zu welchem Zweck, Sir?«

Er lächelte. Auch dies war ein fröhliches Lächeln, doch in seinen Augen zeigten sich weder Weichheit noch Mitgefühl. »Nun, Madame«, sagte er, »zu jedem Zweck, den ich für angebracht halten könnte.«

Wir starrten einander an. »Gestattet mir, mich nach meinem Sohn zu erkundigen.«

»Es tut mir leid, Madame, Euer Sohn ist tot.«

Es dauerte ein paar Sekunden, bis ich sprechen konnte. Dann fragte ich: »Wie ist er gestorben?«

Eduard und sein Bruder tauschten einen raschen Blick aus. »Er ist überaus tapfer gestorben, Madame«, berichtete mir Eduard. »Er wurde bei dem Versuch, seine Truppen zu sammeln, getötet.« Ich wünschte, ich hätte ihm glauben können. Noch heute möchte ich ihm glauben, doch seit jenem Tag sind Gerüchte an mein Ohr gedrungen, daß man meinen Sohn gefangengenommen und March und seinem Bruder vorgeführt habe, denen er seine Geringschätzung offen zeigte, woraufhin er getötet wurde. Ich weiß nicht, was ich glauben soll, doch immer wieder erinnere ich mich an jenen verschwörerischen Austausch von Blicken.

Unter diesen Umständen erschien es mir sinnlos, mich nach dem Schicksal John Combes zu erkundigen.

Gewiß stand Eduard von Marchs Unbarmherzigkeit außer Frage. Sicher waren sowohl Somerset als auch sein Bruder umgebracht worden, nachdem sie in einer Kirche Zuflucht gesucht hatten. Selbst dieser heilige Ort hatte ihnen nichts genützt, sondern sie waren, wie manche sagen, von Eduard persönlich herausgezerrt und abgeschlachtet worden. Schweren Herzens trat ich also den Weg nach London an, aber Gloucester war uns vorausgeritten, und als ich endlich die Hauptstadt erreichte, war mein Mann bereits tot. Natürlich wurde bekanntgegeben, Heinrich sei aus schierer Verzweiflung gestorben, nachdem er vom Todes seines Sohnes erfahren habe. Doch Tatsache ist, daß die Anhänger Yorks sich seit jeher geweigert hatten, den Prinz von Wales tatsächlich als Heinrichs Sohn anzuerkennen, und da dieser nun tot und ich ihre Gefangene war, hatten sie keinen Grund mehr, den armen, alten Mann am Leben zu lassen. Der wahre Charakter Eduards offenbarte sich auch bei der erst vor kurzem vollzogenen Hinrichtung seines eigenen Bruders, Georg von Clarence, dem er niemals vergeben hat, daß er sich – wenn auch nur vorübergehend – mit Warwick verbündet hatte.

Was also sollte mit mir geschehen? In den Augen der Feinde trug ich die größte Schuld und war gleichzeitig eine große Gefahr. Doch wie ich bereits gesagt habe, liegt es nicht in der Natur der Engländer, Krieg gegen hochgestellte Damen zu führen. Womöglich wäre es besser, wenn sie das täten. Man behandelte mich mit großem Respekt – allerdings zwang man mich, in einem Wagen zu reisen, und ich wurde auf den unebenen Straßen durchgerüttelt und gestoßen, bis mein Hinterteil so wund war, daß ich kaum noch sitzen konnte. Zu jeder Stunde wurde ich den gierigen Blicken des gemeinen Volkes ausgesetzt. Einige von ihnen johlten und schrien und konnten nur von meinen Wachen davon abgehalten werden, mich mit Dreck oder Schlimmerem zu bewerfen. Die meisten von ihnen blickten schweigend zu mir herüber – aber jeder einzelne von ihnen wußte, daß er eine entthronte und gefangengenommene Königin vor Augen hatte.

So kamen wir nach London. Man kann sich sicher denken, daß dieser letzte Teil meiner Reise mir die größten Sorgen bereitete. Ganz abgesehen von der wohlbekannten Feindseligkeit der Londoner meiner Person gegenüber, zweifelte ich nicht daran, daß dies ein Höchstmaß an Demütigung mit sich bringen würde. Doch tatsächlich wurde es nicht im entferntesten so, wie ich befürchtet hatte. Ganz im Gegenteil: Die Londoner starrten mich mit ehrfürchtiger Scheu an, sie zeigten auf mich und flüsterten miteinander, während ich an ihnen vorüberrumpelte. Die Löwenkönigin lag endlich in Ketten.

Ich glaube, der schlimmste Augenblick kam, als ich den Blicken der Öffentlichkeit entzogen war und mich in meiner Zelle im Tower befand: Bella stattete mir einen Besuch ab. Bei ihrem Eintritt stand ich auf und machte beinahe einen Hofknicks. Groß und schön und noch üppiger als sonst, da sie immer noch den Sohn stillte, den sie im vergangenen November geboren hatte, mit den feinsten Kleidern und Juwelen angetan, sah sie von Kopf bis Fuß wie eine Königin aus. Ich dagegen hatte nichts anderes aufzuweisen als abgenutzte Kleider und nackte Finger.

Wir starrten einander an, und ich wartete auf irgendein Zeichen der Liebe, die uns einst verbunden hatte. Vielleicht erhoffte ich mir sogar eine Umarmung. Doch sie rührte sich nicht. »Ich bedaure den Tod Eures Sohnes«, sagte sie.

»Ich danke Euch.«

»Es bedrückt mich, Euch so zu sehen, Meg«, sagte Bella schließlich. »Doch mein Mann hat mir sein Wort gegeben, daß Euch kein Leid zugefügt werden soll.«

»Was wird jetzt mit mir geschehen?«

»Nun ... Ihr müßt verstehen, daß der König Euch nicht einfach so, ohne eine angemessene Bewachung, gehenlassen kann. Ich werde Euch einige Bücher bringen lassen, mit denen Ihr Euch die Zeit vertreiben könnt.«

So geschah es, und ich war ihr äußerst dankbar, auch wenn ich wußte, daß sehr viel Zeit zu vertreiben sein würde. In der Tat habe ich weder die Zeit noch die Energie, um auszurechnen, aus wie vielen Stunden sechs Jahre bestehen, aber ich kann Euch versichern, es ist eine sehr lange Zeit, um sie in Gefangenschaft zu verbringen.

Auf Bellas Wort konnte ich mich verlassen, und so hatte ich keinerlei physische Mißhandlung zu erleiden, abgesehen von der Unannehmlichkeit, daß ich von einem Schloß zum nächsten und von einem Aufseher zum anderen weitergereicht wurde. Anscheinend befürchtete Eduard, daß, wenn ich zu lange an einem Ort bliebe, jemand Pläne zu meiner Befreiung schmieden könne, oder daß ich meine Wächter verführen und fliehen könne. Eine Zeitlang wurde ich sogar in die Obhut der alten Alice Suffolk gegeben, die sehr freundlich zu mir war. Aber als sie im April 1475 starb, ging meine Odyssee weiter. Für jemanden wie mich war die Gefangenschaft, in der ich keinen Anteil mehr an den großen politischen Ereignissen hatte und feststellen mußte, daß mein Leben voller Mühsal vorbei war, eine einzige Strafe. Gleichermaßen hart war es für mich, zu sehen, wie meine Schönheit dahinschwand, mein Hals Falten bekam und meine Haare allmählich ergrauten.

Doch das schlimmste von alledem war, nicht zu wissen, wie lange ich diesen furchtbaren Arrest noch würde ertragen müssen.

Tatsächlich wurde ich binnen weniger Monate nach Alices Tod in Freiheit gesetzt. Papa hatte lange daran gearbeitet, das Geld, das Eduard von March für meine Freilassung forderte, aufzutreiben, und am Ende schaffte er es nur durch den Verkauf seines liebsten Besitzes, der Grafschaft Provence, an Cousin Ludwig, der ihm fünfzigtausend Francs einbrachte. Oh, wenn Papa sich doch nur dazu hätte überwinden können, einen solchen Verkauf noch während meiner Glanzzeit zu tätigen, was hätte ich mit einer solchen Summe nicht alles erreichen können?

Natürlich wurde ich über die Vorgänge nicht auf dem laufenden gehalten, und deshalb war ich einigermaßen überrascht, als ich im November jenes Jahres Besuch von Richard von Gloucester erhielt. Ich muß zugeben, ich empfing ihn mit pochendem Herzen, da Gerüchte besagten, daß dieser dunkelhäutige Junge nicht nur meinen Mann ins Grab gebracht, sondern auch noch einige weitere geheime Exekutionen für seinen Bruder durchgeführt hatte. Sollte mir nun das gleiche Schicksal bevorstehen?

Mein Herz pochte auch dann noch, als er mir ein Stück Pergament hinhielt, auf dem folgendes zu lesen war:

Ich, Margarete, ehemals in England verheiratet, verzichte auf alles, was ich in England auf der Basis meiner Ehe beanspruchen könnte, und überlasse all diese Dinge Eduard, dem jetzigen König von England.

Ich unterschrieb das Dokument. Es gab nichts mehr, für das ich kämpfen konnte. Zumindest schien es mir zu jener Zeit so.

Nachdem dies geschehen war, wurde ich nach Portsmouth geleitet und überquerte wieder einmal den Kanal. Ich hatte gehofft, von Papa in Empfang genommen zu werden, doch er war nicht da. Statt dessen begrüßten mich einige Rechtsgelehrte mit steifer Miene, die von Cousin Ludwig geschickt worden waren. Sie holten ein weiteres Dokument hervor, das ich unterschreiben mußte und mit dem ich auf alle Titel, die ich jemals getragen oder auf die ich durch das Haus Anjou einen Anspruch hatte, verzichtete. Als Gegenleistung bekam ich eine jährliche Abfindung, die einem Hungerlohn gleichkam. Deprimiert, wie ich war, unterschrieb ich auch dies.

Dann wurde ich auf das Landgut Reculée gebracht, das Ludwig mir großzügigerweise zur Verfügung gestellt hatte. Dort blieb ich einige Jahre, bevor ich auf das Schloß Dampierre gebracht wurde, wo ich diese Zeilen niederschreibe. Dampierre liegt in der Nähe von Saumur, und obwohl es mir nicht gestattet ist, mich in die Stadt zu begeben, gibt es mir dennoch eine gewisse Befriedigung, wieder in dem Land zu sein, in dem ich meine Mädchenjahre verbracht habe, und auf die Loire blicken zu können, in der ich früher so sorglos gebadet habe.

Wie doch die Zeit vergeht! Wie viele Abenteuer habe ich seitdem erlebt! Doch leider gehören auch diese der Vergangenheit an. In der Tat ist es mir verhaßt, meine alten Anhänger zu sehen, die von Zeit zu Zeit nach Dampierre kommen.

Es sind gebrochene Männer ohne Geld und manchmal sogar ohne vernünftige Kleidung. Und auch ich kann in meinen beschränkten Verhältnissen nicht viel mehr für sie tun, als ihnen eine Mahlzeit anzubieten.

Ich werde alt und muß mich nun meinen gescheiterten Lebensplänen stellen. Eduard von March – aber ich glaube, ich muß ihm jetzt den Teil zugestehen, den er sich angeeignet hat, und ihn Eduard IV. von England nennen – wird als der erfolgreichste Monarch seiner Zeit gefeiert. Nachdem er seine Absicht, in Frankreich einzufallen, verkündet hatte, mußte Cousin Ludwig sein gesamtes Vermögen einsetzen, um ihn davon abzubringen. Auch seine Nachfolgerschaft ist gesichert, da Bella inzwischen zwei junge Prinzen zur Welt gebracht hat, die beide schön und gesund sind.

Was meine anderen Kampfgenossen anbelangt, nun, Karl von Burgund wurde von schweizerischen Soldaten getötet, und Cousin Ludwig regiert immer noch in Frankreich, und das, so traurig es ist, mit all seiner Verschlagenheit.

Gibt es wirklich keine Zukunft mehr für die Rote Rose? Wenn ich ehrlich bin, muß ich diese Frage verneinen. Die Menschen haben ihre Träume, doch Träume sind Schäume. Diese Woche erwarte ich den Besuch von Margarete Beauforts Sohn aus ihrer Ehe mit Edmund Tudor. Dieser Heinrich von Richmond ist jetzt zweiundzwanzig Jahre alt, doch er hat sich wenig verändert, seit ich ihn als Jungen gesehen habe und er dem Kampf bei Tewkesbury aus dem Wege ging. Und doch, so erstaunlich es ist, ist er der letzte Prinz des Hauses Lancaster, vorausgesetzt, wir können dem Sohn eines Bastards überhaupt ein solches Recht zugestehen.

Angeblich kommt er aus Anlaß der Feier meines fünfzigsten Geburtstages. Doch ich wünsche nicht, meinen fünfzigsten Geburtstag zu feiern. Ich kann mir nichts Schlimmeres vorstellen. Mein Haar ist grau, ebenso meine Gesichtsfarbe.

Meine Schönheit ist nur noch Erinnerung, und ich bin müde. Aber er wird kommen. Und er wird von dem einen Tag träumen … Es ist immer der eine Tag gewesen. Dieser Tag wird niemals kommen. Was für eine groteske Idee, daß der ängstliche, kleine, rothaarige Heinrich von Richmond jemals den starken, schrecklichen und schönen Eduard von York herausfordern könnte. Was wären *wir* doch für ein Paar geworden, hätte er mich auserwählt statt Bella!

Dampierre, den 18. März 1480.

Postscriptum

Margarete von Anjou starb am 25. August 1482 im Alter von einundfünfzig Jahren und fünf Monaten, erschöpft von all den Jahren des Kampfes für die Rote Rose.

Wie gewöhnlich, irrte sie sich in ihrer Beurteilung sowohl der Menschen als auch der Zukunft. Nicht einmal ein Jahr nach ihrem Dahinscheiden folgte Eduard IV. ihr ins Grab, der – wahrscheinlich durch eine Blinddarmentzündung – in der Blüte seines Lebens dahingerafft wurde. Nach dem Tod seines Bruders hatte Richard von Gloucester Bellas Söhne vom Thron verdrängt, und Heinrich von Richmond erlangte tatsächlich die Krone für das Haus Lancaster zurück. Er beendete durch seine Heirat mit Bellas Tochter den Streit der Dynastien und gründete das Haus Tudor.

Heinrich VII. und seine Schwiegermutter kamen nicht miteinander aus, und so durchlebte auch Bella noch eine harte Zeit.

Margaretes Cousin Ludwig starb am 30. August 1483.

Sie war eine Schönheit, bekannt aus Fernseh-Talkshows: die Autorin Hope Devane. Jetzt findet man sie in einer verlassenen Seitenstraße – ermordet mit drei Messerstichen.

Die Polizei von Los Angeles ist ratlos und schaltet den Kriminalpsychologen Alex Delaware ein. Er taucht in das Leben der Ermordeten ein, das einer Achterbahnfahrt glich – zwischen bürgerlicher Wohlanständigkeit und sexueller Obsession. Aber alle Spuren führen ins Nichts. Bis Delaware eine entscheidende Entdeckung macht: Die Anordnung der Messerstiche ist eine Botschaft für den, der sie lesen kann ...

ISBN 3-404-12998-9

BASTEI LÜBBE